大星
文化

金粉世家

张恨水 著

上

人生长恨水长东
——作家榜推荐词

真正的民国爱情是从谁开始的？杜月笙与孟小冬？孙中山与宋庆龄？张达民与阮玲玉？张爱玲与胡兰成？不不，都不是，是从潜山青年张心远那里开始的。

民国元年，十七岁的张心远偶然读到了李后主的《相见欢》，突然间醍醐灌顶，像传说中的孔夫子面对悲伤的河水，他看见了生命的短促与匆忙，于是当即改名恨水，希图寄身在文字的欢娱里，躲避人生的不幸。从此，整个民国的人们开始笑，开始哭，开始陷入了那么多虐心的、狗血的、悲喜交加的爱情。

一个乡下青年摇身一变丘比特？不不不，他变身成了台湾的琼瑶、法国的大仲马、日本的渡边淳一的"三位一体"。他的才华如同决堤的河水，淹没了一个广袤混乱的时代。

民国之前，安徽潜山的三大风云人物是：嫩模大乔、嫩模小乔和表演大咖程长庚；民国之后，安徽潜山的三大风云人物是：张恨水、张恨水和张恨水。

他一生写过的小说超过三千万字，相当于五十部《红楼梦》，两百部《红高粱》，若以勤奋论英雄，曹雪芹和莫言都该望其项背，英雄气短。

他作品中的男人大抵都比较悲催，无论《春明外史》的杨杏园，还是《纸醉金迷》的魏端本，不管是《逝水流年》的黄惜时，还是《金粉世家》的金燕西，要么是富二代追求天仙妹，要么是凤凰男爱上孔雀女，结局大都是男人惨遭唾弃，女人绝尘而去，所谓千金难买佳人笑，最难消受美人恩。

难得一见没被女人唾弃的，是《啼笑因缘》中的樊家树，最终却被毒打成疯，折腾到了精神病院里。

所以，陆小曼跟徐志摩说，他为什么不叫张恨男？为什么要叫张恨水？

人们普遍认为《春明外史》中的人物都有现实版本，何达就是胡适，曾祖武就是杨度，韩幼楼就是张学良，金士章就是章士钊，时文彦就是徐志摩，而胡晓梅就是陆小曼。

从古至今，人类的怪癖都是热衷于看爱情悲剧，因为每个人都想要看美是怎么被毁灭的。而世上的爱情总会有两种毁灭：要么在一起，要么不在一起。

他的粉丝声名赫赫，文武兼备，文的有陈寅恪，武的有张学良，宋美龄缠着蒋介石一起拜见偶像，临别时，他让仆人代表自己送粉丝到大门外，而大门外还有六家报社的编辑在排队等稿子。

他自嘲草间秋虫，自鸣自止。《金粉世家》连载六年，无一日拖稿，写到最后一页，家中最小偏怜的女儿患病夭折，他悲恸难禁，不得不让报纸停载一天，一天之后，他流着泪水把结局写完。

他说自己天生命贱，是个推磨的驴子，除了生病，每天总得写，不写比不吃还难受，不喜欢休息，不喜欢假期，比摩羯座还苦逼。

他奉行君子不党，一生不入党派，不任公职，他跟孩子们说，流自己的汗，吃自己的饭。

凭借一支生花妙笔，他在北京城写出了一座三十三间房的大宅子，让一家三十多口人都住在一起。妻妾安处，其乐融融。

鲁迅鲁老师羡慕嫉妒恨，送给他一顶鸳鸯蝴蝶的花帽子，他一点不生气。私下里，鲁迅鲁老师每回写家信，都会买几本张恨水的小说哄母亲大人开心。

鲁迅不读他的书，他也没空读鲁迅。他任《新民报》总编时，有一天，从来稿里发现一篇小说，忍不住拍案叫绝，亲自撰写推荐语，说是十年来罕见的佳作，自愧不如。几天后，有朋友告诉他，那是有人抄袭了鲁迅的《风筝》，他当场惊倒，站起来后忍不住哈哈大笑。

作为抠门的金牛座，他只收藏三块钱以下的假古董，但他却将毕生所得稿酬用来办北平美术专科学校，还高薪请来"抠门"大师齐白石做老师。

他一生有三不会，不会饮酒，不会赌博，不会猜谜；还有三件事越做越糟糕，一是练书法，二是拉胡琴，三是学英语。

他木讷、低调，怯于见人。有一回，去银行取款，银行姑娘很惊异，立即叫来一群姑娘围观。他窘得要死。回家后说，人的脸被人当小说看，实在是令人难堪。

生逢战乱，他带着妻小逃难到重庆，整整八年住在一个茅屋里，每逢下雨，家里的锅碗瓢盆都用来接雨，他将屋子取名"待漏斋"。孩子太多，妻子周南担心影响他写作，于是养了一大群猪，白天让孩子们把猪赶上山，晚上孩子们再赶着猪回来。

有关男人的婚姻，他有一套上好的哲学：他说，美丽的，不如赏花；助人的，不如机器；道德的，不如看书；快活的，不如寻妓；男人终究要的是理解自己的女人。有关女人的婚姻，他也有一套上好的哲学：他说，要说话实诚，要做事有序，要懂得审美，要喜欢文艺；不要嫁官僚政客，不要嫁浮夸嘴炮，不要嫁有钱人家的大少。

"文革"一开始，文艺界就疯了，纷纷搞批斗，忙着举报揭短，领导让他批判胡风、老舍、俞平伯，他说我不知道他们错在什么地方，我凑什么热闹？

他与老舍惺惺相惜，被誉为京味文学的双子星，没人知道会一语成谶。一天早上，他去街上买油条，从一张包油条的传单上得知老舍投湖自尽的消息，第二天一早，他就撒手人寰。

而他写下的文字却传诸久远,流芳百世。

金粉红楼,怀金悼玉,人们把《金粉世家》当着民国红楼来读,冷金的情缘恰似宝黛的聚散,而金府的起落,何尝不是贾府的兴衰?说到底,人生就是无端的相逢,天下没有不散的宴席。

2018 年 5 月 1 日　与云间

燕西那时爱情专一，拜倒石榴裙下

秀珠怎样说，他就怎样好，决计不敢反抗

现在不然了，他吃饭穿衣以至梦寐间

都是记念着冷清秋

若说交女朋友

自然是交际场中新式的女子好

但是要结为百年的伴侣

主持家事,又是朴实些的好

爱情浓厚的时候，情人就无处不美
爱情淡薄的时候，美人就无处不平常

我想丈夫之所以怕夫人
有些是因为妇人无见识
唠叨得厉害
不屑与她争长短
有些是因为心里爱夫人
不愿意让她难堪
宁可自己委屈些
有些是因夫人有本领
想她辅助，不敢得罪她

目 录

上 册

0001　楔子
燕市书春奇才惊客过
朱门忆旧热泪向人弹

0013　第一回
陌上闲游坠鞭惊素女
阶前小谑策杖戏娇嬛

0024　第二回
月夜访情俦重来永巷
绮宴招腻友双款幽斋

0035　第三回
遣使接芳邻巧言善诱
通幽羡老屋重价相求

0046　第四回
屋自穴东墙暗惊乍见
人来尽乡礼共感隆情

0057　第五回
春服为亲筹来供锦盒
歌台得小聚同坐归车

0069　第六回
倩影不能描枣花帘底
清歌何处起杨柳楼前

0080　第七回
空弄娇嗔看山散游伴
故藏机巧赠婢戏青年

0093　第八回
大会无遮艳情闹芍药
春装可念新饰配珍珠

0104　第九回
题扇通情别号夸高雅
修书祝寿隆仪慰寂寥

0117　第十回
一队诗人解诗兼颂祷
半天韵事斗韵极酸麻

0130　第十一回
独具慧心诗媛疑醉语
别饶兴趣闺秀有欧风

0142　第十二回
花月四围尽情吐心事
竹城一战有意作调人

0213　第十七回
歌院重逢自惭真面目
绣花独赏暗寓爱根苗

0156　第十三回
约指勾金名山结誓后
撩人杯酒小宴定情时

0227　第十八回
谨谢主人怜不为绿叶
难明女儿意终惜明珠

0168　第十四回
隔户听闺嘲漏传消息
登堂难客问怒起风波

0237　第十九回
初议佳期快谈银幕下
又蒙厚惠释虑白铤中

0183　第十五回
盛会伴名姝夫人学得
令仪夸上客吉士诱之

0249　第二十回
传字粉奁会心还密柬
藏身花架得意听娇声

0198　第十六回
种玉问侯门尺书求友
系绳烦情使杯酒联欢

0261　第二十一回
爱海独航依人逃小鸟
情场别悟结伴看闲花

0273　第二十二回
眷眷初逢寻芳过夜半
沉沉晚醉踏月到天明

0284　第二十三回
芳影突生疑细君兴妒
闲身频作乐公子呼穷

0297　第二十四回
远交近攻一家连竹阵
上和下睦三婢闹书斋

0311　第二十五回
一扇想遮藏良人道苦
两宵疑阻隔少女情痴

0321　第二十六回
屡泄春光偕行露秀色
别翻花样说古听乡音

0333　第二十七回
玉趾暗来会心情脉脉
高轩乍过握手话绵绵

0346　第二十八回
携妓消愁是非都不白
醵金献寿授受各相宜

0358　第二十九回
小集腾欢举家生笑谑
隆仪敬领满目喜琳琅

0371　第三十回
粉墨登场难为贤伉俪
黄金论价欲组小家庭

0385　第三十一回
藕断丝连挥金营外室
夜阑人静倚枕泣空房

0398　第三十二回
妇令夫从笑煞终归鹤
弟为兄隐瞒将善吼狮

0412　第三十三回
笔语欺智囊歌场秘史
馈肴成画饼醋海微波

0426　第三十四回
纨绔聚豪家灭灯醉月
艳姬伴夜宴和索当歌

0437　第三十五回
佳节动襟怀补游郊外
秋光扑眉宇更入山中

0450　第三十六回
山馆留宾归途行不得
月窗寻梦旅舍夜如何

0463　第三十七回
兄弟各多情丛生韵事
友朋何独妒忽绝游踪

楔子

燕市书春奇才惊客过　朱门忆旧热泪向人弹

人生的岁月，如流水的一般过去。记得满街小摊子上，摆着泥塑的兔儿爷，忙着过中秋，好像是昨日的事。可是一走上街去，花爆摊，花灯架，宜春帖子，又一样一样的陈设出来，原来要过旧历年了。到了过年，由小孩子到老人家，都应得忙一忙。在我们这样一年忙到头的人，倒不算什么，除了焦着几笔柴米大帐，没法交代而外，一律和平常一样。到了除夕前四五日，一部分的工作已停，反觉消闲些啦。

这日是废历的二十六日，是西城白塔寺庙会的日子。下半天没有什么事情，便想到庙里去买点梅花水仙，也点缀点缀年景。一起这个念头，便不由得坐车上街去。到了西四牌楼，只见由西而来，往西而去的，比平常多了。有些人手上提着大包小件的东西，中间带上一个小孩玩的红纸灯笼，这就知道是办年货。再往西走，卖历书的，卖月份牌的，卖杂拌年果子的，渐渐接触眼帘，给人要过年的印象，那就深了。快到白塔寺，街边的墙壁上，一簇一簇的红纸对联挂在那里，红对联下面，大概总摆着一张小桌，桌上一个大砚池，几只糊满了墨汁的碗，四五支大小笔。桌子边，照例站一两个穿破旧衣服的男子。这种人叫做书春的。就是趁着新年，写几幅春联，让人家买去贴，虽然不外乎卖字，买卖行名却不差，叫做书春。但是这种书春的，却不一定都是文人。有些不大读书的人，因为字写得还像样些，也做这行买卖。所以一班人对于书春的也只看他为算命看相之流，不十分注意。就是在下落拓京华，对于风尘中人物，每引为同病，而对于书春的，却也是不大注意。

这时我到了庙门口，下了车子，正要进庙，一眼看见东南角上，围着一大群人在那里推推拥拥。当时我的好奇心动，丢了庙不进去，走过街，且向那边看看。我站在一群人的背后，由人家肩膀上伸着头，向里看去，只见一个三十附近的中年妇人，坐在一张桌子边，在那里写春联。旁边一个五十来岁的老妇人，却在那里收钱，向看的人说话。原来这个妇人书春，和别人不同，别人都是写好了，挂在那里卖；她却是人家要买，她再写。人家说是要贴在大门口的，她就写一副合于大门的口气的；人家说要贴在客堂里的，她就写一副合于客堂的口气。我心里想，这也罢了，无非卖弄她能写字而已。至于联文，自然是对联书上抄下来的。但是也难为她记得。我这样想时，猛抬头，只见墙上贴着一张红纸，行书一张广告。上面是：

飘茵阁书春价目

  诸公赐顾，言明是贴在何处者，当面便写。文用旧联，小副钱费二角，中副三角，大副四角。命题每联一元，嵌字加倍。

这时候我的好奇心动，心想，她真有这个能耐？再看看她，那广告上，直截了当，一字是一字，倒没有什么江湖话。也许她真是个读书种子，贫而出此。但是那"飘茵阁"三字，明明是飘茵坠溷的意思，难道她是浔阳江上的一流人物？

我在一边这样想时，她已经给人写起一副小对联，笔姿很是秀逸。对联写完，她用两只手撑着桌子，抬起头来，微微嘘了一口气。我看她的脸色，虽然十分憔悴，但是手脸洗得干净，头发理得齐整，一望而知，她年青时也是一个美妇人了。我一面张望，一面由人丛中挤了上前。那个桌子一边的老妇人，早对着我笑面相迎，问道："先生要买对联吗？"我被她一问，却不好意思说并不要对联。只得说道："要一副，但是要嵌字呢，立刻也就有吗？"那个写字的妇人，对我浑身上下看了一看，似乎知道我也是个识字的人。便带着笑容插嘴道："这个可不敢说。因为字有容易嵌上的，有不容易嵌的，不能一概而论。若是眼面前的熟字眼儿，勉强总可以试一试。"

我听她这话，虽然很谦逊，言外却是很有把握似的。我既有心当面试她一试，又不免有同是沦落之感，要周济周济她。于是我便顺手在衣袋里掏出一张名片来。这些围着在那里看的人，看见我将名片拿出来，都不由得把眼睛射到我身上。我拿着名片，递给那个老妇人。那个老妇人看了一看，又转递给那书春的妇人。我便说道："我倒不要什么春联，请你把我的职业，作上一副对联就行，用不着什么颂扬的口气。"那妇人一看我的名片，是个业新闻记者的，署名却是文丐。笑道："这位先生如何太谦？我就把尊名和贵业做十四个字，行么？"我道："那更好了。"她又笑道："写得本来不像个东西，做得又不好，先生不要笑话。"我道："很愿意请教，不必客气。"

她在裁好了的一叠纸中，抽出两张来，用手指甲略微画了一点痕迹，大概分出七个格子。于是分了一张，铺在桌上，用一个铜镇纸将纸压住了。然后将一支大笔，伸到砚池里去蘸墨。一面蘸墨，一面偏着头想。不到两三分钟的工夫，她脸上微露一点笑容，于是提起笔来，就在纸上写了下去。七个字写完，原来是：

文章直至饥臣朔。

我一看，早吃了一大惊，不料她居然能此。这分明是切"文丐"两个字做的。用东方朔的典来咏文丐，那是再冠冕没有的了。而且"直至"两个字衬托得极好。"饥"字更是活用了。她将这一联写好，和那老妇人牵着，慢慢的铺在地下。从从容容，又来写下联。那七个字是：

斧钺终难屈董狐。

这下一联，虽然是个现成的典。但是她在"董狐"上面，加了"终难屈"三个字，用的是活对法，便觉生动而不呆板。这种的活对法，不是在词章一道下过一番苦功夫的人，绝不能措之裕如。

到了这时，不由得我不十二分佩服。叫我当着众人递两块钱给她，我觉得过于唐突了。虽然这些买对联的人，拿出三毛五毛，拿一副对联就走。可是我认她也是读书识字的，兔死狐悲，物伤其类，这样藐视文人的事，我总是不肯做的。我便笑着和老妇人道："这对联没有干，暂时我不能拿走。我还有一点小事要到别处去，回头我的事情完了，再来拿。如是晏些，收了摊子，到你府上去拿，也可以吗？"那老妇人还犹豫未决，书春的妇人，一口便答应道："可以可以！舍下就住在这庙后一个小胡同里。门口有两株槐树，白板门上有一张红纸，写'冷宅'两个字，那就是舍下。"我见她说得这样详细，一定是欢迎我去的了，点了一下头，和她作别，便退出了人丛。

其实我并没有什么事，不过是一句遁词。我在西城两个朋友家里，各坐谈了一阵，日已西下，估计收了摊子了，便照着那妇人所说，去寻她家所在。果然，那个小胡同里，有两株大槐树，槐树下面，有两扇小白门。我正在敲门问时，只见那两个妇人提着篮子，背着零碎东西，由胡同那头走了过来。我正打算打招呼，那个老妇人早看见了我，便喊着道："那位先生，这就是我们家里。"她们一面招呼，一面已走上前，便让我进里面去坐。我走进大门一看，是个极小的院子，仅仅只有北房两间，厢房一间。她让进了北屋，有一个五十多岁的老人，带着一个上十岁的男孩子，在那里围着白泥炉子向火。见了我进来，起身让坐。

这屋子像是一间正屋，却横七竖八摆了四五张桌椅，又仿佛是个小小的私塾。那个老妇人，自去收拾拿回来的东西。那书春的妇人，却和那个老头子，来陪我说话。我便先问那老人姓名，他说他叫韩观久。我道："这里不是府上一家住吗？"韩观久道："也可以说是一家，也可以说是两家。"便指着那妇人道："这是我家姑奶奶，她姓冷，所以两家也是一家。"我听了这话不懂，越发摸不着头脑。那妇人知道我的意思，便道："不瞒你先生说，我是一个六亲无靠的人。刚才那个老太太，我就是她喂大的，这是我妈妈爹呢。"我这才明白了，那老妇人是她乳母，这老人是乳母的丈夫呢。

这时我可为难起来，要和这个妇人谈话了，我称她为太太呢，称她为女士呢？且先含糊着问道："贵姓是冷？"对道："姓金，姓冷是娘家的姓呢。"我这才敢断定她是一位妇人。便道:"金太太的才学,我实在佩服。蒙你写的一副对联,实在好。"金太太叹了一口气,说道:"这实在也是不得已才去这样抛头露面。稍微有点学问有志气的人,宁可饿死,也不能做这沿街鼓板一样的生活,哪里谈到好坏?本来呢,我自己可以不必出面,因为托我妈妈爹去卖了一天,连纸钱都没有卖出来;所以我想了一个下策,亲自出去。以为人家看见是妇人书春,好奇心动,必定能买一两副的。"说着脸一红。又道:"这是多么惭愧的事!"

我说:"现在潮流所趋,男女都讲究经济独立,自谋生活,这有什么做不得?"金太太道:"我也只是把这话来安慰自己,不过一个人什么事不能做,何必落到这步田地呢?"我道:"卖字也是读书人本色,这又何妨?我看这屋子里有许多小书桌,平常金太太也教几个学生吗?"金太太指着那个男孩子道:"一来为教他,二来借此混几个学费,其实也是有限得很,还靠着晚上做手工来补救。"我说:"这位是令郎吗?"金太太凄然道:"正是。不为他,我何必还受这种苦,早一闭眼睛去了。"便对那孩子道:"客来了,也不懂一点礼节,只躲到一边去,还不过来鞠躬。"

那孩子听说,果然过来和我一鞠躬。我执着那孩子的手,一看他五官端正,白白净净的。手指甲剪得短短的,身上穿的蓝布棉袍,袖口却是干净,并没有墨迹和积垢。只看这种小小的习惯,就知道金太太是个贤淑的人,更可钦佩。但是学问如此,道德又如彼,何至于此呢?只是我和人家初交,这是人家的秘密,是不便于过问的,也只好放在心里。不过我替她惋惜的观念,就越发深了。我本来愁着要酬报她的两块钱,无法出手。这时我便在身上掏出皮夹来,看一看里面,只有三张五元的钞票。我一想,像我文丐,当这岁暮天寒的时候,决计没有三元五元接济别人的力量。但是退一步想,她的境遇,总不如我,便多送她三元,念在斯文一脉,也分所应当。一刹那间,我的恻隐心,战胜了我的悭吝心,便拿了一张五元钞票,放在那小孩子手里。说道:"快过年了,这个拿去逛厂甸买花爆放罢。"金太太看见,连忙站起来,将手一拦那小孩。笑着说道:"这个断乎不敢受!"我说:"金太太你不必客气。我文丐朝不保夕,决不能像慷慨好施的人随便。我既然拿出来了,我自有十二分的诚意,我决计是不能收回的。"金太太见我执意如此,谅是辞不了的,便叫小孩子对我道谢,将款收了。

那个老妇人,已用两只洋瓷杯子斟上两杯茶来。两只杯子虽然擦得甚是干净,可是外面一层珐琅瓷,十落五六,成了半只铁碗。杯子里的茶叶,也就带着半寸长的茶叶梗儿,浮在水面上。我由此推想他们平常的日子,都是最简陋的了。我和他们谈了一会儿,将她对联取了,自回家去,把这事也就扔下了。

过了几天,已是新年,我把那副对联贴在书房门口。我的朋友来了,看见那字并不是我的笔迹,便问是哪个写的?我抱着逢人说项的意思,只要人家一问,我就把金太太的身世,对人说了,大家都不免叹息一番。也是事有凑巧,新正初七日,我预备了几样家乡菜,邀了七八个朋友,在家里尽一日之乐。大家正谈得高兴的时候,金太太那个儿子,忽然到我这里来拜年,并且送了我一部木版的《唐宋诗醇》。那小孩子说:"这是家里藏的旧书,还没有残破,请先生留下。"他说完,就去了。我送到大门口,只见他母亲的妈妈爹在门口等着呢。我回头和大家一讨论,大家都说:"这位金太太,虽然穷,很是介介,所以她多收你三四块钱,就送你一部书。而且她很懂礼,你看她叫妈妈爹送爱子来拜年,却不是以寻常人相待呢。"我就说:"既然大家都很钦佩金太太,何不帮她一个忙?"大家都说:"忙要怎样帮法?"我说:"若是送她的钱,她是不要的,最好是给她找一个馆地。一面介绍她到书局里去,让她卖些稿子。"大家说:"也只有如此。"

又过了几天,居然给她找到一所馆地。我便亲自到金太太家里去,把话告诉她。她听了我这话,自然是感激,便问:"东家在哪里?"我说:"这家姓王,主人翁是一个大实业家,只教他家两位小姐。"金太太说:"是江苏人吗?"我道:"是江苏人。"金太太紧接着说:"他是住在东城太阳胡同吗?"我道:"是的。"金太太听说,脸色就变了。她顿了一顿。然后正色对我道:"多谢先生帮我的忙,但是这地方,我不能去。"我道:"他家虽是有钱,据一般人说,也是一个文明人家。据我说,不至于轻慢金太太的。"金太太道:"你先生有所不知,这是我一家熟人,我不好意思去。"她口里这样说,那难堪之色,已经现于脸上。我一想,这里面一定有难言之隐,我一定要追着向前问,有刺探人家秘密之嫌。便道:"既然如此,不去也好,慢慢再想法子罢。"金太太道:"这王家,你先生认识吗?"我说:"不认识,不过我托敝友辗转介绍的。"金太太低头想了一想,说道:"你先生是个热心人,有话实说不妨。老实告诉先生,我一样的有个大家庭,和这王家就是亲戚啦。我落到这步田地……"说到这里,那头越发低下去了,半响,不能抬起来。早有两点眼泪,落在她的衣襟上。

这时,那个老妇人端了茶来,金太太搭讪着和那老妇人说话,背过脸去,抽出手绢,将眼睛擦了一擦。我捧着茶杯微微呷了一口茶,又呷二口茶,心里却有一句话要问她,那末,你家庭里那些人,哪里去了呢?但是我总怕说了出来,冲犯了人家,如此话到了舌尖,又吞了下去。这时,她似乎知道我看破了她伤心,于是勉强笑了一笑,说道:"先生不要见怪,我不是万分为难,先生给我介绍馆地,我决不会拒绝的。"我道:"这个我很明了,不必介意。"说完了这两句话,她无甚可说了,我也无甚可说了。屋子里沉寂寂的,倒是胡同外面卖水果糖食的小贩,敲着那铜碟儿声音,一阵阵送来。我又呷了几口茶,便起身告辞,约了过日再会。

我心里想,这样一个人,我猜她有些来历,果然不错。只是她所说的大家庭,究竟是怎样一个家庭呢?后来我把她的话,告诉了给她找馆地的那个朋友。那朋友很惊讶,说道:"难道是她吗?她怎样还在北京?"我问道:"你所说的她,指的是谁?"我那朋友摇摇头道:"这话太长,不是三言两语可以说完的。若真是她,我一定要去见见。"我道:"她究竟是谁?你说给我听听看。"我的朋友道:"现在且不必告诉你,让我见了她以后,哪一天晚上你扇一炉子大火,沏一壶好茶,我们联床夜话,我来慢慢的告诉你,可当一部鼓儿词听呢。"他这样说,我也不能勉强。但是我急于要打破这个哑谜,到了次日,我便带他到金太太家里去,作为三次拜访。不料到了那里,那冷宅的一张纸条,已经撕去了。门口另换了一张招租的帖子。我和我的朋友都大失所望。

我的朋友道:"不用说,这一定是她无疑了。她所以搬家,正是怕我来找她呀。既然到此,看不见人,进去看看屋子,也许在里面找到一点什么东西,更可以证明是她。"我觉得这话有理,便和他向前敲门。里面看守房子的人,以为我们是赁房的,便打开门引我二人进去。我们一面和看守屋子的人说话,一面把眼睛四围逡巡,但是房子里空空的,一点什么痕迹都没有。我的朋友望着我,我望着他,彼此微笑了一笑。只好走出来。走到院子里,我的朋友,看见墙的犄角边,堆着一堆字纸。便故意对着看屋子的人道:"你们把字纸堆在这里,不怕造孽吗?"说时,走上前便将脚拨那字纸。我早已知道他的命意,于是两个人四道眼光,像四盏折光灯似的,射在字纸堆里。他用脚拨了几下,一弯腰便捡起一小卷字纸在手上。我看时,原来是一个纸抄小本子,烧了大半本,书面上也烧去了半截,只有"零草"两个字。这又用不着猜的,一定是诗词稿本之类了。我本想也在字纸堆里再寻一点东西,但是故意寻找,又恐怕看屋子的人多心,也就算了。我的朋友得了那个破本子,似乎很满意的,便对我说道:"走罢。"

我两人到了家里,什么事也不问,且先把那本残破本子,摊在桌上,赶紧的翻着看。但是书页经火烧了,业已枯焦。又经人手一盘,打开更是粉碎。只有那两页书的夹缝,不曾被火熏着,零零碎碎,还看得出一些字迹,大概这里面,也有小诗,也有小词。但是无论发现几个字,都是极悲哀的。一首落真韵的诗,有一大半看得出,是:

……莫当真,浪花风絮总无因。灯前闲理如来忏,两字伤心……

我不禁大惊道:"难道这底下是押'身'字?"我的朋友点点头道:"大概是罢?"我们轻轻翻了几页,居然翻到一首整诗,我的朋友道:"证据在这里了。你听,"他便念道:

铜沟流水出东墙,一叶芭蕉篆字香。
不道水空消息断,只从鸦背看斜阳。

我说道:"胎息浑成,自是老手。只是这里面的话,在可解不可解之间。"我的朋友道:"你看这里有两句词,越发明了。"我看时,是:

……说也解人难。几番向银灯背立,热泪偷弹。除是……

这几句词之后,又有两句相同的,比这更好。是:

……想当年,一番一回肠断。只泪珠向人……

我道:"诗词差不多都是可供吟咏的,可惜烧了。"我的朋友道:"岂但她的著作如此,就是她半生的事,也就够人可歌可泣呢。"我道:"你证明这个金太太,就是你说的那个她吗?"我的朋友道:"一点不错。"我说道:"这个她究竟是谁?你能够告诉我吗?"我的朋友道:"告是可以告诉你。只是这话太长了,好像一部二十四史,难道我还从三皇五帝说起,说到民国纪元为止吗?"我想他这话也是,便道:"好了,有了一个主意。这回过年,过得我精穷,我正想作一两篇小说,卖几个钱来买米。既然这事可泣可歌,索性放长了日子干,你缓缓的告诉我,我缓缓的写出来,可以作一本小说。倘若其中有伤忠厚的,不妨将姓名地点一律隐去,也就不要紧了。"

朋友道:"那倒不必,我怎样告诉你,你怎样写得了。须知我告诉你时,已是把姓名地点隐去了哩。再者我谈到人家的事,虽重繁华一方面,人家不是严东楼,我劝你也不要学王凤洲。"我微笑道:"你太高比,凭我也不会作出一部《金瓶梅》来,你只要把她现成的事迹告诉我,省我勾心斗角、布置局面,也就很乐意了。"我的朋友笑道:"设若我造一篇谣言哩?"我笑道:"当然我也写上。作小说又不是编历史,只要能自圆其说,管他什么来历?你替我搜罗好了材料,不强似我自造自写吗?"我的朋友见我如此说,自然不便推辞。而且看我文丐穷得太厉害了,也乐得赞助我作一篇小说,免得我逢人借贷。

自这天起,我们不会面则已,一见面就谈金太太的小史。我的朋友一天所谈,足够我十天半个月的投稿。有时我的朋友不来,我还去找他谈话。所幸我这朋友,是个救急而又救穷的朋友,立意成就我这部小说,不嫌其烦的替我搜罗许多材料,供我铺张。自春至夏,自秋至冬,经一个年头。我这小说居然作完了。至于小说内容,是否可歌可泣,我也不知道。因为事实虽是够那样的,但是我的笔笨写不出来,就不能令人可歌可泣了。好在下面就是小说的正文,请看官慢慢去研究罢。

第一回

陌上闲游坠鞭惊素女　阶前小谑策杖戏娇嬛

却说北京西直门外的颐和园，为逊清一代留下来的胜迹。相传那个园子的建筑费，原是办理海军的款项。用办海军的款子，来盖一个园子，自然显得伟大了。在前清的时候，只是供皇帝、皇太后一两个人在那里快乐。到了现在，不过是刘石故宫，所谓亡国莺花。不但是大家可以去游玩，而且去游览的人，夕阳芳草，还少不得有一番凭吊呢。北地春迟，榆杨晚叶，到三月之尾，四月之初，百花方才盛开。那个时候，万寿山是重嶂叠翠，昆明湖是春水绿波，颐和园和邻近的西山，便都入了黄金时代。北京人从来是讲究老三点儿的，所谓吃一点，喝一点，乐一点，像这种地方，岂能不去游览？所以到了三四月间，每值风和日丽，那西直门外，香山和八大处去的两条大路，真个车水马龙，说不尽的衣香鬓影。

这一年三月下旬，正值天气晴和，每日出西直门的游人，络绎于途。什么汽车马车人力车驴子，来来往往，极是热闹。但是有些阔公子，马车人力车当然是不爱坐。汽车又坐得腻了。驴子呢，嫌它瘦小。先有一项不愿受的，就是驴夫送来的那条鞭子太脏，教人不敢接着。有班公子哥儿，家里喂了几头好马，偶然高兴出城来跑上一趟马。在这种春光明媚的时候，轻衫侧帽，扬鞭花间柳下，目击马嘶芳草的景况，那是多么快活呢！在这班公子哥儿里头，有位姓金的少爷，却是极出风头。他单名一个华字，取号燕西，现在只有一十八岁。兄弟排行，他是老四，若是姐妹兄弟一齐论起来，他又排行是第七，因此他的仆从，都称呼他一声七爷。他的父亲，是现任国务总理，而且还是一家银行里的总董。家里的银钱，每天像流水般的进来出去。所以他除了读书而外，没有一桩事是不顺心的。

这天他因天气很好，起了一个早，九点多钟就起来了。在家中吃了一些点心，叫了李福、张顺、金荣、金贵四个听差，备了五匹马，主仆五人，簇拥着出了西直门，向颐和园而来。燕西将身上堆花青缎马褂脱下，扔给了听差，身上单穿一件宝蓝色细丝驼绒长袍，将两只衫袖，微微卷起一点，露出里面豆绿春绸的短夹袄。右手勒着马缰绳，左手拿着一根湘竹湖丝洒雪鞭。两只漆皮鞋，踏着马镫子，将马肚皮一夹，一扬鞭子，骑下的那匹玉龙白马，在大道之上，掀开四蹄，飞也似的往西驰去。后面的金荣，打着马赶了上来，口里嚷道："我的小爷，别跑了。这一摔下来，可不是玩的。"说时，那后面的三匹马，也都追了上来。路上尘土，被马蹄掀起来，卷过人头去。燕西这一跑，足有五里路。自己觉得也有些吃力，便把马勒住。那四匹马已是抄过马头，回转身来，挡了去路。

燕西在驼绒袍子底下，抽出一条雪花绸手绢，揩着脸上的汗，笑道："你们这是做什么？"金荣道："今天路上人多，实在跑不得。摔了自己不好，碰了别人也不好，你看是不是？"燕西笑道："你们都是好人？前天你学着开汽车，差一点儿把巡警都碰了。"金荣笑道："可不是！你骑马的本领，和我开车的本领差不多，还是小心点罢。高高兴兴出来玩一趟，若是惹了事，就是不怕，也扫兴得很啦。"燕西道："这倒像句话。"李福道："那末，我们在头里走。"说着，他们四匹马，掉转头，在前面走去。燕西松着马缰绳，慢慢在后面跟着。

这里正是两三丈宽的大道，两旁的柳树，垂着长条，直披到人身上马背上来。燕西跑马跑得正有些热，柳树底下吹来一两阵东风，带些清香，吹到脸上，不由得浑身爽快一阵。他们的马，正是在下风头走，清香之间，又觉得上风头时有一阵兰麝之香送来。燕西在马背上目睹陌头春色，就不住领略这种香味。燕西心里很是奇怪，心想，这倒不像是到了野外，好像是进了人家梳头室里去了呢。一面骑着马慢慢走，一面在马上出神。那一阵香气，却越发的浓厚了。偶然一回头，只见上风头，一列四辆胶皮车，坐着四个十七八岁的女学生，追了上来。燕西恍然大悟，原来这脂粉浓香，就是她们那里散出来的。在这一刹那间，四辆胶皮车已经有三辆跑过马头去。最后一辆，正与燕西的马并排走着。燕西的眼光，不知不觉的就向那边看去。

只见那女子挽着如意双鬓，鬓发里面，盘着一根鹅黄绒绳，越发显得发光可鉴。身上穿着一套青色的衣裙，用细条白辫周身来滚了。项脖上披着一条西湖水色的蒙头纱，被风吹得翩翩飞舞。燕西生长金粉丛中，虽然把倚红偎翠的事情看惯了，但是这样素净的妆饰，却是百无一有。他不看犹可，这看了之后，不觉得又看了过去。只见那雪白的面孔上，微微放出红色，疏疏的一道黑刘海披到眉尖，配着一双灵活的眼睛，一望而知，是个玉雪聪明的女郎。燕西看了又看，又怕人家知觉，把那马催着走快几步，又走慢几步，前前后后，总不让车子离得太远了。车子快快的走，马儿慢慢行，这样左右不离，燕西也忘记到了哪里。前面的车子，因为让汽车过去，忽然停住，后面跟的车子，也都停住了。燕西见人家车子停住，他的马也不知不觉的停住。那个漂亮女子，偏着头，正看这边的风景。她猛然间低头一笑，也来不及抽着手绢了，就用临风飘飘的蒙头纱，捂着嘴。在这一笑时，她那一双电光也似的眼睛，又向这边瞧了一瞧。

燕西一路之上，追看人家，人家都不知觉。这时人家看他，他倒有些不好意思起来。忽然低头一看，这才醒悟过来。原来自己手上拿的那条马鞭子，不知何时脱手而去，已经落在地下了。大概人家之所以笑，就是为了这个。自己要下去拾起马鞭子来罢，真有些不好意思。不捡起来罢，那条马鞭子又是自己心爱之物，实在舍不得丢了。不免在马上踌躇起来。金荣一行四匹马，在他前面，哪里知道，只管走去。金荣一回头，不见了燕西，倒吓了一跳，勒转马头，脚踏着马镫，昂首一看，只见他勒住马，停在一棵柳树荫下。金荣加起一马鞭，连忙催着马跑回来。便问道："七爷，你这是做什么？"燕西笑了一笑，说道："你来了很好，我马鞭子掉在地下，你替我捡起来罢。"金荣当真跳下马去，将马鞭捡了起来交给燕西。他一接马鞭子，好像想起一桩事似的，也不等金荣上马，打了马当先就跑。金荣在后面追了上来，口里叫道："我的七爷，你这是做什么？疯了吗？"燕西的马，约摸跑了小半里路，便停住了，又慢慢的走起来。

金荣跟在后面，伸起手来搔着头发。心里想道：这事有些怪，不知道他真是出了什么毛病了？自己又不敢追问燕西一个究竟，只得糊里糊涂在后跟着。又走了一些路，只见后面几辆人力车追了上来，车上却是几个水葱儿似的女子。金荣恍然大悟，想道：我这爷，又在打糊涂主意呢！怪不得前前后后，老离不开这几辆车子。我且看他，注意的是谁。这样想时，眼睛也就向那几辆车子上看去。他看燕西的眼光不住的盯住那穿青衣的女子，就知道了。但是自己一群人有五匹马,老是苍蝇见血似的盯着人家几辆车子,这一种神情,未免难看。便故意赶上一鞭,和燕西的马并排走着,和燕西丢了一个眼色。只这一刹那的工夫,马已上了前。燕西会意,便追上来。

金荣打着马,只管向前跑,燕西在后面喊道:"金荣,要我骂你吗?好好的,又耍什么滑头?"金荣回头一看,见离那人力车远了。便笑道:"七爷,你还骂我耍滑头吗?"金燕西笑道:"我怎样不能骂你耍滑头?"金荣道:"我的爷,你还要我说出来,上下盯着人家,也真不像个样子。"复又笑道:"真要看她,三百六十天,天天都可以看得到,何必在这大路上追着人家?"燕西笑道:"我看谁?你信口胡说,仔细我拿鞭子抽你!"金荣道:"我倒是好意。七爷这样说,我就不说了。"

燕西见他话里有话,把马往前一拍,两马紧紧的并排。笑道:"你说怎样是好意?"金荣道:"七爷要拿鞭子抽我呢,我还说什么,没事要找打挨吗?"金贵三人听见这话,大家都在马上笑起来。燕西道:"你本是冤我的,我还不知道?"金荣道:"我怎敢冤你?我天天上街,总碰见那个人儿,她住的地方,我都知道。"燕西笑道:"这就可见你是胡说了。你又不认识她,她又不认识你,凭空没事的,你怎样会注意人家的行动?"金荣笑道:"我问爷,你看人家,不是凭空无事,又是凭空有事吗?好看的人儿,人人爱看。那样一位鲜花似的小姐在街上走着,狗看见,也要摆摆尾呢,何况我还是个人。"燕西笑道:"别嚼蛆了,你到底知道不知道?"金荣道:"爷别忙,听我说。这一晌,七爷不是出了一个花样,要吃蟹壳黄烧饼吗?我总怕别人买的不合你意,总是自己去买。每日早上,一趟西单牌楼,是你挑剔金荣的一桩好差事。"燕西道:"说罢,别胡扯了。"金荣道:"在我天天去买烧饼的时候,总碰到她从学校里回来。差不多时刻都不移。有一天她回来早些,我在一个地方,看见她走进一个人家去,我猜那就是她的家了。"燕西道:"她进去了,不见得就是她的家,不许是她的亲戚朋友家里吗?"金荣道:"我也是这样说,可是以后我又碰到两次哩。"燕西道:"在什么地方?"金荣笑道:"反正离我们家里不远。"燕西道:"北京城里,离我们家都不远,你这话说得太靠不住了。"金荣道:"我决不敢冤你,回去的时候,我带你到她家门口去一趟,包你一定欢喜。先说出来,反没有趣了。"燕西道:"那倒也使得,那时你要不带我去,我再和你算帐!"金荣笑道:"我也有个条件呢,可不能在大路上盯着人家,要是再盯着,我就不敢说了。"燕西看他说的一老一实,也就笑着答应了。

主仆一路说着,不觉已过了海淀。张顺道:"七爷,颐和园我们是前天去的,今天又去吗?"燕西在马上踌躇着,还没有说出来。李福笑道:"你这个人说话,也是不会看风色的,今天是非进去逛逛不可呢。"张顺笑道:"那末,我们全在外面等着,让七爷一个人在里面,慢慢的逛罢。"燕西笑骂道:"你这一群混蛋,拿我开心。"金贵道:"七爷,你别整群的骂呀,我可没敢说什么哩。"主仆五人,谈笑风生的到了颐和园,将马在树下拴了,五人买票进门。燕西心里想着,那几个女学生,一定是来逛颐和园的。所以预先进来,在这里等着。不料等了大半天,一点影子也没有,恐怕是一直往香山去了。无精打采,带着四个仆人,一直回家。

刚一到大门口,只见停着一辆汽车,他的大嫂吴佩芳、三嫂王玉芬和着第三个姨妈翠姨,都从车子上下来。翠姨一见燕西下马,便笑道:"闲着没事,又到城外跑马去了吗?你瞧,把脸晒得这样红红的,又算什么?回头让你那白妹妹瞧见,又要抱怨半天。"燕西将马鞭子递给金荣,便和他们一路进去。问道:"一伙儿的,又从哪里来?"佩芳笑道:"翠姨昨晚上打扑克赢了钱,我们要她做东呢。"燕西道:"吃馆子吗?"佩芳道:"不!在春明舞台包了两个厢,听了两出戏呢。"燕西道:"统共不过三个人,倒包了两个厢。"翠姨道:"这是他们把我赢来的钱当瓦片儿使呢。我说包一个厢得了,她们说:有好多人要去呢。后来,厢包好了,东找也没有人,西找也没有人。"燕西一顿脚,正要说话,在他前面的王玉芬哎哟一声,回头红着脸要埋怨他。然后又忍不住笑了,说道:"老七,你瞧,我今天新上身的一件哔叽斗篷,你给人家踩脏了。"说时,两只手抄着她那件玫瑰紫斗篷的前方,扭转头只望脚后跟。燕西一看,在那一路水钻青丝辫滚边的地方,可不是踏了一个脚印。燕西看了,老大不过意。连忙蹲下身子去,要给他三嫂拍灰。王玉芬一扭身子,往前一闪,笑道:"不敢当!"大家笑着一路走进上房。各人房里的老妈子,早已迎上前来,替他们接过斗篷提囊去。

燕西正要回自己的书房,翠姨一把扯住,说道:"我有桩事和你商量。"燕西道:"什么事?"翠姨道:"听说大舞台义务戏的包厢票,你已经得了一张,出让给我?成不成?"燕西道:"我道是什么要紧的事,就是为了这个?出什么让,我奉送得了。"翠姨道:"你放在你那里,我自己来拿,若是一转手,我又没份了。"

燕西答应着,自己出去了。一回书房,金荣正在替他清理书桌。金荣一看,并没有人在屋子里,笑道:"七爷,你不看书也罢,看了满处丢,设若有人到这里来看见了,大家都不好。"燕西道:"要什么紧?在外面摆的,不过是几本不相干的小说。那几份小报送来没有送来?我两天没瞧哩。"金荣道:"怎样没有送来,我都收着呢,回头晚上要睡觉的时候,再拿出来瞧罢。"燕西笑了一笑,说道:"你说认得那个女孩子家里,你现在可以告诉我了。"金荣道:"我不敢说。"燕西道:"为什么不敢说?"金荣笑道:"将来白小姐知道了,我担当不起。"燕西道:"我们做的事,怎样会让他们知道?你只管说,保没有什么事。"金荣笑了一笑,踌躇着说道:"对你不住。在路上说的那些话,全是瞎说的。"说着,对燕西请了一个安。燕西十分不快,板着脸道:"你为什么冤我?"金荣道:"你不知道,在路上你瞧着人家车子的时候,人家已经生气了。我怕再跟下去,要闹出乱子来呢。"燕西道:"我不管,你非得把她的家找到不可。找不到,你别见我了。"说毕,在桌上抽了一本杂志自看,不理金荣。

金荣见燕西真生了气,不敢说什么,做毕了事,自退出了。他和几个听差一商量,说道:"这岂不是一桩难事,北京这么大的地方,教我在哪里去找这一个人?"大家都说道:"谁叫你撒谎撒得那样圆,像真的一样。"金荣也觉差事交代不了,吓得两三天不敢见燕西的面。好在燕西玩的地方很多,两三天以后,也就把这事淡下来了。金荣见他把这事忘了,心里才落下一块石头。

偏是事有凑巧,这一天金荣到护国寺花厂子里去买花,顶头碰见那个女学生买了几盆花,在街上雇车,讲的地方,却是落花胡同西头。金荣这一番,比当学生的做出了几个难题目还要快活。让她车子走了,自己也雇了一辆车子跟了去。到了那地方,那女学生的车子停住,在一个小黑门外敲门。金荣的车子,一直拉过西口,他才付了车钱下来。假装着找人家似的,挨着门牌一路数来。数到那个小黑门那儿,门牌是十二号,只见门上有块白木板,写着"冷寓"两个字。那门恰好半掩着,在门外张望,看里面倒是一个小院子。只是那院子后面,一带树木森森,似乎是人家一个园子。金荣正在这里张望,又见那女学生在院子里一闪,这可以断定,她是住在这里了。

金荣看在眼里，回得家去，在上房找着燕西，和他丢了一个眼色。燕西会意，一路和他到书房里来。金荣笑道："七爷，你要找的那个人，给你找到了。"燕西道："我要找谁？"金荣笑道："七爷很挂心的一个人。"燕西道："我挂心的是谁？我越发不明白你这话了。"金荣道："七爷就全忘了吗？那天在海淀看到的那个人呢。"燕西笑道："哦！我说你说的是谁，原来说的是她，你在哪里找到的？又是瞎说罢？"金荣道："除非吃了豹子胆，还敢撒谎吗？"他就把在护国寺遇到那女学生的话说了一遍。又笑道："不但打听得了人家的地方，还知道她姓冷呢。"金荣这一片话，兜动了燕西的心事。想到那天柳树荫下，车上那个素妆少女飘飘欲仙的样子，宛在目前，不由得微笑了一笑。然后对金荣道："你这话真不真我还不敢信，让我调查证实了再说。"金荣笑道："若是调查属实，也有赏吗？"金燕西道："有赏，赏你一只火腿。"

金燕西口里虽这般说，心里自是欢喜。他也等不到次日，马上换一套西装，配上一个大红的领结，又拣了一双乌亮的皮鞋穿了。手上拿着一根柔软藤条手杖，正要往外走，忽然记起来还没戴帽子。身上穿的是一套墨绿色的衣服，应该也戴一顶墨绿色的帽子。记得这顶帽子，前两天和他们看跑马回来，就丢在上房里了，也不知丢在哪个嫂子屋里呢，便先走到吴佩芳这边来。

刚要到月亮门下，只见他大嫂子的丫头小怜搬了几盆兰花，在长廊外石阶上晒太阳，拿了条湿手巾，在擦瓷盆。她一抬头，见燕西探出半截身子，一伸一缩，不由得笑了。燕西和她点一点头，招一招手，叫她过来。小怜丢了手巾，跑了过来，反过一只手去，摸着辫子梢，笑道："有话说就说罢，这个样子做什么？"金燕西见她穿一身灰布衣服，外面紧紧的套上一件六成旧青缎子小坎肩，厚厚的梳着一层黑刘海，越发显得小脸儿白净，便笑道："这件坎肩很漂亮呀。"小怜道："漂亮什么？这是六小姐赏给我的，是两三年前时兴的东西，现在都成了老古董了。"金燕西道："可是你穿了很合身。"小怜道："你叫我来，就是说这个话吗？"金燕西笑道："大少奶奶说，让你伺候我，你听见说吗？"小怜对他微微的啐了一下，扭转身就跑了。燕西用手杖敲着月亮门，吟吟的笑。

吴佩芳隔着玻璃窗子便叫道："那不是老七吗？"燕西便走进月亮门说道："大嫂，是我。"佩芳道："你又什么事，鬼鬼祟祟的？"说时，佩芳已走了出来。小怜低着头在那里擦花盆，耳朵边都是红的。佩芳在长廊上，燕西站在长廊下，佩芳掩嘴笑了一笑，燕西也勉强笑了。便道："我头回戴着的墨绿的呢帽子，丢在这里吗？"佩芳笑道："趁早别这样说了。年轻轻的哥儿们，戴个什么绿帽子呀？"金燕西道："现在戴绿帽子的，多着呢。"佩芳明知他把话说愣了，故意怄着他道："因为戴绿帽子的多，你就也要戴上头顶吗？"燕西笑道："你这是戴了眼镜镉碗——没岔儿找岔儿啦。"佩芳笑道："你听听，自己说话说错了，还说我找岔儿啦。"

燕西道："得了，你告诉我一声罢，帽子在这里不在这里？我等着要出去呢。"佩芳道："你总是这样，东西乱丢，丢了十天半月也不问，到了要用的时候，就乱抓了。这个毛病，有个小媳妇儿管着，就好了。"说到这里笑了一笑，又道："我看你待小怜很好，要不，我对母亲说一声，先让她去伺候你，给你收拾收拾衣服鞋袜罢？"小怜一撒手道："大少奶奶也是的！"说着，一掉辫了就跑了。燕西道："人家也是十六七岁的孩子了，你就这样当面锣对面鼓的开玩笑，也不怕人害臊。"佩芳笑道："害什么臊？她还不愿意吗？"燕西道："到底帽子在这里不在这里？"佩芳道："帽子没有，马袱倒是有一件扔在我这里,你别处找罢。"燕西想着,二嫂那里是没有的。不在翠姨那里,或者就在三嫂那里,因此由长廊下转到后重屋子里来。

一转弯,只见小怜拿了一根小棍子,挑那矮柏树上的蛛丝网。这柏树一列成行,栽着像篱笆似的。金燕西在这边,小怜在那边。小怜看见金燕西来了,说道:"你找什么帽子?"金燕西道:"刚才不是说了,你没听见吗?你又想我说一句找绿帽子罢?"小怜笑说:"我才不占你的便宜哩。"说时,用棍子指着金燕西衣服,问道:"是和这个颜色一样的吗?"金燕西道:"是的。你看见没有?"小怜道:"你的记性太不好了,不是那天你穿了衣服要走,白小姐留你打扑克,把帽子收起来了吗?"金燕西道:"哦!不错不错,是白小姐拿去了。她放在哪里,你知道吗?"小怜道:"她放在哪里呢?就扔在椅子上。我知道是你买的,而且听说是二十多块钱买的,我怕弄掉了,巴巴的捡起来,送到你屋子里去了。"燕西道:"是真的吗?"小怜道:"怎样不真?在你房背后,洗澡屋子里第二个帽架子上,你去看看。"金燕西笑道:"劳驾得很!"小怜将那手上的小棍子,对燕西身上戳了一下,笑道:"你这一张嘴,最不好,乱七八糟,喜欢瞎说。"燕西笑道:"我说你什么?"说着,燕西就往前走一步,要捉住她的手,抢她的棍子。小怜往后一缩,隔着一排小柏树,燕西就没有法子捉住她。

小怜顿着脚,扬着眉,撅着嘴道:"别闹!人家看见了笑话。"燕西见捉她不到,沿着小柏树篱笆,就要走那小门跑过来,去扭小怜。小怜看见,掉转身子就跑,当燕西跑到柏树那边时,小怜已经跑过长廊,遥遥的对着金燕西点点头笑道:"你来你来!"金燕西笑着,就跑上前来。小怜身后,正是一个过堂门,她手扶着门,身子往后一缩,把门就关上了。

第二回

月夜访情侪重来永巷　绮宴招腻友双款幽斋

金燕西笑了一阵，走回书房，找了帽子戴上，自出大门来。他这个地方，叫来雀巷，到落花胡同，还不算远。他也不坐什么车，带游带走，自向那里走来。金荣已经告诉他，那冷家住在西头，他却绕了一个大弯，由东头进去。他挨着人家，数着脚步，慢慢的走去，越到西头越是注意。一条胡同，差不多快要走完了，在那路南，可不是有一家小黑门上钉了一块冷宅的门牌吗？燕西一想，一定是这里。但是双扉紧闭，除了门口那块"冷宅"宅名牌子而外，也就别无所获。踌躇了一会子，只得依旧走过去。走过这条落花胡同，便是一条小街。他见转弯的地方，有一家小烟店，便在烟店里买了一盒烟。买了烟之后，又复身由西头走过来，可是看看那小黑门，依然是双扉紧闭。心里想道：来来去去，我老看这两扇黑门，这有什么意思呢？

这时，那黑门外一片敞地上，有四五个十几岁的孩子，在那里打钱，吵吵闹闹，揪在一团。金燕西见机生意，背着手，拿了藤杖，站在一边，闲看他们哄闹。却不时的回过头，偷看那门。大概站了一个钟头的光景，忽听得那门一阵铃铛响，已经开了。在这时，有很尖嫩的北京口音叫卖花的。金燕西不由心里一动，心想，这还不是那个人儿吗？他又怕猛然一回头，有些唐突。却故意打算要走的样子，转过身来，慢慢的偷眼斜着望去。这一看，不由得自己要笑起来，原来是个梳钻顶头的老妈子，年纪总在四十上下。但是自己既然转身要走，若是突然停住，心里又怕人家见疑，于是放开脚步，向胡同东头走来。

刚走了三五家人家的门面，只见对面来了一个蓝衣黑裙的女学生，对着这边一笑，这人正是在海淀遇着的那一位。燕西见她一笑，不由心里扑通一跳。心想，她认得我吗？手举起来，扶着帽子沿，正想和人家略略一回礼，回她一笑。但是她慢慢走近前来，看她的目光，眼睛往前看去，分明不是对着自己笑啦。接上听见后面有人叫道："大姑娘，今天回来可晚了。"那女学生又点头略笑了一笑。燕西的笑意，都有十分之八自脸上呈现出来了。这时脸上一发热，马上把笑容全收起来了，人家越走近，反觉有些不好意思面对面的看人家，便略微低了头走了几步。及至自己一抬头，只见右手边一个蓝衣服的人影一闪，接上一连微微的脂粉香，原来人家已走过去了。待要回头看时，又有些不好意思，就在这犹豫期间，又走过了两家人家了。只在一刻之间，他忽然停住了脚，手扶着衣领子，好像想起一桩什么问题似的，立刻回转身来，装着要急于回头的样子。及走到那门前，正见那个人走进门去，背影亭亭，一瞥即逝。燕西缓走了几步，不无留恋。却正好那些打钱的小孩子大笑起来，燕西想道：他们是笑我吗？立刻挺着胸脯，走了过去。

走出那个落花胡同，金燕西停了一停，想着：这是我亲眼看见的，她住在这里，是完全证实了。但是证实了便证实了，我又能怎么样？

我守着看人家不是有些呆吗?这就回得家去,一个人坐在书房里呆想,那人在胡同口上那微微一笑,焉知不是对我而发的?当时可惜我太老实了,我就回她一笑,又要什么紧?我面孔那样正正经经的,她不要说我太不知趣吗?说我不知趣呢,那还罢了,若是说我假装正经,那就辜负人家的意思了。他这样想着,仿佛有一个珠圆玉润的面孔,一双明亮亮的眼珠一转,两颊上泛出一层浅浅的红晕,由红晕上,又略略现出两个似有似无的笑涡。燕西想到这里,目光微微下垂,不由得也微微笑起来。

正在这个时候,忽然有人说道:"七爷,你信了我的话罢?没有冤你吗?"燕西抬眼一看,却是金荣站在身边,也含着微笑呢。燕西道:"信你的什么话?"金荣道:"你还瞒着我呢,要不然,今天不是出去了一趟吗?这一趟,谁也没跟去,一定是到落花胡同去了。依我猜,一定还看见那个小姐呢?要不然,刚才为什么想着笑?"金燕西道:"胡说,难道我还不能笑?一笑就是为这个事。"金荣道:"我见你一回来,就有什么心事似的,这会子又笑了,我想总有些关系呢。"燕西道:"你都能猜到我的心事,那就好了。"金荣笑道:"猜不着吗?得了,以后这事就别提了。"燕西笑了一笑,说道:"你的话都是对了,我们又不认识人家,就是知道她姓名住址,又有什么用?"金荣笑道:"反正不忙,你一天打那儿过一趟,也许慢慢的会认识起来。前两天你还提了一段故事呢,不是一个男学生天天在路上碰见一个女学生,后来,就成了朋友吗?"燕西道:"那是小说上的事。是人家瞎诌的,哪里是真的呢?况且他们天天碰着,是出于无心。我若为了这个,每天巴巴的出去走一趟路,这算什么意思?"金荣笑道:"可惜那屋前屋后,没有咱们的熟人,要是有熟人,也许借着她的街坊介绍,慢慢的认识起来。"

金荣这是一句无心的话，却凭空将他提醒，他手把桌子一拍，说道："我有办法了！"金荣站在一边，听到桌子忽然拍了一下响，倒吓了一跳。说道："办虽然可以那样办，但是那条胡同，可没有咱们的熟人呢。"金燕西也不理他，在抽屉里拿出一盒雪茄，取了一根，擦了火柴，燃着火起来。一歪身躺在一张天鹅绒沙发上，右腿架在左腿上，不住的发笑。金荣不知道他葫芦里卖的什么药，也不敢问他，悄悄的走了。他躺在椅子上，想了一会儿，觉得计划很是不错。不过这一笔款子，倒要预先筹划一下才好。

这个星期日，他们的同乐会，一定是要赌钱的，我何不插上一脚，若是赢了，就有得花了。这样想着，觉得办法很对。当时在书房里休息了一会儿，按捺不住，脚又要望外走。于是戴了帽子，重行出来。走到大门口，只见粉墙两边，一路停着十几辆汽车，便问门房道："又是些什么人来了，在我们这里开会吗？"门房道："不是。今天是太太请客，七爷不知道吗？"燕西道："刘二奶奶来了没有？"门房道："来了，乌家两位外国小姐也来了。"燕西听说，要想去和刘二奶奶谈话，立刻转身就往里走。走到重门边，又一想，这时候她或许抽不开身，我还是去干我的罢。这样想着，又往外跑。

这时候，天色已经晚了，街上的电灯，已是雪亮。自己因为在路上走，不坐车，不骑马，碰见熟人，很不好意思的，因之只拣胡同里转。胡打胡撞，走进一条小胡同，那胡同既不到一丈宽，上不见天，两头又不见路。而且在僻静地方，并没有电灯，只是在人家墙上，横牵了一根铁丝，铁丝上悬着一盏玻璃灯罩。灯罩里面，放着小煤油灯在玻璃罩里，放出一种淡黄色的灯光，昏昏的略看见些人影子。那胡同里两边的房屋又矮，伸手可以摸到人家的屋檐。看见人家屋脊，黑魆魆的，已经有些害怕。自己心里一慌，不敢抬头，高一脚，低一脚，往前直撞。偏是心慌，偏是走不出那小胡同。只觉一个黑大一块的东西蹲在面前，抬头看时，原来是堵倒了的土墙。看明白了，自己心里才觉安慰些。偏是墙上又现出一团毛蓬蓬的黑影，里面射出两道黑光，不由得浑身毛骨悚然，一阵热汗涌了出来，一颗心直要跳到口里来。这时往前走不是，停住也不是，不知怎样是好。正在这时，那团毛蓬蓬的影子，忽然往上一耸，咪咪的叫了一声。金燕西这才明白过来，原来是一只猫。自己拍了一拍胸口，又在裤子口袋里抽出手绢来，揩一揩头上的汗。赶快的便往前走，好容易走出胡同口，接上人家门楼下，又钻出一条大狮子野狗。头往上一伸，直窜了过去，把他又吓了一跳。

这时抬头一看，面前豁然开朗，却是一片敞地。因为刚才那胡同小，在那里不啻坐井观天。这时走出来，满地雪白，一片月色。抬头一看，一轮将圆的月亮，已在当头。四围的人家，在月色之中，静悄悄的，惟有卖东西的小贩，远远的吆唤着，还可以听见。燕西对这种情形，真是见所未见。心想，这城市里面，原来也有这样冷静的地方。踏着水样的月色，绕过这一片敞地，找到一个岗警，才知正是落花胡同的西头。记着门牌，只走过几家人家，便是冷家了。

燕西在人家门口，站了一会子，看那屋后的一片树影，在朦胧月色之中，和自己所逆料的一点不错。不觉自己一个人微笑起来，想道：我这计划，准有一半成功了。走到门楼边，忽然有块石头将自己的脚一绊，几乎跌倒。低头看时，原来是块界石，上面写着什么字，却也未曾留意。但是想道：白天那人站在这里，和那个老妈子说话时，手上好像扶着一块什么东西，不就是一块界石吗？由此又想道：她那素衣布裙，淡雅宜人的样子，绝不是向来所见脂粉队里那班人可比。自己现在站的地方，正是人家白天在此站的地方。

若是这月亮之下和她并肩一处,喁喁情话,那是何等有趣!

想到这里,简直不知此身何在。呆了半天,直待有一辆人力车,叮叮当当,一路响着脚铃过来,才把他惊醒。车子过去了,他趁着胡同里无人,仔细将屋旁那丛树看了一遍,见那树的枝丫,直伸过屋的东边。东边似乎是个院子,这大门边的一堵土墙,大概就是这院子后面了。这一查勘,越发觉得合了他的计划,高兴极了,出胡同雇了一辆车,直驰回家。

到了家里,只见大门口一直到内室,走廊下,过堂下,电灯大亮,知道是来的女客未散。便慢慢走到里面,隔着一扇大理石屏风,向里张望。一看里面时,是他母亲和大嫂佩芳在那里招待客人。正中陈设一张大餐桌,上面花瓶果碟新红淡翠,陈设得花团锦簇。分席而坐的都是熟人。尤其是两个穿西装的女子,四只雪白的胳膊,自肋下便露出来,别有丰致。燕西想道:门房说是外国小姐,我以为是密斯露斯和密斯马丽呢,原来是乌家姊妹两个。

正看得有趣,只听见后面有脚步声。回头看时,却是西餐的厨房下手厨子,捧着托盘,送菜上来。燕西连忙对他一招手,叫他停住;一面在身上抽出日记簿,撕了小半页,用自来水笔,写了几行字,交给厨子道:"那席上第二个穿西装的小姐,你认识吗?"厨子道:"那是乌家二小姐。"燕西笑道:"对了。你上菜的时候,设法将这个字条交给她看。"厨子道:"七爷,那可不是耍的,弄出……"燕西随手在袋里一摸,掏出一卷钞票,拿了一张一元的,塞在厨子手里。轻轻的笑着骂道:"去你的罢,你就不会想法子吗?"厨子手端着托盘,蹲了一蹲,算请了一个安,笑着去了。燕西依旧在屏风边张望,看那厨子上了菜之后,却没有到乌二小姐身边去。心里恨道:这个笨东西,真是无用。一会儿厨子出来,燕西一直走到廊上,问道:"你这就算交了差了吗?"厨子笑道:"七爷,你别忙呀,反正给你办到得了。"燕西道:"怎样办到?你说。"厨子回头一望,并没有人,然后轻轻的对燕西说了。笑着问道:"七爷,这样办,好吗?"燕西也就笑着点了一下头。

厨子又上两道菜,便上咖啡。等咖啡送到乌二小姐席上时,厨子把手上那个糖块管子,伸到面前,那手腕几乎和二小姐的眼睛一般平。二小姐见他送东西直抵到面前来,有些不高兴。正要说不要糖时,眼光一闪,只见他手掌心朝里,上面却贴了一张字条。上面有几个字是:"我在外面等你,必来!燕西。"乌二小姐眼皮望上一撩,脸上含着笑意,和厨子微微点了一下头。厨子会意,自走了。

乌二小姐一面喝咖啡,一面对燕西的母亲金太太道:"伯母,听到你家五小姐说,你家七爷在学弹七弦琴,现在学会了吗?"金太太道:"咳!我家老七,不过是淘气而已,哪里学会什么?他什么东西也爱学,可是学不了三天,又烦腻了。"乌二小姐笑道:"这个古琴,还是在一个音乐会里听过的。记得那调子,叫什么沙洲飞雁。"大少奶奶佩芳道:"是《平沙落雁》罢?"乌二小姐笑道:"对了。据他们弹琴的人说,怎样怎样的。"说着,一回头对乌大小姐道:"姐姐,那回音乐会,你不也去了吗?静悄悄的坐了三四个钟头,我真正是闷得厉害。"乌大小姐道:"可不是,那天是南苑跑马的日子,倒耽误了没去。"乌大小姐对面,坐的是刘二奶奶。她穿了一件杏黄印度缎白金细花的旗袍,是全场衣服中最漂亮的人。她把胳膊撑在桌上,用三个指头,捏着小花匙,挑了半茶匙咖啡,送到嘴边呷了一口。却把无名指和小指翘了起来,露出无名指光灿灿的一个钻石戒指。她肩膀一耸,身子一扭,笑了一笑,说道:"你两位是喜欢买跑马票的人,所以喜欢看跑马。可是我和你性情不同,什么运动会,我懒得去。"

刘二奶奶邻座的邱惜珍小姐,也是个时髦女子,满头的头发全烫着卷了起来。用一条淡青的小丝辫,沿额绕了一匝,在髻下扭了一个小小的蝴蝶结儿。上身穿一件绒紧身儿,外面罩了一件海棠红色软葛单衫,细条条儿的一个身子,单衫挖着鸡心领圈,并没有领子,雪白的脖子,整个儿露在外面。胸前倒绕了一串珠子,竟是不中不西的服装。她听到刘二奶奶那样说,便道:"刘二奶奶像我一样,喜欢看电影,所以她浑身的姿态,不知不觉都成了电影明星的样子了。"刘二奶奶顺便伸出一只手,抚摸着她的头道:"你这个样子,很像黛维斯呢!"惜珍道:"你像谁呢?"说时,口里含着一个指头,偏着头,斜着眼珠,望刘二奶奶的脸。刘二奶奶笑道:"瞧你这个样子,这不是演电影吗?"邱惜珍道:"我看你很像康丝钿,你自己承不承认?"刘二奶奶道:"那我怎样配?"邱惜珍道:"明星不是人做的吗?可惜我不在美国,我要在美国,一定要到好莱坞去试试。"

乌二小姐笑道:"密斯邱真不愧是个电影迷,说出话来,句句是本行。"佩芳便接嘴道:"邱小姐那样爱电影,何不买一个机器,在自己家里映着玩?"邱惜珍道:"那是不成的,看电影不像听话匣子,一张片子,可以尽听。电影是顶多看两次,三次就没有意思的。若是买机器在家里演,买一套片子,只能看一两回,况且出卖的片子,哪里有好东西,零零碎碎的,只好让小孩子玩罢了。你想,好的片子,电影院租来演一演,有几千块钱呢。如今七八十块就可以买一套片子,那还看得上眼吗?若说租片子来自演,花钱多,还要等电影院映完了才能来,更不合算。所以买电影机在家里玩是不成的。"乌二小姐笑道:"真是个内行,说得头头是道。"便对佩芳道:"你家七爷喜欢看小说和杂志,这电影杂志也有吗?"佩芳道:"大概有。我们有时和他要一两本小说看,这些杂志,倒没有看到。"邱惜珍连忙说道:"若是有英文的,我要借两本看看。"乌二小姐道:"密斯邱认识他家七爷吗?"邱惜珍道:"不认识。"乌二小姐道:"我可以介绍。我们过一阵到他书房去,亲自和他借去。"惜珍心里想着,他们家燕西,女朋友里面很有个名儿,只是无缘接近。乌二小姐这话,正合心意。便道:"很好,就请你介绍介绍。"

这时,大家已散了席,各人随便说话。乌二小姐便引着邱惜珍同来访燕西。燕西已换了长衣服,套了小坎肩,头发理得光滑滑的。他听到窗子外面,的咯的咯的一阵高跟皮鞋的声音,就知道是乌二小姐来了。但是一面还有两个人的笑语声,似乎不是一个人。心里想着,难道姊妹二人都来了?马上就听见门外有人叫道:"七爷。"燕西连忙道:"啊哟,密斯乌,请进请进。"门帘一动,乌二小姐进来,后面跟着一位十八九岁的姑娘,早是含着笑容,远远的一鞠躬。燕西认得她是邱惜珍,而且见面多次,不过没有谈过话罢了。便笑嘻嘻的道:"这是密斯邱,一向没有请教过,难得来的,请坐请坐!"乌二小姐笑道:"你们认识呀?"燕西道:"原是不认识的,因为上次白府上的二爷结婚,女边是密斯邱的傧相。听见人说,那位就是邱小姐,所以我认识了。"乌二小姐笑道:"就是这样,二人也总算彼此认识,无须介绍了。"燕西将她两人让在一张沙发椅上坐了,自己对面相陪。眼睛却不由得对乌二小姐射了两眼。心里说,你何必带一位生客来?乌二小姐也会其意,眼皮一撩,不免露着微笑。

燕西因为邱惜珍是生朋友,自然要先敷衍她。便说道:"密斯邱,近来到白府上去过吗?"惜珍道:"常去的。那个新娘子,是我的老同学,我们感情很好的。"燕西道:"是,他们新夫妇刚由南边度蜜月回来哩,听说又要到日本去了。"说着,笑了一笑,然后说道:"这种风俗,中国学样的,也慢慢的多了。"邱惜珍没甚可说,只微微一笑。乌二小姐是个知趣的人,觉得燕西的话,邱惜珍有些难于接着说,便道:"你猜我们做什么来了?"燕西想:你知我知,还要猜什么呢?答道:"我是个笨人,哪里猜得着你们聪明人的心窍?"乌二小姐道:"听说七爷的杂志很多,我们要来借着看呢。"燕西道:"有有有!"顺手将身后一架穿衣镜的镜框子一摸,现出一扇门。门里是一间书房。屋的四周,全是书橱书架。燕西站起来用手向里一指,说道:"请到这里面去看。靠东边一带,三方书架,全是杂志。要什么,请二位随便拿。"乌二小姐和邱惜珍走到里面去,见里面除了一案一椅一榻之外,便全是书。看那些书,一大部分是中外小说,其次是中外杂志,也略微有些传奇和词章书。大概这个屋子,是燕西专为消遣而设的,并不是像旁人的书房,是用功之地。

邱惜珍翻一翻那外国杂志,名目很多,不但有电影杂志,就是什么建筑杂志,无线电杂志都有。邱惜珍道:"七爷很用功,还研究科学?"燕西笑道:"哪里,我因为那些杂志上有许多好看的图画,所以也订一份。好在外国的杂志,他们是以广告为后盾,定价都很廉的,并不值什么。"惜珍在那些杂志堆里,挑了一阵,拿了六七本电影杂志在手上。说道:"暂借我看几天,过日叫人送回来。"燕西笑道:"说什么送回来的话?"邱惜珍道:"我虽不是一个读书的人,但是读书人的脾气,我是知道的。你借他别的什么珍爱的东西,你不还他,他都不在乎。你若是借了书不还他,他很不愿意的。七爷,对不对?"燕西笑道:"从前我原是如此。后来书多了,东丢一本,西丢一本,又懒去整理,于是乎十本书倒有九本是残的,索性不问了,丢了就让它丢。"乌二小姐笑道:"这倒是七爷的实话哩。"邱惜珍道:"那我总是要还的,因为有借有还,再借不难呢。"乌二小姐笑道:"你这人看也惹不得,第一回刚到手,又预定着借第二次了。"燕西道:"不要紧,有的是,尽管来要。"

邱惜珍一面说话,一面就走。乌二小姐跟着惜珍后面,也一路的走出来,燕西一再把眼睛对她望着,意思叫她多坐一会儿。乌二小姐含着微笑,只当不知道。燕西只得说道:"二位何不坐一会儿?"惜珍道:"今天不早了,急于要回去,过日再来谈罢。"燕西道:"密斯乌也是这样忙吗?"乌二小姐回头对燕西一笑,说道:"说忙呢,没有什么大不了的事。说不忙呢,可也没有坐着谈天的工夫。"燕西道:"不是留你闲谈,我有一桩事和你相商呢。"乌二小姐停住脚,便回转头问道:"什么事?"燕西被她这一问,倒说不出所以然来。笑着低头想了一想,说道:"暂且不说,明天再谈罢。"目视邱惜珍后影,姗姗而去。

第三回

遣使接芳邻巧言善诱　通幽羡老屋重价相求

这时，惜珍已走得远了，乌二小姐连忙也走开，燕西由走廊上一路跟了下来。说道："我真有句话对你说。"一面说一面向前看，见惜珍已转过回廊去了。便道："我那张字条，你看见吗？"乌二小姐笑道："什么字条？我没有看见。"燕西道："你不要装傻，不是看见字条，你怎么来着？"乌二小姐道："我介绍密斯邱和你借书来了。"燕西道："她何以知道我有电影杂志？"乌二小姐笑道："那我怎样知道？"说毕，把两只雪白的胳膊竖将起来，抱着拳头，撑着左边的脸，格格的笑。燕西看见她这样子，笑道："到我那里去坐坐，我有话和你说。"乌二小姐把手轻轻的对燕西一推，说道："我对白小姐说去，说你喜欢交女朋友。"燕西将她两手捉住，说道："交朋友，她也不能干涉我。"乌二小姐将两手往怀里一夺，转身就走。她也不沿着回廊走，跨出小栏干，便闪到一丛花架子后面去。这花架子上，正安有一盏大电灯，见她将右手三个指头，在嘴唇上一比，然后反过巴掌来对燕西一抛，就转身跑进里院门去了。

燕西一只手扶着走廊上的木柱，一只手插在裤兜里，呆呆的对里院望着。后面忽然有一个人喊道:"老七,一个人站在这里做什么?"燕西回头看时,是他大哥金凤举。便道:"在屋子里坐着怪头晕的,出来吸一吸新鲜空气。"凤举道:"你出口就是谎。你要吸空气,你那屋门口,一个大院子,比这里就宽畅得多,何必还到这里来?我刚才看见一个女子的影子一闪,又是一阵皮鞋响,不是有人在这里和你谈话来了吗?"燕西道:"分明你看见了,还问我做什么?"凤举道:"我说句老实话,劝你不要和乌家两位来往。她两人的外号,不很好听。"燕西道:"她有什么外号,我没有听见说过。"凤举道:"我不必告诉你。我若告诉你,你一定说我造谣。"燕西道:"她又不是我什么人,我何必那样为着她,你只管说,她有什么外号?"凤举道:"难道你一点都不知道么?"燕西道:"自然是一点不知道,我要知道,何必问你。"凤举笑了一笑道:"她那个外号,可真不雅呢。叫她……"燕西道:"她叫什么?"凤举道:"咳!说起来真不好听,她叫咸水妹呀。"

燕西听了这话,心里倒好像受了一种什么损失一样。说道:"你这话有些靠不住,我不敢信。"凤举道:"我知道说出来了,你不相信嘛,这也难怪,情人眼里出西施啦。其实呢,你仔细一调查密斯乌的家境,你才知道这话有来历。你想想看,她父亲只那一点小差事,姊妹两人每月给的汽车费,也就去一大半呀。能够让她姊妹俩昼夜奔走交际场中这样挥霍吗?由此类推,我们可想她俩用的钱,决不出自家中。钱既然不出自家中,下文也就不必说了。我看你和她,感情还不十分浓厚,所以老实说出来。不然,我还不说呢。"

燕西虽然不服他这话,但是他所举的理由,却极为充足。说道:"各人有各人的秘密,旁人哪会知道呢?再说,这话果然对的话,今天请客,是大嫂的东,为什么你不拦阻,还让她请呢?"凤举道:

"事先我原不知道,就是知道,我也不会拦阻的,因为她请过你大嫂好几回了。我主张赶快还了礼,以后少来往些。所以我常说:几个熟人听听戏打打小牌还不要紧,一卷入交际旋涡,花钱是小事,昏天黑地,不分昼夜,身体也吃不住。据我所闻,她们这些交际明星,不是适用乌氏姊妹这种办法,没有不亏空的。前没两天,何家大小姐,私私的拿了一些珠子,托你大嫂给她卖。看那东西要值三千上下,她说两千块钱就卖了。你想,何家那种人家是什么体面人家,那他的大小姐至于把首饰出卖,私债应该到了什么地步?女人尚且如此,男人更何消说!"燕西道:"这事是真的吗?"凤举说:"你如不信,你去问一问你大嫂。"燕西道:"不是我不信,因为前天我还看见她在西来饭店大厅大请客,大概那一餐饭,总在四五百元。既然手头很窘。何必还要这样花钱?"凤举说:"惟其如此,所以亏空越闹越大呀。"燕西听说,便去思忖她们所以如此的原故。

凤举见燕西低头不语,自向后面去了。燕西抬头,不见凤举,也各自回房。一回房,便想起落花胡同那个女孩子,心想,老大的话,果然不错。若说交女朋友,自然是交际场中新式的女子好。但是要结为百年的伴侣,主持家事,又是朴实些的好。若是我把那个女孩子娶了回来,我想她的爱情,一定是纯一的,人也是很温和的,绝不像交际场中的女子,不但不能干涉她的行动,她还要干涉你的行动啦。就以姿色论,那种的自然美,比交际场中脂粉堆里跳出来的人,还要好些呢。好,就是这样办。

主意想定,便按铃将金荣叫了进来。说道:"我挑剔你发一笔小财,你能不能办到?"金荣笑道:"发财的事,还有不干的吗?"燕西道:"干,我是知道你干。我是问你办得到办不到?"金荣道:"这就不敢胡答应,得先请请你的示。"燕西道:"我要圈子胡同十二号那所房子，你去找拉纤的，把那房子给我买来。"金荣道："七爷说的是玩话罢？你要买那房做什么？"燕西道："我和你说什么玩话，你和我买来得了，你看那房子要多少钱？"金荣道："我又不知道那屋是朝东朝西，是大是小，知道要多少钱呢？"燕西也觉这话问得冒失了，便笑道："我仿佛记得和你说过呢。好罢，你明天早上去看一看，再来回我的信。"金荣笑道："七爷听见谁说，那房子出卖？"燕西道："我没听见谁说。"金荣道："那末，是在报上瞧见广告上出卖罢？"燕西道："也没有。"金荣道："这又不是，那又不是，你怎样会知道人家房屋出卖呢？"燕西道："我并不知道，我想买就是了。"金荣道："我的爷！你怎样把天下事情看得这样容易？这又不是什么店里铺里的零星东西，我们要什么，便买什么，人家并没有出卖的意思，我怎样去问人家的价钱？"燕西道："我看那所房屋是空的，不出卖，也出租，你去问问，准没有错。"

　　金荣低头想了一想，他为什么要置起产业来，这不是笑话吗？哦！是了。那里到落花胡同很近，大概就是为和那个人儿做街坊的意思。便笑道："我这一猜，便猜到你心眼儿里去了。你要在那里买房，预备办喜事呢。可是在那里到落花胡同，还隔着一条胡同呢。"燕西笑道："你别管，给我办去就是了。"金荣凑近一步，笑问道："这自然是你私下买，要守秘密的。但是你预备了这些现款吗？"燕西道："我的事，我自然有办法，用不着你多虑。我叫你去买房子，你就去买房子得了，别的你不用管。"金荣不敢再多说话，免得找钉子碰，便答应着出去了。

　　到了次日，金荣便根据燕西的话，自向圈子胡同十二号来看房子。一到门口，见关着两扇大门，并没有贴招租的帖子。在门缝里向里张望，里面空荡荡的，并没有什么人。悄悄的听了一会子，也没有什么声音，倒好像是一所空房。踌躇了一会子，不知道怎么好。心想，门既是由里朝外关的，一定里面有人，我且叫一声试试看，便将门敲了几下。接上听见门里有一阵咳嗽声音，继继续续，由远而近，梯踏梯踏，一阵脚步响。到了门边，门闩剥落一声，又慢慢的开了一扇门。金荣看时，伸出一颗脑袋来，一张枯蜡似的面孔，糊满了鼻涕眼泪，毛蓬蓬的胡子里发出苍老的声音来，问道："你找谁呀？"金荣赔着笑道："我来看房的。"那个老头子道："我这房子不出赁呀。"说毕，头望里一缩。

金荣怕他关上门，连忙将脚往里一插，人也进去了。说道："你这里不是空房吗？怎样不出赁？"那老头子道："人家不愿出赁，就不愿出赁，你老问什么？"金荣见他是个倔老头子，不能和他硬上，便在身上掏出两根烟卷，将一根递给那老头子道："你抽烟。"那老头子接了一根烟卷，便道："你要取灯儿吗？"说着，伸手在袋里摸了一摸，摸出几根火柴，将一根擦着，和金荣燃烟。金荣道了一声劳驾，将烟就着火吸上了。然后那老头子也自己把烟吸上。金荣道："你贵姓？"老头子道："我叫老李，是看房的。"金荣道："我猜就是。这种事，非年老忠厚的人，是办不来的。还有别人吗？"老李道："没有别人，就是我一个。"金荣道："你好有耐性，看得日子不少了罢？"老李道："可不是！守着两个多月了。"金荣一面说话，一面往里走。

一看时，是一重大院子，把粉壁来一隔为二。里外各有一株槐树，屋子带着走廊，也很大的。就是油漆剥落，旧得不堪。走进这重院子，两边抄手游廊。中间一带假石山，抵住正面一幢上房，有两株小树，一力葡萄架，由这里左右两转，是两所厢房。厢房后面，十来株高低不齐的树,都郁郁青青,映得满院阴阴的。地上长的草,长得有三四尺长,人站在草里,草平人腹。草里秽土瓦砾,也是左一堆右一堆,到处都是。看一看,实在是一所废院。草堆里面,隐隐有股阴霉之气触鼻。这房子前前后后,没有一点兴旺的样子。金荣心里很奇怪,这屋子除了几株树而外,没有一件可合我七爷意思的,他为什么看中了一定要买过来?

  金荣将前后大致一看,逆料这房东是有钱人家,预备把房子来翻造的。不然,这一所破屋,还留着干什么?便问那老人道:"这房为什么不赁出去?"老人道:"人家要盖起来,自己住哩。"金荣道:"什么时候动手呢?"老人道:"那就说不上。"看他样子,有些烦腻似的。金荣在身上一摸,摸出两张毛钱票,递给老人道:"我吵你了,这一点钱,让你上小茶馆喝壶水罢。"老人道:"什么话!要你花钱。"说时,他搓着两只枯瘦的巴掌,眼睛望着毛钱票笑。金荣趁此,便塞在那老人手上了。老人将钱票收起,笑着说道:"我是这里收房钱的王爷叫来的,东家我也不认识。你要打听这里的事,找那王爷便知道。这几日他常来,来了就在胡同口上大酒缸呆着。你到大酒缸那里去找他,准没有错。"金荣道:"我怎样认得他?"老人道:"他那个样子容易认,满脸的酒泡,一个大红鼻子,三十上下年纪,说话是山东口音。那大酒缸,除了他,也没有第二个这样的人。"

  正说话时,一阵叮叮当当的小锣响。听那响声,正在院墙外面,大概是小胡同里,铜匠担子过去了。金荣道:"这墙外面,是什么地方?"老人道:"是落花胡同。"金荣心里明白了,想道:我们七爷对于这事,真也想得周到。看这一所房子,连前门到后墙,都看了一周呢。既打了这个傻主意,大概非将房子弄到手是不罢休的。

那老人道:"你要打听这事,是想赁这房子吗?"金荣便含糊答应道:"是的。但是房东既然要盖房,那是赁不成了。"老人道:"不要紧,你运动运动那王爷就成了。"说着,低了一低声音道:"咱们都是和人家办事的人,你还有什么不明白?"金荣笑着点了一点头,便走出大门来。那老头还说道:"你若是再来,只管敲门,我是一天到晚在这里呆着的。"金荣知道是那几毛钱的力量,含笑答应去了。他想,既来一趟,索性把事情办个彻底,因此就先到大酒缸去喝酒,打听打听姓王的什么时候来。

也是事有凑巧,不到半个钟头,就有一位酒糟面孔的人,自外面来。金荣看他那样子,正和那老头说的一般无二。金荣见他一进门,连忙站起身来相让。那人看金荣样子,猜是同道朋友,也就点了一个头。金荣道:"尊驾贵姓王吗?"那人道:"对了,我叫王得胜。尊驾认得我?"金荣道:"倒好像哪里会过一面,只是记不起来。"说着,便让王得胜一处坐下,先就给他要了一壶白干。王得胜见人让他喝酒,他就一喜,觉得金荣是诚心来交朋友的。只谦让了一下,也就安之若素。金荣道:"我和你打听一件事,那圈子胡同十二号的房子,是贵东家的吗?"王得胜道:"是的。"金荣道:"现空在那儿呢,为什么不赁出去?"王得胜道:"东家要翻盖新的呢。"金荣道:"我也知道,不过那房子老空着,到什么时候才赁出去呢?反正盖好了赁出去,是得钱,不盖好了赁出去,也是得钱。若是现在有人要赁,我看赁出去也好。"

王得胜知道他是要求赁房子的,便道:"这话也是。不过房东他要盖了新的再赁,他有他的盘算,我们哪里知道。"金荣道:"敝东是因有一桩事要在这圈子胡同办,一刻儿工夫,这里又没有房子出赁,没有办法。恰好你这里房子空出来了,所以很想赁过来。至于房钱要多少，那倒好商量。"王得胜想了一想，知道他一定有什么要紧的事，非赁这房子不可。便道："敝东家房子有的是，他倒不在乎几个租钱。"金荣道："这是咱们哥儿们自己说话，不必相瞒。我看王爷就能给贵东家做一大半主，只要你能凑付凑付，一定可以办成功。再不然的话，这房子也很狼狈了。若是贵东家能出让，价钱一层，只要酌乎其中，倒是没有什么关系的。"

王得胜见他索性进一步，要买这房子，心里倒很诧异起来。心想，难道我这房子出宝贝吗？何以这个样子要得厉害？于是就丢了房子不谈，慢慢的探问金荣东家是谁，办什么喜事不办？从头到尾，盘问个不了。金荣一想，若是不把话说明，王得胜一定要当做一种的发财买卖做，一辈子也说不拢。便把这屋是少爷要住的话说明了。至于要住的目的呢，就是为着要娶这附近一个姑娘做外室。

王得胜喝了几杯酒，未免有些醉意，笑着问道："我打听打听，是哪家的姑娘？"金荣道："我也不知道，反正总离这房子不远。"王得胜想了一想，笑道："哦！我知道了，一定是落花胡同冷家的。这两条胡同，就要算她长得标致。她住着的屋子，也是我们的，难怪你们少爷要想住这房子了。既然是你金府上要买，有的是钱，只要你舍得价钱，管他三七二十一，我就劝敝东卖了。"金荣道："那末，你看要多少钱？"王得胜道："大概总要在一万以上罢？"金荣笑道："这所房子，屋是没用了，就剩一块地皮，哪里值得许多？"王得胜道："要以平常论，怕不是只值四五千块钱，现在你一个要买，一个不卖，不出大价钱哪行？再说，我还是白说一句，东家的意思，我还不知道呢。"金荣见有了一些眉目，越发钉着往下说。约了明天上午，再在此地相会。今日各人告诉东家，商量此事。

当时会了酒钱，走回家去，对燕西一头一尾说了。燕西大喜，马上就叫金荣分付开车,带着金荣坐了汽车,就到圈子胡同来看房子。燕西进去看了一遍,觉得屋子实在太旧。但是一到后院,他一看看隔壁,脸上忽露出笑意,好像记起了什么似的。于是带着金荣,绕道走到落花胡同那屋后身来看了一会儿,果然前日晚上所看的那一排树,正是后院。那屋和冷家紧隔壁。冷家门那边,记得有一块界石,这时一看,正是在墙转角处。一看那界石上的字,和这边墙脚下界石上的字,恰是一样,同是"三槐堂界"四个字。

燕西笑对金荣道:"那姓王的,不是说冷家住的房,也是他的吗?这一看,果然不错。你告诉他,我全买了。"金荣道:"那边一所破屋,他就要一万,这边屋虽然很小,却是好好的,怕又不要三四千吗?"燕西道:"哪要你和我心痛花钱,你只把事情弄得好好的也就得了。"燕西看了一遍,正是高兴。心里盘算着,就派他一万罢,反正总值个六七千,那吃亏也有限,只当一场大赌输了。我那存款折上记得还有六七千块钱,各处凑着借三四千,也不值什么,这事就妥了。看了一遍,计划一遍,甚是高兴。回得家去什么也不过问,一直就回卧室,去盘自己的帐。可是在床底下那小保险箱子里,将存折拿出来一看,大为失望,只有两千多块钱了。自己好生疑惑,心想,我怎样就把钱花去许多?便从头至尾,将帐看了一看,觉得也差不多。

这时,玻璃窗上,发出一种磨擦的声音。猛然一抬头,只见窗子外一个花衣服的影子一闪。燕西问道:"谁?"窗子外有人笑着答道:"是我。"燕西笑道:"小怜,你进来,我有话和你说。"小怜道:"我不进来。你有什么事?"燕西道:"真有事,你进来。"小怜道:"巧啦!我来了,你就有事。我不来呢,你这事叫谁做去?"燕西道:"你不信,我也没法,我自己做罢。"小怜道:"真有事吗?进来就进来,你反正不能吃我下去。"说时,笑着进来了。燕西见她穿了一件白底印蓝竹叶的印度布长衫,笑道:"骇我一跳,我怕是南海观世音出现了呢。"小怜笑道:"这是我新做的一件衣服,你看好不好?"燕西道:"好!好得很!我不是说了,像观音大士罢?"小怜道:"你是笑我,哪是说好哩?"燕西笑道:"你别动,让我仔细看看。"说着,站起身来,歪着头对小怜周身故意仔细的看。小怜道:"我知道你没有什么事嘛。"说毕,掉转身子就要跑。

燕西一把将她衣裳拖住,说道:"真有事,你别跑。"说着,就把扔在沙发椅上的存折,捡了起来,递给小怜道:"劳你驾,给我细细的算一算,帐目没有错吗?"小怜道:"你自己为什么不算?"燕西道:"我是个粗心人,几毛几分的,我就嫌它麻烦,懒得算。可是不算几毛几分,又合不起总数来。我知道你的心最细,所以请你算一算。"小怜笑着把一只左眼睛睒了一下,又把嘴一努,说道:"别灌米汤了。"燕西道:"怪呀!这'灌米汤'一句话,你又在哪里学来的?"说时,握着小怜一只手,笑道:"我为什么要灌你的米汤?"小怜的手一挥,说道:"别闹,让人看见了,成什么样子?要我算不要我算?要我算,你就坐在一边不许动。不要我算,我就走了。"说完,身子一扭,脸朝着外,就有想走的样了。

燕西连忙抢上前,挡住门,两手一伸开,说道:"别走!别走!就让你好好的算,我坐在一边不动,这还不行吗?"小怜道:"那就行。"便坐在桌子边,用笔算法一笔一笔的把那存折上的帐算起来。她算帐时,依旧不住的用眼睛瞟着燕西,看他动不动。燕西只是微笑,身子刚一起,小怜扔笔就跑。跑到窗子外,然后说道:"我知道你要动手动脚呢。"燕西在屋子里说道:"叫你算帐,你怎样不算完就跑了?"小怜道:"我都算完了,没有错。"燕西道:"总数是多少?"小怜道:"那存折上不写得清清楚楚吗?还问我做什么?"说时,人已走远了。

燕西自言自语道："这东西，喜欢撩人，撩了人，又要跑，矫情极了。哪一天我总要收拾收拾她！"猛一抬头，只见张顺站在面前，不由得脸上一红。说道："进来做什么？"张顺道："不是七爷叫我吗？"燕西道："谁叫了你？"张顺笑道："你还按着铃呢。"燕西低头一看，果然自己手按在电铃机上。笑道："我是叫金荣。"张顺道："七爷不是叫他出去了吗？"燕西道："那就算了罢。"张顺摸不着头脑，自走了。燕西捡起存款折，把数目又看了一遍，心想，这个数目和预算差得太多了，怎样能够买房呢？现在只有两个法子，第一个法子到银行里去透支一笔，第二个法子是零碎借去。不过第一着，怕碰钉子，还是实行第二着罢。他主意已定，于是实行第二着起来。

第四回

屋自穴东墙暗惊乍见　人来尽乡礼共感隆情

燕西所想的第二个计划，不能到外边去，还是在家里开始筹划。家里向男子一方面去求款谁也闹饥荒，恐怕不容易，还是向女眷这一方面着手，较为妥当。女眷方面，大嫂三嫂翠姨，大概均可以借几个。母亲那里，或者也可以讨些钱。主意定了，也不加考虑，便先来找翠姨，走到院子里，故意把脚步放重些。一听翠姨一人在里面说话，大概是和人打电话。燕西便不进去，在院子里站着，听她说些什么。

只听翠姨操着苏白说道："触霉头，昨涅子输脱一千二百多洋钿。野勿曾痛痛快快打四圈。因为转来晏一点，老头子是勿答应格。"燕西一想，这不用去开口了。她昨晚输了一千多块钱，今天多少有些不快活。这样想，便来找他三嫂王玉芬。这一排屋，三个院子，住的是他父亲一妻二妾，这排后面两个院子，是大兄弟夫妻两对所住。中间一个过厅，过厅后进，才是燕西三个姐姐和老三金鹏振夫妻分住两院。

燕西由翠姨那边来，顺着西首护墙回廊，转进月亮门，便是老二金鹤荪的屋子。一进门，只见二嫂程慧厂手上捧着一大叠小本子，走了出来。一见燕西,抢上前一步,一把抓住他的手说道:"老七,我正要找你。"说时,把手上那一叠小本子,放在假山石上。另外抽出一个本子来,交给燕西道:"你也写一笔罢。"燕西一看,却是一本慧明女子学校募捐的捐簿。便笑着说道:"二嫂,好事你不照顾兄弟,这样的事,你就找我了。我看你还是去找父亲罢。"程慧厂冷笑道:"找父亲,算了罢,别找钉子碰去!前次我把《妇女共进会章程》送上一本去,还没有开口呢,他就皱着眉毛说:这又是谁出风头?保不定要来写捐。我有钱不会救救穷人,拿给他们去出风头做什么。我第二句也不敢说,就退出来了。"

燕西一面说话,一面翻那捐簿,上面有写五十块钱的,有写三十块钱的。五姐敏之六姐润之,都写了五十元。程慧厂自己独多,写了二百元。便笑着说道:"从大的写起,不应就找我,应该找大哥。从亲的写起,也不应先找我,应该找二哥。"慧厂道:"我本来是去找大哥的,碰见了你,所以就找你。"燕西道:"二哥呢?"慧厂道:"他有钱不能这样用,要送到胡同里去花呢。"

说时,燕西二哥鹤荪,在里面追了出来,说道:"我没有写捐吗?我给你钱,你把它扔在地下了。"慧厂道:"谁要你那十块钱?写了出来,人家一问,叫我白丢人,倒不如你不写,还好些呢。"燕西本也想写十块钱的,现在听见二哥写十块钱碰了钉子,便笑道:"两个姐姐在前,都只写五十块。我写三十块罢。"慧厂笑道:"老七,你倒很懂礼。"燕西笑了一笑。慧厂道:"不是我嘴直,你们金家男女兄弟,应该倒转来才好。就是小姐变成少爷,少爷变成小姐。"鹤荪笑道:"这话是应该你说的,不是老五老六,多捐了几个钱吗?"慧厂道:"她们姊妹的胸襟,本来比你们宽阔得多。就是八妹妹年纪小,也比你们弟兄强。"鹤荪对燕西微笑了一笑,说道:"钱这个东西,实在是好,很能制造空气哩。"

燕西急于要去借钱,不愿和他们歪缠,便对慧厂道:"二嫂,你就替我写上罢。钱身上没有,回头我送来得了。"说毕,就往后走。走在后面,只见王玉芬穿了一件杏黄色的旗袍,背对着穿衣镜,尽管回过头去,看那后身的影子。他三哥金鹏振,在里面屋子里说道:"真麻烦死人!一点钟就说出门,等到两点钟了,你还没有打扮好,算了,我不等了。"玉芬道:"忙什么?我们怎能和你爷们一样,说走就走。"鹏振道:"为什么不能和爷们一样?"玉芬道:"你爱等不等,我出门就是这样的。"燕西见他哥嫂,又像吵嘴,又像调情,没有敢进去,便在门外咳嗽了一声。

玉芬回头一看,笑道:"老七有工夫到我这里来!无事不登三宝殿,此来必有所谓。"燕西笑道:"三嫂听戏的程度,越发进步了,开口就是一套戏词。"玉芬笑道:"这算什么!我明天票一出戏给你看看。"燕西道:"听说邓家太太们组织了一个缤纷社。三嫂也在内吗?"玉芬对屋里努一努嘴,又把手摆一摆。说道:"我和她们没有来往。我学几句唱,都是花月香教的。"燕西道:"难怪呢,我说少奶奶小姐们捧坤伶有什么意思,原来是拜人家做师傅。"玉芬道:"谁像……"鹏振接着说道:"得了得了,不用走了,你们就好好的坐着,慢慢谈戏罢。"玉芬道:"偏要谈,偏要谈!你管着吗?"燕西见他夫妻二人要出去,就笑着走了。

燕西一回自己屋里,自言自语的道:"倒霉!我打算去借钱,倒被人家捐了三十块钱去了。这个样子,房子是买不成了。"一人坐在屋子里发闷。过了几个钟头,金荣回来,说道:"已经又会到了那个王得胜。说了半天,价钱竟说不妥。"燕西道:"我并不一定要那所破房,我们就赁住几个月罢了。可是一层,不赁就不赁,那两幢相连的屋,我一齐要赁过来。"金荣道:"那幢房子,现有人住着,怎样赁得过来?"燕西道:"我不过是包租,又不要那房客搬走,什么不成呢?"

金荣想了一想,明白了燕西的意思,说道:"成或者也许成,不过王得胜那人,非常刁滑,怕他要敲我们的竹杠。"燕西不耐烦道:"敲就让他敲去!能要多少钱呢,至多一千块一个月罢了。"金荣道:"哪要那些?"燕西道:"这不结了!限你两天之内把事办成,办不成,我不依你。"金荣还要说话,燕西道:"你别多说了,就是那样办。你要不办的话,我就叫别人去。"金荣不敢做声,只得出去了。

第二日,金荣又约着王得胜在大酒缸会面,特意出大大的价钱。开口就是一百五十元,赁两处房子。说来说去,出到二百元一月,另外送王得胜一百元的酒钱。王得胜为难了一会儿,说道:"房钱是够了。可是冷家那幢房子,我们不能赁。因为东家一问起来,你们为什么要包租,我怎样说呢?"金荣道:"你就说我们为便利起见。"王得胜道:"便利什么?一个大门对圈子胡同,一个大门对落花胡同,各不相投。现在人家赁得好好的,你要在我们手上赁过去,再赁给他,岂不是笑话?"金荣想着也对,没有说话。

王得胜忽然想起一桩事,笑了一笑,对金荣道:"我有个法子,你不必赁那所房子,我包你家少爷也乐意。"如此如此,对金荣说了一遍。金荣笑道:"好极,就是这样办。"王得胜道:"房钱不要那许多,只要一百五十就行了。不过……"金荣道:"自然我许了你的,绝不缩回去。照你这样办,我们每月省五十,再补送你一百元茶钱得了。但是我们少爷性情很急,越快越好。"王得胜道:"我们屋子,摆在这里,有什么快慢。你交房钱来就算成功。"金荣见事已成,便回去报告。

燕西听说也觉满意，便开一千块钱的支票，交给金荣去拾掇房子，购置家伙。限三日之内，都要齐备，第四日就要搬进去。金荣知道他的脾气，不分日夜和他布置，又雇了十几名裱糊匠，连夜去裱糊房子。那房子的东家，原是一个做古董生意的人，最会盘利，而今见有人肯出一百五十元一月，赁这个旧房，有什么不答应的。那王得胜胡说了一遍，他都信了。

到了第三日下午，燕西坐着汽车，便去看新房子。那边看守房子的王得胜，也在那里监督泥瓦匠，拾掇屋子。燕西一看各处，裱糊得雪亮。里里外外，又打扫个干净，就不像从前那样狼狈不堪了。王得胜看燕西那个丰度翩翩的样子，豪华逼人，是个阔绰的公子哥儿。便上前来对燕西屈了一屈腿，垂着一双手，请了一个安。金荣在一边道："他就是这里看房子的。"燕西对他笑了一笑，在袋里一摸，摸出一张十元的钞票，交给他道："给你买双鞋穿罢。"王得胜喜出望外，给燕西又请了个安。回头对金荣笑道："那个事我已经办好了，我们一路看去。"说着，便在前引导。

刚刚只走过一道走廊，只听哗啦哗啦一片响声。王得胜回头笑道："你听，这不是那响声吗？大家赶快走一步。"走到后院，只见靠东的一方短墙，倒了一大半，那些零碎砖头，兀自往下滚着未歇。墙的那边，是人家一所院子的犄角。接上那边有人嚷着道："哎呀！墙倒了。"就在这声音里面，走出来两个妇人，一个女子。内中一个中年妇人，扶着那女子，说道："吓我一跳，好好的，怎样倒下来了？"那女子道："很好，收房钱的在那边，请他去告诉房东罢。"说着，拿手向这边一指。

王得胜早点了一个头，从那缺口地方，走了过去，说道："碰巧！我正在这里，让我回去告诉房东。"那中年妇人道："你隔壁这屋子，已经赁出去了吗？"王得胜笑道："赁出去了。"那中年妇人道："那就两家怪不方便的，要快些补上才好呢。"王得胜道："都是我们的房，要什么紧？人家还有共住一个院子的呢。"他们在这里说话，燕西在一边听着，搭讪着，四围看院子里的树木，偷眼看那个女子，正是自己所心慕的那个人儿。

这时，她穿一套窄小的黑衣裤，短短的衫袖，露出雪白的胳膊，短短的衣领，露出雪白的脖子，脚上穿一双窄小的黑绒薄底鞋，又配上白色的线袜，漆黑的头发梳着光光两个圆髻，配上她那白净的面孔，处处黑白分明，得着颜色的调和，越是淡素可爱。那女子因燕西站在墙的缺口处，相处很近，不免也看了一眼。见他穿了一件浅蓝色锦云葛的长袍，套着印花青缎的马褂，配上红色水钻纽扣，戴着灰绒的盆式帽，帽箍却三道颜色花绸的。心想，哪里来这样一个时髦少年？一时之间，好像在哪里见过这人，只是想不起来。燕西回转身来正要和王得胜说话，不觉无意之中，打了一个照面。那女子连忙掉转头，先走开了。

王得胜对燕西道："金少爷，这就是冷太太，她老人家非常和气的。"燕西含着笑容，便和冷太太拱了一拱手。王得胜又对冷太太道："这是金七爷，不久就要搬来住。他老太爷，就是金总理。"冷太太见燕西穿得这样时髦，又听了是总理的儿子，未免对他浑身上下打量了一番。因为王得胜从中介绍，便对燕西笑了一笑。燕西道："以后我们就是街坊了。有不到的地方，都要请伯母指教。"冷太太见他开口就叫伯母，觉得这人和蔼可亲，笑道："金少爷不要太客气了，我们不懂什么。"说时，又对王得胜道："请你回去告诉房东一句，早一点拾掇这墙。"王得胜满口答应："不费事，就可以修好的。"

冷太太这才自回屋里去。一进门，她的女儿冷清秋，便先问道：

"妈，你认识那边那个年青的人吗？"冷太太道："我哪里认得他？"清秋道："不认识他，怎样和他说起话来了呢？"冷太太道："也是那个收房钱的姓王的，要他多事，忙着介绍，那人客客气气的叫一声伯母，我怎能不理人家？据姓王的说，他老子是金总理。"清秋道："看他那样一身穿，也像公子哥儿，这个人倒很像在什么地方见过。"冷太太笑道："你哪里曾看见过他？这又是你常说的什么心理作用。因为你看见他穿得太时髦了，你觉得和往常见的时髦人物差不多，所以仿佛见过。"清秋一想，这话也许对了。说完，也就丢过去了。

下午无事，和家里的韩妈闲谈。韩妈道："大姑娘，你没到隔壁这幢屋子里去过吗？原来是一所很大的屋子呢。"清秋道："好，我们去看一看。我在这边，总看见隔壁那些树木，猜想那边一定是很好的。不过那边已在搬家，我们去不要碰到人才好。"韩妈道："不要紧，人家明天才搬来呢。"清秋笑道："我们就去。回头妈要问我，我就说是你要带我去的。"韩妈笑道："是了，这又不是走出去十里八里，谁还把我娘儿俩抢走了不成？"说着，两个人便走那墙的缺口处到这边来。

清秋一看这些屋子，里里外外，正忙着糊刷。院子里那些树木的嫩叶子，正长得绿油油的。在树荫底下，新摆上许多玫瑰、牡丹、芍药盆景，很觉得十分热闹。往北紫藤花架子下，一排三间大屋，装饰得尤其华丽。外面的窗扇，一齐加上朱漆，油淋淋的还没有干。玻璃窗上，一色的加了镂雪纱。清秋道："这种老屋，这样大，拾掇起来，有些不合算。要是有这拾掇的钱，不会赁新房子住吗？"韩妈道："可不是，也许有别的原故。"说时，推开门进去一看，只见墙壁上糊的全是外国漆皮印花纸,亮灿灿的。清秋道:"这越发花的钱多了。我们学校里的会客厅,糊的是这种纸,听说一间房,要花好几十块钱呢。这间房,大概是他们老爷住的。"韩妈道:"我听见说,这里就是一个少爷住,也没有少奶奶。"清秋道:"一个少爷,赁这一所大房子住干什么?"韩妈道:"谁知道呢?他们都是这样说哩。"

两人说话时,只见一抬一抬的精致木器,古玩陈设,正往里面搬了进来。其中有一架紫檀架子的围屏,白绫子上面,绣着孔雀开屏,像活的一般。清秋看见,对韩妈道:"这一架屏风,是最好的湘绣,恐怕就要值一两百块钱呢。"韩妈听说,也就走过来仔细的看。只听见有人说道:"有人在那里看,你们就不要动呀。"清秋回头一看时,正是昨天看见的那个华服少年,现在换了一套西装,站在紫藤花架那一边。

清秋羞得满脸通红,扯着韩妈,低低的说道:"有人来了,快走快走。"韩妈也慌了,一时分不出东西南北,走出一个回廊,只见乱轰轰的,塞了许多木器,并不像来时的路,又退回来。那少年道:"不要紧,不要紧,我们都是街坊呢。那边是到大门去的,我引你走这里回去罢。"说着,就在前引导。到了墙的缺口处,他又道:"慢慢的,别忙,仔细摔了!"韩妈说了一声劳驾。清秋是一言不发,牵着韩妈的手,只是往前走,到了家里,心里兀自扑扑的乱跳。因埋怨韩妈道:"都是你说的,要过去玩玩,现在碰到人家,怪寒碜的。"韩妈道:"大家街坊,看看房子,也不要紧。"冷太太见他们说得唧唧咕咕,便过来问道:"你们说些什么?"清秋不敢隐瞒,就把刚才到隔壁去的话,说了一遍。冷太太道:"去看一下,倒不要紧。不过那一堵墙倒了,我们这里很是不方便,应该早些叫房东补起来。况且听到说，这个金少爷，只是在这里组织一个什么诗社，并不带家眷住，格外不方便了。"清秋道："这话妈是听见谁说的？"冷太太道："是你舅舅说的，你舅舅又是听见收房钱的人说的。"

一言未了，只见韩妈的丈夫韩观久，提着两个大红提盒进来，将大红提盒盖子掀开，一边是蒸的红白桂花糕和油酥和合饼，一边是几瓶酒和南货店里的点心。冷太太道："呀！哪里来的这些东西？"韩观久道："是隔壁听差送过来的，他说，他们的少爷说，都是南边人，这是照南边规矩送来的一点东西，请不要退回去。"冷太太："是的！我们家乡有这个规矩，搬到什么地方，就要送些东西到左邻右舍去，那意思说，甜甜人家的嘴，以后好和和气气的。但是送这样的礼，从来是一碟子糕，一碟子点心，或者几个粽子。哪里有送这些东西的哩？"

正说时，冷清秋的舅舅宋润卿从外面进来，便问是哪里来的礼物，韩观久告诉了他，又在提盒里捡起一张名片给他看，宋润卿不觉失声道："果然是他呀！"大家听了，都不解所谓。冷太太道："二哥认得这人吗？"宋润卿道："我认得这人那就好了。"冷太太道："你看了这张名片，为什么惊讶起来？"宋润卿道："我先听王得胜说，隔壁住的是金总理的儿子，我还不相信。现在这张名片金华，号燕西，正合了金家鸟字辈分，不是金总理的儿子是谁？人家拿了名片，送这些东西来，面子不小，我们怎样办呢？"冷太太道："照我们南方规矩，这东西是不能不收的。若是不收的话，就是瞧人家不起，不愿和人家做邻居。"

宋润卿道："那怎样使得？这样的人家，都不配和我们做邻居，要怎样的人家，才配和我们做邻居呢？收下收下！一刻儿工夫，我们也没有别的东西回礼，明日亲自去拜谢他罢。"冷太太道："那倒不必。"宋润卿不等冷太太说完，便道："大妹主持家政，这些事我是佩服你。若说到人情世故，外面应酬，做愚兄的自信有几分经验。人家拿着总理少爷身份送了我们的东西，我们白白收下了，连道谢一声都没有，那成什么话呢？"马上在身上摸索了一会儿，摸出一张名片交给韩观久，说道："你去对那送东西的人说，就说这边舅老爷，明日亲自过去拜访，现在拿名片道谢。"又对冷太太道："你应该多赏几个力钱给他们听差。"冷太太见宋润卿如此说，就照他的话，把礼收下了。

到了次日，宋润卿穿戴好了衣帽，便来拜谢燕西。他因为初次拜访，不肯由那墙洞过来，却绕了一个大弯，特意走圈子胡同到大门口，让门房进去通报。燕西一见是宋润卿的名片，想起昨日送东西的金荣来说，这是舅老爷，马上就请到客厅里相见。宋润卿在门外取下了帽子捧着，一路拱手进来。燕西见他五十上下年纪，养着两撇小胡子，一张雷公脸，配上一副铜钱大的小眼镜，活像戏台上的小花脸。身上的衣服，虽然也是绸的，都是七八年前的老货，衫袖像笔筒一般，缚在身上。心想，那样一个清秀人儿，怎样有这样一个舅舅？就是以冷太太而论，也是很温雅的一位妇人，何以有这样一个弟兄？但是看在爱人分上，决不愿意冷淡对他。

便道："请坐，请坐！兄弟还没有过去拜访，倒先要劳步，不敢当。"宋润卿道："我听说金先生搬在这里来住，兄弟十分欢喜，就打算先过来拜访。昨天蒙金先生又那样费事，敝亲实在不过意。"燕西笑道："小意思。我们都是南边人，这是照南边规矩哩。宋先生贵衙门在哪里？"宋润卿拱拱手，又皱着眉道："可笑得很，是一个小穷衙门，毒品禁卖所。"燕西道："令亲呢？"宋润卿道："敝亲是孀居，舍妹婿三年前就去世了。"燕西道："宋先生也住在这边？"

宋润卿道:"是的。因为他们家里人少,兄弟住在这里,照应照应门户。"燕西笑道:"彼此既是街坊,以后有不到之处,还要多多指教。"宋润卿连忙拱手道:"那就不敢当。听说金先生由府上搬出来,是和几个朋友要在这里组织诗社,是真吗?"燕西笑道:"是有这个意思。但是兄弟不会作诗,不过做做东道,跟着朋友学作诗罢了。"宋润卿道:"谈起诗,大家兄倒是一个能手,兄弟也凑付能作几句。明天金先生的诗社成功了,一定要瞻仰瞻仰。"

燕西听他说会作诗,很中心意,便道:"好极了。若不嫌弃的话,兄弟要多多请教。"宋润卿道:"金先生笑话了。像你这样世代诗书的人家。岂有不会作诗之理?"燕西正色道:"是真话。因为兄弟不会作诗,才想组织一个诗社。"宋润卿道:"兄弟虽然不懂什么,大家兄所留下来的书,诗集最多,都在舍亲这里。既然相处很近,我们可以常常在一处研究研究。"燕西道:"好极。宋先生每日什么时候在府上,以后这边布置停当了,兄弟就可以天天过去领教。"宋润卿道:"我那边窄狭得很,无处可坐,还是兄弟不时过来领教罢。"燕西笑道:"彼此一墙之隔,都可以随便来往的。"宋润卿不料初次见面,就得了这样永久订交的机会,十分欢喜。也谈得很高兴,一直谈了两个钟头,高高兴兴回家而去。

第五回

春服为亲筹来供锦盒　歌台得小聚同坐归车

宋润卿拜访了燕西,这就犹如白丝上加了一道金黄的颜色一般,非常的好看。由外面一路拍手笑着进来道:"果然我的眼力不错,这位金七爷真是一个少年老成的人,和我一说气味非常的相投,从此以后,我们就是朋友了。有了这样一个朋友,找事是不成问题。"说着摆了几摆头。冷太太一见,便说道:"二哥到人家那里去,还是初次,何以坐这么久?"宋润卿道:"我何尝不知道呢,无奈他一再相留,我只得多坐一会儿。"说着,一摆头道:"他要跟着学诗呢。我要收了这样一个门生,我死也闭眼睛。除了他父亲不说,他大哥是在外交机关,他二哥在盐务机关,他三哥在交通机关,谁也是一条好出路。他在哪个机关,我还没有问,大概也总是好地方。他也实在和气,一点少爷脾气没有,是个往大路上走的青年。"冷太太见他哥哥这样欢喜,也不拦阻他。

到了次日上午,那边听差,就在墙缺口处打听,舅老爷在家没有,我们七爷要过来拜访。宋润卿正在开大门,要去上衙门,听到这样一说,连忙退回院子来。自己答应道:"不敢当,没有出去呢。"

说着,便分付韩观久,快些收拾那个小客房,又分付韩妈烧开水买烟卷。自己便先坐在客房里去,等候客进来。燕西却不像他那样多礼,径直就从墙口跨过来,走到院子里,先咳嗽一声。宋润卿伸头一望,早走到院子里,对他深深一揖,算是恭迎。燕西笑道:"我可不恭敬得很,是越墙过来的。"宋润卿也笑道:"要这样才不拘形迹。"当时由他引着燕西到客厅里去,竭力的周旋了一阵,后来谈到作诗,又引燕西到书房里去,把家中藏的那些诗集,一部一部的搬了出来,让燕西过目。燕西只和他鬼混了一阵,就回去了。

到了次日上午,燕西忽然送了一桌酒席过来。叫听差过来说:"本来要请宋先生、冷太太到那边去才恭敬的。不过新搬过来,尽是些粗手粗脚的听差,不会招待,所以把这桌席送过来,恕不能奉陪了。"宋润卿连忙一检查酒席,正是一桌上等的鱼翅全席。今年翻过年来,虽然吃过两回酒席,一次参与人家丧事,一次又是素酒,哪里有这样丰盛。再一看宴席之外,还带着两瓶酒,一瓶是三星白兰地,一瓶是葡萄酒,正合脾胃。一见之下,不免垂涎三尺。当时就对冷太太道:"大妹,你知道这是什么意思吗?这是他备的拜师酒呢。"

冷太太觉得他这话也对,便道:"人家既然这样恭敬我们,二哥应该教人竭力作诗才是。"宋润卿道:"那自然,我还打算把他诗教好了,见一见他父亲呢。"清秋在一边听了,心里却是好笑,心想,我们二舅舅算什么诗人?那个姓金的真也有眼无珠,这样敬重他。宋润卿却高兴得了不得,以为燕西是崇拜他的学问,所以这样的竭力来联络,索性坦然受之。

倒是冷太太想着,两次受人家的重礼,心里有些过不去。一时要回礼,又不知道要回什么好。后来忽然想到,有些人送人家的搬家礼,多半是陈设品,像字画古玩,都可以送的。家里倒还有四方绣的花鸟,因为看着还好，没有舍得卖，何不就把这个送他。不过顷刻之间，又配不齐玻璃框子，不大像样。若待配到玻璃框子来，今天怕过去了。踌躇了一会子，决定就叫韩妈把这东西送去，就说是自家绣的，请金七爷胡乱补壁罢。主意决定，便把这话告诉韩妈。寻出一块花布包袱，将这四方绣花包好，叫韩妈送了去。那边的听差，听说送东西来了，连忙就送到燕西屋子里去。这时屋子都已收拾得清清楚楚，燕西架着脚躺在沙发椅上，眼睛望着天花板，正在想心事。听说是冷家派个老妈子送着东西来了，马上站起来打开包袱一看，却是四幅湘绣。

这一见，心里先有三分欢喜。便对听差道："你把那个老妈子叫来，我有话和她说。"听差将韩妈叫进来，她见过燕西一面，自然认得，便和燕西请了一个安。燕西道："冷太太实在太多礼了，这是很贵重的东西呢。"韩妈人又老实，不会说话。她便照实说道："这不算什么，是我们小姐自己绣的。你别嫌它糙就得了。"燕西听说是冷清秋的出品，更是喜出望外。马上就叫金荣过来，赏了韩妈四块现洋钱。

这些做佣工的妇女，最是见不得人家赏小钱，一见了就要眉开眼笑。你若是赏她钞票，她还不过是快活而已，惟其是见了现洋钱，她以为是实实在在的银子，直由心眼儿里笑出来，一直笑到面上。如今韩妈办了一点小事，就接着雪白一把四块钱，做梦也不曾想到的事情。这一快活，朝代都忘了，连忙趴在地下，给燕西磕了一个头。起来之后，又接上请了一个安。燕西道："你回去给我谢谢太太小姐，我过一两天，再来面谢。"韩妈道："糙活儿，你别谢了。"燕西道："这是我的意思，你务必给我说到。"韩妈道："是，我一定说到的。"于是欢天喜地的回去了。

燕西将那四方湘绣，看了又看，觉得实在好。心想，我家里那些人，会绣花的倒有，但是从春一直数到冬，谁是愿意拿针的？二嫂程慧厂满口是讲着女子生活独立。我看她衣服脱了一个纽襻，还要老妈子缝上。佩芳嚷着要绣花赛会，半年了，还不曾动针。冷家小姐，家里便随时拿得出来，我们家里人，谁赶得上她？他越想越高兴，便只往顺意一方去想。莫不是冷家小姐已经知道我的意思？不然的话，为什么送我这种自己所绣的东西？马上就把纸剪了一个样子，分付张顺去配镜框子，又分付汽车夫开车上成美绸缎庄。

这绸缎庄原是和金家做来往的，他们家里人，十成认得六七成。燕西一进门，早有三四个伙友，满脸堆下笑容来道："七爷来了。怎样白小姐没来？"于是簇拥着上楼。有两个老做金家买卖的伙友，知道燕西喜欢热闹的，把那大红大绿的绸料，尽管搬来让燕西看。燕西道："你们为什么老拿这样华丽的料子出来？我要素净一些的。"伙计听了说道："是！现在素净的衣服也时兴。"于是又搬了许多素净的衣料，摆在燕西面前。

燕西将藕色印度绸的衣料，挑了一件，天青色锦云葛的衣料挑了一件，藏青的花绫、轻灰的春绉又各挑了一件。想了一想，又把绛色和葱绿的也挑了两件。伙友问道："这都是做单女衣的了。现在素净衣服很时兴钉绣花瓣，七爷要不要？"燕西道："绣花瓣罢了，你们那种东西，怎样能见人。"伙友还不知其所以然，笑着说道："给七爷看，很好的。"燕西道："不用看了。老实说，拿你们那种东西给人家看，准要笑破人家肚子呢。"绸缎庄里伙友，无故碰了一个钉子，也不知说什么好，只得含着笑说："是是。"燕西也没问一齐多少钱，只分付把帐记在自己名下，便坐了汽车回家。

金荣见他买了许多绸缎回来，心里早就猜着了八成。搭讪着将绸料由桌子上要往衣橱里放，便问："是叫杭州的老祥，还是叫苏州的阿吉来裁？"燕西道："不用，我送人。"金荣道："七爷买这样许多好绸料，一定是送哪家的小姐。就这样左一包右一包的送到人家去，太不像样子。"燕西道："是呀，你看怎样送呢？"金荣道："我想，把这些包的纸全不要，将料子叠齐，放在一个玻璃匣子里送去，又恭敬，又漂亮，那是多好？"燕西道："这些绸料，要一个很大的匣子装，哪里找这个玻璃匣子去？"

金荣道："七爷忘了吗？上个月，三姨太太做了两个雕花檀香木的玻璃匣子，是金荣拿回来的。当时七爷还问是做什么用的呢，我们何不借来用一用？"燕西道："那个怕借不动。她放在梳头屋子里，装化妆品用的呢。"金荣道："七爷若开一个字条去，我想准成。"燕西道："她若问起来呢？"金荣笑道："自然撒一个谎，说是要拿来做样子，照样做一个，难道说是送礼不成？"燕西道："好，且试一试。"便立刻开了一张字条给金荣。那字条是：

翠姨：

前天所托买的东西，一时忘了没有办到，抱歉得很。因为这两天，办诗社办得很有趣，明天才回来呢。贵处那两个玻璃匣子，我要借着用一用，请金荣带来。

阿七手禀

燕西又对金荣道："你要快去快回，就开了我的汽车去罢。不然，又晚了。"金荣答应一声，马上开了燕西的汽车，便回公馆来。找着翠姨使唤的胡妈，叫她将字条递进去。这胡妈是苏州人，只有二十多岁年纪,不过脸孔黑一点,一双水眼睛,一口糯米牙齿,却是最风骚的。金家这些听差,当面叫她胡家里,背后叫她骚大姐,没有一个人不喜欢和她玩的。就是她骂起来,人家说她苏州话骂得好听,还乐意她骂呢。

胡妈接了字条问道:"好几天没有看见你们,上哪儿去了?"金荣笑道:"我不能告诉你。"胡妈道:"反正不是好地方。若是好地方,为什么不能告诉人?"金荣笑道:"自然不是好地方呀。但是你和我非亲非故,干涉不了我的私事。真是你愿意干涉的话,我倒真愿你来管呢。"说话时,旁边一个听差李德禄,正拿着一把勺子,在走廊下鹦鹉架边,向食罐子里上水。他听说,便道:"金大哥,你两人是单鞭换两锏,半斤对八两,要不,我喝你俩一碗冬瓜汤。"胡妈道:"你瞎嚼蛆,说些什么?什么叫喝冬瓜汤?"李德禄道:"喝冬瓜汤也不知道,这是北京一句土话,恭维和事佬的。要是打架打得厉害,要请和事佬讲理,那就是请人喝冬瓜汤了。"胡妈道:"那末,我和他总有请你喝冬瓜汤的一天。"金荣早禁不住笑,李德禄却做一个鬼脸,又把一只左眼映了一映。

他们在这里和胡妈开玩笑,后面有个老些的听差,说道:"别挨骂了。这话老提着,叫上面听见,他说你们欺侮外省人。"胡妈看他们的样子,知道喝冬瓜汤,不会是好话。便问老听差道:"他们怎样骂我?"金荣笑道:"德禄他要和你做媒呢。"胡妈听说,抢了李德禄手上的勺子,一看里面还有半勺水,便对金荣身上泼来。金荣一闪,泼了那听差一身。胡妈叫了一声哎呀,丢了勺子,就跑进去了。她到翠姨房里,将那张字条送上。

翠姨一看,说道:"你叫金荣进来,我有话问他。"胡妈把金荣叫来了,他便站在走廊下玻璃窗子外边。翠姨问:"七爷现在外面做些什么？怎样两天也不回来。"金荣道："是和一班朋友立什么诗社。"翠姨道："都是些什么人？"答："都是七爷的旧同学。"问："光是作诗吗？还有别的事没有？"答："没有别的事。"翠姨拿着字条，出了一会儿神，又问："借玻璃匣子做什么？"答："是要照样子打一个。"问："打玻璃匣子装什么东西？"这一问，金荣可没有预备，随口答道："也许是装纸笔墨砚。"翠姨道："怎么也许是装纸笔墨砚？你又瞎说。大概是做这个东西送人罢？"

翠姨原是胡猜一句，不料金荣听了脸色就变起来，却勉强笑道："哪有送人家这样两个匣子的呢？"翠姨道："拿是让你拿去，不过明后天就要送还我，这是我等着用的东西呢。"说着，便叫胡妈将玻璃匣子腾出来，让金荣拿了去。

金荣慢慢的走出屏门，赶忙捧了玻璃匣子上汽车，一阵风似的，就到了圈子胡同。燕西见他将玻璃匣借来了，很是欢喜，马上将那些绸料打开，一叠一叠的放在玻璃匣子里。放好了，就叫金荣送到隔壁去。金荣道："现在天快黑了，这个时候不好送去。"燕西道："又不是十里八里，为什么不能送去？"金荣道："不是那样说，送礼哪有个晚上送去的，不如明天一早送去罢。"燕西一想，晚上送去，似乎不很大方。而且他们家里又没有电灯，这些鲜艳的颜色，他们不能一见就欢喜，也要减少许多趣味。但是要明日送去，非迟到三点钟以后不可。因为要一送去，让那人看了欢喜，三点钟以前，那人又不在家。踌躇了一会子，觉得还是明天送去的好，只得搁下。

到了次日，一吃过早饭，就叫张顺去打听，隔壁冷小姐上学去了没有，去了几时回来。张顺领了这样一个差事，十分为难，心想，无缘无故打听人家小姐的行动，我这不是找嘴巴挨。但是，燕西的脾气，要你去做一桩事，是不许你没有结果回来的。只好静站在那墙的缺口处,等候机会。偏是等人易久,半天也不见隔墙一个出来,又不能直走过去问,急得了不得。他心想,老等也不是办法,只得回里面去,撒了一个谎,说是上学去了,四点钟才能回来。燕西哪里等得,便假装过去拜访宋润卿,当面要去问。一走到那墙的缺口处,人家已将破门抵上大半截了,又扫兴而回。好容易等到下午四点,再耐不住了,就叫金荣把东西送过去。

其实冷清秋上午早回来了。这时和她母亲捡着礼物,见那些绸料,光艳夺目,说道:"怎么又送我们这种重礼?"韩妈在旁边,看一样,赞一样。说道:"这不是因为我们昨天送了四幅绣花去,这又回我们的礼吗?"冷太太道:"我们就是回他的礼。这样一来,送来送去到何时为止呢?"冷清秋道:"那末,我们就不要收他的罢。"冷太太道:"你不是看见人家穿一件藕色旗袍,说是十分好看吗?我想就留下这件料子,给你做一件长衫罢,要说和你买这个,我是没有那些闲钱。现在有现成在这里,把它退回人家,你心里又要暗念几天了。韩妈拿一柄尺来,让我量量看,到底够也不够?"及至找来尺一量,正够一件袍料。

清秋拿着绸料,悬在胸面前比了一比。她自己还没有说话,韩妈又是赞不绝口,说道:"真好看,真漂亮。"清秋笑道:"下个月有同学结婚,我就把这个做一件衣服去吃喜酒罢。"冷太太道:"既是贺人家结婚,藕色的未免素净些,那就留下这一件葱绿的罢。"清秋笑道:"最好是两样都留下。我想我们收下两样,也不为多。"冷太太道:"我也想留下一件呢。你留下了两件,我就不好留了。"清秋道:"妈要留一件,索性留一件罢。我们留一半,退回一半罢。"冷太太道:"那也好,但是我留下哪一件呢?"商量了一会儿,竟是件件都好。冷太太笑道:"这样说,我们全收下,不必退还人家了。"清秋道:"我们为什么收人家这样的全份重礼?当然还是退回的好。"

结果，包了两块钱力钱，留下藕色葱绿绸子两样。

谁知韩妈将东西拿出来时，送来的人早走了。便叫韩观久绕个大弯子由大门口送去。去了一会儿，东西拿回来了，钱也没有收。他们那边的听差说，七爷分付下来了，不许收赏，钱是不敢收的。冷太太道："清秋，你看怎么样？他一定要送我们，我们就收下罢。"清秋正爱上了这些绸料，巴不得一齐收下。不过因为觉得不便收人家的重礼，所以主张退回一半。现在母亲说收下，当然赞成。笑道："收下是收下，我们怎样回人家的礼呢？"冷太太道："那也只好再说罢。"于是清秋把绸料一样一样的拿进衣橱子里去，只剩两个玻璃空匣子。清秋道："妈，你闻闻看，这匣子多么香？"冷太太笑道："可不是！大概是盛过香料东西送人的。你闻闻那些料子，也沾上了些香味呢。有钱的人家，出来的东西，无论什么也是讲究的。这个匣子多么精致！"清秋笑道："我看金少爷，也就有些姑娘派。只看他用的这个匣子，哪里像男子汉用的哩！"

他们正说时，宋润卿来了。他道："哎呀！又收人家这样重的礼，哪里使得？无论如何，我们要回人家一些礼物。"冷太太道："回人家什么呢？我是想不起来。"宋润卿道："当然也要值钱的。回头我在书箱里找出两部诗集送了去罢。"冷太太道："也除非如此，我们家里的东西，除了这个，哪有人家看得上眼的哩。"到了次日，宋润卿捡了一部《长庆集》，一部《随园全集》，放在玻璃匣子里送了过去。宋润卿的意思，这是两部很好的版子，而且曾经他大哥工楷细注过的，真是不惜金针度人，不但送礼而已。谁知燕西看也没有看，就叫听差放在书架子上去了。

他心里想着，绸料是送去了，知道她哪一天穿，哪一天我能看见她穿？倘若她一时不做衣服呢，怎样办呢？自己呆着想了一想，拍了一拍手，笑起来道："有了，有了，我有主意了。"立刻叫金荣打一个电话到大舞台去,叫他们送两张头等包厢票来,这两个包厢,是要相连在一处的。不连在一处,就不要。一会儿,大舞台帐房,将包厢票送来了。燕西一看,果然是相连的,很是欢喜。到了次日,便借着来和宋润卿谈诗,说是人家送的一张包厢票,我一个人也不能去看,转送给里面冷太太罢。这戏是难得有的,倒可以请去看看。

宋润卿接过包厢票一看,正是报上早已宣传的一个好戏,连忙拿着包厢票,进去告诉冷太太去了。那冷太太听说金家少爷来了,看在人家迭次客气起见,便用四个碟子,盛了四碟干点心出来。燕西道:"这样客气,以后我就不好常来了。我们一墙之隔,常来常往,何必费这些事?只是你这边把墙堵死了,要不然,我们还可以同一个门进出呢。那个管房子的王得胜,性情非常怠慢,我早就说,赶快把这墙修起来。他偏是一天挨一天,挨到现在。"宋润卿道:"不要紧,彼此相处很好,还分什么嫌疑吗?依我说,最好是开一扇门,彼此好常常叙谈,免得绕一个大弯子。"燕西道:"好极了!就是那样办罢,我就能多多领教了。"

这是第一日说的话,到了第二日,王得胜就带着泥瓦匠来修理墙门,那扇门由那里对这边开,正像是这里一所内院一般。开了门以后,燕西时常的就请宋润卿过去吃便饭,吃的玩的,又不时的往这边送。冷太太见燕西这样客气,又彬彬多礼,很是过意不去。有时燕西到这边来,偶然相遇,也谈两句话,就熟识许多了。

时光容易,一转身就是三天,到看戏的日子只一天了。清秋早几天,已经把那样藕色的绸料,限着裁缝赶做,早一天,就做起来了。到了这天晚上,燕西又对宋润卿说,不必雇车,可以叫他的汽车送去送来。宋润卿还没有得冷太太同意,先就满口答应了。进去对冷太太道:"我们今天真要大大舒服一天了,金燕西又把汽车借给我们坐了。"韩妈笑道:"我还没坐过汽车呢,今天我要尝尝新了。"清秋道:"坐汽车倒不算什么,不过半夜里回来,省得雇车,要方便许多。"冷太太原不想坐人家的车,现在见他们一致赞成,自己也就不执异议。吃过晚饭,燕西的汽车,早已停在门口。坐上汽车,不消片刻,到了大舞台门口。燕西更是招待周到,早派金荣在门口等候。一见他们到了,便引着到楼上包厢里来,那栏干护手板上,干湿果碟,烟卷茶杯,简直放满了。那戏园子里的茶房,以为是金家的人,也是加倍恭维。

约摸看了一出戏,燕西也来了,坐在紧隔壁包厢里。冷太太、宋润卿看见,也忙打招呼。燕西却满面春风的和这边人一一点头,清秋以为人家处处客气,不能漠然置之,也起身点了一点头。燕西见清秋和他行礼,这一乐真出乎意外。眼睛虽然是对着戏台上,戏台上是红脸出,或者是白脸出,他却一概没有理会。冷太太和清秋,都不很懂戏,便时时去问宋润卿。这位宋先生,又是一年不上三回戏园子的人,他虽然知道戏台上所演的故事,戏子唱些什么,他也是说不上来。后来台上在演《玉堂春》,那小旦唱着咿咿呀呀,简直莫名其妙。这出戏的情节是知道的,可惜不知道唱些什么。燕西禁不住了,堂台上还未唱之先,燕西就把戏词先告诉宋润卿,做一个"取瑟而歌,使之闻之"的样子。冷太太母女,先懂了戏词,再一听台上小旦所唱的,果然十分有味。直待一出戏唱完了,方才做声。因为这一出戏听得有味了,后来连戏台上种种的举动,也不免问宋润卿,问宋润卿,就是表示问燕西,所以燕西有问必答。

后来戏台上演《借东风》,见一个人拿着一面黑布旗子,招展穿台而过。清秋道:"舅舅!这是什么意思?"宋润卿道:"这是一个传号的兵。"清秋道:"不是的罢,那人头上戴了一撮黄毛,好像是个妖怪。"宋润卿笑道:"不要说外行话了,《三国演义》

里面,哪来的妖怪?"燕西见他二人全说得不对,不觉对宋润卿笑了一笑,说道:"不是妖怪,和妖怪也差不多呢。"宋润卿道:"怎么和妖怪差不多?当然不是神仙,是鬼吗?"燕西道:"不是神仙,也不是鬼,他是代表一阵风刮了过去。一定要说是个什么,那却没法指出,旧戏就是这一点子神秘。"清秋听了,也不觉笑起来。燕西见她一笑,越发高兴,信口开河,便把戏批评了一顿。这时他两人虽没有直接说话,有意无意之间,已不免偶然搭上一二句。

等戏将要唱到吃紧处,燕西便要走。宋润卿道:"正是这一出好看,为什么却要走?"燕西道:"我想先坐了车子走,回头好来接你们。"宋润卿道:"何必呢?我们都坐这车回去好了。你那汽车很大,可以坐得下。"冷太太道:"是的,就一道回去罢,这样夜深,何必又要车夫多走一趟呢?"燕西道:"那可挤得很。"宋润卿一望,说道:"一共五个人,也不多。"燕西见他如此说,当真就把戏看完。一会儿上车,清秋和韩妈都坐在倒座儿上。燕西道:"不必客气,冷小姐请上面坐罢。"清秋道:"不!这里是一样。"燕西不肯上车,一定要她坐在正面。于是清秋、冷太太、宋润卿三人一排,韩妈坐在清秋对面,燕西坐在宋润卿对面。宋润卿笑道:"燕西兄,大概在汽车上坐倒座儿,今天你还是第一回。"燕西道:"不,也坐过的。"说话时,顺手将顶棚上的灯机一按,灯就亮了。

清秋有生人坐在当面,未免有点不好意思,低着头抚弄手绢。燕西见人家不好意思,也就跟着把头低了下去,在这个当儿,不觉看到清秋脚上去。见她穿着是双黑线袜子,又是一双绛色绸子的平底鞋,而且还是七成新,心里不住的替她叫屈。身上穿了这样一件漂亮的长衫,鞋子和袜子,这样的凑付,未免美中不足。只这一念之间,又决定和她解决这个问题了。

第六回

倩影不能描枣花帘底　清歌何处起杨柳楼前

燕西坐在车上，他由清秋的鞋子上，不觉想到糊涂了，只管看。清秋先是自己低了头，不曾知道。及至偶然一抬头，见燕西的眼睛，看着自己的鞋子，自己明知鞋子太不高明了，于是把脚相叠着，向里缩了一缩。燕西这才醒悟。一抬头，这汽车也停止了，正是圈子胡同燕西屋子的大门口。

燕西就请他们下车，请他们穿屋而过。到了里面，一定留着冷太太吃点心。说道："这已经算到了家里了，早一点回去，迟一点回去，那是没有什么关系的。"冷太太笑道："花费了金先生许多钞，这样夜深，还要吵闹。"燕西道："并不费什么，我向来是喜欢晚上看书的，厨房里天天总给我预备一点面食。今天也没有别的，大概是一点汤面。这个厨子是南京人，倒是江南口味，冷太太何不尝尝他的手段？"宋润卿听到说吃面，先有三分愿意，说道："既然如此，我们就老实一点罢。"清秋对此，却有些不愿意，便轻轻的对韩妈道："那就我们先回去罢。"燕西道："随便用点面，不必客气，马上就分付厨子送上来，并不耽搁的。"冷太太道："那你就也坐下罢，让韩妈一个人先回去得了。"清秋见母亲如此说，只得留下。

一会儿，厨子送上东西来，摆了一桌子荤素碟子。燕西请冷太太一家三人入了席，亲自给他们斟酒。斟到清秋面前，她也站起身来，捧着杯子相接，目光可射在手上，不敢正视。燕西也就恭恭敬敬，现出庄重知礼的样子。各人只喝了一杯酒，厨子便送上面来。清秋向来食量不大好，而且又是半夜，不敢多吃。只挑了几根面吃，呷了两口汤。燕西看见，便问道："冷小姐，何以不用，嫌脏吗？"清秋笑了一笑，说道："言重了。向来食量小，请问家母便知道。"说着，便坐在一边，抽闲一看这屋子，一色紫檀雕花的小件木器，非常精巧，不像平常的木器那样大而且笨。椅子上铺着紫色缎子的绣垫，两边两座镂云式的紫檀木架，高低上下，左右屈曲，随着格子，陈设了一些玉石古玩，文件花盆。

总而言之，屋子里一切的东西，都是仿古的。就是电灯这样东西，也用宫灯纱罩，把它笼着。门边两个铜刻的高烛台，差不多有一人高。上面用红玻璃，制成红烛的样子，却在里面安了百支光的电灯。最亮的是蜡烛头上，不知道用了一种什么金属的东西，做成光焰的样子。她便轻轻的对冷太太道："妈！你看这一对蜡烛真好玩。"冷太太看了，也是赞不绝口。燕西道："既然说这东西好，我就可以奉送。"冷太太笑道："我们家里那个房子，不配放这东西，况且也没有电灯。"燕西道："现在住家没有电灯，是不很方便的。而且电灯的消耗费，和煤油灯相差也无几。"宋润卿笑道："虽然相差无几，但是那起首一笔装设费就不算了吗？"燕西道："宋先生要不要电灯？若是要的话，可以在我这里牵了线过去，极是省事。"宋润卿见他要送电灯，又是占便宜的事，虽不好马上就答应，也不肯推辞，便道："过两天再说罢。"吃完了面，略坐了一坐，冷太太一行三人，辞了燕西，从他后院回去。

燕西这一场欢喜，着实不小。心想，既已认识，又曾说话，更又同席，从此一步一步做法，前途便不可思议了。回头又想到她的鞋子袜子，太不高明，要替她送些去，一来是《孟子》上说的，不知足而为屦，使不得，二来是无缘无故，怎样送去？盘算了一阵，竟没有法子。心想，金荣知道事太多了，这回不要问他。便叫了张顺进来，问道："我问你，有送人鞋子袜子的规矩吗？"张顺摸不着头脑，便道："有的。"燕西道："送这种东西要什么时候送才合宜，要用些什么东西相配？"张顺道："这是北京混混儿干的。若是要谢谢人家，就送人家一两双鞋，不要什么配。"燕西道："怎样知道人家脚大脚小呢？"张顺笑道："这是体面人不干的事，七爷不明白，其实送鞋子，并不是真送鞋子，是送一张鞋子票给人，随人家自己去试呢。"燕西道："我们那家熟铺子安康鞋庄，他也出这个票子吗？"张顺笑道："这是做生意，他为什么不出？"

燕西听说，就拿了两张十元的钞票，交给张顺道："你去给我买一张票子来。票子上面，一定要注明是坤鞋。"张顺道："这个铺子里不拘的，不过票子上载明多少钱。回头拿票子去，只要是他铺子里的东西，在票子上价钱以内，什么都可以拿。"燕西道："你糊涂！什么也不懂。我要怎样办，你给我怎样办就是了。"张顺碰了钉子，拿钱自出去了。到了次日早上，便到安康鞋庄，买了一张礼票来。燕西他已想好主意，便用一个红封套，将礼票来套上。签子上用左手写字，来标明奉赠金七爷，随便就压在桌上墨盒底下。

这几天，宋润卿是天天到这边来的。他来了，一看红纸封套，便问道："燕西兄，有什么喜事？不能相瞒，我也是要送礼的。"燕西笑道："哪里是，因为我介绍一家鞋庄做了两三笔大生意，大概有千把块钱的好处。他还想拉主顾呢，就送我这一张票。"说时，将票子抽出来，给宋润卿一看，说道："你看，我又不能用。"宋润卿见那上面注明，凭票作价二十元，取用坤鞋。笑道："果然无用。这鞋庄上送男子的礼，何必注明坤鞋呢？"燕西道："他以为我要拿回家去呢。不知道我家一些人，正和他们把生意闹翻了，我要拿张票回去，他们还要怪我多事，是给鞋庄介绍生意呢。"

宋润卿道："这样说来，他这个人情，竟算白做了。"燕西笑道："我还可以做人情呢，我就转送给宋先生罢。宋先生拿回家去，总不像我，会发生问题的。"这与宋润卿本人，虽没有什么利益，但是很合他占小便宜的脾气，便笑谢着收下了。他拿回去给冷太太看，冷太太倒罢了。这一来，正中清秋的意思。不久同学结婚，时髦衣服是有了，要一双很时髦的鞋子，非五六元不可，不敢和母亲要钱买。而今有了这张礼票，这问题就解决了。心想，真也凑巧，怎么这姓金的，他就会送这一张礼票给我们？无论如何，她却没有想到燕西是有心送她的。燕西那边心里却不住着急，她将鞋子取来了没有？

又过了四天，这日燕西拿着一本《李义山集》，到这边来会宋润卿，恰好他不在家，便一个人坐在他小客室里。原来冷家这边院子虽小，却有三株枣树，丁字式的立着。这枣花开得早，四月中旬，已经开了一小部分。这日天气正好，大太阳底下，照得枣树绿油油的浓荫，一小群细脚蜂子，在树荫底下，嗡嗡的飞着，时时有一阵清香，透进屋里来。树荫底下，一列摆着四盆千叶石榴。燕西正在窗子里向外张望，只听见韩妈笑道："哎呀！我的姑娘，真美！"燕西连忙从窗子里望去，只见冷清秋穿了一件雨过天青色锦云葛的长袍，下面配了淡青色的丝袜，淡青色的鞋子。她站在竹帘子外面，廊檐底下，那种新翠的树荫，映着一身淡青的软料衣服，真是飘飘欲仙。燕西伏在窗子边，竟看呆了。

忽然身后有人拍了一下，说道："燕西兄看什么？"燕西回头一看，乃是宋润卿。心里未免有些心虚，连忙说道："你这院子里三株枣树，实在好，清香扑鼻，浓翠爱人。我那边院子里可惜没有。我看出了神，正在想作一首诗呢。"说着，便将手上拿的《李义山集》随便指出两首诗，和宋润卿讨论一顿。正在这时，听清秋笑语声音由里而外，走出去了。燕西隔着帘子，看见她穿了那身衣服，影子一闪，就过去了。他坐着那里出神，宋润卿指手画脚的讲诗，他只是含着微笑，连连的点头。宋润卿把诗的精微奥妙，谈了半天，方才歇住。燕西伸了一个懒腰说道："我谈话都谈忘了，还有人约着我这时相会呢。"于是便赶忙回去，将那本诗往桌上一丢，自己便倒在躺椅上，两只手，十个指头相交，按在头顶心上，定着神慢慢去想。以为惟有这种清秀的衣服，才是淡雅若仙。我这才知道打扮得花花哨哨的女人，实在是俗不可耐。

正在这里想时，电话来了。金荣道："是八小姐来的，请七爷说话。"燕西接了电话，那边说："七哥，你用功呀，怎样好几天不回来？"这个小姐是燕西二姨母何姨太太生的，今年还只十五岁。因她长得标致，而且又天真烂漫，一家人都爱她，叫她小妹妹。她的名字，也很有趣味的，叫做梅丽。所以叫这个名字的原故，又因为从小把她做个洋娃娃打扮，就索性替她起个外国女孩子的名字了。现在她在一个教会女学校里读书。每天用汽车接送。国文虽然不很好，英文程度是可以的。尤其是音乐舞蹈，她最是爱好。学校里有什么游艺会，无论如何，总有她在内。燕西在家里时，常和她在一处玩，放风筝，打网球，斗蟋蟀儿，无所不为。这天梅丽回来得早些，想要燕西带她去玩,所以打个电话给他。燕西便问:"有什么事找我,要吃糖果吗?我告诉你罢,我昨天在巴黎公司,用五块钱买了一匣,送在姨妈那里了。"梅丽道:"糖我收到了。不是那个事,我要你回来,咱们一块儿去玩哩。"燕西道:"哪里去玩?"梅丽道:"你先回来,我们再商量。"燕西在这里,除了到冷家去,本来是坐不住的,依旧一天到晚在外面混。现在梅丽叫他回去,他想家里去玩玩也好,便答应了。挂上电话,便坐了汽车,一直回到家来。

燕西到了家,知道梅丽喜欢在二姨妈房子外那间小屋里待着的,便一直到那里来。一进院子,便听到二姨妈房里,有两人说话,一个正是他父亲金铨的声音,连忙缩住了脚,要退回去。只听见他父亲喊道:"那不是燕西?"燕西听见,只得答应了一个是,便从从容容的走了进去。金铨躺在沙发椅子上,咬着半截雪茄烟,笼着衫袖,对着燕西浑身上下看了一遍。说道:"只是你母亲告诉我一声,说是你和几个朋友组织一个诗社,这是你撒谎的,还是真的?"燕西道:"是真的。"金铨道:"既然是真的,怎样也没有看见你作出一首诗来?不要是和一班无聊的东西组织什么俱乐部罢?这一程子,我总不看见你,未必你天天就在诗社里作诗?"燕西的二姨妈二姨太太便道:"你这话,也是不讲理。你前天晚上,才从西山回来,总共只有昨天一天,怎样就是一程子了?"燕西被他父亲一问,正不知道要怎样回答,二姨太太这一句话,替他解了围,才醒悟过来。便道:"原不天天去作诗,不过几个同社的人,常常在社里谈谈话,下下棋。"金铨道:"我说怎么样?还不是俱乐部的性质吗?"燕西道:"此外并没有什么玩意儿。"金铨道:"你同社是些什么人?"燕西便将亲戚朋友会作诗的人,报了几个,其余随便凑一顿。

金铨摸着胡子笑道:"若是真作诗,我自然不反对,你且把你们贵社里的诗，拿给我看看。"燕西一想，社都没有，哪里来的诗？但是父亲要看，又不能不拿来。便道："下次作了诗，我和社友商量，抄录一份拿来罢。"金铨道："怎么这还要通过大众吗？你们的社规，我也不要做破坏，你且把你作的诗，拿来我看看。"燕西这是无法推辞了，便道："好，明天拿回来，请父亲改一改。"金铨喷了一口烟，笑道："我虽丢了多年，说起作诗，那是比你后班辈强得多哩。"二姨太太道："梅丽刚才巴巴的打电话找你呢，你见着她了吗？"燕西道："我正找她呢。"说着，借此原故，便退出去了。原来金家虽是一个文明家庭，但是世代簪缨，又免不了那种世袭的旧家庭规矩，所以燕西对于他父亲，也有几分惧怕。现在父亲要他的诗看，心里倒是一个疙瘩，不知要怎样才能够敷衍过去。

正自低头走着，只听见一片叮叮当当的钢琴声，抬头一看，不知不觉，走到正屋外面来了。这个地方一列是三间大楼，楼上陈设完全西式。有时候，大宴来宾，就可以在此跳舞，也可以说是个小小的跳舞厅。燕西听那琴声，又像在楼上，又像在楼下。那拍子打得极乱，快一阵，慢一阵。心想，这种恶劣的琴声，不是别人打的，一定是梅丽。寻着琴声，轻轻的走上楼，心里想着，她不能一个人在这里，看看究竟是谁？走到楼上，偏是没人，原来又在楼外那个月台上。这地方，四周是杨柳和梧桐树。这个时候，柳树上半截，拖着长条，正披到平台上来。只听见有人说道："别再站过去，掉下去了，仔细摔断了腿。"又一个人道："你看我这样子像不像呢？"燕西听那后说话的正是梅丽，先说话的，却是白小姐白秀珠。这白小姐是金家三少奶奶王玉芬的表姊妹，因为玉芬的介绍，所以她和燕西认识了。认识以后，两人慢慢就发生恋爱。从前是隔不了一天便见面的，不过现在才疏远了些。

这时燕西隔着玻璃一望,只见秀珠穿了一套淡绿色的西服,剪发梳成了月牙式,脖子和两双胳膊,全露在外面。背对着这面,正坐在钢琴边下。梅丽穿了一套白色的大袖舞衣,蓬着头发,两只手抓着柳条,把脚时时悬了起来,打秋千的一般摆动。燕西看见哈哈的笑道:"别动,我去拿快镜来,照一个相。这是爱情之神呢?还是美术之神?"秀珠站起来回头一看,拍着胸道:"哎哟?吓了我一跳。你几时来的?"梅丽也跑了过来,执着燕西的手道:"七哥,你看我扮得像不像?"燕西笑道:"像是像,但是神仙有穿黑皮鞋的吗?"梅丽一看,果然自己还穿的是一双漆皮鞋,笑道:"我忘了换呢。"燕西道:"穿这种舞衣,应该打赤脚,至少也要穿和衣裳一色的鞋子。穿这样美丽的衣服,配一双漆黑的鞋子,比老太太的小脚还寒碜呢。"梅丽道:"你等我一会儿罢,我去换衣服就来,回头我们和秀珠姐一块儿去玩去。"说着,连跑带跳的走了。

秀珠见梅丽走了,便笑着问燕西道:"你忙些什么?我怎样两天不见着你?"燕西道:"我不是告诉过你了吗?和朋友组织了一个诗社呢。"秀珠冷笑道:"你不是那样能斯斯文文玩儿的人,不要骗我。"燕西道:"你不信,我把我们作的诗稿,送给你看。"秀珠道:"我不要看。我又不懂,我知道你们闹的是什么呢?"燕西见她两只雪白的胳膊,全露在外面,便伸手去握着她一只手,正要低头用鼻子去嗅。秀珠使劲一摔,将手摔开。却掉过脸,手攀着柳条,用背对着燕西。燕西道:"这个样子,又是生气,我很奇怪,怎么你见我就生气了?难道我这人身上,带着几分招人生气的东西,所以人家一见我,就要生气吗?得!我别不识相,尽管招人生气罢。"说毕,掉转身也就要走。

秀珠连忙转过来,说道:"哪里去,不愿意和我们说话吗?"

燕西道:"你瞧,正是你把话倒说。分明你不愿理我,还要说我不理你。"秀珠笑道:"我若是不理你,我到府上来是找谁的?"燕西道:"那我怎样知道?"秀珠道:"你当然不知道。你要是知道的话,哪里还用得着梅丽打电话请你回来。大概你还不知道我在这儿,要是知道我在这儿,你都不上楼了。"燕西道:"我们又不是冤家,何至于此?"秀珠道:"不是冤家,将来总有成为冤家的一日。"燕西含笑执着她的手,往怀里便拉,说道:"这话是真的吗?从哪日开始呢?"秀珠道:"别拉拉扯扯,一会儿梅丽来了,又给人家笑话。"说着,将手往回一夺。燕西道:"我不和你闹,你把钢琴按一个调子我听。"秀珠道:"好!我按一个进行曲给你听。"于是绷冬绷冬,便按起来。

只听楼下有人问道:"楼上是秀珠在那里吗?"秀珠答应道:"是我,楼下是表姐吗?"说时,王玉芬和着燕西的五姐敏之,一路上来。敏之是个美国留学生,未曾毕业回来的,秀珠醉心西方文明,对敏之是极端的崇拜。看见敏之上楼,连忙上前,和她握手。笑着问玉芬道:"表姐,你怎样知道我在这里?"玉芬抿嘴笑道:"我们这些人里面,只有两位钢琴圣手。一位是八妹,我们在楼下已经碰见她了。还有一位,就是表妹。刚才我们听那段琴,既知道八妹不在楼上,自然是你了。"秀珠举起拳头,在玉芬背上轻轻敲了一下。说道:"你这小鬼,把话来损我,我不知道吗?凡是一桩事,总要由浅入深,谁也不能生来就会呀。"又对敏之道:"五姐,你看这话对不对?我想,你既在美国回来,钢琴一定是好的,能不能够弹一个曲子给我们听?"燕西笑道:"你这话,就不合逻辑,难道在外国回来的人,都应该会弹钢琴吗?"秀珠道:"人家又没有和你说话,要你出来多什么事?"敏之笑道:"我倒真是不会。

密斯白要学钢琴的话,我路上有一个外国朋友,他倒是很在行,我可以介绍你去和他学。"秀珠道:"那就好极了。看你二位,是要出门的样子,上哪里去玩?"敏之道:"我要买点古董,送几个回美国的朋友。你也去一个吗?"玉芬对敏之丢了一个眼色,说道:"她刚来,哪里能就走?"秀珠道:"我不奉陪了,我还约着梅丽去玩呢。"玉芬道:"怎么样?我就知道你不能走呢。"秀珠道:"要走就走,有什么不能去呢?"玉芬拉着敏之,说道:"走罢,走罢,不要在这里打搅了。"说毕,拉着敏之一阵风的走了。秀珠道:"燕西,你真不客气,当着人面,就笑我。"燕西道:"要什么紧?都是一家人。"秀珠道:"我不姓金,怎么是你一家人呢?"燕西笑道:"你还不打算姓金吗?我今天非……"

一语未了,梅丽哈哈大笑,从玻璃格扇里钻了出来。秀珠笑道:"你这小东西,也学得这样坏,又吓我一跳。"梅丽道:"我什么也没说,我只笑了一笑,就是坏人。这坏人怎样如此容易当呀?"说着,便对燕西道:"我告诉你实话,今天不是我要你回来,是秀珠姐她……"秀珠抽出手绢,走上前,将梅丽的嘴捂住,笑道:"你乱撒谎,我不让你说。"燕西解开道:"不要闹了,我们上哪里去玩?"梅丽道:"看电影去。"燕西道:"白天看电影,没有意思。"梅丽道:"逛公园去。"燕西道:"公园里去得多了,像家里一般,没趣味。"梅丽道:"这样也不好,那样也不好,玩什么呢?"燕西道:"我有一个玩法,咱们自己开汽车,跑到城外去兜个圈子,比什么也解闷。"秀珠道:"自己开汽车罢了。上次,也是你开汽车,一直往巡警身上碰,我真吓出了一身冷汗。"燕西道:"这样罢,车夫送我们出城。出了城那里人稀少,我们再自己开,你看好不好?"梅丽道:"这个倒使得,我们就去。"

燕西就按了电铃，叫了听差，分付开一辆敞篷车，他们三人坐了车子，出得阜成门，向八大处大道而来。出城以后，燕西叫车夫坐到正座上去，自己三人却坐到前一排来，燕西扶着机子，开足马力，往前直奔。梅丽道："七哥，这里没有人，你让我开着试试看。"燕西道："没有人，就可以乱开吗？一不留心，车子就要开地里去的。车子坏了是小事，弄得不好，人还要受伤呢。"他们正在说话时，秀珠哎哟了一声，果然出了事了。

第七回

空弄娇嗔看山散游伴　故藏机巧赠婢戏青年

当时，秀珠哎哟了一声，燕西手忙脚乱，极力的关住机门。汽车唧嘎一声，突然停住。大家回头一看，路边一头驴子，撞倒在地，另外一个人倒在驴子下，地下鲜血淋漓，紫了一片。梅丽用手绢蒙着眼睛，不敢看，藏在秀珠怀里。秀珠也是面朝着前，不敢正眼儿一视。

汽车夫德海口里叫着糟了，一翻身跳下车去，燕西也慢慢的走下车来，远远的站定。问道："那人怎么样，伤很重吗？"德海看了一看说："驴子压断了两条腿，没有用的了。人是不怎么样，似乎没有受伤。"燕西听说人没有受伤，心里就放宽了些，走上前来，叫德海把那人扶起。那人倒不要人扶，爬了起来，抖了一抖身上的土。他一看那驴子压死了，反而坐在地上，哭将起来。燕西道："你身上受了伤没有？"那人道："左胳膊还痛着呢。"燕西在身下一摸，只有两张五元的钞票。便问秀珠道："你身上带了有钱吗？"秀珠道："有，多给他几个钱罢，人家真是碰着了。"说着，在钱口袋里，抓了一把钞票给燕西。

燕西拿着钞票在手上,便问那人道:"这头驴子是你的吗?"那人道:"不是我的,我借着人家的牲口,打算进城去一趟呢。"燕西道:"你说,这一头驴子,应该值多少钱?"那人道:"要值五十块钱。"德海听了,走上前,对那人就是一巴掌。说道:"你这小子,看见要赔你钱了,你就打算讹人。"说时,牵着他身上那件破夹袄的大襟,一直指到他脸上。又道:"你瞧!你这个样子,不是赶脚的,是做什么的?你说牲口不是你的,你好讹人,是不是?"说着,又把脚踢一踢倒在地下的驴子,口里说道:"这样东西,早就该下汤锅了,二十块钱,都没人要,哪值五十块钱?七爷,咱们赔他二十块钱得了,他爱要不要。"

那人本是一个乡下人,看见德海的凶样子,先有三分害怕,哪里还敢说什么。燕西喝住德海道:"打人家做什么?谁让咱们碰了人家呢?"又对那人道:"也不能依你,也不能依他。现在给你三十块钱,赔你这一头牲口。你也跌痛了,不能让你白跌,给你十块钱,你去休养休养。这驴子已死过去了,你也不必再卖它的肉,把它埋了罢。"乡下人对一个钱当着磨子般看待的。他见燕西这样慷慨,喜出望外,给燕西连请了几个安。燕西对秀珠道:"开车真不是玩的,我们还坐到后面来罢。"于是依旧让德海去开车。德海坐上车,对那人骂道:"便宜了你这小子,今天你总算遇到财神爷了。"燕西听见汽车夫骂人,这是看惯了的,也就付之一笑。

车夫兜了一个圈子,一直开到西山旅馆脚下。只见亭子上的西崽,眼睛最尖,一看汽车的牌号,是金总理家里的,早是满脸堆上笑,走到亭子下来迎接。等燕西走到面前,闪在一旁,微微的一鞠躬,说道:"你来了。"燕西走进亭子去,只见男女合参,中西一贯,坐满了人。正因为今天天气好,所以出城来游的人很多。燕西便让梅丽、秀珠向前，走过了亭子去，在花边下摆了一张桌子坐下。只听后面有人喊道："密斯脱金，密斯白，密斯金。"莺声呖呖，一大串的叫了出来。回头看时，乃是乌二小姐和两个西洋男子坐在那里喝啤酒吃冰淇淋。一句话说完，她已走过来，和秀珠、梅丽握了一握手，然后再与燕西握手。乌二小姐道："我和两个新从英国来的朋友，到这里玩玩，一会儿我就过来相陪。"秀珠笑道："不要客气了，我们两便罢。"燕西在一边，只是微笑一下。

三人在亭子外坐着，正和亭子里，隔了一层芦帘子，彼此都不看见。秀珠道："密斯乌真是知道讲究妆饰的。和中国朋友在一处，穿西装；和外国朋友在一处，又穿中国装。你不看她那件金丝绒单旗袍，滚着黑色的水钻辫，多么鲜艳夺目！"梅丽轻声道："妖精似的，我就讨厌她。"秀珠用手摸着梅丽的头发，笑道："小东西，说话要谨慎一点，不要乱说，仔细有人不高兴。"说毕，眼睛皮一撩，眼睛一转，望着燕西。问道："你说是不是？"燕西皱眉道："何必呢？人家就在这里。让人家听见，也没有什么意思。"秀珠道："我卫护着她，还不好吗？据我说，你那个心，可以收收了，你看看，她爱的是外国朋友哩。外国朋友，有的是钱，可以供给她花。将来要到外国去玩，也有朋友招待，你怎样比得上人家？比不上，你就不配和人家做情敌。"燕西道："你这话，是损她，是损我？"说时，脸上未免放一点红色。

秀珠把燕西为人，向是当他已被本人征服了看待，所以常常给他一点颜色看。燕西那时爱情专一，拜倒石榴裙下。秀珠怎样说，他就怎样好，决计不敢反抗。现在不然了，他吃饭穿衣以至梦寐间，都是记念着冷清秋。而且冷清秋是刚刚假以辞色，他极力的往进一步路上做去。这白秀珠就不然了，耳鬓厮磨，已经是无所不至。最后的一着，不过是举行那形式上的结婚礼。在往日呢，燕西也未尝不想早点结婚，益发的可以甜蜜些。现在他忽然想到结婚是不可鲁莽的，一结了婚就如马套上了缰绳一般，一切要听别人的指挥。倘若自己要任意在情场中驰骋，乃是结婚越迟越好。既不望结婚，可以不必受白秀珠的挟制了。所以这天秀珠和他闹脾气，他竟不很大服调。这时秀珠又用那样刻薄的话，挖苦乌二小姐，心里实在忍不下去，所以反问了一声，问她是损哪个。

谁知秀珠更是不让步，便道："也损她，也损你。"说时，脸上带着一点冷笑。燕西道："现在社交公开，男女交朋友，也很平常的。难道说，一个男子，只许认识一个女子；一个女子，只许认识一个男子吗？"秀珠道："笑话，我何尝说不许别人交朋友。你爱和哪个交朋友，就和哪个交朋友，关我什么事？"燕西道："本来不关你什么事。"燕西这一句话，似有意，似无意的说了出来；在白秀珠可涵容不了，鼻子里嘿了一声，接上一阵冷笑，把坐的藤椅一挪，脸朝着山上。在往日，决裂到了这种地步，燕西就应该赔小心了。今天不然，燕西端着一杯红茶，慢慢的呷。又把牙齿碰茶杯沿上，时时放出冷笑。

旁边的梅丽，起初以为他们开玩笑，不但不理会，还愿意他两人斗嘴，自己看着很有趣。现在见他两人越闹越真，才有些着急，便问燕西道："七哥，你是怎么来？秀珠姐说两句笑话，你就认起真来。"燕西道："我不认真。什么事，我也当是假的。可是白小姐她要和我认真，我有什么法子呢？"秀珠将椅子又一移，忽的掉转身，说道："什么都是假的？你这话里有话，当着你妹妹的面，你且说出来。"燕西道："这是一句很平常的话，我随口就说出来了，没安着什么机巧。你要说我话里有话，就算话里有话罢。我不和你生气,让你去想想,究竟是谁有理?是谁没理?"说毕,离开座位,背着两只手慢慢的走上大路,要往山上去。

梅丽对秀珠道:"你两人说着好玩,怎么生起气来?"秀珠道:"他要和我生气,我有什么法子?你瞧瞧,是谁有理?是谁没理?"梅丽想着,今天,实在是秀珠没有理。但是燕西是自己的哥哥,总不能帮着哥哥来说人家的不是。便笑道:"他的脾气,就是这样。过一会子,你要问他说了些什么,我包他都会忘了。你和别人生气,那还有可说,你和我七哥生气,人家知道,不是笑话吗?虽然有句俗话,打是疼,骂是爱,可是你还没到咱们金家来,要执行威权,还似乎早了一点子哩。"

秀珠忍不住笑了,说道:"这小东西,一点年纪,这些话,你又在哪里学来的?要不,给你找个小女婿罢,让你去打是疼,骂是爱。你看好不好?"梅丽道:"胡闹混扯,对我瞎说些什么?你两人今天那一场闹,没有我在里头转圜,我看你俩怎样好得起来?"秀珠把脖子一扭,说道:"不好,又打什么紧!"梅丽用一个食指,对着秀珠的鼻子,遥遥的点着笑道:"这话可要少说呀。"秀珠道:"为什么要少说?现在和他要好的人太多了,我要和他好,他不和我好,也是枉然。"

正说话时,只见由山上抬下两顶藤轿来,坐轿的一男一女,秀珠认得,是刘家二少奶奶和二少爷刘宝善。他两人看见,连忙叫轿夫将轿子停住,迎了上来。秀珠请他二人坐下,便问:"要吃什么?"刘二奶奶说:"不用了。我们刚在山上喝了茶下来,等着回去呢。"秀珠笑道:"你们的汽车很大,把我带进城去好不好?"刘宝善道:"白小姐,不是坐汽车来的吗?"秀珠指着梅丽道:"是坐她府上车子来的。她和她令兄,还要在这里玩一会儿"。我记起一桩事来了,正要回去,又不好叫人家一来就送我走。现在你一回去,真再巧也没有了。"刘宝善夫妇,哪里知道内中情由,自然很欢迎的。梅丽又是孩子脾气,心想,你和七哥拌了两句嘴,也不值得发气先走。你要走,就让你走,我不留你,看你怎么样?秀珠对梅丽说到:"我们过天见罢。"说毕,竟和刘氏夫妇走了。梅丽也没做声,只是笑着点了一点头。

一会儿工夫,燕西自山边兜了一个圈子回来,只见梅丽一人坐在这里,便问:"秀珠哪里去了?"梅丽忍不住气,少不得又添上几句话,说她赌气坐刘家的车子走了,以后不要和你见面呢。燕西道:"那要什么紧?"说毕,冷笑了一声道:"扫兴极了,回去罢。"梅丽觉得也是没趣,赞成燕西的提议,就坐车回家。

一进门,只见许多卖花的,一挑一挑的尽是将开的芍药,往里面送。燕西道:"家里几个花台子的芍药,都在开了,这还不够,又买这些。"旁边早有听差答应说:"七爷,你是不很大问家事,不知道呢。总理就定了后天,在家里请客看芍药,总理请过之后,就是大爷大少奶奶请客。这些花都是预备请客用的。"燕西听说,很是欢喜,便问梅丽道:"你怎样也不告诉我一声?"梅丽道:"我猜你总知道了,所以没对你说。这个事你都会不知道,也就奇了。"燕西道:"请的是些什么人?自然男客女客都有了。"梅丽道:"这个我不晓得,你去问大哥。"燕西一头高兴,径直就到凤举院子里来,偏是他夫妇二人都不在家。

一走进院子门,里面静悄悄的,一个老妈子,手上拿着一片布鞋底,带着一道长麻线,坐在廊檐下打盹儿。小怜一掀门帘子,从里面刚伸出半截身子来,看见燕西,哟了一声,又缩进去了。燕西问道:"小怜,大爷在家吗?"小怜在屋子里道:"你别进来罢,大爷大少奶奶都不在家。"那老妈子被他两人说话的声音惊醒,赶紧站了起来。叫了一声七爷,说道:"你好久也没上这边来了。"一面说着,一面替他掀帘子。

燕西一面进来,一面说道:"好香!好香!谁在屋子里洒上这些香水?"小怜在里面屋子里走出来,说道:"你闻见香吗?"燕西道:"怎样不闻见?我鼻子又没有塞住。"小怜道:"糟了!大爷回来,一定要骂的。"燕西道:"屋子里香,骂你做什么?"小怜笑道:"告诉你也不要紧,是我偷着大少奶奶的香水,在手绢上洒了一点,不想不留神,把瓶子砸了,洒了满地。"燕西道:"砸了的瓶子呢?"小怜道:"破瓶子我扔了,外面的纸匣子,还在我那里。"燕西道:"你拿来我瞧瞧。"小怜不知道他是什么用意,当真拿来了。燕西一看,乃是金黄色的,上面凸起绿色的堆花,满沿着金边。花下面,有一行花的法文金字。

燕西道:"我猜呢,就是这个,你这个乱子大了。这是六小姐的朋友在法国买来的,共是一百二十个法郎一瓶。六小姐总共只有三瓶,自己留了一瓶,送了一瓶给大少奶奶,那一瓶是我死乞白赖要了去了。你现在把这瓶东西全洒了,她回来要不骂你,那才怪呢。"小怜笑道:"你又骇吓人,没有一瓶香水值那些钱的。"燕西道:"法国值整千法郎的香水还有呢,你不信,就算了,等大少奶奶回来,看她说些什么。你洒了她别样香水,洒了就洒了。这个洒了,北京不见得有,她不心疼钱,也要心疼短了一样心爱的东西呀。你看我这话对不对?"小怜道:"你这话倒是,怎么办呢?"燕西便对老妈子道:"你去看看六小姐在家里没有?"老妈子答应着去了。

小怜道:"你叫她去看六小姐做什么?"燕西笑道:"让她走了,我有一句话,要和你说。"小怜一顿脚,说道:"嘿!人家正在焦心,你还有工夫说笑话。"燕西笑道:"你自己先捣鬼,我还没说，你怎就知道我是说笑话呢？我告诉你罢，我那瓶香水，还没有动，我送给你，抵那瓶的缺，你看好不好？"小怜道："好好！七爷明天有支使我的时候，一叫就到。"燕西道："你总得谢谢我。"小怜合着巴掌，和燕西摇了两下，说道："谢谢你。"燕西道："我不要你这样谢，你送我一条手绢得了。"小怜道："你还少了那个？我的手绢都是旧的。"燕西道："旧的就好。你先把手绢拿来，一会儿你到我那里拿香水就是了。"小怜红着脸在插兜里掏出一条白绫手绢，交给燕西道："你千万别对人说是我送给你的。"燕西道："那自然，我哪有那样傻。"说时，隔着竹帘子，已见老妈子回来了。燕西道："六小姐不在屋子里罢？我去找她去。"说着，便走了。

一会工夫，小怜当真到燕西这里来，取那瓶香水。燕西给了她香水之外，又给了她一条青湖绉手绢。小怜道："我又没有和你要这个，你送给我做什么？我不要。"燕西道："你为什么不要？你要说出一个原故来，就让你不要。"小怜道："我不要就不要，有什么原故呢？"燕西就把手绢，乱塞她手上，非要她带去不可。小怜捏着手绢，就跑走了。燕西再要叫住她时，忽听得后面有人叫了一声老七。燕西回头看时，乃是大嫂吴佩芳，从外面回来了。燕西道："我正找你呢，你倒回来了。"佩芳道："我刚才看见一个人走这里过去了，是不是小怜？"燕西道："我刚从房里出来，没留神。"

佩芳笑了一笑，也就不往下说，只问："找我为什么事？"燕西道："听说你们要大请客呢。请些什么人，怎样请法？"佩芳道："这关乎你什么事？你要问它。"燕西笑道："自然我也要加入，给你招待来宾。"佩芳道："我们是双请的，招待员应该也要成双作对。秀珠妹妹能来吗？"燕西道："她和我有什么关系？你千万别请她，你请了她，我就不到。"佩芳道："这个样子，小两口儿又吵嘴了？

人家没过门的小媳妇,比蜜也似的甜,没有看见你两个人,总是闹别扭。"燕西道:"不是闹别扭,人家本和我没有关系。"佩芳笑道:"这好像是真生了气呢。是怎样吵嘴的?你说给我听听,让我来评评这个理。"燕西道:"没有闹,也没有生气,我说什么呢?"佩芳道:"不能够,若是你两人没有生气,你不会说这个话。"燕西道:"你去问梅丽就知道了。"佩芳笑道:"可不是!我猜你两人,又打起吵子来了。"佩芳说时,见走廊上的电灯,已经亮着,便道:"你别走,回头咱们一块儿吃晚饭,我有话和你说。"

原来他们家里,上学的上学,上衙门的上衙门,头齐脚不齐,吃饭的时间,就不能一律。金太太就索性解放了,叫儿女媳妇们自己去酌定,愿意几个人一组的,就几个人组一个团体,也不用上饭厅了,愿意在哪里吃就在哪里吃。这样一来,要吃什么,可以私下叫厨子添菜,也不至于这个人要吃辣的,有人反对,那个要吃酸的,也有人反对,总是背地大骂厨子。所以他们家里,除了生日和年节而外,大家并不在一处吃饭的。结果,三个太太三组,金铨是三个太太的附属品,一处一餐,三对儿媳三组,三个小姐一组,七少爷一人一组。他们有时高兴起来,哥哥和妹妹,嫂嫂和小叔子,也互相请客。今天佩芳叫燕西吃饭,也就是小请客了。燕西皱眉道:"照说大嫂分付,我不能不来,可是大哥那个碎嘴子,吃起饭来,不够受罪的。"佩芳笑道:"我早就猜到你心眼儿里去了,你必定要推辞的。你大哥今天晚上公宴他们的总次长,不在家里吃饭了。"燕西道:"那我一定来,请你赶快叫厨子添两样好吃的罢。"佩芳道:"那自然,你一会儿就来罢。"

佩芳回到屋子里,只闻见一阵浓厚的香味,用鼻子着实嗅了一阵,便说道:"这又是小怜这东西做出来的。我出去了,就偷我的香水使。

这也不知道洒了多少,满屋子都香着呢。"小怜在屋里走出来答应道:"香水倒是洒了,不是少奶奶的,是我自己一瓶呢。"佩芳又嗅了一阵,说道:"你别瞎说了。这种香味,我闻得出来,不是平常的香味,你不要把我那瓶法国香水洒了罢?"小怜道:"没有没有,不信,少奶奶去看看,那瓶香水动了没有?"佩芳见她这样说,也就算了。便叫老妈子到厨房里去,招呼厨子添两样时新些的菜。

一会子工夫燕西来了。小怜却捏着一把汗,心想,不要他送我香水的事,少奶奶已经知道了。燕西进来,坐在中间屋里,隔着壁子问道:"大嫂,你说有话和我说,请我吃饭,有什么差事要我当罢?"佩芳在里面道:"照你这样说,我的东西,非有交换条件,是得不到吗?"燕西笑道:"这又不是我说的,原是你言明有话说,请我吃饭呢。"佩芳道:"话自然有话说,不见得就支使你当差事呀。"说时,佩芳换了一件短衣服出来,一面扣着胁下的纽扣,一面低着头望一望胸前。

燕西道:"大嫂也是那样小家子气象,回来就把衣服换了。其实时兴的衣服,不应该苦留。我看见许多人,看见时兴什么,就做什么,做了呢,以为是称心的东西,舍不得穿,老是搁着。将来动还没动呢,又不时兴,只好重改一回,留在家里随便穿,另外做时兴的。做了时兴的,还是照样办,这一辈子,也穿不了改做的衣服呢。"佩芳道:"我倒不是舍不得衣服,穿着长衣服,怪不方便的。我们的长袍,又不像你们的长衫,腰身和摆都要做得极小。走起路来,迈不开步。穿短衣服,就自由得多了。"燕西道:"这倒是实话,不过长衣服,在冬天里是很合宜。第一就是两只胳膊省得冻着。"佩芳笑道:"我看你很在这些事上面用功,一个年轻轻儿的人,不干些正经事,太没有出息。"燕西笑道:"这是大嫂自己引着人家说呢,这会子又说人家不正经了。"

说时,厨子已经送着菜饭来,小怜就揭开提盒,一样一样,放在小圆桌上。两对面,放着两份杯筷。燕西道:"又要杯子做什么?"佩芳道:"我这里还有点子香槟酒,请你喝一杯。我也不能为你特意买这个,是你哥哥替部里买的,带了两瓶回来。"当时小怜拿着酒瓶子出来,斟上了一杯,放在左边,对燕西道:"七爷这儿坐。"燕西欠了一欠身子,笑道:"劳驾!"佩芳道:"老七这样客气。"燕西道:"到你这儿来了,我总是客,当然要客气些。"佩芳点头微笑,便和燕西对面坐着饮酒。对小怜道:"你去把我衣服叠起来,不用你在这里。"小怜答应着去了。

佩芳问燕西道:"你看这丫头,还算机灵吗?"燕西道:"知臣莫若君。你的人,你自己应该知道,问我做什么?"佩芳道:"我自己自然知道,但是我也要问问人,究竟怎么样?"燕西笑道:"强将手下无弱兵,自然是好的。"佩芳端着酒杯,抿着嘴呷了一口,一个人微笑。燕西道:"大嫂什么事快活,由心里乐出来?"佩芳道:"我乐你呢!"燕西道:"我有什么可笑的?"佩芳回转头望一望,见老妈子也不在面前,便对燕西笑道:"你不是喜欢小怜吗?我说叫她伺候你,也不止一回了。她呢,那不必说,是你刚说的话,由心眼儿里乐出来。现在是两好并一好,我叫她去伺候你,你看好不好?"燕西笑道:"大嫂,是这样说笑话,真成了《红楼梦》的宝二爷,没结婚的人要丫头伺候着。恐怕只这一句话,我够父亲一顿骂了。其实你误会了,我不但对小怜是这样,对玉儿、秋香都是这样。因为她们都是可怜虫,不忍把她们当听差和老妈子一样支使。你就在这上面疑心我,不是冤枉吗?这个话,我原不肯说出来,因为你一再的挑眼,我不得不说了。"佩芳道:"你以为我请你吃饭,是和你讲理来了吗？你才是多心呢。我老实告诉你罢，我已经不愿留着她了，因为你心疼她，所以我说让你去支使。你若是不要，我就要把她送走的。"

燕西心想，这为什么？莫非就为的那瓶香水吗？可是她一进门碰着我，就请我吃饭，并没有知道这回事啦。便笑道："我看你主仆二人，感情怪好的，她有什么事不对，你说她两句就得了。她很调皮的，你一说，第二回就绝不会错了。"佩芳正伸着筷子，拣那凉拌笋里面的虾米吃。于是竖拿着筷子，对燕西指点着笑道："听你这口气，是怎样的卫护她？"燕西笑道："我这是老实话，怎么算是卫护着她？这个我也不要去多说，我来问你，你为什么一定要把她送走？"佩芳道："傻子！连'女大不中留'这句话，你都不知道吗？"燕西道："既然不中留，送到我那里去，就中留了吗？前两年呢，她是一个小孩子，说让她给我做做事，那还说得过去。现在她十六七岁了。"

佩芳道："十六七岁要什么紧？我没来的时候，你大哥就爱使唤丫头。"燕西笑道："那倒是真的，那个时候，老大有些红楼迷，专门学贾宝玉。父亲又在广东，家里由他闹，母亲是不管的。"佩芳道："可不是！我就为他这种脾气，不敢让小怜在我这院子里呆着。我本来想叫她去伺候母亲，她老人家有个小兰呢，或者不受。"燕西起先是把佩芳的话，当着开玩笑，现在听她的口音，明白了十成之八九，原来他们主仆，在那里实行演三角恋爱。她是故意做圈套气凤举的。从前对小怜有意无意之间，还可以怜惜怜惜她，而今明白了内幕，还应该避嫌才是呢。

当时燕西，低头喝酒吃菜，没有做声。佩芳笑道："心里自然是愿意，只是不好意思答应罢了。其实只要你答应一句话，我给你保留着,等你结了婚,再让她伺候你也成。你不要以为你哥哥会怪你,这是我的人,我爱怎么办,就怎么办。"燕西一时是心里明白,口里苦说不出来,只得笑笑。恰好老妈子、小怜都来了,两人就把谈锋止住,只说些别的事。吃完了饭,燕西就说要找人,便溜出来了。心想,我最怕是和老大捣麻烦,我还敢惹他吗?因此两天之内,不敢上佩芳院子里去,也不敢找小怜做事了。

第八回

大会无遮艳情闹芍药　春装可念新饰配珍珠

过了两天，金铨大请其客。又过了一天，便是金凤举夫妇所举行的芍药会了。起先原是打算一双一双的请。后来有些客，实在是无法可以双请。因此双请的也有，单请的也有。他们的那个洋式客厅里，许多张大餐桌子连接起来，拼成一个英文U的字形。桌子铺着水红色桌布，许多花瓶，供着芍药花。厅外，院子里的花台上，大红的、水红的、银白的，那些盛开的芍药，都有盘子来大；绿油油的叶子中间，一朵一朵的托着，十分好看。此外廊檐下、客厅里，许多瓷盆，都是各色的芍药。门上、梁上、窗户上，临时叫花厂子里，扎了许多花架，也是随处配着芍药。正是万花围绕，大家都在香艳丛中。客厅大楼上，也是到处摆着芍药花。中间的楼板，擦得干干净净，让大家好跳舞。两屋子里，一排两张紫檀长案，一面是陈设着饼干酪酥牛乳蛋糕等类的点心。一面是陈设着汽水啤酒咖啡等类的饮料。平台上请了一队俄国人，在那里预备奏西乐。

凤举是外交界的人，最讲究的是面子。特意在家里提了几个漂亮的听差；穿了家里特制的制服，是清蓝竹布对襟长衫，周身滚着白边；一个个都理了发刮了脸，也让他们沾些美的成分。凤举夫妇，那是不消说，穿得是极时髦的西装。燕西也穿了一套常礼服，头发和皮鞋，都是光可鉴人。领襟上插着一朵新鲜的玫瑰花，配着那个大红的领结，令人一望而知是个爱好的青年。他受了大哥大嫂的委托，在楼上楼下，招待一切。

　　到了下午三点钟，宾客渐渐来到。男的多半是西装，女的多半是长袍。尤其是女宾衣服，红黄蓝白，五光十色，叫人眼花缭乱，不能用言语来形容。今天白秀珠也来了，穿着一件银杏色闪光印花缎的长衫，挖着鸡心领，露出胸脯前面一块水红色薄绸的衬衫。衬衫上面，又露出一串珠圈，真是当得"艳丽"二字。在她的意思，一方面是出风头，一方面也是要显出来给燕西看看。可是情人的眼光，是没有定准的，爱情浓厚的时候，情人就无处不美。爱情淡薄的时候，美人就无处不平常。本来燕西已经是对秀珠视为平常了，加上前几天两人又吵过一顿，燕西对于秀珠，越发是对之无足轻重。这时燕西既然是招待员，秀珠总也算是客，两个人就不谈往常的交情，燕西也就应该前去招待。可是秀珠一进来，看见燕西在这里，故意当着没看见，和别的来宾打招呼，以为燕西必然借着招待的资格，前来招待。不料燕西就也像没有看见一般，并不关照。那些男女来宾纷纷上楼，有的坐在一旁谈话，有的两三个人站在一处说笑，有的便在西边屋里喝汽水。燕西也就随着众人，一块儿上楼，他一眼就看见从前借电影杂志的邱惜珍女士。

　　她穿着淡红色的西装，剪的短发上，束着小珠瓣，玲珑剔透，常是脸上露出两个小笑窝儿。这时她正站在一盆最大的芍药花边，把脸凑上芍药花，去嗅这花的那种香气。燕西走上前去，轻轻的在后面叫道："密斯邱。"邱惜珍回头一看，笑着点头叫了一声七爷。

燕西笑道："我排行第七,是依着男女兄弟一块儿算的,知道的人很少。密斯邱怎样也知道?"惜珍笑道："我是常到你府上来的,所以很知道你府上的情形,你以为这事很奇怪吗?"燕西道："并不是什么奇怪。正以密斯邱知道舍下的事,不是平常的朋友呢。"惜珍笑道："像我这样的人,只好算是平常的朋友罢了。"燕西笑道:"这是客气话。"惜珍道："惟其是平常的朋友,才会说客气话啦。"他二人站在这里说话,决计没有关心其它的事。可怜那个白秀珠小姐,今天正怀着一肚子神秘前来,打算用一番手腕,与燕西讲和。和是没有讲好,眼看自己的爱人,和一个女朋友站在这里有谈有笑,只气得浑身发颤,心里就像吃了什么苦药一般,只觉一阵一阵的酸,直翻到嗓子边下来。便叫伺候的听差,倒了一杯咖啡,坐在一边,慢慢的喝。但是这楼上有二三十位男女来宾,大家纷纷扰扰,拥在一处,都是笑容满面,谁知道在座有个失意的人?

一会儿工夫,那边的俄国人,正在调提琴的弦子。大家一听这种声音,知道快要奏乐了,便纷纷去寻跳舞的伴侣。当时燕西也就笑着对惜珍道："密斯邱的舞蹈,一定是很好的了?"惜珍笑道:"初学呢,哪里能说个'好'字?"燕西道："密斯邱有舞伴没有?"惜珍道："我不很大会。"燕西道："密斯邱能够和我合舞吗?"惜珍眼皮一撩,对燕西望了一眼,两只露出来的白胳膊,交叉一扭,耸肩一笑,说道："舞得太不好呀。"燕西道："你舞得不好,我更舞得不好,何妨两个不好,同在一处舞一舞呢?"说时,平台外的音乐,已经奏将起来。不知不觉的,邱惜珍已经伸出手来,和燕西握着,身子略微凑上前一步,头却离着燕西肩膀不远。于是燕西一手将惜珍环抱着,便合着拍子,在人堆里跳舞起来了。

这里面的男女宾,不会跳舞的占最少数,所以只剩了几个人在西边屋子里,喝咖啡吃点心。其余十八对男女,就花团锦簇的,互相厮搂拥抱,穿过来,踅过去,围绕在一堆。这边几个未参加跳舞的,白秀珠也在内,她坐在一边,无法遏止她胸头的怒气,只是喝汽水。眼见燕西和邱惜珍一同跳舞,这个是满面春风,那个是一团和气,要干涉是不能够,不干涉是忍不住,只得眼不见为净,一扭身子下楼去了。

这时,吴佩芳也在人堆中和凤举一个朋友跳舞。冷眼看见燕西、秀珠这种情形,也觉不妙。这时秀珠又满脸怒容下楼去了,恐怕要发生冲突,却屡次目视燕西,叫他不要舞了。燕西正在兴头上,哪里肯停住?正好音乐停止,大家罢舞,佩芳就赶快下楼找秀珠去。知道她一时不会走远,一定找她表姐王玉芬去了。原来佩芳她妯娌三个,玉芬是不会跳舞,慧厂又不喜欢这个,所以她们并没有参与。佩芳一直追到玉芬屋里,只见秀珠果然坐在那里,只是眼圈儿红红的,似乎受了极大的委屈。

佩芳道:"也不知道密斯白怎样到这里来了?我特意来找你呢。"秀珠道:"那里的人太多,怪腻,我到这里来和玉芬姐谈谈话。"佩芳笑道:"你不要冤我了,你是个最喜欢热闹的人,哪里会怕烦腻,不要是嫌我主人招待不周罢?"玉芬将嘴一撇道:"小两口儿闹上别扭好几天了,你不知道吗?"佩芳何尝不晓得,装着模糊的样子,问道:"真的吗?我是一点儿不知道。我看老七倒是笑容满面的在那里跳舞,不像生了气。"玉芬道:"他和谁在跳舞?"佩芳道:"那个邱小姐。"玉芬将手一撒,说道:"那还说什么呢!今天他是一个主人,自己的好朋友来了,不但不睬,而且偏要和一个生朋友去跳舞,这不是成心捣乱吗?叫人家面子上,怎样搁得下来呀?"玉芬不说犹可,这样说了几句,引起秀珠一团心事,鼻子连耸几下,不觉就伏在小茶几上哭将起来。

佩芳埋怨玉芬道："全是你没话找话,引起人家伤心。"玉芬笑道："人家十分的受了委屈了,好话也不让我和她说两句呢?"佩芳便走上前捉着秀珠的胳膊说道："嘿!这大的丫头,别小孩子似的了。"扶起她的头脸,就拿自己的手绢,给她去擦眼泪。秀珠把头一偏,将手一推道："不要闹。"佩芳笑道："哟!这小姐儿倒和我撒娇呢。得了,和我吃糖罢。"秀珠听了这话,把两只胳膊伏在桌上,额角枕着胳膊,不肯抬头。玉芬道："还哭呢,也看主人的面子呀。"佩芳着："瞎说,人家在笑,你说她哭。不信的话,我扶起来,给你看看。"说着,就用手来扶秀珠的头。秀珠低着头,死也不肯抬起来。佩芳道："你不抬起脑袋来,我胳肢你。"秀珠听到一声说胳肢,两只胳膊一夹,往旁边一闪,格格的笑个不住,鼓着嘴道："我们都欺侮我。"

玉芬道："怎么着?都欺侮你,我也欺侮了你吗?我也来胳肢你。"佩芳扯着她的手道："别在这里闹了,走罢,大家就要入席了。"秀珠身不由己的和她出了房门。秀珠道："你别拉,我去就是了。"佩芳一放手,秀珠又走进房去。佩芳道："咦!怎么着,你还有气吗?"秀珠将两手一搓,又对脸上一拂。佩芳道："哦!我倒是没留意。"便一路跟着秀珠到玉芬梳头屋子里来。先是代她在脸盆架上给她放开冷热水管子,然后让她去洗脸。回头秀珠对着梳妆镜子,敷上了一层粉,又找小梳子,梳了一梳头发。都停妥了,站在两面穿衣镜中间,从头到脚看了一看,再看镜子里复影的后身。佩芳道："行了行了,走罢。"于是挽着秀珠的手,一路又到大客厅里来了。

这个时候,楼上奏着西乐,又在举行第三次的跳舞。那些穿着中国衣服的太太小姐们,还不过艳丽而已,惟有几个穿西装的,上身仅仅一层薄纱护着,胸脯和背脊一大截白肉,露在外面。下身穿着稀薄的长统丝袜,也露着肉红。只有中间一层,是荷叶皱的裙子遮住了。所有那些加入跳舞的男子,觉得中国的女子,穿着短衣,下面裙子太长,舞的时候,减少下半部的姿态。穿着长衣,舞蹈开步,比较便当些,但是腰肢现不出原形,失了曲线美。所以大家都主张和西装的女子跳舞。一来是抱腰的手,可以抚摩着对方凝酥堆雪的肌肤,二来又可以靠近鉴赏肉体美。就是不能与西装女子跳舞的,他的目光,也是不转睛的射在人家身上。惜珍既然穿的是西装,人又漂亮,因之燕西和她合舞了一回,又合舞第二回。秀珠走上楼来看见他二人还在一处,依旧是生气。

这时正有两个人,站在那里等舞伴。他们都是凤举的同事。一个是黄必发,和了姨太太同来。他的姨太太,正在和别人合舞呢。一个夏绿游,他却是一个人。黄必发迎着佩芳笑道:"密斯吴,能和我合舞吗?"佩芳道:"可以。"黄必发和佩芳说话,不免对秀珠望了一眼。佩芳觉得不能让人呆站在一边,便和秀珠介绍给黄夏二人,然后就和黄必发去跳舞。夏绿游便对秀珠微微一鞠躬,笑着问道:"密斯白肯和我跳舞吗?"秀珠的本意,原不愿意和生人跳舞。但是今天肚子里实在有气,心想,你既然当我的面,和别人跳舞,我也就当你的面,和别人跳舞。于是一口答应下来道:"可以的。"也就拥抱着,加入跳舞队里去了。燕西在一边看见,心里暗笑。想道:你以为这样就对我报复了,可以让我生气。其实我才不管你的行动哩。

这次跳舞完了,大家就下楼入席。一双一双的男女,夹杂坐着。燕西恰好又是和邱惜珍坐在并肩,这样大的席面,自然是各找着附近的人说话。所以燕西和惜珍,也是谈得最密切。凤举夫妇,在座抬头一看,见万花丛中,珠光宝气,围成一团。列席的来宾不分男女,都是笑嘻嘻的，真是满室生春。这对主人翁主人婆，也就十分高兴。在场的人，多少都是沾着一些洋气的，所以席上就有人站立起来，高高的举着一玻璃杯子酒，说道："我们喝这一杯酒，恭祝一对主人翁的健康。"大家不约而同的站了起来，就共干了一杯。主人翁家里，有的是酒，大家就拼命的喝。女客有个一两杯，已经是面红耳赤，大半就算了。男客不然，极不济事的也喝三四杯葡萄酒。其余喝香槟的，喝白兰地的，喝威士忌的，各尽其兴。

俗言说："酒盖三分羞。"大家一喝完了，男女互相牵着所爱的人，在芍药花下，谈笑取乐。燕西挽着惜珍的手，先在芍药花台上的石板上，坐着谈了一会儿。便道："密斯邱，你要看电影杂志，我那里又寄来了许多，这几期，更有精彩，很多电影明星的相片在上面。"惜珍很欢喜的道："好极了，我正要再和你借着看呢。"燕西道："那末，请到我书房里去坐坐。"于是在前引导，和惜珍一路走到书房里去。

惜珍一歪身倒在沙发椅上，顺手捡起一小本书，当着扇子，在胸前扇了几扇。眼睛望着燕西笑道："酒喝多了，心里发燥呢。"燕西顺便也在沙发椅上坐下，说道："密斯邱，你的酒量不坏。今天这么多人，不能好好的喝，我打算明天请密斯邱到德国饭店去喝两杯，不知道肯赏光不肯赏光？"惜珍笑道："何必老远的跑到德国饭店去？"燕西道："那里的人，比较齐整些，不像北京饭店那样乱。"惜珍笑道："不是那样说，我以为到处可以喝酒，何必是大菜馆呢？"燕西道："你看哪里好呢？"惜珍道："你一定要请我喝酒，那是什么意思？"燕西道："我想借个地方，痛痛快快的谈一谈。"惜珍道："谈话就非喝酒不可吗？"燕西笑道："喝了酒，容易说真的话呢。"惜珍道："那也不见得罢？现在我们都喝了酒，都说的是真话吗？"燕西笑道："呵哟！闹了半天，你还以为我说的都是假话呢。"

惜珍本来借电影杂志的,谈了半天,竟把正题目丢开,说些不相干的笑话,越谈越有趣。惜珍偶然抬头一看墙上挂的小金钟,不觉已是十一点多,笑道:"我们是几点钟来的?"燕西道:"大概六七点钟罢?"惜珍道:"好!足够半夜的工夫了。过天再会,我要回去了。"燕西道:"还早呢,坐坐罢,坐坐罢。"惜珍站了起来,将两手扶着椅子背,一只脚站着,一只脚用皮鞋尖点着地,似乎沉吟着什么似的。燕西又说道:"还早呢,坐坐,坐坐。"惜珍没法子只好又坐下来。约摸又谈了十来分钟,惜珍再说道:"时候实在不早,我要走了。"燕西挽留不住,便按铃叫听差来,开着自己的汽车,将惜珍送回家去。

这晚上,燕西就在家里住着,没有到圈子胡同去。次日,早上起来,燕西只吃了一些点心,便出门到落花胡同去,先进冷家的大门。一进门,就见清秋穿了一身新衣服,从里面出来。她穿着葱绿的长衫和白缎子绣绿花的平底两截鞋。越发显着皮肤粉雕玉琢。另外还有一件事,是燕西所诧异的,就是她的衣服之外,却挂了一串珠圈,那珠子虽不很大,也有豌豆大一粒。它的价值,恐怕要值二千元上下。匆匆之间,和清秋点了一个头,各自走开。他一到屋子里,坐下来一想,这很奇怪。她哪有这些个钱买这一挂珠子?若说是家里的积蓄品,也未见得。过了一会儿,踱到冷家院子里来,假装看树上的枣花。

冷太太在帘子里看见,便喊道:"金先生,请到里面坐。"燕西一面掀帘子,一面走进来,说道:"伯母在家里吗?我以为和冷小姐一路出去了哩。"冷太太笑道:"她是有一个同学结婚,贺喜去了。这些花花世界,都是你们年青人去的地方,哪有我们老太太的份？清秋她早就发愁呢，说是没有衣服，不好意思去。多谢金先生两次破费，她衣服有了，鞋袜也有了，所以今天是心满意足去了。"燕西笑道："我进门来，正碰着你们小姐，原来是贺喜去了。本来呢，年青的人，谁不好个热闹。就像昨日下午家兄请客，来的男男女女全是青年人，我又新学了一个乖，原来现在虽不时兴首饰，可是钻石和珠子这两样东西，倒是小姐太太们不可少的。"冷太太道："正是如此呀，我家清秋，为这个，就是到处设法呢。"燕西道："要说买珠子，我倒有个地方可以介绍。有一家乌斯洋行，他的东西很真实，价钱也很公道。"冷太太道："金先生是我们紧隔壁的街坊，舍下的事，有什么还不知道。别说没有钱，就是有钱，也不能买这样贵重的东西给小孩子。"

燕西一想，她既然这样说，那一串珠子，不是假的，也就是借来的。借来的呢，那倒罢了。若是假的，被人识破了，岂不是太没意思？沉吟了一会儿，忽然笑道："到有些地方去，大家都有，仅仅是一两个人没有，那也很不合适的。以后冷小姐要用这些东西的话，只要冷太太对我说一声，我立刻可以到家里去拿。这些个东西，又不是绸缎衣服，给人戴着，拿回来也不会短什么。我家里嫂嫂姊妹们，他们就是这样通融，互相转借的。"冷太太道："我们也没有什么大不了的地方去，要这些东西的时候很少。将来真是要用的话，自然少不了和金先生去借。"

燕西说话时，看见壁上贴了一张小纸条子，记着地点和日期，大概是怕什么事忘了，特意写着贴出来，好让记着的。那字写得极是秀媚。燕西道："这字写得很好，是冷小姐写的吗？"冷太太道："是的。据她舅舅说，没有笔力呢，哪里好得起来？"燕西道："这是灵飞经，最是好看。看起来，没有笔力，但是一点也不能讨便宜，不是功夫深,是写不好的。"冷太太笑道:"这是金先生夸奖,像他们当学生的,写得出什么好字?"燕西道:"真话,并不是奉承,我的脾气,向来就不肯奉承呢,我明天拿一把扇子来,请冷小姐替我写一写。"冷太太道:"金先生有的是会写会画的朋友,哪要她给你写?"燕西道:"朋友是多,可是写这种簪花格小楷的朋友,可真没有。回头我叫人将扇子送过来,就请冷太太替我转请一声。"冷太太道:"金先生真是不嫌她脏了扇子,拿来就得了,还用得上请吗?反正这两天她也在和人写《金刚经》,多写一把扇子,还值什么?"

燕西笑着一拍大腿,站了起来道:"哦!我说什么呢?不是好字,人家是不会请着抄经的。宣纸的阔幅白手折,写上这样清秀的小楷字,那实在是好看,难怪有人请呢。"冷太太道:"这也是她一个老教员,好研究佛学,叫她写一部《莲华经》。说是暑假里,可以写完这一部经。写经的时候,自然不热,比在西山避暑还凉快呢。清秋一高兴就答应了。后来一翻书,厚厚的两大本,她连忙送回去了。昨日那教员又劝了一顿,说是写经真有好处,若是能关起门来写经,什么除病除灾,积功德的话,那涉于迷信,不敢冤青年人。可是真能慢慢写经,带着研究这里面的意思,一定可以省些烦恼。她被人家劝不过,就把这部字少的《金刚经》带回来了。"燕西道:"本来这个经,既要写得好,又要没有错字,非是细心的人,那是办不了的。明天冷小姐写完了,我还要瞻仰呢。"冷太太笑道:"金先生这样一说,那就把她抬高了。她有这样好的字,那我也不发愁,可以指望她卖字来养我了。"

二人谈了一会儿,燕西起身回去,就把书橱格下的扇子翻了出来。折扇倒有十几柄,不过上面都是有字有画的,不能合用。只有一柄湘妃竹骨子的，一面画着张致和《水趣图》，一面是空白。燕西想，这张画太清淡了，不是定情之物。但是急忙之中，又找不到第二把。心想，管他呢，拿去写就是了。谁耐烦还等着买去。当时燕西拿着那柄湘妃竹骨子的扇子，又亲自送到隔壁冷家去。冷太太虽然觉得这个人的性子太急，但是也就收下了。

第九回

题扇通情别号夸高雅　修书祝寿隆仪慰寂寥

他这样性急，冷太太心里好笑。到了晚上九点钟，清秋回来了，脸上带着两个浅浅的红晕。冷太太道："你又喝酒了吗？"清秋道："没喝酒。"冷太太伸手替她理着鬓发，用手背贴着清秋的脸道："你还说没喝酒，脸上红得都发了热，觉得烫手呢。你不信，自己摸摸看。"说时，握着清秋一只手提了起来，也让她把手背去试了一试脸上。然后笑问道："怎么样？你自己不觉得脸上已经在发烧吗？"清秋笑道："这是因为天气热，脸上发烧哩，哪里是喝醉了酒？"

清秋走进房去，一面脱衣服，一面照镜子。自己对镜子里的影子一看，可不是脸上有些红晕吗？将衣服穿好，然后出来对冷太太道："哪里是热？在那新房里发臊呢。"冷太太道："在新房里会发什么臊？"清秋撅着嘴道："这些男学生，真不是个东西，胡闹得了不得。"冷太太笑道："闹新房的事，那总是有的。那只有娘儿们，可以夹在里面瞧个热闹。姑娘小姐们，就应该走远些，谁教你们在那儿呢？"清秋道："哪里是在新房呀？在礼堂上他们就闹起，一些人的眼睛，全望着我们几个人。到了新房里，越发是装疯。"冷太太笑道："你们当女学生的，不是不怕人家看吗，怎样又怕起来了？"清秋道："怕是不怕人。可是他们一双眼睛，钉子似的，钉在别人身上，多难为情呀。"

冷太太道："后天新人不是另外要请你们几位要好的朋友吗？你去不去呢？"清秋道："我听到说，也请了男客，我不去了。古先生拿来的《金刚经》，只抄了几页，就扔下了，他若要问我起来，我把什么交给人？我想要三四天不出门，把它抄起来。"冷太太道："你说起抄经，我倒想起一桩事。金燕西拿了一把很好的扇子来，叫你给他写呢。"清秋道："妈也是的，什么事肚子内也搁不住。我会写几个字，何必要告诉人。"冷太太道："哪里是我告诉他的？是他看见这墙上的字条，谈起来的。他还说了呢，说是我们要用什么首饰，可以和他去借。"清秋道："他这句话，分明是卖弄他有家私，带着他瞧我们不起。"冷太太笑道："你这话可冤枉了人家。我看他倒是和蔼可亲的，向来没有在我面前，说过他家里一句有钱的话。"清秋道："拿一把什么扇子给我写？"

冷太太便到屋子里，将那柄湘妃竹扇子拿出来。清秋打开一看，见那边画的《水趣图》，一片蒹葭，两三点渔村，是用墨绿画的，淡远得神，近处是一丛深芦，藏着半截渔舟。清秋笑道："这画实在好，我非常的欢喜，明天托舅舅问问他看，画这扇面的人，是不是他的朋友？若是他的朋友，托那人照样也替我们画一张。"冷太太道："你还没有替人家写，倒先要人家送你画。"清秋道："我自然先替他写好，明天送扇子还他的时候，再和他说这话呢。"

次日，清秋起了一个早，将扇子写好，便交给了宋润卿，让宋润卿送了过去。宋润卿走到那边，只见燕西床上，深绿的珍珠罗帐子，四围放下。帐子底下，摆着一双鞋，大概是没有起来呢。桌子上面，摆了一大桌请客帖子，已经填了日期和地点，就是本月十五，燕在这里请客。请帖的一旁,压着一张客的名单,自己偷眼从头看到尾,竟没有自己的名字在内。心里想着,这很奇怪,我是和他天天见面的人,他又在我家隔壁请客,怎样会把我的名字漏了?于是把桌上烟盒里的雪茄,取出一根,擦了火柴来吸着,接上咳嗽了两声。

燕西在床上一翻身,见他坐在桌子边,本想不理。后来一看他手上捏着一柄折扇,正是自己那柄湘妃竹子的,大概是清秋已经写上字了,连忙掀开帐子,走下床来,说道:"好早,宋先生几时来的?我一点也不知道。"宋润卿道:"我们都是起惯了早的,这个时候,已经做了不少的事了。这一把扇子,也是今天早上写好的,金先生你看怎么样?笔力弱得很罢?"燕西拿扇子来一看,果然写好了。蝇头小楷,写着苏东坡的《游赤壁赋》,和那面的《水趣图》,正好相合。燕西看了,先赞几声好。再看后面,并没有落上款,只是下款写着"双修阁主学书"。燕西道:"这个别号,很是大方,比那些风花雪月的字眼儿,庄重得多。"宋润卿道:"年纪轻轻的女孩子,称什么楼主阁主,未免可笑。前两天,她巴巴的用了一张虎皮纸,写着'双修阁'三个字,贴在房门上,我就好笑。后来据她说,是一个研究佛学的老教员,教她这样的呢。"燕西道:"冷小姐还会写大字吗?我明天也要拿一张纸,请她和我写一张。"宋润卿道:"她那个大字,罢了。若是金先生有什么应酬的东西,兄弟倒可以效劳。"他这样一说,燕西倒不好说什么。恰好金荣已送上洗脸水来,自去洗脸漱口。宋润卿见他没有下文,也就不好意思,伏在桌子上,翻弄铺下的两本书。

燕西想起桌上的请帖,便道:"宋先生,过两天,我请你陪客。"宋润卿笑道:"老哥请的多是上等人物,我怎样攀交得上?"燕西道:"太客气了。而且我请的,也多半是文墨之士,绝不是政界中活动的人物。实不相瞒,我原是为组织诗社,才在外面这样大事铺张。可是自从搬到这里来,许多俗事牵扯住了,至今也没开过一次会。前两天家父问起来,逼着我要把这诗社的成绩交出来。你想,我把什么来搪塞呢?我只得说,诗稿都拿着印书局去了。下次社课,作了就拿来。为着求他老人家相信起见,而且请他老人家出了两个题目。这次请客,所以定了午晚两席。上午是商议组织诗社的章程,吃过午饭,就实行作诗。要说到作诗,这又是个难题目,七绝五绝,我还勉强能凑付两句。这七律是要对四句的,我简直不能下手。"

宋润卿连忙抢着说道:"这不成问题,我可以和金先生拟上两首,请你自己改正。只要记在肚子里,那日抄出来就是了。"燕西道:"那样就好,题目我也忘了,回头我抄出来,就请宋先生先替我作两首。"说着,对宋润卿一抱拳,笑着说道:"我还另外有酬谢。"宋润卿道:"好玩罢了,这算什么呢。不过我倒另外有一件小事要求。"燕西道:"除非实在办不到,此外总可以帮忙,怎么说起'要求'二个字来?"

宋润卿笑道:"其实也不干我的事,就是这把扇子上的画,有人实在爱它。谅这个画画的人,必是你的好友,所以叫我来转请你,替她画一张小中堂。"燕西道:"咳!你早又不说,你早说了,这把扇子,不必写字,让冷小姐留下就是了。"宋润卿道:"君子不夺人之所好,况且你那上面已经落有上下款,怎样可以送人呢?"燕西道:"不成问题,我决可以办到,三天之内,我就送过去。"宋润卿道:"这也不是什么等着要的东西,迟两天也没有什么关系。"燕西道:"不要紧,这个会画的,是家父一个秘书,立刻要,立刻就有,三天的限期,已经是很客气了。"

燕西的脾气,就是这样,说做就做,立时打电话,去找那个会画的俞子文。那俞子文接了少主人的电话,说是要画,答应不迭。

赶了一个夜工，次日上午，就把画送给燕西。因为燕西分付了的，留着上下款不必填，所以连图章也没有盖上一颗。燕西却另外找了一个会写字的，填了上下款，上款题的是双修阁主人清秋，下款落的燕然居士敬赠。因为裱糊是来不及了，配了一架玻璃框子，次日就叫听差送过去。这一幅画，是燕西特嘱的，俞子文越发画得云水苍茫，烟波缥缈，非常的精妙。清秋一看，很是欢喜。就是那上下款，倒也落落大方，但是这"燕然居士"四个字，分明是燕西的别号，把人家画的画，他来落款，不是诚心掠美吗？好在这是小事，倒也没有注意。

这日下午，她因为宋润卿不在家，他那间半作书房半作客厅的屋，清静一点，便拿了白折，在那里抄写《金刚经》。约摸抄了一个钟头，只听门帘子啪嗒一响，抬头看时，却是燕西进来了。清秋放下笔，连忙站起来。燕西点了一个头问道："宋先生不在家吗？"说毕，回身就要走。清秋笑道："请坐一坐。"燕西道："不要在这里耽误冷小姐的功课。"清秋笑道："是什么功课呢，替人抄几篇经书罢了。"便隔着窗户对外面喊道："韩妈，请太太来，金先生来了。"燕西原是男女交际场中混惯了的，对于女子，很少什么避嫌的事。惟有对于清秋这种不新不旧的女子，持着不即不离的态度，实在难应付。本来说了两句话，就要走的，现在清秋请她母亲出来陪客，这又是挽留的样子，便索性坐下来。

冷太太适好在里面屋子里有事，这一会儿，还没有出来，暂时由清秋陪着。一时找不到话说，清秋先说道："多谢金先生送我那一张画。"燕西道："这很不值什么，冷小姐若是还要这种画，十幅八幅，我都可以办到。"清秋笑道："行了，哪里要这些个。这种小房子，要了许多画，到哪里摆去。"燕西一面说话，一面用眼睛看着桌上抄的经卷,说道:"冷小姐的小楷,实在是好,虽然蒙冷小姐的大笔,给我写了一把扇子。可惜不能裱糊挂起来,冷小姐闲了,请你随便写几个字。"清秋道:"我向来就没敢替人写什么东西,这次因为家母说,金先生是熟人,写坏了,也可以原谅的,所以才勉强瞎拓了几个字,真要裱糊起来当陈设品,那是笑话了。"

说时,她侧着身向着燕西,把右手拇指食指,依次抚弄着左手五个指头。眼睛望着那白里透红的手指甲,却不向燕西正视。她身上穿的是一件半新旧白色印蓝花的薄纱长衫,既干净,又伶俐。燕西想到哪里有这样两句诗:淡淡衣衫楚楚腰,无言相对已魂销。现在看将起来,果然不错。可惜邱惜珍比她开通,没有她这样温柔。她比邱惜珍可怜可爱,又不很开通,要和她在一处跳舞,那是绝对没有这种希望的。清秋见燕西坐在那里发愣,不知道是什么意思,先咳嗽了两声,回头又喊着韩妈道:"韩妈,你也来倒茶呀。"燕西笑道:"无须乎客气了。我是一天不来三趟,也来两趟,几乎和自己家里差不多了。要是客气,还客气不了许多哩。"清秋笑道:"还有我们那位舅舅,一天也不知道到先生那边去多少次哩。"燕西道:"惟其如此,所以彼此才不用得客气呀。"清秋淡笑了一笑,好像承认他这句话似的。接上无话可说,她又低头抚弄着手指头。

燕西道:"冷小姐,在上一个多月,到万寿山去过一回吗?"清秋随口答道:"是的,去过一回。"这句话说完,忽然想道:我到万寿山去过一回,你怎么知道?于是对燕西脸上看了一眼,好像很疑惑似的。燕西会意,笑道:"那天,我也去逛的。看见贵校许多同学,坐着一大群车子,在大路上走。冷小姐,你不是坐着第三辆车子吗?"清秋一想,怪呀,那个时候,你并不认得我,怎样知道是我呢?不过这话不好说出来,便道:"哦!那天金先生也去逛的。"接上笑道:"金先生倒是好记性,还记得很清楚。"燕西道:"这一次游览,我觉得很是有趣的,所以还记得呢。"清秋仔细一想,是了,那天在大路上,有一个时髦少年,带着几个仆人,骑着匹马在车前车后的走,大概就是他了。清秋这样想着,由此更推测到燕西近来的举动,觉得他是处处有意的。抬眼皮一看他穿着一件白秋罗的长衫,梳着一个溜光的西式分头,不愧是个风流俊俏人物。在这个当儿,竟好好的脸上会发起热来,尽管的低下头去。

燕西又觉得无话可说了,站到桌子边来,看那写的《金刚经》,先是说了一阵好,然后又说道:"冷小姐,你写的这部经,送给我,好吗?"清秋道:"金先生也好佛学吗?"燕西笑道:"这是迷信的事,我们青年人,学这个做什么,那不是消磨自己的志气?"清秋道:"我也是这样想,这是老妈妈干的事,我们哪里干得来这个?可是我们有个老教员,老是说好,再三再四的教我写一部经,我可真不愿写呢,金先生既不学佛,要抄经做什么?"燕西笑道:"实在写得太好了,我想要了去,裱糊起来挂在书房里呢。不过我这人未免得陇望蜀,倒是请你写了一把扇子,这会子又要这部经,太不知足了。"

清秋还没有回话呢,忽然后面有人说道:"清秋,你就把那个送金先生罢,你再抄一本得了,这值什么呢?"回头看时,原来是冷太太进来了。燕西道:"冷伯母你瞧,我又来胡闹了。你说要全部的,那太费事了,随便给我写一张两张就成。"清秋道:"那样也不成一个格式呀。真是金先生要的话,我仔仔细细的写一个小条幅奉送罢。燕西笑道:"那就更好了,正是我不好出口的话哩。"冷太太道:"这值什么呢,将来放了暑假,就写个十张八张,也有的是工夫呀。"她所以说出这样的话,正因为燕西送来的东西太多了,老是愁着没有什么回报人家,现在人家既愿要一张字,正可藉此了心愿。清秋个人,也是这样想,而且她更要推进一层,以为看他那种情形,对于我是十分钦慕的,不然,要是出于随便的话,为什么送我一次东西又送一次东西,我老是这样收着,心里也有些不过意。现在他既要拿字去裱糊,恐怕在字的好坏问题以外,还存有别的意思。关于这一层,我且不问他,只要我办得到,这一点小人情,落得依允的。

她这样想着,所以当日下午,她亲自到街上去,买了一幅绢子,工工整整的将庾信那篇《春赋》,一字不遗写了一个横条。后面落着款:燕然居士雅正,双修阁主某年月日午晴,读庾子山《春赋》既已,楷书于枣花帘底,茶熟香沉之畔。写完之后,照样的也配了一个玻璃架子,送给燕西。这庾信的《春赋》,本来也很清丽的,加上清秋这种簪花格的字,真是二难并具了。绢子原来极薄,清秋在那下面,托了一幅大红绫子,隔着玻璃映将出来,正是飞霞断红色,非常好看。

燕西得着,非常的欢喜。他的欢喜,并不在这一张字上,心想,他从来未见清秋对他有这样恳切的表示。据这样看来,她对于我,是不能说绝对没有意思的。在这个时候,应该私自写一封信给她,表示谢意,一面说些钦慕的话,然后看她怎样答复,信怕落了痕迹,最好是寄给她一首诗,可惜自己的诗,作得要不得,只好从写信入手了。咳!不要谈到写信,自己几乎有半个月没有动笔了。再说,像乌二小姐、密斯邱,那只要用钢笔蘸红墨水,用上好的西式信笺,随便写几句白话都成了。对于她若是用这种手腕,那是不合宜的。前几天对于这件事,本也筹划了一番,将《风情尺牍》、《香艳尺牍》,买了好几部,仔细查了一查。可是好看的文字虽多,全篇能合用的,简直没有。要说寻章摘句,弄成一篇罢,那些文字,十句倒有八句是典故,究竟能用不能用,自己又没有把握,实在也不敢动手。因此踌躇了半天,还不曾决定办法。

后来一想,长日如年,反正也没有什么事,慢慢的凑付一篇试试看。这样想着,将房门帘子垂下。将几部尺牍书和一部《辞源》,一齐摊在桌上,先要把用的句子,抄着凑成一篇草稿,然后把自己不十分明了的句子,在《辞源》上一句一句,把它找出娘家来,由上午找到上灯时候,居然没有出门。伺候的几个听差,未免大加诧异。心想,从来也没有看过我们七爷这样用功的,莫非他金氏门中快要转运了?大家走他门口过来过去,也是悄悄然的,不是燕西按铃,不敢进去。

燕西在里面,做起来,也不过如此,只是前后查了几十回《辞源》,把脑袋都查晕了。伸了一个懒腰,道了一声哎哟,人才舒服些,然后站起身来,走到院子外来,吸吸新鲜空气,信足所之,不由得走到冷家大门这边来。只见一个老妈子捧着两个扁纸盒子进去,这大门边,早由燕西那边的电灯,牵了线过来,安上电灯了。在灯光之下,看见那纸盒子上面,贴着一张红纸剪的寿字。燕西一看,忽然心里一动,心想,他家是谁过生日,送这样的寿礼。便在门口站了一会儿,等那送礼的人出来。不多一会儿,果然出来了,却是韩妈随在后面,出来关门。

燕西笑道:"这个送礼的人,多么晚啦。"他说这句话,原是指着天气晚了,韩妈却误会了意思。笑道:"就因为这样,才等不及明日,就送来了。"燕西道:"送礼的是谁?"韩妈道:"是梅家小姐,还是新娘子啦。"燕西道:"是你们小姐的同学罢?"韩妈道:"你怎样知道?"燕西道:"不是没有两天,你小姐还去吃过喜酒的吗?"韩妈道:"对了,她和我们小姐最好不过,不是做新娘子,也许明天亲自来哩。"燕西道:"明天是冷小姐的生日,你该有面吃了。"韩妈笑道："金少爷，我们小姐明天生日，你怎样知道？"燕西道："我早就知道了，是你们舅老爷告诉我的呢。我的礼物，是要到过生日的那天，才送去的。"韩妈道："你可别多礼。原是我们太太怕让你知道了，又要你费事，所以才瞒着。你要一多礼，我们太太，又要说是我嘴不稳，说出来的了。"燕西道："你的嘴还不稳吗？不是我说出来了，你一辈子也不肯认帐哩。"说毕，笑着回家去了。

他得了这一个消息，真是如逢救苦救难的观世音，把围解了，这一下子，要写信，不愁没有题目可找了。自己想了一想，既然是人家的生日，总要送她一样最合宜的东西才好。据我想，她现在最羡慕的，恐怕要算珍珠项圈，我明天起个早，就到乌斯洋行去买一串送她。我还存着有两千块钱，拼了一千五六百块钱，买一串上中等的送她。不过这样的重礼，人家不会生出疑心来，不肯收吗？大概不会罢，等她不受，我再退回洋行去，也不要紧，好在是老主顾，不成问题。无论如何，她也不过觉着礼重些罢了，还能说我不是吗？主意想定，就是这样办。再一查那《风情尺牍》刚好有贺女子生日，和送珍珠的两篇，两篇凑在一处就是一篇很合适的信了。到了这时，白天用的那番工夫，总算是没白费，顺手一把将草稿捏在手里就是一顿搓，把它搓成一个纸团儿，扔在字纸篓里。于是重新摊开《香艳尺牍》和《风情尺牍》来，把选的那两篇揣摩了一会儿，一个去了前半段，一个去了后半段。稍微添改几个字，倒也可用，如是便先行录起草稿来。那信是：

清秋女士雅鉴：

一帘瑞气，青鸟传来。知仙桃垂熟之期，值玉树花开之会。恍然昨夕灯花，今朝鹊喜，不为无故。女士锦绣华年，芝兰慧质，故是明月前身，青年不老。燕尝瞻清范，倍切心仪，今夕何夕，能毋申祝？则有廉州微物，泉底馀珍，尝自家藏，未获爱者。今谨效赠剑之忱，藉作南山之颂，敢云邀怜掌上，比之寒光，取其记事，使有所托耳！驰书申贺，遥祝福慧无疆！

         金燕西顿首

  自己看了又看，觉得还可以，信以南山之颂，在书信里本是藉作投桃之报。这是晓得的，平常的信上，都有这句话，不是贺寿用的。因此参照尺牍上别一段来改了。"能毋申祝"，接"则有"两个字，就是两篇一半，合拢的地方，觉得十分恰合，天衣无缝。自己看了一遍，又念了一遍，很是得意，便拿了信纸，写将出来。燕西闹了半夜，将信写完。次日早上，便坐着汽车，到乌斯洋行，买了一串珠圈回来。不说别的，就是盛珠子的那盒子，也就格外漂亮，盒子是长方形的，乃是墨绿色的天鹅绒，糊成外表，周围用水钻嵌着花边。盒子里面是紫色缎子，白色的珠子，放在上面非常好看。而且盒子里面早搁上了香精，将盒子盖打开，扑面一阵香气，燕西买了非常满意。

  立时分付金荣，暗暗的把韩妈叫了来。先在抽屉里，掏了两块钱，交给她道："这个是给你的，你收下罢。"韩妈右手伸着巴掌，将钱接住。左手搔着两眼的痒，笑道："不！金少爷！又花你的钱。"燕西道："你收下罢。我既然给你，就不收回来的。"韩妈将身子蹲了一蹲，笑着说道："谢谢你啦。"燕西先将那个盒子交给她道："这个东西你交给太太，你说今天是小姐生日，我来不及买什么东西，就只来了一挂珠子。这是外国洋行里，再三让来的，不能退回，请你太太千万收下。"韩妈逐句答应着。燕西又在身上掏一封信来，把脸格外装着沉重些说道："这一封信，是给你家大小姐拜寿的，请你交在她手里。"韩妈答应是，然后又道了谢，回身要走。燕西又把她叫回来，含着笑说道："这个信，你不要当着你太太的面拿出来。"韩妈也笑着说："知道。"

她拿了这珠圈回家，就送给冷太太看，说是金少爷送我们小姐的寿礼。这是人家特意买的，我们自然是要收下来的。冷太太将那盒子拿过来，就知道是一件贵重的东西，等到盒子打开一看，只见里面是一串珠子，不觉大声叫了一声哎哟！便问道："这是那金少爷交给你的吗？"韩妈道："是的。"冷太太道："那我们怎能受人家这样重的大礼，那非退回去不可。"韩妈道："人家既然送来了，我还能退回去，不是扫了人家的面子吗？我可不管送。"冷太太道："你说话也不知道轻重。你猜猜，这珠子要值多少钱？"韩妈道："值多少钱呢，还能够贵似金子吗？也不过几十块钱罢了。"冷太太道："几十块钱？十个几十块钱，也不止呢。"韩妈道："值那末些钱？"冷太太道："可不是，你想，我们和人家有什么交情，能受那重的礼吗？你这就替我送回去罢。"韩妈一想，自己先接了人家两块钱，若是送回去，差事没有办到，第二回就没有指望了。便说道："这个东西太贵重，我不敢拿，若是一失手摔在地下砸了，拆老骨头也赔不起呢。"

她们正在这里说话，清秋走了出来，冷太太顺手将盒子递给她，说道："你看，送我们这样重的大礼，这还了得！"清秋将盒子接过来看见是一串珠子，也是心里一跳。她用两个指头将珠子捏了起来，先挂在手腕上看看，回头又挂在脖子上，把镜子照了一照，便对冷太太道："这挂珠子真好，恐怕比梅小姐的那一挂，还要好些。"

冷太太道:"当然好些,这是在洋行里挑了来的哩。"清秋将珠子取下,缓缓放在盒子里,手托着盒子,又看了一看。冷太太见她爱不忍释,看在她过生日的这一天,不忍扫她的兴,没有说收下,也没有说退还。便由清秋将那个天鹅绒盒子,放在枕头桌上。

当这个时候,韩妈跟着清秋进来,缓缓的将那信,搁在盒子边。说道:"金少爷送这东西来的时候,还有一封信呢。"清秋听了这话,心里又是一跳。心想,他和我一墙之隔,常常可以见面,要写什么信?便道:"哦!还有封信吗?让我看看。"说着,从从容容,将信拆开,拿着信从头一看,两手一扬道:"没有什么,不过是说叫我们把东西收下呢,你把信给太太看了吗?"韩妈道:"没有。"清秋道:"你不要告诉她罢,她是这个脾气,越叫她收下,她越是不收下的。这挂珠子,我是很爱,舍不得退还人家呢。"韩妈道:"是呀,我也是这么想,太贵的东西,我们没有钱买。人家送我们,我们就收下罢。"清秋等韩妈走了,关上房门,睡在床上,避到帐子里,把那信从衣袋里掏出来,重新看了一遍。

第十回

一队诗人解诗兼颂祷　半天韵事斗韵极酸麻

古诗上说得好，有女怀春，吉士诱之。两性间的吸引，也是往往不期然而然的会发动起来。在这最初时期的一个关头摆脱开了，就摆脱开了。摆脱不开呢，那末，二期三期，以至成熟，就要慢慢的挨着来。清秋本是个聪明女子，什么不晓得？现在有一个豪华英俊的少年，老是在眼前转来转去，这自然不免引起情愫，她起初只听说燕西会作诗，半信半疑，现在看他这一封信，竟是一个文学有根底的人，倒出于意料之外。

她将信看完，便塞在枕头下，被褥最下的一层，只听外面她母亲说道："人家不晓得那就算了，人家既晓得了，就应该送几碗面过去。"清秋听说，开门出来道："那是当然要送的。但是人家送我们这重的礼，我们请人家吃碗面，就算还礼吗？"冷太太听她的口音，竟是要把珠子收下来了，笑道："凭我们回什么礼，也不能和人家礼物相等啦。"清秋道："不是那样说，我觉得自己家里煮几碗面，送到那边，俗得了不得，反而显得小气。他们家里有的是厨子，什么面也会煮，把我们这样的面送给人家去，岂不让人家笑话?"冷太太道:"你这话说得也是,依你的意思,要怎么样呢?"清秋笑着说:"妈!我在西洋烹饪法里,学会了做一样点心叫玫瑰蛋糕,叫妈妈爹去和我买些东西来,我做一回试试看。做得了,送人家一些,我们自己也吃一些。"冷太太道:"怪不得你上次带了那些洋铅的家具回家,原来是做鸡蛋糕吃的。我说你准能做得好吗?"清秋道:"做不好,就不送给人家,那还有什么不成?"冷太太总是爱着这一个独生的姑娘,就拿了钱出来,叫韩观久替她去买去。

清秋也很高兴,系了一条白色的围裙,亲自到厨房里去做这玫瑰蛋糕。人在高兴的时候,什么事也办得好。两三个钟头,她已蒸得了许多。这蛋糕是淡黄色,上面却铺了青红橙皮、葡萄干、香蕉瓢,一些又软又香的料子。而最重要的一部分却是玫瑰糖精。因此这蛋糕,倒是香甜可口。清秋挑了两格好的,趁着热气,用个瓷盘子盛了,就叫韩妈送到燕西那边去。

恰好燕西在家,他一见韩妈送东西来,正要探听那一封信的消息。连忙说道:"多谢多谢,看这个样子,热气腾腾的,是自己家里做的呢。"顺手一摸,又掏出一块钱来赏韩妈。韩妈道:"今天已经花了你一回钱了,怎样又花你的钱?真不敢接。"燕西道:"你尽管拿着。要不,第二回,我就不敢烦你做事了。"韩妈见他如此说,道了一声谢谢,只得把钱收下。燕西道:"这是你家太太做的吗?"韩妈道:"不,是我家小姐做的。你尝尝看,好吃吗?"燕西听说是清秋做的,便道:"好吃好吃。"韩妈心里好笑。然后问道:"我那一封信……"韩妈道:"我送给小姐了。"燕西道:"她看了吗?"韩妈道:"看了。"

燕西道:"你看见她看信的吗?"韩妈道:"我看见她看信的。"燕西这才用手撅了一块玫瑰蛋糕,放在嘴边慢慢的咀嚼。笑着问道:"她说了什么呢?"韩妈道:"她没有说什么。她看信的时候,我也就走开了。"燕西道:"她不能一句话都没有说,总说了两句罢?"韩妈道:"她说是说了一句。她问我给太太看了没有?我说没有。她就说,别告诉太太。"这几句话,说得燕西心花怒放,便道:"你很会办事,我还要托托你,你顺便的时候,可问她一声有信回复我没有?若是有信的话,你可以一直送到我屋里来。我那些听差要问你,你就说是我叫你来的。"韩妈因为燕西待她好,她以为是应该报答人家的,燕西这样说,她就这样答应。因为金荣进来,她才走了。

金荣问道:"七爷,我们明天请客,酒席是家里厨子做呢,还是到馆子里去叫呢?"燕西道:"就是家里厨子做罢,说一声就得了,省得费事。"金荣答应着去了。因此一问,燕西想起作诗来了,把他父亲出的题目,拿了出来,摊着看看,研究怎样的下手。那题目是春雨七律一首;芍药七绝,不拘首数;登西山绝顶放歌,七古一首。燕西一想,除了芍药的七绝,自己还有些把握外,其余一概不知怎样下手。这没有法子,只好请教宋润卿了。

当时就把宋润卿请来,把题目给他看,问他是作哪个题目。宋润卿道:"要作几个题目,才算完卷哩?"燕西道:"作两个题目就算完卷了。那七绝,我是选定了。现在就是想着在这首七古和七律里面,究竟是选哪一首好?"宋润卿道:"就是春雨罢。七古这种诗,才力气,三缺一不可。若是作得欠妥,诗社里无所谓,恐怕呈给令尊看,不能放过去。"燕西道:"很好,那末,就请宋先生替我作首七律罢。"宋润卿道:"好,让我回家去作,作好了,晚上送来。"燕西道:还有七绝呢?"宋润卿道:"这个也要我作吗?"他原是顺口反问这样一句,燕西听了,就觉得未免过重一点,倒有些不好意思。宋润卿见燕西说不出所以来,自己也觉得这话重了。便道:"我对于七绝,向来是作不好的。不过我也可以拟几首,回头请燕西兄来删改,到了晚上,和那首七律,我一并送过来就是了。"燕西听了,自然欢喜。

到了次日,所请作诗的客,都缓缓来了,到的共是十位,那是邹肇文、谢绍罴、杨慎己、沈从众、韩清独、孔学尼、孟继祖、冯有量、钱能守、赵守一各先生。燕西出来招待,都请他们在客厅里坐下。其中孟孔钱赵,是四位少爷,其余都是参金事之流。邹肇文先拱一拱手,对燕西说道:"七爷兴趣很好,弄起诗社来了。这里许多人就是我不成。不用说,七爷的诗,那要首屈一指了。"燕西笑道:"我能作什么,不过跟着诸位后面学一学罢了。"谢绍罴打了一个哈哈,然后说道:"这是笑话了。七爷跟着我们学诗吗?谦逊太过,谦逊太过。这一回是七爷值课,这题目当然是由七爷酌定的。我想七爷一定拟好了?"燕西道:"拟是拟好了,不过还请大家决定。"孔学尼道:"是什么题目?燕西兄先说出来听听。"燕西道:"这题目也不是我拟的,因为我把立诗社的话,告诉了家严,家严很是欢喜,就代出了三个题目。"

邹肇文手一拍道:"怎么着!是金总理出的题目?这一定很有意思,让我来想想,他老人家要出哪一类的题目?"说着,昂起头来,望着天想了一想。谢绍罴道:"据我想,或者切点世事,如秋感之类。"邹肇文道:"不对,金总理有一番爱国爱民的苦心,这样的题目,他会留着自己作的。但是他老人家高兴,会出这一类题目,也未可知。"说时,燕西已把宣纸印花笺抄的题目十几张,分散给在座的人。

邹肇文念道:"春雨七律一首,芍药七绝不拘首数,登西山绝顶放歌,七古一首。"邹肇文又将手一拍,说道:"我说怎么样,他老人家的题目,一定是重于陶冶性情一方面的。"那杨慎己年纪大些,长了一些胡子,笑道:"这春雨的题目,金总理是有意思的!必须学张船山梅花之咏,王渔洋秋柳之词,那才能发挥尽致。他老人家叫我们作一首,我们能作的,不妨多作几首,至于这芍药呢?

哼……"说着，又将胡子摸了一摸道："这个应该作个十首八首，方才合适。至少也要像李太白的《清平调》一般，作个三绝。要说到这七古，恐怕在座诸位，才调有余，魄力或不足。我是选定了，先作这个。"

燕西心里讨厌道：我原不打算请这个老东西的，无奈父亲说，他是一个老手，要请他加入。你看他还没有做，先把在座的人批评一顿，这样老气横秋的样子，我实在看不入眼。便说道："请诸位先吃一些点心，一会儿，我还要介绍一位诗家和诸位见面呢。"大家听说是吃点心，都停止了谈论，站起身来，客厅隔壁，一列两间厢房，已经摆好桌椅。大家少不得有一番让座。趁此时间，燕西已经把宋润卿也请来了。燕西将在座的人，一一和他介绍。那杨慎已瞟了他一眼，心想，所谓诗家，莫非就是他？我看穿得这样寒碜，就不是一个会作诗的人。

大家坐定，便端上菜和面来，大家一面吃面，一面谈话，非常热闹，吃过点心之后，燕西引导着众人，进了书房，就让他们开始去作诗。杨慎已先说道："燕西兄，我们这诗社，今日成立的第一天，以后当然要根据今日做去，要不要先议个章程？"谢绍罴道："这个提议，我先赞成。不过这三个题目的诗，要作起来，恐怕很费事。不如我们先作诗，把诗作完了，大家有的是富余的工夫，然后再议章程，就很从容了，哪怕议到晚上十二点钟去呢。"杨慎已道："诸位觉得作诗很难，很耽误时候，那末先作诗，后议章程也好。"说时，摸着胡子笑了一笑，说道："依我而论，有两个钟头作诗，尽够了。作完了诗，又议章程，恐怕不到吃晚饭诸事都完了。"

那邹肇文生怕大家依了杨慎已的提议，先就拿着那张题目给燕西看，指着"芍药"两个字，说道："我先作做这个。今天是燕西兄的主人，我们应该听燕西兄的号令，燕西兄，你看要不要限韵？"燕西道："不限韵罢！若是限了韵，大家有许多好句子，都要受束缚，写不出来，岂不可惜？"邹肇文道："极对，我就是这样想。"那孔学尼是个近视眼，将题目纸对着眼睛上，由上往下，由下往上的移动着，看了一遍，对燕西说道："好久没有作七古了，不知道成不成？"孟继祖道："要就发挥意思上说，还是应大吹大擂一番。"杨慎已知道他二位，是两个阔少爷，便道："孔孟二兄是有心胸的人，所以说的话，正和愚见相同，我们三个人，各作一篇罢。"

他们在这里发议论，燕西早督率着听差，摆上十几份位子。每位子上，一个白铜墨盒，一枝精选羊毫，一叠仿古信笺。此外一处一份杯碟，斟满了上等的碧螺春茶，又是两支雪茄，一盒金龙烟卷，这都是助文思的。布置已毕，各人入位，立刻把满屋嚣张的空气，就安静下去了。但是大声已息，小声又渐渐震动起来。那声音嗡嗡的，就像黄昏时候，屋里的蚊子鼓舞起来了一般。仔细听那声音，有念"清明时节雨纷纷"的，有念"名花倾国两相欢"的。燕西的稿子，本来是胸有成竹，他一点也不用得忙，反而抽着烟卷，冷眼去看在座的人搜索枯肠。只见在座十几颗脑袋，东晃西荡，正自上劲。

那韩清独坐的位子，正在杨慎已的前一排。他两只脚在桌子下面，拚命的抖着，上面也就摇动起来。把杨慎已桌上一杯茶，震动得起了波浪，直往杯子外跑。杨慎已有些忍不住了，便道："清独兄，你的大作得了吗？"韩清独抽出一方小手绢，去揩头上的汗，说道："得了一半，我念给你听。"杨慎已道："不用的，回头作完了，大家瞧罢。你把椅子移上前一点，好不好？"韩清独道："怎么样？挡住了光线吗？"杨慎已不便说明，只得说："是。"韩清独将椅子移了一移，依旧又是摇摆起来。杨慎已再忍不住了，便说道："清独兄,你别摇啊。"韩清独正为着那首七绝,末了一句接不起来,极力的摇摆着身躯,在那里构思。听见杨慎己说别摇,随口答道:"二萧里面,没有再好的字了,不用"摇"字,用什么字呢?"大家听说,都笑了起来。韩清独莫名其妙,不知道大家为什么大笑,倒愣住了。不过这样一来,大家都有戒心,不敢放肆着摆文了。

前后约摸有两个多钟头,果然算杨慎己的才思敏捷,他的诗先作起来了一首七律,随后孔学尼、冯有量、赵守一,也各得了一首。达到三个钟头的时候,十停之中,有八停都得了。于是燕西分付听差,叫他上点心。每人席上是一碗鸡汁汤,一荤一糖两个大一品包子。邹肇文见点心来了,首先一个拿着包子就吃。不料使劲太猛,一口咬下去,水晶糖稀,望外就是一摽。这糖馅是滚热的,流在手上,又粘又烫。他急得将包子一扔,正扔在杨慎己的席上,把人家几张信笺全粘上了糖稀,粘成了一片。杨慎己翻着两只大眼睛对邹肇文望着,邹肇文大大的没趣,只得把自己的面前一张信笺,送了过去。

燕西生怕为着这般的小事闹了起来,很是不雅。拿着一张诗稿,念了一句:"昨宵今早尚纷纷。"问道:"这是哪位的大作?"谢绍罴正在喝鸡汁汤,咕嘟一口吞下,连忙站起来,向前一钻,说道:"这是兄弟作的那首春雨七律呢。"大家听说,便凑上前来看,那首诗是:

昨宵今早尚纷纷,半洒庭芜半入云。
万树桃花霞自湿,千枝杨柳雾难分。
农家喜也禾能活,旅客惊兮路太荤。
自是有人能燮理,太平气象乐欣欣。

杨慎己看了先点了一点头道:"绍罴和我共事稍久,他这个意思,我是能言的。第一二句,自然由'锦城丝管日纷纷,半入江风半入云'

脱胎得来。若以为是把'清明时节雨纷纷'一句改的，那就不对。但是写得好，你看他用'尚纷纷'三个字，已经形容春雨连绵了，加上庭芜和云，简直写得春雨满城哩。"谢绍罴见慎已和他把诗注释起来，非常高兴，手上拿着一柄白纸折扇，折将起来，顶着下颏，含着笑容，站立一旁。杨慎己又道："这项联，不必疑了，无非是形容雨中之景，而暗暗之中，自有雨在那里了。腹联'农家喜也禾能活，旅客惊兮路太荤'。是运事，上七律规矩，是这样的。三四句写景，五六句运事，若是三四句运事呢，五六句就写景。不过这'路太荤'的'荤'字，押韵好像牵强一点。"谢绍罴道："杨先生说得自有理，但是这句诗，是含有深意的。俗言道：春雨滑如油。满街都是油，岂不太荤？"杨慎己点了一点头道："也说得过去。至于末句这归到颂扬金总理，很对，今之总理，昔之宰相也。宰相有燮理阴阳之能，所以他那一句说自是有人燮理，言而不露，善颂善祷之至。"

大家看他说得这样天花乱坠，真也就不敢批评不是。其次由燕西拿出一张稿子来，说道："这是杨先生的大作。"谢绍罴要答复人家一番颂扬的好处。于是接着念道：

登西山绝顶放歌

西直门外三十里，一带青山连云起。上有寺观庵庙与花园，更有西洋之楼躲在松林里。流水潺潺下山来，山上花香流水去。我闻流水香，含笑上山岗。

谢绍罴笑道："韵转得自然，这样入题，有李太白《梦游天姥》之妙。"接上念道：

一步一级入云去，直到山巅觉八方。近看瓜地与桑田，一片绿色界破大道长。远看北京十三门，万家官阙在中央，至此万物在足下，仙乎仙乎我心良。我虽非吴牛，喘气何茫茫？我虽非冀马，空群小北方。

那韩清独先被杨慎己说了两句，余愤未平，这时听到他诗里有"牛马"两个字，不觉冷笑一声。杨慎己见他背着两只手，眼睛斜望着，大有藐视之意，心里发臊，脸上红将起来。说道："我看韩先生微微一笑，有不屑教诲之意，清独兄以为然否？"韩清独装着笑容道："杨先生这话，可言重了。不过我也有一点意思，这'我虽非吴牛'四句，杨先生岂不太谦了？"

杨慎己自负为老前辈，居然有人在大庭广众之下，批评他的诗不好，是可忍，孰不可忍也？他把蓝纺绸长衫的袖子一卷，两手向上举，闭着眼睛，对天念道："鹏飞万里，燕雀岂能知其志哉？吾闻之：孔子弟子有冉牛，不以名牛为耻也。两晋天子，复姓司马，何辱于其人？太史公尚曰牛马走，庄子亦曰，呼我为马者，应之以为马，呼我为牛者，应之以为牛。舜何人也？予何人也？我不敢自侪于牛马乎？"谢绍罴见杨慎己大发雷霆，恐怕他们真闹起意见来。连忙笑道："两贤岂相厄哉？在杨老先生固然是发挥所学，但是在清独兄，也不过尽他攻错之谊，都算没有坏意。别嚷，还是让我一口气把这诗念完罢。"于是又念道：

君不见夫子登泰山，眼底已把天下小，又不见雄心勃勃秦始皇，也曾寻仙蓬莱岛？我来上山不是偷梨枣，亦非背着葫芦寻药草。我非今之卫生家，更不是来为空气好。

人人都说不能合时宜,不合时宜我有一肚皮。情愿走到西山顶,大声疾呼吐我胸中疑。夕阳下山归去来兮。

谢绍罴一口气念完,杨慎已在一旁颠头摇脑,渐渐把心中不平之气,也便减少。便对大家问道:"我觉得我很用了一番工夫,诸位以为如何?"大家先是见他怒气勃勃,谁还敢说不好的字样,都道:"很好很好。"

这里面有一位沈从众先生,稿子还没有作完,正伏在桌子上推敲字句。听到大家说好,他自不便默然,也在那里说道:"好好。"别人见了,以为他自己赞许自己的稿子呢。那孔学尼道:"沈先生的大作,慢慢的推敲,一定有好的句子作出来,我们要先睹为快了!"于是大家都拥到沈从众位上来,将他的稿子拿了去看。沈从众道:"我的诗还没有改好呢,诸位等一等罢。"孔学尼道:"我们看了再斟酌罢,这是七律,又是咏春雨的呢。"便念道:

近来日日念黄梅,念得牙酸雾未开。
何处生风无绿柳?谁家有院不青苔?
昨夜惊心闻贼至,今朝搔首斗诗来。
但得郊外春色好,驱车不厌几多回。

孔学尼在这里念,那孟继祖背着两手,也在他后面念。他是舌辩之徒,最欢喜挑眼的。刚才因为杨慎已在那里,怯他三分老牌子,不敢说什么。现在换了一个好好先生孔学尼在这里念,他的嘴就忍不住了,说道:"诗自然不恶,不过来韵一联,却是有些杜撰。"

沈从众本来是个近视眼,眼睛上框着铜钱大的小托力克眼镜。这时，那副眼镜，因头低得太久，且又是摇摆不定的，所以一直坠将下来，落到鼻子尖上。他一会儿忙诗，忘了眼镜。这时看人，才记将起来，用两个指头把眼镜一送，直靠着眼睛。然后昂着脸对孟继祖一望，笑道："说此话者，岂非孟少爷乎？阁下生长于富贵之家，哪里知道民间故事，须知道这阴雨天，是贼的出产之日。古人不云乎？偷风不偷月，偷雨不偷雪。昨宵雨夜，寒家虽为物无多，恰好部里发薪之后，怎样不惊贼之将至呢？"

孟继祖道："这虽然言之成理，究竟和'春雨'二字，不大相干。"沈从众道："刚才杨慎已先生不已言之乎？七律规矩，三四句写景，五六句就运事，我正是这样作法呀！"孟继祖道："那末，起句'日日念黄梅'，是不是用'黄梅时节家家雨'那个典？"沈从众道："对的。"孟继祖道："那就不对了。黄梅是四五月的事，题目却是春雨，那不是文不对题吗？"那杨慎已和沈从众是同事，沈从众附和着他，自己觉得有面子。便道："先一看，好像不是切题，其实我们要当注意那个'念'字。念者，未来之事，心中有所怀之也。所以下面连忙接着就说：何处无柳，谁家不苔，不言春雨而春雨自见。这叫羚羊挂角，无迹可寻。"

这其中的冯有量，是个少年大肉胖子，为了几个芍药花的典，搬不出来，急得头上的汗，像黄豆一般大，只管望下落。他站起来道："诸位别先讨论，我有个问题，要提出来研究。就是这七绝诗，两首能不能算完卷？"燕西见他手上拿着听差刚打的手巾把子，捏着一团，只往额头上去揩汗，这个样子大概是逼不出来了。便先道："当然可以。我们原是消遣，何必限多少呢。"于是走上前，就把他的诗稿子接了过来，看了一看。那孟继祖知道冯有量的诗，是跟杨慎已学的，他要实行报复主义，就高声念道：

人人都爱牡丹花，芍药之花也不差。
昨日公园看芍药，枝枝开得大如瓜。

这首诗念完，所有在座的人，都不觉哈哈大笑。冯有量他脸色也不曾变，站在大众堆里说道："这麻韵里的字很不好押，诸位看如何？给我改正改正罢。"孟继祖极力的忍住笑，说道："这一首诗，所以能引得皆大欢喜，就在于诗韵响亮。我再念第二首诗给诸位听。"于是又高声念道：

油油绿叶去扶持，白白红红万万枝。
何物对他能譬得？美人脸上点胭脂。

孟继祖道："冯先生这一譬，真譬得不坏，芍药花那种又红又白的样子，真是美人脸上点了胭脂一般。"说着，脸向着杨慎已一笑道："阁下和冯君，是常在一处研究的。我想杨君的七绝，也是这样一类的作风。"这话要是别人说了，杨慎已一定要反唇相讥。现在孟继祖是个总长的儿子，和孟总长多少要讲究联络一点，当然不能得罪他的儿子。只得笑道："孟世兄总是这样舌锋锐不可当。"冯有量也走上前，拉着他的手道："老弟台，你这种不批评的批评，真教人够受的了。你明明说我两句，哪处好哪处不好，那才是以文会友的道理。"这样一说，孟继祖反而有些不好意思。

燕西道："继祖兄他就是这样，喜欢开玩笑。其实有量兄这诗的意思，就很新鲜。"杨慎已道："燕西兄这句话，极是公正不过。我们也很愿看看继祖兄的大作如何？"孟继祖也正要卖弄他的才调，说道："虽然作得不好，我倒很愿意公开出来，大家指正。"于是抽出他的诗稿，交给杨慎己，让他去看。杨慎己就念道：

阴云黯黯忽油然，润遍农家八亩田。
河北两堤芳草地，江南二月杏花天。
踏青节里飞成阵，布谷声中细似烟。
屈指逢庚何日是，石矶西畔理渔船。

杨慎己还没有批评呢，孔学尼先就说道："这真不愧是亚圣后人。你看他一提笔，就用了《孟子》上两句典。"说到这里，用两个指头，在空中画着圈圆，口里念道："河北两堤芳草地，江南二月杏花天。"接上摇着头道："继祖继祖，你这一颗心，也许是玲珑剔透的东西呢？何以你形容春雨之妙，一至如此！我就常说：七律诗是工整之外，还要十分活泼，令人捉摸不定。像你这天韵，完全是王渔洋家数，真是符合此旨的呀。"

杨慎己念了这一首诗，本来也觉得字面上好看一点。但是自己总不输这口气，正要吹毛求疵，扯他一点坏处。第一，用经书的典作诗，这是不合的。第二，杏花春雨江南，本是老句。完全用来，嫌他太便宜了。但是这两点，孔学尼先就说好，真不好驳他。那沈从众，他见孔学尼满口说好，杨慎己也不说坏，认为这诗一定很好，也拍着手道："好诗好诗，今天这一会，应该是孟兄夺魁的了。"说着，上前就是一揖，笑道："恭喜恭喜。"孟继祖刚才批评了沈从众一顿，他都是这样佩服，其余的人是更不必谈了，这时自己真是自负得了不得。

在场的人，因为他和孔学尼是总长的儿子，燕西是总理的儿子，大家早也就预备好了，这前三名，由他三人去分配。现在既是说孟继祖的好，大家就恭维一阵，鼓起掌来。

第十一回

独具慧心诗媛疑醉语　别饶兴趣闺秀有欧风

那鼓掌的声浪，由近而远直传到冷家这壁厢来，这时清秋端了一把藤椅子，拿了一本小说，躺在枣子树荫下乘凉。忽然听得这样人声大哗，便问韩妈道："乳娘，这是哪里闹什么？"韩妈道："我的姑娘，你真是会忘记事啦，刚才金少爷那边送点心来，不是说那边请客吗？"清秋这才想起来了，这是他们开诗社作诗，这样大乐呢。听那声音，就在房后面。这房后面，是个小院子，靠着一道短粉墙，墙头上一列排着瓦合的槟榔眼儿。心想，偷着看看，这诗社是怎样立的。于是端了一把小梯子，靠着墙，爬了上去，伸着头在槟榔眼儿里张望。

他们聚会的地方，在槐树下面，乃是一片大敞厅。由这里看去，正可以看得清清楚楚。只见那里面，燕西同着一班文绉绉的朋友，拥在一块。其中有个木瓜脸有一撇小黄胡子的人，指手画脚，在那里说道："且慢，我们不要乱定魁首，主人翁的大作，还没有领教呢。"大家都说是呀，我们忙了一阵子，怎样把主人翁的大作忘了？那小黄胡子，走到燕西身边，拍着他的肩膀笑道："燕西兄，你的诗是总理亲自指示的,家学渊源,无论如何,随便写出来,都会比我们作的好。"燕西笑道:"不要取笑了,我作得很匆忙,万赶不上诸位的。"说毕,就在一张桌上,拿了几张信笺,递与他们。清秋自小跟着她父亲念汉文,学作诗和填词,虽然不算升堂入室,但是读起诗文来,很能分别好歹。她早听见说燕西会作诗,心里就想着,他们纨绔子弟,未必作得好东西出来。现在有这个机会,倒要看看他的诗如何?无奈自己不是个男子汉,若是个男子汉,一定要做一个不速之客,挤上前去,看看他的大作。

可是正在她这样着想之际,只见那小黄胡子,用手将大腿一拍,说道:"要这样的诗,才算得是律诗;要这样的诗,才算得是咏春雨。我说燕西兄家学渊源,真是一点不错。"那小黄胡子夸奖了一阵,那些人都要拥上前来看。小黄胡子说:"诸位这样拥挤,反而是看不见,不如让我来念给诸位听。"便高声念道:

> 新种芭蕉碧四环,垂帘无奈响潺潺。
> 云封庭树诗窗冷,门掩梨花燕子闲。
> 乍见湖山开画境,却惊梅柳渡江关。
> 小楼一作天涯梦,只在青灯明镜间。

这些人里面,要算孔学尼的本领好一点,本来就不把这些人放在眼里。现在燕西的诗,作得通体稳适,倒出乎意料以外。心想,他向来不大看书的人,几时学会了作诗,无论如何,我得驳他一驳的,别让他出这十足的风头。便问道:"燕西兄这诗,句句不是春雨,却句句是春,句句是雨,可是这个'梅'字,刚才大家起了一番异议,说是不合节令呢。"

燕西被他一驳，自己也不知道怎样答应好，眼望着宋润卿。宋润卿本来就要说了，现在燕西有意思要他说，他更是忍不住。便道："孔先生，你误会了燕西兄的意思了。他所说的梅，不是梅子，乃是梅花。从来词章上'梅柳'两个字在一处，都是指梅花，不是梅子呢。春天梅花开得最早，杨柳也萌芽最早，凡是形容春之乍来，用'梅柳'二字是最稳当不过了。"

那沈从众听了这一遍话，也就把头望前一伸，用那双近视眼逼近着宋润卿。宋润卿看到一个脑袋，伸到面前来，吓了一跳。仔细看时，原来是沈从众含着笑容，前来说话哩。宋润卿便道："沈先生，你有什么高论？"沈从众道："宋先生，我很佩服你的高论。我说的那个梅，也是指梅花。所以说'近来日日念黄梅，念得牙酸雾未开'。暗暗之中，用了一个'开'字，是指梅花的一个证据。所谓诗眼，就在这里。世上只有说开花，没有说开果子的。那末，我说的黄梅，当然是梅花了。毛诗，"摽有梅，其实七兮。那个梅，才是梅子呢。"

清秋在墙这边槟榔眼儿里，看见那一股酸劲，实在忍不住笑，爬着梯子慢慢的下来，伏在梯子上笑了一阵。然后抚摸了一会儿鬓发，走到前面院子里去。冷太太看见，问道："什么事？你一个人这样笑？"清秋道："刚才我在墙眼儿里，看见一班人在隔壁作诗，那种酸溜溜的样子，真是引人好笑。"冷太太道："你不要瞎说，金先生的学问，很是不错。"清秋正色道："他的诗倒是不错，我听见人家念来着呢。一个大少爷脾气的人，居然能作出那样的好诗，那倒是出乎人意料以外。"冷太太道："他们家里有的是钱，在学堂里念了书不算，家里又请先生来教他，那文章是自然会好了。"清秋道："舅舅也在那里呢，回头舅舅回来，我倒要问一问，那是些什么人？"冷太太道："你舅舅怎样会加到他们一块去了？其实他要常和这些人来往，那倒比和一些不相干的人在一处纠缠好得多。我想，你舅舅的文章，和金先生一比起来，恐怕要差得远哩。"她母女这样议论，以为宋润卿不如金燕西。其实燕西今天出了个大风头，对于宋润卿是钦佩极了。

晚上宋润卿吃得醉醺醺的回来，一路嚷着进屋，说道："有偏你母女了。我今天可认识了不少的新朋友。里面有孔总长的少爷、孟总长的少爷、杨科长许多人。下一次会是孔先生的东哩。我知道的，他家的房屋非常好，我倒要去参观参观。孔先生为人是很谦让的，坐在一处，你兄我弟，毫无芥蒂的谈话。此外孟先生，也是很好的。不过年纪轻，调皮一点。要论起资格来，今天在座的十几个人，除了三个公子哥儿，他们谁都比我的资格深些。"清秋笑道："舅舅的官瘾真是不浅，饮酒赋诗，这样清雅的事，也要和人家比一比官阶大小"宋润卿道："姑娘，你不是个男子，所以不想做官。但是我又问你一句，将来做舅舅的给你找姑爷的时候，你是愿意要做官人家弟子呢？还是要平常人家弟子呢？"清秋板着脸道："喝醉了酒，就是在这里乱说，一点也不像做老前辈的样子。"说毕，自己进屋子里去了。

宋润卿看见哈哈大笑，一路走歪斜步子，回屋睡觉去了。在他的思想，不过外甥女骂得太厉害了，借此报复一句，实在也没有别的意思。在清秋听了，倒好像她舅舅话出有因似的，让宋润卿走了，就和她母亲说："妈，舅舅今天酒喝得不少，你看他说话，颠三倒四。"冷太太笑道："你知道他是醉话，还说什么，就别理他呀！"清秋道："醉了也不能好好的提起这句话呀。"冷太太道："你舅舅本来有口无心，何况是醉了，你别理他。"清秋见他母亲老是说别理他，也就不往下追。

到了次日，清秋见了宋润卿就说："舅舅，你昨天喝得不少罢？"

宋润卿笑道："咋晚倒是算乐了个十足的。"清秋对他笑一笑，心想，你说的好话哩。但是这一句话说到口边，又忍回去了。宋润卿不能未卜先知，自然不晓得她是什么意思，看她笑了一笑，也就跟着一笑道："你别瞧舅舅什么嗜好也没有，就是好这两盅，这也花钱很有限的哩。"清秋道："昨天舅舅喝得那个样子，也能作诗吗？"宋润卿道："干什么去的？当然要作诗。"清秋道："舅舅把这些人的诗，都抄了一份吗？你把诗稿子给我看看。"宋润卿道："我自己的诗稿子在这里，他们的，我没有抄。"清秋道："舅舅的诗，我还看少了吗？我是要看那些人作的是些什么呢？"宋润卿道："他们的诗，不看也罢了。我这里有燕西作的两首诗，倒还可以。"说时，在袋里摸了一阵，拿出一卷稿子，交给清秋。

清秋道："怎么这字是舅舅的笔迹哩？"宋润卿道："这本来是……我抄的哩。"清秋将诗念了一遍，手上带着手绢，撑着下颏，点了一点头。见燕西的诗，头头是道，似乎还不在她舅舅以下哩。宋润卿道："你看怎么样，比你舅舅如何？"清秋笑道："笔力都是一样的，不过词藻上比舅舅还漂亮些。"宋润卿笑道："你的眼力不错，总算没有说我不如人家呢。"说毕，笑着走了。

清秋看那诗，觉得他意思未尽，很想和他一首。走回屋去，走到书案上正要动笔砚，猛然见笔架上斜放着一封信，上面写着：请袖交冷清秋小姐玉展，那笔迹正是燕西的字。这一见，心里不由得扑通一跳。心想，这一定是乳娘带来的。她怎样做这荒唐的事，把来放在桌上。这要是让母亲看见，一查问起来，怎样回答？在她这般想时，手上早将那一封信顺手拿了过来，放在袋里。看一看，屋外并没有人，便躺在床上，抽出信来看，她眼睛虽然看着信，耳朵可是听着窗外有什么响动没有？她用手慢慢将信撕开，早是一阵香味,扑入鼻端。抽出来是一张水红色的洋信纸,周围密排小线点,那个字用蓝墨水写的,衬托得非常好看。那信是语体,后面抄出刚才的两首诗,要请指教。清秋觉得人家太客气,老是置之不理,未免不合人情,因此也写了一张八行,对他的诗,夸赞了两句。信写好了,用个信封来套着,标明金燕西先生亲启。但是信虽写好了,可没有主意送去。随便就把那信也塞在枕头下。

照说,要让韩妈送了去,最是稳当,自己却不好意思拿出来。若是亲自送到邮政局里,让它寄了去。心想,舅舅是常到那边去的,设若他不知道,随便把信放在桌上,一不碰巧,让舅舅看出笔迹来,也是不方便。筹思了半天,没有什么好计策,便叫韩妈道:"乳娘,你来。"韩妈卷着衫袖,湿了两只手,走进房来,笑着对清秋道:"我洗衣服呢,姑娘,你叫我什么事?"清秋话说到口边,顿了一顿,又吞回去了。还说:"我渴极了,你把那菊花沏壶水来喝。"韩妈道:"哎哟!你躺着一点事没有,你就自己去沏罢。"说时,用围裙揩着手,正要开橱子去拿菊花。清秋道:"你别拿了,省得麻烦,妈那里有茶,我去喝口凉茶就成了。"韩妈道:"你瞧,叫人来,又不去,这是怎样一回事?"清秋笑道:"你不是怕麻烦吗?省得你麻烦啦。"韩妈也猜不透她的心事,又出去了。

那边燕西写了两封信了,没有看见什么反响,也没接着回信,不知道是什么原故。在上午等了一会儿,不见韩妈来,下午要把诗稿给父亲看,就坐着汽车回家了。先是在自己那边书房里鬼混了一阵,后来就向上房去找父亲,只进了月亮门,就见梅丽提着一个铜丝穿的千叶石榴花的花篮,从西院笑嘻嘻的走过来。

燕西道:"嘿!哪里来的这一个花篮?远望着像个火球一般。"

梅丽笑道："今天是三嫂子的老伯母过生日，你不知道吗？"燕西道："你别胡说了，人家五六十岁的老人家，要你送这样红通通的东西给她？这要是一二十岁的人结婚，新房里也许用着它。"梅丽道："王伯母的礼，干吗要我送？我是把这花篮送给朝霞姐姐的。"燕西笑道："是的，她家那个朝霞和你很说得来。她母亲做生日，你送她一个花篮这算什么意思？"

梅丽道："你不知道吗？她家今天有堂会戏呢。咱们家里有好些个人要去。"燕西笑道："这里面自然少不了一个你。"梅丽道："戏倒罢了，听说有几套日本戏法儿，我非去看看不可。和朝霞好久没有见面哩，今天见了，送她一个篮子让她欢喜欢喜。七哥，你也去一个吗？要不要打一个电话给秀珠姐姐？"燕西道："你为什么总忘不了她？"梅丽笑道："你两个人真恼了吗？我瞧你恼到什么时候为止？"燕西淡淡的笑道："你瞧罢！"又问道："爸爸在哪儿，你知道吗？"梅丽道："今天不知道有什么事，一早就出去了，还没有回来呢。"燕西笑道："那可好极了。"说时把手上一个纸包交给梅丽，说道："爸爸回来了，你就把这个交给他，就说是我拿回来的。"梅丽道："你大概刚回来，又要走吗？"燕西道："我不走，我还找六姐去呢。"梅丽道："回头上王宅去听戏，咱们一块儿吗？"燕西道："我不定什么时候去，也许不去呢。"

说着，竟自向润之这边院子里来。这里她姊妹俩，一个是美国留学生，一个是法国留学生，都是带着西方习气的人。所以他们的饮食起居，也是欧化的。她们屋外，是一带绿漆栏干的走廊。走廊内，一面挂着悬床，一面放着活动椅，是为她姊妹二人在此看书而设的。那粉墙上，原挂着几个网球拍子，这时都不见。燕西一猜，一定是她大姐儿俩到后面大院子里去打网球去了。这时，屋里一定没人，心想，偷她们一两件爱好的东西，和她们开开玩笑。推门进去，果然里面静悄悄的。

到润之屋里去,只见她桌上一个银丝络的小网盘子里,有许多风景信片,拿起来一看,有古戏场,有自由神的雕刻像,有许多伟大的建筑品。信纸上面,用红色印的英文,注明是罗马的风景,翻过那一面来看,却是润之未婚夫方游来的信。信有法文的,也有汉文的,那日期都注着礼拜六。这样子,大概是每星期寄一封信回来呢。燕西是不认得法文的,把法文的信扔开,拣了一张汉文的看。那一张上写着:

露莎:

今天参观了罗马大戏场,建筑的伟大,我简直无法形容。但是许多人把罗马当作是世界建筑的模范,还是不好。我以为人工与自然,各尽其妙,惟其是这样,所以合乎艺术。祝你康健!

游白

这"露莎"两个字,是润之法文的名字。方游又把它翻转译成汉文的。这样直接写着外国名文,他以为彼此是爱慕的表现呢。随又看了一张是:

露莎:

今天我又到凯自尔路那家理发店里去了。当然的,你要疑心我不是去理发或者刮脸,乃是去修指甲。可是我要告诉你一件可喜的消息,我以前所说那个含情脉脉的修指甲女子,她已被店主辞去了。今天这个新女工,我猜她是下等酒店里的舞女,不敢惹她呢。写出博你一笑。祝你放心!

你诚实的朋友游

燕西看了,羡慕他们这情书写得甜蜜有趣,以为能学他一学,也是好的。他就索性一张一张拿起来看,是汉文的,一张也不漏下。正看得有趣,只听见院子外一阵脚步响,似乎是润之回来了。连忙将信扔下,迎了出来。只见润之穿着白色的运动装,一走一跳的上那石阶,后面江苏带来的大小姐阿囡,拿着球网和球拍子,一路进来。燕西道:"六姐,你和谁打球,怎样一个人回来了?"润之指着阿囡道:"我和她打球。"燕西对着阿囡笑道:"怎么样,你也会打球吗?"阿囡一面放下东西,一面笑道:"六小姐要过球瘾,没有人陪她,我只好勉强出手了。"燕西道:"我是不敢和五姐六姐比的,既然你也会,好极了,我得领教领教。"

润之一只手撑着走廊上的柱子,一只手牵着薄纱的上衣,迎着风乘凉。听了燕西这话,斜视着他笑道:"就凭你?"燕西道:"六姐这句话,藐视我到极点了。我战不过你们这二位勇将罢了,难道你们手下这一位……"润之抢着道:"阿囡,他笑你是个无名的小卒呢,你和他试一试。"燕西一时高兴,便道:"好好!试试瞧。"阿囡对着燕西笑了一笑,没有做声。燕西见她并不怯阵,走过来捡了一个球拍子在手,轻轻的拍着阿囡的肩膀,说道:"去去!我试试看。"润之对阿囡将一只右眼睐了一下,笑道:"阿囡,你争一点气,可别输整个的格姆呀。"阿囡含着笑,又拿着球拍子,一路到后面大院子里来，润之也跟着后面来看。

两人在浅绿的草地上，安上了网子。让阿囡先发球，阿囡倒不愿就显出本领来，正正当当的，把球送到燕西面前。燕西见她发球的拍子，打得非常自然，不往上挑，只是平平的托着，就势一送，预料那球落下去，离她有三大步，阿囡未必赶得上。谁知她就早料定了燕西有此着似的，身子早往前一窜，那一把撒黑丝穗子似的辫梢，迎风摆荡，正是翩若惊鸿一般，抢上前两步，脚站定了。伸手一托球，轻轻悄悄的，已送过了网子。燕西要去接时，那球落在草里，只滚了几滚，并不往上高跃。于是燕西只动了一步，便停住了。回过头去，耸了一耸肩，对润之一笑。润之笑道："谁叫你走来就下毒手？你不信'强将手下无弱兵'这句话吗？"阿囡一只手拿着球拍，一只手理着鬓发，对燕西笑道："七爷，我们还是稳稳当当的罢！不要这样拼命的闹了。"燕西笑了点着头答应。

可是他心里急于求胜，遮过说大话的羞耻，越是不惜用猛烈的手段。二次阿囡发球过来，他用出全副的精神，将球拍迎着球，由上往下一扑，打算直接把它扑在地下，以报刚才一球之耻。不料他用力过猛一点，不高不低，正碰在网子顶上，再高两寸，也就过去了。燕西一看这种形势，万万的是赢不过人。这一个格姆，最多也是双方无胜败了。心想，真要是输了，未免有些自打嘴巴，就趁润之哈哈大笑的时候，将球拍子一扔，也笑对阿囡说道："我今天算是输给你了，要赶着去看堂会戏呢，过一天再来比赛罢。"在草地里，捡起衣服，搭在胳膊上就往外逃跑。

润之笑道："他就是这样无聊，无论下棋打牌，赢了就说大话，输了就逃跑。"燕西跑了两步，又回转来，笑道："忙什么？有的是工夫，过一天再来得了，这就算我输定了吗？"润之笑道："我知道,你是输理不输气,输气不输嘴的。"燕西道:"我已经承认输了,还不成吗?我倒有一桩事要求你,请你帮我一个忙。"润之笑道:"什么事,你要补习法文吗?"燕西道:"你知道,我不是为这个,成心捣乱。"润之说:"我当真不知道吗?大概又是没有钱花了,要我给你去讨钱。"燕西道:"也不是。"润之道:"你还有什么事?一天到晚的玩,没有玩够吗?"

燕西本想说,见阿囡在那里,顿了顿,然后说道:"今天王家堂会戏你去不去?"润之道:"我不去,这和帮你忙的事,又有什么相干?"燕西道:"你不知道,我有一个女朋友,她也要去看戏。我想,是别家,我可以送她进去。是王家呢,我们家里的狗,他们也认识,怎样可以冒充?回头我给你介绍介绍,就说是你的朋友,让你带她去,你看好不好?"润之笑道:"你又在跳舞场上,认识哪一个交际明星?"燕西道:"不要胡说了。人家是规规矩矩的女学生。"润之道:"规规矩矩女学生,你怎样会认识?"燕西道:"她舅舅是我们诗社里的社友,她就住在她舅舅家。你说,我能认识,不能认识?"润之道:"梅丽去呢,你不会叫梅丽带她去?"燕西道:"梅丽恐怕要和母亲一路去,我不愿意母亲知道呢。"润之道:"这样说来,还是不正当的行动呀。正当的行动,为什么怕母亲知道呢?"燕西:"我先不用说,回头我介绍你一和她见面,你就知道了。"润之道:"你不知道我是不爱听戏的吗?一坐几个钟头,怎样坐得住呢?五姐倒是打算到王家去一趟,你找她去罢。"说着,笑了向前一指。

敏之正拿了一本西装书,刚由外面进来,坐到活动椅上去。便问道:"指着我说什么?麻烦你的事,你让他来麻烦我吗?"燕西便代润之答道:"并不是什么麻烦事,你若是到王家去,请你带个人去听戏罢了。"于是又把刚才的话,说了一遍。敏之一想,燕西是欢喜在女人面前卖力的。也许是人家随便说了一句，他就满口答应了。现在自己送去不便，只得来求人。便道："好罢，我给你做一个面子，我在家里等，你可以引她来。"燕西听了，很是欢喜，和他姐姐握了一握手，转身就跑。敏之笑骂道："看你这不成器的样儿！"燕西也不理，依旧坐了汽车，回到圈子胡同。

在家里稍坐了一会儿，就到冷家来对冷太太道："伯母，我家五姐要请冷小姐过去谈谈，因为敝亲家里有堂会戏，还要陪着去听戏。"冷太太道："啊唷！那怎样成？她是个小孩子，一点礼节也不懂，到你府上去，那不要失仪节吗？"燕西道："伯母不要客气了，舍下也是很随便的。我那五家姐，那人尤其是随便的人。她新从美国回来不多久，恐怕冷小姐懂的礼节，她还不知道呢。五家姐也说了，一会儿就叫汽车来接，所以我先来说一声。"冷太太听说燕西姐姐来接清秋去谈话，本来就有几分愿意，再又听到燕西的五姐是美国留学生，让清秋交一个这样的女友，也是不错，于是便一口答应了。

第十二回

花月四围尽情吐心事　竹城一战有意作调人

燕西和冷太太在外面说话，清秋也就早听见了。她想着，金家是阔人家，到底阔到怎么一个样子，我倒要去看看。先还怕母亲不答应，后来母亲答应了，很是欢喜。立刻就开箱子，找衣裳换。燕西送的那串珠圈，因为清秋舍不得退回去，一天挨一天，模模糊糊，就这样收下了。清秋想着，既然到有钱人家去，别要显出小家的气象，把这珠圈也带了去。这里衣服刚刚换下，门口汽车喇叭响，果然来了一辆汽车，这是金小姐派来接这里冷小姐的，同时，汽车夫就递进一张金敏之的名片。冷太太一直把清秋送上汽车，见这辆汽车，比燕西常坐的，还要精致。心想，有钱的人家真是不同，连女眷坐的汽车，都格外漂亮些呢。

清秋坐了汽车，一刻儿工夫，就到了金宅。车子一停住，就见燕西站在门口。清秋下车，燕西便迎上前来，说道："家姐正等着你呢，我来引导罢。"说毕，果然在前面走。清秋留心一看，在这大门口，一片四方的敞地，四柱落地，一字架楼，朱漆大门。门楼下对峙着四个号房。到了这里，又是一个敞大院落，迎面首立一排西式高楼，楼底又有一个门房。门房里外的听差,都含笑站立起来。进了这重门,两面抄手游廊,绕着一幢楼房。燕西且不进这楼,顺着游廊,绕了过去。那后面一个大厅,门窗一律是朱漆的,鲜红夺目。大厅上一座平台,平台之后,一座四角飞檐的红楼。这所屋子周围,栽着一半柏树,一半杨柳,红绿相映,十分灿烂。到了这里,才看见女性的仆役,看见人来都是早早的闪让在一边。就在这里,杨柳荫中,东西闪出两扇月亮门。进了东边的月亮门,堆山也似的一架葡萄,掩着上面一个白墙绿漆的船厅船厅外面小走廊,围着大小盆景,环肥燕瘦,深红浅紫,把一所船厅,簇拥作万花丛。

燕西笑道:"冷小姐,你看这所屋子怎么样?"清秋道:"很好,艳丽极了。"燕西笑道:"这就是我的小书房,和小会客厅。"清秋点头微笑,说道:"这地方读书不错。"燕西又引着她转过两重门,绕了几曲回廊,花明柳暗,清秋都要分不出东西南北了。这时,只见有个十六七岁的女孩子,穿着黑湘云纱的大脚裤,红花白底透凉纱的短褂,梳着一条烫发辫,露着雪白的胳膊和脖子在外,面如满月,披着海棠须的覆发。清秋一想,难道这就是他姐姐?然而年纪像小得多呀。自己还没有敢打招呼,那女孩子,转身走回,抢上台阶,对屋子里叫道;"五小姐,客来了。"清秋这才知道,她不过是一个侍女。幸而自己没有理她,不然,岂不是大大一个笑话?这女孩子一面说话时,一面已打起湘妃竹的帘子,燕西略退后一步,让清秋走进去,随后也就跟着进来。

清秋进门,就见一个卷发西装女子,面貌和燕西有些相像,不过肌肤更丰润些,面色更红些,这一定是燕西的姐姐无疑了。那敏之先以为燕西认得的女友,当然是交际明星一流,现在见清秋白色的缎袍,白色的丝袜,白色的缎鞋,脖子上挂一串亮晶晶的珠子,真是玉立亭亭，像一树梨花一般。看那样子，不过十七八岁，挽有坠鸦双髻，没有说话，脸上先绯红了一阵。敏之虽然是文明种子，这样温柔的女子，没有不爱的。她不等清秋行礼，早抢上前一步，伸着一双粉团也似的光胳膊，和清秋握手。燕西趁着这机会，就在两边一介绍。敏之携着清秋的手，同在一张软椅子上坐下，竟是很亲挚的谈起来。燕西从来没有见敏之对人这样和悦的，心里很得意的。便对清秋道："请你在这里稍坐，我不奉陪了。"

说毕，赶到母亲这边来，看她们走了没有？及至一打听，王宅那边，打了电话，催去斗牌，已经是早走了。这时燕西倒没有了主意，在家里，又坐不定。要上王家去，堂会戏，好的还早着呢，早去也是没意思，一人便在廊下踱来踱去。顺步走到翠姨这边院子里来，只见一个小丫头玉儿，在一张小条桌上剥莲子。燕西便问道："姨太太呢？"玉儿道："早出去了。"燕西道："这是谁吃的莲子？"玉儿道："预备晚上总理来吃的。"燕西道："干吗不叫厨房弄去？"玉儿道："这许多日子，晚上总理来了，吃的点心，都是姨太太在火酒炉子上做的，说是怕厨子做得不干净呢。"燕西看那玉儿说话伶俐，一时动了恻隐之心，觉得十三四岁的孩子，离了家庭父母，到人家家里来做丫头，怪可怜的。那桌上碗里，堆上一碗未剥的莲子，够她剥的了，便就走过来替她剥一个。

玉儿笑道："少爷，你不怕脏了手吗？"燕西道："不要紧，我正在这里发愁，没有什么事做呢。"于是一面剥莲子，一面找些不相干的闲话和玉儿谈。一直将一碗莲子剥完了，燕西还觉得余勇可贾。玉儿道："七爷，我给你打点水来洗手罢？"燕西把头抬着看了一看太阳，说道："不用洗手了，我有事呢。"于是走到自己书房里，休息片刻，便坐汽车到王家来。

这时王宅门口一条胡同，各样车子都摆满了。还有投机的小贩挑着水果担子，提着烧饼筐子，都塞在车子堆里，做那临时的生意。不必进内，外面就热闹极了。那门口早是搭了五彩灿烂的牌坊，还有武装的游缉队，分排在两边。燕西是坐汽车来的。门里的招待员，早是迎上前来，请留下一张片子，旁边就有人说道："这是金七少爷，不认识吗？"招待员听说是金府上来的，连忙就闪开一条路，燕西一进门，一直就往唱戏的这所大厅里来。只听后面有人喊道："燕西，燕西，哪里去？"燕西回头看时，却是孟继祖。便问道："你也是刚才来吗？"孟继祖道："我早来了。你为什么不上礼堂去拜寿，先就去听戏？"燕西笑道："我最怕这个。而且我又是晚辈，遇见了寿公寿婆，少不得还要磕头。"孟继祖道："你怕，就不去吗？"燕西道："反正贺客很多，谁到谁不到，他们也不记得的。"孟继祖道："那末，我们一块儿去听戏罢。"拉着燕西的手就走。

走进戏场，只见围着戏台，也搭了一个三面相连的看台。那都是女宾坐的。台的正面一排一排的椅子，那就是男宾的位子了。燕西进来，见男座里，还不过一大半人，女座里早是重重叠叠，坐得没有缝隙了。孟继祖道："太太们到底不像男宾那样懂戏，听了锣响就要来，来了就舍不得走的。"燕西道："堂会戏，大概也不至于坐不住，女子们的心，比男子的心要静些的，也无怪乎她们来了不愿走了。"说时，目光四围一转，只见敏之和清秋也来了。正看着台上的戏在说话呢。

敏之旁边，有个中年妇人，胸襟前挂着红绸，佩着红花，大概是招待员，她在那里陪着说话。燕西一想，清秋既然认识这个招待员，就是敏之走了，以后也有人招待，不至让她觉得冷静，心里才宽慰些。约摸看了两出戏，来宾渐渐的拥挤起来了。燕西抬头一看敏之，已然不见,只见清秋在那里。清秋对于他并没有注意,似乎还不知道。心想,五姐已离开那里,不要让她从中又一介绍,大家都认识了,那倒是老大不方便。自己踌躇了一会儿,正没主意,只见招待员挨着椅子请道:"已经开席了,诸位请去入席。"这些来宾,听说赴席就有一半走的。

燕西趁着大众纷乱,也离了戏场,且先不去赴席,绕到外边,在女招待员休息的地方,找着刚才看见的那位女招待员,脱下帽子点了一个头,笑着问道:"敝姓金,你看见我的家姐吗?"招待员道:"你问的是金小姐吗?她走了,有一位同来的令亲,还在这里。"燕西道:"我正是要找她,她府上来了电话,请她回去呢。"那招待员信以为真,一会儿就把清秋引来了。清秋问道:"家母来了电话吗?"燕西含糊的答应道:"是的。打一个电话到我那边去,叫我的听差去问一声:有什么事没有?若没有要紧的事,好戏在后呢,就不必回去了。"清秋也是舍不得回去,就问电话在什么地方?燕西道:"这里人乱得很,我带你到后面去打电话罢。"于是燕西在前,清秋在后,转了好几进门,先是人来人往的地方,后来渐渐转到内室。清秋便停住脚道:"我们往哪里去呢?"燕西道:"不要紧,这是舍亲家里,哪儿我都熟悉的。"

这时,天色已经晚了。因为是月头,夜色很明,清秋向前一看,只见一叠假石山,接上走廊。四周全是花木,仿佛是个小花园子。到了这里,她狐疑起来,站住了不敢向前。燕西道:"接连两出武戏,锣鼓喧天,耳朵都震聋了,在这里休息一下,不好吗?"清秋站在走廊上,默默的没有做声。燕西道:"这个园子虽小,布置得倒还不错,我们可以在这里看看月色,回头再去看戏。"清秋道:"我还要打电话呢。"说这话时,声音就小得多,不免把头也低下去了。

燕西走近前一步,低声说道:"清秋,你还不明白吗?我有几句话要对你说一说哩。"清秋手扶着廊柱,头藏在袖子底下。燕西道:"你这人很开通的,还害臊吗?"清秋道:"我们有什么话可说呢?"燕西道:"我写了几封信给你,你怎样只回我一封信,而且很简单,很客气,竟不像很知己的话了。"清秋笑道:"我怎敢和你称起知己来呢?"燕西挽着她的手道:"不要站在这里来说,那边有一张露椅,我们坐到那里去慢慢的说一说,你看怎样?"一面说,一面牵着清秋走,清秋虽把手缩了回去,可是就跟着他走过来。

这地方是一丛千叶石榴花,连着一排小凤尾竹,一张小巧的露椅,就列在花下。椅的前面,摆着许多大盆荷叶,绿成一片,所以人坐在这里,真是花团锦族,与外间隔绝。清秋和燕西在这里,自然可以尽情的将两方思慕之忱,倾囊倒箧的说了出来。那时一颗半圆的月亮,本来被几层稀薄的云盖上,忽然间,云影一闪,露出月亮,照着地方雪白。两个人影,并列在地下。清秋看见了这般情景未免有些不好意思,便说道:"是了,还有许多好戏我还没有看见,我去听戏了。"燕西道:"你还没有吃晚饭呢,忙什么,你先去吃饭。吃过饭之后,你也只要看两出戏,你在楼上一起身,我便到大门口去开汽车,好送你回去。"清秋道:"不,我雇洋车回去罢。"燕西道:"我分付汽车夫,叫他不要响喇叭,那末,你家里人一定不知道是坐着我的车子回去的。"清秋笑道:"难为你想得周到,就是那样办罢。"清秋用手理了一理鬓发,又按了一按发髻,走出花丛,到廊檐下来,低头牵了一牵衣襟,抢先便走。

燕西在后慢慢的走出来,心里非常高兴,自己平生之愿,就在今日顷刻之间,完全解决了。就是这样想着,真个也乐从心起,直笑到脸上来。自己低头走了,忘却分什么东西南北。应当往南走的时候,偏是往北拐,胡打胡撞,竟跑到王家上房来。抬头一看,只见正面屋里,灯火辉煌,有一桌的女宾,在那里打麻雀牌。燕西缩着脚,回头就要走,偏是事有凑巧,顶头遇见了王玉芬,玉芬道:"咦!老七几时来的?"燕西道:"我早来了,在前面看戏呢。"燕西一面说,一面往外走。

玉芬一把抓住他的衣服。说道:"别走,给我打两盘,我输得不得了。"燕西道:"那里不是有现成的人在打牌吗?怎样会把你台下的一个人打输了?"玉芬道:"我是赶到前面去听一出《玉堂春》,托人替我打几盘,现在你来了,当然要你替我打了。"燕西道:"全是女客,那儿都有谁?"玉芬道:"你还怕女客吗?况且都是熟人,要什么紧?"燕西道:"我耽搁了好几出戏没听,这时刚要走,又碰到了你这个劫路的。"玉芬道:"耽搁了好几出戏吗?你哪里去了?"燕西道:"找你家令兄谈谈……"玉芬笑道:"胡说,他先在这儿看牌,后来我们一路去听戏的,你又没做好事。"

玉芬本来是随口一句话,不料正中了燕西的病,他脸上一红说道:"做了什么坏事呢?难道在你府上做客,我都不知道吗?"玉芬也怕言重了,燕西会生气。笑道:"不管那些,无论如何,你得替我去打两盘。"说时,把身子望外一闪,转到燕西前面,挡住了他的去路。说道:"你非打不可!"燕西没有法摆脱,只得笑道:"可以可以,我有约在先,只能打四盘,多了我就不管。"玉芬眼珠一转,对燕西微微一笑:"只要你去,多少盘不成问题。"燕西不知道她葫芦里卖什么药,只得跟她去。玉芬在后面监督着把燕西引到屋子里去。这一来,把燕西直逼得坐起不是,进退两难。

原来在座的,一个是玉芬的嫂子袁氏,一个是陈少奶奶,也是王家的亲戚,一个是刘宝华太太,还有一个呢,正是白小姐白秀珠。她们见了燕西进来,都笑着点了一个头,惟有白秀珠板着面孔,自看桌上的牌。燕西偷眼看她,不说别的,就是那样一对钻石的耳坠,在两腮之下,颤抖不定,便可以知道她一颗芳心,纷乱已极。自己也觉有些不忍,但是自己和她翻了脸,玉芬是知道的,她不理我,我也不能理她。所以也没有做声,在座的人,都也知道他两人交情很厚,见面当然可以很随便,谁也没有理会。

这两个人心里,正在大闹别扭。这里只有玉芬心里明白,便对她嫂子袁氏,丢了一个眼色,问道:"你又给我输了不少,你这个枪手不成,我另找一个人来。"袁氏会意,便站起身来笑道:"七爷,你来罢。"陈少奶奶笑道:"呵唷!使不得!白小姐坐上首,他坐下首,能保他们不串通一气吗?只要白小姐放牌稍微松一点,那我们就受不了哩!"白秀珠用手按着袁氏的手道:"别走,还是咱们来。要不,玉芬姐自己上场也可以。"玉芬笑道:"人家说笑话呢,你就急了。当真说你两个人打牌,会让张子吗?交情好,也不在这上头呀!"秀珠道:"你说的是些什么话?我就那样无心眼儿吗?"玉芬道:"那末,你怎样不让老七上场?"秀珠眼睛望着桌上的牌,故意不对燕西看着,说道:"我是说桌上老是换人不方便,别人上场不上场,我管不着。"秀珠这样说话,陈少奶奶和刘太太都看出来了,准是和燕西闹了别扭,玉芬从中撮合,大家越是要起哄了。陈少奶奶道:"七爷,你非坐下来打不可,你不坐下,我说的玩话,倒要认真起来了。"玉芬一手扯着燕西,本没有放,燕西走不脱,又怕人识破机关,一面笑着,一面坐下来,说道:"世上只有请枪手打枪的,没有逼枪手打枪的。三嫂这真是拘留我了。"

打牌以后,玉芬手扶着椅子背,听他俩怎样开始谈话。这第一盘,是刘太太和了。秀珠嵌了白板,又碰了二筒,应该收小和钱;燕西正是赤足和,应该给秀珠的钱,因为回转头去和陈少奶奶讲牌经,把这事忘了。秀珠便问玉芬道:"玉芬姐,你几和?我是二十和。"玉芬笑道:"奇了!你不问打牌的,问我看牌的。多少和,我管得着吗?"秀珠道:"你输了钱,不给钱,打算赖帐,还是怎么着?"玉芬道:"我已派了代表,代表就有处理全权。要不然,我还要派代表做什么呢?"秀珠道:"不说那些个,你给我钱不给?"她两人一吵,燕西才知道了。对着牌说道:"我们八和,找十二和。"于是拿了四根筹码,送到秀珠面前。秀珠又对玉芬说:"你什么八和?我没瞧见。"玉芬道:"好啰嗦!我不是说了吗,我又不打牌,我怎知道牌多少和?我又不是邮政局,替人家传信的。你不愿意我在后面看牌,我不看,成不成?"说毕,玉芬一闪,就闪到陈少奶奶后面去了。秀珠没法。只好算了。

燕西一面理牌,一面想道:刚才只吃两铺下地,并没有碰,哪里来的八和?这时,陈少奶奶笑道:"七爷,你不找我的小和吗?"燕西一想,她实在倒是八和。便拿出一根大筹码,找两根小筹码回来。秀珠看见问道:"四嫂,你不是八和吗?怎样和人家要钱?"陈少奶奶笑道:"我的八和是特别加大的,他应当给我钱。"秀珠道:"我知道吗?这就是冤人。哪里有八和?是九和罢?"燕西借着这个缘由,哈哈大笑,说道:"哦!是我记错了。白小姐,对不住。"说着,又送了八根小筹码到秀珠面前。秀珠也不把眼睛望着燕西,口中叽咕着道:"真气人。"说时,把筹码使劲往怀里一掷。陈少奶奶对刘太太道:"他两人还是这样丁是丁,卯是卯的。我们猜他是一副轿杠,那真冤枉。"刘太太笑道:"你理他呢,这是故意做的假圈套儿。"秀珠先是鼓着脸,一点不笑,后来禁不住了,把胳膊枕着头,把脸藏起来笑。

燕西笑道："陈少奶奶，你今天带了多少钱来坐轿子？"陈少奶奶笑道："虽没带多少，输光了，可以打电话回去，叫家里再送来，那是够你们俩抬的了。"刘太太道："不要紧，我是上家，在轿子后面，多注意一点，就好了。"她一面说话，一面发牌。秀珠手快，就掀起墩上的牌来。一看，却是一张绿发，摸上来要成嵌，心里一喜。不料就在这一看的时间，燕西喊了一声碰，那一张绿发，被陈少奶奶摸去了，秀珠又不敢怒形于色，怕对门知道了，不打出来，只微微瞪了燕西一眼。及至刘太太再发牌，燕西二次又叫碰，秀珠道："这是怎么回事？到我面前就有人叫碰。这墩上的牌，我别上手了。"燕西知道秀珠是说他，也不做声。偏是事有凑巧，到了刘太太面前发出一张七筒，燕西对了，就可以和西风九筒的对倒。秀珠手上，一张八筒，一张九筒，正等着这张七筒吃。她连忙把八九筒放下来说道："我先吃起来，还有人碰吗？"

燕西这可为难了，不碰罢？对对和草一色两台牌，放着不定失了机会。碰了罢？连在秀珠面前碰三张，而且又夺去她要吃的边张，她一定要生气的。正在这踌躇未定之间，秀珠已打出牌来了。这个时候，燕西就是要叫碰，也来不及，只得算了。顺手在墩上一掏，掏了一张四个头的红中，没有拿起，就把它打出去了。下手陈少奶奶接上打了一张七筒，燕西才叫对。陈少奶奶嚷起来道："咦！这是怎么回事？刘太太打的，你不对，留着对我的。"燕西道："我刚摸起来一对呢。"陈少奶奶捡起桌上的红中，说道："七爷刚才摸的是这一张，我不知道吗？"燕西笑道："我说句老实话罢，因其接连在人家面前碰三张牌，我有些不好意思。"刘太太笑着对秀珠道："白小姐，你听听，这可是不打自招，真凭实据啦。"

秀珠这一看，倒是燕西真让了牌。笑道："也许是他忘了对呢。

他有那末好的事,见我吃了边张不碰吗?"秀珠这话,乃是其词若有憾焉,其实乃深喜之。玉芬笑道:"老七!怎么着?你不是输自己的钱,不心疼吗?我瞧瞧,你手上有些什么牌?"燕西怕她一瞧,越发露出马脚来了,连忙将四张牌向桌上一覆说道:"我已经落了空了。你别瞧,露出形色,就和不着的。"说话时,牌又一周,陈少奶奶啪的一声,打出那张绿发来。秀珠一翻牌和了。

玉芬乘燕西不提防,猛然将桌上四张牌拿起来一看,是一对西风,一对九筒,便嚷道:"这我真不依你了,把个两抬牌,白白扔了。你要是先对了七筒,秀珠妹妹吃不着她的八九筒,非拆了打出不可的,那不是早和了九筒吗?"玉芬一面将四张牌望桌上一摆。说道:"请你们大家瞧瞧,有这样子打牌的吗?"秀珠一看,果然燕西不碰七筒,乃是诚意相让,心里倒很是高兴。但是燕西做出这种不合法的事情,实在有些不好意思。将牌一推,站起身来就跑,口里说道:"我不干了,我不干了。"口里说,人已跑出屋子外面去了。玉芬笑着骂道:"我以为请了一个好帮手来了,原来是个汉奸呢。"

燕西也不听那些,低着头笑了出去。走进戏场,顶头又碰到王家的少爷王幼春。他笑道:"燕西,你什么时候来的?"燕西随口说道:"刚到。"王幼春用指头点着燕西道:"你怕拜寿,这个时候才来,对不对?"燕西红着脸道:"白天有事耽误了,赶不来,三家兄来了,还不能代表吗?"王幼春道:"他是女婿,他拜寿,是他本名下的事,你是世侄,不应该去行个鞠躬礼吗?"燕西道:"你说得有理,请你带我到上房去拜寿。"幼春笑道:"我跟你说着玩哩,我自己就怕这个,加上我们家里这些底下人,又是双料的浑蛋,整批到寿堂上去磕头。家父家母也只敷衍了一阵,就叫我在礼堂上拦住。刚刚打发他们下去,一些先到的少奶奶小姐,已经来了,我只好避开。

事后我一个人单独去磕头,又不成规矩,我索性也就含糊过去。自己也如此,何况亲戚?"燕西笑道:"这是你做儿子的人应该说的话吗?"王幼春道:"孝父母,只看你是真心,是假心,哪在乎这种虚伪的礼节上,我倒是说实话呢。走罢,瞧戏去。"他手挽着燕西,就走进戏场来。

燕西的目光,早射到了看楼上去,见清秋还端坐在以前的座位上,这边母亲和梅丽却走了,大概是赴席去了。王幼春见他对着楼上注意,便用手掌掩着半边嘴脸,对着他耳朵说道:"楼上有一位美人,你看见吗?"燕西皱眉道:"郑重一点罢。"王幼春道:"这个人你不能不看一看,你要不看,你今天算白来了。"燕西听说,有些不耐烦了,说道:"我要听戏,你别闹。"王幼春依旧笑道:"你早就说着要见一见我的达必留,她今天来了,我好意要介绍你看看,你倒不愿。"

燕西恍然大悟,连忙笑道:"我倒错怪了你。那人在哪儿?"王幼春用嘴向正面看台上一努,笑道:"那个穿淡红衣服的,披鹅黄绸巾的,剪着月牙式的头,皮肤白白的,脸子略微圆圆的。"燕西道:"我看见了,我看见了,你不要加上那多形容词了。"王幼春笑道:"怎么样?桃萼露垂,杏花烟润。加得上这八个字的考语吗?"燕西道:"你又在哪里找到这八个字的考语?"王幼春道:"你不要藐视我,我现在也念书了。那个人在中学毕业了,国文考第一。心想,我要不用功,明天结婚的时候,闹起三难新郎来,岂不要大相公的好看?"燕西道:"你这样一派不规矩的样子,仔细你夫人看了不高兴。"王幼春笑道:"不要紧,她知道我是很顽皮的,我这样子已经看惯了,不要紧的。"

燕西偷眼向台上一看,恰好清秋也正向楼下一看。她见了燕西,便站起身来,燕西会意,便对王幼春道:"我找点东西吃去,就来,你在这儿等着罢。"燕西走到后面,与清秋相遇。清秋道:"你和谁说话?老往台上望着。"燕西道:"你以为人家是看你吗?他是看他自己的爱人呢。"清秋笑道:"这分明是你胡诌的。"燕西道:"你为什么不信?你看他是对你那边望着,还是对正面望着?"清秋悄悄的道:"不要说话了。这里来来往往全是人,你到门口去开汽车过来等着我罢。"燕西听说,真个先走一步,将汽车找到了。

开到门口来,汽车夫将车门开了,清秋走上车去,燕西已先坐在车中了。清秋道:"你自己不会开车吗?"燕西道:"会开车。"清秋笑道:"你既然会开车,怎样不自己开车送我回去?这事我不愿意让汽车夫知道呢。"燕西道:"那要什么紧,我把车子送客,也不是一回,这有什么不能公开的?"清秋笑道:"我听说你会跳舞,一定女朋友很多罢?"燕西听说到这里,觉得自己一句话露了马脚,笑道:"从前是有这一种嗜好,但是觉得那种交际,是很无聊的。自从搬到你府上隔壁以后,对于那些舞女,早就生疏得多了。"清秋道:"那为什么呢?"燕西也问道:"你说为什么呢?"清秋微笑,也不肯言语。

说着话时,汽车开得很快。清秋对外面一望,快要到家了,便对燕西道:"你对汽车夫说,不要按喇叭。"燕西道:"就让令堂知道是我送你回来的,也不要紧。我看令堂对我很客气,并不讨厌。"清秋踢着脚道:"你还是叫他不要按喇叭,不然……"燕西不等她说完,便道:"你先不是说了吗?我早就分付他们了,你说的话,我没有办不到的,还用你说第二次吗?"清秋道:"那末,请你马上下车去,成不成?"燕西口里说了一个"成"字,就站起身来,要招呼汽车夫停车。清秋将手一拦,逼得燕西坐下。笑道:"坐下罢,别捣乱了。"

燕西道："我打算明后天到西山去玩一趟，想请你去一个，成不成？"清秋道："老远的，跑到西山去做什么？我不去。"燕西道："这个日子，西山太好玩了，为什么不去？一定要去的。"

一语未完，汽车已经到了清秋门口，停住了。汽车夫跳下车来，就去开车门。燕西一把握着清秋的手问道："去不去？"清秋急于要摆脱，只得说了一个"去"字，就下了车了。

第十三回

约指勾金名山结誓后　撩人杯酒小宴定情时

清秋下了车,将门叫开,一直走回自己屋子去。冷太太在屋里问道:"怎么到这时候才回来?"清秋道:"金家大小姐,带我看戏去了。"冷太太道:"在哪里看戏?"清秋道:"是她家的亲戚家里。咳!妈!不要提了,这两家房子,实在好!"冷太太笑道:"你不要说乡下人没有见过世面的话了。"清秋道:"金家那房子实在好,排场也实在足。由外面到上房里去,倒要经过三道门房。各房子里家具,都配成一色的。地下的地毯,有一寸来厚。"清秋一面说话,一面走到她母亲屋里来。

冷太太低头一看,只见她穿的那一双月牙缎子鞋,还没有脱下,上面还有两道黑印。便说道:"你上哪里去了,怎么把一双鞋弄脏了?"清秋低头一看,心里一想,脸都红了。便道:"我也不知道是怎么弄的?大概是听戏的时候,许多人挤,给人踏了一脚。"冷太太道:"他们阔人家里听戏,还会挤罢?"清秋道:"不是看戏坐着挤,大概是下楼的时候,大家一阵风似的出来,踏了我一脚了。"冷太太道:"你应该仔细一点穿,你穿坏了,叫我买这个给你,那是做不到的。"

清秋也没有再和她母亲分辩，回房换鞋去了。

　　到了次日，忽然发觉身上掖的那条新手绢，不知道到哪里去了？一条手绢丢了是不要紧的，可是自己在手绢犄角上，挑绣了"清秋"两个小字，让人家捡去了，可是不便。想起来，系在纽扣上，是系得很紧的，大概不至于失落，一定是燕西偷去了的。但是他要在我身上偷手绢，绝不是一刻工夫就偷去了。他动手为什么我一点不知道？清秋这样一想，也不管那手绢是不是燕西拿的，便私下对韩妈说："昨天我到金家去，有一条手绢丢在他家里，你去问金七爷捡着了没有？"韩妈道："一条手绢，值什么？巴巴的去问人，怪寒碜的。"清秋道："你别管，你去问就得了。"韩妈因为清秋逼她去问，当真去问燕西。燕西道："你来得正好，我要找你呢。我有一个字条请你带去。"韩妈道："我们小姐说，她丢了一条小绢，不知道七爷捡着了没有？"燕西笑道："你告诉她，反正丢不了。这字条儿，就是说这个事，你拿给她看，她就知道了。"

　　韩妈听说，信以为真，就把字条拿了回来。清秋道："手绢有了信儿吗？"韩妈将字条交给她道："你瞧这个，就知道了。"清秋一看，只见上面写道："游山之约，不可失信。明天上午十二时，我在公园等你，然后一路出城。"清秋看了，将字条一揉，揉成一个小纸团，说道："这又没提手绢儿的事。"韩妈道："七爷说，你瞧这个就知道哩。他不是说手绢，又说什么？"清秋顿一顿，说道："是些不相干的话，说昨天到他家里去，他家招待不周，不要见怪。"韩妈不认识字，哪知他们葫芦里卖什么药？也就不复再问。

　　清秋等她走了，把揉的那个纸团，重新打开，看了一看。心里一想，到西山去，来去要一天整的，骗着母亲说是去会同学，恐怕母亲不肯信，若是不去罢？又对燕西失了信。踌躇了好一会儿，竟不能决。

但是盘算的结果,赴约的心事,究竟战胜了她怕事的念头。

次日一早起来,就赶着梳头。梳好了头,又催着韩妈做饭。冷太太道:"你又忙什么,吃了饭要出去吗?"清秋道:"一个同学,邀我到她家里去练习算学。"冷太太见她如此说,也就不追问。一会儿吃了饭,清秋换了衣鞋,就要走。冷太太道:"你这孩子,有几件好衣服,就要把它穿坏了事。到同学家里去,何必穿这些好衣服?"清秋道:"你老人家都是这样想,有了衣服,留着不穿。可是到了后来,衣服不时新,又要把新的改着穿了。"冷太太道:"你要穿就穿起走罢,别说许多了。"

清秋坐车到了公园,早见燕西的汽车,停在门口,清秋走进去,遥遥的就见燕西在树林底下的路上,徘徊瞻望。他一看见,连忙迎上前来。笑道:"你才来,我可饿极了。"清秋道:"你怎样饿极了?"燕西道:"我没吃饭,等着你来吃饭呢。"清秋道:"你早又不告诉我,我已经吃了饭了。"燕西道:"吃了饭吗?你陪我到大餐馆里去吃点东西,成不成?"清秋道:"我吃了饭来的,我怎样又吃得下?"燕西道:"我这是痴汉……"说时,连忙把话忍住了。清秋笑道:"你就说我是丫头也不要紧。我看你们府上的丫头,都花朵儿似的,恐怕我还比不上哩。"说着,对燕西抿嘴一笑。燕西笑道:"不用着急。也许将来有法子证明你这话不确。走罢,我们去吃点东西。"清秋道:"我实在是不要吃了,陪你去坐一会儿得了。"

二人走到露台上,拣了一副座头。燕西便叫西崽递了菜牌子过来,转交给清秋看。清秋道:"我实在不吃。"燕西道:"不能吃,你就静坐在这里看我吗?"清秋道:"也罢,我吃一点果子冻。"燕西道:"不可,刚吃饱饭,不宜吃凉的。"于是叫西崽另送来一杯咖啡,放在她面前,自己一面自吃大菜。菜都吃完了,西崽送了一碟果子冻上来。燕西刚拿了茶匙,将那块冻下的半片桃子一拨,只觉一个沸热的东西,按在手背上。低头看时,乃是清秋将喝咖啡的那个小茶匙伸了过来。她笑道:"刚才你不要我吃冷的,为什么你自己吃起冷的来?"燕西笑道:"吃西餐是不忌生冷的。但是你不让我吃,我就不吃。"清秋道:"我也让你吃,你也让我吃,好不好?"燕西道了一想说道:"好,就是这样办。"于是将这碟子冻,送到清秋面前。清秋道:"你的给我,你呢?"燕西道:"我只要一点儿,你吃剩下的给我罢。"清秋用小茶匙划着一半冻子,低着头笑道:"这样有钱的大少爷,又这样省钱,舍不得请人另吃一碟。"燕西笑道:"可不是。不但省钱,我还捡人的小便宜呢。"

说时,在身上掏出一条手绢,向空中一扬。说道:"你瞧,这不是捡便宜来的呢?"清秋笑道:"你不提起,我倒忘了。你是怎样在我身上把手绢偷去的,我怎么一点也不知道?"燕西道:"岂但手绢而已哉?"清秋见他话中有话,也不往下问,只是用那茶匙去翻果子冻,一点一点向嘴里送。约摸吃了一半,将碟子一推,笑道:"太凉了。"燕西见她将碟子推开,顺手一把就将碟子拿了放在面前。清秋笑道:"你真那末馋,把它拿下去罢。"燕西不答,带着笑,一会儿工夫,把两片桃子,半块冻子,一阵风似的吃下去了。抬手一看手表,已是一点了。便问清秋道:"我们到香山?还是到八大处?还是到汤山?"清秋道:"谁到汤山去?那是洗澡的地方,就是香山罢。"

燕西会了饭帐,和清秋同坐了汽车,出了西直门,直向香山而来。到了山脚,燕西扶着清秋下了汽车,燕西问道:"我们先到旅馆里去,还是先在山上玩玩?"清秋道:"我们既然是来逛山的,当然先逛山。"燕西道:"你不怕累吗?"清秋道:"我们在学校里也常跑着玩,这点儿算什么?"说时,两人顺着石阶,上了一个小山坡。清秋负着那柄小绸伞,越走越往后垂,竟有负不起的样子。站在一个小坦地上,抽出手绢来揩汗。燕西顺手接过伞,笑道:"怎么样,觉得累罢?那边上甘露旅馆是很平稳的,上那边去罢?"于是燕西站在清秋身后,撑着伞,给她遮住太阳,向这边大道而来。走到甘露旅馆,靠着露台的石栏边拣了一副座头坐下。茶房送了茶来,燕西便斟了一杯放到清秋面前。清秋笑道:"为什么这样客气?"燕西笑道:"古人不是说,相敬如宾吗?"清秋端起茶杯来,呷了一口,却是没有做声。

燕西喝着茶,朝东南一望,只见山下青纱帐起,一碧万顷。左一丛右一丛的绿树,在青地里簇拥起来,里面略略露出屋角,冒着青烟。再远些,就是一层似烟非烟、似雾非雾的东西,从地而起,远与天接。燕西道:"你看,到了这里,眼界是多么空阔?常常得到这种地方来坐坐,岂不是好?"清秋笑道:"可惜生长这种地方的人,他领略不到。能领略的人,又没法子来。"燕西道:"为什么没法子来?坐汽车来也很快的,一个钟头,可以到了。"清秋笑道:"这是你少爷们说的话。别人家里,不能都放着汽车,预备逛山用罢?"燕西道:"我不是说别人,我是说你呢。"清秋道:"你说我,我有汽车吗?"燕西道:"你自然会有的。"清秋见他说到这句,抓了碟子里一把瓜子,放在面前,一粒一粒捡起来,用四颗雪白的门牙,慢慢的嗑着,心里可是极力的忍住了笑。

燕西又追着问道:"你想,我这句话在理吗?"清秋微笑,点着头道:"在理在理!我若不是有道法,可以变出一辆汽车来,就是做个女强盗,抢一辆来。"燕西道:"都不用,你自然会有。你看我这话对不对?"清秋笑道:"你这话,或者也对,或者也不对,我可不知道。"燕西道:"老实说了罢!我有汽车,就等于你有汽车。"

清秋听了，只是不做声。燕西说了这句话，似乎到了极点了，要怎样接着往下说，也是想不起来。于是两人相对默然，坐着喝了一会儿茶。燕西指着右边一片坦地，说道："那边的路很好走，我们到那里散步散步去。"清秋道："刚坐一会儿，又要走。"燕西道："那里有一道青溪，水非常的清，咱们看看鱼去。"说道，燕西已站起身来。清秋虽不大愿去，也不知不觉的跟着他走。

走到那溪边，一片树荫，映着泉水都成了绿色。东南风从山谷中穿来，非常的凉爽。靠着溪边，一块洁白的山石，清秋斜着身子，坐在石上，向清溪里面看鱼。燕西在石头下面，一块青草上坐了，两只手抱着膝盖，望着清溪里的水发呆。清秋的长裙，被风吹着，时时刮到他的脸上，他都不知道。半响，燕西才开口说道："我今天请你到香山来的意思，你明白吗？"清秋依旧脸望着水，只是摇摇头，没有做声。燕西道："你不能不明白，前天在王家花园里，我已经对你说了一半了。"说时突然站立起来，一只手牵着清秋的手，一只手在袋里摸出一个金戒指来。清秋回头一看，也站起来了。且不将那只被握的手夺回去，可是另伸出一只手，握住燕西拿戒指的那只手。燕西见她这样，倒是有拒绝的意思，实在出于不料。

清秋也不等他开口，先就说道："你这番意思，不在今日，不在前日，早我就知道了。可是我仔细想了一想，你是什么门第，我是什么门第？我能这样高攀吗？"燕西道："我真不料你会说出这句话，你以为我是假意吗？"清秋道："你当然是真意。"燕西道："我既然是真意，你我之间，怎样分出门第之见来？"清秋道："你既然对我有这番诚意，当然已无门第之见，但是你家老太爷、老太太，还有令兄令姊，许多人都没有门第之见吗？"清秋说完了，撒开手，便坐在石头上，拣着石头上的小砂子，缓缓的向水里扔，只管望着水出神。

燕西道："你这是多虑了。婚姻问题，是我们的事，与他们什么相干？只要你爱我、我爱你，这婚约就算成立了。况且我们家里，无论男女，各人的婚姻，都是极端自由的，他们也绝不会干涉我的事。"清秋道："我问你一句话，府上有人和贫寒人家结亲的吗？"燕西道："有虽然没有，可是也没有谁禁止谁和贫寒人家结亲呀！婚姻既然可以自由，那我爱和谁结婚，就和谁结婚，家里人是不能问的。况且你家不过家产薄弱一点，一样是体面人家，我为什么不能向你求婚？"清秋道："你说的话，都很有理，我不能驳你。但是我不敢说府上一致赞成。"燕西道："我不是说了吗？婚姻自由，他们是不能过问的。只要你不嫌弃我。这事就成立了。慢说他们不能不赞成，就是实行反对，他还能打破我们这婚约吗？你若是拒绝我的要求，就请你明说。不然，为了两家门第的关系，将我们纯洁的爱情发生障碍，那未免因小失大。而且爱情的结合，只要纯正，就是有压力来干涉，也要冒万死去反抗，何况现在并没有什么阻碍发生呢？"清秋坐在那里，依然是望着水出神，默然不做一声。

燕西又握着她的手道："清秋，你当真拒绝我的要求吗？是了，我家里有几个臭钱，你嫌我有铜臭气，我父亲我哥哥都做官，你又嫌我家是官僚，没有你家干净，对不对？"清秋道："我不料你会说出这种话来，这简直不是明白我心事的话了。"燕西道："你说怕我家里人反对。我已说了，不成问题。现在我疑你嫌我家不好，你又说不是。那末，两方都没有阻碍了，你为什么还没有表示？"清秋坐在石上，目光看着水，还是不做声，不过她的脸上，已经微微有点笑容了。

燕西紧紧的握着她的手，说道："你说，究竟还有异议没有？"

清秋笑着把脸偏到一边去,说道:"我要说的话,都已说了,没有什么可说的了。"燕西道:"你总得说一句,我才放心。"清秋道:"你叫我说什么呀?"燕西笑道:"你以为应该怎样说,就怎样说。"燕西越逼得厉害,清秋越是笑不可抑,索性抬起一只胳膊来将脸藏在袖子下面笑。燕西把她的胳膊极力的压下来,说道:"我非要你说一句不可。这样罢,省得我不好直说,你也不好直答,我说句英语罢。你不答应我,我今天就和你在这里站到天黑,由天黑站到天亮。"清秋把头一摆,笑道:"我不懂英文。"燕西道:"不要客气了,你真不懂吗?我就直说了。"于是一只手拿出戒指来,给清秋看了一看,问道:"清秋,你愿……"清秋不让他说完,连忙将手绢捂住燕西的口,笑道:"别往下说了,怪不中听的。"

燕西道:"这就难了。说英国语,你说不懂;说中国语,你又嫌不中听,就这样糊里糊涂,就算事吗?那末,这戒指戴的也没有缘由了。无论如何,我总要你说一句。"清秋道:"你实在是太麻烦,你就说句英文试试看。"燕西道:"我说了,你要不答应,我这话可收不转来。"清秋道:"我若是答应不来,怎么办呢?"燕西道:"很容易答应的,你只要说一个字,答应一个 yes 就行了。你说不说?"清秋笑道:"就说一个 yes 吗?这个总行的罢。"燕西道:"你不要装傻了,也不要难我了,我可说了,你可要答应。"清秋笑道:"当真光说一个 yes 吗?那或者行。"燕西道:"不要'或者'两个字,要光说'行'。"清秋笑道:"就不要'或者'两个字,你说罢。"

燕西于是将清秋的手举起一点儿来,他也微微的伸出无名指,意思是让她戴上戒指。燕西便道:"I love you?"清秋早是咯咯的笑起来,哪里还说得出话。燕西道:"怎么了,你不答应我吗?"清秋被他逼不过,只得点点头。燕西道:"你这头点得不凑巧,好像是说不答应我呢。"清秋道："别麻烦了,我是答应你那句英文呢。"燕西道："点头还是不成,你得口中答应才行。我再说过一句,你可得接上就答应。"正说时,遥见山脚下,有一群男女遥遥上山而来。清秋道："人来了,别闹了。"燕西道："人来了也不要紧,要你答应了,我给你戴上戒指。"于是又含着笑道:"I love you?"清秋笑着低了头,轻轻说道:"是的。"百忙下把那"yes"一个字,又忘记了。燕西手上拿的戒指,只微微一伸,戒指已经套上了。清秋连忙将手摆脱,离开石头站着。

燕西笑道："你答应了我的要求,我很感激你。但是我们还欠缺一点手续。因为自由的婚姻,应该完全仿着欧美的办法。他们的女子在允了婚以后,是要……"清秋道:"要什么?走,喝茶去罢。"燕西道:"爱情电影里面,他们一男一女,最后是怎么样?你知道吗?我们就是欠缺那一道手续。这一道手续不办完,什么事也可以不忙,别说喝茶。"说时,便抵住她的去路。清秋笑道:"我们赶快一点到旅馆里去罢,我口渴了,要喝茶呢。你瞧山底下的人,已经到面前来了。"

在此时间,那一班游客果然渐走渐近。清秋当着人,慢慢的走回原路,燕西没有法子,也只好一路到旅馆里来。清秋坐下,低头将戒指看了一看,于是对燕西道:"我有一句话说,你可别疑心。这事情,我母亲同意不同意,我是一点把握都没有,得慢慢的和她去说。在未和她说明以前,我这戒指暂时不能戴着。"燕西道:"那是自然。但是我看伯母的意思,对我并不算坏,绝不会不赞成的。"清秋道:"我也是这样想,不至于不赞成,这个我倒不担心。我最担心的,还是你那一方面。你上面有好几位老人家,又是大家庭,你回去一说，他们要知道是我这样一个人，一定舆论大哗起来，就是你，恐怕也受窘。"

燕西道："你总是这一点放心不下。我就斩钉截铁说一句，就让他们不赞成这一件婚事，我和母亲私下开谈判，请他给我们几万块钱到外国留学去。等我们毕了业回来，我们自己就可以撑持门户。那个时候，他们绝不能对我们怎样了。"清秋道："照你这样说，倒是很容易解决的。不过说起来容易做起来难。"燕西道："有什么难？我说要去留学，家里还能不给钱吗？只要他给钱，我们就随便什么时候，都可以走了。"清秋道："照你说，样样都有理。只是你将来能有这个决心吗？"燕西道："怎么没有？我能说出来，就能做出来。你尽管放心，不要怀疑，我若说了不能履行，就是社会所不齿的人，永不将'金燕西'三个字，和社会见面。"清秋笑道："你为什么发急？"燕西道："我不起誓你不相信，那有什么法子呢？"清秋笑道："这是你自己要这样，并不是我逼你的呀！"燕西道："这是我诚意的表示，非这样，你不能放心的。"清秋道："你不要提了，说别的罢。"

燕西道："我心里很快乐，仿佛得了一种可爱的东西一样，可是又说不出来，你也是这一样吗？"清秋抿嘴一笑。燕西道："我们吃点什么？"清秋道："你不是吃了饭出城的吗，怎样又要吃东西？"燕西笑道："我们似乎当喝一杯酒，庆祝庆祝。"清秋道："我可是什么也吃不下。"燕西道："坐在这里也是很无聊的，我们顺着山坡，到山上去玩玩。走饿了，回来再喝酒。"清秋道："我走不动。"燕西道："路很平的，而且也不远。"清秋笑道："我穿着这白缎子鞋，回头只剩光鞋底了。"燕西道："鞋子坏了，你要什么样的鞋子，我打一个电话到鞋庄上去，就可叫他们送到家来。值什么？"清秋道："不怕晒吗?"燕西道:"我们拣一个树荫坐下,不很凉快吗?"清秋道:"山上没人,怪冷静的。"燕西道:"游山自然是冷静的,难道像前门大街那样热闹吗?"清秋笑道:"我怎么样说,你怎么样答复,你总是对的。"燕西道:"并不是我说的完全就对,实在因为你问的是成心搅扰,所以我一说,你就没有法子回答了。别麻烦了,走罢。"于是燕西在前,清秋在后,两人一同走上山去。

这一去,一直过了好几个钟头,等到太阳偏西,方才回到原处。燕西道:"由山上走来走去,现该饿了,我们应当吃点东西罢?"清秋道:"你老要我吃东西做什么?"燕西道:"我不是说了吗?庆祝庆祝呀。"于是燕西叫茶房开了两客西菜,斟上两杯葡萄酒,和清秋对喝。清秋将手抚摩着杯子道:"这一大杯酒我怎样喝得下去?"燕西笑道:"你喝罢,喝不了再说。"说毕,将玻璃杯子对清秋一举。清秋没法,也只得将杯子举了一举。可是只把嘴唇皮对酒杯口上浸了一浸,就把杯子放下。燕西道:"无论如何,你得真喝一点。这种喝酒,是和酒杯接吻,我不能承认的。"清秋对燕西一笑道:"你说什么?"燕西笑道:"我没说什么,可是敬茶敬酒无恶意,你也不能怪我罢?"说毕,又举着杯子。清秋见他举了杯子,老不放下来,只得真喝了一口。

燕西道:"你那杯也太多了,我只剩小半杯呢,你倒给我喝罢。"便将清秋大半杯酒接了过来,向自己杯子里一倾,剩了一个空杯,然后再将自己杯子里的酒,分了一小半倒在那里面。清秋笑道:"这为什么,你发了呆吗?"燕西道:"酒多了,怕你喝不了,给你分去一点,不好吗?"于是将酒杯递给她道:"你喝。"清秋拿着那个杯子,她不肯喝,只是红着脸,笑嘻嘻的。燕西道:"你为什么不喝?"清秋道:"你心里不准又在那儿捣什么鬼呢?"燕西也笑道:"你知道就更好了,那是非喝不可的。"清秋道:"你这人说起来样样文明,为什么这一点,这样顽固?"燕西道:"我就是这样,文明得有趣,我就文明。顽固得有趣,我就顽固。"清秋见他说得这样顽皮,也就笑起来了。

这一天,他们一对未婚夫妇,在香山闹了一个兴尽意足,夕阳下山,方始进城。

第十四回

隔户听闺嘲漏传消息　　登堂难客问怒起风波

燕西回得城来，将清秋送到胡同口，且不进他那个别墅，自回家来。在书房呆了片刻，也坐不住，便到五姐六姐这里来闲谈，敏之笑道："老七，那位冷小姐，非常的温柔，我很喜欢她，你和她感情不错吗？"燕西道："我不是说了吗，我和她舅舅认识，和她不过是间接的朋友哩。"敏之道："你这东西，就是这样不长进。好的女朋友，你不愿和她接近。狐狸精似的东西，就是密友了。"

润之正躺在一张软椅上看英文小说。笑道："那个姓冷的女子？我向来没听见说。"燕西道："是我新交的朋友呢。你问五姐，那人真好。她不像你们，专门研究外国文学的。她的国文，非常好，又会作诗。"润之笑道："听见母亲说，你在外面起了一个诗社呢。刚学会了三天，又要充内行了。"燕西道："我又不是说我会作诗，我是说人家呢。她不但会作诗，而且写得一笔好小字。"润之道："据五姐说，那人已经是长得很好了。而今你又说她学问很好，倒是一个才貌双全的女子了？"燕西道："在我所认识的女朋友里面，我敢说没有比她再好的了。"润之道："无论怎样好法，不能比密斯白再好罢?"燕西道:"我不说了,你问问五姐看,秀珠比得上人家十分之一吗?"

敏之还没答话,只听门外一阵笑声,有人说道:"这是谁长得这样标致?把秀珠妹妹比得这样一钱不值。"在这说话声中,玉芬笑着进来了。润之笑道:"老七新近认识了一个女朋友,他在这里夸口呢。"燕西连忙目视润之,让她别说,但是已经来不及了。玉芬道:"这位密斯姓什么,能告诉我吗?"燕西道:"平常的一个朋友,你打听她做什么?告诉你,你也不认识她。"玉芬道:"因为你说得她那样漂亮,我不相信呢。我们秀珠妹妹,我以为就不错了,现在那人比秀珠好看十倍,我实在也想瞻仰瞻仰。"敏之知道了她为表姊妹一层关系,有些维护白秀珠,不可说得太露骨了。笑道:"你信老七胡扯呢。也不过是一个中学里的女学生,有什么好呢?他因为和密斯白怄了一场气,还没有言归于好,所以说话有些成心损人。"玉芬道:"真有这样一个人吗?姓什么,在哪个学堂里?"燕西怕敏之都说出来,不住的丢眼色。敏之只装不知道,很淡然的样子,对玉芬说道:"我也不详悉她的来历,只知道她姓冷而已。"

玉芬是个顽皮在脸上、聪明在心里的人,见他姊弟三人说话遮遮掩掩,倒实在有些疑心。燕西更是怕她深究,便道:"好几天没听戏了,今天晚上不知道哪家戏好,倒想听戏去。"玉芬笑道:"你是为什么事疯了,这样心不在焉。前天听的戏,怎样说隔了好几天?"燕西道:"怎么不是好几天,前后有三天啦。"

玉芬对他笑了一笑,也不再说。便问敏之道:"上次你买的那个蝴蝶花绒,是多少钱一尺?"敏之道:"那个不论尺,是论码的,要十五块钱一码呢。那还不算好,有一种好的,又细又软又厚,是梅花点子的,值三十块钱一码。"玉芬道:"我不要那好的。"敏之道:"既然要做,就做好的,省那一点子钱算什么?"玉芬道:"我不是自己做衣服,因为送人家的婚礼,买件料子,配成四样。"敏之道:"送谁的婚礼?和我们是熟人吗?"玉芬道:"熟人虽然是熟人,你们不送礼,也没有关系,是秀珠妹妹的同学黎蔓华。说起来,倒是有一个人非送不可。"说着,将手向燕西一指。

燕西道:"我和她也是数面之交。送礼固然也不值什么,不送礼,也很可以说得过去。"玉芬道:"说是说得过去。不过她因为秀珠的原故也要下你一份帖子。人家帖子来了,你不送礼,好意思吗?"燕西道:"我想她不至于这样冒昧下我的帖子,就是下了帖子,我不送礼也没关系。"玉芬道:"你是没有关系,但是秀珠妹妹有脸见人吗?"燕西道:"你这话说得很奇怪了,我不送礼,她为什么没有脸见人?"玉芬道:"老七,我看你和秀珠,感情一天比一天生疏,你真要和她翻脸吗?"燕西冷笑道:"这也谈不到翻脸。感情好,大家相处就亲热些。感情不好,大家就生疏些,那也没有什么关系。"敏之见燕西的词色,极是不好,恐怕玉芬忍受不了,便笑道:"你别理他,又发了神经病了。"

玉芬心里明白,也不往下再说,谈了些别的事情,就回房去了。只见鹏振躺在床上,拿着一本小说看。玉芬道:"你瞧这种懒样子,又躺下了。"说时,将鹏振手上的书夺了过来,往地下一掷。鹏振站起来笑道:"我又招你了?"玉芬道:"你敢招我吗?"鹏振便拍着她的肩膀笑道:"又是什么事不乐意,这会子到我这儿来出气?"玉芬将身子一扭,说道:"谁和你这样嬉皮笑脸的?"鹏振道:"我这就难了。理你不好,不理你又不好。这不知是谁动了咱们少奶奶的气,我非去打他不可。"说着,摩拳擦掌,不住的卷衫袖,眼睛瞪着,眉毛竖着,极力的抿着嘴,闭住一口气,做出那打人的样子。

玉芬忍不住笑，一手将他抓住，说道："得了罢，不要做出那些怪样子了。"鹏振道："以后不闹了吗？"玉芬道："我闹什么？你们同我闹呢。"鹏振道："到底是谁和谁闹别扭，你且说出来听听？"玉芬道："实在是气人！叫我怎么办？"鹏振道："什么事气人，你且说出来听听？"玉芬道："还有谁？不就是你家老七。"鹏振道："你和他小孩子一般见识。不是找气受吗？"玉芬道："说起来倒和我不相干。"鹏振道："这就奇怪了。和你不相干，要你生什么气？"玉芬道："我也是路见不平，拔刀相助罢了。"于是便将燕西和白秀珠丧失感情的话，略微对鹏振说了一遍。

鹏振皱着眉道："嘻！你管得着他们这些事吗？"玉芬道："怎么管不着？秀珠是我的表妹，她受了人家的侮辱，我就可以出来说话。"鹏振道："就是老七，也没什么事侮辱她呀！"玉芬道："怎么不算侮辱，要怎样才算侮辱呢？他先和秀珠妹妹那样好，现在逢人便说秀珠妹妹不是。这种样子对吗？"鹏振道："老七就是这样喜好无常，我想过了些时，他就会和密斯白言归于好的。"玉芬道："人家秀珠妹妹，不是你老七的玩物，喜欢就订约订婚，闹得不亦乐乎。不喜欢扔在一边，让他气消了再言归于好。你们男子都是一样的心肠，瞧你这句喜好无常的话，就不是人话。爱情也能喜好无常、朝三暮四的吗？"

鹏振笑道："好哇！你同我干上了。"玉芬也笑道："不是我骂你，把女子当玩物，你们男子都是这一样的心思。"鹏振笑道："这话我也承认。但是你们女子自己愿做玩物，就怪不得男子玩弄你们了。就说你罢，穿的衣服，一点儿不合适，你就不要穿。"说时，指着玉芬身上道："你身上穿的纱袍子，有名字的，叫着风流纱，这是解放的女子，应该穿的吗？"玉芬道："这是一些混帐男子起的名字。这白底子,加上淡红柳条,不见得就是不正经。若说纱薄一点,那是图凉快呀。"鹏振道:"这话就算你对了。你为什么在长衣服里要缚上一件小坎肩?"玉芬笑道:"不穿上坎肩,就这样挺着胸走,像什么样子呢?"鹏振道:"缚着胸,有害于呼吸,你不知道吗?因为要走出去像样子,就是肺部受害,也不能管。这是解放的女子所应当做的事吗?"

玉芬道:"别废话了!谁和你说这些。"鹏振笑道:"我告诉你罢,天下万物,大半都是雄的要好看,雌的不要好看,只有人是反过来的,因为一切动物,不论雌雄,各人都有生存的能力,谁不求谁。那雄性的动物,要想做生殖的工作,不得不想法子,得雌性的欢心。所以无论什么禽兽都是雄的羽毛长得好看,雌的羽毛长得不好看。甚至于一头蟋蟀儿,也是雄的会叫,雌的不会叫。人就不然了。天下的男子,他们都会工作,都能够自立。女子也不能工作,也不能自立,她们全靠男子养活。要男子养活,就非要男子爱她不可。所以她们极力的修饰,极力的求好看。请问,这种情形之下,女子是不是男子的玩物?"鹏振越说越高兴,嗓子也越说越大。

他的二嫂程慧厂,正由这院子里经过。听见鹏振说什么雌性雄性的话,便一闪闪在一架牵牛花下,听他究竟说些什么?后来鹏振说到什么女子全靠男子养活,什么女子是男子的玩物,禁不住搭腔道:"玉妹,老三这话侮辱女子太甚了,你能依他吗?"鹏振道:"二嫂,进来坐坐。我把这理,对你讲一讲。"程慧厂知道他夫妻两人感情很好,常常是在一处闹着玩的。他们吵这样不相干的嘴,也就懒进去,笑了一声,便走了。

也是事有凑巧,次日是一个光明女子小学在舞台开游艺会的日子。慧厂是个董事,当然要到。在戏园子里,又碰到白秀珠。秀珠笑道:

"二嫂真是个热心公益的人,遇到这种学校开会的事情,总有你在内。"慧厂笑道:"起先我原替几个朋友帮忙,现在出了名,我就是不到,他们就也要找我的,'热心公益'四个字,我是不敢当。像我家老三对令表姐说:女子是男子的玩物,这一句话,我总可以推翻了。"秀珠道:"他两人老是这样闹着玩的。"慧厂眉毛一扬,笑道:"你将来和我们老七,也是这样吗?"秀珠道:"二嫂是规矩人,怎么也拿我开心?"慧厂笑道:"我这样是规矩话呀。"说毕,慧厂自去忙她的公务。

秀珠也是一时的高兴,回家之后,打了一个电话给王玉芬,先笑着问道:"你是金三爷的玩物吗?"玉芬道:"怪呀!你怎样知道这个典故?"秀珠道:"我有个耳报神,你们在那里说,耳报神就早已告诉我了。"玉芬道:"你还提这个呢,这话就为你而起。"秀珠道:"怎样为我而起?我不懂,你说给我听听。"玉芬随口把这句话说了出来,没有想到秀珠跟着要追问,这时后悔不迭,便道:"算了罢,不相干的话,说着有什么趣味?"秀珠道:"你夫妻俩打哈哈,怎么为我而起,这话我总得问问。"玉芬被她逼得没法,只得说道:"这事太长,在电话里不好说,哪天有工夫你到我这儿来,我慢慢的告诉你罢。"

秀珠是个性急的人,忍耐不住,次日便到金家来了。一进门,就见一辆汽车停在门口,梅丽挟着一包书,从车上下来。秀珠便叫道:"老八刚下学吗?"梅丽回头一看,笑道:"好几天不见哩,今天你来好极了,我约了几个人打小扑克你也加入一个。"秀珠笑道:"你们一家人闹罢,肥水不落外人田,别让我赢去了。"梅丽对秀珠望着,将左眼眨了一下,笑道:"你不是我一家人吗?就让你赢了去了,也不是肥水落了外人田啦。"秀珠笑道:"你这小东西,现在也学会了一张嘴。我先去见你三嫂,回头再和你算帐。"梅丽笑道:"我不怕。我到六姐那里去补习法文,你到那里去找我得了。"谈毕,梅丽的皮鞋,嘚嘚的响着,已跑远了。

秀珠且不追她,她便一直来会玉芬。恰好是鹏振不在家,玉芬站在窗台边,左肩上撑着一柄凡呵零,眼睛看着窗台上斜摆的一册琴谱,右手拿着琴弓,有一下没一下的拉着,咿咿呀呀,非常难听。秀珠轻轻的走到她身后,在她腰上胳肢了一下。玉芬身子一闪,口里不觉得哎呀了一声,凡呵零和琴弓都扔在地下。回头一看,见是秀珠,一只手撑着廊下的白柱子,一只手拍着胸道:"吓死我了,吓死我了!"秀珠倒是拍着手,笑得前仰后合。玉芬指着秀珠道:"你这东西,偷偷摸摸的来了,也罢了,还吓我一大跳。"秀珠笑道:"你胆子真小,我轻轻的胳肢你一下,你会吓得这个样子。"玉芬道:"冒冒失失的,有一个东西戳了一下,怎样不吓倒。"秀珠笑道:"对不住,我来搀你罢。"于是要来扶玉芬进去。玉芬将身子一扭,笑道:"别要滑头了。"说时,捡起了凡呵零,和秀珠一路进屋子去。

玉芬道:"今天天气好,我要来找你,上公园玩玩去,恰好你就来了。"秀珠道:"我倒不要去玩。可是昨天你在电话里说的话,我听了心里倒拴了一个疙瘩,究竟为什么事?要求你告诉我。"玉芬一想,万万抵赖不了,只得将燕西和敏之、润之说的话,一一对她说了。便道:"你也不必生气。我想老七知道我和你是表姊妹,故意拿话气我,让我告诉你。你要真生气,倒中了他的计了。"秀珠淡淡的一笑,说道:"我才管不着呢。他认识姓冷的也好,认识姓热的也好,那是他的行动自由,我气什么?"玉芬道:"刚才我还听见他的声音,也许还在家里。你若看见他,千万别提这个。不然,倒像我在你两人中间,搬弄是非似的。"秀珠道:"自然我不会和他说。梅丽在敏之那里,还叫我去呢。"

说毕,便向敏之这边来。果然敏之和梅丽两人坐在走廊下的吊床上。梅丽手上捧着一本法文,敏之的手指着书,口里念给她听。敏之一抬头,见秀珠前来,连忙笑道:"稀客!好久不见啦。"迎上前来,一只手握着秀珠的手,一只手扶着她的肩膀。秀珠笑道:"也不算稀客,顶多有一礼拜没来罢了。"敏之道:"照理你就该一天来一趟。"秀珠道:"一天来一趟,那不但人要讨厌,恐怕府上的狗也要讨厌我了。"敏之且不理她,回转脸对屋子里说道:"老七,客来了,你还不出来?"

这时燕西坐在屋子里,正和润之谈闲话,早就听见秀珠的声音了。他心想着,秀珠说些什么?暂不做声。这时敏之叫他出来,他只得笑着出来,问秀珠道:"什么时候来的?我一点不知道。"秀珠见他出来,早就回过脸去。这时候他问话,秀珠就像没有听见一般,问梅丽道:"你不说是打扑克吗?怎么没有来?"梅丽道:"人还不够,你来了就可以凑上一局了。"燕西见秀珠不理,明知她余愤未平,也不在意,依旧笑嘻嘻的站在一边,绝没有料到和玉芬闲谈的话,已经传入她的耳朵。

秀珠一面和敏之姊妹说话,一面走进屋子去。润之也迎上前来,秀珠见润之手上拿着一叠小小的水红纸,便问道:"这颜色很好看,是香纸吗?"润之便递给她道:"不是,你瞧瞧。"秀珠接过一张来一看,那纸极薄,用手托着,隔纸可以看见手纹,而且那纸像棉织物一般,握在手上非常柔软。那纸上偏有很浓厚的香料,手一拿着就沾了香气。秀珠道:"这纸是做什么用的?我却不懂。绝不是平常放在信封里的香纸。"润之道:"这是日本货,是四姐姐在东京寄来的。你仔细看,那上面不是有极细的碎粉吗?"秀珠道:"呵,这是粉纸,真细极了。"

润之道:"街上卖的那些粉纸叠又糙又厚,真不讲究。还有在面子上印着时装美人像的,看见真是要人作呕。你看人家这纸是多么细又是多么美观,它还有一层好处,就是这粉里略略带一点红色。擦在皮肤上,人身上的热气一托,就格外鲜艳。我想这种纸若是在夹衣服里,或者棉衣服里铺上一层,那是最好。一来,可以隔着里面,不让它磨擦;二来,有这种香味藏在衣服里,比洒什么香水,放什么香精,要强十倍。因为那种香是容易退掉的。这种香味藏在衣服里面,遍身都香。比用香水点上一两滴,那真有天渊之隔了。"

一番话说得秀珠也爱起来了。便问润之有多少,能否分一点儿用用?润之把嘴向燕西一努,笑道:"恐怕有一两百张哩。"燕西果然有这个纸不少,但是他也受了润之的指教,要做一件内藏香纸的丝棉袍子,送给清秋。而且这种计划,也一齐对清秋说了。估量着,那纸面积很小,除了一件衣服所用而外,多也有限。现在润之教秀珠和他要,又是一件难办的事。说道:"有是有,恐怕不够一件衣服用的了。"润之道:"怎么不够?有一半就成了。"燕西道:"你以为我还有那多么?我送人送去了一大半呢。"润之道:"不管有多少,你先拿来送给密斯白罢。我做衣服多了,再送给你。好不好?"燕西笑道:"你倒会说话,把我的东西做人情。"润之道:"怎么算是把你的东西做人情?你没有了,我还要送你啦。再说以你我二人和密斯白的关系而论,你简直谈不到一个'送'字,只要你有密斯白她就能随便的拿。"燕西听了只是微笑,秀珠却板着脸不做声。

润之道:"怎么样?你办得到吗?"燕西笑道:"这又不是什么大问题,为什么办不到?"秀珠道:"六姐还是你直接送我罢,不要这样三弯九转。"润之笑道："我看你两人闹着小别扭,还没有平息似的,这还了得!现在你两人,一个姓金,一个姓白,就这样闹啦。将来……"秀珠不等润之说完,抢上前一步,将手上的手绢捂住润之的嘴,先板着脸,后又笑道："以后不许这样开玩笑了。"敏之道："我以大姐的资格,要管你二人一管,以后不许再这样小狗见了猫似的,见面就气鼓鼓的。"燕西道："我不是小狗,也不是小猫,我就没对谁生气。"秀珠这才开口了,说道："那末,我是小狗,我是小猫了?"燕西道："我没敢说你呀。"敏之道："别闹了。无论如何,总算是老七的不对。回头老七得陪着密斯白出去玩玩,就算负荆请罪。"秀珠道："他有那个工夫吗?"燕西笑了一笑,没有做声。秀珠道："玩倒不必,我请七爷到舍下去一趟,成不成?"燕西还没有说话哩,敏之、润之同声说道："成,成,成!"燕西道："请你在这里等一会儿,我去拿那个香粉纸。"

燕西走了,敏之笑道："密斯白,我看老七很怕你的。这东西现在越过越放荡起来,没有你这样去约束,也好不起来的。"秀珠道："你姊妹几个总喜欢拿我开玩笑。现在我要正式声明,从今天以后什么笑话都可以说,惟有一件,千万不要把我和燕西牵涉到一处。"润之笑道："那为什么?"秀珠道："你等着罢!不久就可以完全明了的。"敏之笑道："等着就等着罢,我们也愿意看的。"梅丽笑道："我又要说一句了。人家说话,你都不愿和七哥牵在一处,为什么你倒要和七哥常在一处玩呢?"敏之、润之都笑起来了,秀珠也没有话说。他们在这里说笑,不多一会儿,燕西已来了。说道："走罢,我这就送你去。"秀珠起身告辞,和燕西走出大门。

燕西的汽车,正停在门口,二人一路上车,便向白家来。到了白家,秀珠在前引着,一直引他到书房里坐着。秀珠的哥哥白雄起,上前和燕西握手，笑道："忙人呀，好久不会了。今天是什么风，把你吹来了？"秀珠道："就是今天，还是再三请来的呢，有哪样大的风，把他刮得动吗？"燕西只是含着笑，坐在一边，不能做声。白雄起陪着他们在一处谈了一会儿，便站起来说道："我要到衙门里去一趟，燕西兄弟请坐一坐，在我这里吃晚饭去，一刻我就赶回来陪你。"燕西道："你有事请便罢，我到里面去陪嫂嫂坐坐。"

原来白雄起他是一个退职的师长。现在在部里当了一个欧洲军事调查会的委员，又是一个大学校的军事学教授。虽然是个武人，留学德国多年，人是很文明的。他的夫人是日本人，又是一个文明种子，不受礼教束缚的。他夫妇二人，赞成外国的小家庭制度，家里除了秀珠而外，没有别人。可是有一层德国风气，是极朴实的，日本风气，又极节俭。白雄起染了德国的风气，白太太也不失掉她祖国的遗传性。因此白家虽还有钱，家庭只谈到洁净整齐，绝没有什么繁华的习气。白秀珠自小就在和灵女学校读书，那个学校，是美国人办的，学生完全是小姐，在学校里大家就拼着花钱。中学毕业而后，除了一部分同学升学和出洋而外，其余的不是阔太太阔少奶奶，便是交际明星。因此秀珠的习气，受了学校的教育和同学的熏染，一味奢华，与兄嫂恰恰相反。他们是文明家庭，白雄起当然不能干涉妹妹。加上老太太很疼爱这个小姐的，每年总要在江南老家汇个两千块钱，来给秀珠用，雄起津贴有限。至于秀珠个人的婚姻或交际问题，更是不为顾问。后来秀珠和燕西交情日深，白太太因为可以和总理结亲，正合了日本人力争上游的个性，尤其是极力的赞成。

这时秀珠引燕西到上房里来，白太太正拿着一柄喷水壶，在院子里浇那些盆景。一眼看见燕西，丢了喷水壶，就在院子里向燕西行礼不迭,使了她贵国的老着,两只手按着大腿,深深的一个鞠躬。笑道:"请屋里坐。"燕西道:"请你叫听差到我汽车上去把我一个手绢包拿来。那里面还有贵国带来的东西呢。"白太太笑道:"敝国的东西,那我倒要看看。"他们三人进了屋内,听差将手绢包取来,打开一看,却是一包樱桃色的香纸,白太太笑道:"这是小姐用的东西,我们都好多年没用过了,怎么七爷有这个?"燕西笑道:"我正是拿来送你家大小姐的。"秀珠笑道:"你暂且别把这个送我,凭着我嫂嫂在这里,我有一句话问你,请你明白答复。"燕西见她还含着笑容,倒猜不出她有什么用意,笑道:"请你说,只要我知道的,我当然可以明白答复。"秀珠道:"自然是你知道的,你不知道的,我问你有什么用处呢?我先问你一句,你女朋友里面,有没有一个姓冷的?"

燕西万不料她会问出这一句话,自己要说一句,却又顿了一顿。笑道:"不错,有一个姓冷的。"秀珠道:"还好,你肯承认。那人长得怎么样,十分漂亮罢?"燕西看她脸上的颜色,虽然还像有些笑意,已是矜持得很。逆料她的来意不善,自己本来已有把握,也绝不会因这样就说假话,也笑道:"这话很难说。在我看来很漂亮,或者别人看她并不漂亮呢。"秀珠道:"在你看怎么样呢?"燕西笑道:"在我看吗?总算是漂亮的。"秀珠道:"自然啦,否则你和她的感情也不会那样深。可是你尽管说别人好,不应该把我拉在里面,和人家打比。你当面说我无论怎样,我不恼。你在背后说我,你的态度就不光明。"燕西冷笑道:"你叫我到你府上来,原来是教训我啊。"秀珠道:"怎么是教训你?我们是朋友,你有话可以问我,我有话也可以问你。"燕西道:"你这种口吻,是随便的问话吗?嫂嫂在这里,请她说一句公正话。"

白太太先还认为他们说着好玩,现在看见不对,便道:"开玩笑就开玩笑,为什么生气?"秀珠道:"并不是生气,我实在太受屈……"说到一个"屈"字,嗓子已经哽了。不知不觉,在脸上坠下两行泪珠。燕西看见这种情形,心里未免软下了大半截,说道:"这事真是奇怪,好好的怎么生起气来?这时候我不说什么,越说你越要生气的。我暂且回去等你气消了,我再来。"于是把那一包香纸,笑嘻嘻的送到秀珠手上。秀珠听说要走,越发有气。见他将香纸拿过来,接着就在屋里往院子外一扔,那纸质极其轻,而且一张一张相叠,一叠一叠相压,不过是些彩纸相束。现在她用力一掷,纸条断了,那些纸一散,便扔不出去。不但扔不出去,并且那纸随风一扬,化作了许多的水红色的蝴蝶在空中乱飞。

到了这时,燕西实在忍不住了,冷笑道:"你这是何苦?官也不打送礼的。我好意送你的东西,你倒这样扫我的面子。"秀珠道:"这就算扫你的面子吗?你在人面前,数长数短,说我的坏处,那怎样说呢?这就算我扫你的面子罢,我还是当面和你吵,你却在我背后,骂我这样那样,你说一说,这是谁的态度公正?"燕西道:"不错!是你的态度公正,我的态度暧昧,算我是个举鄙小人,你不要和我交攀,成不成?好!从此以后,我们永远断绝关系。"秀珠道:"永远断绝关系,就永远断绝关系。"说毕,抽身一转,就走开了。

白太太见了这种情形,真是吓慌了。连忙拦住燕西道:"七爷,你别生气,大妹她还没有脱小孩子气,你不要和她一般见识。"燕西道:"嫂子,你看她对于我是怎么样?我对她又是怎么样?"白太太道:"我都看见了,完全是她没有理。回头雄起回来了,我对雄起说一说,教他劝说大妹几句,我想大妹一定会后悔的。"燕西道:"那也不必。反正是我的不是,我以后避开她,和她不见面,这事也就过去了。"

正说着，只见秀珠端着一个小皮箱气愤愤的跑了出来。她急忙忙的将箱子盖一掀，只见里面乱哄哄的许多文件。秀珠在里面一阵寻找，寻出几叠信封，全是把彩色丝线束着的。全拿了出来，放在燕西面前。燕西一看那些信，全是两人交朋友以来，自己陆陆续续寄给秀珠的。彼此原已有约，所有的信，双方都保存起来，将来翻出来看，是很有趣味的。现在秀珠将所有的信，全拿出来，这分明是消灭从前感情的原故。却故意问道："你这什么意思？"秀珠道："你不是说，我们永远断绝关系吗？我们既然永远断绝关系，这些信都是你写给我的，留在我这里，是一个把柄，所以全拿出来退还你。所有我寄给你的信，你也保留不少，希望你也一齐退还我，彼此落一个眼前干净。"燕西道："不保留，把它烧了就得了，何必退还。"秀珠道："我不敢烧你的信，你要烧，你自己拿回去烧。"白太太就再三的从中劝解，说道："这一点小事，何至于闹得这样？大妹，你避一避罢。"说时，把秀珠就推到旁边一间屋里去，将门带上，顺手把门框上的钥匙一套，将门锁起来了。笑道："那里面屋子里，有你哥哥买的一部小说，你可以在里面看看。"燕西道："嫂子，那何必，你让我避开她罢。"说时，起身就要走。

秀珠见他始终强项，对于自己这样决裂的表示，总是不稍稍转圜，分明一点儿情意没有。便隔着喊道："燕西，你不要走，我们的事，还没有解决。"燕西道："有什么不解决？以后我们彼此算不认识，就了结了。"秀珠要开门，一时又打不开来，回头一看，壁上挂着她哥哥的一柄指挥刀。她性子急了，将指挥刀取了下来，对门上，就是一阵乱打。燕西已经走到院子里了，只听见一阵铁器声响，吓了一跳。恰好那屋子里的玻璃窗纱，已经掀在一旁。隔着玻璃，远远的望见秀珠拿着一柄指挥刀，在手中乱舞。燕西吓慌了，喊道："嫂子嫂子，刀！刀！快快开门。她拿着一把刀。"白太太在外面屋子里也听见里面屋子刀声响亮。拿着钥匙在手上，塞在锁眼里，只是乱转，半天工夫，也没有将门打开。

　　本来那门上，有两个锁眼，白太太开错了。这样一闹，老妈子听差，都跑来了。一个听差，抢上前一步，接过钥匙才将门打开。秀珠闪在一旁，红着脸，正在喘气。不料这门他开得太猛些，往里一推，秀珠抵制不住，人往后一倒。桌子一被碰，上面一只瓷瓶，倒了下来，哗啦一声，碰了一个粉碎。白太太慌了，急着喊道："怎么了？"抢上前，就来夺秀珠的指挥刀。说道："这个事做不得的，做不得的。"秀珠拿着指挥刀，原是打门，她嫂嫂却误认为她是自杀。秀珠看着面前人多，料也无妨，索性举起指挥刀来，要往脖子上抹。白太太急了，只嚷救命。两三个听差仆妇，拥的拥，抱的抱，抢刀的抢刀，好容易才把她扶到一边去。

　　秀珠偷眼一看燕西，在外面屋子里，靠着一把沙发椅子站定，面色惨白，大概是真吓着了。秀珠看见这样，越发是得意。三把鼻涕，两把眼泪，哭将起来。在秀珠以为这种办法，可以引起燕西怜惜之心，不料越是这样，越显得泼辣，反而教燕西加上一层厌恶。白太太到里面劝妹妹去了，把燕西一个人扔在外面屋子里，很是无趣，他也就慢慢的走将出来，六神无主的坐着汽车回家。

第十五回

盛会伴名姝夫人学得　令仪夸上客吉士诱之

燕西到了家，把这事闷在心里，又觉着搁不住，便把详细的情由，一五一十对敏之、润之谈了。敏之道："怪道她要你送她回家，却是要和你办交涉。但是这事也很平常，用不着这样大闹。我不知道你们私下的交涉，是怎样办的？若照表面上看来，你两人并没有什么成约似的。"燕西道："我和她有什么成约？全是你们常常开玩笑，越说越真，闹得她就自居不疑，其实我何尝把这话当做真事。"润之笑道："你也不要说那种屈心话，早几个月，我看你天天和她在一处玩，好像结婚的日子，就在眼前一般。所以连母亲都疑惑你有什么举动。到了近来，你才慢慢和她疏远。这是事实，无可讳言的。"燕西道："你这话我也承认，但是我和她认识以来，并没有正式和她求婚，不过随便说一说罢了。"

敏之道："亏你说出这有头无尾的话。我问你，怎样叫正式求婚？怎样叫随便说说？别的什么还可以随便说，求婚这种大事，也可以随便吗？你既然和她说了那话，就是你和她有了婚约。"燕西被两个姐姐一笑，默然无语。敏之道："你们既闹翻了，你暂且不要和这人见面。"说着,把三个指头一伸。润之道:"那也是。玉芬嫂和她的感情极好,我看这次的是非,都是由她那里引出来的。"敏之目视润之道:"我想人家也未必愿意生出是非来,你不要多说了。"

燕西坐了一会儿,只觉心神不安,走出门来,顶头碰到阿囡。她一把揪住燕西衣服,笑道:"七爷,请求你一件事情,你可愿意替我办?"燕西道:"什么事,你又想抽头?"阿囡笑道:"七爷说这话,倒好像跟我打过好多回牌似的。"燕西道:"我想你没有什么事要求我的。"阿囡道:"我想请七爷给我写一封信回家去。"燕西道:"五小姐六小姐闲着在屋里谈天呢,你不会找她们。"阿囡道:"我不敢求她们写,她们写一封信,倒要给我开几天玩笑。"燕西道:"你写信给谁?"阿囡红着脸道:"七爷给我写不给我写呢?"燕西见她眉飞色舞,半侧着身子,用手折了身边的一朵千叶石榴,搭讪着,把花揉得粉碎。便觉阿囡难操侍女之业,究竟是江苏女子,不失一派秀气。他这么一想,把刚才惹的一场大祸,便已置之九霄云外,只是呆呆的赏鉴美的姿势。阿囡见他不做声,问道:"怎么着?七爷肯赏脸不肯赏脸呢?"说这话时,她觉不好意思。燕西赏鉴美的姿势,不觉出了神。阿囡也不知道他为了什么发呆,只得又重问一声。

燕西笑道:"你不说,我倒猜着了,你不怕我开玩笑吗?"阿囡道:"七爷从来没有和我开过玩笑,所以我求七爷和我写。"燕西道:"写信倒不值什么,只是我没有工夫。"阿囡把苏白也急出来了,合着掌给燕西道:"哎呀!谢谢耐,阿好?"燕西笑道:"你一定要我写,我就给你写罢。你随我到书房里来。"阿囡听说,当真跟着来了,给他打开墨盒,抽出笔,铺上信纸,然后伏在桌子的横头,说道:"七爷,我告诉你。他姓花,叫炳发。"燕西笑道:"这个姓姓得好,可惜这名字太不漂亮。"阿囡道:"哎哟!做手艺的人,哪里会取什么好名字?"燕西道:"这个且不问,你和他是怎样称呼?"阿囡道:"随便称呼罢。"燕西道:"瞎说!称呼哪里可以随便。我就在信上写炳发阿爹成不成?"阿囡笑道:"七爷又给我开玩笑了。"燕西道:"不是我给你开玩笑,是我打譬方给你听。"

阿囡笑道:"那就不要称呼罢。"燕西道:"写信哪里可以不要称呼?就是老子写给儿子,也要叫一句我儿哩。"阿囡道:"你们会作文章的人,一定会写的,不要难为我了。我要会写,何必来求七爷呢?"燕西笑道:"不是我不会写。可是这里面有一种分别,你两人结了婚,是一样称呼;没有结婚,又是一样称呼。"阿囡笑道:"怎样五小姐没有问过我这话,她也一样的写了呢?"燕西道:"她知道你的事,所以不必问。我不知道你的事,当然要问了。"阿囡道:"那就做没有写罢。"燕西道:"什么没有?"阿囡道:"你知道,不要为难我了。"

燕西笑道:"好!就算我知道了。你说,这信上要写些什么?"阿囡道:"请你告诉他,我身体很好,叫他保重一点。"燕西道:"就是这几句话吗?"阿囡道:"随便你怎样写罢,我只有这几句话。再不然添上一句,叫他常常要写信来。"燕西道:"这完全是客套,值不得写一封信,你巴巴的请我给你写信,就是为这个吗?"阿囡笑道:"话是有好多话说,可是我说不出来。七爷你看要怎么写,就怎样写。"燕西笑道:"我又不是你……"说到这里,觉得这句话说出来太上当了。改着说道:"我又不是你家管家婆,怎样知道你的心事?这样罢,还是由我的意思来替你写罢。"阿囡笑道:"就是那样,七爷写完了,念给我听一听。从前五小姐写信,就是这样。"

燕西于是展开信纸,把信就写起来,写完之后,就拿着信纸念道:

亲爱的炳发哥哥：

你来的几次信我都收到了。我身体很好，在金府上住得也很安适，不必挂念。倒是我在北京很挂念你，因为上海那个地方，太繁华了，像你这样的老实人，是容易花那无谓的银钱的。不大老实的朋友，我望你少和他们往来。

阿囡笑道："七爷写得好，我正是要这样说。就是起头那几个字不好，你把它改了罢。"燕西道："这是外国人写信的规矩，无论写信给谁，前面都得加上一个亲爱的。"阿囡道："我又不是外国人，他也不是外国人，我学外国人做什么？"燕西笑道："我就是这样写，你不合意，就请别人写罢"阿囡道："就请你念完了再说罢。"

燕西于是又笑着念道：

因为这个原故，我久在北京是很不放心的，我打算今年九十月里，一定到上海来。

阿囡道："哎哟，这句话是说不得的。他就是这样，要我回上海去，我不肯呢。"燕西笑道："你别忙，你听我往下念，你就明白了。"又念道：

炳发呀！我今年是十九岁了，我难道一点不知道吗？每次看到天上的月亮圆了，花园里的花开了，想起我们的青春年少……

阿囡先还静静的往下听,后来越听越不对,劈手一把,将燕西手上的信纸抢了过去,笑道:"你这人真是不老实。人家那样的求七爷,七爷反替我写出这些话来。"燕西道:"你不是说了,随便我写吗?我倒是真随便写,你又说不好,我有什么法子呢?"阿囡道:"七爷总也有分付我做事的时候,你看我做不做?"说着,把嘴一撇,一扭身子走了。她顺手将燕西的门一带,身子一闪,却和廊檐下过路的人,撞了一个满怀。

阿囡一看是梅丽,笑道:"八小姐,我正要找你呢。"梅丽笑道:"你眼睛也不长在脸上,撞得我心惊肉跳,你还要找我呢。"阿囡道:"不是别的事,我请八小姐给我写一封信。"梅丽道:"我不会写毛笔字,你不要找我。"阿囡道:"我又不是写给什么阔人,不过几句家常话,你对付着写一写罢。"于是把自己的意思,对梅丽说了一遍,一面说着,一面跟着了梅丽到她屋里来。梅丽道:"写是我给你写,明天夏家办喜事,我一个人去,很孤单的,你陪我去,成不成?"阿囡道:"五小姐六小姐,哪里离得开我呀?你叫小怜去罢,她在家里,一点事也没有哩。"梅丽道:"好,我在这里写信,你去把她叫来,我当面问她。"

阿囡和小怜,感情本来很好,她去不多大一会儿,果然把小怜叫来了。这里梅丽的信也写好了。小怜道:"阿囡姐说,八小姐要带我去做客,不知道是到哪里去?"梅丽道:"看文明结婚。去不去?"小怜道:"不是夏家吗?我听说是八小姐做傧相呢,还有傧相带人的吗?"梅丽道:"老实说,这是魏家小姐再三要求我的。我先是没法儿,只得答应下来,现在我一想,怪害臊的,我有些不敢去。况且魏家小姐和我同学,和她家里人不很熟。夏家呢,简直完全是生人,我总怕见了生人,自己一个人会慌起来,带一个人去壮一壮胆子,也是好的。"小怜道:"八小姐,那不成,我是更不懂这些规矩啦。去了又有什么用?"梅丽道:"不是问你成不成?只要你陪着我,我若不对,你在一边提醒提醒我就成了。"小怜道:"去是我可以去,我得问一问大少奶奶。"梅丽道:"太太答应了,大少奶奶还能不答应吗?"小怜道:"那我一路见太太去。"梅丽笑道:"你倒坏,还怕我冤你呢。"于是梅丽将信交给阿囡,带了小怜,一路来见金太太。

梅丽道:"明天夏家喜事,我一个人有些怕去,带小怜一路去,可以吗?"金太太道:"外面报上都登出来了,说是我们家里最是讲究排场。现在你去给人做傧相,还要带个佣人去,不怕人骂我们搭架子吗?"梅丽听她母亲这样一说,又觉得扫了面子,把小怜引来,让人家下不了场。便鼓着嘴道:"我一个人怕去的,我不去了。"说毕,也不问别人,自回房去了。

一会儿功夫,新娘家里,把傧相穿的一套新衣送了过来,金太太派老妈子来叫梅丽去试一试,她也不肯去。原来魏家这位小姐,非常美丽,夏家那位新郎,也是俊秀少年。两边事先约好了,这男女四位傧相,非要找四位俊秀的不可。而两位男傧相穿一色的西装,是由男家奉送。女傧相穿一色的水红衣裙,也是女家制好奉送。这样一来,将来礼堂上一站立,越发显得花团锦簇,这都是有钱的人,能在乐中取乐。梅丽在魏小姐同学中,是美丽的一个,所以魏小姐就请了她。这种客,是魏家专请的,不像平常的客,可以不去。这时梅丽闹别扭,说是不去,金太太确有些着急。梅丽她虽然是庶出的,因为她活泼泼的,金铨夫妻都十分宠爱,所以金太太也不忍太拂她的意思。梅丽一次叫不来,金太太又叫人把小怜叫来,让她引着梅丽来。金太太道:"你既然怕去,先就不该答应。既然答应了,就不能不去。你若不去,叫人家临时到哪里去找人?这回不去,你下次有脸见魏小姐吗?"梅丽道:"妈要我去,我就得带小怜去。"

说到这里,只听见吴佩芳在窗子外廊檐下应声道:"八妹什么事,这样看得起小怜?非带她去不可。"一面说,一面走进来。金太太道:"你听听,这个新鲜话儿,人家去请她做傧相,她要带小怜去。我想,是个老太太出门呢,带一个女孩招呼招呼,还说得过去。一个当女学生的人,还要带一个人跟着,好像是有意铺排,不怕人家骂吗?"佩芳笑道:"我倒猜着了八妹的意思,一定是听到人说,魏夏两家人多,傧相是要惹着人家看的,有些怯场,对不对?"梅丽一扭身,背着脸笑了。金太太道:"既然怯场,就不该答应人家。"佩芳笑道:"不是生得标致,人家是不会请做傧相。既然请了,就很有面子。许多人还想不到呢,哪有拒绝的?当时魏家小姐请八妹,八妹一定一时高兴就答应了,后来一想,许多人看着,怪害臊的,所以又怕起来。"于是扯着梅丽的衫袖道:"我猜到你心眼儿里去了不是?"梅丽被她一猜,果然猜中了,越发低着头笑。

金太太道:"带了小怜去,就不怕臊吗?你要带她去,你不怕人骂,我可怕人骂!"吴佩芳道:"八妹真要她去,我倒有个法子。那魏小姐和我会过几回面,也下了我一封帖。我本想到场道一道喜就回来。现在八妹既要她去,我就不去了,叫小怜代表我去罢。"金太太道:"你越发胡说了,怎么叫使女到人家家里做客?"佩芳道:"妈妈也太老实了。使女的脸上,又没挂着两个字招牌,人家怎样知道?不是我们替自己吹,我们家里出去的丫头,比人家的小姐还要好些呢。叫小怜跟着八妹去,就说姨少奶奶,就不可以代表我吗?"小怜听了这句话,鼓着嘴扭身就跑,口里说道:"我不去。"吴佩芳笑着喝道:"回来!抬举你,倒不识抬举。"小怜手里握着门帘,一步一步的慢吞吞的走进来。梅丽笑道:"大嫂这话本来不对,人家是个姑娘,哪有叫人冒充姨少奶奶的?"佩芳笑道:"依你说,她把什么资格来做我的代表?"梅丽道:"那里人多极了,又是两家的客在一处,谁知道谁是哪一边的客?有人问,就说是我们南边来的远房姐妹,不就行了吗?"金太太道:"你倒说得有理。佩芳,你就让小怜去罢。梅丽既要她去,你得借件衣服给她穿。"佩芳道:"她个儿比八妹长,八妹的衣服不合适。我有几件新衣服,做小了腰身,不能穿,让她穿去出风头罢。"金太太道:"你的衣服腰身本来不大。既然你穿不得,小怜一定可以穿得,你带她去穿了来,让我看看。"

佩芳一时高兴,当真带着小怜去,穿了一身新衣服重来。金太太见她穿着鸭蛋绿的短衣,套着飞云闪光纱的长坎肩。笑道:"好是好,这衣服在热天穿,太热闹些。"佩芳道:"她们女孩子穿,要什么紧?"金太太道:"崭新的衣服,别梳辫子拖脏了,改着梳头去罢。"小怜道:"我梳不好呢,谁给我梳哩?'金太太道:"亏你说!这大的孩子,梳不来头?"佩芳道:"她早就要学八妹一样,把头发剪了。我看她一时新鲜主意,后来要舍不得。可是她一梳辫子,就自己抱怨着,今天索性让她剪了罢。"金太太笑道:"我真不懂你们年青人,为什么都和头发过不去?慧厂是剪了,玉芬昨天也说要剪。"佩芳笑道:"不瞒你老人家说,我也要剪呢,只是他反对,美观不美观的说了一大遍。"金太太道:"小怜那就不能剪了,剪了他大爷要反对的。"小怜站在一边,叽咕着说:"我跟着大少奶奶转,总没有错。大少奶奶剪,我也剪。"佩芳笑道:"看你不出,你倒能挟天子以令诸侯呢。"

一句话没说完,外面有人接着说道:"哟!谁又在挟天子以令诸侯?"说话的人走进来,乃是王玉芬。佩芳便把剪头发的话说了。

玉芬道："我是怕母亲不答应，不然，别人反对我是不管的。"金太太道："头发长在你们头上，要也好，不要也好，我管什么呀。"玉芬道："你老人家不管，我就要剪了。大嫂！去到我那里去，我给你剪，你给我剪，好不好？二嫂那里，新买了一套剪发的家伙，我们借来一用。"

说着，玉芬、佩芳、梅丽、小怜四个人，一阵风似的，便到玉芬屋子里来。玉芬便叫她的丫头素香，到慧厂那里，把剪发的家伙拿来。在这当儿，慧厂也跟着来了。笑道："你们都要剪发，我来看看。"小怜道："二少奶奶，我也剪，好吗？"慧厂笑道："你也剪？你为什么要剪？"小怜道："现在都时兴剪发，小姐少奶奶们能剪，我们当丫头的，就不能剪吗？"慧厂道："你们听听，剪发倒是为了时髦呢。那末，我看你们不剪的好。将来短头发一不时髦，要长长可不容易啦。"

佩芳道："你听她瞎说。你来了，很好，请你做顾问，要怎样的剪法？"慧厂笑道："老实说一句，小怜说的话，倒是真的。你们剪发一大部分为的时髦。既然要美观，现在最普通的是三种，一种是半月式，一种是倒卷荷叶式，一种是帽缨式。要戴帽子，是半月式的最好，免得后面有半截头发露出来。不戴帽子呢，荷叶式的最好。"玉芬道："好名字，倒卷荷叶，我们就剪那个样子罢。半月式的，罢了，不戴帽子，后面露出半个脑勺子来，怪寒碜人的。"他们大家剪了发，彼此看看，说是小怜剪的最好看。小怜心里这一阵欢喜，自不必谈。

到了次日，穿着吴佩芳的衣服，又把她的束发丝辫，将短发一束，左边下束了一个小小蝴蝶儿，越发是妩媚。梅丽也穿上魏家送来的衣服，和小怜同坐着一辆汽车，同到魏家去。魏家小姐，既然是新娘子，便不出来招待客了，都是由招待员招待来宾。他们只知道请了金家两位，一位是八小姐，一位是大少奶奶。梅丽穿着傧相的衣服，他们已认识了。小怜和梅丽同来，他们也就猜是少奶奶了。一到客厅里，贺喜的女宾，花团锦簇，大家都不认识，自然也没有人知道。在魏府上吃过一餐酒，梅丽和另一个傧相何小姐，又四个提花篮的女孩，先向夏家去。她坐来的汽车，却让小怜坐着。一会儿新娘的花马车要动身，小怜也就到夏家来了。

这夏家是个世禄之家，宾客更多。小怜在金家多年，这些新旧的交际，看得不少。加上金家的交际，除了金太太，就是佩芳出面。小怜学着佩芳落落大方的样子，在夏家内客厅里和女宾周旋，倒一点也不怯场。可是一看女宾中百十个人，并无两位女傧相在内，心想，梅丽原来叫来陪着她的，她若找不着我，一定见怪。便问女招待员，女傧相在什么地方？女招待道："傧相另外有一个休息的地方呢。"小怜道："在什么地方，请你引一引，好不好？"女招待道："不必引，由这里出去向南一转弯就到了。"

这夏家的房屋，回廊曲折，院落重叠，又随地堆着石山，植着花木，最容易教人迷失方向。那女招待叫小怜往南转，小怜转错了，一到回廊，却是向西走，这里一重很大的院落，上面雕梁画栋，正是一所大客厅。客厅里人语喧哗，许多男宾在那里谈话，小怜一看，一定是走错了。一时眼面前又没有一个女宾，找不着一个人问话。正在为难之际，一个西装少年，架着玳瑁边大框眼镜，衣襟上佩着一朵红花，红花下面，垂着一条水红绸子。书明"招待员"三个字。他看见小怜一身的艳装，水红的蝴蝶结丝辫，束着青光的短发，正是一个极时髦的少女，老远的已经看定了。走到近处，却又在回廊边,挨着短栏干走,让小怜走中间,鼻子一直向前,眼睛不敢斜视,仅仅闻着一阵衣香袭人而已。

小怜见他是招待员,便对他笑着点了一个头,问道:"劳驾!请问这位先生,女傧相的休息室,在哪一边?"这位少年不提防这位美丽的少女会和他行礼问话,连忙站住答应道:"往东就是。"这脑筋中第一个感觉,命令他赶快回答一句话。立刻第二个感觉,想到人家才行了一个点头礼,于是立刻命令着他回礼。但是这时间过得极快的,当那少年要回礼时,小怜的礼,已行过好几分钟。所以他觉得有些不妥。第三个感觉,于是又收回成命,命令他另想补救之法。他便说道:"这里房屋是很曲折的,你这位小姐,似乎是初来,恐怕不认得,我来引一引罢。"小怜笑道:"劳驾得很。"那人看她笑时,红唇之中露出一线雪白的牙齿,两腮似乎现出一点点小酒窝。而且她的目光,就在那一刹那之间,闪电似的,在人身上一转。这招待员便鞠着躬笑道:"不客气,这不是当招待员应尽的义务吗?"于是他上前一步,引着小怜来。

在走的时候,他总想问小怜一句贵姓,那句话由心里跳到口里,总怕过于冒昧,好几回要说出,又吞回去了。就是这个问题盘算不决,一路之上,都是默然,没有说出话来。可是这一段回廊,不是十里八里,只在这一盘算之间,业已走到,当时便即来到女傧相休息室。他往里一指道:"这就是。"小怜和着他又点了一个头,道了一声劳驾,掀开翠竹帘子,便进屋去了。

梅丽与何小姐,果然都在这里。还有四个小女孩子,和新娘牵纱捧花篮的,都是玉雪聪明,穿着水红纱长衣,束着花辫,露出雪白的光胳膊和光腿子。许多女宾,正围着他们说笑呢。正在这个时候,隐隐听见一阵悠扬鼓乐之声。于是外面的人纷纷往里喧嚷,说是新娘子到了,新娘子到了。傧相和那几个女孩子、女招待员等等,都起身到前门去迎接。小怜因为梅丽说了,叫她站在身边,壮壮胆子,所以小怜始终跟着梅丽走。这个时候,屋里男宾女宾,和外边看热闹的人,纷纷攘攘,那一种热闹,难以形容。

夏家由礼堂里起,到大门为止,一路都铺着地毯。新人一下马车,踏上地毯,四个活泼的小女孩子,便上前牵着新人身后的水红喜纱,临时夏家又添四个小姑娘,捧着花篮在前引导,两个艳若蝴蝶的女傧相,紧紧的夹着新人,向里走来。于是男女来宾,两边一让,闪出一条人巷。十几个男女招待员,都满脸带着笑容,站在人前维持秩序。新人先在休息室里休息了片刻,然后就上大礼堂来举行婚礼。那新郎穿着西式大礼服,左右两个白面书生的男傧相依傍着,身后一带,也尽是些俊秀少年。那些看热闹的人,且不要看新人,只这男女四位傧相,穿着成对的衣服,喜气洋洋,秀色夺人,大家就暗暗喝了一声彩。傧相之后,便是招待员了。

小怜虽不是招待员,因为照应梅丽的原故,依旧站在梅丽身边。举目一看,恰好先前引导的那个男招待,站在对面。小怜举目虽然看了一下,倒是未曾深与注意,可是那个男招待,倒认为意外的奇缘,目光灼灼,只是向这边看来。当两位新人举行婚礼之后,大家照相,共是三次,一次是快摄法,把礼堂上的人全摄进去。一次却只是光摄新人和傧相等等。最后却是一对新夫妇了。

当摄第一张影片时候,小怜自然在内,就是那招待员也在内。他这时一往情深,存了一种私念,便偷偷的告诉照相馆里来的人,叫他把这一次的片,多洗一张。

正在说这话时,忽然后面有个人在肩上拍了一下,笑道:"密斯脱柳,你做什么?"他回头看时,是做男傧相的余健儿。另外还有个男傧相,他们原不认识,余健儿便介绍道:"这是密斯脱柳春江,这是密斯脱贺梦雄。"柳春江笑道:"刚才礼堂上,许多人不要看新人,倒要看你们这男女四位陪考的了。你对面站的那个女傧相,最是美丽,那是谁?"余健儿把舌一伸道:"我们不要想吃天鹅肉了。那是金家的八小姐,比利时女学最有名的全校之花,你问她,有问鼎之意吗?"柳春江笑道:"我怎配啦,你在礼堂上,是她的对手方,你都说此话,何况是我呢?"贺梦雄笑道:"不过举行婚礼的时候,密斯脱柳,却是全副精神注射那一方呢。"柳春江道:"礼堂上许多眼睛,谁不对那一方看呢,只我一个吗?"贺梦雄道:"虽然大家都向那一方面看,不像阁下,只注意一个人。"

余健儿道:"他注意的是谁?"贺梦雄道:"就是八小姐身边那个穿鹅黄色纱长坎肩的。"余健儿摇头道:"那也是一只天鹅。"柳春江道:"那是谁?"余健儿道:"她叫什么名字,我不知道,我只知道她和金家八小姐常在一处,好像是一家人,不是七小姐,也是六小姐了。你为什么打听她?"柳春江道:"我也是因话搭话呀,难道打听她,就有什么野心吗?"余健儿道:"其实你不打听,你要打听,我倒有个法子。"柳春江笑道:"你有什么法子?"余健儿道:"你对她又没有什么意思,何必问呢?"柳春江笑道:"就算我有意思,你且说出来听听看。"余健儿对贺梦雄一指道:"他的情人毕女士,是招待员,托毕女士一问不就明白了吗?"说着,又对贺梦雄一笑道:"你何妨给他做一个撮合山呢。"

这大家本是笑话,一笑而散。可是他们这样一提,倒给了柳春江一个线索。他就借着一个事故,找着一位五十来岁女招待员,和她说道:"据这边帐房里人说,要提出几个特别的女宾,陪着女傧相在一处吃酒。不知道和金小姐在一处的那位小姐,是不是金家的?

若是的,就请她在一处。"这位女招待员是个老实太太。她把他'请在一处'一句话听错了,当着请她去,便说:"请你在这儿等一等,我去问一问看。"柳春江便站在院子里一棵芭蕉树下,等候消息。

不多大一会儿,那位太太竟一路把小怜引着来了。柳春江遥遥望见,大窘之下,心想,好好的把她请来,教我对人说什么?心里正在盘算,小怜已是越走越近。这时要闪避也来不及,只得迎上前去。小怜一见是柳春江,倒怀着鬼胎,反而有些不好意思。那女招待便指着柳春江道:"就是这位先生要请你去。"柳春江笑道:"并不是请这位女士去,因为这边的来宾,也有夏府上的,也有魏府上的,人一多,恐怕招待不周。要请面生些的男女来宾,都赐一个片子,将来好道谢。"小怜道:"对不住,我没有带片子来。"柳春江道:"那没关系。"

说时,忙在身上掏出自来水笔和日记本子,将本子掀开,又把笔套取去,双手递给小怜。说道:"请女士写在上面,也是一样。"小怜跟着吴佩芳在一处多年,已经能看《红楼梦》一类小说,自然也会写字。当时接着日记本,就在本子上面写了"金晓莲"三个字。柳春江接过一看,说道:"哦,原来是金小姐,那八小姐是令妹吗?"小怜道:"我们是远房姊妹。"柳春江道:"府上现在哪里?"小怜道:"我是刚从南来,就住在敝本家那里。"柳春江道:"哦,是的。"说时,他将日记本一翻,恰好这里面有他自己的一张名片,恭而敬之的献给小怜,小怜一时未加考虑,也就收下来了。可是转身一想,又没有请问他的姓名,他无缘无故,递一张名片过来,这又是什么意思呢?这一想,倒有好些个不自在了。

这时只有那柳春江就像得了一笔意外的财喜一样,丢了正经招待的事务不管,只在人丛中走来走去。不时借着事情,往女宾这边跑。

好像多来一次，多看到小怜一回，心中便得到什么安慰似的。小怜到了这时，已猜中他的一半意思，看见他，倒不免有些闪避了。

夏家本也有人送了一台科班戏，婚礼结束以后，来宾纷纷的到戏场上去看戏。偏偏柳春江又是这里一位招待。他预料小怜是要来的，早给她和梅丽设法留着两个上等座位。小怜和梅丽一进门，柳春江早就笑脸相迎，微微一点头道："金小姐请上东边，早已给二位留下座位了。"梅丽愣住了，望他一眼，心想，这招待员，何以知我姓金？小怜心里明白，理会人家有些不好意思，不理会人家，又不合礼，便低低说了"劳驾"两个字。这两个字说罢，已是满脸通红了。柳春江将她二人引入座，又分付旁边老妈子好好招待，然后才走。梅丽问小怜道："这个招待员，怎么认识我们？"小怜道："哪里是认得我们，还不是因为你做傧相，大家都认识吗？"梅丽一想，这话有道理，就未予深究。

可是一会儿工夫，也见柳春江，坐在前几排男宾中看戏，已经脱去西装，换了一套最华丽的长衣。梅丽看她的戏，没有留心。小怜是未免心中介介的，看见这样子，越发有些疑心了。但是在她心里，却又未免好笑，心想，你哪里知道我是假冒的小姐呢，你若知道，恐怕要惘惘然去之了。看他风度翩翩，也是一个阔少，当然好的女朋友不少。不料他无意之间，竟钟情于一个丫环，恐怕做梦也想不到哩。

第十六回

种玉问侯门尺书求友　系绳烦情使杯酒联欢

在小怜这样忖度之间，不免向柳春江望去。有时柳春江一回头，恰好四目相射。这一来真把个柳春江弄得昏头颠脑，起坐不安。恰好几出戏之后，演了一出《游园惊梦》。一个花神，引着柳梦梅出台，和睡着的杜丽娘相会。柳春江看戏台上一个意致缠绵，一个羞人答答，非常有趣。心想，那一个人姓柳，我也姓柳。他们素不相识，还有法子成了眷属。我和金晓莲女士，彼此会面，彼此通过姓名，现在还同坐一堂呢，我就一点法子没有吗？姓柳的，不要自暴自弃呀！他这样想入非非，台上的戏，却一点也不曾看见。那后面的小怜，虽不懂昆曲，看过新出的一部标点《白话牡丹亭演义》，也知道《游园惊梦》这段故事。戏台上的柳梦梅，既然那样风流蕴藉，再一看到面前的柳春江，未免心旌摇摇。

梅丽一回头，说道："咦！你耳朵框子都是红的，怎么了？"小怜皱着眉道："人有些不自在呢。想必是这里面空气不好，闷得人难过，我出去走走罢。"梅丽笑道："那就你一个人去罢，我是要看戏。"小怜听说，当真站起身来，慢慢出去。当她走出不多时，柳春江也跟了出来。小怜站在树荫底下，手扶着树，迎着风乘凉。忽见柳春江在回廊上一蹓，打了一个照面。小怜生怕他要走过来，赶快掉转身去不理会他。偏是不多大一会儿，柳春江又由后面走到前面，仍和她打了一个照面。小怜有些害怕，不敢在此停留，却依旧进去看戏。自此以后，却好柳春江并不再来，才去一桩心事。

一直到晚上十二点钟，小怜和着梅丽一路回家。刚要出门时候，忽来了一个老妈子，走近身前，将她衣服一扯。小怜回头看时，老妈子眯着眼睛，堆下一脸假笑，手上拿着一个白手绢包，便塞在小怜手里。小怜对她一望，正要问她，她丢了一个眼色，抽身走了。小怜这时在梅丽身后，且不做声，将那手绢一捏，倒好像这里包着有什么东西。自己暂且不看，顺手一揣，便揣在怀里。她心里一想，看这老妈子鬼头鬼脑，一定有什么玄虚，这手绢里不定是什么东西。若是让梅丽知道，她是小孩子脾气，一嚷嚷出来，家里人能原谅也罢了，若是不原谅，还说我一出门，就弄出事情来，那我真是冤枉。所以把东西放在身上，只当没有那事，一点儿不露出痕迹来。

小怜到了家里，依旧不去看那东西。一直到自己要睡觉了，掩上房门，才拿出来看。原来外面不过是寻常一方手绢，里面却包了一个极小的西式信封，那上面写着：金晓莲女士芳启，柳上。拆开信封，里面是一张白洋纸信笺，写了很秀丽的小字。那上面写的是：

晓莲女士芳鉴：

我写这一封信给你，我知道是十二分冒昧。但是我的钦仰心，战胜了我的恐惧心，我自己无法止住我不写这封信。我想女士是落落大方的态度，一定有极高尚的学问。

无论如何，是站在潮流前面的，是赞成社交公开的。因此，也许只笑我高攀，并不笑我冒昧。古人有倾盖成交的，我今初次见着女士，虽然料定女士并不以我为意，可是我确有倾盖成交之妄念。在夏府礼堂上客厅上戏场上，我见着女士，我几乎不能自持了。不过我有一句话要声明的，我只是个人钦慕过热，绝没有一丝一毫敢设想到女士人格上。我不过是一个大学生，一点没有建设。家父虽做过总长省长，也绝不敢班门弄斧，在金府上夸门第的。只是一层，我想我很能力争上游。就为力争上游这一点，想和女士订个文字之交，不知道是过分的要求不是？设若金女士果然觉得高攀了，就请把信扔了，只当没有这回事。

小怜看到这里，心里只是乱跳，且放着不看，静耳一听，外面有人说话没有？等到外面没有人说话了，这才继续着看下去。信上又说：

若是金女士并不嫌弃，就请你回我一封信，能够告诉我一个地点，让我前来面聆芳教，我固然是十二分的欢迎。就是女士或者感着不便，仅仅作为一个不见面的文字神交，常常书信来往，也是我很赞成的。我的通信地址，绮罗巷八号，电话号码，请查电话簿就知道了。我心里还有许多话要说，因为怕增加了我格外冒昧的罪，所以都不敢吐露出来。若是将来我们真成了好友，或者女士可以心照哩。专此恭祝前途幸福！

钦佩者柳春江上

小怜看毕,就像有好些个人监视在她周围一样,一时她心身无主,只觉遍身发热。心里想着,这些男子汉的胆,实在是大,他不怕我拿了这封信出来,叫人去追问他吗?自己正想把这信撕了,消灭痕迹,转身又一想,他若直接写信到我家里来,那怎么办呢?乱子就弄大了。我不如名正言顺的拒绝他的妄念,这信暂且保留,让我照样的回他一封信。因此,信纸信封,依旧不动,打开自己收藏零用小件的小皮箱,把这封信放在最下一层,直贴到箱子底。收拾好了,自己才上床睡觉。翻来覆去,哪里睡得着。

次日清早起来,天气很早,便把佩芳用的信纸信封,私自拿了一些来。趁着家里并没有人起来,便回了柳春江一封信,那信是:

春江先生大鉴:

你的来信,太客气了。我在此处是寄住的性质,只是一个飘泊无依的女子,没有什么学问,也不懂交际。先生请约为朋友,我不敢高攀。望彼此尊重,以后千万不必来信,免生是非。专此奉复。

金上

小怜将信写完,便藏在身上。上午的时候,假装出去上绒线店买化妆品,便将这信扔在路旁的信筒子里了。

在她的意思,以为有了这一封信去,柳春江决计不会再来缠扰的。不料她的信中,"只是一个飘泊无依的女子"一句话,越惹着柳春江起了一番怜香惜玉之意。以为这样一个好女子,难道也和林黛玉一般，寄居在贾府吗？可惜自己和金家没有什么渊源，对她家里的事，一点不知道。若是专门去调查，事涉闺闱，又怕引起人家疑心，竟万分为难起来。左思右想，想不出一个妙计。后来他想，或者冒险写一封信去，不写自己姓名不要紧。可是又怕连累金晓莲女士。想来想去，忽然想到余健儿说过，贺梦雄的未婚妻毕女士和金家认识，这岂不是一条终南捷径？我何妨托余健儿去和我调查一下。主意想定，便到余健儿家里来。

这余健儿也是个公子哥儿。他的祖父，在前清有汗马功劳，是中兴时代一个儒将，死后追封为文介公。他父亲排行最小，还赶上余荫，做了一任封疆大吏，又调做外交官。这位余先生，单名一个正字，虽然也有几房姬妾，无奈都是瓦窑，左一个千金右一个千金，余先生弄了大半生瓦窑，一直到了不惑之年，才添一位少爷。在余先生，这时合了有子万事足那个条件，对于这少爷是怎样的疼爱，也就无待赘言。不过这少爷因为疼爱太过，遇事都有人扶持，竟弄成一个娟如好女、弱不禁风的态度。余先生到底是外交官，有些洋劲，觉得这样疼爱非把儿子弄成废物不可。于是特意为他取字健儿，打破富贵人家请西席去家里教子弟的恶习，一到十岁，就让他进学校读书。家里又安置各种运动器具，让他学习各种运动。这样一来，才把余健儿见人先红脸的毛病治好。可是他依旧是斯文一脉，不喜运动。余先生没法，不许他穿长衣，非制服即西服，要纠正他从容不迫的态度。但是这件事，倒是很合少年的时髦嗜好。

时光容易，余健儿慢慢升到大学。国文固然不过清通而已。英文却早登峰造极，现在在做进一步的学问，读拉丁文和研究外国诗歌啦。凭他这个模样儿，加上上等门第，大学生的身份，要算一个九成的人才了。他所进的，是外国人办的大学，男女是很不分界限的。许多女生都未免加以注意。可是在余健儿心里却没有一个中意的。因此，同学和他取了一个绰号，叫玉面菩萨。可是在余健儿也未尝无意，只是找不到合意的人儿罢了。因此，便瞒着父亲，稍稍涉足交际之场，以为在这里面，或者可以找到如意的人。所以交际场中，又新认识不少的朋友。柳春江本是同学，而且又同时出入交际场中，于是两人的交情，比较还不错，有什么知心话，彼此也可以说。

这天柳春江特意来找他，先就笑道："老余，你猜我今天为什么来找你来了？"余健儿道："无头无绪，我怎样猜呢？你必得给我一点线索，我才好着手。"柳春江笑道："就是前两天新发生的事，而且你也在场"余健儿哪里记得夏家信口开河的几句笑话，猜了几样都没有猜着。柳春江道："那天你还说了呢，可以给我想法子呢，怎样倒忘了？"余健儿道："是哪一天说的话？我真想不起来了。"柳春江笑道："恐怕你存心说不知道呢，夏家礼堂上一幕，你会不记得吗？"余健儿笑道："呵！我想起来了，你真个想吃天鹅肉吗？"柳春江道："你先别问我是不是癞蛤蟆，你看我这东西。"说时便将小怜给他的一封信交给余健儿看。

余健儿将信纸信封仔细看了几遍，又把信封上邮政局盖的戳子，看了一看，笑道："果然不是私造的，你怎样得到这好的成绩？佩服佩服！"柳春江于是一字不瞒的把他通信的经过说了一遍。便念道："不做周方，埋怨煞你个法聪和尚。"余健儿笑道："我看你这样子，真个有些疯魔了。怎么着，要我给你做红娘吗？我怎样有那种资格。"柳春江道："当然不是找你。你不是说密斯脱贺的爱人，和金家认识吗？你可否去对密斯脱贺说一说，请密斯毕调查一下。"余健儿道："男女私情，不通六耳，现在你托我，我又托贺梦雄，贺梦雄又托密斯毕,绕这么大一个弯子,大家都知道了,那怎样使得?"

柳春江道:"有什么使不得?我又不是做什么违礼犯法的事,不过打听打听她究竟和金家是什么关系罢了。打听明白了,我自用正当的手续去进行。就是旧式婚姻,男女双方,也免不了一番打听啦,这有什么使不得?"余健儿道:"你虽然言之成理,我也嫌你用情太滥。岂有一面之交,就谈到婚姻问题上去的?"柳春江道:"你真是一个菩萨。古人相逢顷刻,一往情深的,有的是啦。"于是笑着念词道:"我蓦然见五百年风流孽冤,颠不剌的见了万千,这般可喜娘罕曾见。咳,我透骨髓相思病缠,怎当她临去秋波那一转?我便是铁石人,也意惹情牵。"

余健儿笑道:"得了得了,不要越说越疯了。说我是可以和你去说,真个有一线之希望,你怎样的谢我?"柳春江道:"只要我力量所能办到的,我都可以办。"余健儿道:"我要你送我一架钢琴,成不成?"柳春江道:"哎呀,送这么大的礼,那还了得?"余健儿道:"你不说是只要力量所能办的,就可以吗?难道你买一架钢琴还买不起不成?"柳春江道:"买是买得出来,可是这个礼……"说到这里,忽然兴奋起来,将脚一跳道:"只要你能介绍成功,我就送你一架钢琴,那很不算什么。"余健儿笑道:"看你这样子,真是情急。三天以后,你等着回信罢,我余某人也不乘人于危,敲你这大竹杠。无论如何,后天回信,你请我吃一餐小馆子罢。"柳春江道:"小事小事,小极了。就是那末说,你无论指定哪一家馆子都可以,准以二十元作请客费。"余健儿道:"二十元,你就以为多吗?"柳春江道:"不知道你请多少客?若是不大请客的话,我想总够了。"余健儿:"我们两人对酌,那有什么趣味?自然要请客的。"柳春江笑道:"你不要为难我了,你所要求的,我都答应就是。"余健儿见他说出这可怜的话，这才不再为难他了。

当天余健儿打了一个电话给贺梦雄，说是要到他家来。这贺梦雄在北京并无家眷，住在毕姨丈家里，姨表妹毕云波就是他的爱人。他两人虽没有结婚，可是在家总是一处看书，出门总是一处游玩，一点不避嫌疑。所以有什么话彼此就可以公开的说。这天余健儿去找他们，正值他两人在书房里看书。他们见余健儿进门，都站了起来。余健儿笑道："怪不得柳春江那样的找恋人，看你们二位的生活，是多么甜蜜呀。"毕云波抿嘴儿微笑一笑，没有做声。贺梦雄道："气势汹汹的跑了来，有什么事？"余健儿笑道："当然有事呀，而且是有趣的事呢。"于是便将柳春江所拜托的事，一头一尾的说了。因笑着问毕云波道："那个人，密斯毕认识吗？"

毕云波道："那天来宾人很多，我不知道你们指的是谁？"余健儿将头挠了一挠，笑道："这就难了。你根本就不知她姓什么，这是怎么去调查？"毕云波道："有倒有个法子，我亲自到金家去走一趟，问那天和梅丽同来的是哪一位，这不就知道了吗？"余健儿原怕毕云波不肯做这桩事，现在还没有重托，她倒先自告奋勇起来，却是出于意料以外。笑道："若有你这样热心肯办，这事就有成功的可能了。密斯毕哪一天去？"毕云波笑道："这又没有时间问题的，今天明天去可以，十天半月之后去也可以。"余健儿笑道："十天半月？那就把老柳急疯了。"贺梦雄笑道："好事从缓，何以急得如此呢？"便对毕云波笑道："既然如此，你就到金家去一趟。愿天下有情人都成了眷属，也是我们应当尽的义务呀。"云波道："我只就给你们调查一下她究竟是谁？其余我不可管。"余健儿道："当然，只要办到这种地步，其余的，我们也不管啦。"云波笑道："那可以，让我先打一个电话，看他们谁在家？"说毕，就打电话去了，过了一会儿，她回来说道:"他们五小姐六小姐都在家,我就去,你们在这里等着罢。"

毕云波父亲的汽车已经出去了。只有原来送云波弟妹等上学的马车,还在家里,云波便坐着马车到金家来。她和敏之、润之都是很熟的朋友,所以一直到内室来会她。敏之笑道:"稀客,好久不见。现在假期中有人陪伴着,就把女朋友丢开了。"云波笑道:"哪里话?我因为天气渐渐热了,懒得出门,专门在家里看小说。"润之道:"我家梅丽说,前几天夏家结婚,密斯毕也在那里。"云波道:"我真惭愧,不知是谁的主张,派了我当招待员,真招待得不好。"说到这里,云波打算慢慢的说到小怜头上去,恰好小怜提着一只晚香玉的花球,走了进来。不但毕云波出于意外,就是小怜做梦也想不到在夏家的女招待员,今天会家里来相会。在当时自己本是一个齐齐整整的小姐,现在忽然变成一个丫头,自己未免有些不好意思。想到这里,身子向后一缩,便想退转去。

敏之早会得了她的意思,便不叫她的名字,糊里糊涂喊道:"别走,这里有一位女客,我给你介绍介绍。"小怜听说,只得走了进来。云波连忙站起身,向小怜握手道:"金小姐,猜不到我今天会到你府上来罢?"小怜笑道:"真想不到的事。"云波便拉着她的手,同在一张藤榻上坐下。便笑道:"我还没有请教台甫?"小怜道:"是清晓的晓,莲花的莲。"说到"晓莲"两字,敏之、润之打了一个照面,心里想着,这小鬼头真能捣鬼。云波道:"这名字是多么清丽呀。"便笑着对敏之道:"我只知道这位妹妹是你本家,怎样的关系,还不知道呢?"小怜听见她这样问,心里很是着急。心想,她要老实说出来,那就糟了。可是敏之早听见梅丽说了那天她们到夏家去,是以远房姊妹相称,便指着小怜道:"她是我们远房的姊妹。叔叔婶婶都去世了,家母便接她在舍下过活,为的是住在一处,有个照应。"

小怜的脸本来都急红了,听了这样解释,才出了一身汗。

云波道:"那末,这位妹妹在什么地方读书?"小怜正想说并没有学校,润之又替她说了,"是和梅丽同学。"云波笑道:"怪不得剪了发啦,我知比利时女学里的学生,没有不剪发的呢。"于是便拉着小怜的手道:"哪天没事,到舍下去玩玩。我那里的屋子,虽没有这里这样好,可是去看电影看跳舞上市场,都很近。"小怜道:"好的,过几天一定前来奉看。"云波又和他们谈了几句,告辞就走。因看见小怜带来的那个晚香玉花球插在镜框子上,便问道:"这花球哪里买?这么早就有了。"敏之将花球摘了下来,递给云波道:"你爱这个,我就送你罢。"云波道了一声谢,回家去了。

到了家里,余健儿和贺梦雄坐在书房里谈天,还没有走。云波笑道:"你们真是健谈,我都做了一回客回来了,怎样还没走?"余健儿道:"我在这里等你回信啦。"云波笑道:"余先生总算不错,替朋友做事很是尽心的。"余健儿道:"人家这样拜托我的,我能不尽心吗?况且密斯毕是间接的朋友,都这样帮忙,我就更不能不卖力了。"云波笑道:"说得有理。这花球是那金小姐送我的,宝剑赠与烈士,红粉赠与佳人,请你带了去,转送给柳先生,让他得个意外之喜。"贺梦雄笑道:"那是害了他,他有了这个花球,恐怕日夜对着它,饭也不吃了。"余健儿道:"这倒是真话,老柳他就是这样富于感情。这事最好是给他无缝可钻,若是有一点路子,他越要向前进行了。"云波笑道:"闹着玩,很有意思。密斯脱余,只管拿去,看他究竟怎样?"

余健儿就是个爱玩的人,见着毕云波都肯闹,他自然也不会安分,当天便带着那个花球送给柳春江。这在柳春江真是做梦也想不到的事,第一次,就有这好的成绩。把花球挂在窗楞上,只是对花出神,想个什么法子,向前途进行?想了一会儿,他居然得了一个主意。将桌子一拍道:"老余,你若再帮我一回忙,我的事就成功了。"余健儿笑道:"侯门似海,你看得这样容易啦。"柳春江道:"只要你能帮忙,我自然有法进行。"余健儿道:"我一定帮忙,而且帮忙到底。"柳春江笑道:"只要你协助我这一着棋成功,就可以了,以后倒不必费神。"余健儿道:"是呀,新娘进了房,媒人就该扔过墙了。你说罢,是什么好锦囊妙计?"

柳春江道:"那密斯毕,不是和金家姊妹都认识吗?只要密斯毕破费几文,请一次客,将男宾女宾,多请几位,然后将我们二人也请在内。那末,一介绍之下,我们成了朋友了。成了朋友后就不愁没有机会。"余健儿笑道:"计倒是好计!但是左一个我们,右一个我们,你说出来不觉得肉麻吗?再说人家密斯毕贪图着什么,要花钱大请其客?"柳春江道:"这是很小的事呀,密斯毕若是嫌白尽义务,可以由我出钱,但是这样一来,就有藐视人家的嫌疑,不是更得罪了人吗?"余健儿道:"就算你有理,可是你要求人家请客,这又是对的吗?"柳春江将两只手搓着道:"怎么办?可惜我和密斯毕交情太浅,若是也和你一样遇事可以随便说,那就好了。"余健儿笑道:"我也这样说,可惜我不是密斯毕,我若是密斯毕,简直就可和你做媒,还用得着这些手续吗?"柳春江笑道:"老余,你就这样拿我开玩笑,你总有要我替你帮忙的时候罢?"

余健儿听他这样说了,也就答应照办。次日和贺梦雄一提,他也愿意,就由他和毕云波两人出了会衔的帖子,请客在京华饭店聚餐。他们两人酌量了一番,男女两方共下了二十封帖子。贺毕两方的朋友,接到这种帖子,都奇怪起来。奇怪不是别的,就是因为他两人是一对未婚夫妻,谁都知道的。依理说,未婚夫妻一同出名请客,与婚事当然有些关系。可是贺毕两家，都是有名望的，若是他们举行结婚，宣布婚约吗？他俩的婚约，又是人人知道的。此外，似乎没有合请客的必要。因为这样，所请的客都决定到，要打破这一个闷葫芦。

他们发到金家去的共是四封帖子，三封是给润之、敏之、梅丽的，一封是给小怜的，梅丽正在外边回来，看见桌上放着这封请帖，便问道："咦！这两个人我都不认得，怎么请我吃饭？"便问老妈子道："这帖子是谁送来的？"老妈子答应道："是五小姐叫阿囡送来的。还有新鲜话哩，也下了小怜一封请帖子。"梅丽道："这更奇了。"连忙就到敏之屋里来问可有这事，敏之道："这么大的姑娘了，什么也不放在心上。这个下帖子的毕云波，不是在夏家当招待员吗？"梅丽道："哦，是了，怪不得她下小怜一封帖子呢，小怜可再不能去了。再要去，真要弄出笑话来了。"敏之笑道："闹着玩，要什么紧呢？刚才大嫂还巴巴到这里来了，说是务必要带小怜去。"

梅丽道："这是什么意思？我真不懂。"润之道："你是粗心浮气的人，哪里懂得这个？这就是大嫂和大哥开玩笑呀。你别看大嫂那样待小怜好，巴不得早一刻把她送出了我们家，她才好呢。小怜是没法子出去交际，真有法子出去交际，叫大嫂出一些钱来她花，我看都是愿意的呢。我想这样一来，大哥一定是着急。我们故意带着她去，看大哥怎么样？"梅丽笑道："这法子不错，就是这样办。"润之笑道："你先别乱说，大哥知道了，不会让她去的。"梅丽道："大哥若怪起我们来呢？"敏之道："怎么能怪我们？一不是我们请她，二又不是我们要她去。天塌下来，屋顶着呢，大嫂她不管事吗？"

她们姊妹三人，将此事商议一阵。梅丽年小，最是好事，当天见了小怜，鼓吹着她一同加入。依着小怜，倒是不愿去。无如少奶奶叫去，三个小姐也叫去，若是不去的话，反而不识抬举。所以也不推辞，答应着一同去。

到了赴席这一天，润之、敏之照例是洋装，梅丽和小怜却穿极华丽的夏衣，四人分坐着两辆汽车到京华饭店来。这时贺梦雄、毕云波所请的男女来宾，已到了十之七八，不用说，那柳春江君早已驾临。他今天穿着很漂亮的西装，喜气洋洋的在座。在旁人看来，以为他很欢喜。而在他自己，却是心里总像有桩什么事未解决的一般，而又说不出来，是有一桩什么事未曾解决。及至见了四位女宾进门，穿着光耀夺目的衣服，香风袭人，早已眼花缭乱。再仔细一看，自己脑筋中所印下的幻影，已经娉娉婷婷，真个走在眼前，那一颗心，就扑突扑突跳将起来。就是自己的呼吸，也显得很是短促。在这一刹那间，自己不知身置何所？

那新来的几位女宾，已和在座的宾客一一周旋。有认得的，自然各点首微笑为礼。彼此不认得的，就有主人翁从中介绍。在这介绍之下，四位小姐不觉已走近柳春江的座位。柳春江好像有鬼使神差让他站起来，早是迎面立在来宾之前。毕云波便挨着次序，给他介绍道："这是金敏之小姐，这是金润之小姐，这是金梅丽小姐……"柳春江不等她说到这是金晓莲小姐，已经红了脸。同时小怜也是很难为情的。但大家都极力镇静着，照例各点了一个头。敏之听到柳春江姓柳，便问道："有一位在美国圣耶露大学的密斯柳，认识吗？"柳春江道："她叫什么名字？"敏之道："叫柳依兰罢？我记不清楚了。"柳春江笑道："那就是二家姊。"敏之笑道："怪道呢，和密斯脱柳竟有一些相像。"大家谈着话，不觉就在一起坐下了。

柳春江依次谈话，说到了梅丽，笑道："那天夏家的喜事，密斯金受累了。"梅丽道："怎么着？那天密斯脱柳也在那儿吗？"柳春江道："是的，我也在那儿。"小怜生怕他提到那天的事，便回过脸去和敏之说话道:"你不说那魏小姐也会来吗,怎么没有看见?"柳春江道:"这边主人翁,本也打算约她新夫妇二位的。后来一打听,他们前天已经到北戴河度蜜月去了。"敏之笑道:"这热天旅行,沿着海往北走,这是最好的,既不干燥,又很凉快。"柳春江道:"尤其是蜜月旅行,以北戴河这种地方为最合宜了。"说时,他的目光,不由得向小怜那方射了过去。

敏之、润之都是西洋留学生,当然对于这种话不很介意。梅丽又是天真烂漫的小姑娘,不知道什么机械作用。这其间只有小怜和柳春江有那一层通信的关系,和他坐在一起,也说不出来一种什么意味,总觉得不很安适。可是虽然这样,若说要想避坐到一边去,也觉不妥。这时柳春江说到度蜜月,目光又向这边射来,真个不好意思,低了头抽出手绢揩了一揩脸。及至抬起头来,柳春江的目光,还是射向这边,小怜未免怔怔的望着人,也就微微一笑。

不笑犹可,这一笑,逼着柳春江不得不笑。光是笑,不找一句话说,又未免成了一个傻子。急于要找几句话和人谈谈才好。百忙中,又找不出相当的话来,便只得用了一件极不相干的事问小怜道:"暑假的日期,真是太长,密斯金现在补习什么功课?"小怜心里想着,我冒充小姐,我还要冒充女学生,我要答应他的话,我可屈心。但是心里这样想着,嘴里可不能不说,只得笑道:"没有补习什么,不过看看闲书罢了。"柳春江道:"是的,夏天的日子太长,看小说却是一个消遣的法子。密斯金现在看的是哪一种小说?"

小怜笑道:"也就是些旧小说。"柳春江道:"是的,还是中国的旧小说看着有些趣味。密斯金看那一类的旧小说?"小怜道:"无非是《三国演义》、《红楼梦》之类。"柳春江道:"是啊,《红楼梦》的书太好了。我是就爱看这部书。"说时,把脸朝着敏之,笑道:"西洋小说,可找不到这样几百万言伟大的著作。"敏之道:"是的,可是西洋人作小说,和中国人作小说有些不同,中国人作小说喜欢包罗万象,西洋小说,一部书不过一件事。"柳春江笑道:"从新大陆回来的人,究竟不同,随便谈话,都有很精深的学问在内。"敏之笑道:"不要客气罢。到外国去不过是空走一趟,什么也没有得着。"大家先是谦逊了一阵,后来也就随便谈话了。

柳春江说话,却不时的注意小怜身上,偏是小怜心虚,又有些闪避的意味。敏之、润之姊妹俩,年事已长,又是欧美留学生,对于男子们求恋的情形,不说身经目睹,真也耳熟能详。她俩看见这种情形,有什么不明白的。当时敏之走开,似乎要去和别人说话的样子,润之也就跟了出来。

第十七回

歌院重逢自惭真面目　绣花独赏暗寓爱根苗

润之出来，因轻轻的问敏之道："奇怪，这姓柳的，对小怜十分注意似的，你看出来了吗？"敏之道："我怎样没有见，也不知道是什么原故，小怜总是躲躲闪闪的？你不听那姓柳的说吗，那天夏家结婚，他也在内吗？我想，自那天起，他就钟情于小怜了。就是密斯毕请客，把小怜也请在内，这或者也是有用意的。"润之道："你这话极对。当密斯毕给他两人介绍的时候，小怜好像惊讶似的，如今想起来，越发可疑了。五姐，我把梅丽也叫来，让那姓柳的闹去，看他怎么样？"敏之道："有什么笑话可闹呢？无非让那姓柳的多作几天好梦罢了。"她俩在这里说话，恰好梅丽自己过来了，那里只剩小怜一个人在椅上坐着。

这一来，柳春江有了进言的机会了。但是先说哪一句好哩？却是找不到头绪。那小怜微微的咳嗽了两声，低了头望着地下没有做声。柳春江坐在那里，也轻轻的咳嗽了两声，大家反沉默起来。柳春江一想，别傻了，这好机会错过了，再到哪里去找呢？当时就说道："金女士给我那封信，我已收到了。但是……"说到这里，顿了一顿，又接上说道:"我钦慕女士的话,都是出于至诚,女士何以相拒之深?"小怜被他一问,脸都几乎红破了,一时答不出所以然来。

柳春江道:"我所不解的,就是为什么不能向金府上通信?"小怜轻轻的说了三个字:"是不便。"柳春江道:"有没有一个转交的地方呢?"小怜摇摇头。柳春江道:"那末,今天一会而后,又不知道是何日相会了?"小怜回头望了一望,好像有什么话要对柳春江说出似的,但是结果只笑了一笑。柳春江道:"我想或者金女士将来到学校里去了,我可以寄到学校里去。"小怜笑了一笑道:"下半年,我又不在学校里呢。"柳春江半天找不到一句说话的题目,这会子有了话说了,便道:"我们都在青年,正是读书的时候,为什么不进学校呢?"小怜一时举不出理由来,便笑道:"因为打算回南边去。"柳春江道:"哦!回南边去,但是……"说到这里,他不知道应该怎样说才好,结果,又笑了一笑。于是大家彼此互看了一眼,又沉默起来。

柳春江奋斗的精神,究竟战胜他羞怯的心思,脸色沉了一沉,说道:"我是很希望和金女士做文字之交的,这样说,竟不能了?"小怜道:"那倒不必客气,我所说的话,已经在回柳先生的信里说了。"柳春江道:"既然如此,女士为什么又送我一个花球呢?"小怜道:"我并没有送柳先生的花球。"柳春江道:"是个晚香玉花球,由密斯毕转送来的,怎么没有?"小怜道:"那实在误会了。我那个花球是送密斯毕的,不料她转送了柳先生。"柳春江道:"无论怎样,我想这就是误会,也是很凑巧的。我很希望密斯金承认我是一个很忠实的朋友。"小怜见他一味纠缠,老坐在这里,实在不好意思,若马上离开他,又显得令人面子搁不下去。正在为难之际,恰好来了两位男客,坐在不远,这才把柳春江一番情话打断。

一会儿,主人翁请二十几位来宾入席,这当然是香气袭人,鬓履交错。在场的余健儿故意捣乱,把金氏姊妹四人的座位一行往右移。而几个无伴的男宾,座位往左边移。男女两方的前线,一个是柳春江,一个是小怜,恰好是并肩坐着。这样一来,小怜心里也有些明白,连主人翁都被柳春江勾通的了。这样看来,表面上大家是很客气的。五步之内,各人心里,可真有怀着鬼胎的啦。一个女孩儿家,自己秘密的事,让人家知道了,这是最难堪的。就不时用眼睛去偷看主人翁的面色。有时四目相射,主人翁脸上,似乎有点笑意。不用提,自己的心事,人家已洞烛无遗了。因此这餐饭,吃饱没吃饱自己都没有注意,转眼已经端上了咖啡,这才知道这餐饭吃完了。

吃完饭之后,大家随意的散步,柳春江也似乎怕人注意,却故意离开金氏姊妹,和别人去周旋。偏是润之淘气,她却带着小怜坐到一处来。笑着对柳春江道:"令姊这时候有信寄回来吗?柳先生若是回信,请代家姊问好。"柳春江道:"是,我一定要写信去告诉家姊,说是已经和密斯金成为朋友了。我想她得了这个消息,一定是很欢喜的。"润之笑道:"是的,我们极愿意多几个研究学问的朋友,柳先生如有工夫到舍下去谈谈,我们是很欢迎的。"柳春江道:"我是一定要前去领教的。我想四位女士,总有一二位在家,大概总可以会见的。"小怜不过是淡笑了一笑,她意思之中,好像极表示不满意的。润之却笑道:"我这个舍妹,她不大出门,那总可以会见的。"柳春江道:"好极了,过两天我一定前去拜访。"他们说话,敏之也悄悄的来了,她听润之的口音,真有心戏弄那个姓柳的。再要往下闹,保不定要出什么笑话。便道:"我们回去罢。"于是便对柳春江点一点头道:"再见。"就这样带催带引,把润之、小怜带走了。

但柳春江自己,很以今天这一会为满意。第二天,勉强忍耐了一天，到了第三天，就忍耐不住了，便到金家去要拜会金小姐。敏之、润之本来有相当的交际，有男宾来拜会，那很是不足注意的。柳春江一到门房，递进名片，说是要拜会金小姐。门房就问："哪一位小姐？"柳春江踌躇了一会儿，若是专拜访晓莲小姐，那是有些不大妥当的。头一次，还是拜访他们五小姐罢。于是便说道："拜访五小姐。若是五小姐不在家……"门房道："也许在家，让我和你看看罢。"门房先让柳春江在外面客厅里坐了，然后进去回话。敏之因为是润之约了人家来的，第一次未便就给人家钉子碰，只好出来相会。这自然无甚可谈的，柳春江说了一些闲话，也就走了。自这天起，柳春江前后来了好几次，都没有会见小怜，他心想，或者是小怜躲避他，也就只得罢了。

约摸在一个星期以后，是七月初七，北京城里各戏园大唱其《天河配》。柳春江和着家里几个人，在明明舞台包了一个特厢看戏。也是事有凑巧，恰好金家这方面也包了一个特厢看戏。金家是二号特厢，柳家是三号特厢，紧紧的靠着。今天金家是大少奶奶吴佩芳做东，请二三两位少奶奶。佩芳带了小怜，玉芬带了小丫头秋香，惟有慧厂是主张阶级平等，废除奴婢制度，因此，她并没有带丫环，只有干净些的年少女仆，跟着罢了。三个少奶奶坐在前面，两个丫环、一个女仆就靠后许多。小怜一心看戏，绝没有注意到隔壁屋子里有熟人。女茶房将茶壶送到包厢里来，小怜斟了一遍茶。玉芬要抽烟卷，小怜又走过去，给她擦取灯儿。佩芳在碟子里顺手拿了一个梨，交给了小怜道："小怜，把这梨削一个给三少奶奶吃。"小怜听说，和茶役要了一把小刀，侧过脸去削梨。这不侧脸犹可，一侧脸过去，犹如当堂宣告死刑一般，魂飞天外。

原来隔壁厢里最靠近的一个人，便是柳春江。柳春江一进包厢，早就看见小怜,但是她今天并没有穿什么新鲜衣服,不过是一件白花洋布长衫,和前面几个艳装少妇一比,相隔天渊。这时心里十分奇怪,心想,难道我认错了人?可是刚走二号厢门口过,明明写着金宅定,这不是晓莲小姐家里,如何这样巧?柳春江正在疑惑之际,只见隔壁包厢里有一个少妇侧过脸来,很惊讶的样子说道:"咦!小怜,你怎么了?"小怜红着脸道:"二少奶奶,什么事?"慧厂道:"你瞧瞧你那衣服。"小怜低头一看,哎呀,大襟上点了许多红点子。也说道:"咦!这是哪里来的?"正说时,又滴上一点,马上放下梨,去牵衣襟,这才看清了,原来小指上被刀削了一条口子,兀自流血呢。还是女茶房机灵,看见这种情形,早跑出去拿了一包牙粉来,给小怜按上。小怜手上拿着的一条手绢,也就是猩红点点,满是桃花了。

佩芳道:"你这孩子,玩心太重,有戏看,削了手指头都不知道。"慧厂笑道:"别冤枉好人啦,人家削梨,脸没有对着台上呀。"佩芳道:"那为什么自己削了口子还不知道?"小怜用一只手,指着额角道:"脑袋晕。"佩芳道:"《天河配》快上场了,你没福气瞧好戏,回去罢。"慧厂道:"人家早两天,就很高兴的要来看《天河配》,这会子,好戏抵到眼跟前了,怎么叫人家回去?这倒真是煮熟了的鸭子给飞了。"说时,在钱口袋里掏出一块钱给小怜道:"带秋香到食堂里喝杯热咖啡去,透一透空气就好了,回头再来罢。"秋香还只十四岁,更爱玩了。这时叫她上食堂去喝咖啡,那算二少奶奶白疼她。将身子一扭,嘴一撅道:"我又不脑袋痛,我不去。"玉芬笑道:"狗咬吕洞宾,不识好歹。小怜,你一个人去罢。你叫食堂里的伙计,给你一把热手巾,多洒上些花露水,香气一冲,人就会爽快的。"小怜巴不得走开,接了一块钱,目不斜视的,就走出包厢去了。

柳春江坐在隔壁,已经看得清清楚楚,听得明明白白,这真奇了,一位座上名姝，变成了人前女侍。若说是有意这样的，可是那几位少妇，自称为少奶奶，定是敏之的嫂嫂了。和我并不相识，她何故当我面闹着玩？而且看晓莲女士，惊慌失措，倒好像揭破了秘密似的，难道她真是一个使女？但是以前她何以又和敏之她们一路参与交际呢？心里只在计算这件事，台上演了什么戏，实在都没有注意到。他极力忍耐了五分钟，实在忍不住了，便也走出包厢，到食堂里去。

小怜坐在一张桌子旁，低头喝咖啡，目未旁视，猛然抬头，看见柳春江闯进来，脸又红起来了。身子略站了一站，又坐下去，她望见柳春江，竟怔住了。嘴里虽然说了一句话，无如那声音极是细微，一点也听不出来。柳春江走上前，便道："请坐请坐。"和小怜同在一张桌子坐下了。小怜道："柳先生，我的事你已知道了，不用我说了。这全是你的错误，并非我故意那样的。"柳春江照样要了一杯咖啡，先喝了一口，说道："自然是我的错误。但是那次在夏家，你和八小姐去，你也是一个贺客呀。这又是什么意思呢？"小怜道："那为了小姐要人做伴，我代表我少奶奶去的。"小怜说到这里，生怕佩芳她们也要来，起身就要走。柳春江看她局促不安的样子，也很明白。

小怜会了帐，走出食堂来。这里是楼上散座的后面，一条大甬道。下楼也在这里。小怜立住，踌躇一会儿，再进包厢去，有些不好意思，就此下楼，又怕少奶奶见责。正犹豫之时，柳春江忽赶上前来，问道："你怎样不去看戏？"刚才在食堂里，小怜抵着伙计的面，不理会柳春江，恐怕越引人疑心。到了这里，人来来往往，不会有人注意。她不好意思和柳春江说话，低了头，一直就向楼下走。柳春江见她脸色依旧未定，眼睛皮下垂，仿佛含着两包眼泪要哭出来一般，老大不忍，也就紧紧随着下楼。

一直走出戏院大门，柳春江又说道："你要上哪儿？为什么这样子，我得罪了你吗？"小怜道："你有什么得罪我呢？我要回去。"柳春江道："你为什么要回去？"小怜轻轻说道："我不好意思见你了。"柳春江道："你错了，你错了。我刚才有许多话和你说，不料你就先走了。"说着，顺手向马路对过一指道："那边有一家小番菜馆子，我们到那里谈谈，你看好不好？"小怜道："我们有什么可谈的呢？"柳春江道："你只管和我去，我自有话说。"于是便搀着小怜，自车子空当里穿过马路，小怜也就六神无主的走到这小番菜馆里来。

找了一个雅座，柳春江和小怜对面坐着。这时柳春江可以畅所欲谈了，便说道："我很明白你的心事了。你是不是因为我已经知道你的真相，以为我要藐视你呢？可是正在反面了。你要知道，我正因为你是金府上的人，恨我没有法子接近。而且你始终对我冷淡，我自己也很快要宣告失望了。现在看见你露了真相，很是失望，分明是你怕我绝交才这样啊。这样一来，已表示你对我有一番真意，你想，我怎不喜出望外呢？我是绝对没有阶级观念的，别的什么我都不问，我只知道你是我一个至好的朋友。"小怜以为真相已明，柳春江一定是不屑于往来的，现在听了他这一番话，真是句句打入她的心坎。在下一层阶级的人，得着上一层阶级的人做朋友，这是很荣幸的事情。况且既是异性人物，柳春江又是一个翩翩的浊世佳公子，这样和她表示好感，一个正在青春、力争上流的女子，怎样不为所动？

她便笑道："柳少爷，你这话虽然很是说得恳切，但是你还愁没有许多小姐和你交朋友吗？你何必和我一个做使女的来往呢？"柳春江道："世上的事情，都是这样，也难怪你疑惑我。但是将来日子久了，你一定相信我的。我倒要问你，那天夏家喜事，你去了不算,为什么密斯毕请客,你还是要去呢?这倒好像有心逗着我玩笑似的。"小怜正用勺子舀盘子里的鲍鱼汤,低着头一勺一勺舀着只喝。柳春江拿着手上的勺子,隔着桌面上伸过来,按着小怜的盘子,笑道:"你说呀,这是什么原故呢?"小怜抿着嘴一笑,说道:"这有什么不明的,碰巧罢了。到夏家去,那是我们太太、少奶奶闹着玩,不想这一玩,就玩出是非来了。"柳春江缩回手去,正在舀着汤,嘴里咀嚼着,听她交代原故呢。一说玩出是非来了,便一惊,问道:"怎么了?生出了什么是非?"手上一勺子汤,悬着空,眼睛望着小怜,静等回话。小怜笑道:"有什么是非呢,就是碰着你呀。不过我想,那次毕小姐请客,为什么一定要请我去?也许是……"说着,眼睛对柳春江瞟了一下。柳春江也就并不隐瞒,将自己设计,要毕云波请客的话,详细的说了一遍。

小怜道:"你这人做事太冒失了,这样事情,怎么可以弄得许多人知道?"柳春江道:"若是不让人知道,我有什么法子可以和你见面呢?"小怜虽以柳春江的办法为不对,可是见他对于本人那样倾倒,心里倒是很欢喜。昂头想了一想,又笑了一笑。柳春江道:"你想着有什么话要说吗?"小怜道:"没有什么话说。我们少奶奶以为我还在食堂里呢,我要去了。"说着,就站起身来。柳春江也跟站起来,问道:"以后我们在哪里相会呢?"小怜摇着头笑道:"没有地方。"柳春江道:"你绝对不可以出来吗?"小怜道:"出来是可以出来。不能那末巧,就碰着你呀。"柳春江道:"既然这样,你什么时候要出来,你先打一个电话给我,或者预先写一封信给我,那都可以。"小怜道:"再说罢。"柳春江道:"不要再说,就是这样决定了。"小怜没有答应,也没有不答应,便笑着走了。柳春江真个办到如愿以偿,他自然是很欢喜。他怕金家那边包厢里会看破行藏,也没有再去看戏了,当时出了番菜馆,就回自己家去了。

这里小怜复到包厢里去,吴佩芳道:"你怎么去了这久?我还以为你回家去了哩。"小怜道:"没有回家,马路上正有夜市,在夜市上绕了一个弯。我去了好久吗?"佩芳道:"可不是!"但是台上的戏,正在牛郎织女渡桥之时,佩芳正看得有趣,也就没有理会小怜的话是否属实。兴尽归家,已经一点钟了。

这天气还没有十分凉爽,小怜端了一把藤睡椅放在长廊下,便躺在藤椅上闲望着天上的银河,静静儿的乘凉。人心一静了,微微的晚风,带得院子里的花香,迎面而来,熏人欲醉,就这样沉沉睡去。忽然有人叫道:"醒醒罢,太阳快晒到肚皮上了。"睁眼时,只见燕西站在前面,用脚不住的踢藤椅子。小怜红了脸,一翻身坐了起来,揉着眼睛笑道:"大清早哪里跑来?倒吓我一大跳。"燕西道:"还早吗?已经八点多了。"小怜道:"我就这样迷糊了一下子,不料就到了这时候了。"站起身来就往里走,燕西拉着她衣服道:"别忙,我有句话问你。"小怜道:"什么事?你说!"燕西想了一想,笑道:"昨晚上看什么戏?还好吗?"小怜将手一摔道:"你这不是废话!"说毕,她便一转身进屋子去了。佩芳隔着屋子问道:"清早一起,小怜就在和谁吵嘴?"小怜道:"是七爷。"燕西隔着窗户说道:"她昨晚上在廊子下睡觉,睡到这时候才起来,我把她叫醒呢。"小怜道:"别信七爷说,我是清早起来乘凉,哪是在外头睡觉的呢?"

燕西一面说话,一面跟着进来,问道:"老大就走了吗?"佩芳道:"昨晚没回来,也不知道到哪里闹去了?"说时,身上披着一件长衫,光着脚跋了拖鞋,掀开半边门帘子,傍门站立着。她见燕西穿了一套纺绸的西装,笑道:"大热的天,缚手缚脚的穿上西装做什么?"

燕西道："有一个朋友邀我去逛西山。我想，穿西装上山走路便利些。"佩芳道："我说呢，你哪能起得这样早？原来还是去玩。你到西山去，这回别忘了，带些新鲜瓜菜来吃。"燕西道："大嫂说这话好几回了，爱吃什么，叫厨子添上就得了，干吗还巴巴的在乡下带来？"佩芳道："你知道什么？厨子在菜市买来的菜，由乡下人摘下来，预备得齐了，再送进城，送进城之后，由菜行分到菜市，在菜市还不定摆几天呢，然后才买回来。你别瞧它还新鲜，他们是把水浸的。几天工夫浸下来，把菜的鲜味儿，全浸没了。"燕西道："这点小事，大嫂倒是这样留心。"佩芳笑道："我留心的事多着呢，你别在我关夫子门前耍大刀就得了。要不然的话，你先一动手，我就明白了。"

这样一说，倒弄得燕西有些不好意思了。说道："我倒不是一早就吵你。你不是说，家庭美术研究社你也要加入吗？现在离着不过十来天了，各人的出品得早些送去。人家会里和我催了好几回了。我是约了今天晚晌回来，回人家的信，若是这时候不来找你，回头你出去了，我又碰不着了。"佩芳道："什么大不了的事！这样忙？"燕西道："实在没有日子了，混混又是一天，混混又是一天，一转眼就到期了。你们做事因循惯的，我不能不下劲的催。"佩芳道："我又什么事因循了？你说！"燕西道："就说美术会这件事罢，我先头和你们说了，你们都很高兴，个个都愿意干。现在快一个月了，也不见你们的作品在什么地方？一说起来，就说时间还早啦，忙什么？俄延到现在，连这桩事都忘了，还说不因循呢？"佩芳道："现在不是还有二十来天吗？你别忙，我准两个礼拜内交你东西，你看怎么样？"燕西道："那样就好。我晚上就这样回人的信，可别让我栽跟头啦！"燕西说着，便走了，走到月亮门前，回转头来笑道："过两个礼拜瞧。"

佩芳被他一激，洗了脸，换了衣，便问小怜道："我绷子上那一块刺绣的花呢？"小怜道："我怕弄脏了，把一块手巾盖着移到楼上去了。还是上次晾皮衣的时候，锁的楼门，大概有三个礼拜了。大清早的，问那个做什么？"佩芳道："你别问，你把它拿下来，就得了。"小怜道："吃了饭再拿罢。"佩芳道："你又要偷懒了，这会子我就等着做，你去拿罢。"小怜笑道："不想起来，一个月也不动手，想起来了，马上就要动手。你看，做不到两个时辰，又讨厌了。"佩芳道："你这东西，越来越胆大，倒说起我来了？"小怜不敢辩嘴，便上楼去，把那绣花绷子拿了下来。

佩芳忙着先洗了个手，又将丝线、花针，一齐放在小茶几上，和绣花绷子迎着窗子摆着，自己茶也没喝，赶着就去绣花。一鼓作气的，便绣了两个钟头。凤举由外面回来，笑道："今天怎样高起兴来，又来弄这个？"佩芳抬头看了一眼，依旧去绣她的花。金凤举一面脱长衣，一面叫小怜。叫了两声，不见答应，便说道："小怜现在总是贪玩，叫做什么事，也不会看见人。"佩芳问道："你又有什么事，要人伺候？"凤举道："叫她给我挂衣裳啦。"佩芳低着头绣花，口里说道："衣裳架子就在屋里，你自己顺手挂着就得了，这还要叫人，有叫人的工夫，自己不办得了吗？小怜不是七八岁了，你也该回避回避，有些不用叫她做的事，就不要叫她。"凤举自己正要挂上长衣，廊子外面的蒋妈，听说大爷要挂长衣服，便进来接衣服。凤举连忙摆手道："不要不要。"自己将衣服挂起，弄得蒋妈倒有些不好意思。

佩芳便道："蒋妈去替我倒碗茶来。"蒋妈走了，佩芳对凤举瞟了一眼，撇着嘴一笑。凤举伸了一个懒腰，两手一举，向藤榻上一坐，笑道："什么事？"佩芳掂着花针，对凤举点了几点，笑道：

"亏你好意思！"凤举道："什么事？"佩芳低着头绣花，鼻子里哼了一声。凤举笑道："你瞧这个样儿，什么事？"这时，蒋妈将茶端来，佩芳喝着茶，默然无语。蒋妈走了，佩芳才笑道："我问你，你先是叫小怜挂衣服，怎样蒋妈来挂，你就不要她挂呢？都是一样的手，为什么有人挂得，有人挂不得？"凤举道："这又让你挑眼了。你不是说了吗，有叫人的工夫，自己就办得了，我现在自己挂，不叫人，你又嫌不好，这话不是很难说吗？"佩芳道："好，算你有理，我不说了。"

过了一会儿，两个厨子提着提盒进院子来。在廊檐下，就停住了。再由蒋妈拿进来。蒋妈便问佩芳道："饭来了，大少奶奶就吃饭吗？"佩芳点点头。蒋妈在圆桌上，放了两双杯筷，先打开一只提盒，将菜端上桌，乃是一碟鸡丝拌王瓜，一碟白菜片炒冬笋，一碟虾米炒豌豆苗，一大碗清炖火腿。凤举先站起来，看了一看，笑道："这简直做和尚了，全是这样清淡的菜。无论如何，北京城里的厨子你别让他做过三个月，做过三个月，就要出鬼了。这简直做和尚了！这个日子王瓜多么贱，他们还把这东西弄出来。"佩芳道："你知道什么，夏天就是吃素菜才卫生。这样的热天，你要大鱼大肉的闹着，满肚子油腻，那才好吗？这是我叫厨子这样办的。你说王瓜贱，冬笋和豌豆苗，也就不贱罢？"

厨子在外听见，隔着帘子笑道："大少奶奶这话真对。就说那冬笋罢？菜市用黄沙壅着，瓦罐扣着，宝贝似的不肯卖哩。就是这样一碟子，没有一块钱办不下来。大爷要吃荤些的，倒是好办。就是这素菜，又要嫩，又要口味好，真没有法子找。"凤举笑道："大少奶奶一替你们说话，你们就得劲了。厨房里有什么现成的菜没有？给我添上一碗来。"厨子答道："有很大的红烧鲫鱼，大爷要吗？"

凤举道:"就是那个罢。"

厨子去了,不多大一会儿,厨子送了鲫鱼来。小怜将饭也盛好了。凤举道:"别做了,吃饭啦。"佩芳绣花绣起意思来了,尽管往下绣。凤举叫她,她只把鼻子哼了一声,依旧往下做。凤举坐下来,先扶起筷子,吃了两夹子鱼,把筷子敲着饭碗道:"吃饭啰,菜全凉了。"佩芳道:"热天吃凉菜,要什么紧?我绣起这一片叶子,我就来了。你吃你的罢,只有两针了。"凤举道:"你吃了饭再来绣,不是一样吗?你不做就不做,一做就舍不得放手。我来看看,你到底绣的是什么东西?"说时,就走过来。

只见绷子上绣着一丛花,绣好了的,绽着一张薄纸,将它盖上。佩芳手上,正绣着两朵并蒂的花下的叶子,那花有些像日本樱桃花,又有些像中国蔷薇,欲红还白如美人的脸色一般。凤举笑道:"这花颜色好看,还是两朵并蒂,这应该是《红楼梦》上香菱说的,夫妻蕙罢?"佩芳道:"天下有这样美丽的男子吗?"凤举道:"我是说花,我又没说人。"佩芳道:"你拿夫妻来打比,还不是说人吗?"凤举道:"依你说,这该比什么呢?"佩芳笑道:"这有名色的,叫二乔争艳。照俗说,就是姊妹花。你不见它一朵高些,一朵低些;一朵大些,一朵小些吗?"凤举道:"这两朵花叫姊妹花,我算明白了。唉!两朵花能共一个花枝儿,两个人,可就……"

说着,偷眼看佩芳,见她板着脸,便道:"它本来的名字叫什么呢?这种花很特别,我倒是没见过。"佩芳道:"这个花你会不知道?这就叫爱情花呀。"凤举笑道:"原来这是舶来品,我倒没有想到。这很有意思,花名字是爱情,开出来的形状,又是姊妹。那末,这根是情根,叶是爱叶了。你绣这一架花,要送给谁?我猜,又是你的朋友要结婚,所以赶着送这种东西给人,对不对?"佩芳道:"要送人，我不会买东西送人，自己费这么大劲做什么？谁也没有那样大面子，要我绣这种花送给他！"凤举笑道："有是有一个。"佩芳停了针不绣，把头一偏，问道："谁？"凤举用一个指头点着鼻子笑道："就是不才。"佩芳把嘴一撇道："哼！就凭你？"凤举道："怎样着？我不配吗？那末，你赶着绣这东西做什么？"佩芳道："我为什么要告诉你？"凤举道："不告诉我算了，我也无过问之必要。但是你为着赶绣花，要我等你吃饭，这却是侵犯我的自由，我不能依你。"

佩芳笑着停了针，举起手，将针向头上一插。忽然又想，已经剪了头发了，这针插不下去，然后插在绷子一边。凤举笑道："我给护发的女子，想一个护发的理由来了。就是剪头发，一来不好戴花，二来不好插针。"正说到这里，只听得帘子外面人接嘴说道："就是这个理由吗？未免太小了。"说着，一掀帘子，就走进房来。

第十八回

谨谢主人怜不为绿叶　难明女儿意终惜明珠

进房来的是谁？乃是润之。

润之看见他们在吃饭，因笑着说道："怎么到这时候才吃饭？"凤举将筷子指着佩芳道："等她等到这时候。"润之道："大嫂清早上哪儿去了？"佩芳笑道："哪儿也没有去，我是赶着绣一片花叶子，让他稍微等一等。"润之眼看旁边一架花绷子，对佩芳笑道："好好的，怎么想起弄这个？"佩芳道："家庭美术研究社快要赛会了，你忘了吗？"润之道："是呀，没有日子了。我是捡出几张旧的西洋画，拿去充充数就得了。你还赶着这一架花送去吗？"佩芳道："我一点存货没有，非赶不可。"润之道："至少也要三四样才行啦。你就是一样，不太少吗？"佩芳道："惟其如此，所以我才赶办啦，我也只有赶出多少，是多少罢。"

润之道："你要赶不出来，我给你荐一个人帮忙。"佩芳道："谁？要条件吗？"润之摇头笑道："用不着，用不着。"说时，用手对旁边站的小怜一指道："我保荐她，你看怎么样？前次我看她和梅丽绣了一条手绢，绣得很好，并不露针脚。"佩芳道："可倒是可以，除非教她接手绣我这架花,我另外绣一架别的。可是,不会露出两样子来吗?"润之笑道:"不会的。古言说得好,强将手下无弱兵。你绣得好,她也很不错,准赶得上哩。"

小怜在旁一笑道:"六小姐好事不举荐我,这样很负责任的事,就举荐我了。"润之笑道:"你不要善于忘事罢?好事没有举荐过你吗?带你去做上等客,吃大菜,这是几时的事呀?而且……"说到这里,看见凤举在座,又笑道:"而且和我们一样的有面子哩。"凤举笑道:"你们吃了饭没事,就刁钻古怪的闹着玩,现在玩着索性闹到外面去了。仔细给人家说笑话。"佩芳将脸一红道:"你为小怜出去两回,笑话不笑话,你说了好多回了。这是我的人,笑话不笑话,与你没有关系,你管得着吗?"凤举用筷子点着佩芳笑道:"又是生气的样子。"佩芳也笑了说道:"不是我生气,好像你把这件事,老放在心里似的。事不干己,你何必多此一举呢?"凤举没有话说,自笑着吃他的饭。润之道:"大嫂,吃完了饭,到我那里先坐坐,我有话和你说。"说毕,自去了。

佩芳吃完饭,赶着洗了手脸,又来绣花,凤举就戴着帽子,拿着手杖,仿佛要出去的样子,对佩芳道:"你真心无二用了。刚才润之特意到这里来,要你去一趟,你怎样忘了?"佩芳笑道:"真的,我倒忘了。小怜吃完了饭没有?吃完了,给我接手绣上,我要到六小姐那里去了。"凤举听他夫人这样说,戴上帽子先走了。佩芳将花交给小怜,也就向润之这边来。

他们家里的午饭,吃得不算早,这时候已到一点钟,烈日当空,渐渐热起来。院子里几棵树,浓浓的绿荫,覆住了栏干,树影子也不摇一摇,芭蕉荫下,几只锦鸭,都伏在草上睡着了。满院子静悄悄的。小怜低着头,临着南窗绣花,有时一阵清风,从树荫底下钻进屋来，真有些催眠本领，弄得人情意昏昏，非睡不可。她是低着头，两鬓剪了短发，向前纷纷披下来，挡住了眼角。自己把手向上一扶，扶到耳朵后去。不到一刻工夫，风一吹，又掉下来。到了后来，索性不管，随它垂着。自己绣花，正绣到出神之际，忽有只手伸过来，替她理鬓发。

小怜道："蒋妈，你总欢喜闹，摸得人痒丝丝的。"说了，一抬头看时，并不是蒋妈，却是凤举。小怜脸上一红，将身子让了一让，依旧去绣花。凤举笑道："你居然绣得不错。"说时，背着两只手，故意低着头去看小怜绣的那花。小怜只好站开一点，让他看去，凤举一个指头抚摩着道："你这绣的，比她的还好。"小怜笑道："大爷别用手动，回头弄上了汗印，这一块花就全坏了。"凤举道："你绣的花，你知道叫什么名字吗？"小怜道："刚才不是大少奶奶说了吗？这叫姊妹花。"凤举道："不对，单是那两朵并蒂的叫姊妹花，花的本名是爱情花呢。"小怜道："倒没有听见过这样一个名字。"凤举道："不但这花叫爱情花，就是这花的根叫情根，花的叶叫爱叶。"小怜笑道："没有这话，绣花没有绣出花根来的。"凤举道："我是说长的那爱情花，绣的花自然是无须绣出花根来。不过绣花，叶子是要紧。牡丹虽好，也要绿叶儿扶持。叶子若是颜色配不好看，花绣得再好，也是枉然。"凤举说到这里，便走开一边，在藤椅上躺着。

小怜依旧走过去绣花。口里说道："大爷也是懂刺绣？"凤举笑道："你小看了我了，美术的东西，哪一样不懂呢？"小怜道："大爷不是出门去吗？怎么又回来了？"凤举道："天气热得很，走到大门口，我又回来了，我很想睡一场午觉呢。你不热吗？我来给你开电扇。"说时，他便站了起来，将电扇的插销插上，马上电扇就向小怜这边，旋风也似的扇将起来。小怜连忙过去将电扇机扭住，说道：

"不很热,大风刮着,反而不好做事。"说毕,依旧去绣花。

凤举躺在藤椅上,默然了一会儿,然后搭讪着问她道:"你怎么只绣那叶子,不绣那花?"小怜道:"难道说叶子就好绣吗?这里面得分一个阴阳老嫩,也很有考究哩。"凤举道:"所以我就说牡丹虽好,也要绿叶儿扶持啦。人也是这样,我和你少奶奶,好比是那一对花。"小怜道:"那怎么能比呢?人家是姊妹花,又不是……"说到这里,顿住了口。凤举道:"你信你大少奶奶胡诌呢。那实在是并蒂花。你呢?就好像花底下的嫩叶子,全是要你陪衬着,才好看。若没有你,我两人就好些事情不顺手了。"

小怜抬头向帘子外看,也没有个人影子,廊檐下洗衣服的蒋妈,这会儿也不晓得哪里去了。院子里越发显得沉寂,小怜养的那只小猫机灵儿,正睡在竹帘影下,它那小小的鼾声,都听得很清楚。小怜也不知什么原故,有些心慌意乱。凤举见她不理,索性站了起来,见她绣完了一片叶子,又新绣一片叶子。笑道:"你说我不能比那花,那末,你和你大少奶奶,比那一对爱情姊妹花,我比着你手底下绣的爱叶,你看怎么样呢?我倒是很愿意做一片爱叶,衬托着你们哩。"小怜看见凤举有咄咄逼人之势,放下了针,板着脸,将帘子一掀,抢走一步,便走到廊外来了。凤举到了此时,追出来是不好,不追出来也不好,只是隔着帘子,向外面看来。

小怜却蹲在芭蕉荫下,折了地上一片青草,去拨动那睡熟了的锦鸭。这时,便有人喊道:"正经事你不做,跑到外面,你弄这鸭子做什么?你真算没事啦。"小怜一抬头,佩芳已经回来了。便笑着说:"屋里太热,绣得出了一身的汗,我现在到外面来凉凉。"佩芳笑道:"你绣这一会子工夫,就会累了,我呢?"一面说话,一面掀帘子走进来。一抬头,只见凤举的帽子和衣服,都挂在衣架上。说道:"咦!不是出去了的人吗?怎么就回来了?"走进卧室去,只见窗户洞开,凤举放下珍珠罗的帐子,已经睡在床上。

佩芳道:"你刚才那样忙着要出去,这会子倒跑到屋子里来睡觉,怪是不怪?"佩芳见凤举不做声,便道:"睡着了吗?"凤举依旧不做声。佩芳道:"真睡着了吗?我不信。"凤举一翻身笑道:"睡着了。"佩芳道:"睡着了,你还会说话?"凤举笑道:"你知道我睡着了不会说话,为什么老钉着问呢?"佩芳道:"我就知道你是假睡。"凤举道:"你知道我是假睡,你就不须问我睡着了没有,干脆就和我说话得了。"佩芳道:"你倒说得头头是道,起来罢。"凤举掀着帐子起来,便坐在床沿上穿皮鞋。

佩芳见他的皮鞋,忽然想起一件事,便问道:"你回回到家,马上就脱下皮鞋,换拖鞋趿着。你现在连皮鞋都没有脱,不是预备睡觉的样子,分明是见我回来才睡觉的。不用提,你这又是捣什么鬼,故意这样的装睡,你怕我不知道呢。"凤举笑道:"睡觉没有先脱皮鞋,那也是平常的事,这又能算捣什么鬼?"佩芳道:"你不算捣鬼,我一说你脸上就红了呢?你瞧,这是有些原故不是?"凤举穿上了皮鞋,走出外去,笑道:"我到外面睡去,不和你争这无谓的闲气。"说毕,凤举自走了。

佩芳再一看窗子外,小怜背过脸去,依旧在树荫下徘徊,好像不很自在的样子。佩芳一看,便存在心里,且不说,依旧去绣花。过了许久,竟不见回来,因此放下针,偷偷的到小怜房门口一张,见她也在藤榻上,和衣而睡了。佩芳看了这事,越发心里疑惑。到了下午四点钟,小怜走了出来,笑道:"随便打一个盹儿,不料就这样睡着了。"佩芳道:"我还以为你身体不舒服呢,所以没有叫你。

若是这样,还能指望你做什么事?六小姐还保荐你呢,你只给我绣几个叶子,就丢下了。"小怜道:"今天是有点头昏,明天我就给大少奶奶赶起来。"佩芳绣了几针,然后问道:"我去不多大一会儿,大爷就回来了吗?"小怜被佩芳一问,心先虚了,脸上先是一阵惊慌,故意背转身,去清理茶桌上的杯碟,说道:"不多大一会儿,大爷就回来了。"佩芳道:"他挺不是个东西,你不要理他。他有什么事,你让他叫蒋妈做去,你别替他做。"小怜依旧背着身体站立。

佩芳道:"我虽然年青,我向来不肯把人家的儿女不当人。你想,你跟我这多年,活也会做了,字也认识了,人也长清秀了,我待自己妹妹也不过如此罢?"小怜想道,这就奇了,好端端的为什么谈起这些话来?便笑道:"大奶奶这样说,我怎敢当呢?"佩芳索性停了刺绣,坐在藤椅上,对小怜说道:"我并不是无缘无故和你提起这些话,我想你一岁大一岁了,你的婚姻问题,不能不想法解决。依着你大爷的糊涂心事,那是不消说,你自然是不愿意,我也不能答应。但是老留你在我家,荤不荤、素不素的,那又算什么呢?可是话又说回来了,凭着你这个模样儿和你的能耐,若是随便配一个咱家里做事的人,那他们还不是中了状元一般,可是我看一看谁也配你不过。而且那些东西,究竟也不成器。要说到外面去找一个做生意买卖的罢?你倒可以终身有靠,可是又俗不过的。那种人,连穿衣吃饭的常识也没有,怎样和他在一处过日子?除此而外,要找个身家好些的,又怕人家除不了阶级观念。这除非像鼓儿词上的话,哪里找一个穷秀才,我们津贴他些钱,给他找个事,然后再把你许他。你想,这种事,打着灯笼在哪里去找呢?所以我为你这个问题,想了许多办法,竟是解决不过来。不知道你自己有什么办法没有?若是有好办法,我倒很愿意听你的。"

小怜听见佩芳谈到她的婚姻问题，先是有些害臊，后来听见佩芳所说种种困难却又是知己之言。但是这些问题，在于自己，只要进一步，和柳春江定了约，就一些也不为难。可是这句话，怎样好说出口呢？因此，佩芳虽然说了一大篇，她只静静的听着，一句也没答出来。佩芳道："这是你终身大事，你为什么不做声？这也用不着害臊。你要我替你决定办法，你总得对我说实话。"小怜只得说了一句："全凭大少奶奶做主。"佩芳道："我又不是你的父母，你的婚姻问题，我怎么能做主？我就是你的父母，在这个时代，也是无法过问的。"小怜依然是不做声，搭讪着隔了帘子看院子里的天色。佩芳道："现在我问你，你总是不说，将来人家替你出了主意，不合你的心，你可不要埋怨人。"小怜望着天道："又没谁提起这件事，大少奶奶倒好好的着忙起来。"佩芳笑道："不是我着忙，这也不是忙的事。可是真要到了忙的时候，恐怕又来不及了。"她哪知道小怜心里自有一番打算呢？只是絮絮叨叨的问着。小怜慢慢的掀帘子，慢慢的就走了出来，不听佩芳那一套话。佩芳始终认为她是害臊，也就随她去。

小怜顺着脚步走，只管肚里寻思，却没有理会走到了哪儿。忽然有人喊道："小怜哪里去？"回头看时，却是燕西坐在窗子里，打开两扇纱窗，放出两只小蜜蜂儿来。小怜笑道："打开窗户，放两只蜂子出来，可不知道放了多少苍蝇进去了。"燕西道："我要和你说话，我就忘了关窗户了。你进来，我有两句话和你说。"小怜道："我有事，你有话就说罢，还要我进去做什么？"燕西道："你进来一下，也耽误不了你多少工夫呀，你什么事，这样忙？"小怜道："你又有什么大不了的事，还不是些废话。"燕西笑道："好哇！我和你好好的说话，你倒骂起我来了。"说时，燕西关了窗户，便绕着回廊过来,便断住小怜的去路。小怜连忙将身子一闪,让到一边。

燕西笑道:"这一向子,我们不很大见面,你就和我生疏了许多似的。瞧你这样子,我们的交情,就这样算了吗?"小怜笑道:"这话可不当听。你是少爷,我是丫头,怎样谈得上'交情'两字?"燕西道:"我和你向来没有分过什么主仆,今天你何以提起这句话?我有什么事情得罪了你吗?"小怜笑道:"这更谈不上了。慢说七爷没有什么事得罪我,就是有什么事得罪我,我还敢和七爷计较吗?"燕西道:"这也不是,那也不是,那我就很费解了。你想想,我和你的情形,从前是怎样?现在是怎样?从前是有些小事情,只要告诉你一声,你马上就替我办到了。现在别说请你做事很不容易,就是找你说一句话,你也见了毒蛇似的,早早的走开,这是什么缘由呢?我自负是知道女孩子心事的,可是对于你就不知道得很啦。"

小怜被他说得无理可驳,便道:"你现在很忙呀,两三天也不回来一回。压根儿就见不着你,怎样给你做事呢?"燕西笑道:"你这话,说得有理。我现在烦你一点儿事,给我削一个梨吃,成不成?"小怜将右手一个小指头伸给燕西看道:"你瞧这是给三少奶奶削梨削的,现在还不能做事呢,你还好意思叫我给你削梨吗?"燕西道:"真是不凑巧,我要求你又不是时候了。果然,我现在不能说是知道女孩子的了。"

正说时,润之走来,和燕西拿书看。见他回廊上断住小怜说话,小怜却躲躲闪闪的,心里早明白了。便道:"老七,你书架上的《百科丛书》,我要查一查,全吗?"燕西笑道:"除非买来是不全的,若买来是全的就短不了。因为放在书架子上以后,我还没有翻动过呢。"润之笑道:"像你这样的少年,真是废物,亏你还说得出口呢。"燕西笑道:"这部书,原不是我要买的,是父亲说,一个人至少要翻一翻《百科丛书》，才能有些常识，一定逼着我买。我起初以为不过像《辞源》字典一样，翻翻倒也可以。不料搬回来，却是那些个，不说看书，目录也记不清。况且我的英文，又实在不行，看一页，倒要翻上好几回字典，那有什么意思呢？"润之道："你不要说了，你除了看小说而外，什么书也不爱看，何况是英文，何况又是《百科丛书》？"姊弟二人一面说着，一面走进屋来。

润之回头由纱窗里向外一看，见小怜已走了。便道："你又拦住小怜，要她做什么事？"燕西道："谁要她做什么事呢？我见她看着我来就是老远的跑开，好像那种旧家庭的女子，见人就躲似的。我偏要拦住她，看她怎样？"润之道："慢说是你，连大哥她都爱理不理了。"燕西道："这都是大嫂惯的这个样子。"润之道："她怎样是大嫂惯的？她并不是没有上下，坏了规矩，她不过躲开你们这些少爷罢了。"燕西道："从前为什么不躲开，现在却躲开呢？"润之笑道："她也有男朋友向她献殷勤了，怎么能把以前的事打比呢？这一颗明珠，不是金家人藏得住的了。"于是便将小怜两次充小姐出门，和柳春江错认了人的事，细说了一遍。

燕西听了，不知什么原故，心里好好的难过了一阵。可是在姐姐当面依旧不表示出来。笑道："这姓柳的，我也认识，他未必把小怜当一颗明珠罢？小怜居然想这样高攀呢！"随又指着书架上的书，口里念道："文学、矿物、卫生、名人小传、法律，五姐！你要哪一种？我猜你是要关于美术一类的，对不对？"润之道："我们就永是爱美术的吗？别的书就不爱看吗？我是找一本天文学哩。"燕西道："那种书，看了还要费思想，真是叫人头痛。"润之道："所以我说你就是废物。"润之一面说话，一面在书架上找书，她将书找到，拿着向胁下一夹，转身便要走。

燕西道:"五姐,我问你一句话,刚才你所说的话,全是真的吗?"润之道:"自然是真的,我无缘无故造这一段谣言骗你做什么?"燕西道:"唉!像大嫂这样,还闹个'春色满园关不住,一枝红杏出墙来',女子真是难说!那让老大知道了,岂不有一场是非?"润之笑道:"听评书掉泪,替古人担忧,你不是多此一举?"燕西被润之一驳,只好不说。润之去后,躺在藤椅上看了几页小说,觉得也很无聊。心想,还是到落花胡同去罢,他便坐了汽车,回到他私人的别墅来。

第十九回

初议佳期快谈银幕下　又蒙厚惠释虑白锒中

燕西到了落花胡同,已是日落西山。因在院子里散步,顺脚就走到冷宅这边来。冷太太和冷清秋各端了一张藤椅傍着金鱼缸乘凉,一见燕西来了,都站立起来。燕西道:"这个时候了,宋先生怎样还没有回来?"冷太太道:"承你的情替他荐了一个馆,就忙了一点。况且他又爱喝两杯,保不定这又到什么地方喝酒去了。"韩妈看见燕西来了,早给他端一张藤椅,让他坐下。燕西一看清秋,今天改梳了一条松辫,穿着白纱短褂,映出里面水红色衬衫。她手上执着一柄白绢轻边团扇,有一下没一下的摇着,看那背影,越发楚楚有致。

恰好冷太太有事,偶然走了。燕西望着她微微一笑,轻轻的说道:"这会子怎样忽然改装来了?"清秋将口咬着团扇边,只对燕西看了一眼,没说什么。燕西道:"今天晚上没事吗?一块去看露天电影,好不好?"清秋对上面屋里一望,见母亲还没有出来,笑道:"你请我母亲,我就去。"燕西道:"老人家是不爱看电影的,不要请罢。"清秋道:"没有的话,你就说不愿请她就是了。但是你不请她,我不好对她说。"燕西道:"我有个主意,我就说有张电影票,自己不能去，转送给你。那末，你就可以一个人去了。你先去，回头我们在电影院屋顶上相逢，你看好不好？"清秋道："我不做那样鬼鬼祟祟的事，瞒着母亲去。"燕西还要说时，冷太太又已出来了。

燕西道："伯母要看电影吗？"冷太太笑道："戏倒罢了，电影是不爱看。因为那影子一闪一闪的，闪得人眼花，我实在不大喜欢。"燕西道："我这里有一张电影票，是今天晚上的，今天晚上不去，就过了期了。我自己既不能去，放在家里，也是白扔了。我倒想做一个顺水人情，请伯母去，偏是伯母又不爱看电影。"冷太太笑道："没有扔掉的道理，请你送给我，我自有用处。"于是笑着对清秋道："你拿去看，好不好？"清秋道："我一个人，不去。"冷太太道："那什么要紧，一个人去玩，多着呢。"燕西道："可以去，到了散场的时候，我叫汽车去接密斯冷，好不好？"冷太太道："不用得，雇车回来就是了。"燕西说着，便走过自己那边去，把自己买的电影票本子，撕了一张，拿了过来，就交给清秋道："可惜我只有一张，若有两张，连伯母也可以请的了。"清秋用扇子托着那张票，微笑了一笑。燕西道："今天的片子很好，你去，准没有错。他们是九点钟开演，现在还只七点多钟，吃完饭去，那是刚刚好的了。"冷太太道："既然这样，我们就快点吃饭罢，别耽误了你。"燕西再说几句闲话，也就走开。

这里清秋吃了晚饭，从从容容的换了衣服，然后雇了一辆车上电影院来。燕西是比她性子更急，回家之后，早就坐了汽车先到电影院来。这个时候，夕阳西下，暑气初收，屋顶花园上各种盆景新洒了一遍水，绿叶油油，倒也有一阵清香，燕西在后面高台上，拣了一个座位坐下，沏了一壶茶，临风品茗，静静的等着清秋。不多大一会儿工夫，清秋果然走上屋顶来。

她只刚上扶梯，转身一望，燕西就连忙招手道："这里这里！"清秋走过来，在燕西对面坐了，笑道："这还没有几个人，早着啦。"燕西道："我们原不在乎看电影，找这一个地方谈谈罢了。"说时，燕西斟了一杯茶，放在清秋面前，又把碟子里的陈皮梅剥开两小包，送了过来。清秋笑道："为什么这样客气？"燕西道："现在我们还是两家，为尊重女权起见，当然我要客气些。将来你到了舍下，你要不客气，就由着你罢。或者有点小事，我要相烦的时候，我也不会客气的。"清秋端起杯子，缓缓的呷着茶，望着燕西微笑了一笑。燕西道："笑什么？我这话不对吗？"清秋笑道："对是对，可惜你这话说得太早了。听你这话，倒似乎预备管我似的。"燕西笑道："这可是你说的。我的意思，是谁也不要管谁。"清秋笑道："你不是说了吗？你几个哥哥都有些怕嫂嫂。"燕西笑道："据你这样说，我是应该学我哥哥的了？"清秋道："我也没有叫你学哥哥，是你自己这样告诉我的，那个意思就是兄弟之间，并不会有什么分别。"

燕西笑道："像你这样绕着弯子说话，我真说你不赢，我不和你谈这个了。我问你，今天为什么改梳着辫子？"清秋道："因为洗了头，梳辫子好晾头发。你真爱管闲事。"燕西道："似乎没有几天你洗了头似的，怎样又洗头？"清秋道："这样的热天，头上昼夜的出汗，还能隔好几天吗？"燕西笑道："说起这件事，我倒很替你为难起来。"清秋道："你怎样为难呢？我倒要请教。"燕西笑道："若为着美丽起见，你这一头漆黑的头发，越发可以把皮肤又嫩又白衬托出来，于是我主张你保留。若要说到你几天洗一回，热天里又受热，我就主张你剪掉！"清秋道："你也主张我剪掉吗？"燕西笑道："我不能说绝对主张剪掉，觉得保留也好，不保留也好。"

清秋道："你这是什么菩萨话？哪有两边好的？"燕西道："那

个理由,我已经先说了,怎样是菩萨话呢?"清秋道:"你以为剪发不好看吗?"燕西道:"剪发也有剪得好看的,也有剪得不好看的。"清秋笑道:"听你这话音,大概我是剪了不好看。"燕西道:"我可不是那样说,我以为你若是剪了,就很可惜的。"清秋道:"这有什么可惜哩?又不是丢了什么东西。"燕西笑道:"又乌又长又细含有自然之美的东西,积一二十年的工夫,才保留到这个样子。现在一剪刀把它断了,怎样不可惜呢?"清秋道:"据你这样说,也不过好看而已。好看不是给自己看的,是给人家看的。剪了头发,可是给自己便利不少。"燕西道:"你果然要剪,我也赞成。但是你母亲对于这事,怕不能答应罢?"清秋道:"也许对她说了,她会答应的。我真要剪,她不答应也不成。"

燕西道:"在这上头,我要看看你的毅力怎样了?你这回事做成了功,我们的事,就可公开的对你母亲说。"清秋道:"你放心,我这方面不成问题。还是要你先回去,通过你那个大家庭。"燕西道:"我那方面,不成问题。只要你母亲答应了,我就可以对我父亲说明。"清秋道:"我说我这方面不成问题,你说你那方面也不成问题。大家都不成问题,就是这样按住不说,就过去了吗?"燕西笑道:"你还有许久毕业?"清秋道:"还有两个学期。"燕西道:"我的意思,是让你毕业了,再把我们的问题解决。若是说早了,我就不便在落花胡同住,要搬回家去了。"清秋笑道:"原来你是这一个计划。但是我在高中毕了业,我还打算进大学本科啦,日子还远着呢。"燕西道:"你还要大学毕业做什么?像咱们家里,还指望着你毕业以后,去当一个教授,挣个百十块钱一月吗?那自然不必。若说求学问,我五姐六姐,都是留学回来的,四姐还在日本呢,也没看见她们做了什么大事业。还不是像我一样,不是在家里玩,就是在外头玩，空有一肚子书，能做什么用呢？"

　　清秋道："照你这样说法，读书是没用的了，无论是谁，也应该从小玩到老。可是这样玩法，要像你家里那样有钱才可以。若是大家都由你这一句话做去，那末，世界上的事，都没有人做了，要吃饭没人种田，要穿衣没人织布，那成个什么世界呢？"燕西道："你误会了我的意思了。我不是说世界上人都应该玩，不过有一班女子，她无非只要主持家政，管理油盐柴米小事，何必费上许多金钱，去研究那高深的学问？"清秋笑道："据你这样说，我不必求高深的学问，将来也是管理油盐柴米小事的角色。"燕西道："我的话，算说错了，成不成？我的意思，原不在此，因话答话，就说到读书这个问题上去了。你老钉着这一句话问我，我就越说越僵了。"清秋见燕西宣告失败，笑了一笑，也就没有往下追着问。

　　这时，天色已渐渐的昏黑了，天上的亮星，东一颗，西一颗，缓缓的冒了出来。看电影的人也就纷至沓来，客座位上，男男女女，都坐满了。忽然一阵很浓厚的香味，直扑将过来。接上有人叫了一声燕西，回头看时，乃是乌二小姐穿着袒背露胸的西服，正站在椅子旁边。燕西连忙站起，她已伸过手来，燕西只得握着她的手道："我们好久不会。"乌二小姐道："你就是一个人吗？"燕西道："还有一位朋友。"便给清秋介绍道："还有这位密斯冷。"清秋听说，也就站起来和乌二小姐点头。燕西道："密斯乌和谁来的？"乌二小姐道："原约了一位朋友在这里相会，可是他并没有来。"燕西身边，正有一个空位子，乌二小姐就毫不客气的挨着身子坐下了。燕西心里虽然十二分不愿意，但是既不能叫她不坐，自己也不好意思就和清秋一块儿走开，只得默默的坐着等电影开映。乌二小姐向来没有听见说燕西有姓冷的密友，自然也没有加以注意，她却没有料到在这里坐着,阻碍人家的情话。

不多大一会儿,电影已开映了。燕西和清秋谈电影上的情节,越谈越亲热,一到了后来,两个人真成了耳鬓厮磨,就到了一块去说话,把身边有位乌二小姐,两个人都忘记了。这时乌二小姐看到他两人这种情形,就恍然大悟。坐在一旁,且不去惊动他,让他二人绵绵情话。过了一会儿,电影休息,四周电灯一亮,乌二小姐这才和他们说话。因问清秋道:"冷小姐现在在哪个学校读书?"清秋笑道:"可笑得很,还在高中呢。"乌二小姐道:"府上现住在什么地方?到学校去上课,不大远吗?"清秋道:"不远,舍下就住在落花胡同,只有一点儿路。"乌二小姐一想,这落花胡同的地名,耳朵里好像很熟,怎样她住在那里?燕西听到清秋说出地名来,就对她望了一望,好像很诧异似的。清秋见燕西如此,脸色也就动了一动。偏是乌二小姐对这事是留了心的,见他二人目挑眉语,越发奇怪。当时放在心里,且不做声,只装并没有注意。一直到电影散场,乌二小姐先下楼去了。

燕西对清秋道:"门口乱七八糟的全是车子,雇车也不好雇,就同坐我的车回去罢。"说着一路下楼,只见那花枝招展的女宾,衣服华丽的男宾,上汽车的上汽车,上马车的上马车,差不多的,也有一辆人力包车。自己也是这样风度翩翩的,当街雇起车子来,未免相形见绌,因此不知不觉的就和燕西一路坐上车去。车子先到了冷家门口,就停了。韩妈出来开门,见清秋是和燕西同车来的,没有做声,就引清秋进去。

这个时候,冷太太还在院子里乘凉,见清秋进来,便问道:"你是坐人家汽车回来的吗?"清秋只哼着答应了一声,却进房更换衣服去了。冷太太见她许久没有出来,便喊道:"这样热天,在屋里呆着做什么？还不出来乘凉。"清秋道："电影看得头晕，我要睡了。"冷太太道："外面有竹床，就是要睡，也可以到外面来睡，为什么在里面睡？"清秋被母亲再三的催促，只得到外面来。

冷太太先是和她说些闲话，后来便问她今天是什么电影？好看吗？清秋道："片子倒也不坏，是一张家庭片子，大意是叫人家家庭要和睦。"冷太太道："不用提，这一定是一男一女，先捣乱了一阵子，后来就结婚。"清秋道："大概是这样罢。"冷太太道："我就讨厌那外国电影，动不动就抱着头亲嘴。"清秋笑道："那是外国的风俗如此，有什么可怪？"冷太太道："那也罢了，为什么到了后来，总是结婚？"清秋道："这一层倒让你老人家批评得对了。但是据演电影的人说，若是不结婚，就没有人来看。"冷太太道："难道咱们中国人，也欢喜看这种结婚的事情吗？"清秋笑道："结婚的事，也不见得张张片子有。就是有，也不过最后一幕才是。为了那一点子，我们就全不看吗？"

冷太太道："这些新鲜玩意儿，我们年青的时候，是没有的。就是有，我们上人，也不会让你去看。轮到你们，真是好福气，花花世界，任凭你们怎样玩。"清秋笑道："看一看电影，怎么就算到了花花世界？而且也是你老人家叫我去的呀。"冷太太道："不是我说你不该去，我是说只有你们才可以去呢。"清秋笑道："我听你老人家说话，倒好像发牢骚似的。"冷太太道："发什么牢骚呢？只要不焦吃，不焦穿，常让你出去玩玩，我也是愿意。这又说到金家七少爷，难得他很看得起我们，送吃的送穿的，又替你舅舅找了一个事，这日子就过得宽余了。我看他那意思……"冷太太说到这里，说不下去了，清秋也不便接嘴。

大家沉默着坐了一会儿，冷太太道："这是你常对我说的，现在男女社交公开，男女一样的交朋友，所以我也往宽处看，男女交朋友，这也不算什么。不过……不过……"说到"不过"二字，又没有什么名词可以继续了，只是含混着咳嗽了两声，将这话掩饰过去。清秋极力的挥着扇子，没有做声。冷太太也把手上的扇子拍着腿上的蚊子，啪啪的作响。大家又沉默一会子，清秋突然的对冷太太道："妈！梳着辫子热死了。"冷太太不等她说完，便道："明天你还梳头得了。"清秋笑道："梳辫子热，梳头就不热了吗？"冷太太道："那有什么办法呢？除非剃了头发当姑子去，那就不热了。"清秋道："剪头发的，现在多着呢。要当姑子，才能剪头发吗？妈！我也剪了去，好不好？"冷太太道："胡说！好好的头发，长在头上，碍你什么事？"清秋道："我不是说了，热得很吗？"

冷太太道："从前的女人，都不剪头发，怎样的过了热天呢？"清秋笑道："那是从前的人，不敢打破习惯，不晓得享这个福。现在有了这个便宜事，就落得占便宜的了。譬如从前走旱道没有火车，走水路没有轮船，那是多么不便利！现在有了火车，有了轮船，有不愿意坐的吗？"冷太太道："那不过多花两钱，又不割掉身上一块肉，怎样能打譬呢？"清秋笑道："这就算不能打譬，从前的男子，脑袋后面，都拖着一条辫子，怪不好受的。现在都剪了发，又便利又好看，这总是一个证据罢？"冷太太笑道："你倒越说越有理。但是我以为女子剪发，总不大好看。"清秋道："那是你老人家没有看惯，看惯了，就不觉得寒碜了。"

冷太太道："你真要剪，我也没法子，可仔细你舅舅要骂你。"清秋道："我自己头上的头发，要剪就剪，要留就留，舅舅怎样管得着？"冷太太道："你只要不怕他啰嗦，你就尽管去剪。"清秋道："给他四两酒喝，那就天倒下来，他也不问了，怕他啰嗦什么？"

冷太太道："看你这话，是剪定了，好，就让你自己去剪，我不管。"清秋笑道："你老人家可是说了不管，就别再问我了。"冷太太道："你当真要剪吗？"清秋道："自然是真的。"冷太太道："我先总没有听见你说过，怎样今天你看电影回来，突然提起这件事哩？"清秋道："还不是我看见剪发的人多，想起了这件事。"冷太太道："刚才你回家，他们的车子，早就在电影院门口等着你吗？"

清秋和她母亲，好好的谈着剪发问题，不料突然又转到汽车上面去了。她心想，母亲对于这事，怎么一再的注意？她向来对于我和燕西的事，只是装着糊涂，并不过问，现在只管追究，这是什么用意？难道她老人家要变卦吗？就在她这样沉思之间，一刻儿工夫，并没有把这话答应出来。冷太太见她说话是默默的，越发有些疑心。当晚也没有说什么，各自归寝。

次日清晨起来，冷太太脸上，却有些不悦的颜色。她兄弟宋润卿口里衔着一支烟卷，慢慢的踱到上房里来，就对冷太太道："我手下现缺少两百块钱使用，若是哪里能移挪一下子，那就好了。"冷太太道："二舅舅有了馆事以后，手上应该宽余些了，何至于还这样闹饥荒呢？"宋润卿道："怎么着？这件事，你会忘了吗？南边老太太早就来信，说是今年秋天，做七十整寿，派我们出个二三百块啦。现在日子一步近一步，不能不先为设法。昨天是衙门里一个司长老太太的生日，大家凑份子，我为这事，就勾起了一肚子心事。不说二三百元罢，就是弄个数十元敷衍一下，我看都不能够。"

冷太太道："这事我倒是一向忘了。真是凑不出来的话，清秋还有几件首饰，可以拿出去换了，总可以凑上一点款子。"宋润卿道："外甥姑娘她肯吗？这事我看是不提的好。我的意思，想和燕西兄商量商量，移挪个两百元，到了年冬，我再还他。"冷太太道："人家帮我们的忙太多了，不好意思老去求人。况且他和我们非亲非故，老去找人，也不应该。"宋润卿道："朋友互通有无，那也是很平常的事，有什么应该不应该？"冷太太道："你要借钱，你到别处借去，不要问金家借。"宋润卿看冷太太的颜色，似乎有些不然的样子，也就没有往下说。

这一天过去了，晚上韩妈送了几只空碟子到燕西那边去，原是燕西送点心过来的。正好燕西在院子里闲步，看见韩妈，便叫住她道："忙什么？几只空碟子，放在你那里使用，也不要紧，何必一定送过来？"韩妈道："就是你送这些东西，我们太太还不过意呢，怎好意思把碟子都收下来？"燕西道："你们小姐，今天一天也没看见出来，早出去了吗？"韩妈周围一望，然后低着声音说道："娘儿俩怄气哩。"燕西道："什么事怄气？为着昨夜回来晏了吗？"韩妈道："那是昨夜晚上说的事，今天不是为的那个。"因把宋润卿想借钱，冷太太不肯，要换清秋首饰的话，说了一遍。燕西笑了一笑，说道："就是为这个事吗？那没有什么难的，明天就解决了。"

到了次日，燕西拿出自己的支票簿，就叫金荣到银行里去支三百块钱，而且叮嘱三百块钱都要现洋。不到一个钟头，金荣已把三百块现洋取来。燕西便把韩妈叫过来，将那三百块钱一齐交给她，说道："你对冷太太说，宋先生也曾提过，说是缺少两三百块钱用。我因为事多，把它忘了。这是三百块现洋，请你太太收下。"韩妈道："我家太太就是不好意思和你借钱。这倒好，你先就拿出来了。"燕西道："不要紧的，你只管请你太太收下，什么时候手边宽余，什么时候再还，我并不等候这款子用的。"韩妈见了这白花花的许多现洋，哪有不拿走的道理？便说道："我拿去试试看，我们太太不受，我就再拿回来。"

说着,她把两只手捧着三大包现洋,一直往冷太太屋子里走,笑着向桌上一放,说道:"这东西真沉。"冷太太道:"这里面是什么?"韩妈笑道:"是现洋!"冷太太道:"你以为我这两天正在打钱的主意呢,你就说是钱来馋我吗?"韩妈道:"你不信,我打开来你看。"说着,便连忙透开一个纸包。一把没有捏住,纸漏了一个大窟窿,哗啦啦一声,撒了满桌子的洋钱。还有十几块钱,叮叮当当一阵响,滚到地下去。

冷太太道:"嘿!真的!你是在哪里弄了许多钱来?"韩妈笑道:"我会变戏法儿,听说太太要用钱,我就变这些个钱来了。"冷太太道:"不用说,这一定是清秋二舅在隔壁借来的。"韩妈一面在地下捡钱,一面说道:"钱倒是金少爷的钱,可是舅老爷并没有过去借。"捡起钱来,韩妈又把撒开的一百元现洋,颠三倒四的数着。冷太太笑道:"你就这样没有见过钱,叫人见了笑话。这个人的手,实在是松,人家还没有和他借,他就先送来。我是收下来好呢?还是不收好呢?"韩妈道:"为什么不收下来?钱还会咬人的手吗?"冷太太拿着两包未打开的洋钱,掂了一掂,又把打开的数了一数,沉默了一会儿,说道:"钱我是收下了,你去对金少爷说,暂且和舅老爷说,只送来二百块。将来这个钱,由我去筹还他。"韩妈道:"就叫他不要对舅老爷说就是了,何必绕着弯子说?"冷太太道:"瞒着他倒不好。他没有钱,还是要去向人家借的呢。"

冷太太收了这三百元现洋,自然痛快些,心里那一层积忧,倒解除了许多。清秋说道:"妈!现在手边下有钱了,我可以剪头发了罢?"冷太太道:"这孩子说话很奇怪,我有钱没钱,和你剪发有什么相干?"清秋笑道:"你老人家,不是因为没钱,老对我发愁吗？因为你老人家发愁，我怕剪了发，格外惹你生气，所以不敢下手。"冷太太道："我早就说，我不管，还问什么呢？"韩妈道："可不是！我听见金少爷说。他们一家人，都剪发的。"清秋道："我剪我的发，他家里人剪发不剪发，和我什么相干？"韩妈道："我是这样说，现在太太小姐剪发的多着呢。"

冷太太且不理她，对清秋道："剪可是剪，别剪着那样秃头秃脑的，那也寒碜。"清秋笑道："你老人家不是说不管吗？"冷太太道："我管是不管，但是剪得同爷儿们似的，穿女人的衣服，不嫌不好看吗？"清秋道："自然不会弄得那样子。东交民巷有一家外国人开的理发馆，他那里剪得很好。我好多同学，都是在那里剪的发。"说到这里，只听见外面有人笑道："密斯冷，真阔呀，还要上东交民巷去剪发。"说着话，有两个女子走进来。

第二十回

传字粉奁会心还密柬　藏身花架得意听娇声

清秋掀开一幅窗帘，向外看去，却是她的两个同学，一个是华竹平，一个是刘玉屏，正都是剪发的人。清秋便隔着玻璃招手道："请进来坐，请进来坐。"华刘二人走进来，冷太太客气了两句，便走开去。

华竹平道："密斯冷，怎样谈到剪发的事，也打算剪发吗？"清秋道："可不是！我自己不能剪，别人又剪不好，只好多花两个钱，上外国理发店去了。"刘玉屏道："那何必呢？你瞧瞧我这个样子，就是密斯华和我剪的，你看好不好？"说着，把头一偏，让清秋看。清秋笑道："这样子是很好，密斯华就和我剪剪罢。"华竹平道："你得了伯母的同意吗？这东西剪了下来，可没法子再接上去。"清秋道："自然商量好了。不商量好了，难道要你从中为难吗？"华竹平道："还是不能剪，你这里没有推头的剪子，也没有剪长发的剪子，怎么样剪？就把平常的剪子剪一剪就成了吗？"清秋道："请你在这儿等一等，我叫人去借去，整套的剪发东西都有呢。"于是便告诉韩妈，让她到燕西那里去告诉一声，请燕西派人到家里去拿。

燕西听到清秋要剪发，忙打了一个电话回去，和玉芬去借，而且说等着用，即刻就要。玉芬也不知道什么用意，果然就派人把东西送了来。这原是一个雕漆木匣子盛着的，燕西性急，也来不及看里面是些什么东西，将原匣子就派人送到清秋那边去。韩妈接着，要递给清秋。刘玉屏伸手先接着，笑说："好漂亮的匣子，这一定是一个爱修饰的人的东西。"说着，将匣子打开，先就有一个信封放在上面。信封写道：老七笑展，玉芬缄。

刘玉屏道："密斯冷，你排行是第七吗？这是谁写给你的？怎么这样称呼？这个写信的人名字叫玉芬，一定是个女的，大概没有什么看不得的，我要拆开来看看，上面说些什么？"清秋知道这一封信是燕西三嫂写给他的，上面明明白白写了"笑展"两个字，里面不定有什么笑话。连忙伸手将信抢过来，说道："我自己还没有看，知道信里的话能公开不能呢？"华竹平道："这人怎么称呼你老七？"清秋道："这本来是我一个旧同学，口头上拜姊妹，老六老七，叫得好玩。我就是一个人，怎样会排行第七？"清秋说着话，便将信向身上一揣。刘玉屏笑道："既然这样，以后我们也叫你老七罢。"清秋道："胡说！原来人家叫我这个名字，我就不答应呢，哪里还能要你们再叫。不要闹了，替我剪发罢。"

说时，搬了一张方凳，对着梳妆桌坐下，用脚跺着地，道："来来来。"华竹平道："我有言在先，剪了下来，可就接不上去的。"清秋笑道："那不成，你能剪下来，我还要你替我接上去。"华竹平一看那木匣子里，果然剪发的东西，样样都有，而且有些东西，自己还不知要怎样的用法。便问道："你有白布的围襟没有？"清秋道："我们又不是开理发馆，要个什么讲究。随便用一块围住脖子就得了，为什么一定还要白布围襟？"华竹平道："你知道什么？围襟不围襟，倒不在手，可是围着衣服，必定要白布。因为头发落在白布上，才扫得干净，有颜色的布，上面很容易藏短头发。"清秋笑道："看你不出，你对于剪发问题上，倒有很深的学问呢。"于是便开了衣橱，找了一方白竹布交给华竹平。华竹平道："这还没有办完全，还差一条围住脖子的绸手绢呢。"清秋笑道："你越说越充起内行来了。这应该替你鼓吹鼓吹，让哪家理发馆，请你去当超等理发匠。"华竹平笑道："若有人请，我真就去，当劳工那也不是什么下贱事。"刘玉屏道："你们两人，就这样谈上罢。"

清秋听了，这才掉过脸去。华竹平给她披上白布，又把纽扣上的绸手绢抽下来，给她围上脖子，然后将清秋的头发解开来。手上操着一柄长锋剪子，用剪子刀尖。在头发上画了一道虚线，随着张开剪子，把流水也似的一绺乌丝发，放在剪子口里。对着镜子里笑道："我这就要剪了！剪了以后，可没法子再接上去。"清秋道："你现在多大年纪了？啰里啰嗦，倒像七老八十岁似的。"华竹平笑道："既然如此，我就动手剪了。"一语方了，只听那剪子吱咯吱咯几声，已经把一绺发丝剪下。然后把推发剪子拿起，给她修理短发，不到半小时，已经把头剪毕。

刘玉屏笑道："密斯冷，本来就很漂亮，这一剪头发，格外的俏皮了。"清秋拿着一把长柄小镜，照着后脑，然后侧着身躯，对面前大镜子，左右各看了几看，笑道："果然剪得怪好的。听说这头发还剪得有各种名色呢，这叫什么名字？"华竹平道："这名色太好了，叫着瘦月式。"清秋笑道："不要自己太高兴了。不剪头的人，他可骂这个样子是茅草堆，鸭屁股呢。"刘玉屏道："密斯冷，你今天新剪发，是一个纪念，应当去照一张相片。"清秋道："这是什么大不了的事，值得纪念？"华竹平道："虽然不必纪念，你剪了发的确漂亮些，总算改了个样子，你何妨照一张相自己看看。"

清秋经不住她两个人的怂恿，果然和她两人到照相馆里去照了相。照相回来，这才把先收的那一封信，拆开来一看。信上写的是：

你为什么借理发的剪子？而且等着要，是你那位好女朋友要剪发吗？秀珠妹妹来了，她说对你的事，完全是误会，很恨孟浪。你愿不愿和她言归于好？你若愿意，我愿做一个和事佬，请你们二位吃一餐小馆子。乌二小姐也要来呢，可以请她作陪。我想你要挂上那块尊重女权招牌的话，恐怕不好意思不来罢？顺便敲你一个小竹杠，你回来的时候，把饮冰斋的酸梅汤带些回来。

此致燕西弟。

玉笔

清秋将这信一看，好生疑惑。心想，从来也没有听见燕西说，有什么秀珠妹妹，看这信上说，倒好像两人的关系，非同等闲。而且这种关系，是十分公开，并不瞒着家里的人，这不很是奇怪吗？不过里面又提到了乌二小姐，不就是在电影院遇到的那个人吗？信拿在手上，将牙咬着下嘴唇，沉沉的思索。先本想把这信扔了，免得燕西回家，和什么秀珠妹妹言归于好。转身一想，这事不妥。他的三嫂既然写了信给他，一定很盼望他回去的。他要不回去，一问起来，说是没有接到信，显然是我把信藏起来。这样办，倒显得我不大方，我且佯作不知道，依旧把信放在里面，看他怎么样。

因此把信照原封起来，放在匣子里，便对韩妈道："你把匣子送给金少爷的时候，你对他说，这里面有一封信，想是他没有知道。

因为信是封口的，我们依然放在里面，不敢给丢了呢。"韩妈将匣子送还燕西的时候，自然照着话说了一遍。燕西也很是诧异，心想，怎样会弄出一封信来？打开信来一看，所幸还没有怎样提到这边的事。不过自己又疑惑起来，这上面的话，是不能让清秋看见的，若是让她看见，她不明白这上面的情由，一定会发生许多误会。而且她没有看见，我要和她解释，她不免生一种疑障。她要是看见了，我和她解释，又揭破了她的隐私，这事实在不好办。无论她看见没看见，最好我是今天不回家，那就和信上的约会无关，她的疑团，不攻自破了。燕西这样想着，所以他这天下午，弄了一管洞箫，不时的呜呜咽咽吹起来，故意让清秋那边听见，表示并没有出去。

不想到了四点钟的时候，梅丽来了电话，笑道："七哥快回来罢，你的事情发作了。"燕西听了，心里吓了一跳。问道："什么事情发作了？"梅丽道："爸爸陡然想起这件事情来了。你猜这是什么事呢？"燕西道："我猜不到，你告诉我，究竟是什么事？你说。"梅丽道："我不知道，我只看见爸爸很生气，叫我打电话给你。叫你快些回来。"燕西道："你又胡说！你是冤我回来的，你怕我不知道吗？"梅丽道："翠姨在这里呢，请她和你说话，你问她，看我撒谎不是？"说到这里，电话停了一停，已经换了一个人，果然是翠姨的声音，说道："你回来罢。丑媳妇总要见公婆面，你躲得了今天，你还躲得了一辈子吗？"燕西听了，越是着急，问道："究竟是什么事呢？你总应该知道一点。"翠姨道："我是刚回来，我哪里知道。你回来罢，大不了挨几句骂，还有什么大事发生吗？"说毕，已经笑着将电话挂上了。

燕西家里，有三副电话机，有上十处插销，这电话，是从哪人屋里来的，他没有问明，往家里打电话，又怕闹得父亲知道了，越发不妙。自己背着手,在回廊上踱来踱去,踱了几个转身。想道:"什么事呢?若是为冷家的事,不会就让父亲知道。或者我上星期在父亲帐上支了五百块钱款子,父亲知道了,但是这也是小事,不会这样生气呀。"燕西一个人徘徊了半天,不知如何是好。还是翠姨说的话不错,丑媳妇总要见公婆,也躲不了一辈子。若是不回去,心里总拴上一个疙瘩,这一回去,无论事大事小,总把一个疑团揭破了。自己这样想着,把顾虑清秋这一层,就丢开了。马上坐了汽车,就回家去。

到了家里,先且不去见父亲,在自己书房里坐了一会儿,叫了一个老妈子,把梅丽找来。老妈子去了一会儿,回来说:"八小姐在太太屋里,总理也在那里。总理听说七爷回来了,叫你就去哩。"这样一来,逼得燕西不得不去。只得慢腾腾的,向母亲这边来。

走进屋去,只见金铨含着雪茄,躺在凉榻上;梅丽捧着一本书,坐在一边,好像就对着金铨在讲书上的事情一样。梅丽一抬头,便笑道:"七哥回来了。"金铨听说,坐了起来,便偏着脸对金太太道:"阿七也不知在外面弄些什么事情?我总不很看见他。"金太太道:"不是你叫他在外面闹什么诗社吗?怎样问起我来?"金铨道:"我就为了他那个诗社,今天才叫他来问一问。"燕西这时,心里在那里只是敲锣打鼓,不知道父亲有什么责罚。暂且不敢坐下,搭讪着用手去清理长案上那一盆蒲草。金太太笑道:"三个月前,你就说要看他们诗社里的诗,直到今天,你才记起来吗?"金铨笑道:"我是很忙,哪有工夫去问他们那些闲事呢?刚才我清理一些旧文件,我才看到他送来的一本诗。其中除了一两个人作得还不失规矩而外,其余全是胡说。"

燕西一听他父亲的口吻,原来是说到那一册诗稿,与别的问题无关,这才心里落下一块石头。笑道:"大家原是学作诗,只要形式上有点像就对了，现在哪里就可以谈到'好坏'二字呢？"金铨道："自然是这样，可是这些诗，连形式都不像，倒是酸气冲天的，叫人看了不痛快。"金太太道："阿七的作得怎么样？"金铨哪里知道他的大作是宋润卿打枪的，微微的笑道："规矩倒是懂的，要往好，那还要加工研究呢。不过我的意思，是要他在国文上研究研究，辞章一类的东西，究竟不过是描写性情的，随便学就是了。我原是因为他在学校里挂名不读书，所以让他在家里研究国文，我看这大半年工夫未必拿了几回书本子。"说到这里，脸色慢慢的就严厉起来。接着说道："这样子，还不如上学，究竟还挂着一个名呢。我看下半年，还是上学罢。那个什么诗社，我看也不必要了。真是要和几个懂文墨的人盘桓，那倒无妨。但是也不必大张旗鼓的在外面赁房立社，白费许多钱，家里有的是空房子，随便划出几间来，还不够用的吗？"燕西也不置可否，唯唯称是。

金铨道："你那样大闹了一阵子立诗社，几个月以来，就是这一点子成绩吗？"燕西道："还有许多稿子，没有拿来。若是……"金铨皱眉道："算了，这样的文字，你以为我很爱看呢，不必拿来了。"燕西巴不得父亲这样说，立时便想退身之计，便问金太太道："三哥回来了吗？有一件事要问他。"金太太道："我也不知道，恐怕不在家罢？"燕西道："我去看看。"说着，转身就走了出来。

一走到屏门边，就看见翠姨靠着回廊上的圆柱，向自己招手。燕西走了过去，问道："有什么事吗？"翠姨对燕西浑身上下望了一望，笑道："你这一向在外面干些什么？你父亲骂你了吗？"燕西道："没有骂。"翠姨道："你在父亲帐上支动了一千块钱，他不知道吗？"燕西笑道："哪有这些钱？不过五百块罢了。这事爸爸还不知道，我打算一两个月内，把这款子就设法归还，不会发觉的。我动了款子，翠姨怎样知道？"翠姨笑道："前天我在帐房里支款，看见你两张收据。那柴先生发了鸡爪风似的，把你那两张收据，向保险柜子里乱塞，我就很疑心，你为什么会到家帐上来领款呢？这一定是和柴先生商量好了，移挪老头子的钱呢。至于多少，我倒不知道，刚才所说，我是猜想的呢。"

燕西笑道："这事千万求你保守秘密，不要说出来，我的信用破产，以后就没法儿活动了。"翠姨道："你并没有什么大用途，何至于闹起亏空来？你在外面，闹了些什么玩意？你趁早告诉我，将来闹出什么问题来，我也好给你遮盖遮盖。"燕西笑道："自然有一点小事情。别人要瞒，翠姨和五姐六姐，我是不瞒的。不过现在还没有到发表的时候，不必先说出来。"翠姨笑道："哼！你虽不说，我也知道一点，我瞧着罢。"燕西装着呆笑，扬扬的走开。

因为玉芬写了信，叫自己回来，现在既然回来了，落得做上一个顺水人情，去看她一看，表面上就算是应召回来的。他于是绕着一个弯子，转过牵牛花的篱笆侧面，先向里面看看，他们在那里做什么？只见院子中间，摆了一张大理石的小圆几，玉芬和着白秀珠各躺在一张藤椅上。秀珠笑道："表姐，你一杯汽水，摆了许久，气全跑了，不好喝了。"玉芬道："我先喝了一杯了，我不敢再喝，怕闹肚子哩。"秀珠道："汽水不喝罢了，刚才吃午饭，凉拌鸡丝怎样也不能吃？那是熟东西呢。"玉芬道："虽然是熟的，厨子也是用冰块冰了再拿来的。"秀珠道："你向来爱吃凉的，怎么全不吃了？你忌生冷吗？"玉芬笑道："不错！我今天忌生冷。你一个姑娘家，留心这些事做什么？"

秀珠站起来，拿着玻璃杯子在手上，笑着对玉芬说道："我要泼你。"玉芬道："怪呀，这是你自己把话说漏了，倒要怪我呢。"

秀珠道："你这一张嘴，实在太厉害，怪不得你家三哥见了你，怕得耗子见了猫似的。"玉芬笑道："你别胡说！我们是恩爱夫妻，不能像别人，还没有过门，一会子亲热得蜜似的黏在一处，一会子恼了又成了冤家。"秀珠板着脸道："你别这样说，不荤不素的。你再要这样说，我可真急了。"玉芬站起来，笑道："你这丫头，越过越不是东西了，既要利用我，又不肯在我面前说实话，总是搭架子，你不知道你表姐，倒有一番痴心，想促成你们的好事。你以为我故意说这些话，把你开玩笑吗？"秀珠放下玻璃杯，在藤椅上一躺，背过脸去道："谁听你这些疯话！"玉芬道："我这是疯话吗？好罢，以后你别求我。"说到这里，将玻璃杯内半杯汽水，顺手向牵牛花架上一泼。

这一泼不偏不倚，正泼在花叶后面燕西的脸上。燕西被这冰凉的汽水泼个冷不妨，吃了一惊，失声哎哟了一声。玉芬道："谁在那里藏着？"燕西抽出身上的手绢，一面揩着脸，一面走了出来，笑道："我可不是存心要偷着听你们说话。因为走到篱笆外，看见你们坐在这里谈天，我不知道来了哪一位客，先在那里张望一下，你就下这种毒手。"玉芬道："七爷，你这可冤枉死人了，我真不知道你在那里。也不知道怎么这样巧，一泼就泼在你脸上。"燕西回头见秀珠穿了一件短袖水红纱长衫，两双雪藕也似的胳膊，全露在外面，便笑道："密斯白，几时来的？"

白秀珠一想刚才和玉芬所说的话，全被人家听见了，正有些不好意思。她早已取出胸前小袋里面一块七寸见方的小绸手绢，平铺在脸上，仰着脸向天，在藤椅上假睡。眼睛在手绢里面，却是睁开的，偷看着燕西。一见人家目不转睛的向自己看来，越发难为情。这时燕西问她的话，又不忍不理会，将手绢取下，身子向上一起，笑道：

"对不住，我不知道是七爷来了。"说毕，站了起来，就要走开。玉芬将两手一伸，拦住去路，笑道："你要往哪里走？"秀珠道："屋子里擦一把脸去。"玉芬笑道："都这么大了，别小孩子似的捉迷藏了。要擦脸，我叫他们舀一盆水来，何必走开？"白秀珠被她拦住，只得坐下。

玉芬便喊着秋香，也端了一张藤椅来。让燕西在一处坐下。玉芬笑道："我以为我那封信去，你未必来呢，不料你真赏面子，果然来了。"燕西笑道："这是什么话，难道我就那样不知上下？嫂嫂叫我来，来了还要算赏面子。"玉芬对秀珠看了一眼，有句话说到口边，又忍住不说。然后想了一想，笑道："不是那样说，因为你很忙，请你抽空回来，那是不容易的呢。"燕西笑道："这越发是骂我了，谁不知道我是一个最闲的人，怎样倒反忙起来了？"玉芬笑道："你越闲，就是你越忙。闲得最厉害的时候，怕是连你的人影子都找不着呢！"秀珠听说，坐在那里抿着嘴笑。燕西道："这样一形容，我成了一个无业游民了。"

玉芬还要说什么，秋香来说："来了电话，请三少奶奶说话。"玉芬站起来对燕西笑道："请你坐一坐，替我陪一陪客，我就来的。"玉芬不打招呼，燕西倒不留意，她一说明了，要在这里替她陪客，若是坐着不动，反觉有些不好意思了。笑道："你就特为叫我回来陪客的吗？"玉芬已经到阶沿了，回头一笑道："可不是！"说毕，她自进屋子去了。

燕西见秀珠默然不语，用脚踏那地上的青草，很想借个问题，和她谈两句，免得对坐着怪难为情的。因一个人自言自语道："二鸟说来的，怎么没来？"一面说着，一面伸手在身上掏出一个小银匣子，取了一支烟卷，在匣子盖上顿了两顿。半晌，想了一句话，笑道:"密斯白,抽一根玩玩?"秀珠眼睛看着地上的西洋马齿苋的五彩鲜花,只是发愣,这时燕西请她抽烟,才抬起头来鼓着脸道:"多谢,我不抽烟。"燕西笑道:"白小姐,你还生我的气吗?"秀珠道:"那可不敢。"燕西笑道:"你这就是生气的样子,怎么说不敢呢?"秀珠也禁不住笑道:"生气还有什么样子,我才听见。"两人经此一笑,把以前提刀动剑那一场大风波,又丢在九霄云外。

秀珠扶着汽水瓶子笑道:"你喝一点汽水吗?"燕西道:"不是你提起这话,我倒忘了。三嫂要我买酸梅汤回来,我把这事忘了。"秀珠道:"你既是因她叫你回来,你就回来,何以把这一件专托的事,又会忘了呢?"燕西对屋子里看了一看,见没有人出来,因问秀珠道:"你不是说她忌生冷吗?怎样又叫我带酸梅汤回来?"秀珠脸一红道:"谁和你谈这个呢,不许说这话了。"燕西故意做出很奇怪的样子,因问道:"怎么着,这话不许说吗?"秀珠微笑道:"我也不知道,玉芬姐不许说呢!"说时,偏过头去看花,不住的耸着肩膀笑。燕西道:"好好的说着话,藏起来做什么?"说毕,站起身来,绕到秀珠前面,一定要看她的脸色。秀珠又掏出那一块小绸手绢,蒙在自己脸上,身子一扭,笑道:"别闹,玉芬姐快出来了。"燕西见秀珠这样,越发是柔情荡漾,不克自持。

只听啪的一声帘子响,玉芬已在回廊上站着,望望秀珠,又望望燕西,抿着嘴尽管微笑。随着又和两人微微的点了点头,然后慢慢的走到院子中间来。因对秀珠道:"你两人这总算是好了,以后可不许再恼,再要恼,我都给你两人难为情。都这么大人了,一会子哭,一会子笑,什么意思呢?"燕西听说,只是呆笑。秀珠道:"表姐,你的口德,实在太坏,你得修修才好,仔细将来下拔舌地狱。"玉芬道:"你们听听,这也是文明小姐说的话呢,连拔舌地狱都闹出来了。"

燕西笑道:"人家也是没法子,才说出这句话来吓你,会说话的人,就不然了。"玉芬笑道:"好哇,你两人倒合作到一处去了。原来那样别扭,都是假的啦。"

说到这里,只见佩芳走了过来,笑道:"我那边就听见你这边又是笑,又是说,闹成一团,好不快活。原来这里也不过三个人,远处一听,倒好像有千军万马似的。"玉芬笑道:"你来了很好,我们这里是三差一,你来凑一足,我们打四圈,好不好?"佩芳道:"怪热的,乘乘凉罢,打什么牌?"玉芬道:"我叫他们在屋子里牵出一根电线,在院子里挂一盏灯,就在院子里打,不好吗?"佩芳道:"那更不好了。院子里一有灯,这些花里草里的虫子,就全来了。扑在人身上,又脏又痒,一盘也打不成哩。"玉芬道:"我们就在屋子里打,也不要紧,换一架大电扇放在屋子里,就也不会太热。"

佩芳笑道:"今天你为什么这样高兴?"玉芬对秀珠、燕西一望道:"我给他们做和事佬做成功了,我多大的面子呀!不该欢喜吗?"佩芳笑道:"狗拿耗子,多管闲事,你真肯费心,怕人家不会好。我怕背着咱们,早就好了,好过多少次了。"玉芬笑道:"你这又是一个该入拔舌地狱的!"因问秀珠道:"你听听,你说我没口德,人家比我怎样呢?"秀珠道:"你们都是一样,这是你们家里,我不敢和你们比试,由你们说我就得了。"佩芳拍着秀珠的肩膀笑道:"我这七弟妹,就比我这三弟妹好得多,有大有小。当真我做大嫂子的说几句笑话,还能计较吗?"秀珠笑道:"大少奶奶,得啦,别再拿我们开心了。当真欺负我是外姓的孩子吗?"佩芳笑道:"说得怪可怜见的,我不说你了。你等着,我拿钱去,牌不必打大的,可是我要打现钱的呢。"佩芳说毕,转身回房去拿钱。不料她这一进屋,可闹出一场天大的祸事来了。

第二十一回

爱海独航依人逃小鸟　情场别悟结伴看闲花

当佩芳一进门,只见凤举口里衔着雪茄,背着两只手在屋里踱来踱去,脸色大变。佩芳见他这样,逆料他有什么不如意的事,但是又怕问题就在自己身上,也不敢先问,只当没有知道。自回房去拿钱,拿了钱出来,凤举还在中间屋子里踱来踱去。佩芳想道:你不做声,我也不做声,看你怎样?掀开竹帘,径向外走。

凤举喊道:"你回来!我和你说一句话。"佩芳转身进来,凤举板着脸冷笑道:"我说小怜不可以让她到外面去,参与什么交际,你总说不要紧。现在怎么样,不是闹出笑话来了吗?"佩芳陡然听了这一句话,倒吓了一跳,便问道:"什么事?你又这样大惊小怪。"凤举冷笑道:"大惊小怪吗?你看看桌上那一封信。"佩芳拿起来一看,上面写的是金公馆蒋妈收,下面并没有写是哪处寄来的。佩芳道:"这是蒋妈的信,和小怜有什么关系?"凤举道:"你别光看信面上呀,你瞧瞧那信里面写的是什么呀?真是笑话!"佩芳将信封拿了起来,拆开一看,里面又是一个信封,上面写着转交小怜女士收启。佩芳见了,也不由心里扑通跳了一下,暂且不说什么,将这信封再拆开

看里面的信。那是一张八行信笺,也不过寥寥写了几句白话。写的是:

小怜妹妹:

许多日子不见,惦记你得很。我在宅里没事,闷得厉害。很想约你到中央公园谈一谈,不知道你哪一天有工夫,请你回我一封信。

千万千万!

愚姐春香手上

佩芳也明知道这封信无姓氏无地址,很是可怪,但她不愿把事闹大了,便笑着将信向桌上一扔,说道:"你又活见鬼,这有什么可疑的?她在你家里当丫头,难道和姊妹们通信,都在所不许吗?"凤举道:"这样藏头露尾的信,你准知道是姊妹写的吗?这春香是谁?我没有听见说过她认识这样一个人。"佩芳道:"怎样没有这个人,是邱太太的使女,我和她常到邱家去,她们就认识了。你是在哪里找出这一封信,无中生有的闹起来?"凤举道:"门房也不知道蒋妈请了假,就把这信送了进来,信上又没有贴邮票,好像是专人送来的。字又写得很好,不像是他们这些人来往的信。我接了过来,硬梆梆的,原来里面还套着一封信呢。而且这信拿在手,很有阵香味,越发不是老妈子这一班人通常有的。我越看越疑心,所以就把信拆开来看了。你说我疑得错了吗?"

佩芳道:"或者邱宅有人到这儿来,顺便带来的,也未可知。至于有粉香,那也不算一回事,哪一个女孩子不弄香儿粉儿的。信纸上粘上一点,那也很不算什么呀。这话可又说回来了,就算小怜有什么秘密事,孩子是我的,我若不管,她就可以自由,这事似乎犯不着要你大爷去白操心。"凤举万不料他夫人说出这种话来。一个得有确凿证据的原告,倒变成一个无事生非的被告了。冷笑道:"你总庇护着她,以为我有什么坏意哩。好!从此我就不管,随你去办罢。"说毕,一撒手就向外走去。

佩芳手上拿着那一封信,站在屋子里发愣,半晌说不出后来。回头一看屋子里,却是静悄悄的,便叫了两声小怜。小怜屋子里没有什么动静,也没听见她答应。佩芳便自走到小怜屋子里,看她在家没有,一掀帘子,只见她蓬着一把头发,伏在藤榻上睡。佩芳进来了,她也不起身。

佩芳冷笑道:"你的胆子也特大了,居然和人通起信来。我问你,这写信的是谁?"小怜伏在藤榻的漏枕上,只是不肯抬起头,倒好像在哭似的。佩芳道:"你说,这是谁?我早就知道,你不是能安分的人,不是对你说了吗?你愿怎样办?你又假正经,好像要跟着我一辈子似的。"说着,将信向小怜身上一扔,一顿脚道:"你瞧,这是什么话?你明明白白认得一个什么人,托出人来和我说,我没有不依从的。现在你干出这样鬼鬼祟祟的事,人家把我们家里当什么地方呢?咳!真气死我了。"佩芳尽管是发气,小怜总不做声。佩芳道:"你怎样不做声?难道这一封信是冤枉你的吗?你听见没有?你大爷看到这封信,是怎样的发脾气。我总给你遮盖,不让他知道一点痕迹,你倒遮遮掩掩,对我一字不提,你真没有一点良心了。"

佩芳说出这一句话,才把小怜的话激了出来。她道:"少奶奶对我的意思,我是很感激的,但是我并没有做什么坏事,你不要疑心。"佩芳又拿起那一封信,直送到小怜脸上来。问道:"你还说没有做什么坏事，难道这是天上掉下来的吗？"小怜看了那一封信，又不做声，只是流着眼泪，垂头坐在藤榻头一边。佩芳道："你也没有话说了。你只管说，这写信的人是谁？只要不差什么，我未尝不可成全你这一件事。常言道得好，女大不中留。你就是我的女儿，你生了外心，我也没有法子，何况你是外姓人，我怎能把你留住呢？不过你总要对我说，这人是谁？你若不说出这人，那一定不是好事。我不但不依你，我还要追出这人来，办他诱引的罪。你说你说！究竟是谁？"小怜被逼不过，又看佩芳并没有什么恶意，只得低着头轻轻的说了三个字："他姓柳。"佩芳道："什么？姓柳？哪里钻出这样一个人来？他住在哪里？是干什么的？"小怜道："五小姐六小姐都认识他，少奶奶一问她们就知道了。"

佩芳还要往下问呢，只听燕西道："怎么着？大嫂一拿钱，拿得没有影儿了，究竟来不来呢？真把人等得急死了。"佩芳听燕西说话的声音，已经到了廊檐下。转眼又看见一个人影子在玻璃窗上一晃。连忙笑道："我有一点小事，一会儿就来，你先去拾掇场面。场面摆好了，我也到了。"燕西隔着窗户说道："全摆好了，就只等你哩。"佩芳道："你先告诉他们一句，我就到。"燕西道："你可要就来哩。"说着，燕西已经走去。

佩芳掀开一面窗纱，见燕西去得远了，然后对小怜道："这时候他们要拉我去打牌，我要瞒着他们，只好去敷衍一下。打完了牌，回来我再和你算帐！"说毕，提了钱口袋，转身自向玉芬这里来。见他三人，已经都坐下了，把牌理好，静静的等着呢。玉芬笑道："你的大驾，实在难请，怎么就去了许久？"佩芳道："忽然想起一件事没办，办完了才来的。"谁也猜不着佩芳那里出了什么事，所以大家并不注意她的话，安心安意的打牌。依着佩芳，打了四圈，就要休手。无奈秀珠一再的不肯,打了八圈。八圈打完,还只有九点钟。玉芬又要打四圈,随便怎样不依。佩芳无法,只得又打四圈。

直打到十圈的时候,只见凤举一路嚷了进来,说道:"你还不快去看看吗?小怜跑了。"大家听了这话,都是一怔。佩芳心里是明白的,脸色就变了,连忙站起来问道:"你怎么知道小怜跑了?"凤举道:"我刚才在外面进去,屋子里黑漆漆的,一个人也没有。我把电灯一扭,桌上就有小怜留下来的一封信。你瞧这信,她不是走了吗?"他这一说,大家都为之愕然。佩芳把信拿来一看,只见上面写道:

　　大少奶奶台鉴:

　　小怜命苦,自小为奸人拐卖在外,不知身家父母。后到贵府,蒙少奶奶格外怜爱,如同亲妹,实在感恩不尽。小怜若有丝毫良心,绝不能背主逃走。但是半年以来,少奶奶时时提到要把小怜择配。此外还有许多事情,万难容小怜再来伺候。所以无论如何,小怜一定是要走的。不过要等少奶奶择配好了,小怜再走,那种婚姻,决难圆满。小怜已经为人卖了一次,做金钱下的奴隶。不能又上一回当,去做婚姻下的奴隶。小怜的事,本想找一个机会,慢慢对少奶奶一说。现在,大爷和少奶奶都已知道,又疑心小怜做坏事,就是有一百张口,也不容易辩论。小怜的婚事,恐怕也不能成功。想来想去,只有先躲开一步,先把婚事定了,到那时候,木已成舟,大家都不能反悔,小怜再回来领罪。至于小怜婚事经过的详情,匆忙之间,实在说不完,请问六小姐，就略知一二，总理太太少爷少奶奶小姐各处，不能拜辞，死罪死罪。

小怜垂泪上言

佩芳一面看信，脸色是时时刻刻的变幻，到了后来，不觉垂下泪来。玉芬道："怎么样？这孩子真走了吗？"佩芳将信扔在桌上道："你们大家瞧这信。"玉芬展开信纸，大家都围上来看。大家轮流的将信看完，都不胜诧异。尤其是燕西，好像受了一种什么刺激似的，有一种奇异的感想。

玉芬道："她这信上说了，六妹知道她的婚事，把六妹请来问问看，她究竟是跟谁跑了？"有那多事的老妈，听见这句话，不要人分付，早把润之就请来了。润之笑道："小怜真走了？我很是佩服她有毅力，能实行自由恋爱。"玉芬道："你还说呢，她说这事你全知道，你瞧瞧这信。"说着，就把信递给润之看。润之道："不用看，我知道，她是跟那柳春江走了。不过那姓柳的能不能够始终爱惜她？我可不敢保险。这人老七应该认得，你看他们会弄到哪种地步呢？"燕西道："这个人认是认得，也是一个很漂亮的角色，要说他和小怜结婚，我也不敢相信，或者不至于是他罢？"润之道："小怜眼光很高的，不跑则已，若是跑走，姓柳的决不能没有关系。"于是就把小怜和柳春江认识的经过，略微说了一遍。

凤举一顿脚道："一点不错。由蒋妈转交给小怜的信，发信的人，不是自称春香吗？春江春香，声音很有些相近。我看一定是这小子，我们马上可以到他家里要人。"佩芳道："要你这样大发脾气做什么？人是我的，我愿意她走，就让她走。你有什么凭据，敢和柳家要人？现在这样夜静更深，你跑到人家去，说得不好，还仔细挨人家的打呢。"

凤举道："你愿意让她走，那还说什么。要不然的话，今晚上不找她，明天她远走高飞，可就没法子找她了。"

佩芳默然了一会儿，叹了一口气道："罢！我好人做到底，由她去。她若上了别人的当，也不能怪我。"润之道："大嫂这种主张很对，这事一闹起来，一则传说开了，不大好听。二则她既然下了这个决心，跟了姓柳的走，主张是不会变更的，就是勉强把她找回来，她一不好意思，寻起短见来，那更糟了。"玉芬道："我们虽不必找她回来，也得打听打听，她究竟是不是跟姓柳的走了？"佩芳道："怎样的打听呢？不大方便罢？"玉芬道："我们真个派人到柳家里去打听不成吗？只要随便打一个电话到柳家去问问，那姓柳的还在家没有？若是接连几回打听不出来，这人一定走了。"

佩芳坐在一边默然无语。大家便料她心里受有重大的感触，也就只把看破些的话来宽慰她，不再说小怜不对。佩芳也不打牌了，无精打采，自回房去。凤举却唠唠叨叨，埋怨她不已。佩芳道："你不要起糊涂心思，你以为小怜跑了，你是失恋了。我敢断定说一句，她始终没有把你看在眼里。她走了，你在我面前吃这种飞醋，有什么意思呢？人是去了，你大大方方的，不算一回事，人家也许说你有人道。现在人既不能回来，做出这样丧魂失魄不服气的样子，白惹人家笑话，我看是不必罢？"这几句话，正说中凤举的毛病，他本躺在外面屋子里那张藤榻上，便叹了一口长气。佩芳隔着壁扇说道："叹气做什么？各人有各人的缘分，那是强不来的。睡觉罢，不要生气了，你还是陪着你的黄脸婆子罢。"说毕，噗哧一笑，又将壁扇拍了两下。凤举也就悄然无声，自去睡觉。

到了次日，佩芳将这事告诉堂上翁姑。金太太见佩芳的样子，都随便得很，自己也就不能怎样追究。偏是凤举解脱不开，他心里总像拴着一个疙瘩似的。他转身一想,他夫人昨晚所说,各有各的缘分这句话,实在有些道理。这多年来,对小怜没有重骂过一句,总是在心里怜惜着她。不料她一点没有动心,却与一个姓柳的,只几回见面的工夫,就订下白头之约。这样看来,男子若不得哪个女子的欢心,把心掏出来给她,也是枉然的了。心里这样想着,整天的不高兴。

这天上衙门,大家在办公室里闲谈,偶然谈到对妓女用情的问题。他的同事朱逸士道:"人非木石,孰能无情?妓女既然也是一个人,自然一样的也有爱情。譬如一个叫花子,你屡次三番的给他钱,他会记得你。我们对妓女,尽管的花钱,尽管和她要好,她就不会对我们表示一点好感吗?"凤举笑着把两只手一齐摇起来。说道:"糟了,糟了,要像你这样替妓女设想,那要把花钱的人,一齐送下火坑。妓女牺牲的是色相,卖的是爱情,你为她有色去爱她,不知道她却认为是一种牺牲哩。你若因为她表面上做得甜甜蜜蜜的,好像爱你,哪里知道她正卖的是这个爱哩。"朱逸士道:"照你这样说,妓女竟是一种没有感情的动物了?"凤举道:"她们自然也有爱情,不过她所爱的人,不必就是花钱的客人。我经过种种试验,知道女子的爱情,不是金钱买得到的。就是你花钱买来了,也不过表面上的应酬,绝不是真爱情。有一天,她不需要你的金钱了,她的真爱情一发生,就要和你撒手了。"

旁边又有一位同事,叫刘蔚然的,便接上说道:"凤举兄既然经过种种试验,才知道妓女的爱情是这样的。那末,这种试验的经过,可得而闻欤?"说着,左腿向右腿上一架,偏着身子,望着凤举傻笑。凤举笑道:"这有什么可谈的?大概在胡同里花过一注子钱的,都应该知道。岂必要我金某人现身说法。就是你二位,不必装呆,也应该知道若干罢?"朱逸士笑道:"好久没有和凤举弟逛过了。能不能带我出去走走,瞻瞻仰仰贵相知?"凤举道:"同去逛,倒无所不可,说到相知,一个也没有。我不过因为应酬朋友,偶然在胡同里找一个地方坐坐。今儿这家,明儿那家,我是成了得意不宜再往,哪里有熟人?"刘蔚然笑道:"凤举兄这话,倒是事实。因为阃威大震,家法厉害着啦。"朱逸士笑道:"真的吗?我若是凤举兄,要表明不怕家法厉害,必定举出一个反证来。"

凤举道:"二位说来说去,无非要我请一请你们这一个小东,很不算什么,要我请就要我请,何必旁敲侧击,绕着许多弯子说话呢?"朱逸士道:"这样说,凤举兄是很愿相请的了。机会不可错过,要请就是今天。"凤举笑道:"这几天我也无聊得很,倒愿意出去走走,今晚就是今晚,但不知是逛南的?还是逛北的?"朱逸士笑道:"我是南班子里熟人太多了,东也撞着,西也撞着,还是北的罢。"凤举指着他笑道:"你听听,这才是你不打自招啦。"朱逸士笑道:"本来我就没有说我不逛,有什么不打自招哩?就是蔚然兄与我也有同样之感。"刘蔚然笑道:"不敢高攀,我没有这种资格。"凤举道:"倒是南式小吃,逛得腻了,调一调口味也好。我早就想了,来一个家家到,看看到底有多少好的?"

朱逸士道:"那还了得?一家坐十分钟,一个钟头,也只能走六家,此外还有走道的工夫、点名的工夫,全在内了,走马看花,那还有什么趣味?"刘蔚然道:"我有一个办法,坐得住的地方,就多坐一会儿;坐不住的地方,扔钱就走。"凤举道:"我以为不逛就不逛,要逛就逛个痛快,家家到,也不要紧,不过回来晚一点罢了。"朱刘二人见凤举有此豪兴,大概东是由他做定了,乐得赞成。便依了他的话,约着下了衙门不必回家,一直就出南城来,在小馆子吃晚饭。

吃了晚饭,街上的电灯,已经是通亮了。朱刘二人都是搭坐凤举的汽车的,这时凤举分付汽车回家,三人带着笑容缓缓的走进胡同。朱逸士问道:"凤举兄,我们先到哪一家哩?"凤举道:"我们反正是家家到,管他那一家开始,只要是北方的,我们就进去。"说话时,只见一家门首,挂了几块红绫绣字的小玻璃匾。那绣的字,有一块是小金翠,一块是玉金喜。凤举皱着眉道:"俗俗!这北地胭脂,不说别什么,就是这名字,就万不如南方的了。"刘蔚然道:"怎么样?一家还没有到,你就打算反悔了吗?"凤举笑道:"批评是批评,逛是逛。此来本是探奇,哪有反悔之理。"说话时,朱逸士脚快,一脚已踏进门去。凤举笑道:"你为什么这样忙?进去抢什么头彩吗?"说时,也和刘蔚然一路跟进去。

走进一重屏门,只见一个穿黑衣服的龟奴,满面春风的迎上前来。说道:"你啦,没有屋子。各位老爷有熟人,提一提。"凤举皱着眉对朱刘二人道:"扫兴。头一家就要尝闭门羹了。"便对龟奴道:"屋子没有空,人也没有空吗?"那龟奴听了凤举的话,莫名其妙,翻着眼睛,对凤举望着。朱逸士道:"他是问你们这儿姑娘有闲着的没有?"龟奴道:"有两个闲着。"朱逸士道:"那就成,你叫她出来我看看。"龟奴也不知道他们什么用意,只得把那两位姑娘一齐叫到院子里来。

凤举睁眼看时,一个有二十来岁,脑后垂着一把如意头,脸上倒抹了不少的胭脂粉。她穿一件豆绿色旗袍,却是一双三寸金莲的小脚。旗袍下面,露出大红丝光袜子,青缎子尖鞋,却有一种特别刺激性。她一扭一扭的先走上前来,龟奴就替她报了一句名,是玉凤。她老实不客气,倒死命盯了三人一眼,轻轻的说了一句道:"好像是朋友。"朱逸士也轻轻的对刘蔚然道:"她也安得上一个'凤'字?真有些玷辱好名姓的。"正说时,只听见有人娇滴滴的叫了一声干妈,随声出来一个姑娘,约计有十五六岁。上身穿了一件对襟红缎子小紧身,下面穿着大脚葱绿色长裤。梳着一条辫子,倒插上一朵极大的大红结子,虽非上上人才,两颊微微的抹了一点胭脂,倒有几分娇憨之处。她穿着一双高跟鞋,吱咯吱咯,走上前来。龟奴见她上前,便替她唱着名道:晚香。凤举笑道:"这名字倒也对付。"刘蔚然笑道:"凤举兄倒有相怜之意,就是她罢。"

晚香看他们的颜色已有些愿意样子,向刘蔚然道:"是哪位老爷招呼?"朱逸士指着凤举道:"你叫他,你可别叫老爷。他是金总理的大少爷,他不爱别什么,就爱人家叫他这么一声少爷,你要叫他一声大爷,比灌了他的浓米汤还要好呢。"这孩子也是个聪明人,常听人说,总理是总长的头儿,他是总理的大少爷,自然是个花花公子。便笑道:"我知道,南方人叫度少,是最有面子的。那末,我就叫度少了。金度少,你别见怪啦。"说毕,就握着凤举一只手,说道:"真对不住,请你等一等,我叫他们腾屋子,我屋子让别人的客占了。"

这晚香正是一个做生意未久的姑娘,没有红起来。因为她屋子里空着,别一个姑娘有了客,引到她屋里来坐。现在晚香自己有客人,人家自然要想法子让出来。而且龟奴老鸨在一边看见,这个人举止非凡,已料到不是平常之辈,现在又听说是总理大少爷,越发的要加倍奉承。不一会儿,屋子让出来了。晚香牵着凤举的手,引了进去,东边一间小小的厢房。屋子里只有一张木床,和一张木桌椅,一架小玻璃橱,另外一套白漆桌椅,连沙发都没有。晚香红着脸道:"屋子真小,你包涵一点。"凤举笑道:"不要紧,我们是来看人的,又不是来看屋子的,屋子大小,有什么关系哩!"

这个时候,晚香的跟妈,和晚香的鸨母李大娘,打手巾把,沏茶送瓜子碟,忙得又进又出。这李大娘原是一个养老妓女的。因为近来手头挤窄,出不起多钱,就只花了几百块钱,弄了晚香一个人小试。差不多做了一个月的生意,每天不过两三个盘子,就靠这三四元盘子钱,哪里维持得过来?因此昼夜盘算,正想设一个法子,振作一下。现在忽然有位财神爷下降,哪里肯轻易放过?便在房门口掀帘子的时候,对晚香丢了一个眼色。

晚香会意,便走了出来,李大娘把她牵到一边,轻轻的说道:"刚才屋子有一班客人,认得这个姓金的,他说这真是总理的儿子。你要好好的陪着他,别让他来一回就算了。你红得起来红不起来,都在这个人身上,你可别自己错过了机会。"李大娘说一声,晚香哼着答应一声。说完了,于是她们定计而行起来。

第二十二回

眘眘初逢寻芳过夜半　沉沉晚醉踏月到天明

晚香由外面进房去，李大娘也忙着切水果摆糖碟，一次两次只往里送。晚香拿着凤举的手，同坐在木床上，笑道："今天晚上很凉快，你瞧，我都穿了两件衣服。现在你三位来了，我就热起来了，我要换衣服了。"说毕，在玻璃橱里拿了一件衣服，转到橱子后身去。一会儿，脱下那一件红短衣，换了一件月白绸长衫出来。

朱逸士笑道："你不该换衣服。"晚香道："怎么不该换？"朱逸士道："咱们大家在一处，闹得热热的，不好吗？这一换，就凉了好些个了。"晚香道："咱们热要在心里，不要在身上。金老爷你说对不对？"朱逸士笑道："你这句话，就该罚。我们不是约好了不许叫老爷吗，怎么又叫起老爷来了？"晚香笑道："这是我错了，应该怎样罚呢？"刘蔚然道："那你就问金大爷罢，要怎样罚就怎样罚。"晚香道："对了……"刘蔚然道："凤举兄，你听见没有？她愿意你罚她呢。"晚香道："我还没说完，你就抢着说，我是这样说吗？我是说刘老爷分付我称大爷，那就对了。我们北方人，叫大爷，二爷，就最是客气，比南方人称度少还要好呢。"说话时，朱逸士看了一看手表。因对刘蔚然笑道:"进这屋子的时候,我是看了这表的。"刘蔚然道:"怎么样,过了法定时间了吗?"朱逸士道:"岂但过了法定时间,已经够双倍转弯的了。"凤举伸了一个懒腰,就站起身来。

晚香看那情形,他们竟是要走的样子。连忙把衣架上三顶帽子抢了下来,拿在手上,对凤举笑道:"大爷,你就这样不赏面子吗?我知道屋子不好,人也不好,大爷来了这一回,第二回是不来的。可是今天这一次见面,是难得的事,我总得留你多坐一会儿,心里才过得去。"凤举笑道:"我不到这地方来,就算了,我一来了,那是要常来的。"这时李大娘和跟妈,都站在门外边,听见凤举有要走的消息,就一拥而进。

李大娘也就跟着叫大爷,说道:"大爷,你既然要常来,怎么今天初次来,倒不能多坐一会儿?"凤举道:"这有个原因,一说你就明白了。我今天和这两位老爷约好了,凡是北班子,都进去丢一个盘子。你这儿是第一家,要是坐久了,别处还去不去呢?"李大娘笑道:"你瞧,这话说出来了,大爷一定是不再来的了。大爷来这一趟本来是随便的,这一晚晌,至少要到一二十家,知道哪一家的姑娘,能中大爷的意呢?"凤举笑道:"你家的姑娘,就中我的意。"晚香把嘴一撇道:"别冤我们了,既然大爷中意,为什么不肯多坐一会儿呢?"凤举道:"若是在这里多坐了,那就不能家家去了。"李大娘道:"家家到是找中意的姑娘,到一家也是找中意的姑娘,只要找到了就得了,何必家家到呢?就怕我们小姑娘,不中大爷的意,若是中了意,就不必费事再找去。就是要找,今天这个面子得给我们小姑娘,明天再去找也不迟。"她说着话,可断住了房门口。凤举笑着对朱刘二人道:"这种样子,我们是走不掉了。"刘蔚然道:"我们是随主人翁之意。主人愿意多坐一会儿,就多坐一会儿。"晚香拉着凤举的手道:"坐下罢,坐下罢,别人都说不走了,你还好意思去吗?"凤举本也无所用心,就含笑坐下了。

晚香见朱逸士的手绢放在桌上,就叫跟妈打了一盆凉水来,亲自在洗脸盆架上,用香胰子给他洗手绢。朱逸士笑道:"劳驾,可是我们得坐着等手绢干了再走,要到什么时候呢?"晚香走到朱逸士那边,抬起右手,露出胁下纽扣上掖的一条黄绸手绢,笑道:"你要不嫌脏,就先拿这一条去使一使。"朱逸士果然抽下手绢来,在鼻子尖上嗅了一嗅,笑道:"好香,谢谢你了。"刘蔚然一拍腿道:"我要走,我受不了这个气。"晚香对他一笑道:"你别忙呀!"刘蔚然笑道:"别忙?还有什么送我的吗?"晚香道:"自然有。"说时,她用手巾揩干了手,在衣服里面掏了一会儿,掏出一条小小的水红绸手绢出来,笑着交给刘蔚然道:"这个怎么样?"刘蔚然道:"谢谢。我看你不出,真有些手段。"晚香道:"你瞧,我不送你的手绢,你要生气。送你手绢,你又要说我有什么手段。"朱逸士也笑着对凤举道:"凤举兄,今天算你碰着了,这孩子,八面玲珑,善窥人意,你翩翩浊世之佳公子,用得着这一朵解语之花。"

晚香听他说话,虽不能懂,看他的面色,却是在凤举面前夸奖自己的意思,目不转睛的但看凤举的颜色。凤举笑道:"我是逢场作戏,不算什么。可是你两人,都受了人家的贿赂,我看你怎样的交卷?"朱逸士道:"你这话我明白了,自己不好出口,要我们和你撮合撮合呢。"刘蔚然道:"你这一句话,正猜到他心眼儿里去了。"因掉转头来问晚香道:"你知道我们说什么来着吗?"晚香摇摇头笑道:"我不知道。"朱逸士和她丢了一个眼色道:"我们对金大爷替你说好话哩。你怎样不谢谢呢?"晚香连忙就点点头道:"谢谢。"又用四个雪白的牙齿,磕着瓜子,将瓜子磕破了,用指头钳出瓜子仁来。磕了一握瓜子仁,就分给他们三个人吃。

这样一来,不觉坐了一个钟头,宾主都极其欢喜。凤举在身上一摸,摸出两张拾元的钞票,放在桌上,把瓜子碟来压住。朱逸士看在眼里,和刘蔚然丢了一个眼色,刘蔚然微微一笑。凤举明知他二人说的是自己,他只当没有知道,依旧是坦然处之。晚香却眼睛一瞟,早看见盘子下压两张拾元钱的钞票,这个样子,并不是来一次的客人,不由心里喜欢出来。凤举和朱刘二人告辞要走,她也就不再行强留。

朱刘二人已经走出房门,晚香却把凤举的衣服扯着,笑道:"你等一等,我有话说。"就在这个时候,赶紧打开玻璃橱子,取了一样东西,放在凤举手里。笑道:"这是新得的,送你做一个纪念。"凤举拿过来一看,却是一张晚香四寸半身相片,照得倒是很漂亮。于是把它向身上一揣,笑道:"这真是新得的吗?"晚香道:"可不是新得的?还没有拿回来几天呢。"凤举道:"印了几张?"晚香道:"两张。"凤举道:"只有两张,就送我一张吗?"晚香道:"你这话可问得奇怪,印两张就不能送人吗?"凤举道:"不是那样说,因为我们还是初次见面,似乎还谈不到送相片子。"

正说到这里,朱逸士在院子里喊道:"你两人说的情话,有完没有?把咱们骗到院子里来罚站,你们在屋子里开心吗?"凤举答应道:"来了来了。"晚香两只手握着他两只手,身子微微的往后仰着,笑道:"你明天来不来?"凤举撒开手道:"外面的人,等着发急了,让我走罢。"一只手掀开帘子,那一只手还是被晚香拉住,极力的摇撼了几下,眼瞧着凤举笑道:"明天来,明天可要来。"凤举一迭连声的答应来,才摆脱开了,和朱刘二人,一路走出。

朱逸士道:"凤举兄,你说一家只坐十分钟,头一家就坐了一个多钟头了。你还说是花丛常走的人,怎样便便宜宜的就被人家迷住了?"凤举道:"怎么被她迷住了?恐怕是查无实据罢?"朱逸士道:"怎样查无实据,你第一个盘子,就丢下二十块钱,实在有点过分,这还不能算是证据吗?"凤举道:"还亏你说呢?你看我们去了,人家是怎样招待?你两个人各得一条手绢,就怕要花人家两元以上的本钱了。难道照例的叫我丢两块钱就走吗?"朱逸士道:"固然,两块钱不能报人家的盛情,但是少则五块多则十块,也很好了。你为什么出手就是二十块?"刘蔚然笑道:"这一层姑且不说,你第一回就花了二十块钱,此例一开,以后是怎样的去法?"凤举道:"以后我不去就得了。"朱逸士道:"那是违心之论罢?"凤举道:"不要说话了,无意中,我们已经走过了一家,这还得走回去。"

于是三人掉转身又走回来。这一家班子,人倒是轻松些,龟奴打着门帘子,引他们走进了一个屋子,进去一看,倒陈设得极是华丽。旁窗户边下,有一张沙发睡椅,一个四十上下的妇人,躺在那里打电话。见进来三人,也不理会,只用目光斜瞟了一瞟,自去打她的电话。三人坐定,龟奴照例问了一问有没有熟人?然后就在院子里大声吆唤着见客。不一会儿工夫,姑娘来了,龟奴打着帘子唱名,姑娘在门口略站一会儿过去。共过去四个人,都在二十上下,涂脂抹粉的没有一个看得上眼。

末了,龟奴对沙发上打电话的那妇人说道:"屋里这个叫花红香。还有一个出条子去了,没有回来。"凤举和朱逸士说了两句英语,朱逸士道:"除非如此,不然,就要间一家了。"凤举便对龟奴道:"我们既坐在这屋子里,就是这屋子里的一位罢。"那花红香听了这话,倒出乎意料以外,不料这三位西装革履的少年,竟有相怜之意,便含笑站起来,逐一问了贵姓。她走近前来,凤举仔细看她的脸色,已不免有些微微的皱纹,全靠浓厚的香粉,把它掩饰了。她倒很是见谅,进过茶烟以后,便移一张椅子,与三人对面坐下,不像旁的妓女挨挨挤挤的。她身上只穿了一件淡青的纱绸长衫,倒也不是十分艳装。

她微笑了一笑,说道:"这一位金老爷,我们好像在哪里会过一次?"凤举道:"会过一次吗?在什么地方?"花红香道:"今年灯节,你和何次长在第一舞台听戏,有这回事吗?"凤举偏着头想了一想,笑道:"不错,是有这回事。原来在包厢里的就是你,我还以为是何次长的家眷呢。你真好记性。"花红香道:"不然我也不记得,是何次长说,这是金总理的大公子,我就记下来了。因为十年前,金总理和何次长常在一处,我是见过的。"凤举道:"这样说,你和何次长是老交情了?"花红香道:"大概认识在二十年上下了。"朱逸士笑道:"我有一句话,可问得唐突一点,既然如此,为什么倒不嫁何次长呢?"

花红香叹了一口气道:"这话一言难尽,老实说一句,从前是我不愿意,如今是他不愿意了。"刘蔚然道:"那也不见得,他若是不愿意,何以还和你往来呢?"花红香道:"这也不过旧感情,也像是朋友一样往来,还能谈什么爱情吗?"刘蔚然笑道:"这倒是真话。但不知道和何次长这一样感情的人,还有几个?"花红香道:"那倒不少,我也就全靠这些老客维持。至于新上盘子的客人,老实说,几天不容易有一回。"凤举笑道:"何必这样客气?"花红香道:"我这实在是说真话,并不是客气。就是三位招呼我,这也不过一时好奇心,你说对不对呢?"

大家看见她说话,开门见山,很是率直,就索性和她谈起来。她倒也练达人情,洞明世事。后来朱逸士就问道:"既然有许多感触,何必还在外做生意呢?"花红香却叹了一口气道:"那也是没法。"

她就只说这几个字,也不往下再说。谈了一会儿,凤举本想走。但是人家也说明了,此来是好奇心重,坐了不久,越发可以证明那句话了。因此只得忍耐的坐下,朱刘二位也是顾虑到这一层,不肯马上说走。大家又坐了一会儿,恰好花红香有一批熟客来了,大家就趁此告辞。花红香很明白,没有说明天来,只说了一句,没有事请过来坐坐。

大家出得门来,朱逸士哈哈大笑道:"小的太小,顾了面子走不了。老的太老,顾了面子也是走不了。今天晚上,还只走了两家,就这样麻烦。若是走个十家八家,非到天亮不可了。"凤举道:"那也不要紧,反正是热天,走一夜到大天亮,只当是乘凉罢。"三人一路说笑,一走又是四五家。

这个时候,夜色已深,胡同里各班子门口的电灯,渐渐熄灭。胡同里的汽车包车,虽依然挨着人家门口,接连的排着,可是路上的行人,很是稀少。他们三人偶然走过一条短短的冷胡同,低头忽然看见地上一片雪白,显出三个人影。抬头看时,只见一轮七分满的残月,斜挂在电线上。

刘蔚然道:"这是阴历十八九了罢?月亮升得这样高,已是夜深了。"凤举道:"不是你说,我竟忘记了有月亮,怪不得地下有这片白色了。月亮到了胡同里少不得也要乌烟瘴气,竟也看不出来了。"朱逸士笑道:"由此说来,窑子竟是逛不得的了。"凤举道:"偶然来一两次,那不过是好玩,没有什么要紧。若是老向这里来,无昼无夜,无天无日,就会把人弄得昏天黑地了。"朱逸士笑道:"幸而凤举兄声明在先,偶然来一两回那也不要紧。不然,听老哥这几句话,我们这就大可马上回家了。"凤举笑道:"我们今天原是来玩的意思,并不是想在这里找个什么爱人。起念不能算淫,还不要紧。"朱逸士笑道:"反正说来说去,凤举兄都有理。走罢,我们还逛几家罢。"三人说着话,又走进一家。

这个时候,夜深了,人已稀少许多,几个妓女,正待着乘凉站在院子里说闲话。凤举他们三人,还没有走上前,忽然人中间,有一声很清脆的声音,叫了一声朱老爷。说话时,走过来一个妓女,便握着朱逸士的手笑道:"今天朱老爷高兴,怎样有工夫到这里来坐坐?"凤举看那妓女,不上二十岁,倒有几分姿色,身体娇小,也不像北方人。便笑道:"原来是逸士兄的贵相知,好极了,好极了。"说着话,主客四位,一阵风似的,便进了屋子。

凤举问起这姑娘的名字,叫王金铃,是一位有名的妓女。便笑道:"原来你就是金铃,久仰久仰。"王金铃笑道:"什么也不晓得,你别笑话。"她对金刘二位,都不认识,周旋了几句之后,便拉着朱逸士的手,同坐在一张沙发椅上,笑道:"我是什么事得罪了朱老爷,怎么老不来?"朱逸士笑道:"你哪有什么事得罪了我?若是得罪了我,这样夜深,我还会来吗?"金铃道:"三位在哪位相好的那里来,闹到这时候?"朱逸士道:"我老实告诉你罢,这位金老爷今晚上要在胡同里查夜哩!"于是就把家家到的话,对金铃说了。

金铃一看凤举的样子,料他就是一个阔人,现在听说他有此豪举,料他也不是等闲之辈,便笑道:"朱老爷到我这里来,原来是碰上的呢。金老爷在我这里坐坐,那不能算,应当还要招呼人呢。"朱逸士笑道:"怎么样?请她介绍一个,好吗?"凤举道:"这里坐坐就成了,何必还要另外找人?要找也成,就得找金铃这样子的人,我才招呼。"金铃笑道:"金老爷,你干嘛占我们的便宜?"凤举道:"这是崇拜你,怎样是占你的便宜?"金铃道:"哎哟!说这话,我就不敢当。招待不好,金老爷不要见怪就得了。"朱逸士笑道:"不要说这些废话。我们逛了一晚,倒有些饿了。有什么吃的吗?给我们一点吃吃。"金铃遇到这种贵客,就怕不出花头,越闹出许多名堂来,她越好弄钱。听见朱逸士要吃的,连忙说道:"有,吃面吗?"刘蔚然一笑道:"我们闹了这一夜,也闹得精神不济了,可以弄一点酒来喝喝。"金铃道:"这样天气热,有几家馆子是通宵不封火的,叫他带些酒来得了,这有什么不成呢?"说着,她走出房去,分付了一声。

不到半个钟头,馆子里送了两提盒子酒菜来,一掀开盒子盖,倒是热气腾腾的。凤举道:"还是这样费事,都是炒菜吗?"金铃道:"我也是听见老爷们说,凉菜上怕飞上了什么虫子,吃了有碍卫生。所以都叫的是熟菜,馆子离这儿不远,我就让他们先得了几样先送来,回头再送。"凤举道:"这样想得周到,实在难得,朱老爷一定要给你做一回大大的面子,才说得过去。无论哪一样,我都算一个。"金铃笑道:"金老爷,谢谢你啦。"朱逸士道:"有许愿的,也有领谢的,这和我没有什么关系了。蔚然兄,我们喝罢。"金铃用嘴一撇,瞧着他轻轻的笑道:"你瞧!吃这样的飞醋!"刘蔚然拍着掌在一边叫好,这样一来,大家就闹起来了。

这时,酒菜已在屋子中间的桌上摆下,开了风扇,三男一女,便开怀喝起来。好在这个时候,已到了两点多钟,胡同游人已少,班子里人声静寂,金铃可以专陪他们说笑。有些好事的姑娘,进来和金铃说话也来凑趣。金刘二人因话答话,各人又招呼了一个姑娘。凤举招呼的叫玉桃,刘蔚然招呼的叫花魁,也坐在各人身后,替二人劝酒。大家正喝得高兴,忽然遥遥的听见两声鸡叫。凤举道:"哎呀,很夜深了,我们应该散席了。"说着,站起身来,不觉身子晃了几晃,觉得脑筋有点昏沉沉的,两只手扶着桌子,撑住了身体,笑道:"我真不中用,有些醉了。"

玉桃看见,却亲自拧了一把热手巾给凤举,上面多多的洒了些花露水。那香气一冲,凤举觉得人精神些,接上又吃了盘子里几片雪梨,便走到一边沙发椅上一躺,笑道:"闹得够瞧的了,明天下午,衙门还有两件要紧的公事得办,我们回去休息休息罢。"玉桃扯着凤举的手道:"快天亮了,索性天亮回去罢。"刘蔚然也是有些倦意,和凤举同意,也坐到一边去。朱逸士道:"这个时候,车子都没有得雇的呢,坐下罢。"凤举和刘蔚然丢了一个眼色,笑道:"我们趁着这时到中央公园去走走,新鲜新鲜,你以为如何?"刘蔚然道:"好,就是那末办。"两人各找了自己的帽子,拿在手上,各丢了一张十元的钞票在旁边一张桌上。算是开各人姑娘的盘子钱,掀帘子就走。朱逸士道:"要走都走呀,等等……"凤举和刘蔚然不等他把话说完,已走得远了。

走上大街来,胡同里剩了几辆人力车,不见再有什么人。凤举道:"不要坐车,我们先散散步罢。"二人一面谈着话,走上大街,只见一往直前空荡荡的。那一轮残月,虽只略略有些偏西,天色已经黑中透明,却有几颗大星,亮灿灿的,和月色相映。月色照着人,地上只有淡淡的影子。凤举道:"这样走,走到家去,天就大亮了。不上公园去罢,我要赶紧回家睡觉去了。"刘蔚然也很赞成,各人雇了一辆车,就回家去。

凤举到家,敲了半晌大门,方才打开,进得家去,里面一重重门都是关着的。他一敲门,把听差老妈子全惊醒了。凤举回到自己院子里,见走廊下悬着一张吊床,吊床上面,又垂下一条纱帐,正好睡觉。自己一想,免得再敲这正屋门,惊动了自己夫人,不如先在这里睡一睡。等老妈子开了门,再进去。于是将帽放在藤几上,皮鞋也没有脱,就躺在吊床上。不料他一夜冶游,辛苦已极,只一躺下,眼睛就闭上,不多大一会儿工夫,就睡着了。

请假的蒋妈,这时还没有回来。到了七点多钟,一个做粗事的李妈,打开厅门,只见吊床上睡着一个人,倒吓了一跳。仔细看时,原来是大爷回来了。自己先且不敢惊动,等佩芳醒了,便去告诉她。这一告诉不要紧,可惹出大祸来了。

第二十三回

芳影突生疑细君兴妒　闲身频作乐公子呼穷

佩芳因凤举一夜未归,正自惦记着,听到李妈说他睡在外面,连忙走出来看。一面说:"也不知道他昨晚上在哪里来?就会躺在这个地方,这要一招凉风又要生病"说时,便用手来推凤举,说道:"进去睡罢,怎么就在这里躺下了哩?"凤举把手一拨,扭着身子道:"不要闹,我要睡。"佩芳道:"你瞧,他倒睡糊涂了。"又摇着吊床道:"你还不进去,一会儿太阳就要晒过来了。"凤举又扭着身子道:"咳!不要闹。"正在他这翻身的时候,他那件西装衣袋里,有一块灰色的东西伸出一个犄角来。

佩芳随手一掏,抽了出来,却是一张相片。原来整夜不归,身上会揣着这样的东西,真是出于意料以外。晚香年纪本轻,这张相片,又照得格外清楚,因此显得很好看。佩芳不见则已,一看之后,心里未免扑通一跳。对着那张相片,呆呆的站着发了一会子愣,竟说不出所以然来。心里想着,既已有相片,也许还有别的东西,索性伸手到凤举衣袋里去摸一摸。先摸放相片衣袋里,没有什么。再搜罗这边,却找出十几张小名片。那些名字,有叫花的,有叫玉的,旁边还注明什么班,电话多少号。佩芳才明白了,凤举昨晚上,是逛了一晚的胡同。但是逛的话,也不过三家两家就算了,何以倒有十多个姑娘和他送名片?真是怪事。站在凤举身边,估量了一会儿,便将相片名片,一股脑儿拿着到房里去。凤举睡在吊床上,也就由他睡去,不再过问。

凤举躺在风头上,这一场好睡,直睡到十二点多钟,树影子里的阳光,有一线射到脸上来,令人有一点不舒服,这才缓缓醒来。李妈看见,便问道:"大爷不睡了吗?"凤举两手一伸,打了一个呵欠,说道:"你打水去罢,我不睡了。"走下吊床,用手理着头上的分发,走进屋去。只见佩芳手上捧着一本小说,躺在一张藤椅上看,旁边茶几上,放着一玻璃杯果子露,一碟子水果,两只脚互相架着摇曳,正自有趣。凤举笑道:"你倒会舒服?"佩芳本是捧着书挡住脸的,把书放低一点,眼睛在书头上看了一眼,依旧举起书来,并不理他。凤举这时还没有留心,自去进房洗脸。

洗完了脸,一看自己这一身衣服,睡得不像个样子了,便将它脱下来,在衣橱子里找了一套便服换上。干净衣服正穿起来,忽然想起袋里还有名片相片,得藏起来,若是夫人看见了,又要发生问题。可是伸手向袋里一摸时,两样全没有了。记得回家的时候,手摸口袋,还在里面,要丢一定也是在家里丢的。又记得睡得正好的时候,佩芳曾摇撼着身体来叫,恐怕就是她拿去了。便走到正屋里来,含着笑容道:"你拿了我身上两样东西去了吗?那可不是我的。"佩芳只看她的书,却不理会。

凤举道:"喂,和你说话啦,没听见吗?"佩芳还是看她的书,不去理会。凤举道:"吴佩芳,我和你说话呢!"佩芳将书本向胸面前一放,板着脸道:"提名道姓的叫人,为着什么?"凤举笑道:

"这可难了，我不叫出名字来，不知道我是和你说话。叫出名字来，又说我提名道姓，那应当怎么样办？"佩芳道："你爱怎么办就怎么办。"凤举看夫人这种情形，不用提，一定是那件案子犯了。因说道："我说这话，你又不肯信。我袋里那张相片，是人家的，我和别人开玩笑，故意抢了来呢。"佩芳听了不做声，半晌，才说道："你当我是三岁的小孩子呢，把这些话来冤我。相片算人家的，那十几张名片，也是人家的吗？你把人家的名片拿来了，这也算是开玩笑吗？"凤举道："怎么不是呢？我那朋友把相片和名片都放在桌上，我就一齐拿来了。"

佩芳道："这是你哪一个朋友，倒有这样阔？有许多窑子到他家里去拜会，他家是窑子介绍所吗？那我也不管，昨晚上，在哪里闹到天亮回来？"凤举道："在朋友那里打牌。"佩芳道："是哪一家打牌？在哪一处打牌的，有些什么人？"凤举见她老是问，却有些不耐烦。脸一板道："你也盘问得太厉害一点了，难道就不许我在外面过夜吗？"佩芳见他强硬起来，更是不受。往上一站，将书放在藤椅上，说道："那是，就不许在外面过夜。"凤举道："你们也有在外面打夜牌的时候，我就不能？"佩芳道："别人都能，就是你不能！"凤举道："我为什么不能？"佩芳道："因为你的品行不好。"

夫妻二人，越闹越厉害，凤举按捺不住，又没有什么事情可以出气的，一眼看见桌上有一只盛水果的小玻璃缸，就是一拳，把缸碰落地板上。因为势子来得猛，缸是覆着掉下去的，打了一个粉碎。一时打得兴起，看见上面桌上摆着茶壶茶碗，又要走过去打。这茶碗里面有一对康熙瓷窑的瓷杯，是佩芳心爱之物，见凤举有要打的样子，连忙迎上前来拦住。她是抢上前来的，势子自然是猛烈的。凤举以为佩芳要动手,迎上前去,抓着佩芳两只胳膊,就向外一推。佩芳不曾防备,脚没有站得稳,身子向后一仰,站立不住,便坐在地板上。这样一来,祸事可就闹大了。

佩芳嚷起来道:"好哇!你打起我来了!"说着,身子向上一站,说道:"你不讲理,有讲理的地方,咱们一路见你父亲去。"佩芳说毕,正要来拖凤举,可是前后院子里的老妈子,早飞也似的进来了五六个人拥上前来,将佩芳拦住。恰好鹤荪夫妇、鹏振夫妇,都在家没有出门,听到凤举屋子里闹成一片,便也跑了过来看一个究竟。一见他们夫妻打上了,慧厂连忙挽着佩芳道:"大嫂,你这是怎么了?"佩芳对大家一看,一言未发,早是两行眼泪流将下来。玉芬道:"刚才我从篱笆外面过,看见大嫂躺在这儿看书呢。怎么一会子工夫,就吵起来了?"佩芳坐在藤椅上,垂着泪道:"他欺我太甚,我和他见父亲母亲去。"凤举道:"去就去,我理还讲不过去吗?"这一句话说出,两人又吵了起来。

鹤荪口里衔着一支烟卷,背着两只手,只是皱眉。说道:"这是什么大不了的事,吵得这样子呢。"慧厂一跺脚道:"饭桶,你还有工夫说风凉话呢,不晓得拉着大哥到外面去坐一会子吗?"鹤荪本是要拉着凤举走的,他夫人这样一说,当着许多人在面前,又有些不好意思那样办了。笑道:"怎么样?你也要趁热闹,和我吵起来吗?"慧厂一摇头道:"凉血动物!亏你还说得出这种话来?"鹏振知道他二哥是被二嫂征服了的,一说僵,二哥要不好看。走上前抄住凤举的手,对鹤荪丢了一个眼色,说道:"走罢,咱们到前面去坐罢。"他兄弟三人走了。

玉芬和慧厂围着佩芳问是为了什么事?佩芳就把相片和名片,一齐拿了出来,往桌上一扔,说道:"就为这一件事,我又并没有说什么，不过问一声，他就闹起来了。"大家一想，这事涉于爱情问题，倒不好怎样深去追问，只是空泛的劝慰。

这天下午，燕西从外面回来，正因为玉芬有约，前日的牌没有打完，今天来重决胜负。一走到玉芬这里，扑了一个空，那小丫头秋香，却说道："大爷和大少奶奶打架了，大家都在那里，七爷还不看去。"燕西听说，赶快走了过去，只见敏之、润之也走过来。润之在院子里嚷道："这天气还没有到秋高马肥的时候呢，怎样厮杀起来了？"燕西见他姐姐说笑话，这才料到并不是什么大问题，便问道："怎么了？"润之道："我也刚从外面回来，听见大哥在前面说他一家子的理，我才知道后面闹过了一场。"说着话，姐弟三人走进屋去。

只见佩芳脸上的泪容，兀自未曾减去，躺在藤椅上和玉芬、慧厂说话。玉芬道："得了，你就装点模糊，算吃了一回亏得了。一定闹得父亲母亲知道，不过是让大哥挨几句骂。"佩芳道："挨骂不挨骂我不管。就是他挨一顿骂，我也不能了结。"润之笑道："这交涉还要扩大起来办吗？大哥挨了骂还不算，还要他这快要做爸爸的人去挨打不成？"佩芳忍不住笑道："你又胡说！老七还在这里呢。"玉芬笑道："还是六妹有本领，我们空说了半天，大嫂一点儿也不理会，你一进门，她就开了笑容了。"润之道："倒不是我会说，也不是我格外有人缘，不过提到大嫂可乐的事，她就不能不乐了。"大家一阵说笑，把佩芳的气，却下去了许多。

只有燕西一个人，是个异性的人物，身杂其间，倒不好说些什么，只得在廊下走着，闲看着院子地下的花草。石阶之下，原种着几丛外国来的凤尾草，现在已经交到秋初，那草蓬蓬勃勃长得极是茂盛。凤尾草旁边，扔了一把竹剪子，上面都沾满了泥土。这个院子里的花草，原来每天是归小怜收拾。现在小怜去了三天，这剪子就扔在这里，令人大有室迩人遐之感了。由此便又想到小怜的身世。现在她若果然跟着柳春江在一处，那也是她的幸福。就怕柳春江是一时的性欲行动，将来一个不高兴，把她扔下来，我看小怜倒是有冤无处说呢。一个人尽管发愣，手扶着走廊上的柱子，就出了神了。

润之在屋里道："刚才看见老七在这里呢，怎么一转眼的工夫就不见了？"敏之道："这孩子就是这样，每天到晚六神无主，东钻一下，西钻一下。依我说，应该把他送到外国一个很严厉的学校里去，让他多少求点学问。他现在就这样糊里糊涂，不知道过的是什么生活？"玉芬道："他过的什么生活呢？就是恋爱生活。一天到晚，就计划着怎样和人恋爱。本来呢，有这样大了。"玉芬说到这里，赶快用右手捂着自己的嘴，左手却对窗外指了几指，轻轻的笑道："他还没有走呢，你看，那不是他的人影子？"润之走出来，见他呆呆的望着，只管发愣，便问道："你看什么？"

燕西猛然醒悟，回头笑道："你们在屋子里说得闹热轰天，我插不下嘴去，只好走出来了。"润之轻轻的道："大嫂的气，还没有消，我们要她打牌，让她消消气。"燕西道："今天原是来打牌的，自然我是一角，可是我几个钱全花光了。若是输了的话，六姐能不能借几个钱我用用？"润之道："怎么着？你也没有钱吗？你有什么开销，闹得这样穷？"燕西道："父亲有半年没有给我钱了，我怎样不穷？"润之道："上年三月，我查你的帐，还有两千多，一个月能花五六百块钱吗？"燕西道："我也不知道是怎样弄的，把钱全花光了，不但一点儿积蓄没有，我还负了债呢。翠姨那里借了三百块钱，三嫂那里也借了三百块钱，还有零零碎碎的一些小款，恐怕快到千了。我非找一千块钱，这难关不能过去。"润之道："一千块钱,那也是小事,你只要说出来,是怎样闹了这一场亏空?我就借你一千块钱,让你开销债务。"燕西道:"这就是个难题了。我也不过零零碎碎用的,哪里说得出来。说得出来,我也不会闹亏空了。我想六姐不大用钱,总有点积蓄,替我移挪个三百四百的,总不在乎。"润之道:"你这样拼命的借债,我问你,将来指望着哪里款子来还人?"

燕西还没有将这个问题答复,玉芬也走出来道:"你姐弟两个人怎样在这里盘起帐来了?"燕西笑道:"不是盘帐,打牌没有本钱,我在这里临时筹款呢。"玉芬道:"打一点大的小牌,还筹什么款?"燕西道:"我还有别的用处,老债主子,你还能借些给我吗?"玉芬道:"你又要借钱,干吗用呀?少着吃的呢?少着穿的呢?他们大弟兄三,都有家眷了,还不像你这样饥荒呢。"燕西道:"他们都有差事,有支出的也有收入。我是不挣钱的人,怎么不穷?"玉芬道:"爸爸每月给你三百块钱的月费,你做什么用了?"燕西道:"我早就支着半年的钱用了,不到下月底,还不敢和爸爸开口呢。六姐,三姐,我这里给你二位老人家请安,多少替兄弟想点法子。"说着便将身子蹲了下去。

玉芬笑道:"好哇,你在哪儿学的这一招儿?可是你这种臭奉承,我们不敢当,多大一把年纪,就要称老起来哩。"燕西笑道:"这可该打,我一不留神,就这样说出来了,这'你老人家'一句话,实在不像话,你只当没有听见罢。三姐的钱更是活动,人也挺慷慨,大概……"玉芬道:"别大概大概,掉什么文袋了,你说还借多少钱?让我和六妹凑付凑付。"润之道:"不成!别叫我凑付。我是个吝啬鬼,一毛儿不拔,你这样挺慷慨的人,钱又活动……"燕西笑着向润之拱了一拱手,说道:"得啦,六姐。我不会说话,你还不知道吗?古言道得好,知弟莫若姐。"润之抢着说道:"知弟莫若姐?哪里有这一句古话?"燕西道:"这可糟了!我今天说话,是动辄得咎呢。"

玉芬正想着接着说什么,秋香一路嚷了进来,叫她去接电话。玉芬听说,转身便走,走到篱笆门旁,却回头对燕西道:"瞧你的运气!我今天做了十万公债票,也许挣个千儿八百的。现在电话来了……"玉芬一边说话,一边走着,以后说些什么就没听见。过了一会儿,玉芬含着一脸的笑容,走了过来。燕西笑道:"我这钱是借到了,我瞧三姐是一脸的笑容,准是赚了钱,也许不止赚个千儿八百的呢。"玉芬笑道:"赚是赚了。"说了这四个字,笑吟吟的接不上一句话。燕西道:"这样子大概赚的可观,到底是多少呢?"玉芬背着两只手,靠着廊下的柱子,支着一脚,蜻蜓点水般的,点着地砖直响。

润之道:"你这是穷人发财,如同受罪。也不知赚了多少钱,会乐得这个样子!"玉芬笑道:"发了多大的财呢,也不过两千多块钱啦。"燕西道:"三姐,你怎么赚了许多钱?"玉芬道:"这有什么,胆大拿得高官做罢了。我家里那些人,他们都喜欢做公债的。他们消息很灵通,说是公债今天有得涨,所以昨天我就东挪西扯,弄了五千块钱,托人在银号里放下去,作了保证金,立刻买进十万票额。今天上午,得了我家里的电话,说是赶快卖出去可以赚钱。我就听了他的话,卖出去了。刚才回了电话,说是赚了两千多哩。我头一次做公债,不料倒这样会赚钱。"润之指着玉芬的脸道:"你留心一点罢,我听说做公债生意的人,后来有跳河吊颈的呢。你将来别弄得跳河吊颈。"佩芳道:"你们在外面谈半天的钱,究竟为了什么?"三个人一路走进来,就把燕西借钱、玉芬做公债的话说了一遍。

佩芳道:"赚了这些个钱,请客请客!"玉芬笑道:"你没有听见吗?赔了本,得跳河呢。我要赔了钱呢,你们也陪我跳河吗?"

慧厂笑道:"到了跳河的时候再说。现在你总算赚了钱,先请客罢。"玉芬道:"怎样请法呢?你们出了题目,我就好做。"润之道:"今晚上哪里有戏?请我们听戏去。"慧厂道:"不好,那花得了她多少钱呢?咱们到京华饭店去吃晚饭,上屋顶看跳舞,好不好?"玉芬把舌头一伸,笑道:"这个竹杠敲得可不小,若是尽量一花,没有三百块钱也不能回来。"燕西道:"那实在没有意思,倒不如在家里吃了饭,去看露天电影去。"润之道"那更省了。你是想问人家借钱,就这样替人家说话,是不是?"燕西笑道:"可不是那话,与其跑到饭店里去一夜花几百块钱,何如把这钱交给我呢。"大家议论了一阵,办法依旧未曾决定。

玉芬那边的老妈子,却走来站在门外,轻轻的笑着说道:"三少奶奶,桌子已经摆好了。"玉芬道:"谁说打牌来着?摆个什么桌子?"老妈子道:"今天上午你还说着,前天的牌没打完,今天下午要再打呢。"玉芬道:"叫你们做别的什么事,你只要推得了,总是推。对于这些事,偏是耳朵尖,一说就听见了。打牌,就有这件事,也不见得老在我那边打,忙着摆什么桌子呢?我算算这个月,你们弄的零钱恐怕有四五十块了,还不足吗?"玉芬说了一遍,老妈子红着脸,不好意思说什么。

燕西道:"既然摆好了,我们就陪着大嫂去打四圈罢。"佩芳懒懒的道:"你们来罢,我没有精神,要睡午觉呢。"玉芬拍着佩芳的肩膀道:"得了,别生气了。这种热天怄出病来,也不好。"说时,玉芬嘴里哼呀哼的,扭着身子尽管来推她。佩芳道:"你要做这个样子给三爷看,给我看有什么用呢?"润之道:"不管怎么样,大家的面子,你就去一个罢。"佩芳道:"我没有兴趣,我不愿干。"玉芬道:"这时候你是没有兴趣,你只要打几盘之后,你就有兴趣了。"

说着，不由分说，拖了佩芳就走。佩芳带着走带着笑说道："你瞧，你们这还有个上下吗？我要端起长嫂当母的牌子，大耳刮子打你们了。世界上只有……"说到这里，一看燕西也在一边笑着站立，便道："没有逼赌的。"这些人哪里听她的话，只管拉了她走。

到了玉芬这里，见正屋子不但桌子摆好，牌摆好，连筹码都分得停停妥妥了。慧厂笑道："世界上只有钱是好东西。你看，有钱的事，不用得分付就办得有这样好。"燕西手摸着牌，说道："谁来谁来？"敏之道："我说老七，你和人借钱是真是假？"燕西道："自然是真的。"敏之道："既然是真的，还有钱打牌吗？"燕西道："我本不愿来，因为他们早约了我，少了一角，可凑不起来。"敏之道："胡说！这里有的是人，少了你这一个穷鬼！"燕西对玉芬拱拱手道："我退避三舍，你们来罢。"玉芬笑道："来得好，也许赢个二三百元儿，与你不无小补。"燕西道："设若输个二三百元儿呢？"敏之道："你别下转语，你是不来的好。你那个牌，还赢得了吗？"

燕西对于敏之倒有三分惧怕，敏之一定不要他来，只得休手。便道："大嫂一个，二嫂一个，三姐一个，六姐一个，这局面就成了。我给三姐看牌，赢了就借给我罢。"玉芬道："你喜欢多嘴，我不要你看。"燕西道："那末，我给六姐看，好吗？"润之道："我没有钱给你，你别和我看牌。"燕西笑道："不相信我找不着一个主顾，二嫂，我给你看怎么样？"慧厂道："你倒是派得不错，我还没有打算来呢。"玉芬道："那就不好意思，大嫂来了，你倒不来吗？"慧厂道："打多大的？大了我可不来。"玉芬说："还是照例，一百块底。"慧厂道："太大了，打个对折把。"玉芬道："输不了你多少钱，你来罢。"慧厂笑道："的确我不打那大的，五妹和我开一个有限公司好不好？"敏之道："你们这些人，真是买酱油的钱不买醋,谁定了这个章程,非打一百块底不可?就改为五十块底,又怎么样呢?"佩芳道:"也好。打了四圈牌,就要三妹请客呢,赢多了也不好下台。"玉芬对慧厂道:"这都是为了你,打破了我们老规矩。"说着四个人坐下来打牌,敏之自回去了。

剩下燕西,站在各人身后看牌。看了一会儿,觉得有些腿酸,引脚走了出来,只见鹏振抱着一捧纸片,笑嘻嘻的向里走。看见燕西,便递了过来,说道:"你瞧这个怎么样?"燕西接过来看时,是几张戏装相片,一张是《武家坡》,一张是《拾玉镯》,一张是《狸猫换太子》,一张是《审头刺汤》。相片上的男角,全是鹏振化装的,女角却是著名的青衣陈玉芳。燕西道:"神气很好,几时照的?"鹏振道:"刚才陈玉芳拿来的,我要收起来呢,你别对他们说,他们知道,又是是非。"燕西道:"陈玉芳来了吗?"鹏振道:"在前面小客厅里。"燕西听说陈玉芳在前面小客厅里,没有听到鹏振第二句话,一直就走了来。

燕西一掀门帘子,只见陈玉芳身穿浅绿锦云葛长衫,外套云霞纱紧身坎肩,头发梳得如漆亮一般,向后梳着。正坐凉椅上,俯着身躯引一只小叭儿狗玩。他一回头看见燕西,连忙站起来,又蹲下去请了一个安,叫了一声七爷。燕西走上前握着他的手道:"好久不见了。你好?"陈玉芳笑道:"前没有几天还见着七爷哩,哪有好久?"燕西道:"不错,礼拜那天你唱《玉堂春》,我特意去听的。可是你在台上,我在包厢里。咱们没有说话,总算没见面呢。"陈玉芳笑道:"七爷现在很用功,不大听戏了。"燕西道:"用什么功?整个月也不翻书本儿呢。因热天里,戏院子里空气不好,我不大爱去。"说时,见玉芳手拿着一柄湘妃竹的扇子,便要过来看。

上面画着彩色山水,写着玉芳自己的名字。燕西笑道:"你的画,越发进步了。这个送我好吗?"陈玉芳笑道:"画几笔粗画儿不中看。七爷不嫌弃,你就留下。"燕西拉着他的手,同在一张藤榻上坐下。笑道:"你的戏进步了,说话也格外会说了。"正说话时,鹏振也来了。笑道:"我不便让你一个人坐在这里,先叫七爷来陪你。"陈玉芳道:"不要紧,府上我是走熟了的地方。"说着,指着那小叭儿狗道:"它都认识我,三爷一走,它就来陪着我哩。"燕西笑道:"玉芳,你这话该打,我也骂了,你自己也骂了。"陈玉芳道:"我说话,可真不留神。你那可别多心。"说着,站起来又要给燕西请安。燕西拉着他的手笑道:"说了就说了,要什么紧呢?"陈玉芳这才局促不安的勉强坐下了。

鹏振道:"玉芳,你说请我们吃饭的,请到今天,还没有信儿,那是怎么一回事?"陈玉芳笑道:"三爷没有说要我请呀,你是说要借我那里请客呢。为这个,我早就拾掇了好几回屋子了,老等着呢。我没问三爷,三爷倒问起我来了?"鹏振道:"我口里虽是那样说,心里实在是要你请客。咱们两下里老等着,那就等一辈子,也没有请客的日子了。"燕西道:"三爷既然这样说,玉芳,你何妨就请一回客呢?"陈玉芳道:"成!只要三爷七爷赏脸,先说定了一个日子,我就可以预备。"鹏振笑道:"那就越快越好,今日是来不及。今天已经来不及下帖子,明天下帖子,明天就请人吃饭吗?"燕西道:"你还打算请些什么人?说给我听听。"陈玉芳道:"我也不知道请谁,全听三爷的分付呢。"鹏振笑道:"我要请两位女客,成吗?"

陈玉芳还没有说话,脸先一红,燕西道:"人家娶来的新媳妇,还没有一百天。这时候在人家那里请起女客来,晚上让人家唱《变羊记》吗?"陈玉芳道:"没有的话,你问三爷,在我那里请客,叫过条子没有?"鹏振道:"叫条子是叫条子,请女客是请女客,那可有些不同。"陈玉芳道："你只管请，全请女客也不要紧。可是一层，只是别让报馆里的人知道。一登出报来，那可是一场是非。"燕西道："那要什么紧？唱戏的人家里，还不许请客吗？"陈玉芳道："倒不是不许，一登出来了，他就要说好些个笑话。"鹏振道："倒是不让外人知道也好。平常一桩请客的事，报上登了出来，闹得满城风雨，那有什么意思。"陈玉芳道："就是这么说，我这就得回去预备。"

燕西道："忙什么？急也不在一时，在这里多坐一会儿。我去找一把胡琴来，让你唱上一段。"陈玉芳笑道："别闹了。上一次也是在这里唱，刚唱到一半，总理回来了，我吓得半天没有说出话来。"鹏振道："他老人家也是一个戏迷，常在家里开话匣子。不过因为事情太忙，没有工夫常到戏院子去罢了。"陈玉芳道："还是不唱的好，若是给总理知道了，说是我常在这里胡闹，究竟不好。"说着，站起身来，显着要走似的。鹏振笑道："坐一会儿，坐一会儿。"说到这里，院子里的几棵树呼呼的一阵响，鹏振和燕西都笑着说："走不成了，走不成了。"

第二十四回

远交近攻一家连竹阵　上和下睦三婢闹书斋

原来这时刮了一阵大风，将院子里的树，刮下不少的树叶子来。陈玉芳掀起一面窗纱，抬头隔着玻璃向天上一看，只见日色无光，一片黑云，青隐隐的，说道："哎呀，要下雨了。"鹏振道："你坐了自己的车来吗？"陈玉芳笑道："我那车子，浑身是病，又拾掇去了。"燕西道："你何必买这种便宜车？既费油，又常要拾掇，一个月倒有一个礼拜在汽车厂里。"陈玉芳道："哪里是买的？是人家送的，管他！反正不花钱，总比坐洋车好一点儿。"一言未了，院子里的树，接上又刷的一声，陈玉芳道："雨快要下来，我要回去了。"鹏振道："不要紧，真要下来，把我的车子送你回去。"陈玉芳被鹏振留不过，只好不走。

可是就在这个时候，天越黑暗得厉害。这里是个三面隔着玻璃门的敞厅，屋子里竟会暗得像夜了一般。窗子外面，那树上的枝叶，被风几乎刮得要翻转来。陈玉芳道："这个样子，雨的来势不小，我倒瞧着有些害怕。"一言未了，一道电光，在树枝上一闪，接上哗啦啦一个霹雳，震得人心惊胆碎。霹雳响后，接上半空中的大雨，就像万条细绳一般,往地下直泻。大家本都用眼睛瞧着窗外,这时回转头来,只见陈玉芳两只手蒙着脸,伏在沙发椅上。鹏振一拍他的肩膀道:"你这是做什么?"陈玉芳坐起来拍着胸道:"真厉害,可把我骇着了。"燕西道:"你真成了大姑娘了,一个雷,会怕得这样,这幸而是在家里,还有两个人陪着你,若是你刚才已经走了,要在街上遇到这一个大雷,你打算怎样办呢?"陈玉芳笑道:"这个雷真也奇怪,就像在这屋顶上响似的。教人怎样不怕呢?"

鹏振道:"这大的雨,就是坐洋车回去,车夫也没法开车,你不要回去,就在我这里住罢?"陈玉芳道:"不能老是下,待一会儿总会住的。"燕西道:"何必走呢?找两个人咱们打小牌玩,不好吗?"陈玉芳道:"我不会打牌。"燕西道:"你真是无用,在新媳妇面前,请一宿假都请不动吗?"陈玉芳笑道:"七爷干吗总提到她?"燕西笑道:"我猜你小两口儿,感情就不错。那天我听你的《玉堂春》去了,我看见你新媳妇儿也坐在包厢里,瞧着台上直乐呢。"陈玉芳道:"真巧,就是她那一天去了一回,怎么还给七爷碰见了?"燕西笑道:"那天我是对台上看看,又对包厢里看看。"鹏振道:"朋友妻,不可戏,亏你当面对人家说出这种话来!"燕西道:"玉芳,你别误会了我的意思,我是说你夫妻俩都长得漂亮。"

三人正说得有趣,玉芬的那个小丫头秋香,跑了来,说道:"七爷,我是到处找你,三少奶奶请你去呢。"燕西听见说,便对陈玉芳道:"你在这儿坐一会儿,我去了就来的。"跟着秋香到了玉芬屋子里。玉芬道:"你哪里去了?我找你给我打两盘呢。"燕西道:"前面来了一个朋友,坐在一处谈了几句话。"玉芬一面站起身来,一面就说道:"你就来罢,我这就不打了。"燕西道:"别忙,让我放下这一把扇子。"玉芬道:"一把什么贵重的扇子,还要这样郑而重之的把它收起来?"燕西将扇子捏在手里,就要往东边屋子里送,这里是鹏振看书写字的屋子,和卧室对门。笑道:"没有什么,不过一把新扇子,怕丢了罢了。"玉芬道:"你少在我面前捣鬼,你要是那样爱惜东西,你也不闹亏空了。你拿来我看是正经,不然的话,我就没收你的。"燕西道:"你看就看,也不过是朋友送我的一把扇子。"说着只得把扇子交给玉芬。

玉芬展开扇子,什么也不注意,就先看落的款。见那上面,上款却没有题,下款是玉芳戏作。玉芬笑道:"这是一个女人画的啊。瞧她的名字,倒像是我的妹妹。老七,这又是冷女士送的呢?还是热女士送的呢?"燕西一个不留神,笑道:"你猜错了,人家不是姑娘呢。"玉芬道:"不是姑娘,那就是一位少奶奶了。是哪一家的少奶奶,画得有这样好的画?"燕西笑道:"人家是个男子汉,怎么会是少奶奶?"玉芬道:"一个爷们,为什么起这样艳丽的名字?"润之笑道:"你是聪明一世,朦胧一时。大名鼎鼎的陈玉芳,你会不知道?"玉芬道:"老七,他是你的朋友吗?没有出息的东西!"燕西道:"和他交朋友的多着啦,就是我一个吗?"润之早知道鹏振是捧陈玉芳的,听燕西的口气,大有以子之矛、攻子之盾的意思。老大夫妻,一场官司没了,老三夫妻一场官司又要闹起来了。便对燕西望了一眼,接上说道:"你倒是打牌不打呢?只管说废话。"玉芬将扇子向桌上一扔,笑骂道:"我不要看这样的脏东西,你拿去罢。"燕西把扇子放在一边,就坐下来打牌。

这时,外面的雨松一阵,紧一阵,兀自未止。燕西道:"哎呀,雨只管下,不能出去了,请客的人,可以躲债了。"慧厂道:"这很中你的意了,她可以把请客的钱省下来给你填亏空了。"润之道:"那何必呢?今天下雨有明天,明天下雨有后天,这帐留下在这里,什么时候也可以结清。"燕西让她们去议论,自己将手上的牌,却拼命的去做一色。好在一张牌也没有下地,越是没有人知道。他上手坐的是程慧厂,是一个牌品最忠厚的人,只要是手上不用的牌,她就向外扔。燕西吃了边七筒,又吃了一张嵌六筒,手上的牌,完全活动了。留下一个三四筒的搭子,来和二五筒。

佩芳对慧厂道:"坐在你下手的人,真的有发财的希望。"慧厂道:"他有发财吗? 不见得罢?"佩芳笑道:"我不知道你这人怎么着? 当面说话,你会听不清楚。我的意思说,坐在你下手,可以赢钱,有发财的希望,不是说他手上有发财,要碰或者要和。听你的口音,断定他手上没有发财,那大概是你手上有了发财,但不知道有几张了?"燕西道:"至少是两张,不然,她不能断定我手上没有。"慧厂手上,本暗坎中,三张发财,她们一说中了她的心事,便笑道:"不错,我手上有两张,你们别打给我对就得了。你们手上有发财要不留着,也不算是会打牌的。"

燕西听了她的话,更知道她手上是三张,绕了一个圈,自己手里,便也起了一张发财。他心里不由一喜。原来墩子上第一张,先前被衫袖带下来了,正是一张五筒。现在打出发财去,慧厂一开杠,就可以把五筒拿去。慧厂打过六七筒,自己吃了。先又打过一张四筒,无论如何,他掏了五筒上去,是不会要的。于是笑道:"我不信,你家真有两个发财。"说话,啪的一声,把一张发字打了出来。慧厂笑道:"我不但有两个,还有三个呢!"说着掏出三张发财来,就伸手到墩子上去掏牌,口里道:"杠上开花,来个两抬。"一翻过来,却是一张五筒,将牌一丢道:"嘻!五六七我整打了一副。"燕西笑道:"杠上开了花了,哪是两抬? 是三抬呢?"慧厂道:"我不和五筒。"燕西笑道:"你不和五筒,我可和五筒。"说着将牌向外一摊,正是筒子清一色。

润之道:"老实人,你中了人家的圈套了。他看见墩上的五筒,又知道你不要,所以打绿发你开杠,他好来和。"慧厂一想,果然,笑道:"这牌我不能给钱,老七是弄手腕赢了我的钱。"燕西道:"你讲理不讲理?"慧厂道:"怎么不讲理?"燕西道:"那就不用说了。我和的是清一色,发财在手上留得住吗?我若不知道你手上有三张,留着一张,还可以说拼了别人,自己去单吊。我既然知道你手上有三张,我为了不让你开杠,把清一色的牌,拆去不成?"慧厂一听,这话有理。笑道:"发财你是要打的,那没有关系。不过你和二五筒,可是瞧着墩上那张五筒定牌的。"燕西道:"没有的话。我手上是三四五,七八九筒子两副。吃了你的七筒,多下一张七筒。吃了你的嵌六筒,多下两张三四筒,不和二五筒,和什么呢?"润之道:"随你说得怎样有理,你也是不对,你替别人挑水,只要不输人家,你就很对得住那人了,为什么一定要和三抬?赢了我们的钱,你又得不着一个大,那是何苦呢?"佩芳也笑道:"其情实在可恼,把他轰了出去!"

燕西对着屋子里喊道:"三姐!你自己快来罢,大家要轰我了。"玉芬一面走出来,一面问道:"和一副大牌吗?我在这里保镖,你还打一盘罢。"燕西站起身来说道:"不成不成!众怒难犯,我走开罢。我这个乱子闯大了,给你和了一盘清一色哩。"燕西说毕,丢了牌就走。

这时候,雨下得极大,树叶子上的水,流到地下,像牵线一般,院子里平地水深数寸,那些地下种的花草,都在水里漂着,要穿过院子,已是不能够。燕西顺着回廊走,便到了敏之这边来,隔着门叫了一声五姐,也没有人答应。推门看时,屋子里并没有人。燕西一个人说道:"主人翁不在家,全走了,这大的雨,他们上哪里去玩?我真不懂。"一人在这里想着,忽然听到屋角边有喁喁的说话声。在这墙角上,本来有一扇门,是阿囡的屋子,燕西便停住脚步,靠着那门,听里面说些什么。只听见有个女子声音说道:"我真看不出来,她会就这样跑了。我们还在这里伺候人,她倒去做少奶奶了。"又一个人带着笑音说道:"这个样子,你也想做少奶奶了?你有小怜那个本事,自己找得到爷们儿吗?"燕西听出来了。先说话的那个是秋香,后答话的那个是阿囡,闺阁中儿女情话,这是最有趣的,便在一张椅子上轻轻的坐下。

秋香接上呸了一声道:"谁像你,和自己爷们儿通信?听说你早要回去结婚哩,是五小姐不肯。五小姐说:我比你大四五岁,还不忙这个事呢,你倒急了。"阿囡笑道:"你这小东西,哪里造出这些个谣言?我非胳肢你不可!"秋香喘着气叫道:"玉儿妹,玉儿妹,你把她的鞋拿走,可不得了。"只听见玉儿说道:"阿囡姐姐,饶了她罢。"阿囡道:"小东西,你帮着她,两个人我一块儿收拾。"这时,就听见屋里三个人拉扯的声音,接上又是扑通一下响。燕西嚷道:"呵唷!猫不在家,耗子造了反了。"大家正闹得有趣,听得人的声音,忙停住了。回头看时,燕西已走进来了。

阿囡没有穿鞋,光着一双丝袜子,在地板上站着,那丝袜子本是旧的,有几个小眼儿。刚才在地上一闹,裂着两个大窟窿,露出两块脚后跟来。燕西对着地板上先笑了一笑,阿囡坐在床沿上,两只脚直缩到床底下去。燕西道:"你们怎么全藏在这里,没有事吗?"秋香道:"前面也在打牌,后面也在打牌,我们就没事了。"燕西道:"前面谁在打牌?"玉儿道:"我们姨太太、二太太、五小姐、太太,打了一桌。大爷、三爷和前面两个先生,也有一桌。七爷怎么也在家里?

这大雨，没法子出去了，不闷得慌吗？"燕西笑道："你们谈什么？还接着往下谈罢，我听了，倒可以解解闷。"阿囡究竟是成人的女孩子了，红着脸道："七爷老早就来了吗？"燕西笑道："可不是老早的来。来是来得早，去可去得不早，我在这里等着，看你几时才站起来？穿着一双破袜子，也不要紧，为什么怕让人看见呢？"玉儿便推着燕西道："人家害臊，你就别看了，那边屋子里坐罢。"秋香看见，帮着忙，一个在前拉，一个在后推，把他硬推出来。

燕西道："好哇，我不轰你们，你们倒轰起我来了？别忙，一个人我给你找一件差事做，谁也别想闲着。"秋香跑出来道："给我们什么事做呢？"燕西道："必得找一件腻人的事情让你们去做。让我来想想看，有了，你少奶奶炖莲子呢，罚你去剥半斤莲子。"玉儿出来笑道："我呢？"燕西道："你呀，我另外有个好差事，让你把前后屋子里的痰盂，通统倒一倒。"说时，阿囡已经换了一双袜子走了出来，一手理着鬓发，对燕西笑道："前前后后都有牌，七爷为什么不瞧牌去？"燕西道："我只愿意打，我不愿意看，你们也想打牌吗？若是愿意打的话，带我一个正合适。你们的差事，我就免了。"

那玉儿年小，却最是好玩，连忙笑道："好好，可是我们打牌打得很小，七爷也来吗？"燕西：我只要有牌打，倒是不论大小的。"玉儿道："可是不能让姨太太知道，我们在哪里打呢？"燕西道："我那书房里最好，没有人会找到那里去的。"阿囡笑道："玉儿，那样大闹，你不怕挨骂吗？我们在这里打罢，什么时候有事，什么时候就丢手。"燕西道："你们只管来，不要紧，有我给你们保镖。"阿囡道："我这里没有人，怎么办呢？"燕西道："老妈子呢？"阿囡道："在屋子里睡午觉去了。"燕西道："那就随她去。回头五小姐来了，还怕她不会起来吗？"玉儿道："和七爷在一处打牌，不要紧的。有人说话，就说七爷叫我们去打的，谁敢怎么样呢？"

秋香笑道："你这样要打牌，许是你攒下来的几个钱，又在作痒，要往外跑了。"玉儿道："你准能赢我的吗？"秋香道："就算我赢不了，别人也要赢你的，不信你试试看。"燕西道："不要紧，谁输多了，我可借钱给她。"阿囡笑道："听见没有？谁输多了，七爷可以借钱给她呢。我们输得多多的罢，反正输了有人借钱呢。"燕西笑道："对了，输得多多的罢，输了有我给你们会帐哩。"玉儿道："七爷那里有牌吗？"阿囡笑道："你看她越说越真，好像就要来似的。"燕西道："自然是真的。说了半天，还要闹着玩吗？我先去，你们带了牌就来。"燕西说完，自走了。

阿囡轻轻的走着，跟在后面，扶着门，探出半截身子向前看去。一直望到燕西转过回廊，就对秋香、玉儿笑着一拍手道："这是活该，我们要赢七爷几个钱。"秋香道："他的牌很厉害呢，我们赢得了吗？"阿囡道："傻瓜，我们当真的和他硬打吗？我们三个和在一块儿，给他一顶轿子坐，你看好不好？"秋香笑道："这可闹不得，七爷要是知道了，不好意思。"阿囡笑道："七爷是爱闹的人，不要紧，他知道了，我们就说和他闹着玩的。赢他个三块五块的，他还在乎吗？"秋香笑道："我倒是懂，就怕玉儿妹不会。"玉儿笑道："我怎么不会？"秋香道："你会吗？怎么打法？你说给我听听。"玉儿笑道："你们怎样说，我就怎样办。我拼了不和牌，你们要什么，我就打什么，那还不成吗？"阿囡笑道："只要你这样办，那就成了。"秋香道："要什么牌，怎么通知她呢？她是个笨货，回头通知她，她又不懂，那可糟了。"阿囡将门关上，就把彼此通消息的暗号约定了。

说了一阵,捧牌的捧牌,拿筹码的拿筹码,便一路到燕西的书房里来。燕西笑道:"你们带了钱来了吗?"阿囡道:"带了钱来了,一个人带了三块钱。这还不够输的吗?"燕西笑道:"三块钱能值多少?"玉儿道:"七爷不是说了吗,输了可以借钱给我们吗?"燕西道:"输了,就要我借钱,设若三家都输了呢?"阿囡道:"自然三家都和七爷借钱。难道七爷说的话,还能不算吗?"燕西道:"算就算,只要你们都输我就都借。反正我不赢钱就是了。"阿囡道:"不见我们输了的,七爷都赢去了。"燕西道:"不是我赢,另外还走出一个人来赢不成?"

阿囡道:"我们还打算抽头呢。"燕西道:"你们还打算抽头给谁?"秋香道:"谁也不给,抽了头我们叫厨房里做点心吃。"燕西笑道:"很好,我也赞成,那样吃东西,方才有味。"玉儿道:"七爷也和我们一块儿吃吗?"燕西道:"那有什么使不得?现在是平等世界,大家一样儿大小。你不瞧见柳家的少爷,讨了小怜做少奶奶吗?"玉儿道:"各有各人的命,那怎样比得?"秋香红了脸,啐了玉儿一口,说道:"亏你还往下说!"燕西笑道:"你又算懂事了,以为我说这话是讨你们的便宜哩。"阿囡撇着嘴道:"还不算讨便宜吗?"燕西道:"这更不对了,就算讨便宜,我也是讨她们两人的便宜,和你有什么相干呢?"秋香道:"七爷,这可是你自己说的。"燕西道:"不要闹了。我说错一句话,也不吃什么劲,何必闹个不歇呢?打牌罢,回头打不了四圈,又要吃晚饭了。"秋香道:"我们在里面那屋子里打罢,在这里有人看见,怪不好意思的。"

这书房后面,有一个套间,本是燕西的卧室。因为他不在这里睡,就空着了。燕西道:"在这里打,免得人知道,我就不喜欢人看牌。"阿囡道:"七爷不喜欢人看牌,为什么自己又去看别人的牌呢?

燕西笑道:"大家都是这样的。刚才你就和秋香闹着玩。为什么不许我和你闹着玩哩?"阿囡道:"姑娘和姑娘们闹着玩,不要紧的。"燕西道:"秋香,你们打她一顿罢,姑娘和姑娘闹着玩,那是不要紧的。"阿囡道:"到底是打牌不打牌呢?不打牌,我这就要走了。"说毕,捧了那个筹码盒子,转身就要走。玉儿一拉住,笑道:"别真个闹翻了,来罢来罢。"

于是掩上门,就坐下打起牌来。燕西坐在阿囡对面,玉儿在他下手,秋香在他上手。他将牌一起,便笑道:"我给你们声明在先,我是不愿打小牌的,但是和你们打牌,大一点也不成。我只有一个法子,非有翻头不和。你们留神点,别让我和了,和了是要输好多的钱的。"玉儿道:"我和七爷讲个情,临到我的庄上,你别做大牌,成不成?"秋香笑道:"傻瓜,你不让他做去,他非翻头不和,哪里有几盘和?这样一来,我们正好赚他的钱呢,你倒怕。"玉儿道:"不是我胆小,设若在我庄上,和一个大牌,那怎么办呢?"燕西笑道:"那也是活该了。设若我到你庄上不和,她两人还要说咱们给她轿子坐呢?"秋香望着玉儿,玉儿忍不住笑,把脸伏在桌子上。秋香也是笑得满脸绯红。

燕西道:"这很奇怪,我这样一句不相干的话,为什么这样好笑?"阿囡板着脸道:"可不是!就这样没出息。"燕西笑道:"看你们的样子,不要是真商量了一阵子,并一副三人轿子来抬我罢?"阿囡笑着将面前的牌,向桌上一覆,说道:"我们先难后易,别打完了牌再麻烦。七爷要怕我们用轿子抬你,那是赶紧别打。"燕西指着阿囡道:"亏你做得出,我就这样说一句,那也不吃劲,为什么就不打?"阿囡笑道:"我们可是一副三人轿子,七爷愿坐不愿坐?"燕西道:"你们三人就是合起伙来打我一个人,我也不怕。"秋香道:"这话全是七爷一人说了。先是怕我们抬轿,过会子又说,就是坐轿也不怕。"燕西道:"你们不抬我最好,若是硬要抬我,我先要下场,也叫你们好笑。所以我只好那样说了。"燕西口里说着话,手上随便的丢牌,已经就让秋香和了。阿囡笑道:"这可是七爷打给她和的,不是我们的错罢?"燕西道:"但愿你们硬到底就好。"

自这一牌之后,燕西老是不和,而且老要做大牌,不到三圈,输的就可观了。燕西给她们筹码的时候,却是拼命的抽头钱。笑道:"反正是我这一家输,多抽两个头钱,就多弄点吃的,我还可以捞些本回来哩。"阿囡道:"要吃东西,就得先说,回头厨房一开晚饭,又把我们的东西压下去了。"燕西道:"我自己分付厨子做,料他们也不敢压下去。"回手在墙上按着铃,就把金荣叫来了。金荣也不知道里面屋子是谁打牌,不敢进来,便在外面屋子里叫了一声七爷,燕西道:"你分付厨房里,晚上另外办几样菜,和四个人的点心,就写在我的帐上。"金荣道:"不要定一个数目吗?"阿囡禁不住说道:"不要太多了,至多四块钱。"金荣将门一推道:"阿囡姐也在这里吗?"这一推门,见是这三位牌客,便笑了一笑。

燕西道:"下雨天,我走不了呢,捉了她们三人和我打牌,你可别嚷。"金荣笑道:"七爷不说,我也知道的。"秋香道:"荣大哥,劳你驾,你知会我那边的赵妈一声,若是三少奶奶找人,就来叫我。"玉儿道:"我也是那话,劳你驾。"金荣笑道:"你三位都放心赢钱罢,全交给我了。"燕西道:"你是吃里爬外,叫她三个都赢,就输我一个人吗?"金荣一想,这话敢情说错了,笑着走去。

不多一会儿,天色已黑,燕西索性叫金荣来,换了加亮的电灯泡,继续住下打。阿囡道:"这电灯大概是一百支烛的呢?太亮了。若是上房有人打这里过,看见里面通亮,一问起来,倒是不好。"燕西道:"那也要什么紧?无非是打牌。他们都打牌,咱们打牌,就犯法不成?"阿囡究竟不放心,放下牌来,将蓝色的窗帘,一齐放下。居然打完四圈牌,一点没有人知道。

燕西一问,厨房里的点心也得了,就叫他送了来。一会儿厨子提着两个提盒子来。玉儿、秋香赶紧将牌收了,揭开提盒,向桌上端菜。第一碗送到桌上,便是荷叶肉。阿囡道:"我们都怕油腻,怎么送来又是这些东西?"厨子笑道:"总理今天要吃这个才办了些,这还是分来的呢。"燕西道:"你说这话,就该打嘴。你们把总理吃的东西腾挪下一半来,又来挣我们的钱。可见你们做事,向来是开谎账。"厨子笑道:"并不是那样,我们办什么东西,都有些富余。不能要多少,就办多少。"燕西道:"这样说,分明是多下来的东西,要卖我们的钱了。"厨子随便怎样说,都是不讨好,站在一边倒笑了。

等到一个提盒子里的东西,全摆在桌上,是一碟炸鳜鱼片,一碟云腿,一碟炒鳝鱼丝,另外一个大海碗,盛了一大碗卤汁,里面有鱼皮海参鸡肉之类。燕西道:"好哇,你以为我当了三天和尚,口淡的厉害哩,把油腻的东西送来吃,连全家福这样东西,都会送了来。怪不怪?我知道馆子里的全家福,就是弄些剩汤剩菜烩在一处,算一样菜,最讨厌的。"厨子笑道:"七爷这个褒贬,就错怪了我们。那碗里不是全家福,是八仙过桥。"他这一说不打紧,屋子里人全笑了。阿囡笑道:"有了八仙过桥,将来一定还有二仙传道呢。"厨子道:"大姑娘,你问七爷,可有这个名堂?北方打卤面的卤,南方叫做过桥。八仙过桥,就是八样菜打的卤。你瞧这碗里东西,都是丝儿丁儿,不是全家福里面那样整大块子的不是?"

燕西道:"这样一说,你倒有理了。可是我向来吃这油腻的东西没有?"厨子道:"是荣大哥说,有三位姑娘,在这儿斗牌呢,所以弄了这些。给七爷另外弄得有清爽些的。"说着,一揭那提盒子的盖道:"这不是?"燕西看时,是一大碗锅面条,一盘鸡心馒头,一盘烧卖,一盘松蒸蛋糕,一盘油煎的香蕉饼,一大碗橙子羹,一碗鸡汁莼菜汤。厨子道:"这有好几样东西,都是七爷爱吃的,并没有油腻。"燕西笑道:"这倒罢了。"厨子于是一样一样的往桌上送,对阿囡道:"大姑娘,先来这个面,不够,就再送来。"阿囡道:"你别废话了。你怎么就知道我们爱吃油腻的东西,不给我们弄清爽的?我们就那样不开眼,没有吃过荤油?"金荣站在外面屋子里擦碗筷,便笑着答道:"这怪我不好,我对厨房里说,你们弄好一点,不要以为要口轻的,就弄得不见一点油星儿。后来他们打听是谁吃?我就全说出来了。除了那碗荷叶肉,我想不怎样油腻。"燕西笑道:"这倒像几十年没有吃过东西似的,东西来了,横挑眼,直挑眼,弄得厨子满身不是。他一出这门,可就埋怨上了。"厨子听说,又笑了。

　　他们走开,这里四人坐到便吃。燕西先吃一块香蕉饼,几勺子甜羹,见秋香她们挑着面在小碗里,加上八鲜的卤汁,吃得很是有趣。便也拿了一只小碗,陪着吃起来。回头又吃了一个鸡心馒头,一块炸鳜鱼。那厨子特别加敬,弄的莼菜汤,倒没有下勺子,玉儿将筷子在汤碗里一挑,挑起一根黑条儿,黏汁向汤里直流。连忙就向汤里一掷,说道:"糊黏的,什么好吃?"阿囡道"你知道什么?北方要吃这样东西,真不容易,菜市上还没有得卖呢。"燕西道:"你怎么知道菜市上没有得?"阿囡道:"上次也是厨子弄了一回给五小姐吃,第二天五小姐还要,他说没有了。这是在南方带来的罐头,北京市上没有得卖的。"

　　玉儿听说,将勺子舀了一勺子,喝了一口,笑道:"也不见得怎样有味?"阿囡道:"你是乡巴佬,不懂得,我们苏州人,就讲究吃这个。听说西湖里的挺是有名。去年总理为了这样菜和几斤鲈鱼,还巴巴的大请一回客,燕窝鱼翅,倒加了不少的钱。"燕西笑道:"很好的一桩风雅事情,给你这样一说,又说坏了。"只这一句话,屋子外有个人答道:"好哇!关着门大闹,还说是风雅的事呢。"大家一听都愣了。

第二十五回

一扇想遮藏良人道苦　两宵疑阻隔少女情痴

　　门一推，原来是梅丽钻了进来。她笑道："什么好风雅事情？怎样就不带我一个？"阿囡笑道："八小姐，来来来，东西多着呢。"梅丽道："都是谁请谁？"秋香道："谁也不请谁。"因把打牌抽头吃点心的话说了。

　　梅丽对燕西道："七哥，我和你商量，吃过饭，你让我打四圈成不成？"阿囡一听，先急了。她和梅丽的感情最好，不能抬轿子她坐，便笑道："你不要来罢，七爷一方，今天是个输钱的方向。你情愿替七爷输钱吗？"梅丽道："打过四圈，难道不拈风换方向吗？"阿囡道："换方向，你也是顶着他的位分，还得输钱。"燕西道："你这心眼儿不好，难道就认定了我输钱吗？梅丽不要来，让我来争口气，非赢她们几文不可。"秋香道："除非后四圈改了办法。若还是先一样，非有翻头不和，未必能赢我们的钱。"燕西道："你们不量定我输钱，我可以还照原先那样办。现在你们一定说我输钱，我不能那样傻了。"

　　梅丽道："阿囡，你让给我打几盘罢"阿囡道："八小姐，你不要来罢，换了一个人，大家就都要变了手气了。"梅丽道："你们怎么全不让我打？我总得打几盘，我才甘休。"燕西道："你要打，我就让你打罢。"梅丽道："我打可是算我自己的，与你无干。"燕西道："我输了钱，就不用扳本了吗？牌可以让你，钱还算我的。"梅丽笑道："设若再输了呢？"燕西道："自然还是我的，难道那又算你的不成吗？"说好了，吃过点心，梅丽就接着燕西的牌往下打。

阿囡一想，她反正输的是七爷的钱，何必和她客气？我们还是往下干罢。刚坐下来打牌的时候，给玉儿、秋香各望了一眼，她们两人会意。燕西这时不打牌，是局外之人，成了旁观者的形势。他见秋香输了五块多钱，还是嬉笑自若，一点不着急，很有点奇怪。正当这个时候，阿囡口内，不住的埋怨着牌。话没说完，秋香凭空就打了一张白板给阿囡对。燕西且不动声色，过了一会儿，装着找什么东西，就绕到秋香身后，一眼看见她面前竖立的牌，还有一张白板。心想，好嘛！你这三个小鬼头，倒是联合起来，想弄我的钱。我先不做声，将来再和你们算帐。

四圈牌打完，燕西又输四五块钱，全算起来，倒输了上十块。依着梅丽，有些不服气，还要打四圈。燕西笑道："得了，人家也赢够了，不好意思再赢了。要打，我让你来，我不干了。"梅丽道："你输了许多钱，不想扳本吗？"秋香笑道："输了就输了罢，和人拚命不成？等一会儿，三少奶奶叫起来没有人，她又要见怪的，我是不打了。"燕西笑道："你舍得输那些个钱吗？"秋香道："七爷就那样看我们不起，打牌总有输赢，怕输还来吗？"燕西笑道："好大话儿，过两天我们再来一次罢。"秋香笑道："只要有工夫，来就来，怕什么？"说着话，阿囡和玉儿先走了。秋香对梅丽道："八小姐，我们那边打牌，去看看吗？"梅丽道："打不上牌，我就懒得瞧，我先走了。"说毕，她也出门去了。

燕西见屋里没有第三个人，便对秋香道："秋香，你是一个老实人，现在也学着坏起来了吗？"秋香道："什么事学坏了？"燕西道："我问你，你手上有两张白板，为什么拆了对子，打给阿囡去碰？"秋香道："哪有这件事？"燕西道："没有这件事？我转到你身后，亲眼看见你打牌的，你还赖什么？"秋香道："我一对，她一对，对死了，怎么能成牌呢？那牌因为我要打清一色，所以打给她对了。那末巧就让你看见了。"燕西竖起一个食指，指着秋香笑道："你这孩子，不说实话，我就要告诉三少奶奶，重重的罚你！你们三个约好了，打算把我当傻瓜，赢我几个钱去买东西吃，对不对？我早就知道了，让你们赢去，看你们能赢多少？你再要不说实话，真把我当傻瓜了。"秋香笑道："七爷输个十块八块，那还算什么？就算我们抬轿子抬去了。八圈牌，大半天，抬得人怪苦的。花几个钱，那还不值得吗？"

燕西笑道："要是这样说，我花几个钱，倒也不冤。"秋香笑道："谁叫七爷和我们来哩？我们和七爷打牌，要是输了，七爷也不忍心罢？所以我们非赢不可。"燕西笑道："既然这样说，这次饶了你们，可是下不为例。下次若再有这种事，连这次的一齐算出来，要你们加倍归还。"秋香道："话说完了，没有我的什么事罢？我要走了。"说毕，返身要走。燕西道："我还有一句要告诉你，你不要对阿囡说我已经知道，就这样模模糊糊过去就算了。"秋香笑道："这倒好，抬轿子的不要瞒着，坐轿子的倒要瞒着哩。"燕西笑道："我是这一分儿邪门，要不然，你们不给这三人头轿子我坐哩。"秋香这才笑着去了。

燕西一看钟，还只有九点钟，走又走不了，在家里又坐不住，这漫漫长夜，是怎样的过去？坐了一会儿，先踱到上房里来，只见自己母亲和二姨太太、翠姨、敏之四个人打牌得正有劲。二姨太何氏一回头,看见燕西,笑道:"老七,恭喜你。"原来二姨太是生了子女的人,又上了年纪,所以他们嫡出的男女兄弟们,对她要尊敬些,她也不轻易和子女们说笑话。现在她说了这句话,燕西倒莫名其妙。笑道:"好好儿,有什么可喜的?"二姨太道:"有好几个月了,我没见你晚上在家里。今天在家里待住了,还不是可喜吗?"燕西道:"幸亏爸爸不在这里,不然,姨妈是给我火上加油了。"

金太太道:"真是的,你那个什么鬼诗社,快一点收了罢。要找朋友作诗,家里也一样的集会,何必花上许多钱,另外赁房?我听说你到处借钱,大概是亏空得不少?再要不收拾,借了许多钱,你父亲知道了,肯依你吗?从今天起,你要不在家。我就派人去打听你,看你在外面做些什么?"燕西道:"谁说了我闹了亏空?"翠姨笑道:"你别望着我,我可没说。"燕西道:"谁也有钱不凑手的时候,那也不算亏空。"金太太道:"听你这口音,你就亏空不少,还用得说哩。天一天二,我要盘算你的用度。瞧瞧这亏空,究竟是怎样拉下来的?"燕西一听消息不好,又溜开了。

顺着脚步不觉又到玉芬这边来,隔了院子,看见上房灯光灿烂,就知道牌没有下场。燕西走进来一看,玉芬面前的筹码,依然堆得很高,笑道:"赢家到底是赢家,现在还拢着那些筹码啦。"玉芬道:"你以为我还赢了哩?输着不认得还家了。"燕西道:"我去的时候,你很赢啦,而且和了一个三抬。"玉芬道:"自那盘以后,就没开过和了。我今天打牌很不成,你替我看着一点罢。"润之道:"你请到了他,那算请到了狗头军师了!要靠他来替你扳本,那真是梦想。"燕西笑道:"我在桌上打两盘,你们就把我轰下来,怎样倒怕这狗头军师哩?"说时,他走到玉芬身后坐着,接连着看了几盘。

玉芬笑道:"真是狗头军师,你不来我牌还取得好看些。你一来了,好牌都取不到了。"燕西笑道:"这就有点不近人情了。你打得不好,可以说是我军师不会策划。至于你取牌取得不好,是你手上的事,和我什么相干?你若让我打几盘,我若不和,我才肯承认狗头军师的徽号。在场的各位听着,是真把我当狗头军师吗?若是不怕我,就让我上场打几盘。"佩芳道:"不让你打罢,让你说嘴。让你打罢,又中了你的计。"燕西道:"那就听各位的便了。"佩芳说:"就让你打几盘罢。你不和牌,看你有什么脸下场?"

燕西听了,连连就催玉芬让开,自己便打起来。只打了一盘,梅丽就来了。说道:"七哥刚在那边下场,怎样又在这里打起来了?"佩芳道:"老七,你在哪里打牌?"梅丽笑道:"谁也想不到是哪一班角色。"玉芬道:"大概又是在外头弄了一些乌七八糟的人回来。"梅丽道:"不是不是,是阿囡、秋香、玉儿三个人,躲在他书房后面打。抽了钱,还叫厨房里大送其点心来吃哩。"玉芬道:"是真的吗?老七。"燕西道:"你们都不带我玩,我可不就是这样穷凑付吗?"慧厂道:"玉芬,你提防一点罢。大嫂的一个小怜,让老七今天和她谈自由,明日和她谈平等,结果,让她真去谈平等自由了。现在他又在实行下层工作,去煽惑她们。阿囡呢,不要紧,她是自己有主张的,而且是雇佣的人,反正管不着。玉儿小呢,还不懂恋爱。你家的秋香,可到了时候,只要他一鼓动,又是小怜第二,你可白疼她一阵子。"

燕西被慧厂当面说了一顿,脸上倒有些变色,勉强笑道:"二嫂,别人可说这话,你不该说这话。你不是主张解放奴婢制度吗?我就实行下层工作,也是附和你的主义,你不保护我倒也罢了,怎样还揭穿我的黑幕?"玉芬笑道:"老七,这可是你说的话。我待你不错呀,为什么下这样毒手,煽惑我的人逃跑?刚才我还说,一定借个千儿八百的救你急,这样一来,你别想我一个大了。"燕西急了,不知怎样说好,放下牌来,站起身却对玉芬作了两个长揖,笑着道:"做兄弟的说错了话,这里给嫂嫂陪礼,这还不成吗?"

正好这个时候,鹏振由外面进来,便对玉芬道:"凭着许多人当面,要人家陪不是,这未免有点说不过去。"佩芳道:"你不懂得,你就别问了。他哪是陪礼,他是问玉芬借钱呢!"鹏振道:"输不起,就别来,为什么这样和人借钱来赌?"佩芳说的时候,玉芬早是不住的对她以目示意。这会子鹏振认为是燕西要借赌博钱,佩芳将错就错,却不往下说。燕西也知道玉芬有钱,是不肯告诉鹏振的,也就含糊一笑,不加辩驳。鹏振道:"要多少钱呢?我借给你罢。"说了,在身上掏出一卷钞票,向桌上一扔,说道:"这是一百。若是扳了本转来,可得就还我。钱在你手上是保不住的,不还我,你也是一半天就胡花掉了。"佩芳笑道:"老三,看你这样子,是赢了钱。"鹏振道:"那也有限,这一百里面,还有我的本钱在内呢。"燕西接了钱,笑着照旧往下打牌。玉芬站在身后,更忍不住笑。

慧厂笑道:"人运气来了,发财是很容易的,肥猪拱门这件事,我以为不过是一句笑话罢了,不料天下倒真有这件事。"鹏振看了这种情形,倒有些疑惑,便问燕西道:"你不是自己打牌罢?"玉芬抢着说道:"怎样不是自己打牌,他好赌,和你也差不多。"鹏振道:"你怕我真不晓得呢,我也看出来了。这个位子是你的。你大概输了,叫他替你打几盘,对不对?"玉芬知道瞒不住了,笑道:"不错,是请他替我打牌。你失错把钱拿出来了,还好意思把钱拿回去吗?"鹏振笑道:"我是看见老七输了,好意借钱给他充本,我倒充坏了吗?"玉芬道:"我也没有说你这事做坏。但是我打牌,你借几个钱我充本,那也不算什么,你一定要拿回去,实在也有些不好意思伸手。"鹏振笑道:"就是那样办罢。可是你要赢了,钱可得退回我。"玉芬笑道:"好罢,你等着罢。"鹏振看那情形,钱是拿不回来了。便笑道:"话说到这里,我也没别法,我只有望赢了,物归原主啦。"说毕,走过卧室对门去。

只见屋子里书架上放信件的丝网络里,在纸堆里露出一截湘妃竹扇柄。一看见,心里不觉一动,赶快拿起来,正是陈玉芳送燕西的那一柄折扇。自言自语的道:"老七这东西真是粗心。这柄扇子,怎样放在这里?要是那一位看见了,那还得了!"拿了那一柄扇子,便要向书堆的缝里塞。忽听得有人在后面说道:"塞什么?我早就看见了。这不是一个小旦送你的表记吗?"

鹏振一回头,见是玉芬跟着进来,笑道:"这又算你捉到我的错处了,这是人家送给老七的。"玉芬道:"送给老七的,你为什么说,不让那一位看见哩?我问你,刚才你自言自语的说那一位,这那一位是谁?"鹏振笑道:"别嚷了,外面许多人,听见了,什么样子?我是怕你见了生疑心,哪有别的什么意思呢?"玉芬道:"有什么怕人听见?要怕人听见,就不该做出这事来。"鹏振道:"慢说这把扇子不是送我的,就是送我的,这也不算什么,何必注意呢?"玉芬道:"注意是不必注意。我以为有钱多逛几回窑子,多捧几个坤角儿,还是你们胡来的爷们做的事。拿着许多钱,捧一个假女人,这不是发傻吗?"鹏振不愿意再和他夫人拌嘴,拿了那柄扇子,放在燕西面前道:"这是你的,你拿去罢,不要生出许多是非来。"说罢,扬长而去。润之等他走远了,才笑道:"我看三哥有些移祸过东吴的意思。"又笑着对燕西道:"你瞧见没有?结了婚以后,有许多事情,是要受拘束的。"

燕西听了这话,当时也不过一笑。后来牌打完了,一人到书房里去睡觉,想着润之的话,倒是有理,你看,大哥虽不怕大嫂,但是在大嫂面前,有些事总得遮遮掩掩。二哥不必说了,见了二嫂,就像蒙学生见了先生一般，一点办法没有。三哥呢，和三嫂感情不错，但是处处碰三嫂的钉子，也是忍受着。我将来和清秋结了婚，难道也是这个样子不成？无论如何，我想自己得先振作起来，不要长了别人的威风。我想丈夫之所以怕夫人，有些是因为妇人无见识，唠叨得厉害，不屑与她争长短。有些是因为心里爱夫人，不愿意让她难堪，宁可自己委屈些。有些是因夫人有本领，想她辅助，不敢得罪她。以上三项，要以第一类为最多，第三类最少，第二类不多不少。若论我呢，就怕失败在这第二层上。

他自己这样想着，觉得似乎难免。但是这样事情，也以对手方的态度作为转移，若是对手方并不是悍妇泼妇刁妇懒妇，只要多少有些温顺之德，越是迷恋着她，就越显得感情敦笃，应该要受着男子的感化才是。若是男子对他夫人有很厚的爱情，却落了一个惧内的结果，岂不让天下男人都不敢爱他妻？他转念一想，以为自己的未婚妻很是温柔的，绝没有悍泼刁懒这些恶根性。将来我们要结了婚，大可以做个榜样，给哥嫂们看看。哪一天有工夫，我倒要约着清秋到公园里去，把这话和她谈谈，看她怎样说？我想她一定含笑不言的了。他心里藏着这个哑谜，想了一晚。

到了次日，只洗了一把脸，喝一口茶，点心还没有吃，便向落花胡同来。他的汽车是和姊妹共用的，恰好敏之一早起来，坐着车子走了。燕西便叫听差，雇了一辆人力车坐了。到了那里，觉得有两天没有看见那人，心里有些惦记。慢慢的走到冷家这边院子里来，先就喊道："宋先生在家吗？"宋润卿连忙推着门，伸出半截身子来，笑道："在家在家。"燕西一面说着话，一面走过来，说道："昨晚上好大雨，在家里打了一晚的牌。"宋润卿道："怪道呢，昨天我到你那边去，里面竟是静悄悄的。"燕西道："失迎得很，有什么事吗？"宋润卿道："天一天二，我打算到天津去一趟，大概有上十天的耽搁。舍下这边的事,还要望老兄多多照应。"燕西道:"这还用得说吗?宋先生哪天走呢?"宋润卿道:"本来是打算今天走,因为衙门里的假还没有请好,恐怕要到后天走了。"燕西笑道:"那末,应该替宋先生饯行了。"

宋润卿道:"去个几天就回来,饯什么行?"燕西道:"也不要说饯行,今天在我那边吃便饭,大家喝两盅。你看如何?"宋润卿道:"那我倒可以奉陪。"燕西道:"要不然,叫他们把菜送到这边来,请冷伯母也喝两盅。"宋润卿道:"倒不必那样费事。"燕西道:"并不费事,不过叫厨子多添两样菜罢了。"燕西说着,便走到院子里去喊道:"伯母!我今天晚上,预备了一点菜,请吃便饭。也不必到我那边去,我叫他们送过来。"一面说着,一面向里看,见清秋正坐在玻璃窗下看书。听到说话,抬头望了一望,燕西正向着她笑呢。她并不理会,又低下头去了。燕西想:怪呀!这样子,她十分冷落,有什么事生气吗?那冷太太却在帘子里答道:"金七爷,你怎么又费事?"燕西道:"不费事,吃便饭罢了。"口里说着,脚故意向前移,一直就走到廊檐下来。那边清秋越是知道他走近,越是不肯抬头。燕西站立了一会子,觉得无聊,只好走开。因见韩妈在院子里洗衣服,和她丢了一个眼色,让她走向前来。

燕西站在小门下等着,对韩妈点头。韩妈用身上的蓝布围襟擦着手,笑着轻轻的说道:"她生气了,你知道吗?我说,七爷,你这个事,得早些往大路上办,也免得我牵肠挂肚。"燕西笑道:"今天你怎么陡然提起这句话来了哩?"韩妈道:"人家也是这样惦记着哩。我看她那样子,就很发愁。你想想,到了这一份儿情形,这个事还搁得住吗?"燕西道:"她若再要发愁,你就可以对她说,我正在想法子呢,不久就要说开来了。"韩妈道:"那敢情好,我得喝你的喜酒哩。"燕西笑了一笑,问道:"她就是为这个事发愁吗?"

韩妈道："总是罢，家里是没有谁得罪了她。"燕西道："那就是了，回头在一处吃了晚饭，就会好的，那倒不要紧。"韩妈见他如此说，仍旧去洗衣服。燕西低着头，慢慢的踱回去了。

到了晚上六点多钟，燕西那边的厨子，就把酒菜向这边送来。宋润卿对于吃喝，至少是来者不拒，便叫厨子一直送到上面正屋子里去。韩妈揩抹了桌面，将酒菜一齐安排在桌上，厨子自退去。燕西也就走了过来，一迭连声的请伯母坐。冷太太只好走出来，口里却说道："怎好三番两次的叨扰？"燕西道："伯母快不要说这话，连这一点小事，还要这样说，倒叫人笑话了。"宋润卿一见清秋没有出来，便道："大姑娘怎么还不出来？"冷太太因为燕西前次帮了好几百块钱的忙，对于他的感情又加浓了一点。也道："我们索性不必客气了，你也来坐下罢。"

清秋听到舅舅和母亲都说了，只好走出来。她见了燕西，在人当面，只得叫了一声金先生。冷太太和宋润卿对面坐了。那清秋的眼色，不向燕西正面看来，板着面孔，似乎有些怒色。燕西在席上吃着饭，曾屡次用话去兜揽她，她总是低着头不理。燕西仔细一想，是了，前天我回去了，她知道我是去会秀珠的。昨天一天，又没打一个照面，形迹更是可怪，大概她疑惑我这两天都陪着秀珠呢。便和冷太太道："伯母，昨天晚上的雨，不小呵。"冷太太道："可不是，屋上的水，像瓢倒下来一般。"燕西道："因为这样，街上都断绝了交通，我要出来，都出来不了。"清秋听了这话，对燕西只看了一眼，依旧低着头吃饭。吃完了饭，她便先离开了。

燕西说是说了，也不知道她肯信不肯信？若看那种情形，是很不以为然的。吃饭以后，闲谈了一会儿，燕西回那边去，就私自写了一封信给她。等韩妈出来的时候，递给她带了进去。这一宿，各自藏着一腔心事，自不能无话，大家都急急的盼望着，明日怎样去解决了。

第二十六回

屡泄春光偕行露秀色　别翻花样说古听乡音

燕西和清秋各自悬着一个灯谜,急于要揭下。到了次日下午两点钟,燕西由家里上公园去,走到水榭,只见清秋一人坐在杨柳荫下一把椅子上。身上只穿了白竹布褂子,一把日本纸伞放在椅上边,手上捧一卷袖珍本的书,在那里看。她头也不抬,只是低着头看书。

燕西走近前来笑道:"你还生我的气吗?"清秋这才放下书站起来,笑道:"对不起,我没有看见,请坐。"燕西道:"不要说瞎话。我老远的看见你,只望来人的那边瞧呢。后来不知道怎么着就看上书了。你这书是刚才拿上手的。"清秋道:"你老早就看见我吗?我不信。"燕西笑道:"望是没望见,猜可让我猜着了。"燕西顺手拖了一把藤椅,挨着清秋坐下。清秋突然说道:"我现在很反对男女社交公开。"燕西笑道:"为什么?有什么感触吗?我知道你误会了。昨天我就要在信中把这事说明,可是又怕说不清,所以约你到这儿来谈谈。"清秋把那本袖珍的书,放在怀里盘弄,低着头,也不望着燕西。口里可就说:"这你不要胡拉!我是说我自己,不是说人家。"燕西道:"谁是自己?谁是人家?我不懂,你得说给我听。"清秋道:"你自己的事,你自己有什么不明白?还来问我。"

燕西叫伙计添沏了一壶茶,将新茶替清秋斟了一杯,自己也斟上一杯,捧着茶杯,慢慢的呷茶,望着清秋。见她垂头不语,衣裳微微有些颤动,两只脚,大概是在桌下摇曳着,那正是在思想什么的表示呢。因她是低着头的,映着阳光,看见她耳鬓下的短发和毫毛,并没有剃去。燕西笑道:"给你剪发的这个同学,真是外行,怎样不把毫毛剪去?"清秋抿嘴笑道:"你真管得宽,怎么管到别人脸上来了?"燕西道:"我是看见了,就失口问了一问。"清秋道:"我早在理发馆修理了一回了,怎么还怪同学的呢?"燕西道:"怎么理发馆里也不给剃下去呢?大概这又是女理发匠干的,所以不大高明。"清秋道:"你是没话找话呢,我不叫他剃去,他怎样敢剃呢?"燕西道:"你又为什么不要他剃呢?"清秋道:"你不懂,你就别问。你叫我到这里来,就是问这个话吗?"

燕西道:"不是问这件事,先说几句也不要紧啊。你生我的气,不是因为我在家里鬼混两天,没有给你打照面吗?这实在你是完全误会了。"于是把凤举夫妇闹事,从中调和,以及在家打牌的话,说了一遍。至于打牌的是些什么人,却一字未曾提到。清秋笑道:"打牌当然是事实,但是打牌是些什么人呢?"燕西道:"有什么人呢?当然是家里人。"清秋笑道:"据我说,家里人也有,贵客也有罢?"燕西道:"我知道,你不放心的就是那位白秀珠女士。"清秋道:"我什么不放心?不放心又能怎么样呢?"燕西见开口就碰钉子,倒不好说什么。默然了一会儿,口里又哼着皮黄戏。

清秋见他不做声,又借着喝茶的工夫,对燕西看了一眼,却微笑了一笑。燕西笑道:"今天你怎么是这样素净打扮,有衣服不穿?将来过了不时髦,又不能穿了。"清秋道:"不穿的好。穿惯了将来没有得穿,那怎么办呢?"燕西道:"大概不至于罢?我金某人虽不能干什么大事业,我想我们一份祖业,总可以保守得住。就靠我这一分家产,就可以维持我们一生的衣食。你怕什么?"清秋道:"哼!维持什么衣食?连信用都维持不住了。依我看,哼!……"清秋说到一个"哼"字,手里抚弄着那卷袖珍的书,往下说不下去了。

燕西道:"你是很聪明的人,怎么这一点事,看不透呢?我若是意志不坚定,我还能背着家庭,住在落花胡同吗?我很想托你舅父,把这事和你母亲提出来。可是一提出来,她答应了,那是不成问题。若是不答应,我就得回避,不好意思住在你一处了,所以我踌躇。"清秋道:"你这句话,真是因噎废食了。我看你这句话也未必真。"燕西道:"我的确说的是真话,至于你信不信只好由你。但是自昨天起,我决定了,在一两天之内,就对你舅舅说。可是你舅舅明后天又要到天津去,只好等他回来再说了。"

清秋道:"回来那自然也不算迟,为什么你很踌躇,突然又决定了?你前言不符后语,足见你是信口胡扯!"燕西道:"这自然也有个道理。是我母亲提起,说我在外面另组一个诗社,耗费太大,叫我搬到家里去办。我母亲既然都提了这句话,我父亲定说的不是一次了。不久的日子,我一定是要搬走。我既要搬走,就不妨说明。纵然碰了钉子,以后可不必见着你母亲,我也不必踌躇了。"清秋道:"我母亲决不会给你碰钉子的。她又不是一个傻子,有些事,她还看不出来吗?你不提,她也会知道的。"燕西道:"这样说,她在你面前,表示过什么意见吗?"清秋道:"她又怎好有什么表示呢?我也不过是体会出来的罢了。我问你,这件事你托谁出来说哩?"

燕西昂头静静的想了一会儿,摇摇头道:"这一个相当的人,倒是不容易找,因为我们两方面,并没有来往哩。"清秋道:"因为没有相当的人，这事就应该搁下来吗？"燕西道："我只要有疑问，你就进一步的逼我，我怎么样说话呢？我想这事只有一个人可请，而且请这个人，还得大费一番唇舌，把这事详详细细的告诉她。"清秋道："你究竟是请谁哩？什么话都得告诉人家吗？"说到这里，用书抵着鼻尖微笑。燕西道："既然请人来说，大概的情形当然得告诉人家。所请的不是别人，就是六家姐。她和你是会过面的，而且我们的事，她也知道一点，请她来和你母亲说，我看是很合宜。"清秋道："她是你姐姐，这话她肯直接的说吗？"燕西道："除了她，我是没有相当的人可托了。"清秋道："她若哪天到我家来，你先通知我一声，我好先躲开。"燕西笑道："那为什么？"清秋道："怪难为情的。"燕西道："那倒不好，反着有痕迹了。她说什么，反正也不能当着你的面说呀。"

　　清秋笑道："不要说得太远了罢，她来是不来，还不知道呢。"燕西道："你现在对我的话，总不大肯相信，那是什么原故？"清秋接着头道："我也不明白这原故，大概是你说话有不符的时候，失了信用罢？"燕西笑道："我失了信用的时候，当然有。我问你，你没有失过信吗？"清秋道："我向来讲信用，不会失信的。"燕西道："你对别人，或者不会失信。但是对我而言，不能说这一句话罢？不但失信，而且失信不止一次。你仔细想想看，我这话是真，还是诬赖的？"清秋将椅子一挪，偏过身去望着水池，将头一摇道："我不会想。"燕西望着她后影子道："你没有可说的了罢？你还说我没有信用呢，究竟是谁没有信用呢？"清秋用皮鞋支着地，背撑藤椅，向后摇撼着，却是不做声。燕西道："你没有话可说了，我希望你总有一天恢复信用才好。"清秋回过头来啐了一口，说道："胡说！"

　　燕西笑道："这不是胡说，这是很合逻辑的话。说到这里，我想起一个笑话。"清秋道："不要说，不要说，我不爱听笑话。"燕西不理她，只管向下说，笑道："就是有两家熟人结为旧式的婚姻，不用提，女家的小姐，长得漂亮，男家的少爷，也是长得清秀。可是有一层，这位少爷，是有些顽皮。"清秋道："这倒说着你了。"燕西道："你不是不爱听吗？怎样倒搭起腔来？你还听我说罢。那男家的少爷，贪着自己的未婚妻，时常借着原故到岳丈家里去，他未婚妻见他来了，总是躲闪，他虽然着急，可也没有她的办法。"

清秋仍旧是依着藤椅，面向水池坐的。这时便用两个指头塞着耳朵。燕西道："你塞着耳朵，我还是要说的。一直到新娘接过门，拜天地的时候，新郎新娘同进洞房。新郎揭了新娘头上的方巾，就死命的盯了她一眼，心里可说说，再没有地方躲了。可是新娘也明白这一层，偏着身子，低着头，还在躲呢。自然，这个时候，新房里人是很多的了，新郎还不能说什么。后来闹新房的人走了，新郎就绕到新娘面前去，新娘身子一闪，闪到床面前。新郎心里憋着一句话呢，说是看你还躲到哪里去？所以又跟上前来。那新娘坐在床沿上，把半边绫帐来藏了脸。那新郎……"

清秋突然一跳，站了起来，说道："看你有完没完？我让开你。"燕西笑道："坐下坐下，这就快说完了。"清秋道："你还要说吗？你再要说，我就先回家去了。"说时，便要去来拿那纸伞。燕西一把将伞抢在手上，笑道："不许走，我的话还没有说完哩。"清秋道："你还要说吗？"燕西道："我不管人家新房里的事了，要说的是我们自己的事。你看这事还是等你舅舅天津回来再说呢？还是马上就说呢？"清秋道："这随便你。"燕西道："你不是很着急吗？"清秋笑道："胡说！我着什么急？"燕西道："不在这儿坐了，我们走着谈话罢。"于是燕西会了茶账，给她拿着纸伞，沿着水池，并排慢慢的散步,绕着柏树林,兜了一个圈子。

清秋道:"我要回去了,接连碰到好几回熟人。"燕西道:"规规矩矩的逛公园,怕什么熟人?"清秋道:"遇到的,全是同学。将来她要问起来,我说你是什么人呢?"燕西笑道:"这是极好答复的一句话。"清秋道:"我就敞开来说,我问你,要怎么对同学说?"燕西道:"这时,要在外国,还不能怎样直接的告诉人,在中国无论结婚没结婚,有一个'他'字就代表过去了。譬如你的同学问你,那天和你同游公园的人是谁?你就说,那是他。这不就行了吗?"清秋笑道:"除非是你这样和人说话差不多,别人不能那样和人说。"

正说到这里,不觉走到了坛门路口,抬头一看,恰好又遇见乌二小姐。乌二小姐老远的就笑着说道:"哎哟,密斯冷,好久不见了。"清秋这时要躲闪,也是来不及。只得笑着迎上前去。乌二小姐道:"天气还早,二位就打算走吗?"清秋道:"来了好大一会儿,该回去了。"转念一想,这句话又说得过于冒失一点。正在要想一句话转圜,乌二小姐却转过脸去对燕西道:"来好大一会儿了,在哪里坐着呢?"燕西觉她这话中有刺,笑道:"兜了一个圈子,觉得没有什么意思,所以就要回去。"乌二小姐道:"说你是闲,你又是忙,到府上去,一回也没有遇见你。说你是忙,你又是闲,在逛的地方,倒可以常常相会。"燕西笑道:"正是这样,可是密斯乌也和我差不多呢。我打算再凉快一点子,就在家里用心预备半年英文,明年春季,就到美国去上学。"乌二小姐笑道:"这话真吗?"燕西道:"早就这样打算着,总没有办成功。这次我是下了决心的了。"乌二小姐道:"好极了,我也打算明春到美国去,也许走起来,还有个伴呢。"

他们说话,清秋早就接过燕西手里的伞,用伞尖上的铜管画着地,只是静静的听着。乌二小姐一回头,见她这种情形,仿佛她和燕西的关系,还不怎样深。便道:"密斯冷,公园是常来吗?"清秋这才抬头笑道:"很难得来。"乌二小姐走上前一步,握着清秋的手道:"密斯冷,我很爱和你谈谈,哪天有工夫,约着到公园里来坐坐,好不好?府上电话多少号?"清秋正想说没有电话,燕西就抢着把自己这边的电话号码告诉了她。原来清秋家里有电话往还,向来是由这边借用的。乌二小姐道:"好极了,哪一天我打电话来邀你罢。我们再会。"说着话,握着清秋的手,摇撼了几下。她释着手,高视阔步的径自去了。

清秋眼望着她在柏树林子里,没有了影子,这才对燕西笑道:"这个人倒是个浪漫派的交际家,一点不拘形迹,她和你的交情,不算坏罢?倒似乎过从很密呢。"燕西道:"你既知道她是一个浪漫派的交际家,这'过从很密'四个字,那还成什么问题?"清秋道:"我也没有说成问题啊。你自己先说了,这倒是成为问题了。"燕西不做声,只是笑笑。

沿着回廊一面走,一面说话,不觉到了大门口,清秋一眼看见燕西的汽车,正停在路当中。便道:"你坐车去罢,我走回去。"燕西正想说自己没有坐汽车来,一句话还没有说出口,只见车门一开,玉芬和翠姨一同走下车来。出于不意,心里倒觉扑通一跳。这个时候,清秋正在燕西旁边站着,燕西丢了清秋,迎上前去罢,怕得罪了她。不迎上前去罢,又怕玉芬看见了,非介绍一下不可,这又是自己不愿意的。正在这样踌躇着,清秋一撑纸伞,竟自在车堆里挤过去了。燕西见清秋这样机灵,心里又是一喜。

玉芬早走过来叫着:"老七,你是刚来呢?还是要走?"燕西道:"我也是刚来,看见你们来了,我就在这里站着等呢。"他们说着话,又一同进来。玉芬道:"老七,你为什么一个人来逛公园?"燕西道:"一个人就不能来吗？'为什么'三个字怎说？"玉芬笑道："你还装傻呢？我看见你和一个女学生一路出大门，不知道怎么一会儿工夫就不见了。是你的好朋友，给我们介绍见一见，那也不要紧，为什么这样藏藏躲躲的呢？"燕西笑道："哪里有这一回事？你是看花了眼了。"玉芬道："我又不七老八十岁，一个人我会看不清楚，这还有一个人看见呢，我们凭空造谣吗？"翠姨抿嘴一笑道："三姐也是多事。人家既然当面狡赖，当然是保守秘密的事，你苦苦将这事说破来做什么呢？"燕西道："倒是我一出门口碰见一个人，和她说了几句话，并不是和她在公园里会到的。"玉芬道："这话越说越不对了。刚才你说是刚到门口，这会子又说打园里出去，显见得你是说谎。"这时，他们已经走尽回廊，到了来今雨轩。燕西趁在找座的工夫，便把这事撇了开去。坐了一会儿，借着一点小事，便溜开了。

玉芬道："我仿佛听见说，老七和一个姓冷的，不分日夜，总在一处。我猜刚才遇到的那个人，就是的，你看对不对？"翠姨道："大概是罢？模样儿倒长得不坏，不过老七是喜欢热闹的人，怎样这位冷小姐打扮得那样素净哩？"玉芬道："这倒是我猜想不到的。我以为那位冷小姐总是花枝招展，十分是时髦的人呢。"翠姨道："他们的感情这样浓厚，不会闹出笑话来吗？"玉芬道："我看老七近来的情形，和秀珠妹妹十分冷淡了。况且上次还那样大闹过一场，恐怕以后不能十分好了。也许老七的意思，就是娶这位姓冷的呢。"

翠姨道："这倒未必罢？就是老七有这种意思，家里也未必通得过。"玉芬道："这事情爸爸知道吗？"翠姨微微笑了一笑，说道："都不告诉他，他怎样会知道呢？"玉芬道："翠姨也提到过这事吗？"翠姨道："他们家里大大小小的事，我是全不管的。至于这几位少爷的事，他自己母亲还不大问，我为什么要去多那些事呢？"

玉芬道："据你看，老七和白家这一头亲事是办成的好？还是中止的好？"翠姨道："当然是办成的好。白小姐人很聪明，也很漂亮，配老七正是一对儿。和你们妯娌比起来，未必弱似谁呢。"玉芬道："我也是这样说，这婚事不成，倒怪可惜的。"翠姨笑道："既然如此，你何不喝他一碗冬瓜汤，给他们办成功？"

玉芬道："他们已经是车成马就的局面，用不着媒人。不过两方面都冷淡淡的，就怕由此撒手，只要一个人给他两人还拉拢到一处就成了。"翠姨笑道："一边是表妹，一边是小叔子，这一件事，你得办啦。鹏振动不动就说愿天下有情人都成眷属。你没有听见说过吗？"玉芬道："我就是因为和白家有一层亲戚关系，这话不好说。若我光是金家的关系人，我早就对妈说了，请她主持一下，把这事办成了。"翠姨道："亲戚要什么紧？世上说媒和做介绍人的，不靠亲戚朋友，还靠生人吗？"玉芬道："不过这一件事，又当别论。我原先也有这个意思，因为老七不大愿意，我就不管了。"翠姨道："不能罢？前两天，他两人还在我们家里打牌呢。"玉芬道："他们闹了许久的别扭，就是那天我给他们做和事佬的呢。见了面，两人倒是挺好。一转身，老七可就很淡漠的样子。我倒有些不解，这是什么原故？"

翠姨笑道："男子对于女子，都是这样的，也不但老七如此。"玉芬正用一个小茶匙，舀着咖啡向口里送，听了这话，她把小茶匙敲着嘴唇，凝目出了一会儿神，笑道："这话倒是真的。我们这三爷就是这样。"翠姨笑道："你们小两口是无话不谈的，可别对老三说出这话。我是一个不中用的人，将来说我挑唆你小两口不和，我可担不起这大的责任。"玉芬笑道："我就那样没出息，这种话都说出来了。"

两人坐着谈了一会儿,这里就越来越人多。玉芬道:"太热闹了,回去罢。"翠姨道:"我们绕一个弯儿罢。"玉芬道:"我怕累,不走了。"翠姨道:"巴巴的到公园里来,一进门就上这儿来坐,坐倦了马上就回去。我们怕在家里没有咖啡汽水喝吗?"玉芬笑道:"可真也是的,在家里坐着,老想上公园来走走。来了又觉得没有什么味,不愿走动。要不,咱们先别回家,到中外饭店屋顶上看跳舞去。"翠姨道:"算了罢,上次我去了一趟,还有你大嫂子在一块儿呢。回来也不过一点钟,老头子知道了,见了我撅着嘴好几天。我又不会跳舞,看着人家跳,坐在一边看着,倒反而没趣。我倒有一件有趣的事,好久想说没说出来。"玉芬道:"想起了什么事?既然有趣,怎样不早早说出来?"翠姨道:"这件事,有两层难处,第一不知老头子答应不答应?第二这个人可得给他一个地方住。"玉芬道:"你别绕着弯子说了。什么有趣的事?你先说出来罢。"

翠姨道:"我先也是不知道。有一天到朱家去,我问他们家少奶奶们打牌不打?她们都说不打,昨天晚上的书说到正要紧的地方,今天晚上要接着望下听啦。我就问听的什么书?她们一说,我才知道。原来她们在苏州请了两个说书的人来。一个是说《玉蜻蜓》,一个是说《三笑姻缘》,赏号在外,每人只要两百块钱一个月。不过有一层,说书的要住在家里,得预备他的房子伙食。"玉芬道:"从前我在南方,也喜欢听这个,到了北方来,却没有机会听。现在有这个玩意,倒可以在家里坐着听,不必出门,现在说书的在哪里?一说就妥吗?"翠姨道:"他原在北京,最近听说到天津去了。但要叫他来,很容易的。只要打一个电话他就来了。"

玉芬道:"就是这个说《玉蜻蜓》的吗?"翠姨道:"不是这个人。另外有个说《珍珠塔》,倒说得很好。我本想听《三笑》,恐怕说这部书，老头子不愿意，所以没有提到。现在来了一个说《珍珠塔》的，倒是一个机会。"玉芬道："二三百块钱，钱倒不多，不过要住在我们家里，这事倒不好办。"翠姨道："我们回去说说看，若同意了，就在前面腾一间屋子，倒也不难。"玉芬道："好极了。我回去首先就说。保管他们都会赞成的。"她一高兴，立刻就坐车回去，到了家里，和大家一提议，金太太二姨太太都赞成。这事有了她俩作主，和金铨一提，金铨只说了一声俗不可耐，倒没有反对。

次日，她们就打电话到天津，把那个说书的叫了来。这说书的叫范小峰，专门说《珍珠塔》这部弹词。另外有个徒弟，叫林亦青，能说《琵琶记》。他们正在天津，在各公馆说些临时的短书，现在有金府上打电话相邀，这自然是一等大买卖，所以接了电话，当晚就乘火车进京来了。这事情是太太少奶奶办的，他们向来就不和老爷少爷接洽。范小峰师徒到了金府，给了名片到号房，号房一直就到上房陈明金太太，金太太道："就叫他进来罢。"号房出去，把他师徒引到上房，他们倒是行古礼，见了金太太，各人深深的作了三个揖。

金太太见一个年纪大的，约有五十多岁的光景，两腮瘦削，一张瘪嘴唇，倒有几点黑的牙齿。那脸上更是一点血色没有，满脸的烟容，不过脸上虽然憔悴，身上的衣服，却十分美丽，穿了一件蓝春绸的长衫，罩着八团亮纱马褂。头上前一半脑壳，都秃光了，后面稀稀的有些苍白头发，却梳着西式头。那个年纪轻的，头发梳得溜光，皮肤虽尚白皙，可是也没有血色，眼睛下还隐隐有一道青纹。他的衣服比年纪大的更华丽些。他们行礼之后，年纪大的，自称是范小峰，指着那年青的是林亦青。别看他上了几岁年纪，倒说着一口娇滴滴的苏白。

金太太听到家乡话,先有三分满意,再一看范小峰卑躬屈节,十分和蔼,更乐意了,便笑着请他两人坐下。范小峰道:"本来打算回上海去了,因为接了府上的电话,所以又到北京来伺候太太少奶奶,但不知道从哪一天起?"金太太道:"我们家里人,就是这样的脾气,要办什么,马上就办。今天晚上是来不及了,就是明天罢。"范小峰也不敢久坐,打了一拱,和林亦青一路退出去了。

这事一发起,就招动了她们许多认识的太太姨奶奶。到了次日下午八时,在楼下客厅里,摆了书桌,向着桌子,摆下许多座位。另外倒预备了许多茶点,听候女宾饮用。玉芬和着翠姨,就出来招待,花团锦簇,这一番热闹,自不待言。可是这回大请客,金府上竟是例外,一个男宾也不曾加入,于是好事的少爷们也就不参加了。

第二十七回

玉趾暗来会心情脉脉　　高轩乍过握手话绵绵

燕西听说请客,早就回来参与。可是一看到来宾,全是太太少奶奶,不但没有男宾,而且时髦的小姐也很少。燕西一看这种情形,当然无插足之余地,在院子里徘徊了一阵,只得又走了出去。

一拐弯儿只见润之站在前面。燕西道:"六姐怎么不去听书?"润之皱眉道:"那有什么意思?我听得腻死了,亏她们还有那种兴致,听得津津有味。"燕西道:"这书不定说一个月两个月,若是天天有这些个人听书,招待起来,岂不麻烦死人?"润之笑道:"那也是头两天如此罢了。过久了,她们就没有这种兴致的。你在这里做什么?也要听书吗?大概不是,秀珠妹妹在这里,你是来找秀珠妹妹的罢?"燕西道:"她来了吗?我并不知道。"润之道:"她大概早就找你了,你倒说不知道。你快快会她罢,人家等着你哩。"燕西道:"她在那里听书听得好好的,我去会她做什么?"润之道:"她哪里又要听书?她来了,也是醉翁之意不在酒。"燕西道:"六姐,你和他们一样,说起来总像我和她有好深的关系似的。你一提起,我倒有一件事托你哩,走,我到你屋里去慢慢的把话告诉你。"润之道:

"你又有什么事托我？别的没六姐，有事就有六姐了。"燕西道："这事除了六姐，别人是办不动的。"润之道："既然如此，你就告诉我，看是什么事，倒舍我莫属？"

燕西跟着润之，到她屋里去，先抽了一根烟卷，后又斟了一杯茶喝了。润之道："你到底有什么事？快说罢。"燕西笑了一笑，又斟半杯茶喝了。润之道："你这是怎么了？你不说，就请罢。"燕西笑道："说是说的，不说为什么来了哩？上次我不托六姐一件事吗？"润之道："上次什么事托我？我倒记不起来。"燕西道："上王家去听戏，忘了吗？"润之道："呵！是了，这回又是听戏不成？"燕西笑道："听戏倒不是听戏，人还是那个人。"润之道："这个密斯冷，我倒很欢喜的，还有什么事呢？"燕西笑道："我想请六姐到她那里去一趟。"润之道："你的意思是要我去回拜她吗？这些个日子了，还去记那笔陈帐？"燕西道："不是陈帐，这是去算新帐。你能去不能去哩？"润之道："为什么事去哩？无缘无故，到人家去串门子吗？"说到这里，燕西只是仰着头傻笑。润之道："这是怎么回事？你自个儿倒笑起来了？"

到了这种情形之下，燕西不得不说。就把自己和清秋有了婚约的始末，略微说了一说。润之道："怎么着，真有这事吗？"燕西道："自然是真的，好好的我说什么玩话？"润之道："你怎样和家里一个字也没有提起？"燕西道："因为没有十分成熟，所以没提。现在我看她母亲，也是可以同意的。她那方面，总算不成问题，只有看我们这一方面怎样进行了？"润之把两只手抱着膝盖，偏着头想了一想，沉吟道："爸爸大概是无可无不可，就怕妈嫌门第不相符。而且这事突如其来，也容易让她见疑。"燕西道："怎样是突如其来？我和她认识有半年了。"润之道："你们虽然认识有半年了，家里可不知道。你早要是让她常在咱们家来往,家里还知道你有这样一个朋友。如今倒说你已经在外订婚了,这不是突如其来吗?"燕西道:"依六姐看,怎样办呢?"润之听了,半晌想不出一个主意。

突然有个人在后面说道:"我以为你们走了呢?原来在这里参上禅了。"原来润之还是两只手抱着膝盖,只望着燕西。燕西却拿了一把小刀,在那里削铅笔,削了一截,又削一截。这时回头一看,只见敏之拿了一本英文书,从里面房里出来。燕西笑道:"五姐,我说的话,你大概都听见了,你能不能给我想个法子?"敏之道:"这要想什么,婚姻自由,难道二老还能阻止你不结这一门亲不成?"燕西道:"说虽是这样说,但是家里全没有同意,究竟不好。况且人家总是要到咱们家来的,难道让人家一进门,就伤和气吗?"敏之道:"你瞧,媳妇儿没进门,他先就替人家想得这样周到。"燕西道:"什么想得周到不周到,这是真话。"

敏之道:"依你,要怎样办呢?"燕西道:"就因为我自己没有主意,有主意,我还请教做什么呢?"润之道:"他的意思,要我先到冷家去一趟,我不懂什么意思?"燕西道:"那有什么不懂?咱们先来往来往。以后认识了,话就好说了。"润之道:"你倒会从从容容的想法子。家里的人很多,为什么单要我去呢?"燕西道:"总得请一个人先去的。若是先去的人,都说这一句话,那就没有人可请了。六姐对我的事,向来就肯帮忙的。这一点儿小事,还和做兄弟的为难吗?"说毕,就望着润之嘻嘻的笑。

润之道:"你别给我高帽子戴,随便怎么样恭维我,我也是……"燕西连连摇头道:"得,得,别给我为难了。五姐,你给我提一声儿,成不成?"敏之道:"润之,你就给他去一趟,这也不要什么紧。"润之道:"紧是不要紧。我无缘无故,到人家那里去坐一会儿,那是什么意思，不显着无聊吗？"燕西本来托润之去，是事出有因的，润之头一句话，就把他一肚子话吓回去了，话只说了一半。这时想说，又不敢说，找了一张白纸伏在桌上，用铅笔只管在上面写字。写了一行，又一行，把一张纸写满了。

敏之道："你还是这个毛病，正经叫你写字，你不写。不要你写字，你倒找着纸笔瞎拓。"说时，一伸手，把那张纸拿了过来。只见上面写着许多"将如之何"四个字。此外零零碎碎的写着一些冷、结婚、爱情、恋爱神圣、自由，各种字样。敏之说道："就这一点的事儿，何至于就弄得一点办法没有？我就替你担这个担子，到冷家去一趟，未见得这事就会得罪了谁？"燕西听说，走过去，深深的对敏之作了一个揖。敏之笑道："瞧你这一副见菩萨就拜的情形，我又要好笑。"

燕西道："五姐说去，定哪一天去？我好先通知那边一声，让人家好准备欢迎。"敏之道："为什么还要通知人家？"燕西笑道："人家是小家庭，连个茶水都不大方便。去了一位生客，她就得张罗，而且她也托着我了，说是咱们家有人去，得先告诉她。"润之道："小孩子说话，学得这样贫嘴贫舌的，说几句话，倒接连闹了两个'她'字。她是谁？谁又是她？小家子气！"燕西笑道："我这是顺口说的罢了，又不是存心这样。"敏之道；"不要说这些废话罢。我想停天去，或者早一点，就是后天下午去罢。我也不必专程到她那边去，就算到你贵诗社去玩，顺便到冷府上去看望看望得了。话已说完，你去罢。我这里正在看书，给你咭咭呱呱一闹，我就看不下去。"

燕西还要说什么，敏之却只管催他走。燕西没法，只得走出来。转过这个屋子，电灯下遇到秋香。她笑着把脖子一缩道："七爷，白小姐来了。"燕西道："白小姐来了，关我什么事？"秋香笑道："怎样不关事？人家早就等着你呢。"燕西笑道："你这小鬼头，倒坏不过，我要……"说着,伸手要来摸她的头发。秋香身子一闪,一溜烟的跑了。燕西心想,秀珠来了,我怎样没看见?她来了,我简直不睬她,她也是要见怪的。我且去听一听书,看她怎么样?于是转身又走到楼下客厅里来,在廊外故意慢慢的踱过去。

正在这时,回头一望,只见秀珠坐在玉芬并排,玉芬却用手向外指着指给秀珠看。秀珠向外一看,六目相视,都是一笑。燕西不好停留,自走了。玉芬却用手拐着秀珠,低低的说道:"去去,人家在等你哩。"秀珠微微将身子一扭,瞟了她一眼,依然坐着不动。但是过了五分钟,秀珠悄悄的就离开座走了。她走出来,先到润之那里来坐。润之笑道:"老七刚才在这里。去听书去了,你没见他吗?"秀珠道:"没见着。"润之道:"这时候,他大概在书房里哩。"秀珠笑道:"我不要会他。"坐了一会儿,却向玉芬这边来。这屋子里的男女主人翁,全不在这儿。秋香道:"白小姐,七爷在家呢,你会见他了吗?"秀珠听了她这话,倒有些不好意思。笑道:"不要胡说!小孩子倒这样快嘴快舌的。"秋香道:"这是实话,七爷刚才在这儿找你呢。"秀珠道:"我不和你说了。"说毕,抽身就走了。她走出来,顺着长廊走,走尽了头,这里已是燕西的书房了。迎面呛了一口风,不觉咳嗽起来。

这些时候,燕西因父母追问得厉害,就说落花胡同那个诗社,已经取消了。在家住的时候较多,今晚上因为混得不早了,也就懒于出门。找了一本小说,躺在床上看。这时,忽听得外面有女子的咳嗽声,似乎是秀珠的声音,便问了一声是谁?秀珠答道:"是我,七爷今天在家吗?难得呀。"燕西听着,掷了书本便迎了出来。笑道:"请在我这里面坐坐,如何?"秀珠道:"我是坐久了,出来散步散步,我还要听书去呢。"燕西道:"那个书有什么听头?我这里正沏了一壶好茶,坐着谈谈罢。"秀珠一面走着,一面说道:"好久没到贵书房了,倒要参观参观。"

秀珠坐下,燕西便要去捺桌边的电铃,秀珠瞧着他微笑,站起来连忙用手按住他的手,问道:"这是为什么?"大家复又坐下。燕西道:"我叫听差来,预备些点心给你吃。"秀珠眼皮一撩,笑道:"你就是这样,芝麻点大的事,就要闹得满城风雨。我坐一会儿就走,又要吃什么点心?"燕西道:"贵客光临,难道就这样冷冷淡淡的招待吗?"秀珠道:"冷淡不冷淡,不在乎这种假做作上做出来,那要看各人心里怎样?"燕西道:"就以各人心里而论,那也不算坏。"秀珠道:"哼!你不要说那话罢,把我们当小孩子吗?"燕西笑道:"好一会子,闹一会子,也就和小孩子差不多。把你当小孩子,还不是正恰当吗?小孩子多半是天真烂漫的,把你比小孩子,就是说你天真烂漫,那还不好吗?"秀珠道:"少要瞎扯罢,我倒是有一件事要来和你商量。"

燕西听到她说,有一件事要来商量,心里倒跳了几跳,便问道:"有什么事呢?只要办得到,我无不从命。"秀珠道:"这是极容易办的事,怎样办不到?可有一层,就怕你不肯办"燕西道:"既然容易办,我为什么不肯?这话很奇了。"秀珠笑道:"不但是容易办,而且与你还有极大的利益。不过你对于我,近来是不同了。我说的这话,怕你就未必肯依?"燕西本坐靠近书架的一张沙发椅上,于是顺手掏了一本书,带翻着带问道:"究竟是什么事呢?你且说出来,咱们商量商量。"秀珠笑道:"看你这样子就不十分诚恳,我还说什么呢?"燕西道:"你现在也学得这种样子,一句平常的话,倒要作古文似的,闹这么些个起承转合。"

秀珠笑道:"我问你,记得是什么日子了吗?七月可快完了。"

燕西被她这一句话触动了灵机，不由恍然大悟。笑道："是了，是了，难得你记得，究竟咱们非泛泛之交。"于是左腿架在右腿上，尽管摇曳，笑道："请问，你要怎么样办呢？"秀珠道："怎样办呢？还得问着你呀。"燕西道："怎样问着我呢？据我说，我是谁也不敢惊动，免得老人家知道，又要说话。"秀珠道："不过我们约着几个人，私下热闹热闹，又不大张旗鼓的闹，有谁知道呢？"燕西站起来，对着秀珠连作几个揖，笑道："我不管你怎样办，我这里先道谢了。"

这个揖作下去，恰好是阿囡送了一碗麦粉莲子粥进来，倒弄得燕西不好意思。秀珠倒很不在乎，笑着问道："阿囡，七爷是八月初二的生日，你知道吗？"阿囡道："是呀！日子快到了，我可忘了哩。"秀珠道："我刚才对他说，要替他做生日，怎样做还没有说出来，他倒先谢谢了。"阿囡道："到了那天，一定给七爷拜寿的，七爷怎样请我们呢？"燕西道："你还没有说送礼，倒先要我请你。"阿囡道："好罢，明天我就会商量出送礼的法子来，只看七爷怎样请得了。我还有事，明天再说罢。"说毕，转身就走了。

燕西笑道："这孩子很机灵。你看她话也不肯多说两句，马上就走了。"秀珠笑道："你说什么，我也要走了。"燕西道："多坐一会儿罢，难得你来的。"秀珠道："你府上，我倒是常来，不过难得你在家罢了。"燕西道："不管谁是难得的，反正总有一个人是难得相会。既然难得，就应该多谈一会儿了。"秀珠道："让我去罢。坐得久了，回头又让他们拿我开玩笑。"燕西笑道："既然怕人开玩笑，为什么又到我这里来？"秀珠道："我原不敢来惊动，免得耽搁了你用功。我是走这里经过的呢，我要听说书去。"燕西道："那种书，全谈的是一些佳人才子后花园私订终身的事，有什么意味？倒不如我们找些有趣的事谈谈，还好得多。"秀珠来了这久，也没有喝茶，这时顺手拿起桌上的茶杯。燕西连忙按着她的手道:"冰凉的了,喝了你会肚痛。我这碗麦粉粥很热,找一个碗来,给你分着喝罢。"秀珠道:"算了罢,这一点东西,还两人分着吃。"燕西笑道:"这也不充饥,也不解渴,只吃着好玩罢了。"说着,找了一个四方瓷斗,就把麦粉粥倒给里面,秀珠一摔手道:"真是孩子脾气,我不和你胡缠了。"说毕,起身便走。燕西要来拦阻,已不及了。

这一天晚上说书,闹到一点钟,方才散场。因为夜已深了,玉芬不让秀珠回家,就留住了她。润之这边有空床,送她到这边来住。秀珠睡的地方,是润之隔壁二间屋。她因为和敏之闲谈,到了三点才睡觉,所以到了上午十点钟,依然未醒。

燕西吃过早上的点心,要出门了。便重新到润之这边儿来,问敏之明日是不是决心到冷家去?走来了,在廊檐底下,隔了纱窗就嚷起来道:"五姐五姐!"润之道:"别嚷,她睡了还没醒哩。有话回头再说罢,而且还有……"燕西一掀帘子进来,说道:"我不必问她了。我就是那末说,明天下午两点钟……"润之连连对他摇手,眻眼睛。用手对屋子里连指了几指,低低说道:"密斯白在那里睡着呢。"燕西道:"她怎样在这里睡?昨天晚上没回去吗?"润之道:"昨天晚上,她和五姐谈到三点才睡。"燕西问道:"她说些什么?提到我了吗?"润之道:"提你做什么,她们说的是美国的事,你走罢。你的话,我明白了。回头我对五姐说就是了。"燕西听说,这就走了。他又穿的是一双皮鞋,走着是吱咯吱咯一路的响着。

到了这天下午,燕西借了一点事故,找了冷太太说话。因笑道:"我五家姐明天是要到这里来的。她说了,要来看看伯母。"冷太太道:"呵唷!那还了得,我们怕是招待不周呢。"燕西道:"我那五家姐,她是很随便的人,倒不用着客气。"燕西虽然这样说了,冷太太哪里肯随便?自即日起,叫韩观久和韩妈,将客厅、院子就收拾起来,客厅里桌上换了新桌布,花瓶里也插了鲜花,又把壁上几轴画取消,把家里所藏的古画,重新换了两轴,并且找几样陈设品添在客厅里。

韩妈忙得浑身是汗,因说道:"像这个样子待客,那真够瞧的了。"冷太太道:"你知道什么?人家才真是千金小姐啦。况且她又出过洋,什么大世面没有见过。若到咱们家里来,看见咱们家里是乌七八糟的,不让人家笑话吗?我就死好面子,不能让人家瞧我不起。你嫌累,她来了,总有你的好处。我先说在这里等着,你信不信?"韩妈笑道:"我倒不是嫌累。我想往后咱们都认识了,大家常来常往,要是这样临时抱佛脚的拾掇屋子,可真有些来不及。"冷太太道:"你说梦话呢,他们富贵人家,哪里会和我们常来常往?也不过高起兴来,偶然来一两趟罢了。你倒指望着人家,把咱们这儿当大路走呢。"韩妈道:"我就不信这话,要说做大官的人家,就不和平常人家往来,为什么他家金七爷,倒和咱们不坏呢?"她这样一句很平常的话,冷太太听了,倒是无话可驳。说道:"那也看人说话罢了。"这话说过了,依然还是张罗一切,一直到次日正午十二时,连果碟子都摆了,百事齐备,只待客到。

到了下午两点钟,敏之果然来了。她先在燕西诗社中坐了一会儿,就由燕西从耳门里引她过来。冷太太换了一件干净衣服,又套上一条纱裙,一直迎到院子里。韩妈洗干净了手,套上一件蓝布褂,头上插了一朵红花,笑嘻嘻的垂立在冷太太身后。敏之先和她一鞠躬,冷太太倒是一个万福还礼。燕西未曾介绍,冷太太就先说道:"这就是五小姐吗?"敏之道:"舍弟住在这儿,不免有些吵闹之处,特意前来看看冷太太。"冷太太道:"那就不敢当,我们早就应该到府上去问安呢。"说时，冷太太早上前携着敏之的手，一同到客厅里来。便回头对韩妈道："你去请小姐来。"韩妈巴不得一声，便到上屋子里来催清秋。

清秋穿了一件印花印度布的长衫，又换了一双黄色半截皮鞋，倒像出门或会客的样子。这时，却好端端躺在床上。韩妈道："客都来了，大姑娘你还不出去吗？"清秋道："有妈在外面招待，我就不必去了。"韩妈道："人家一来拜访太太，二来也是拜访姑娘，你要不见人家，人家不会见怪吗？"清秋坐了起来，伸个懒腰笑道："我就怕见生人，见了面又没有什么可说的。"韩妈道："那要什么紧，一回生二回熟。人家怎样来着呢？"清秋道："待一会儿，我再去罢。"韩妈道："要去就去，待一会儿做什么呢？"清秋被她催不过，只得起来，先对着镜子，理了一理鬓发，然后又牵了一牵衣襟。韩妈拉着她的袖口道："去罢，去罢。你是不怕见客的人，怎么今天倒害起臊来了？"清秋道："谁害臊呢？我就去。"说着，便很快的走出来。

到了客厅里，燕西又重新介绍。敏之见她身材婀娜，面貌清秀，也觉得是一个标致女子，心里就夸燕西的眼力不错。敏之拉着她的手，在一块坐了，谈了一些学校里的功课，清秋从从容容都答应出来。韩妈在这时候忙着沏茶摆糕果碟。敏之道："以后我可以常常来往，不要这样客气，太客气，就不便常来往了。"清秋笑道："要说客气，就太笑话了，五小姐是初次来，我们既不能待得很简慢，匆促之间，又办不出什么来。要说款待，还不如五小姐在府上吃的粗点心呢，这不能算是款待贵客，不过表示一番敬意罢了。"敏之道："这样说，越发不敢当。而且也不能这样称呼，我虽然是个老学生，倒不肯抛弃学生生活。你要客气一点，就叫我一声密斯金得了。"冷太太道：

"我一见五小姐,就知道是个和气人。这一说话,越发透着和气了。像五小姐这样的门第,又极有学问,这样客气,是极难得的了。"她母女二人极力的称赞敏之,连韩妈站在一旁,也是笑嘻嘻的。

敏之想起还没有给赏钱,趁她送茶的时候,便赏她两块钱。韩妈得了钱,又请了一个安道谢。便道:"过些时候,再跟着我们小姐,到你公馆里去请安。"敏之握着清秋的手道:"果然的,什么时候请到舍下去玩玩?我还有个小些的舍妹,顽皮得了不得。我总想让她交几个好些的女友,让她见识见识。像密斯冷这样庄重的人,她能多认识几个,也许把脾气会改过来一些。"清秋笑道:"只要不嫌弃,我一定到府上去的。不过很不懂礼节,到府上去怕会弄出笑话来呢。"敏之道:"家父家兄虽都在政界里,可是舍下的人,都不怎么腐败,官僚那些习气,确是没有的。密斯冷要去,可以先通一个电话,我一定在家里恭候。"

两人说得投机,敏之尽管和她说话,可是清秋心里想着,她此来是要背着我说几句话。我坐在这里,她怎样开口?看看燕西坐在一边,也无走意,心里又一想,他要是不走,这话也是不能说的,急切抽不开身,只得依旧和敏之谈话。差不多谈了一个钟头的话,敏之才告辞说走,依旧是走燕西的诗社那边出去了。

敏之回了家,就对润之说道:"那个女孩子,的确不坏。老七要娶了她,是老七的幸福,而且人家虽穷一点,也是体面人,大可联亲,让我慢慢的把这事对母亲说一说。"润之道:"那层可不要忙,至少也要母亲见了见这人才提。不然,她老人家未必就同意的。"敏之道:"我先不提亲事,就说有一个很好的女孩子,是老七的朋友得了。再听口风,然后向下说。"润之道:"这或者可以,我们就到母亲房里。"敏之笑道:"你这总是肚子里搁不住事,说走就走,说办就办。"润之道:"不是为这个事。我听说四姐由东京来了信,快要回来呢,我是看信去。"润之说毕,便起身到金太太屋里来。

只见金太太斜躺在一张软榻上,秀珠拿了一份报纸,坐在一张矮小沙发椅上,不晓得把什么一段新闻,念给金太太听。金太太道:"怎么屋子里一个人也没有?要喝一杯茶也不能够。"秀珠听说,扔下了报纸,连忙拿了桌子上的茶杯,斟了一杯热茶,双手送将过来。金太太坐了起来,连忙接着茶杯。她一句话没说出,润之一脚走进来,便笑道:"不敢当,不敢当!"秀珠一回头看见是润之,笑道:"这儿送茶给伯母,你那儿怎样不敢当起来了?"润之道:"这件事,本应该我们做的,密斯白这一来,算是给我们代劳了,我们还不应该道谢吗?"秀珠笑道:"我就不愿这样客气,遇事都应随便。"金太太笑道:"虽然随便,这种反客为主的事情,我们就不敢当呢。"

正说着,只见一个老妈子站在门外边说道:"太太,大夫来了。"秀珠忙问道:"谁不舒服了,又请大夫呢?"润之道:"是我们大嫂。"秀珠道:"昨天上午我回家去的时候,她还是又说又笑,隔了一宿,怎么就病了?"金太太道:"咳!你不知道,这一向子,他夫妇俩生气,我们怎样说,他们也不好。有三四天了,我们那老大,是不见人影儿。大少奶奶接上就病了。"她又回头对润之道:"梁大夫来了,你就带他瞧瞧去罢。"秀珠道:"哎哟!我是一点不知道,我也瞧瞧去。"

于是润之到外面客厅里见了梁大夫,引他到佩芳屋子里去,秀珠是早在那里了。原来这梁大夫差不多是金家的顾问,有人少吃两口饭,都去问他的。梁大夫提着一个皮包,走到正中屋子里,把皮包放下,一打开来,取出一件白布衣服,将身罩了,拿着听脉器、测温器,走进佩芳屋子里去。佩芳的正面铜床上,垂着一顶竹叶青的罗帐子,帐子掀开一边,佩芳将一副宝蓝锦绸的秋被盖了半截身,上身穿了一件浅霞色印度绸夹袄，用一条湖绸旧被卷了放在身后，却把身子斜靠着。梁大夫虽知床上的大少奶奶便是病人。一看头发梳得光光的，脸上没有施脂粉，仅仅带一点黄色。除此而外，看不出她有什么病容。因此也不敢一下便认为是病人。

佩芳见大夫进来，勉强笑着点了点头。早有一个老妈子端了一张方凳放在床面前，所幸这位大夫有五十多岁，长了一把苍白胡子，这才倚老卖老，就在凳上坐了下来。先是要了佩芳的手，按一按手脉。然后说道："这得细细的诊察，请大少奶奶宽一宽衣。"金家究竟是文明人家，而且少奶奶小姐们又常常的穿了跳舞的衣服去跳舞，对于露胸袒肩这一层，倒并不认为困难。当时便将短夹袄扣解了，半袒开胸脯。梁大夫将测温器交给佩芳含着，然后将听脉器的管子插入耳朵，由诊脉器细细的在佩芳肺部上听了一会儿。梁大夫听了脉以后，就对佩芳道："脉没有什么病状。"说着，又在佩芳口里取出测温器来，抬起手来，映着亮光看了一看。说道："体温也很适中。只不过精神欠旺点，休养休养就好了。"

润之道："这样说，不用得吃药了？"梁大夫笑道："虽然没有病，却是吃点药也好。"润之道："这是什么原故呢？"梁大夫知道润之和秀珠都是两位小姐，笑着点头道："自然有原故。"润之和秀珠看他这样说话，都笑了。梁大夫把白衣脱了，和用的东西全放进皮包去。便道："我要去见一见太太。"润之听说，便引他到金太太这边来。

金太太隔着玻璃窗看见，便先迎出来，陪他在正中屋子里坐。梁大夫一进门，先就取下帽子在手上，连连拱着手笑道："太太，恭喜，恭喜。"金太太见大夫诊了病，不替人解说病状，反而道喜，倒是一怔。就是其他在屋子里的人，也都不免诧异起来。

第二十八回

携妓消愁是非都不白　醵金献寿授受各相宜

梁大夫看到大家这样惊异的样子,也就料着是不明就里。因笑道:"大少奶奶是喜脉,不要紧的。你说这不可喜吗?"原来金铨有四个儿子,还没有一个孙子,金太太日夜盼望的就是这一件事。这一些时候,看到二少奶奶常常有些小不舒服,全副精神都注意在她身上,以为她有了喜。现在医生说是大少奶奶有喜,这一喜是喜出望外了。便道:"大夫,这话是真的吗?别是不舒服罢?"

梁大夫笑道:"太太,我做医生的,连一个有喜没喜都分别不出来,这还当什么大夫哩?"金太太笑道:"梁先生,你不要多疑了。我是因为我们大少奶奶一点也不露消息,突然听了这话,倒很怪的。这就得预备产婆了。梁先生,你看是西洋产婆好些?还是日本产婆好呢?"梁大夫笑道:"那倒还不忙,现在不过两三个月呢。"金太太道:"那倒罢了,我们二少奶奶也是常常不舒服,我也要请梁大夫看看。"梁大夫听了金太太的口音,也就猜透了一半。笑道:"倒是看看的好,遇事好留意一点。"金太太听了,便分付老妈子去请二少奶奶来。

老妈子去了一会儿,走来笑道:"二少奶奶说,她没有病,不肯瞧呢。"金太太道:"她为什么不来瞧?又是你们这班东西多嘴多舌,让她知道,她所以不来了。"老妈子道:"我们不知道二少奶奶有什么病没有,说什么呢?"梁大夫道:"不瞧,那也不要紧。我那里印着有育婴须知的小册子,里面附有种种保胎法。我可以拿几份过来,送给几个少奶奶瞧瞧。若照着书上行事,那比请一个大夫在家里还强呢。"梁大夫看看没有什么事,提着皮包自走了。这里金太太听到有添孙子的消息,立刻把这事当了一个问题,和这个讨论几句,又和那个讨论几句。可是正要把这事告诉凤举,凤举偏偏好几天不见他的面。

凤举在家里,佩芳光是和他吵,凤举一赌气就避开了。佩芳先还说,你不回来,我希望你一辈子也不见我。第一天过去了,第二天不见凤举回来,就有些着慌。到第三天,仍不见他回来,便打电话到部里去问,恰好又是礼拜日。到第四天,佩芳就病了,病了两天,还是不回来。到了这时候,佩芳心里很是焦急。但事已如此,嘴里可不肯说找他回来。若要说出,分明自己软化,凤举益发得志了,所以她面上依然镇静不露声色。

后来被梁大夫诊脉诊出来了,倒是一喜。因有一个多月了,自己老是这样怀疑着,是不是有了喜,自己虽然有七八分相信,却又不敢就告诉凤举。怕他一说出去了,若是不是的,那有多么寒碜。现梁大夫把这事给证实了,第一是婆婆要由我一点,总不让我生气。凤举要闹,她必定压制儿子不压制媳妇了。就是凤举本人,听了这个消息,也得大喜一番,他一定不敢再惹人生气的,若一说,我为这个病了,他还不回来瞧我吗?这样想着,凤举之回来不回来,越发不管。

谁知凤举死了心了，竟是不回家，就是回家，也不进自己的房。不过衙门还是照旧去，下了衙门以后，人到哪里去了，就不得而知了。金家的房子很大，金铨夫妻一两天不看儿子，也是常事，就不过问。老夫妻俩还不过问，旁人哪里得知哩？

佩芳睡了三天，想静等不是办法，便理了一理头发，换了一件长衣，走到婆婆屋里来。金太太戴上大框眼镜子，拿了一本大字详注的《金刚经》，正躺在软榻上念。看见佩芳进来，放下书，摘下眼镜子，笑道："佩芳，你好了吗？就在屋子里多躺一会儿罢。不要像平常一般，那样欢喜走动了。"佩芳道："老坐在屋里，也是闷得慌，总要出来走动走动才好。"金太太道："当然是要运动的。不过你睡倒刚起来，总要休息休息，不要把身子累了。"佩芳笑道："一个人坐在屋里，有三四天，也够闷的了。我想找几个人打小牌呢。"金太太道："打牌，那更不合宜了。凤举呢？不在家吗？"佩芳道："我快有一个礼拜没见他了。"金太太道："真的吗？昨天下午，他还在这屋子里坐一会儿去的呢。"佩芳道："他回是回家的，就是不和我见面。"金太太听说，默然一会儿，说道："这孩子的脾气，还是这样。回头我打电话到他部里去，问问他看。"佩芳道："随他去罢，一问了他，更要让他生气。"金太太明知佩芳是气话，却又不好怎样回答，淡淡的说道："没看见你们少年夫妻，总是喜欢争些闲气。"说了这一句，就牵扯到别一件事上去了。

金太太就想到了下午凤举回来，背着佩芳问他一个究竟。不料这日下午，凤举依然没有回来，金太太一问听差，都说不知道。就去问汽车夫，他说："每天送大爷到部，回来就坐车。不回来就不坐车，也不知道在哪里？"金太太不得要领，就越发的要追问。

这一天过去，到了第二天，凤举回来了。金太太一听到这个消息，立刻传去问话。金太太劈头一句便问道:"你这样不是和我为难吗?佩芳刚刚身上有些不舒服,你就在这时候和她生气。你闹了许久,我一点都不知道,倒像我是放纵你这样呢。"凤举微笑道:"我没有和她生什么气呀?"金太太道:"你还说不闹呢?有整个的礼拜不见她的面了。"凤举道:"她见了我,就和我啰嗦,我不愿受这些闲气,所以躲开她。"金太太道:"你躲在什么地方?"凤举道:"我躲在哪里呢?也不过前面客房里罢了。"金太太道:"你天天都在家里吗?怎样我不看见你?"凤举道:"我不到后面来,你怎样看得见我呢?"金太太道:"我不和你说上许多。从今天起,你得回自己房里去睡。这样东跑西躲,小孩子一般,总不成个事体。"凤举糊里糊涂的答应着,就走开了。

原来这些时候,凤举和刘蔚然、朱逸士结成一党,每日晚上逛窑子。凤举还是对那天在北班子里认得的晚香,很是满意,每天必去,接连去了三天。也是晚香随便说了一句话,问大爷什么时候捧捧我们呢?凤举笑道:"随便哪一天都可以。"晚香拿着凤举的手,一直看到他脸上,笑道:"随便哪天都可以吗?明天怎样呢?"凤举道:"好,明天就明天罢。你可以预备一点菜,我明天请几个朋友在这里吃饭。"晚香道:"真的吗?你可不能冤我哩。"凤举笑道:"我们也认识这么久了,我冤过你吗?"晚香的领家李大娘听了这话,眉开眼笑。说道:"这话是真的,大爷人极好,不说假话的。"

到了次日,凤举就在晚香屋子里,摆了七十二两的两桌酒席。吃酒之后,又接上打起牌来,抽了三百多块钱的头子。自捧上了这一场之后,双方的感情格外浓密。一到了晚上,凤举便到晚香那里去坐,那李大娘另外问凤举要了一张五百元的支票,就让晚香每晚陪凤举到中外饭店去看跳舞,不必回来了。凤举有这样可乐的地方,不回家也没甚关系，所以他这一个多礼拜，都是这样消遣。这天金太太虽把他叫来说了几句，他当面是不置可否。到了晚上，他又带了晚香一块儿上中外饭店去了。

佩芳见婆婆的命令，都不能挽回丈夫的态度，也只好由他去。晚上拿了一本书，躺在软沙发上看，院子里悄无人声，看着书，倒也淡焉若忘。忽听得慧厂隔着窗子，叫了一声大嫂。佩芳道："请进来罢。"慧厂笑道："怎么这样客气？还用上一个'请'字呢？"说着，便走进来了。佩芳道："不是呀，来而不往非礼也。你既然很讲礼，先叫了一声，试探试探，能不能进来？那末，我就应当先下一个'请'字了。"慧厂道："并不是我多礼，我怕大哥在屋子里，所以先叫一声，较为便当一点。"说时，挨着佩芳身旁坐下，顺手将佩芳看的书，拿起一看。见那书签子上标着"苦海慈航"四个字。笑道："现在这新出的小说，总是'情海欲海'这些字样，这部书大概又说的是一男一女，发生了爱情，结果，又是经了种种磨折，忽然醒悟过来罢？"佩芳笑道："你猜的满不是那回事。"慧厂道："怎样满不是那回事？那不是和这个小说名字不相合吗？"佩芳道："本来就不是小说，你瞧瞧看就明白了。"

慧厂听说，揭开一页来看，就是两页彩画的观世音的全身像。再往后翻，就是大字石印的《太上感应篇》。慧厂笑道："咳！你真无聊到了极点，怎么看起这种书来？"佩芳道："你不要说这是无聊的书，你仔细的看看，必然感觉得这种善书里也有好多名言至理。看了之后，一定会若有所悟，解除不少烦恼。这后面是《楞严经》。如来和阿难尊者反复辩难，说得天下事无一不是空的，非常有味。我觉得和人争气，真无意思了。"慧厂笑道："人都是这样，在气头上就抱消极主意,气平就不愿消极了。"佩芳道:"你这话不然,母亲并不生气,她为什么把《金刚经》都念得烂熟了?"慧厂道:"年老的人,富贵荣华全有了,就不能不怕出岔事。二来也希望长寿。这两样事,都不是人力所能办到的,就只念佛,做那修行的功夫了。"佩芳用手指着慧厂笑道:"你少说这话,仔细让人听了去告诉母亲,要说你批评老人家佞佛。"

慧厂道:"我不和你说这些废话了,我来和你商量一件事,后天是老七的生日,他们都要送礼,你打算送什么呢?"佩芳道:"是啊,去年要闹,没有闹成,今年该玩一玩了。明年他要出洋,不定哪年回来,二十岁是赶不上做的。"慧厂道:"大家也是这样说,父亲可不成,他说一人年年总有个生日,有什么可贺的?他平生就讨厌人家做寿,一个年青的人更与'寿'字不相称,哪里还可以庆贺?"佩芳道:"我们送老七的礼,还得瞒着父亲吗?我倒有样东西老七用得着的,也不至于惊动人。"慧厂道:"是什么呢?他用得着的东西太多了。"佩芳道:"凭什么,也没有这东西他中意,我打算送他一笔寿金。"慧厂笑道:"那可使不得。他能谅解我们,也要说我们不大方。不谅解我们,就要说我们耻笑他了。不如还送东西罢。"

佩芳道:"既然这样,我送他一套大礼服,让他结婚的时候穿。你呢?"慧厂道:"不好,要拣有趣味的才对,他原是一个有趣味的人呢。"佩芳道:"结婚的礼服,还不有趣吗?"慧厂道:"他也不一定结婚,才穿礼服,那怎样算趣?我倒有个办法,赁一卷电影片,到家里来映。"佩芳道:"不好,不好。电影在电影院映,他们有银幕,映出来好看。上次我们映几回,都是悬着一块白布,映在白布上,减了不少的精彩。不如叫小科班来演几出戏罢。"慧厂道:"不成,演戏锣鼓一响,父亲就知道了。"佩芳笑道:"这样也不行，那样也不行，那就无可乐的了，岂不是做个素生日？"慧厂道："不如问他自己去罢。连他自己要我们送什么，我也请问他，这倒是最好的方法。他这些时候，都在家里，可以叫人把他请来问问。"佩芳笑道："私下问他，倒是可以。"便分付蒋妈，把燕西叫了来。

燕西隔着屋子，先就说道："我在家里，你们又添了一个帮闲的了。什么时候差角色，什么时候去叫我，我就可以随时补缺。"走进来时，见佩芳、慧厂同靠在沙发椅上谈心，只把墙上斜插的绿罩电灯扭开，屋子里静悄悄的，不像有什么动作。笑道："我以为二位嫂嫂命令叫我来打牌呢，原来不是的。"慧厂道："你坐下罢，我问你，你老实说，你现在所欠缺的，到底是哪一样？"燕西笑道："你们又要拿我开心吗？我就实说了罢，我少了一个少奶奶。"佩芳道："我不和你说笑话，问你实实在在缺少了什么应用的东西？"燕西笑道："那就缺少的很多了。总而言之一句话，是缺少几个钱。有了钱，就什么事都好办了。"

佩芳听了这话，对慧厂睐了一下眼睛，彼此一笑。燕西道："怎么样？我这话说得太不雅吗？"慧厂道："倒不是不雅，我们先猜了一猜，你就会说这话呢。我问你，上次你三嫂不是借了三百块钱给你了吗？你做什么用了？这还不到半个月呢。"燕西道："我这窟窿太大了，不是三百块钱填得满的。"佩芳道："我并不是要查你的帐，你不要误会了。我们之所以问，因为你的寿诞到了，我们要送寿礼，不知哪一样你最合适？要请你自己说一说。我们是决定了送礼的，你也不必客气。"燕西道："二位嫂嫂都猜到了，我还说什么呢？"慧厂笑道："老七，你也稍微争点气，别让人家量着了。怎么我们猜你要钱，你就果然要钱？"

燕西笑道："谁教我花得太厉害呢？而且长嫂当母，在嫂嫂面前说实话也不要紧。若是说谎,倒显得不是好孩子了。"佩芳笑道:"你瞧瞧,说了一声给钱,连长嫂当母都说出来了,好孩子也说出来了,二妹,就送他份子罢。你看,我们应该送他多少呢?"慧厂笑道:"几毛钱总不像样子,我们一个送他一块钱罢。"燕西笑道:"长者赐,少者不敢辞。无论一块或一毛,那都是好的,我当然拜领。"慧厂道:"这话说得冠冕,但是你心眼儿里不嫌少吗?"燕西道:"我不能嫌少。"佩芳道:"嫌少就嫌少,不嫌少就不嫌少,为什么加上一个'能'字?"燕西道:"我知道的,二位嫂嫂极是大方,说不定借这个机会,送我三百五百。现在说送那一块钱,自然是闹着玩。我若说嫌少,你一气,可就不会给我整批的了。可是一块钱不能算多,要我说那屈心话,这不算少,我也对不住两位嫂嫂。"

慧厂笑道:"大嫂,这孩子现在学得真会说话,不知道跟谁学的?"佩芳道:"当然是跟秀珠妹妹学的,她就是一个会说话的人。"燕西道:"我问这是什么意思,谈论到了我,就会牵连到她?"佩芳笑道:"因为是你的她,才会牵连到她呢。二妹,你看怎么样呢?我以为老七将来很能听秀珠妹妹的话。"燕西用两个指头,塞着耳朵眼儿,站起来就要走。佩芳道:"跑什么?话还没有说完呢。"燕西道:"你们说的这些话,叫人家怎样受得了呢?"

佩芳道:"不说这些话就得了。你说愿意要钱,我们可就真要送你钱了。你怎样请客呢?"燕西道:"请大家吃一餐就是了,怎样吃法?我可就说不上。"佩芳道:"不带一点玩意儿吗?"燕西道:"有倒是有一个玩法。现在来了一班南洋魔术团,有几个女魔术家,长得挺好。"慧厂道:"你还是要看她魔术呢?还是要看女魔术家呢?"燕西道:"魔术也看,女魔术家也看。到了那天,请她来变了几套戏法,静静悄悄的乐一阵,包管谁也不知道。"佩芳道:"我看不请也罢,这种女人,总不免有几分妖气。你们兄弟几人,见了女子就如苍蝇见血一般,不要节外生枝起来。"

燕西笑道:"这样一说,我们弟兄还成人吗?"慧厂道:"你要找魔术团,就找魔术团罢。但不知你请些什么客?"燕西道:"我想不要请客罢,就是家里人大家吃一点喝一点得了。若是请起客来,就免不了父母知道的。我宁可少乐一点,也不愿意多挨几句骂。"佩芳道:"家里人以外,一个生人也没有吗?"燕西道:"说不定也要请几个外客,那就让他们在外面客厅里,闹闹罢了。"慧厂道:"没有加入我们圈里的吗?"燕西道:"不过是几个同学和几个常常见面的朋友,当然不能请到里面来。"慧厂因他这样说,也就和佩芳一笑,不再提了。

到了次日,慧厂和玉芬也商量了。三人各开一百元支票,用一个珊瑚笺红纸封儿,将支票来套上了,各人亲自在上面写了"寿敬"两字。玉芬的支票,却是叫秋香送了去。秋香拿着,想七爷待我们很好的,我们倒应当送一点礼才好。于是先不送去,便到敏之这里来,把阿囡叫到走廊下,把话对她说了。阿囡笑道:"别献丑了,我们送得起什么东西呢?拿了去,倒让七爷笑我们。"秋香道:"不是那样说,千里送鹅毛,物轻人情重。"

敏之在屋里看书,见她两人鬼鬼祟祟的说话,就疑心。忽听"物轻人情重"一句话。心想,不知这两个小鬼头,又在弄什么玩意?遂掀着一角纱窗,向外望了一望。只见秋香手里举着一个红纸套,说道:"这是我们少奶奶叫我送给七爷的。我想等我们的礼物办好了,然后一路送去。"阿囡道:"你就先送去罢。我们一刻工夫,怎样办得齐礼呢?"敏之这才明白,她们是要送燕西的寿礼。便道:"秋香,你拿进来我看看,她们送的是什么礼?"秋香听了,便送了进来。

敏之笑道："你们少奶奶，现在专门卖弄她有钱了，借了不算，送礼也是现款。"秋香道："不是我们少奶奶送钱，大少奶奶二少奶奶也是送钱呢。"敏之向着纱幔，对里面屋子里嚷道："润之，你听见没有？她们都送钱呢。"润之问道："送多少呢？"敏之道："三嫂是一百元，大概她们都是一样了。"润之道："她们都是极精细的人，不征得老七的同意，是不会这样办的。她们可以送，我们就可以送。"敏之道："不是可不可的问题，是愿不愿的问题。我就不愿凑许多钱给他，让他胡花去。"润之道："他不是说负了债吗？凑几个钱让他还债去罢。"敏之道："这样说，我们一人一百元了？"润之道："当然和三位嫂嫂一样。"敏之笑道："这真便宜了他。你听见了没有？秋香、阿囡也要送他的礼，想了一阵子，没有想出送什么东西好。我看，她们也是送钱罢。反正她们眼里的七爷，也是不分上下。老七这样死要钱，送去也是不会推辞的。"秋香笑道："我们哪有那大的胆，不是找骂挨吗？"

润之这才走出来，一手掀着纱幔，一手掠着鬓发笑道："今儿个几时了？"秋香道："明天一天，后天就是七爷的生日了。"润之道："我是睡早觉睡忘了，没有到前面去查一查电报去，说四姐今明天要到京呢。若是到了，老七又多一笔收入。"敏之道："大概没有电报来。若有电报来，母亲一定会叫我们去告诉的。"润之道："秋香，你刚才是在前面来吗？听到说有电报没有？"敏之道："你这是白问，若是她在前面来，只要我们这样一提，她早就说了，还用得着你问吗？"润之道："那是什么道理？"秋香撅着嘴道："那有什么不懂？五小姐骂我是快嘴丫头呢。"她一说破，大家都笑了。

秋香不好意思，依旧拉着阿囡到走廊下去说话。阿囡道："你打算送什么呢？"秋香道："我想你一个，我一个，再邀玉儿和小兰，咱们凑着钱，买几样屋子里陈设的东西送他。七爷他就欢喜人家送他这些东西。你看屋子里不都是摆着人家送的吗？"阿囡道："你倒拿了大拇指当扇子摇呢！我是知道的，他屋子里东西，分三等，头一等是女朋友送他的。第二等，是男戏子女戏子送他的。第三等，是男朋友送给他的。我们算是哪一等呢？"秋香道："反正人家不能扔掉，送去总是一个人情啦。"正说着，只见两个花儿匠，抬了一盆新开的桂花来，放在台阶上。

润之在屋里笑道："我倒给你们想起一个办法来了，七爷那天是要请客的，你买上几十盆桂花送七爷，让他请客赏花，他是很欢喜的。好在你们花钱又不多。"秋香道："是的吗？那算是什么礼物呢？"润之道："你们是俗人，哪懂得这个呢？你听我的话送，准没有错。"敏之也喜道："秋香送桂花，这倒也有趣。凭你这名字，他就得受下了。"秋香笑道："那是给我开玩笑的，我不干。"润之道："傻子，这样又省钱又漂亮的礼，为什么不送？这是规规矩矩的送礼，谁开玩笑呢？"秋香听了润之这样说，果然信了。找到玉儿、小兰一说，每人出三块钱，就凑着一齐交给花儿匠，托他去买。

秋香把这事办了，才把玉芬的寿礼送到燕西书房里来。燕西接了那红纸套，抽出那里面的东西一看，也是一张一百元的支票。便笑道："怎么她们都向我送起钱来了？这倒好，大家都是这样的送法，我要发一个小财了。"秋香笑道："七爷你别笑我们，我和阿囡几个人，凑了几个钱，买了一些桂花，给七爷上寿，不知道七爷肯赏脸不肯赏脸？"燕西一听秋香说也凑了几个钱，不由得脸上一红，后来她说是送桂花，才笑道："雅致得很，我一定全受的，那天我请大家吃酒，就可以赏桂花了。"说话时，在桌上纸盒里，掏出一张仿古云笺，便提笔写了一张回条，是降仪拜领，敬使洋四元。

秋香站在桌子边，一眼看见，便伸手来按着纸，不让他往下写。笑道："七爷的生日，我自己也嫌自己送不起好礼，不像个样子，怎么七爷倒给起钱来呢？"燕西道："你们送礼，是你们的人情，你们少奶奶送我的礼，我敬她的使力，那是我的人情，那怎么可以省呢？"秋香道："七爷写了，我也是不要的，我不谈这些，我就走了。"说毕，转身便走。

燕西即刻跳起来，揪住她头上一绺短发，笑道："可跑不了啦。"秋香笑道："啊哟！头发揪断了。"燕西笑道："我还看你跑不跑哩？"正说笑着，只见玉儿气喘如牛的跑了来，高举着两手道："还要闹哩？了不得，后面有了事了，快去瞧罢。"燕西看见这种情形，倒让她吓着了。

第二十九回

小集腾欢举家生笑谑　　隆仪敬领满目喜琳琅

　　秋香看他那神气，也止住了笑，忙问是什么事情？玉儿笑道："快去罢，四姑爷和四小姐回来了。啊哟！还有一个小姑娘，和洋娃娃一般，真好玩。太太屋里，现在挤满了人了。"燕西听说是这么一件事，笑道："这也大惊小怪，弄人一跳，怎么没有电报来呢？"玉儿道："四小姐说，让咱们猜不到她什么时候到，到了家好让大家出乎意外的一乐呢。"燕西听说，也不和秋香再说两句话，转身就跑。秋香叫道："七爷七爷，别跑呀，你这桌上的支票，不收起来吗？"燕西走得远了，回转头来说道："不要紧的。要不你把纸盒子里钥匙拿着，开了抽屉，把支票放进去，将暗锁锁上，那就……"带说带走，以下的话，已听不见了。

　　燕西走到母亲房里，果然看见满屋子是人，金太太手上抱着一个浑身穿白色西服的小女孩，满面是笑容。他四姐道之和四姐夫刘守华，被大家团团围住，正在说笑呢。刘守华一见燕西，连忙抢前一步，握着燕西的手，从头上一看。笑道："七弟还是这样，一点没有见老。"燕西笑道："多大年纪的人？就说老了。我看四姐夫倒是黑了些。"刘守华道:"旅行的人,当然没有在家里的人舒服,怎样不黑呢?"道之也走过来笑道:"你猜我为什么今天赶回来了?"燕西道:"那我怎么知道呢?"刘守华道:"你四姐说你是后天的十八岁,赶回来给你做寿呢。"燕西笑道:"家里人忘了,远路人倒记得。谢谢,谢谢!"润之道:"你这话得说清楚,我们刚才还说要送你的寿礼呢,怎样说是忘了?"燕西道:"也没有敢说你呀!"润之道:"你说谁呢?"

燕西不解说一番倒也罢了,一解说之后,一看屋里坐的人,都是不敢得罪的,竟不知说哪一个好?笑道:"反正有人忘了的,这何必追问呢?生日这件事,不但别的人忘记,就是自己也容易忘记。所以我说家里人忘了,那也是有的。"润之道:"叫你指谁忘了?你指不出人来,却又一定要说有人忘了,可见你是信口开河。"梅丽正靠着金太太坐,在逗着那个小外甥儿玩,见燕西受窘,笑道:"忘是有人忘了的。别人我不知道,把我自己说,就是刚才四姐提起,我才想起来了。这样说,我就是一个忘了的。"润之笑道:"他待你也没有什么好处,你为什么要替他解围?让他受窘,看他以后还胡说不胡说?"道之道:"八妹倒还是这样心地忠厚,要老是这样就好。"燕西道:"梅丽,你听听,老实人有好处不是?这就得着好的批评了。"金太太道:"你既然知道老实好,你为什么不老实呢?"这一说,通屋子里的人都笑了。

大家笑定,燕西道:"说了半天,四姐带了些什么物事给我们,还没有看见!我想一定不少。"道之道:"这可对不住,我什么也没带。我一进门,先就声明了。因为你没听见,我不妨再说一句,现在国里头,不是抵制日货吗?连我们三个人从日本来,都犯着很大的嫌疑,我还好意思带许多日本东西吗?你们若嫌我省钱,我可以买别的东西送给你们。"梅丽道:"我们要的是你带来的东西,若是要你到了北京买东西补送,也就没有理由了。"道之道:"你也是戴不得高帽子的人,说你老实,你就越发老实了。"这一说,大家又笑了。他们手足相逢,足足说笑了半天。金太太已经分付人打扫了两间屋,让道之夫妇居住。

原来刘守华,他是在日本当领事,现在部里下了命令,调部任用。夫妇初次到京,还不曾看下住宅,暂且在金宅住下。刘守华另外还有一位日本姨太太也同来了。这日妇叫明川樱子,原是在刘家当下女的,日子一久,就和主人发生了爱情。道之因为樱子没有什么脾气,殷勤伺候,抹不下面子把她辞了,也就由他们去。后来守华在夫人相当谅解之下,就讨了樱子做姨太太。这次守华夫妇回国,樱子自然是跟着来。一来,到中国来做姨太太,比在日本当下女总强得多。二来,这也合于日本的殖民政策。但守华很怕岳丈岳母,一到岳家,不便一路把姨太太带进门。所以在车站下车之后,樱子带着一部行李,到日本旅馆沧海馆去了。道之和丈夫的感情,本来很好,他既不敢明目张胆的闹,道之也就不便一定揭穿他的黑幕,所以金家并没有人知道。

过了一天,已经是燕西的生日。这是金家的规矩,整寿是做九不做十。燕西的二十岁,本要在明年做,因为燕西明年有出洋的消息,所以再提前一年。金太太先一天就分付厨房里办了一餐面席,上上下下的人都吃面。这里最高兴的,自然算一班天真烂漫的女孩子,只愁找不到热闹事。所以一大清早,秋香约着小兰、玉儿换了衣服,就来给燕西拜寿。走到燕西书房外边,只见金荣正拿着一个鸡毛掸,反手带着门,从门里面出来。他早就笑道:"三位姑娘真早,这时候就来拜寿了。七爷还没起来,睡得香着哩。"小兰跟着金太太,向来守规矩的,听了这话,倒是有些不好意思。红着脸道:"我们是有事,来瞧瞧七爷起来没有?谁说拜寿呢?"说毕转身走了。

金家算是吸点西洋文明人家,磕头礼早已免除。所以燕西这天不用去和父母行礼,平辈也没有什么人说道贺。不过是大家纷纷的备着礼物,送到燕西这儿来。虽然他三个姐姐,三个嫂嫂,都送了支票,因为面子上不能不点缀,所以她们又另外买了些礼物送来。这其间有送文房用品的,有送化妆品的,有送绸料的,有送食物的。金铨自己也赐了燕西一个瑞士表,这是叫他爱惜时间的意思。金太太赐了一套西装,二姨太和翠姨,也是一人一张一百元的支票,二姨太另外送了一支自来水笔,翠姨送了十四盒仿古信笺,都是算上人含一点教训的意思。这其间只有梅丽的东西,送得最合适。乃是一柄凡呵零,两打外国电影明星的大相片。

所有送的东西,不是盒子盛着,便是纸包包着,外面依着燕西关系,写了"弱冠纪念"的字样,下款有写赐的,有写赠的,有写献的。金荣把两张写字台并拢一处,礼物全摆在上面。燕西没有起来,两张写字台上的东西,已经摆满了,按着辈分,一层一层的排列着。另外有秋香几个人送的桂花盆景,共有三十多盆,全在屋外走廊的栏干上。另外是金荣、李升几个亲听差的意思,给走廊四周,挂上万国旗和着什锦绸带,虽非十分华丽,这几间屋子倒也弄得花团锦簇。

睡到十点钟,燕西一翻身醒了,忽有一阵奇香,袭入鼻端。按着被头对空气嗅了一嗅,正是桂花香。这就知道他们的礼,已经送来了。一骨碌爬起来,也来不及穿衣服,顺手摸了一条俄国毯子,披在肩上,便趿着鞋,到外面屋子里来看礼物。

正在这个时候,玉芬也到里面来看礼物。一见之下,笑道:"今天不是你的生日,我可要形容出一句好话来。"燕西道:"不用形容,我自己也知道,是不是我像一个洋车夫呢?"玉芬道:"别顽皮了。

刚起来,穿上衣服罢,不然,可就要受冻了。我给你叫听差的,快快的穿起来,我们好一块儿吃面去。"说时,给燕西按上铃,金荣便进来送洗脸水。金荣看见,也是好笑。燕西让玉芬坐在外面屋子里,自己就赶紧洗脸穿衣服。穿好衣服,依着燕西,还要喝口茶才走。玉芬道:"走罢,走罢,到饭厅里吃面去,好些个人在那里等着寿星老呢。要茶到那里喝去。"燕西道:"吃面太早罢,我刚才起来呢。"玉芬道:"哪里依得你?是刚起来,若是你三点钟起来呢,那也算早吗?"燕西被她催不过,只得跟着她去。

原来金家的规矩,平常各人在各院子里吃饭,遇到喜庆和年节的家宴,就在大饭厅里吃饭。今天因为是燕西的生日,所以大家又在大饭厅集合,连多日不见的凤举,也在饭厅上。大家一见燕西,就笑道:"啊哟!寿星公来了。"燕西一时忘乎所以,举着双手,对大家一阵拱揖。口里连连说道:"恭喜恭喜。"慧厂道:"怎么一回事?你倒对我们恭喜起来?我们有什么可喜的事呢?"这一说,大家都乐了。翠姨正邻近慧厂座位,轻轻的笑道:"这是彩头呀,怎么不知道?"说着,对隔坐的佩芳,望了一眼。笑道:"这里就是你们两人可以受这句话。"慧厂笑道:"大庭广众之中,怎么说起这话?而且扯不上。"这边佩芳见他们指指点点说笑,因问道:"你们说我什么?这也是一个小小寿堂,可别乱开玩笑。"她的心里,倒以为是指着凤举和自己不说话的事。

玉芬也怕说僵了,大家老大不方便。便笑道:"我们的寿礼都送了,下午也该是寿公招待我们。我们得先请寿公宣布有些什么玩意儿?"燕西道:"还是那一班魔术。不过有几位朋友送一班杂耍,或者是几出坤班戏,我都没有敢答应。"说时,可就望着金太太。金太太道:"杂耍罢了,贫嘴贫舌的,怕你父亲不愿意。倒是唱两出文戏,大家消遣消遣，倒没有什么。"燕西道："既是这样说，若是爸爸怪了下来，可是妈担着这个责任。"原来这饭厅上，只有金铨一人没在座。金太太虽答应了，金铨是否答应？尚不可知。所以燕西就这样说了。金太太笑道："怎么着？我说的话还不能做主吗？"大家听说母亲做了主，这事就好办了，于是大家立即说笑起来。

玉芬道："这坤角里面有唱得好的吗？我要听一出《玉堂春》。"梅丽道："那有什么意思？她跪在那儿唱，听得人腻死了。我上回瞧过一出戏，一个丫头冒充了小姐，做了状元夫人。那个员外见了人叫着饭，叫他劝和他不劝和，一说吃鸡丝面他就来了。还有那状元的老太爷，画着方块子的花脸，拿扁担当拐棍。还有……"她本在二姨太太一处，二姨太道："乱七八糟，闹了半天，也不知道说什么？她还有呢，你就别说了，越说人家越糊涂。"金太太笑道："你别说她胡扯，倒是有这出戏。我也在哪里听过一回，把肚子都笑痛了。那出戏叫什么何宝珠。"二姨太道："那不像戏词，倒很像一个人的名字了。问问咱们戏博士准知道。"玉芬道："这有什么不知道的？叫《何珠配》。"佩芳正用筷子夹了一叉肉松要吃，于是便用手上筷子点着玉芬道："你瞧她，自负为戏博士。"

这时恰好秋香送了一碟玫瑰蚕豆酱到这桌上来。见佩芳夹了一筷肉松伸过来，忙在桌上拿一个酱碟子，上前接着。笑道："谢谢大少奶奶，可是我们那桌上也有呢。"当时大家不觉得，后来一想，秋香是误会了，大家便一阵哄堂大笑。这样一来，倒弄得秋香不好意思，呆呆的站在人丛中。还是玉芬笑道："站在这儿做什么？还不过去。"秋香臊成一张红脸，只得垂着头走了。凤举也笑道："不用得要听滑稽戏了，这就是很好的滑稽戏哩。"佩芳听说，对凤举瞟了一眼，也没有说什么。燕西很解事，便插嘴道："既然是大家愿听开耍笑的戏,我就多邀几个小丑儿。"玉芬道:"那有什么意思呢?倒不如好好儿邀两位会唱的,咱们静静听他几出戏。"

金太太皱眉道:"你们就是这样经不了大事,一点儿芝麻似的小问题,办还没有办,就这样胡闹起来。"燕西笑道:"这也总应该先议好,然后定了什么戏,人家好带什么行头。"金太太道:"现在吃着面呢,吃完了面,再来商议,也不迟呀。"燕西道:"是真的,快点儿吃面,吃了面到我那里去开紧急会议,有愿列席的我一律招待。"佩芳笑道:"得了罢,又不是什么好角儿?还要这样郑而重之的去斟酌。说得干脆,就让我们的戏博士去做戏提调,由她分配得了,谁愿意听什么戏,她准知道,她分配得好好的就成了。"玉芬道:"戏提调谈何容易?就是要分配戏,先就该知道有什么角儿?他是什么戏拿手?又和谁能够配戏?哪里就能依我们爱听什么戏,就点什么戏哩?点了戏,他们唱不好,那也是枉然。"佩芳笑道:"这究竟是戏博士,你看她说的话就很内行。"

燕西笑道:"要这样说,连她也交不出卷来。他们送戏的人,就没有告诉我,是什么角儿?但是这里面有两个坤戏迷,人很熟,好角儿总不会漏了。"说着,又笑了一笑,对金太太道:"关起门来,都是自己人,咱们票两出戏玩玩,成不成?"金太太笑道:"你不要出乖露丑了,你几时学会了唱戏?"玉芬道:"我知道,不是老七票,有一个人嗓子痒哩。"说时,可就望着鹏振。鹏振面已吃完了,老妈子送上手巾,擦了一把脸。一面擦脸,一面摆着脑袋,左脚的脚尖,便不住的在地上点板。玉芬望着他,他并不知道。佩芳笑道:"这人发了迷了,看他这样子,恐怕等不及到晚上呢。"鹏振才说道:"是说我吗?票一出就票一出,让你们瞧瞧,三爷的戏,可是不错。"玉芬道:"不要吹了。我瞧过你的,唱《武家坡》都会把调忘了,还说别的呢。"鹏振笑道:"你是瞧不起我。可是我对这个戏博士也不敢十分恭维。要不,今天晚上,咱们把脸一抹,来他一出《武家坡》瞧瞧。"这一说,大家就起哄起来。

本来面已吃了,于是大家都围着玉芬,怂恿她和鹏振合串。玉芬本来加入一个霓裳雅会,那里面全是太太姨太太少奶奶小姐四样合组的票友班,常常自己彩排着玩。不过玉芬因为那里面混子太多,不大常去,也不敢把她们往家里引。所以家里至多只听她唱的不坏,可没有见她表演什么。现在鹏振一提,引起大家好奇的心,就都来怂恿她了。玉芬被大家怂恿得心动了,笑道:"你们真是要我唱,我唱一出《女起解》罢。"大家见她自己答应了,越发鼓动她,说是要唱就唱一出合演的。而且今天是有人做生日,唱《女起解》那种戏,也不大吉利。玉芬笑道:"《武家坡》这个戏,倒没有什么难,但是我没有行头。而且没有……"玉芬这句话没说完,燕西抢着说道:"有有有,只要你肯唱戏,无论什么行头我都可以借得到,我们就此一言为定,不许反悔了。"大家闹了一阵,唱戏的事,就算办定了。

下午这一餐酒,原来是定在饭厅上吃的。现在要唱戏,便只好移到大客厅去了。这大厅一楼一底,上面是跳舞厅,下面正有一个小台。遇到小堂会,或有什么演说会,都可以在这里举行。今天唱戏,并没有什么外客,这里正好举行。只燕西对听差分付一句,他们都是好事的,早是七手八脚,将大客厅铺张起来。金家这种人家,他们的亲戚朋友家里当然都有电话,这消息一传出去,大家都不便不送礼,到了下午三点钟,竟有二三十份寿礼送来。金铨先还不愿意家里大闹,后来一看这样子,成了骑虎之势,也只得由他们闹去。家里人大闹,燕西倒显得不知道怎么样好了,拿了一本书,坐在走廊的栏干上,闲看桂花。

正在这个当儿，白秀珠打扮得花枝招展，后面两个老妈子，捧了两大包东西，跟着走来。秀珠见他手上拿着书，便笑道："平常不拿书本，该休息的日子，这又用起功来了。"燕西笑道："我在家里，是不知道做哪一样事好，要出去呢，人家又会说我有意避寿，反而觉得无聊，所以我就拿了一本书在这里看。你来得很好，咱们谈谈罢。"秀珠对两个老妈子点一点头，她们就把捧着的东西，一齐送到燕西屋子里去。

秀珠一看，两张写字台上面摆了东西，五光十色，煞是好看，便笑道："哎哟！全是好东西，让好的寿礼比下去了，不拿出去也罢。"燕西答道："只是你送来的东西，无论是什么都是珍贵的，我是完全拜领。"秀珠听说，瞟了燕西一眼，笑道："这话真的吗？我这些包的东西，全是鸡毛，你也当珍贵东西吗？"燕西笑道："当然的，俗话说，千里送鹅毛，物轻人情重。何况你送的是鸡毛，比鹅毛更值钱呢。"秀珠道："鸡毛比鹅毛值钱？你又是从哪里知道？"燕西笑道："因为经过美人的手，所以就值钱了。"秀珠道："可没有经过我的手呢。"说着，把嘴对两个老妈子一努，笑道："全是她们一手包办的。"她一说不要紧，倒把两个老妈子的脸，臊得通红。

秀珠抿嘴一笑，自己上前，把那些东西打开，一样样拿出，陈设在桌上。原来是一套中西合璧的文房用品，共计一个雨过天青瓷的笔筒，一个鹅红瓷、双口笔洗，一个珊瑚小笔架，一块墨玉冻砚台，一个水晶墨水瓶，一个白银西装书夹子。燕西看见连连嚷道："这样破费，多谢多谢，多谢之至。"秀珠笑道："这是普通的，我另外还有两样特制的礼物呢。"说时又打开一个红色的锦匣，在里取出两样光华灿烂的东西来，原来是两个银质堆花的相片框子。这框子和平常的不同,是定打的。沿着框子,一面是一枝杨柳,一面是一枝千叶桃。一上一下,两只燕子飞舞,围成一个圆框。框子中间,是一对燕西的六寸半身相片子。

燕西一见,连连说好。说道:"打得这样精致,这工钱恐怕不少了?"秀珠道:"好是好,可是有一点美中不足。"燕西道:"阿弥陀佛,这样好的东西,还要说美中不足,那就没有道理了。"秀珠道:"不是镜框子不好,不过两个框子里,嵌着是一样的相片子,未免雷同,你自找一张合适的相片,就换上罢。"秀珠说完,眼睛不由得对燕西望着,看他如何表示。燕西听了她的话,知道她是等着一个很俏皮的回答。但是自己种种关系,那一句俏皮话,却不敢说。明知说了那句话,可以得一个甜蜜的回笑。却又怕图这一时的愉快,要生出无数的纠纷。因笑道:"随他去罢,这样很好了。我的六寸相片,倒有的是,要找张和这相配的,倒也不容易呢。"秀珠以为他没有领会意思,不便再说,也就算了。燕西便按着电铃,叫人来倒茶。

秀珠笑道:"别忙,我还没有给你拜寿呢。"燕西笑道:"我们还过那个俗套吗?这里只我们两个……"秀珠听了,倒是很乐意。他这一句话,又提醒了两个老妈子,便走上前来,对燕西说道:"七爷,我们给你拜寿。"说毕,便就磕下头去。燕西要扶,也来不及,只得由她。她们起来了。燕西顺手开写字台盛钱的抽屉,一看里面没有零钱,只有几张五元钞票。自己正在高兴头上,便不计较多少,一人给了一张五元钞票。两个老妈子,直乐得眉开眼笑,对燕西又磕了一个头下去。让她们起来了,燕西道:"下房里预备得有面,你们吃面去罢。"两个老妈子答应一声是,退出去了。

秀珠对燕西笑道:"你真是公子脾气,要这样虚面子。老妈子随便拜一拜寿罢了,怎样给许多钱?"燕西笑道:"一来是你的面子,二来也是她俩运气。恰好我这儿没零钱,换了给她们,也怪寒碜的,就给了她罢。"秀珠道:"不会待一会儿给她们吗?"燕西笑道:"还是那句话,看在主人翁的面子上了。"秀珠笑道:"我倒不要你这样感谢我。你府上今天有什么些玩意儿,能让送礼的乐一乐吗?"燕西笑道:"今晚上你别走罢。也有一个小小的堂会儿,最妙的就是三嫂和三哥让客散了,最后要合串一出《武家坡》。你瞧这事多么有趣!"秀珠笑道:"真的吗?我去问问去。"于是转身出门,便向玉芬这里来。

玉芬屋子里,正拥着一屋子人,将戏单刚刚支配停当。玉芬回头一望,见秀珠到屋子里来了,便道:"我算你也该来了。"秀珠就笑道:"你算着我该来了,我算着你也该露了。"一面说着,一面掀帘子走进来。佩芳笑道:"这又是谁做的耳报神,把这个消息告诉了她?"玉芬道:"那还有谁呢?还不是寿星公。"佩芳笑道:"寿星公这样多事,早早的接了寿星婆来,将他重申家法,严加管束,我想他这嘴快的毛病,也许就好了。"说时,故意在秀珠当面,对玉芬一眤眼睛。

秀珠只当没有看见,也只当没有听见,却和坐在一边的慧厂道:"怎么大家全在这里?商议什么大事吗?"慧厂道:"刚是把戏单子支配好呢。不久的工夫,戏子也就该来了。可是这戏没有白听的,要拜寿呢。你拜寿没有?"这句话倒把秀珠问为难了,要说不拜寿呢?没有那个道理。要说拜寿呢?又有些不好意思。却只笑道:"像你府上这样文明家庭,还用得着拜寿那种古礼吗?"佩芳接嘴道:"用不用?那是主人家的事。拜不拜?是你来宾的事。"秀珠道:"虽然是这样说,可是主人不欢喜拜寿,一定要拜寿,那可叫做不识时务,我为什么要不识时务呢?"佩芳将大拇指一伸,笑道:"秀珠妹妹,你真会说,我佩服你。"

秀珠正要说什么呢,老妈子进来说道:"乌家两位小姐来了。请到哪里坐?"佩芳道:"怎么她两位也知道了?"玉芬笑道:"她也是老七的好朋友,还不该来吗?说起来,老七还有一位女朋友,不知道来不来?"佩芳偏着头想道:"是谁呢?"秀珠听了很是不快,以为必定说那个姓冷的。玉芬却答道:"不是还有个邱小姐吗?这人极欢喜研究电影,一和她谈讲这件事起来,她就没有完的。老七也是个爱电影的,所以他两人很谈得来。"佩芳道:"你说的是她呀,她是一定来的。因为她是密斯乌的好友,密斯乌知道,她一定会知道的。"慧厂笑道:"我以为异性朋友,有一个就够了,要多了,那是很麻烦的。我很不主张老七有许多女友,只要一个人就够了。"佩芳故意问道:"若是只要一个,应该要哪一个呢?"秀珠被她们调笑得不知怎样是好,答言固然不妥,不答言也是不妥。玉芬看出这种情形来,笑道:"不要拿人家开玩笑了。人家好好的来给你家人拜寿,你们拼命拿人家当笑话,这理说得过去吗?"说毕,大家都哈哈大笑。

秀珠笑道:"外边客来了,也不推个人去招待吗?"玉芬道:"果然的,只管说笑,把正话倒扔开了。"因对老妈子道:"这是来会七爷的,由七爷招待罢。"老妈听说,到外面小客厅里去见二位乌小姐时,正好燕西派人来请,她就不说什么了。

两个乌小姐,到了燕西屋子里,只见燕西正指点几个佣人,在那里搬运桂花盆景。乌二小姐隔着回廊早抬起雪白的胳膊,向空中一扬,笑道:"拜寿来了,请你上寿堂罢,我们好行礼呢。"燕西远远的点着头道:"寿堂吗?等我做七十岁整生日的时候再预备罢。哎呀,大小姐也来了,劳步劳步,真是不敢当。"乌二小姐笑道:"这样说,我拜寿,要是不劳步,又敢当了?"燕西笑道:"我是向来不会说话的,你还见怪吗?"乌二小姐道:"我是闹着玩的,你可不要疑心。今天有多少客?大概够七爷一天忙的了。"燕西道:"就是极熟的人在一处谈谈,可以说是没有客。"乌二小姐道:"那位冷小姐也来吗?"她老老实实问着,燕西是不便怎样否认,淡淡的答道:"她不知道,大概不会来。"乌大小姐问道:"哪个冷小姐?就是你上次对我说的吗?七爷何妨请了来,让我也见一见呢?"燕西道:"别的事可以请,哪有请人来拜寿呢?"他这反问一句,才把乌家两位小姐问的话搪塞过去。

  她两人在燕西屋里坐了一会儿,外面的男宾也陆陆续续来了。燕西请了两位乌小姐到里面去坐,自己到外面来陪客。来的男宾多半是少年,自然有一番热闹。一个寿星翁进进出出,燕西在今天总算是快乐极了。

第三十回

粉墨登场难为贤伉俪　黄金论价欲组小家庭

到了下午五点钟，大客厅里，戏已开幕，男女来宾，分着左右两边坐看戏。燕西随着众人前后，招待一切。鹏振故意在他面前过，和他丢个眼色。燕西会意，便跟着他一路到外面院里来。

鹏振一看没有人，却笑着说道："花玉仙也来了，你知道吗？也不知道你三嫂是晓得内幕还是怎的，她竟没有点花玉仙的戏。你想，人家不来，还不要紧。人家来了，若是没有她的戏，多么扫面子？你能不能特点她一出，而且戏码子是越后越好。"燕西道："那样办我可犯了重大的嫌疑。花玉仙是初次出来的人物，特点一出，戏码子还要放在后面，那不是显而易见的捧她吗？"鹏振道："人家的戏，可真不坏。"燕西笑道："你说她好不成，要大家说她好才成呢。我不做这样冒昧的事，弄得冒好大的嫌疑。"鹏振道："这样罢，你去托你三嫂得了。就说男宾里有人介绍来的，这是人情，要给她一个面子的。"燕西道："这样说，也许成了，那人在哪里呢？"鹏振道："你何必去见她？待会子上了台，你还见不着吗？"燕西笑道："我有什么不知道？这时，她准在前面那个小书房里。要去寻，没有寻不着的。"鹏振道："你去把戏说好了，我给你正式介绍，那还不成吗？"

燕西也不便相逼，再回座时，见戏台下自己家里人都离了座。秋香在角门边，却不住和他点头，燕西也不知什么事，便走了过去。只见这大厅后的过堂里，堆满了早菊和桂花，花中间，品字式列下三桌酒席，家里人都坐下了。燕西笑道："怎样我主人翁还不知道，客都先坐下了？"玉芬道："我们还正正经经上寿吃酒吗？饿了就吃得了。这会子从从容容的吃饱，回头就好听戏。再说，你回头要招待客，也没有工夫和我们在一块儿吃。这会子咱们来个赏名花，酌美酒，给你上寿，你看如何？"燕西还没说话，只见右边席上，有两个人和他点头。

燕西看时，一个是邱惜珍小姐，一个是玉芬的妹妹王朝霞。燕西笑道："二位也来了，我是不敢惊动。"那王朝霞比梅丽还小一岁，和梅丽是好朋友，常到金家来玩，也跟着梅丽叫燕西七哥。因道："咱们家里有堂会，老早的就请七哥去。七哥自己做生日，又有堂会，可瞒着我们呢？"燕西笑道："这话问的倒是不错。可是我这次唱戏是临时动议的，一来是来不及下帖子，二来又不便通知你。要通知了，倒好像是和你讨礼物似的了。"王朝霞道："反正怎样说，都是七哥有理。"燕西笑道："我没理，我没理，罚我三大杯。"邱惜珍笑道："罚是不敢说，今天我们大家敬寿星公三杯罢。"燕西笑道："那可受不了，而且不敢当，大家同干一杯得了。"燕西站着，举了杯子，对大众一请，是平辈都喝了。

白秀珠见邱惜珍一提议，燕西就办了，很不高兴，正想俏皮两句，这个时候恰碰在金铨高兴头上，他也来了。大家一见，赶忙让座。金铨瞧见满座儿女，自然欢喜。连女婿刘守华也在席上，却是独少了一个三少爷。金铨便问道:"阿三呢?哪里去了?倒偏是他忙。"燕西生怕父亲追出缘由来,说道:"家里人都来吃饭了。一个招待的没有,究竟不好,三哥是在招待客呢。我略坐一坐,就去换三哥来。"玉芬笑道:"这儿也是客,你也应该陪着呢,就由他去罢。"

金铨喝酒,四围一望,见有许多花,说道:"怪不得我在屋子里外老远的就闻到一股浓香,屋子里有这些个花呢。可是花太多了,把空气也弄得太浓浊,转觉不好,所以古人说,花香不在多。这是谁送的这些花?雅倒是很雅致,可惜不内行。"佩芳笑道:"这是秋香她们给七爷上寿的,她们懂得什么叫雅致呢?"金铨摸着胡子笑道:"她们也送礼吗?"便回头对燕西道:"人家几个钱,很不容易的,你倒受她们的寿礼。"燕西道:"我原是这样说,可是她们已买着送来了,只好收了。"金铨道:"你收了别人的礼,还要请请人,你对她们的礼,就这样干受了吗?"

燕西笑道:"我原是给她们备一席酒,让她们自己去吃去。"金铨笑道:"世界上的事,就是这样不平等,送花的人,倒没有赏花饮酒的希望。我看这里很有座位空着,也没有外人,让她们也坐上罢。"小兰正站在金太太后面,听了这话,脸先红了。金太太笑道:"你这番好意,算是抬举她们,可是她们真要坐上来,那简直是受罪了。"金铨回头一看,见秋香站在一边,便指着本席上下方一张空椅子道:"我不信,你就坐下来试试看。"秋香听说,低了头,脸都红紫了。不但不敢坐,反向后退了几步。金铨笑道:"我解放你们,你们倒不乐意吗?"说时,一见各桌子上的人,都只是对着互相微笑。

金铨一想,自己一些女儿不敢放浪,倒不要紧,这里还有好几位客,若让他们也规规矩矩在这里坐着,未免太煞风景。因笑着站起身来说道:"你们乐罢,我听戏去。"因对他夫人笑道:"这是他们少年人集会的地方，你也可以去。"金太太道："你自己方便罢，他们是不会讨厌我的。"金铨在碟子里拿了一个橘，一面剥，一面走着就离席了。

金铨一去，大家果然欢笑起来。玉芬道："父亲今天真是高兴，连对秋香她们都客气起来了。"金太太道："是真的，这也不是常有的事，你们一桌饭，也就摆在这下面吃罢。吃完了，大家听戏去。回头大家都听戏去了，她们又该着急了。"秋香巴不得一声，连忙就分付厨子开席。

燕西笑道："在这样百花丛里不要太寂寞了，我们找个什么事儿取乐罢？"鹤荪笑道："爸爸还没有走远哩，安静一点罢。"慧厂和他坐在一张桌子上，轻轻的笑道："你这话似乎很知大体，可是一推敲起来，你很有些藐视妈。"鹤荪面前酱油碟子里，还留着一块香蕉饼，他便用筷子夹着，送到慧厂面前，笑道："这是你喜欢吃的，我拿这个行贿赂，劳驾，你别从中挑眼了。"刘守华正坐在金太太一张桌子上，远远看见，不由抿嘴一笑，却对金太太道："伯母，我看二哥二嫂感情很好。"

原来刘金二家是世交，所以不叫她岳母，而叫伯母。本来"岳母"两个字，不见得不冠冕，可是少年人总极力去避讳。有亲戚朋友关系，总是望那一方面叫去。甚至一点关系没有，宁可叫声你老人家，不叫岳母。当时金太太听了，没有答应，大家都注意到鹤荪桌上来。慧厂是个极大方的人，在这大庭广众之中，露出这样形迹，也臊得脸红。鹤荪对刘守华道："什么事又被你看见了，要你这样当众宣布？"刘守华道："说你们感情好，这是好话，难道要说二哥二嫂感情不好，你倒听着受用吗？凭伯母在这里，咱们讲讲这个理。若是我说错了，我认罚。二哥二嫂呢？"慧厂脸上红晕已经减退了，这才笑道："我没有说什么,别拉扯到我头上来。"

金太太道:"本来少年夫妻要感情好才对。有了感情,然后才可以合作起来,做一番事业。说到这里,我就要说凤举几句,这里虽有几位客,也是像一家人一样,我可不嫌家丑不可外传,你为什么整个礼拜躲着不见佩芳呢?"凤举被母亲当面一质问,不好说什么,佩芳却偏过头去,不肯望着凤举。翠姨笑道:"你瞧,他夫妻俩又在演电影了。这样罢,我来劝个和罢。平常劝和,中人还得赔本,垫上一桌酒席。我这劝和,可讨便宜,酒席都是现成的。"佩芳她和翠姨同席,见翠姨说笑,便低低说道:"不要闹罢,有客在这儿呢。"翠姨便对凤举道:"大少爷,这儿来坐罢,我这儿还有一个位子空。"凤举笑道:"坐得好好儿的,要掉位子做什么?"翠姨道:"你那桌人多,我这桌人少,匀一匀罢。"说着,就和凤举桌子上的梅丽一眨眼睛,意思是要她把凤举拖过来。凤举笑道:"我吃饱了,也不用得挪位子了,我这就去听戏去。"话还没说完,他已起身离开席了。

金太太对于凤举此举,很不以为然,对着他的后影,却摇了一摇头。燕西怕为了此事,弄得大家不欢而散,连忙对刘守华道:"我们闹几拳罢。"刘守华也知道他的用意,便隔着席和燕西五儿六儿的嚷了起来。这事当下虽然牵扯了过去,可是佩芳以为还有几位生客在座,凤举闪开,简直一点不顾全面子,心里很是难过。

席散之后,大家都去看戏,玉芬在前面走,燕西却跟在后面,扯了一扯玉芬的衣服。玉芬回头一看,笑道:"又是什么事?这样鬼鬼祟祟的。"燕西笑道:"有几个朋友,介绍一个坤角来唱戏。三嫂能不能给她一个面子?特点她一出。"玉芬道:"真把我当一个戏提调吗?叫她唱就是了,何必问我?"燕西笑道:"你说一句话自然是不要紧。若是没说这话,也不通知你,凭空就让花玉仙唱上一出,可就有些不合适。"玉芬道:"什么?这个人叫花玉仙吗?"燕西道:"是,不多久从南方来的。但是她北方还没有露过,三嫂不至于认得她。"玉芬道:"我是不认得她。可是名字,我耳朵里很熟,而且还在什么地方看过她的相片子。"燕西道:"不能够,绝不能够。"

玉芬笑着对燕西脸上一看,然后说道:"你为什么就这样的肯定说着?我倒有些好疑了。凭这样一说,这里面也许有什么毛病!"燕西道:"我就知道三嫂的话,不容易说不是?用心说话,你是要疑心,不用心说话,你也是要疑心。"玉芬道:"你自己藏头露尾,还说我疑心。"燕西笑道:"是了,也许她的相片,登在什么杂志上,让你瞧见了。"玉芬道:"看见不看见,倒没有什么关系,我不过白问一声,不干涉你们什么混帐事。我问你,这孩子有什么拿手戏?我倒要瞧瞧。"燕西道:"唱得倒还不错,你愿意听,就是《玉堂春》罢。不过要给个面子,戏码得望后挪。"玉芬道:"我给你全权,愿意把她的戏码儿放在哪儿,就放在哪儿,这还不成吗?"燕西笑道:"感谢感谢,我回头请人告诉她,叫她多卖些气力罢。"说毕,笑嘻嘻的就走了。

他不说这话,玉芬倒带过去了。她一听说,能叫花玉仙格外卖力,这想必是熟人,因此复又狐疑起来。故意坐着听了一会儿戏,然后绕着道儿到后台来。玉芬只微微推了一点儿门缝向里张望,只见里面那些坤伶除了花脸外,其余的,都把胭脂擦得满面通红。还有三四个华服少年正在找着坤伶说笑。另外一群坤伶,又围着凤举、鹤荪说话。大爷长二爷短,闹个不了。可是仔细看,不见鹏振。玉芬心里很奇怪,这种地方,何以他并不来?既然有男子在这儿,自己也不便进去,便转身回来,依旧到前面听戏去。直等到花玉仙快上场，鹏振才入座听戏。玉芬遥遥的对他望了几眼，鹏振却只是微笑。鹏振因玉芬向这边望得厉害，不敢叫好，也不敢鼓掌。花玉仙的《玉堂春》演完，已经到晚上一点钟了。又演了两出戏，戏就完了，所有男客都已散去。

　　玉芬一想，这就该上台扮戏了。一看在场的人，除了自己家里人，还有些亲戚未散，这一下贸然上台，和这些人歌舞相见，自然是出人意外。因此忽然之间，说不出有一种什么奇异的感觉，好好的又害臊起来。心里一怯，把从前打赌那股勇气完全减退了。就在这时，趁人还不大注意，悄悄的，就向自己房里去。心想，悄悄进房，把房门一关，凭你怎样叫，我总不开门，你也没有我的法子了。一个人正在这里默想着，忽然从电光暗处，伸出一只手来，一把将玉芬的衣服拉住。玉芬出于不备，哟了一声，回头看时，却是秀珠。

　　玉芬拍着胸道："你这小东西，真把我吓着了。"秀珠笑道："我就留心你了，怕你要逃跑呢，果然被我的阴阳八卦算准了。你要跑是不成，得演戏给我看。要不然，我嚷起来，许多人来看着，你可没有面子。"玉芬笑道："在你们面前，我是吃得过的，我跑什么？我是要屋子里去拿东西呢。"秀珠道："你拿什么？可以说出来，叫人给你拿去。"玉芬道："我要开箱子呢。"秀珠道："别胡说！这个时候，都大半夜了，还开箱子拿什么？"一面说着，一面拖着了玉芬就走。玉芬要跑也跑不了。笑道："你别拉拉扯扯，我去就是了。"

　　正说时，慧厂、梅丽引着一大群人，追了上来。秀珠笑道："救兵快来罢，她要跑了。"大家不容分说，便簇拥着玉芬到前面来。走到台后，鹏振先在那里洗脸预备扮戏了。便笑道："好汉，你别临阵脱逃呀！"玉芬笑道："我脱什么逃？这就让你晾着了吗？"

说毕，借着这股子劲，便问道："东西预备好了没有？"鹏振道："全预备好了，你先去梳头罢。"大家见玉芬要扮戏了，早是轰的一声。玉芬笑道："别起哄，客还没有走尽，把客嚷回来了，我可是不上场的。"大家惟恐玉芬不演戏，于是她怎么说怎么样好，便静悄悄走了开去。

鹏振扮戏在先，衣服早穿好了，手上把一挂胡子拿着，口里衔着烟卷，在后台踱来踱去。一会儿工夫绕到玉芬身后来几回，玉芬梳头之后，片子已经贴好，正对镜子戴首饰呢。玉芬对镜里笑道："你过去，我不要你在这儿。"鹏振笑道："王老板，我是不大行，咱们先对一对词罢。"玉芬笑道："过去罢，滚瓜熟的《武家坡》，都要对词，还票个什么戏？"鹏振道："我是为谨慎一点起见，你不对也好，回头忘词儿，碰词儿，三条腿，一顺边……"玉芬回转头来，连连摇手道："得了得了，不用提了，你说的那一套行话，我全懂的。若是这一点不行，我也不上台了。论起来，我这票友的资格，也许比你还老呢。"鹏振道："好！那就是。"于是坐在上场门，静静等候。

玉芬穿上了衣服，场面已经打上，鹏振因为看玉芬看出了神，外面胡琴，拉上了倒板，拖得挺长，玉芬跺脚道："哎哟，快唱呀。"鹏振听说，连忙带上口面，也不抓住门帘子了，就这样糊里糊涂的唱了一句："一马离了西凉界。"鹏振定了一定神，这才走出台去。他们兄弟姊妹见着，倒也罢了。惟有这些男女仆人，都当着奇新闻，笑嘻嘻的看着。鹏振掀帘走出台来唱完了，又说了几句白。玉芬在台里只唱了一句倒板，听戏的人早轰天轰地的一阵鼓掌，表示欢迎。帘子一掀，玉芬一个抢步出台，电灯又一亮，一阵光彩夺人。金太太也是高兴起来了。她坐在台口上，先看鹏振出台，她已乐不可支。这时赶紧戴上老光眼镜，便对身边二姨太太笑道："这小俩口儿，真是一对怪物。你瞧玉芬这孩子，穿起戏装来更俊了。我想当年真有一个王宝钏，也不过这样子漂亮罢？"

玉芬在台上，眼睛一溜，早见台下人都眯眯的笑着，她就不敢向台下瞧。玉芬唱完了这一段，便跪在台上，作采菜之状，这又该薛平贵唱了。鹏振他是有心开玩笑，把辙改了。他唱的是："这大嫂传话太迟钝，武家坡前站得我两腿疼，下得坡来用目看定，见一个大嫂跪在地埃尘，前面好像他们的王三姐，后面好像我的妻王玉芬……。"他只唱到这里，台上台下的人，已经笑成了一片。原来燕西和梅丽，有时候叫玉芬也叫三姐。现在鹏振这一改辙，正是合巧，大家怎样不笑？

玉芬出台，原已忍不住笑，这时鹏振一开玩笑，她极力的把牙齿咬着舌尖，不让笑出来，好容易忍住了。那边鹏振已道过了"大嫂前来见礼"。玉芬想着，赶忙站起来，一时心慌，把"有礼相还，军爷莫非迷失路途？"几句话忘了。鹏振见她站着发愣，便悄悄的告诉了她，玉芬这才恍然，赶紧往下念，可是台下的人又轰然笑起来。后来鹏振说到"我若有心，还不失落你的书信罗"，照例是要拍王宝钏一下的。鹏振在这个时候，在玉芬肩上真拍了一下。玉芬嫌他开玩笑，她那一拂袖，也使劲一摔。偏是袖子上的水钻，挂住了胡子，这一下，把须子向下一扯，扯过了下嘴唇，露出鹏振的嘴来。凤举也在台面前坐着，对他母亲笑道："真胡闹，该打！"这一下，笑声又起来了。

台上两个，一顿乱扯，才把衫袖和胡子扯开，要唱什么，都想不起来，对站着发愣。玉芬急着把话也说出来了，说道："我不干了，我不干了。"说着转身就下场去。这一来，笑得大家前仰后合，金太太取下老花眼镜子，笑着掏出手绢去擦眼泪，那台上的鹏振，见玉芬向台后跑，舞着手上的马鞭，就追了来，牵着她的衣服，笑道："没完没完，不能走不能走。"这时，不但玉芬不知身在何所，就是场面上的人，也笑得东倒西歪，锣鼓弦索，一概是不成调了。趁是这样，台下人越是起哄。梅丽笑得抓着王朝霞，只把脚跺地。两个人你靠着我，我靠着你，拥成一团。佩芳伏在椅背上，只笑得双肩耸动，不住的叫哎哟。鹤荪坐在一边，噼噼啪啪鼓起掌来。这时，台上台下乱极了，无论是谁，也没有人能维持秩序。

金太太把老花眼镜收将起来，指着台上笑道："不要闹罢，还有客呢。"说着，她先起身走了。家里的人，都也散开。燕西见还有许多贵客未走，便笑着走出来，请大家到后面小客厅里去休息。凤举跟在金太太后面，悄悄的走出来。金太太一面走，一路笑着道："梅丽先是老要看滑稽戏，我瞧这一台滑稽戏，比什么戏还有趣味。这都是鹏振闹的，唱得好好儿的，他忽然开起玩笑来。"金太太一个人只管说，忽然听得后面噗哧一笑。

金太太回头看时，却是梅丽跟在后面，凤举早不知道哪里去了。梅丽笑道："我总不言语，看你一个人说到什么时候为止？"金太太道："他又溜走了吗？"梅丽道："刚刚出大厅门，他就走了。我本想问他哪里去的？他对我只摇手，我还说什么呢？"金太太听说，也只摇了一摇头。回到屋里，便叫老妈子到门房里去问，大爷走了没有？老妈子才到大门口，凤举是刚分付门房开大门，也没有开汽车出门，就这样走了。

原来这时候，凤举和晚香的感情，更加上了几倍的热烈。已经在绿槐饭店，包了两个房间，另筑香巢，凤举嫌坐着汽车来往，汽车夫知道内幕，家里下人很多，他们彼此一传说起来，事情就不秘密。

所以他每日由家里到绿槐饭店去，都是临时在街上雇车。

这天晚上，因为夜深了，就想不去了，偷偷到外面客厅里去，打了一个电话给晚香，说是今天晚上打算不来了。晚香接着电话说："那不成，我还等着你呢。"凤举道："太晚了，街上怕雇不到车。"晚香道："不能够，走上大街，半夜里都有车雇，就是雇不到车，走来也不要紧。反正你一个人走道，街上的巡察，也不能带你去。你来罢，我在这儿用火酒炉子，熬稀饭给你喝哩。"凤举一想，我若不去，她也许要等到天亮，便答应了去。当时挂上了电话，便叫门房开了大门出去。老妈子追来，在后面只叫大爷，凤举却当着没有听见，一直走出大门去了。

走了一大截路，遇着街上的夜不收车子，也不讲价钱，就叫住了坐上去，便对车夫道："快拉，我多给你几个钱。"车夫道："先生，你要上哪儿？你叫我快拉，叫我拉上哪儿去呢？"凤举一想，自己胡着急，对人也没说上哪儿，怎样就叫快拉呢？这才笑着告诉他，是到绿槐饭店。车夫贪了钱多，拼命的跑，还是三步一颠，两步一蹶。凤举坐在上面，着急非凡，浑身不得劲，比拉车的还受累。拉了半天，好容易方才拉到。饭店门灯一亮，原来车夫是个老头子。凤举一肚子好气，本来要骂车夫几句。一看他苍白的胡子，粘着一片鼻涕，那汗在脑袋上，还是不住的向下落。看这样的情形，实在无可说了，扔了两角钱给他，便进饭店去了。

他因为要看晚香做什么呢，先且别忙敲门，将门试着推了一推，门还没有锁好，是虚掩的，因推着门，缓缓走了进去。只见晚香靠在大沙发椅上坐了，面向着桌子，桌子上的火酒炉子，一丛绿火，正呼呼的向上，火上坐着一口白铁小锅，果然在熬稀饭呢。看晚香时，双眸微闭，又略微有一点鼻息之声。于是在晚香胁下纽扣上，取下她的一方小绸手绢,在那鼻尖上,微微拂了两下。

晚香用手搓着鼻子,睁眼醒了过来。一见凤举站在面前,不由得伸了一个懒腰,笑着站起来道:"走进来了,也不言语一声,吓了我一跳。"凤举道:"你还说呢?坐在这里就睡着了,炉子里火是这样大,稀饭一熬干,烧了房,我看你也不会知道。"晚香也道:"你还说呢?让人家一等二等,等到这个时候,亏你打电话还说不来。"凤举道:"你设身处的给我想一想,这样的深夜,一个人在街上跑,愿意吗?"晚香道:"夜深了不好走,你为什么不早些来?"凤举道:"一家人都没有散,我怎么好早走呢?"晚香把嘴一撇道:"一家人什么关系?你不过怕一个人罢了。十二点钟,我妈就走了,一个人坐在这儿,寂寞死了。归里包堆,只有两间屋子,又不好雇老妈子,你不来,我妈一去,就剩我一个孤鬼。"凤举笑道:"那也难怪我,只怪你母亲的话不好说,若是你母亲不闹别扭,我就早赁屋子住了。"晚香道:"她提的条件,也不算重,你为什么不回答一个字?"凤举道:"别的都罢了,只有跟着你去的这件事,我不能答应,她果然是你生身之母,我不能说那话,一定要做债主子罢了,我怎样能常和她来往呢?"

晚香这时把火酒炉子熄了,在桌子抽屉里,找出自备的碗筷,盛了稀饭放在桌上。又把桌子里的四碟小菜取来。一碟子糖醋拌咸雪里红,一碟海虾肉拌芹菜,一碟干桃仁,一碟子生四川泡菜,上面还铺着几丝红椒。凤举笑道:"很干净,怎么全是素菜呢?"晚香道:"你不是在家里吃了鱼翅燕窝来?满肚子油腻,还要吃荤不成?你要知道,吃了重荤之后,吃素菜才是有味的呢。况且这稀饭里面,又有火腿丁儿,还要怎样荤呢?"凤举笑道:"你很会办事,将来娶回去了,一定也会当家。但是我姓金的,未必有这个福分。"

晚香把嘴一撇道："干吗损人啦？我现在是昼夜伺候大爷，要不要？就在你一句话哩。"凤举笑了一笑，且坐下吃稀饭。晚香隔着桌子，和凤举对面坐下，却只喝了一口稀饭，慢慢的来夹桃仁吃。

凤举道："你想想，我刚才所说的话错不错？"晚香道："你不说这话，我也不敢提，免得你说我灌你的米汤，她背地早就说我们是一条心了。"凤举笑道："这话是真吗？那就更好办了。只要你肯和我合作，要对付她，那还不是很容易的事吗？我和你说老实话，若是把她扔开，你看要花多少钱呢？"说时，把一碗稀饭，正吃完了。晚香站起来，把自己的碗一举道："我不要吃许多，分给你罢。"于是凤举将空碗伸过来，晚香将筷子拨着稀饭，分了一大半给凤举。凤举正扶起筷子要吃，晚香笑道："我该打，忘了神了，怎样把残了的稀饭分给大爷呢？你倒过来罢，我给你盛去。"

凤举用筷子头点着她笑道："你这东西矫情。"晚香道："怎样矫情啦？你不嫌脏吗？"凤举道："咱们不说这个，你还是答复我那一句话罢，她要多少钱？就能和咱们脱离关系。"晚香道："我这话可难说，说多了，好像我给她说话。说少了，可真办不到。"凤举点着头笑道："先别听底下的文章，这一个帽子就不错。"晚香道："你瞧，你先就疑惑我不是？我还没说，你就不大相信了。"凤举道："不是我不相信，本来你开口就是活动的话呢。你别管多少。你就照着你心眼儿里要说着的数目说了出来，让我斟酌斟酌。"晚香笑道："我心眼儿里的话吗？我想……你至少得给三千块钱。"凤举把舌头一伸道："要这些个吗？你给我算算，她前前后后，用我多少了？再加上三千，还要赁房买家具，给你添衣服，恐怕一万过头了。"晚香笑道："你还在乎？本来就是公子，而且自己又是官，花个一万两万讨个人，那很不算什么。"

凤举笑道:"你说得我那样有钱,我要是讨上三个四个,不要花四万五万吗?那还了得!"晚香眼睛一溜道:"怎么着?你还以为不足吗?"凤举笑道:"女子的心理,我不知道,若是就男子的心理而言,我以为男子没有心足的。"晚香笑道:"亏你说出这种无情的话。这样说,做女子的还肯相信男子吗?"凤举笑道:"男子都是靠不住的。我可先说明了,连我也在内,你得留神。"晚香道:"夜深了,别瞎说了,睡罢。要不明天又该爬不起来了。"说着,眯着眼睛向凤举一笑。在这样一笑之间,凤举也就受了催眠术了。

第三十一回

藕断丝连挥金营外室　夜阑人静倚枕泣空房

次日醒来，那李大娘早已坐在屋子里，给晚香梳头。凤举便道："现在都剪发，我看晚香也可以把头发剪了。你的意思怎样？"李大娘笑道："她现在是大爷的人，大爷要怎样办就怎办，问我做什么？"凤举笑道："算我的人，不见得罢？"李大娘道："怎样不算大爷的人呢？事到如今，难道我还把她接回去吗？就是大爷肯放手，她也不愿意。我长了这么大岁数，我还有什么不明白？我说，大爷你腾出一两天工夫来，把房子赁好，早一天安顿了家，早一天人是舒服。这样住在饭店里，像没庙的佛爷一样，也受不到一炉好香火，总不是个规矩。我和小姑娘呢？虽当着自己的女儿看待，究竟是两姓。别说大爷赁了公馆，不能让我去，就是让我去，我住在你府上，这又算什么？就是小姑娘称呼我，也有些不便。"

凤举笑道："你这话说得前后周到，我心眼儿里要说的话，你全猜着了。你早不说出来，早要说出来，倒省得我牵肠挂肚，老存着一番心事。"说着，对晚香笑道："得！今天下午没事，咱们就看房子去。今天看好了房子，明天就可以搬。"复又回过头去，对李大娘道："今天晚上我请你吃饭，算是谢谢你。"李大娘一肚子里话，只说了一个大帽子，打算慢慢谈入正题。不料正经话还没说出，凤举拦头一棍就把自己的话打断了，将问题揭了过去。这样一来，自己的话，倒是不大好说。

这时，已给晚香把头梳起，洗了一把手，又取了一根烟卷，坐在沙发上慢慢的抽着。先喷了一口烟出来，然后对凤举笑道："大爷请我，我就不敢当，不过我还有几句话，要和大爷商量商量。"凤举也躺在对面沙发榻上，支着两脚抖动。却笑道："有什么话？你就请说罢。最好是痛痛快快说，一点也不要客气"。李大娘道："我说话向来就痛快，大爷当然也知道。事到如今，我要说的话，总要说出来，也不是客气能结了的事。现在小姑娘已经是大爷的人了。我从前过日子，就仗她，现在呢，我是没有指望了。这碗饭，现在不容易吃了。我也不愿意干了，十天半月我就打算离京回家去。不过这几年来，事情混得不大好，亏空六七千块钱。我是有一句说一句，难得大爷这几个月给小姑娘捧场，零零碎碎，也就把债还了一千多。现在外面所借的钱，少说一点，恐怕还在四千以上。"

凤举听到这里，知道她所说的数目虽然这样，实在要的钱，和晚香说的正差不多。先且不做声，看她说些什么？李大娘接上说道："别的呢，我也不敢要求，只有求求大爷，把我的债给料理完了，我就心满意足。"凤举道："听你说这个话，你是不是要四千块钱呢？"李大娘道："哟！我怎敢要那些个钱啦？不过小姑娘已经跟了大爷，望大爷看在小姑娘面子上，给我帮一个忙罢。"凤举笑道："我虽然是个大爷，可是穷大爷。这时要我拿出那些个钱，我可拿不出，让我筹划筹划罢。"李大娘道："你就别客气了。要是大爷都拿不出钱，别一个大爷连'大爷'两个字，都不能够说了。"凤举笑道："我并不是客气,这不是一两个钱,岂能说拿出来,就拿出来。"李大娘道:"听大爷的便罢。哪能一定要大爷马上拿出来呢?"

凤举和李大娘大动唇舌,晚香端一个茶杯,坐在一边,只管低了头一口一口的喝,听他们说话,不敢做声。他两个人的谈判完了,晚香也不便插嘴,屋子里反而静悄悄的。停了半晌,李大娘咳嗽两声,笑道:"大爷,今天共和戏园里戏不坏,听戏去吗?"凤举道:"昨天晚上闹了一夜,还没有睡足,今天晚上要休息了。"说时,便找帽子戴上,马上就要走。晚香还是静静坐着,一句不言语。

直到凤举走了,李大娘才说道:"哼!倒会装傻!就这样模模糊糊可以让人把你带走吗?四千块钱我还是少说,你要少给一个子儿,我也不能答应!"说时,板着面孔,白里带青,凶狠狠的。晚香看见这个样子,越发不敢做声。李大娘道:"他和你说什么来着没有?"晚香轻轻的答道:"他没有说什么。"李大娘道:"他正要把你带起走哩,哪能够不说什么?现在你和他是走一条道儿了,他说了什么,你哪里又肯告诉我?"晚香道:"你不是老早告诉了我,叫我别理会'从良'这一句话吗?所以他提到这一句话,我总不言语。他见我不说话,也就不提了。"李大娘道:"呸!你还打算花言巧语冤老娘呢。他有钱,又有势,而且年纪又不大,你还不是千肯万肯,愿意跟他吗?我看他这样爱理不理的样子,就是你告诉他的主意。你要想便便宜宜就这样跟了姓金的,那可不能!慢说他是总理的大少爷,就是总统的大少爷,我也不含糊。"

晚香本没有和凤举说什么,李大娘现在一口咬定她和凤举是一条心,有些冤枉她,就不由得挤出一句公道话来。便道:"怎么样?人家花的钱少吗?人家没有招呼我以前,咱们是怎么样?招呼我以后,咱们又是怎么样?"这两句话,给凤举帮忙帮大了,气得李大娘七窍生烟,不问三七二十一,走过来,对晚香就是一巴掌。晚香冷不防,打得红了半边脸,脸刚一避过去,李大娘噼啪两下,又在脊梁上捶将下来。晚香接连挨了几下打,忍不住眼泪,便伏在沙发上大哭起来。

李大娘道:"你哭吗?我也要你知道我的厉害。我再好说话,你还简直要向我头上爬呢。从今日起,我要守着你,看你可跳得出我的手掌心?"晚香怨气冲天,哪里说得出所以然来?哭了一顿,便倒在床上睡了。由正午一直睡到天快黑了,也不曾起床。身上穿的一条蓝绸小夹袄,已经皱得不像个样子。一个一字如意髻,也蓬蓬的,一直要垂到脊梁上来,随便李大娘说什么,晚香总不理会。

后来快要吃晚饭了,李大娘生怕凤举撞了回来,若是见了这种样子,老大不方便。只得说道:"好孩子,你要体谅我,不要有了好处,就把我忘了。你虽不是我生的,这几年以来,我是怎么样看待你?自己养的女儿,也不能待得这样好罢?我费了一番心血,为着什么?不过指望你红了起来,我下半辈子也有个靠身。不料你一红起来,就遇到了金大爷。这样一来,你是要享福了,我白白操了几年的心,都是和你出了力,我一点好处也没有得着,你看我是多冤?再说,我和你在一块儿五六年,现在你说一声走,马上就要离开我,叫我心里怎样不难过?"说到这里,声音就哽咽着,只管朝痰盂里摔清鼻涕,两行眼泪,也就扑扑簌簌的落将下来。掏出手绢儿揩了一会子眼泪,说道:"好孩子,你就这样硬的心肠丢了我去享福吗?这是你的出头之日,我原不敢拦阻你,但是你也要念念我几年待你的情分,帮我一点忙才好。反正只这一回了不是?"

李大娘带哭带说,说得件件有理。女子的心,是容易感动的,晚香一阵心酸,反倒和她陪了几点泪。李大娘见晚香的心思,有些转动了,于是走上前,好姑娘,好孩子,乱叫一顿。又轻轻拍着她的脊梁道:"得了,起来罢,上午是我性子急了一点,失手打了你一下,你还记在心里吗?好孩子,你别让我为难了。你干熬着大半天,也没吃什么,叫茶房去下一碗面条儿来吃罢。"说时,拉着晚香的胳膊,可就把她拉起来了。

晚香也不好意思怎样拒绝,一面撑起半截身子,一面理着鬓发向耳朵后扶去。听说李大娘要下面条儿给她吃,便摇着头轻轻的说了一声:"我不吃什么。"李大娘道:"你这孩子,还生气吗?总得吃一点。"晚香道:"要不,就弄稀饭吃罢。"李大娘道:"那也好,回头等金大爷回来了,一块儿吃饭罢。头发乱了,我给你重梳一梳,好吗?"晚香道:"这都晚上了,还梳个什么头?"李大娘道:"一刻儿不梳,一刻儿就不好过,回头大爷回来了,要带你去看电影儿,听个戏儿,临时抱佛脚,你又得着急了。"也不由晚香做声,给她把头发拆散,复重新梳好。另外又给她找了一件衣裳换了。

可是这天晚上,到了十二点钟,凤举还没有来。平常凤举不来,是要先照应一声的。今天既没有说明,而且去的时候,又有负气的样子,今天晚上,恐怕不能来了。平常到了晚上十一点钟,李大娘就要走的。今天既然不知凤举来不来,走了只剩晚香一个人,有些不放心。半天的工夫,大家也没有做声。李大娘道:"自从搬到这里以后,金大爷从没有一晚上不来,今天怎么一回事,难道为了我和他要钱,就一赌气不来吗?我们的事情,麻烦着呢,不能就这样算了。小姑娘,你打一个电话到他家去问问看,他回家没有?"晚香道:"他家好几个电话呢,我往哪里打?"李大娘道:"你就打他家普通用的那个电话得了,还要你打到他上房里去不成?"晚香道:"我不打罢,打了电话他越拿劲儿,不肯来了。"李大娘道:"这事就是这样办,他紧一点儿,我们就松一点儿。他松一点儿,我们就紧一点儿。若是老是和他闹着别扭,那就散了,还说什么呢?"晚香道:"还是你打罢,我怕说不好。"李大娘道:"孩子,我要是你那个年岁,我也自己会打电话了,还会要你说呢。你就去打电话罢,我等着他的回话,才好走呢。"

李大娘一再的催促,晚香只得拿了桌上的分机打去。那边接着电话,少不得问是哪儿?晚香一时大意,说了一句绿槐饭店。那边就说:"大爷没回来。"晚香问道:"知道在什么地方吗?"那边又说:"说不上。"晚香放下话机,李大娘道:"不是我说你,你简直是一点事也不懂,你打电话给他,为什么告诉他是绿槐饭店?他要是肯接你的电话,他老早就打电话来了。你该瞎说一个地方才对呢。"晚香道:"我说哪儿好呢?说了的地方,他不知道,还不是要问个清楚明白吗?"李大娘道:"我不和你说了。这个样子,今晚晌他大概也不会来,我不走了,明天再说罢。"

从这天起,凤举老是躲避着,既不到饭店里去,也不接他们的电话。到了第四天头上,李大娘没有办法,就大着胆子打了电话到凤举衙门里来。因告诉接电话的茶房,说是有个姓李的朋友,病得很厉害,务必请金大爷过来说几句话。茶房少不得要问是哪里姓李的?李大娘却说:"只要提姓李的,他就知道。"凤举先是回绝了。无如过了一点钟,李大娘又打了电话来,还是那一套话,对茶房又是千劳驾万劳驾,务必请他回一声儿。茶房却情不过,就对凤举道:"那位李先生,大概真病了,他的太太在电话里直央告,你就去接一接电话罢。"凤举明知是李大娘捣的鬼,只得前去接着电话。

李大娘一听是凤举的口音,便道:"哎呀!大爷,你真狠心哪,咱们就这样恼了吗？无论怎样对大爷不住，小姑娘现在睡在床上，两天没有吃东西了，你总得念点旧情，来看一看她。"凤举连道："好罢，好罢，回头我来看她，有什么话我们见面再说罢。"说毕，就挂上电话，不让她再说了。凤举心里原只恨着李大娘，对于晚香，并没有什么不满。现在听说晚香病了，无论是真是假，总得去看看才放心。不然，晚香也会发生误会，以为自己不去，是专门对她而发呢。因之，当日下了衙门，就到绿槐饭店里去。

晚香住的楼房，正有一个窗户下临着街上，她在窗户里，就见凤举坐一辆小敞篷汽车来了。凤举走上楼，悄悄推门而进，屋子里寂无人声，仔细看过，李大娘坐在一边抽烟卷。床上纱帐子都放下来了，床前放着晚香两只鞋，叠在一处，好像睡得很匆忙，倒上床去乱脱下鞋来似的，因为鞋尖还向着里呢。李大娘猛然抬头，很惊讶的样子，笑道："好呀！大爷来了，这真是稀客了。"说着，走上前接了凤举的帽子，挂上衣架，一面对床一努嘴道："睡着不多大一会儿，刚才还问大爷几时能来呢？"便叫道："小姑娘，大爷来了。"晚香未曾答应，凤举走上前，先掀开帐子向里一看，只见晚香衣服也未曾脱，侧着身子向里，扯了半截薄被，盖着大半截身子，一条光亮的辫子，绕在枕畔。

凤举笑道："真会睡觉，睡得头发一根都没有乱。"晚香并不做声，好像是睡着了。凤举揭开被，用手扯着她的胳膊道："醒醒罢。"晚香还是不做声。凤举道："你醒不醒？不醒，我就要胳肢你了。"说着，伸手就向肋下掏了过来。晚香身上一触着手指尖，身子就是一扭，用手一拨道："谁？别闹。"凤举道："你说，还有谁呢？"晚香且不说话，扯了被，又把身子盖上。凤举道："好！你不理我，我还是走。"说毕，就回转身来。

晚香将被一掀，突然坐了起来，抓着凤举的衫袖笑道："你走！飞也飞不了。"凤举笑道："那为什么不理我哩？"晚香道："大爷好几天都不来，倒说别人不理大爷呢。"凤举道："哦！刚才你装睡，就是要报复我吗？"晚香道："人家这一会子没有理你，你就晓得着急。你好几天不理人家，那应该怎样办呢？我问你，发了什么疯？为什么这几天不来？"凤举笑道："我也有我的事，非得天天来不可吗？"晚香道："你有事不能来，那也不怪你。为什么电话也不接呢？"凤举道："你什么时候打电话给我了？我并不知道。"

晚香一只手拉着他，一面用手拔鞋，站了起来。笑道："你还矫情，你这人的心肝五脏，我全看出来了。"凤举笑道："说话就说话，拉着我做什么？"晚香笑道："为什么拉着你？不拉着你，你又要跑了。"李大娘笑道："别闹罢。大爷刚从衙门里出来，让他休息一会儿罢。"晚香放了手，凤举在沙发椅上躺着。晚香跟着过来，也坐在他一处。李大娘借着原故就走开了。这一下子，二人就像开了话匣子一般，说了一个牵连不断。

这晚上，李大娘格外去得早，到了九点钟，就和凤举说："今晚上有事，要早一点走，明天会罢。"李大娘走后，晚香就埋怨凤举狠心，说是自己没有得罪你，为什么不来？后来又提到李大娘生气，自己挨打的事，伏在凤举身上痛哭，凤举道："我并不是对你有什么不满，你是知道的，我就恨她，要钱要得太厉害了。我是歇了几天不来，看她怎么样？"晚香道："你歇了几天不来，她要什么紧？可是我不知道你什么心思？这里还要受她的气。你哪是和她为难，简直是和我为难了。你最好的办法，给她几个钱，把她扔开就好了。"凤举道："她要千儿八百的，我还有个商量，她要我许多钱，怎样能答应她？"说时，笑着拍了晚香肩膀道："你不要傻，你现在和我在一处的日子长,还帮着她要钱做什么?要了去,她又不给你一百八十,与其让我现在多花钱,何不把这钱留着,将来好让你去花呢?"

这一句话倒提醒了晚香。她笑道:"我几时帮着她要钱呢?将来你的钱,就是我的钱,我还愿意你多花吗?"凤举笑道:"你既然不愿我多花,你也知道我这几天,是和她闹别扭,为什么我来的时候,你生我的气?"晚香道:"咳!你这人说是聪明,又实在是傻瓜,你要我当着她的面不这样做法,她越发的要疑心了。这一点,你还有什么不明白?等她不疑心我了,你就好去专门对付她。我又不是她的什么人,卖了身子,挣钱给她用,还要挨揍,我还会帮她吗?你这样想想,就自然明白了。"凤举听了她的话,倒也相信。二人更显着亲密,就把将来成家的事,商量一会儿。

从此以后,晚香也果然暗祖着凤举,不是怎样对凤举拿劲儿。吃窑子饭的人,人情练达,什么事情看不出来?李大娘知道晚香贪慕凤举的富贵荣华,心思已定,是挽不回来的。只得依着势子转圜,将晚香的身价,缓缓减少,一直减到二千块钱。凤举也知道,无可再减了,就照数给了她。托人在东城各胡同找了两天,找到一幢西式小楼房。房子虽不大,倒是整齐美观,电灯、电话、自来水、浴室、车房,样样俱全。凤举又添了许多西式家具,完全搬了进去。不到三天工夫,诸事都已齐备,凤举和晚香,就一同搬进新屋子里住。所有和凤举要好的几个同事,相送了许多东西庆贺。凤举也就办了两桌酒,闹了一晚上。

这边热闹,家里的佩芳屋里,可就异常寂寞。她本来是有孕的人,就不免缠缠绵绵的带些病相,现在老不见凤举回家,一腔幽怨,未免把病相加深。

这天晚上，大概有十二点钟了。正是已凉天气，正好睡觉的时候，所有的人，全都睡了。佩芳因为睡不着，便坐了起来靠在床栏上，坐了一会儿，很想喝茶，便按电铃叫蒋妈。偏是电铃坏了，又不通电，只得踏着鞋，自己走下床来，去斟茶喝。伸手一摸桌上的茶盖，却是冰凉的。倒了半杯，喝了一口，觉得有些冰牙，只得倒在痰盂里。因用手一拿壁上的温水壶，里面却是轻飘飘的，不用说，这里面是并没有热水。因为想喝得很，只好走到窗户边，对外面连喊了几声蒋妈，但是接连几声，蒋妈并没有听见。佩芳发狠道："你瞧，她一点听不见，睡死了吗？"于是倒上床去，斜靠了枕头躺着。就不由想起小怜来。小怜在这里的时候，睡在房后，只要一叫，她就会来的。现在没有了小怜，就觉得什么事也不便了。

坐了一会儿，隔着玻璃窗子一望，只见树梢上挂着有半轮斜月，照着院子里的树木，模模糊糊的。窗纸漏缝处，吹进一丝凉风来，便觉屋里冷清清的了。佩芳也不知哪里一腔幽怨，不由得哭将起来。哭声虽然极低，可也传出户外。对院子鹤荪夫妇，先听见佩芳叫了两声蒋妈，以为蒋妈必然来了，所以没有注意。后来却没听到这面有开门关门之声，已经可怪，这时，忽闻隐隐啜泣之声。鹤荪便道："喂！你瞧瞧去罢。大嫂怎么回事？"慧厂道："外面阴沉沉的，我有些害怕，你送我出去，给我扭着廊下的电灯罢。"鹤荪道："外面有月亮呢，怕什么？"慧厂道："有月亮也瞧不见，树和花架子全挡住了。"鹤荪道："说起来，你是什么也不怕，男女平等，为什么在自己家里，晚上都不敢出房门，还要男子做伴呢？"慧厂道："这算什么？我就不要你做伴，我一个人也能去。"说毕一赌气便走出门去。

鹤荪见夫人走了,倒又跟将出来。先就把廊下的电灯完全扭着。慧厂道:"我不要你送,你请进去。不要走出来伤了风,受了凉。"鹤荪道:"你瞧,刚才要我送出来是你。现在嫌我送出来又是你。"慧厂道:"你说我胆小吗,我就不服这口气。"慧厂一面说着,一面就走到佩芳这一边来。因隔着窗户,问道:"大嫂,你没有睡吗?"佩芳道:"白天睡足了,晚上睡不着。你怎么在这院子里站着?"慧厂道:"我先听到你叫了两声蒋妈,没有听见蒋妈答应,你要什么吗?"佩芳道:"我原要一杯茶喝,现在不要了。"慧厂道:"我那儿有热茶,我送来罢。"佩芳道:"不必了,我不喝了。"慧厂道:"你开门罢,我就送来,又不费事,为什么不喝呢?"

她们这一说话,又把蒋妈惊醒。蒋妈早爬起来,开了堂屋门。佩芳的卧室门,并没有关上,是虚掩的。所以堂屋门开了,慧厂就和蒋妈走了进来。一见佩芳侧坐在藤椅上,眼睛微肿。因问道:"大嫂怎么?你身上不很舒服吗?"佩芳道:"不怎么样,就是想一口茶喝罢了。"慧厂便对蒋妈道:"你这人睡得实在死,怎么那样叫你,一点也不知道?"蒋妈笑道:"今天晚上凉一点,睡得香了,所以叫不醒。二少奶奶那里有茶吗?我去倒去。"蒋妈说毕就走了。

她们这里一来一往的开着门响,隔壁院子里,金太太也没有睡着,便披了衣服,把小兰叫醒,让她做伴,一路走到佩芳这儿来。小兰走到院里,便嚷道:"太太来了。"佩芳连忙迎了出来,问道:"这个时候,妈怎样来了?"金太太在灯光之下,对佩芳浑身上下一看,接上又牵着佩芳的手握了一握。笑道:"倒不怎么样,我在那边,听见你们开门关门,人来人去,倒吓了我一跳。"说着话走进门来,看见了慧厂,便道:"怎么你也在这儿?你两人闹什么玩意儿了?"慧厂道:"我也是刚起来呢,听说大嫂叫蒋妈要茶喝,蒋妈睡着了,所以我送了来。"金太太便对蒋妈道:"大少奶奶不舒服,你该睡得灵醒点。"回头又对佩芳道:"你们双身子,遇事都要留神。我是为你们年青糊涂放心不下。"说时,连慧厂和佩芳都默然无话。

金太太见慧厂身上只穿了一件花布短褂,那短褂又挖的是套领,有一大块脊梁露在外面,因道:"这晚上跑了出来,还只穿这一点子衣服,若是受了冻,这又是我的事。"慧厂笑道:"刚才起来得急了,所以忘了穿衣服,这样大的人,一个寒热还会不知道吗?"金太太道:"知道是知道,不过大意些罢了。平常我是不管你们,到了现在,我要不管,就没有尽我长辈的责任。"佩芳对慧厂道:"不要对她老人家说罢,越说话就越多。"金太太道:"好哇!你倒嫌我啰嗦了。"

金太太一面说话,一面就偷看佩芳的脸色,见她穿了一件半新旧绿色电光绒的短夹袄,袖子短短的,将手胳膊露了大半截在外面。短头发是蓬蓬的掩着两耳,这种有光的绒衣,在灯光下互相映照,越发是脸色黄黄的。再一看床上,一条绿色湖绉秋被,敞着半边,乱堆在一头。那一头,并排放着两个软枕。由此便想凤举这么久没有回家,把佩芳一个人扔在屋里睡,很是不对。在平常也不要紧,在佩芳这样愁病不离身的时候,让她更添一种心事。便道:"凤举这东西越发不成样子,我明天要把他叫在他父亲当面,痛加申斥,今天晚上我叫你八妹来和你睡罢。"

佩芳笑道:"八妹睡觉,是满床打滚的,我不敢领教,我并不怕,不要麻烦她罢。"金太太道:"哦!我也糊涂了,怎样叫她来?她乱踢起来……"金太太说这话时,慧厂向着佩芳微笑,佩芳连说道:"哟!你老人家听错了,我不是这意思。要不,还是请八妹来罢。"金太太道:"请她来我可当不起这个责任。"蒋妈在一旁笑道:"太太向来是不说笑话的,只一提到要添孙少爷,也是乐呢。"佩芳道:"先是叫你不醒,这会子你的精神来了。"金太太对蒋妈道:"是真的,以后睡觉可别睡得那样死。这几日大爷不在家,你格外得小心一点。"又对慧厂道:"你也去睡罢,要是在这里坐也得添上一件衣服。"慧厂听了,只是傻笑。

金太太又叮嘱了几句,这才走出去。走到廊上又走回来对慧厂道:"快去添衣服啊,怎么还在这儿待着呢?"慧厂笑道:"我这就去。"金太太等她一直回房去,这才走了。佩芳这屋子里的事,算是告了一个段落,慧厂那边,可又闹起来了。

第三十二回

妇令夫从笑煞终归鹤　弟为兄隐瞒将善吼狮

这边慧厂刚进门，鹤荪握着她的手道："可不是凉？"慧厂将手一摔道："动手动脚，什么意思？"鹤荪道："我看你穿一件单衣服，怕你凉了，摸一摸你手，这倒给我钉子碰？"慧厂道："凉不凉，我自己知道，谁要你这样假情假意的？"鹤荪笑道："我真落不到一句好话，这又算假情假意的。趁着咱们睡足了，得把这理谈一谈。你不是提倡男女平等吗？无论如何，这男女平等的原则里，不能说妇人对于她丈夫，要在例外的。"慧厂笑道："哼！那难说，也许有人例外。"鹤荪道："不用多提了，凭你说话这种口气，你先就以弱小民族待我了，哪儿平等去？"慧厂让他一人说去，向床上一倒，侧身向里，便一声不响去睡觉。鹤荪见她侧着身子睡着，没有盖被，就把床里那条秋被牵开，给她盖了半截身子。慧厂将身一翻，便把盖被一掀，掀在一边。

鹤荪道："你这人真是岂有此理！我给你好好的盖了被，你倒生气，我就让你去凉，不管你这闲事。"说毕，便取了衣架上一件湖绉夹袄穿上，扑通一声，将房门带上，就走出去了。慧厂假睡的时候，回头就看鹤荪穿了长衣服,且不理他,看他怎样?后来鹤荪开了门出去,慧厂便一翻身爬了起来,对着窗子外说道:"你赶快去罢,越远越好。半夜三更,跑了出去,回头好意思回来吗?"鹤荪在院子里听得清楚,只是默默无语的,低头出去。

到了外边,就站在燕西屋外边,噼噼啪啪打门。燕西问是谁?鹤荪道:"是我,你把门开了,让我进来。"燕西道:"这大半夜了,要什么东西,明天一早来拿罢。"鹤荪道:"我既然要你开门,我自然有事要进来,你打开来罢。"说着,又不住的将手敲着。燕西被催不过,只得爬起来,将门开了。

电灯底下,见鹤荪穿一件长衣,六个纽扣,只扣着两个,敞着一片大衣襟,风吹得飘飘然。因让他进来,问道:"要什么东西,这样雷厉风行的赶着来?"鹤荪道:"什么东西我也不要,你二嫂不住的和我麻烦,晚上睡不着,我要在外面睡一夜。"燕西笑道:"不成不成,我一个人睡得很好的,我不赞成凭空的加上一个人。"鹤荪道:"这么一张大床,怎样不能睡两个人?"燕西道:"要闹要吵,还有天明呢。半夜三更,跑来吵人家,这岂不是城门失火,殃及池鱼吗?"鹤荪道:"我就是不愿夜晚和她闹,不然,我还不躲开呢。你让不让我睡?你不让我睡,就把那条绒毯给我,我在这沙发椅上睡。"燕西道:"我不是不让你睡,明天二嫂知道了,说我们勾结一气,又要说你们弟兄不是好人那句话了。"

鹤荪且不说那许多,将燕西床头边叠好的那条俄国毯子,扯了过来。沙发椅上原有两个紫缎鸭绒垫,把它叠在一起,便当了枕头,身子往沙发椅上一躺,扯了毯子,由下向上一盖,说道:"嘿!舒服。"燕西笑道:"一条毯子哪成?仔细冻了。还是到我床上来睡罢。"鹤荪将身一翻,说道:"我们城门失火,凭什么要殃及你池鱼呢?"

燕西道:"得,你瞧罢。冻了可不关涉我的事。"于是两人各自睡了。

到了次日一早,金荣进来拾掇屋子,一见鹤荪躺在沙发上,便道:"二爷怎样睡在这里呢?"鹤荪业已醒了,听见说,翻身坐了起来。问道:"什么时候了?"金荣道:"早着呢,还不到八点钟。"鹤荪道:"你到我那边去,叫李妈把牙刷牙粉和我的马褂帽子,一齐拿了来。"金荣听了这句话,就知道他又和二少奶奶生了气,自己哪有那样大的胆子,敢去拿东西。听说了,只对鹤荪笑笑。鹤荪道:"去拿呀!你笑什么?"金荣道:"这样早,上房里的人,都没有起来,怎么拿去?"鹤荪道:"李妈比你还起来得早呢,去罢。"金荣只是笑,却不肯去。鹤荪道:"你为什么不去?你是七爷的人,我的命令,就支使你不动吗?"燕西被他说话的声音惊醒了。因一翻身坐起来,笑道:"不是我替他辩护,二哥自己都不敢进去,他是什么人,敢进去吗?"鹤荪听了燕西这话,未免有些不好意思。因道:"我为什么不敢进去?我怕一早起来吵,吵得别人不好睡觉罢了。"说毕,披了衣服,就向里走。

刚一走到回廊门下,只看见秋香蓬一大把头发,手上拿了一串白兰花,由西院过来,鹤荪对她招了一招手,笑道:"过来过来,我有一件事托你。"秋香将那串花向背后一藏,笑道:"这个花是有数目的,二爷要拿可不成。"鹤荪笑道:"你真小气,我不要抢你的花哟,我要你进去给我拿东西呢。"秋香道:"拿什么东西?让我把花送回去,再给你拿罢。"鹤荪道:"何必多跑那一趟?你就到我屋里去对李妈说,把我的牙粉牙刷,一齐拿来,还有我的帽子马褂,也顺带来。"秋香把鼻子嗅着白兰花,向着鹤荪微笑。因道:"你两口子又闹别扭吗?"鹤荪笑道:"嘿!这东西,越发没有规矩了。索性把我两口子也说出来了。"秋香笑道:"这不算坏话呀。要不,你自家儿去拿去，我不去，别让二少奶奶骂我。"说毕，转身就要走。

鹤荪一把将她拖住，笑道："我不怪你，还不成吗？"秋香道："我拿是去拿，二少奶奶要不给呢？"鹤荪道："不能。不给你给我一个回话就是了。你去罢，我在七爷屋子里等你。"秋香听说，也就答应着去了。鹤荪本想到燕西屋里去等的，转身一想，燕西见了空手回来，还不免说俏皮话的。就不走开，还在原地站着。不到五分钟，就见秋香飞跑的走来了，鹤荪见她两手空空的。便道："怎么着？她不让你拿吗？"秋香道："不是，我少奶奶不让我去。"说到这里，可就把嘴一撅，说道："为你这事，人家还挨了骂呢！少奶奶说多事。"鹤荪道："唉！你们心里就搁不住一点事，为什么要把这事告诉她呢？得了，我不劳你驾了，我自去罢。"

鹤荪事出无奈，只得硬着头皮，自回自己屋子里去。恰好李妈在扫廊檐下的地，看见鹤荪，刚要把嘴说话。鹤荪笑着连连摇手，又指了一指屋子里，李妈会意，扔了扫帚，就走下台级迎上前来。因轻轻的笑问道："二爷怎么昨晚半夜三更的跑出去了，在哪里睡了一宿？"鹤荪道："我在七爷那里睡着的，她起来了没有？"李妈道："没有，睡着呢。"鹤荪道："你进去把我的帽子和马褂拿来。"李妈笑道："你又生气呀？你自己去得了。"鹤荪看她的样子，更是不行。心想，求人不如求己，我自己去罢。于是轻轻的走进房去，把衣服帽子拿出来了，又把牙刷牙粉也拿来了。

刚要出房门，慧厂一个翻身坐了起来，冷笑道："你拿这几样就够了吗？敞开来多拿些走，省得要什么又到这儿来。这样鬼鬼祟祟的做什么？谁还拦住你，不让拿不成？"鹤荪听了这话，是有些不好意思走。便将所有的东西，又复完全送了进来。因道："我让你，那还不好吗？你若嫌我让得不好，我就不让。"于是便叫李妈舀了洗脸水来，就要在慧厂盆架上洗脸。慧厂道："这地方不是你洗脸的地方。你爱到哪里去，就请便到哪里去罢。"

鹤荪笑道："你这样子似乎有些喧宾夺主了。你也不问问我这儿是姓金姓程呢？"慧厂道："姓金怎么样？姓程怎么样？难道这地方还不让我住吗？你说我喧宾夺主，我就喧宾夺主，到底看你怎么样？"说着，将鹤荪手上拿的手巾，一把夺了过去。"我不要你洗，你怎么样？"鹤荪笑道："得了罢，谁和你淘这些闲气呢？我等了半天了，你拿给我罢。"慧厂道："没有廉耻的东西，谁和你闹闹又笑笑？"鹤荪自己再让一步，见慧厂还是相逼，不由得怒从心起，便道："好好好！就让你，难道我还找不到一个洗脸的地方吗？"说时，穿了马褂，戴上帽子，就向外走。慧厂道："哼！那怕什么？你也不过学着大哥的样子躲了不回来。那倒好，落得一个眼前干净。"鹤荪听了这话，气上加气，心想，妇人有几分才色，就不免以此自重，威胁她的丈夫。但是有才有色的妇人，天下多得很，我果然就被你威胁着吗？我就不回来，看你怎样办？

鹤荪一下心狠，到了燕西那里，胡乱洗了一把脸，只把手巾擦擦牙，牙粉都不用了。燕西看见，在一边笑道："好端端生气，这是为着什么？"鹤荪并不做声，斟了一杯热茶，就站在地下喝。一面喝着，一面直吹。燕西笑道："我看二哥这样子是等着要走，有什么急事，这样忙法？"鹤荪依然不做声，喝完了那杯茶，放下杯子就走。偏是放得未稳，袖口一带，碰了一响。鹤荪一回头，只对燕西笑了一笑，便向外走了。心里想着，盐务署这每月三百块钱，是准靠得住的，可是自己为了不大向西城去，一月难得到衙门去一回，究竟于良心上说不过去。况且自己又是个参事上行走，毋庸参事，倒也罢了，索性毋庸行走起来，未免说不过去。趁着今天出门很早，何不去应个卯？这样想着，于是出门之后，直向盐务署来。

到了衙门里，一看迎面重门上挂的钟，还是九点半，衙门里还静悄悄的，上衙门的人似乎还不多。一直走到参事室外，隔了门帘子，不知道里面有些什么人，便把脚步放慢一点。走到门帘子边，却抢出来一个茶房，用手高撑了帘子让鹤荪进去。鹤荪一看屋子里，哪有一个人？倒是各办公桌上，笔墨摆得齐齐整整的，桌子上光光的，没有一点灰尘。中间一张大些的桌子，放了一把茶壶，反叩着几套杯碟。一连放了几份折叠着的日报。鹤荪是个行走，这办公室里，并没有他的桌子，所以他将帽子取下，挂在衣架上，先就大桌子边坐下。

茶房打了一个手巾把子，递到他手里，他随便擦了一把，向茶房手上一抛，拿了面前一份报，一面看着，一面向茶房问道："今天还没有人来吗？"茶房微笑道："早着哩！不到十一点钟，赵参事不会来的。"鹤荪道："别个人呢？"茶房道："别个人比赵参事更晚，也不能天天到。这也只有几位办事的参事是这样，你……"说着一笑道："忙着，就别来罢，大家都是这样。"鹤荪翻了一翻报，茶房倒上一杯茶来，又喝了一口，觉得无聊得很，站起来道："我也不等他们了，走罢。"说着，拿了帽子戴上，就走出盐务署来。

他这回是坐汽车来的，走出衙门来，依然坐上汽车，本想到小馆子里去，找两个朋友吃饭的，伸手一摸袋里，真是出来得匆忙，一个钱不曾带。钱都在箱子里，这不能不回去走一趟的了，尤其是自己有一张四百块钱的支票，字也签了，图章也盖了，只要到银行里去兑款就行。这要落到慧厂手上去了，这就别想拿一个钱回来。这一笔款她是不晓得，不如趁早回去，将款拿到手上再说。这样想着，便叫汽车夫开了回去。到家之后，就装成没有事的样子，一如平常，走回院子里去。

只见慧厂拿着一对哑铃,在走廊上,忽高忽低的操着。她穿了短袖的褂子,裙子系得高高的,露出两条大腿。便笑道:"我们家哪里跑出这大一个小学生来了?"慧厂依然操她的,只当没有听到。鹤荪见她并不说什么,带着笑容便走到房子里去。走着路时,一面解着马褂纽扣,表示是回来休息的样子。走到屋子里,将马褂脱下,便倒了一杯茶,坐在沙发上喝。这时,只听到外面屋子里,两个哑铃,在地板上一阵乱滚,接着门帘呼噜一下卷着响,慧厂走了进来了。

鹤荪放下茶杯在茶几上,连忙笑着一抱拳道:"对不住,都是我的不是,我们和了罢。"慧厂本来板着脸的,看了他这样子,脸就有些板不起来。接着,鹤荪就把那茶杯斟满了茶,双手捧着给慧厂道:"得!这算是我陪罪一点表示。可是你不能摔这茶杯子。"慧厂鼓着脸道:"偏要摔,你敢递过来。你敢把我怎么样?"鹤荪笑道:"我敢怎么样呢?不过这杯子是你心爱之物,还是我们结婚纪念品呢。瞧着这杯子,你喝一口茶罢。不然,我这面子真搁不下来。"慧厂道:"你还要什么面子?要面子,也不在我面前讨饶了。"说着,噗哧一声笑了,接过那茶杯来。

鹤荪笑道:"因为我爱你,我才怕你。可是你不爱我呢,因为你不怕我。"慧厂笑道:"你别废话!你今天是回来陪罪的吗?你是为了那张支票回来的罢?对不住,我用了。"说毕,一仰脖子把杯茶喝了。正要将杯子放到桌上,鹤荪一伸手,将杯子接着,笑道:"还来一杯吗?"慧厂笑道:"你不要那支票吗?"鹤荪笑道:"是箱子托上夹的那张支票吗?我原是交给你保存的。你别冤枉好人,我真是给你陪罪来着。我想,我半夜三更跑出来,当然是我不对,所以回来讲和。你不信,那支票你就花着。"慧厂笑道:"我这人服软不服硬,明知你是假话,可是说得很好听,我也就算了。谁花你的钱?我有的是呢,拿去罢。"说着,在衣袋拿出那张支票,向地下一扔。鹤荪一弯腰捡了起来,果然是自己要的那张支票,连忙的就将票子叠了起来。

慧厂笑着哼了一声道:"我说如何?"鹤荪笑道:"这可难。你想,要是你扔在地下,我不捡起,这该当何罪?现在听你的命令,你说,这张支票应当怎么样,我就怎么样,省得我又做得不对。"慧厂笑道:"拿去花罢。只要你正正经经的不胡来,你挣的钱你花,我是不干涉的。"鹤荪趁着这个机会,将支票向袋里一揣,对她拱拱手,低声笑道:"昨天晚上得罪了你,我今天晚上再陪礼。"慧厂道:"你就是这样不受抬举。你今天把老七一只茶杯子摔了,你可知道那是人家心爱之物?吃过午饭,你把这杯子送给他罢。"鹤荪正愁不得脱身,就答应了。吃过午饭,带了那只青花细瓷海杯,就送到燕西屋子里来。可是燕西今天大忙特忙,也是不在家了。

原来鹤荪清早所打破的那只瓷杯,正是燕西心爱之物。他一笑走了不要紧,燕西是懊丧不迭,只叹气道:"这是哪里说起?我夹在里面倒这样一个小霉。这是雨过天青御窑瓷,最难得的东西。我共总四个,两个送人了,两个自己摆着,现在只剩一个了。"金荣正站在旁边,便弯腰拾了起来,笑道:"还好,只破了两半边。让铜碗的来铜上几个钉子,还可以用。"燕西道:"你知道什么?这种东西,要一点痕迹也没有那才是好的,这种清雅的颜色,锯上一大路钉子,那多么难看?你说好,你就拿去罢。"金荣依然站着,还是笑。

燕西道:"一清早就让二爷闹得昏天黑地。你走罢,我还要睡呢。"金荣笑道:"你是忘了一件事了,还不该办吗?"燕西道:"什么事?"金荣道:"后日就是中秋了。"燕西道:"中秋就中秋,与我什么相干?"

金荣道:"这两天送礼的热闹着呢。你……"这一句话,把燕西提醒。笑道:"我果然忘记了。你瞧瞧德海在家没有?让他开那辆小车,我上成美绸缎庄去。"金荣道:"也没有这老早就去买绸缎的,这总是下午去买好。"燕西道:"那是怎么一回事?绸缎庄早上就不欢迎主顾吗?"金荣道:"不是他不欢迎主顾,早上绸缎庄没有什么生意,冷冰冰的没有什么意思。到了下午,那可就好了。太太小姐少奶奶全都去了,不说买东西,瞧个热闹,也很有意思的。"燕西笑道:"胡说!我不管你们,你们越发放肆了,倒常常拿我开玩笑!你对大爷二爷说话,敢这样吗?"金荣笑道:"谁让七爷比我小呢,小时候,听差的伺候你,你随便惯了。所以到了现在,谁也不怕。"燕西道:"别废话了,叫他去开车罢。"

金荣道:"不是我多嘴,你做事就是这样性急,这样早,大干大闹的坐了车出去,不定上房里谁知道了,都得追问,这一问出来了,就是是非。到了吃过午饭,你随便上哪儿,别人也不注意。这会子打草惊蛇的往外跑,不能说没有事。这不是自捣乱子吗?"燕西想了一想,这话很对。便笑道:"我就依你的话,下午再去。这一说话,我不要睡了,你把今天的报,拿来我看。"金荣听说,便把这一天的日报,全拿了来,报上却叠着两张小报。燕西躺在沙发上,金荣就把一叠报,放在沙发边的茶桌上。燕西先拿起两张小报,什么也不瞧,先看那戏报上。好几家戏园子,今天的戏都不错,又不由得想去看戏。但是要看戏,买东西就得早些才好。

正这样盘算着,门一推,玉芬伸着半个脑袋进来。燕西看见,连忙坐了起来,笑道:"嗳哟!怎样这么早,三嫂就来了?"玉芬才扶着门,走了进来。笑道:"二哥不在这里吗?"燕西道:"不知道为了什么？昨晚上就在这沙发椅上睡了一宿，刚才匆匆忙忙的就出去了。有什么事找他吗？"玉芬道："我不要找他，我问他为什么和二嫂生气？我很想来做一个调解人呢。"一面说话，一面就拿起茶桌上的小报来看。笑道："嘿！今天共和舞台的戏不错，配得很齐备的《探母回令》，这个小旦陈玉芳，不是你很捧他的吗？今天得请我去听戏。"燕西笑道："别家我无不从命，这共和舞台，算了。"玉芬道："为什么算了？你捧的角儿我们不配去看吗？"燕西道："不是那样说，因为《探母回令》这出戏，我实在看得腻了。"玉芬道："谁叫你看呢？你听戏得了，看腻了，听总听不腻的。若是听得腻，为什么大家老在家里开话匣子呢？"

燕西只说一句，她倒前后驳了好几层理由。实在他的意思，因为逢到陈玉芳唱戏，鹏振一班朋友，共有七八个人，总在池子里第二排上。那第二排的椅子，是他们固定的，并不用得买票，戏园子里自然留着。今天既然有好戏，鹏振岂有不去之理？若是两方碰着，玉芬是个多心的人，岂能不疑呢？因此，他所以不愿去。玉芬哪里知道这一层原故，笑道："你非请我去不可！你不请我去，我就和你恼了。"燕西沉吟了一会儿，说道："我就请你罢。可是……"玉芬笑道："别可是，这用不着下转语的。"燕西笑道："不是别的要下转语，因为吃过饭，我有一件正经事要办，不定耽搁一个钟头，或者两个钟头。若是我回来晚了，三嫂可以先去，反正我一定到就是了。"玉芬摇着头道："哼！你没有正经事。你不声明，我还不疑心，你一声明，我倒要疑心你想逃了。"燕西笑道：我一不读书，二不上衙门，照说，是没有什么正经事。但是朋友我总是有的，会朋友还不能算是正经事吗？"玉芬道："好罢，反正你不来，我也是要去，而且我代表你做主，钱花得更多。花了钱，我还怕你不认帐吗？"

燕西也不再说，就这样笑了一笑。但是他心里可在计算，要怎样知会鹏振一声才好。若不知会他，事情弄穿了，鹏振不要疑心自己在里面捣乱吗？因是各处打听，看鹏振究竟在什么地方？偏是各处找遍，并不见鹏振一点影儿。只得慢慢走着，走到鹏振自己院子这儿来。一见秋香站在回廊上晾手绢，便和她丢了一个眼色。秋香一抬头，见他站在月亮门中，心里已经会意，眼珠儿对上面屋里瞟了一瞟，然后望着燕西点点头，微把嘴向前一努，燕西也懂得她的意思，于是站在月亮门屏风后边来。

一会儿工夫，秋香来了，笑道："七爷什么事？要我给篦一篦头发吗？"燕西说："不是。"秋香道："要不，就是洗手绢？"燕西道："也不是。"秋香低着头一看，见燕西手甲很长，笑道："是了，要我给你修指甲呢？"燕西道："都不是，我给你主人报信来了。照说，你也得帮他一个忙。"秋香笑道："这又是什么事呢？你为我们三爷来着吗？"燕西道："你知道三爷哪里去了吗？你见着他，你就私下告诉他，今天千万别去听戏，就说你少奶奶要我请她，已经包下一个厢了。"秋香道："三爷一早就出去了，不知道回来不回来呢？"燕西道："不回来就算了。若是回来了，你就把我这话告诉他。"燕西说完，他自出去。

秋香听了这话，又有一件小功劳可立，很是欢喜。玉芬正在屋里捡箱子，燕西和秋香说话，她果然一点也不知道。倒是事情凑巧，鹏振上午在外面忙了一阵子，恰好回来吃午饭。秋香心里藏着一句话，巴不得马上就告诉鹏振。无如鹏振坐在屋里老不动身，秋香有话，没有法子说，只是在屋子里，走进走出，她倒急得心里火烧一般。鹏振不明就里，反说道："秋香，你丢了什么东西吗？老是跑进跑出做什么？"秋香被他说破，只好走了出去，不再来了。一直等到送饭进来，将碗筷摆在桌子上的时候，玉芬不在这里，秋香趁了空子，站到他面前，轻轻的说道："三爷，七爷说……"刚说到这个"说"字，玉芬在隔壁屋子里咳嗽着，秋香就把话忍回去了。

到了此时，鹏振才明白过来，今天上午秋香所以来来去去，都是为着这一句话了。听了这话，当时搁在心里，吃过饭，便直接去找燕西，看他有什么话说。但是燕西记着去买绸缎，已经坐了汽车走了。鹏振向回走时，恰好秋香追了来。鹏振问道："七爷对你说什么了，你怎样不说完？"秋香道："七爷说，今天请三少奶奶去听戏，可请你千万别去！"鹏振突然听了这话，倒愣住了。便问："那为什么？"秋香道："我也不知道，是七爷这样告诉我说的。"鹏振仔细一想，这决计是指着共和舞台的事。但是他们何以好好的要听戏？这却不可解了。

当时走回房去，忍不住，先问玉芬道："你要去听戏吗？"玉芬道："你听见谁说的？"鹏振道："老七告诉我的。"玉芬道："瞎说！老七早出门去了。"鹏振道："这是很不要紧的事，我瞎说做什么？老七出去了，他就不能留下话来吗？"玉芬道："他请我看戏，这也是很平常的事，他还巴巴的留下话来告诉你干什么？"鹏振不能再往下辩白了，只好对她一笑，就匆匆离开来。但是他又怕秋香传话传错了，耽搁了今日一天戏没看，也是不好。因此，重复到燕西那里去等着，等他回来问个清楚明白。

但是这个时候燕西正在绸缎庄楼上，将绸缎大挑特挑呢。两三个穿长衣的伙计，包围着燕西，笑道："七爷是自己买料子？还是替哪位小姐买？"燕西道："我买点东西送人。"一个老些的伙计道："送人的料子，要好些的，有有有。"说时，便对年青些的伙计道："去！

把新到的法国绸缎……"燕西道:"不要那个,我是送小姐们的。"老伙计笑道:"是,我知道,法国绸很好。爱挑热闹些的,就是绮云绸罢?电印绸也好,那是印成的花样,做旗袍最好。七爷都让他拿来看看罢?七爷是要漂亮的,我知道。"燕西笑道:"我只说一句,你就报告这一大套,我都被你说迷糊了。好在绸缎出在你们这儿,爱叫什么都行,就是无缝天衣也好。什么叫做绮云绸?这个名字,倒也响亮,你拿了来给我看看。"

但是在他说这句话时,那几个伙计左一抱,右一抱,早在玻璃罩上,堆了一大堆绸缎。一个年青的伙计拿了一匹料子,将它抖开,就披袈裟一般,披在肩上。他笑道:"七爷,你瞧瞧,就是绮云绸。"燕西一看,是杏黄底子,上面印满了红花。燕西摆了摆头道:"太热闹。"那个年老伙计道:"七爷你瞧,这个不错!"燕西看时,只见他手上悬空拿着雨过天青色的绸料,上半截是纯青的,并无花样。但是那颜色,越下越淡,淡到最下,变成嫩柳色,在那地方,有一丛五色花样,就如绣的一般。那有胡子的老伙计,将绸料贴着胸上悬了下去。那一丛花,拖到两膝边。他慢慢走着路,把下面那一丛花的绸料,故意摆荡着。他翘着胡子对燕西笑道:"七爷,你瞧,多么漂亮!这要做一件旗袍,远望像短衣长裙,近望又是长衫,真好看。"

燕西见这一个老头子披上这个,他已忍不住笑。现在这老伙计走起来,还是装成那轻移莲步的样子,燕西忍不住哈哈大笑起来。恰好隔壁一架玻璃罩上,有两位姨太太式的女客,在那里剪料子,看见老伙计作怪,也笑得前仰后合,只把手绢子来蒙住脸。那老伙计极力要讨好,倒不料砸了一鼻子的灰,羞得一张脸全成紫色。燕西怕人家过于难为情,就笑道:"这个料子很好,你就照着衣服的尺寸,给我剪上一件罢。"老伙计借着剪料子就把这事掩饰过去。

又捡出许多不同颜色的料子，请燕西挑选，说送人的东西总应成双。燕西道："剪衣料有什么双不双？你们想多卖一点就是了。"老伙计笑道："七爷，这话不应该你说，遇到你这样的主顾，不多做一点生意，还到哪里去找哩？就凭你七爷送礼，也绝不能送一两样。"他们在这里说话，刚才含笑的那位女宾，就不住的向这边瞧过来。

燕西见了有人望着，要那个虚面子，便笑道："那当然不能送一件，但是这几样料子，怕受主未必愿意。"老伙计道："那很容易办，多买一点就行了，送人家好几样，总有一两样合人的意思。"燕西道："我也不要这些电印的，我要些随便样子的罢。"那些伙计听了这话，就一阵风似的，搬了许多料子，放在燕西面前。那几位女宾更注意了，彼此交头接耳，好像就在说些什么。燕西见这种情形，落得出个风头，伙计说哪样好，就剪哪样，一刻工夫，剪了八九样。

伙计还要送料子给燕西看时，壁上的钟已经一点多钟了。便道："得了，我没有工夫了，你给我搬上汽车去罢。"伙计一面将料子包起，一面开上帐单来，燕西看也没看，就向袋里一揣。说道："写上帐罢。若要现的也可以，下午到我宅里去拿罢。"老伙计道："写上得了，七爷是不容易在家的。"燕西带着那些绸料，一直就坐上汽车到落花胡同来。他先就给金荣十几块钱，买了水果月饼之类。这时，就联合这些绸料，叫金荣捧着，一齐送到冷家去。在他，又是一笔得意文章了。

第三十三回

笔语欺智囊歌场秘史　馈肴成画饼醋海微波

这个时候，宋润卿在天津有事耽搁还没回来，冷太太突然又收了这些礼物，真过意不去，便亲自到这边来道谢。因道："金先生上次过生日，一点也不让我们知道，我们是少礼又少贺。这会子，我们正想借着过中秋，补送一点东西。你瞧，我们这儿东西还没预备，你又多礼，直教我过不去。清秋的舅父又不在家，我们想做一个东道都不能够。"燕西笑道："伯母快别说这个话，宋先生临走的时候，他还再三叮嘱，让我照应府上。偏是家父这一程子，让我在家里补习功课，我来到这边的时候极少。"冷太太道："我们那儿有个老韩，有些事也就可以照管了。若是真有要紧的事，我自然是会请教的。"

燕西笑道："我实在没事，倒好像极忙似的。不然，天气现在凉了，我应该陪伯母去看两回戏。"冷太太道："我又不懂戏，听了也是白花钱，清秋现在和同学的家里借了一个话匣子来，一天开到晚，我就觉得听腻了。她倒很有味，开了又开。"燕西道："我不知冷小姐喜欢这个，我要知道，我有一个很好的话匣子，可以相送。借的是怎么样子的话匣子？"冷太太道："若没事，可请到我那边去看看。现在她正在那开着呢。"燕西把玉芬看戏的事全忘了。便笑道:"很好很好,我也过去谈谈。"于是冷太太在前,燕西跟着后面。

那话匣子在北屋门口一张茶几上放着,清秋端了一张小凳,两手抱着膝盖,坐在树底下听。这个日子,树上的红枣子,一球一球的,围着半黄的树叶子,直垂下来。有时刮了一阵小风过去,噼噼啪啪,还会掉下几颗枣子来。就在这个时候,扑的一声,一样东西打在清秋头上。头发是松的,那东西落下,直钻进人的头发里去。清秋用手扣着头道:"嗳哟!这是什么?"手一掏,掏出一看,是粒枣子,就随手一扔。这一扔,不偏不倚,恰好燕西一举手,扔在他衫袖里面,燕西用手在袖子里捏着。伸出来一看,见是一粒红枣,就在冷太太身后对她一笑,把枣子藏在袋里了。

清秋无意之中,倒不料给燕西捡了这样一个便宜。因为母亲在当面,依然和燕西点头。燕西道:"我不知道密斯冷爱听话匣子,我要知道,早就送过来了。我那话匣子,戏片子是全的,出一张,我就买一张。可是摆在家里,一个月也难开一回。"清秋笑道:"大概这话很真,我总没有听过呢。不然,若是记在心里,何以没有和我提过一声儿呢?"燕西笑道:"正是这样,宝剑赠与烈士,红粉……"燕西一想,红粉赠与佳人,这一句话有些唐突西施,便道:"逢到这种东西,早该赠与爱者。"冷太太道:"嗳哟!话匣子坏了。"听听,原来片子已经转完了,只是沙沙的响。清秋这才抢上前,关住了闸。清秋道:"坏了没有?坏了可赔人家不起。"燕西笑道:"这也很有限的事,何必说这种话呢?"清秋仔细看了看,却幸还没有什么损坏,于是拿去唱片,将话匣子套上。燕西笑道:"为什么?不唱了吗?"清秋道:"客来了,可以不唱了。"燕西道:"我这是什么客?有时候一天还来好几回哩。"清秋并没有理会燕西说话,竟自进屋子里去了。

一会儿工夫,只见她托了两只大玻璃盘子出来。燕西看时,一盘子是切的嫩香藕片,一盘子却是红色的糖糊,裹着许多小圆球儿,看不出是什么,倒好像蜜饯一类的东西。清秋抿着嘴笑道:"金先生不能连这个没有见过。"说时,就取出两把雪白的小白铜叉,放在桌上,因道:"请你尝一尝,你就知道了。"燕西吃东西,向来爱清爽的,这样糊里糊涂的东西,却有些不愿。但清秋叫他吃,他不能不吃,因就拿了叉,叉着一个小圆球儿,站着吃了。一到口,又粉又甜,而且还有些桂花香。笑道:"我明白了,这是苏州人吃的糖芋头,好多年没有尝了,所以记不起来。"

清秋道:"猜是猜着了,但是猜得并不完全,苏州人煮糖芋头,不过是用些砂糖罢了,我这个不同,除了砂糖换了白糖外,还加了栗子粉、莲子粉、橙子丝、陈皮梅、桂花糖,所以这个糖芋头,是有点价值的。"燕西笑道:"这样珍品,我一点不知道,我这人真是食而不知其味了。我再尝尝。"他说时,又叉了一个小芋头吃着。清秋笑道:"这大概吃出味来了。"燕西道:"很好,很好,但是这样吃法,成了贾府吃茄卷了。这芋头倒是不值什么,这配的佐料,要是太值钱了。"清秋道:"原来没有这样做法的,是我想的新鲜法子。"

这个时候,冷太太刚进内室去了。燕西笑道:"我看这样子是专门弄给我吃的,谢谢!但是你怎知道我今天会来呢?"清秋抿嘴笑道:"有两天没来了,我猜你无论如何,今天不能不来。"燕西皱眉道:"自从暑假以后,你要上学,我又被家里监视着,不能整天在外,生疏得多了。你不知道,我对父亲说,这里的房子已经辞了呢。"清秋道:"我看你有些浪漫,你既然不能在外头住,你又何必赁隔壁的屋子呢？"燕西笑道："你有什么不明白的？我若不赁隔壁的屋子，我到你家，就要开着汽车一直的来，来多了……"

说到这里，回头一望，见冷太太并没有出来。因道："怕伯母多心。"清秋道："多什么心？你指望她是傻子呢。你看她疼你那一分样子，肯当着外人吗？"燕西道："虽然这样说，但是直来直去，究竟嫌不好。我想免得越过越生疏。我们哪日再到西山去玩一天，畅谈一回。"清秋微笑道："生疏一点好，太亲密了，怕……"燕西微笑道："怕什么？怕什么？你说。"说时，用食指蘸了一点茶水，大拇指捻着，遥遥向清秋一弹。清秋微微一瞪眼，身子一闪说道："你就是这样不庄重，怕什么呢？月圆则缺，水满则倾，这八个字，你也不知道吗？"燕西皱眉道："你总欢喜说扫兴的话。"清秋道："我并不是爱说扫兴的话，天下的至理，就是这样子。"燕西笑道："年轻轻儿的人说这些腐败的话做什么？我就只知道得乐且乐，在我们这样的年岁，跟着那些老夫子去读孔孟之道，那是自讨苦吃。"

说到这里的时候，冷太太已经出来了。两人的言语，便已打断。燕西一面吃着东西，一面和她们母女闲谈。总想找一个机会，和清秋约好，哪一天再到西山去。偏是冷太太坐在这儿不动，一句话没有法子说。

忽然当当当，钟响三下，燕西陡然想起，还约了人听戏，这个时候，自己还伴而不睬，玉芬一定在家骂死。便和韩妈要了一把手巾擦脸，笑道："我是谈话忘了。一个朋友约一点钟会面，现在三点了，我还在这里，糟糕不糟？"说毕，匆匆的走到隔壁，一迭连声，催着开车，上共和舞台。坐上车子，一面掏出表来，一面又看街上。好容易急得到了，跳下车来就向楼上包厢里走。心里可想着，叫是叫了金荣来包一个包厢的，也不知他来过没有？若是没有，三嫂一定先来碰个钉子回去了,我这必得大受教训。

一直走到二号厢后身,四围一望,并不见自己家里人。今天这事,总算失了信,呆立了一会儿,转身就要走,刚刚便要转身之时,忽然觉衣襟被人扯住,回头看时,却是白秀珠。原来自己背对着一号,玉芬就在一号里,这里,就是她和秀珠,带着秋香和一个老妈子。所以燕西没有留神看出来,此时一看到,他也来不及绕道了,就在包厢的格扇上爬了过来。玉芬道:"哼!你好人啦,自己说请人,这个时候才到,要不是我们先到,哪里有座位?"燕西笑道,还没说什么话,秀珠已到右边去,将自己的那张椅子,让与燕西。燕西虽然不愿意当着玉芬就和秀珠并坐。但是人家已经让了位子,若是不坐下,又觉得不给人面子,只好装成漠不经心的样子,将长衫下截一掀,很随便的坐了下去。

秀珠将栏干板上放的茶壶,顺手斟了一杯茶,放在燕西面前。燕西一伸手扶着杯,道了一声谢谢。玉芬笑道:"你真不惭愧,今天是你的东,你早就该包了厢,先到这里来,等着我们。你不来也罢了,也该叫一个人,先买下包厢的票。可是你全不理会,自己还是去玩自己的。这会子戏快完了,你才慢慢的来。来了也不道歉,就这样坐下。你以为秀珠妹妹她是倒茶给你喝呢?你要知道,她可是惯你。"燕西望着秀珠道:"是吗?"这一句话正要问出来,秀珠笑着说道:"我倒茶是一番好意,可没有这种心思。表姐只管怪人,把我的人情也要埋没了。"玉芬道:"这样说,他来迟了,是应该的?"秀珠笑道:"我并非说是应该的,不过你怪他,可不能把我这事合为一谈。"

玉芬将脸掉过去,望着台上,说道:"我不说了,你有两张嘴,我只一张嘴,怎样说得赢你?"秀珠本来是无心的话,看那样子,玉芬竟有些着恼，她也只好不说了，就对燕西丢了一个眼色。燕西笑道："我真是该死，总是言不顾行。听完了戏，我还做个小东道，算是陪罪，你看怎么样？"说时，斟上一杯茶，双手递了过来。玉芬笑道："你这为什么？就算是陪罪吗？"燕西笑道："得了！你还惦记着这事做什么！好戏上场了，听戏罢。"玉芬向台上看时，正是一出《六月雪》上场，这完全是唱工戏，玉芬很爱听的，就不再和燕西讨论了。

等到《探母》这出戏开始，陈玉芳装着公主上场，燕西情不自禁的，在门帘彩的声中，夹在里面鼓着两掌。秀珠对燕西撇嘴一笑，又点了点头。燕西见玉芬看得入神，就把自己衬衫袋里的日记本子铅笔，抽了出来。用铅笔在本子上写道："这人是三哥的朋友，我不能不鼓几下掌。"秀珠接了日记本子，翻过一页，写了三个大字："我不信。"写时，燕西微笑。燕西又接过本子来，写道："这楼下第三排，他有一排座位，是有戏必来的。今天因为玉芬嫂来了，他避嫌不来。你瞧，那第三排不是空着两个位子吗？无论如何，有一个位子，一定空到头的，那就是三哥的位子。这话证明了，你就可以相信我不是说谎话了。"秀珠接过来写道："真的吗？我问问她。"燕西急了，就急出一句话来，道："使不得！"燕西一说出来，又觉得冒失，连忙用手一伸，掩了自己的口。

但是当他两人写的时候，玉芬未尝不知道，以为他两人借着一支铅笔说情话，倒也不去管他，用眼角稍稍的转着望望他们。见他两人很注意自己，趁秀珠在写，燕西在看的时候，趁空偷看一下日记本，见着"问她"二字。接上燕西说了一句"使不得"，就很令人疑心。因道："什么事使不得？"燕西忙中无计，一刻儿说不出所以然来。玉芬见他说不出所以然来，越发用全副的精神，注视着燕西的面孔。燕西搭讪着笑道:"三嫂总以为我认识台上这个陈玉芳呢。其实,也不过在酒席场中会过几面,他送过我一把扇子罢了。"玉芬道:"你这是不打自招,我又没问你这一些话,你为什么好好的自己说出来?"燕西还要向下辩,秀珠道:"不说了,听罢,正好听的时候,倒讨论这种不相干的问题。"玉芬笑道:"你总为着他。"也就不说了。

看完了戏之后,燕西还要做东请玉芬去吃饭。玉芬道:"我精神疲倦极了,回家去罢。你要请我,明天再请。"燕西道:"既然不要我做东,我就另有地方要去,不送你们回家了。"玉芬道:"你只管和秀珠妹妹走,我一个人回家。"秀珠笑道:"你别冤枉人了,我可和七爷没有什么约会。"燕西笑道:"我并不是请她。"玉芬道:"这可是你两人自己这样说的。秀珠别回去了,到我家里去吃晚饭罢。"说毕,牵着秀珠的手,就一路上了汽车。燕西不住的对秀珠以目示意,叫她对那日记本子保守秘密。秀珠也知道他的意思,微笑着点了头。

玉芬对于他们的行动,都看在眼里。车子开了,玉芬笑对秀珠道:"你和老七新办一回什么交涉呢?"秀珠道:"没有什么交涉,不过说笑话罢了。"玉芬道:"说笑话没有什么不能公开的,你为什么那样鬼鬼祟祟呢?"秀珠笑道:"我们是成心这样,逗着你好玩。"玉芬道:"妹妹,你把你姐姐当个傻子呢?你以为我一点不知道吗?"秀珠笑道:"你知道也不要紧,他们捧捧角,不过是逢场作戏,有什么关系?况且男子捧男子,你又何必去注意?"

玉芬听她的口音,并不是指着燕西说,很奇怪。一想到燕西在早上和自己说话的时候,和鹏振鬼鬼祟祟的情形,似乎这里面有些问题。灵机一动,于是就顺着她的口气,往下说道:"他们捧男角也好,捧女角也好,我管他做什么?不过这些唱戏的,他凭什么要给你当玩物,还不是为了你几个钱?所以由此想去,花钱一定是花得很厉害,有钱花,总要花个痛快。像这样花钱,免不了当冤桶,那何苦呢?老七虽也欢喜玩,但是花钱,花在面子上,而且也不浪费。不像我们那位,一死劲儿的当冤桶。"秀珠道:"三爷这人更机灵了,他肯花冤钱吗?要说听戏,倒很有限,天天听也不过花个二三十块钱。若是闲着,一打两百块一底的牌,两三个钟头,也许花几百块钱,这不强得多吗?"玉芬笑道:"你可知道,他们这钱是怎样花法?"秀珠一想,我不要往下说了,她是话里套话,想把这内幕完全揭穿,我告诉了她,她和鹏振闹起来,那倒没有什么关系,可是燕西知道这话是我说出来的,一定说我多事,那又何必!因笑道:"我又没捧角,我知道他们的钱是怎样花的?"

说到这里,汽车停住,已经到了金家门口。秀珠笑道:"刚是在你府上走的,这会子又到府上来。你们的门房,看见都要笑了。"玉芬笑道:"我府上,不久就要变成你舍下,迟早是这里去,这里来。"秀珠听见玉芬的话,说得很明白,就不肯接着向下说。因道:"你回去罢,我要找你们八妹谈谈。"玉芬道:"你到我那里去,叫人把她找来就是了。这会子,你一个人瞎闯,到哪里找她去?"秀珠道:"我总会找到她的,你就不必管了。"

一转过屏门,秀珠向西边转,顶头却碰见了鹏振。鹏振笑道:"密斯白回来了。戏很好吗?"秀珠笑道:"都不错,三爷那排位子,今天空了好几个,为什么不去呢?"鹏振听她说,倒吃了一惊。因问道:"哪里有我什么那排位子?我不知道。"秀珠笑道:"我全知道了,三爷还瞒什么呢?但是这个话,只放在我心里,我绝不会对玉芬姐说的。"鹏振穿的是西装,又不好作揖,就举起右手的巴掌,比齐额角,行了一个举手礼。笑道:"劳驾!劳驾!其实,倒没有什么要紧,不过她是碎嘴子,一知道了她就打破沙罐问到底,真叫人没法子办。"秀珠笑道:"既然是不要紧,那我就对她说罢。"鹏振连连摇头笑道:"使不得,使不得,那何必呢!"秀珠笑道:"既然不让我说,那得请我。"鹏振笑道:"密斯白好厉害,趁机而入,但是就不为什么事,密斯白要请,我也无不从命的。"一面说着,一面陪着秀珠走,一直陪着她到了二姨太太房门外面,眼见她进去了,这才出来。

走过一重门,只见听差李升,手上拿了一张极大的洋式信套。鹏振问道:"是我的信吗?"李升道:"不是,是一封请贴,没法送到里面去。"说到这里笑了一笑。鹏振拿了请柬拆开一看,却是花玉仙的名字,席设刘宅。日子却注的是阴历八月十五日下午七时。鹏振一个人自言自语的笑道:"这老刘倒会开心,自己不出面,用花玉仙来做幌子。"因问李升道:"什么时候送来的?"李升道:"是上午送来的。我一瞧这请柬上的名字,就不敢向里拿。"鹏振道:"是刘二爷那边派人送来的吗?"李升道:"另外还有一封请贴,是请七爷的,已经送过去了。"鹏振将请柬一叠,便揣在身上,留着和燕西商量。

这天晚上,燕西回来了,看见桌上放着一封请柬,便按电铃叫了金荣进来,问什么时候送来的?金荣道:"这是李升送来的,我不知道。"燕西道:"不止这一帖封子送到我们家里罢?他不能连三爷不请,就请了我。"说到这里,鹏振在外面接着说道:"别嚷别嚷。"一面说着,推进门来。

燕西道:"真也是别致,分明是老刘请客,怎样叫花玉仙出名。这家伙是怕我们不到,所以闹这个花头。"鹏振道:"我想他不敢。

他冤了我们到他家里去,连节都过不成,我们岂能放过他?"燕西道:"我们还是真按着时刻去吗?我想,总得在家里敷衍一阵子。大哥回来不回来,那是没准。二哥呢,又刚和二嫂闹别扭。我们两人要再不在家,那还像个样子?"鹏振道:"若是由家里吃了饭再去,那就有九十点钟了,岂不把老刘请的客等煞。"燕西道:"我们就先通知他,预备点心让客先吃,也就不要紧了。"鹏振道:"我也不知他请的是些什么客,这话不大好说。回头客都到齐了,专候我们两人去,人家非骂我们摆架子不可,最好还是我们早些去的是。"燕西道:"去是去,可是花玉仙要向我们敲起竹杠来,那算你的,我可不过问。"鹏振笑道:"你就说得那样不开眼,总共和你见过几回面,何至于和你开口要什么?况且在我当面,她绝不会和你要什么的,你放心罢。"

一谈到花玉仙,鹏振就足足的夸了一顿好处,舍不得走。一会子厨子提着提盒,送了饭来,一碗一碗向临窗一张桌上放下。鹏振看时,一碗炒三仁,乃是栗子莲子胡桃仁,一碗清炖云腿,一碟冷拌鲍鱼和龙须菜,一碟糟鸡。鹏振笑道:"很清爽。"金荣正抽了一双牙筷,用白手巾擦毕,要向桌上放。因对鹏振笑道:"三爷尝一筷子。"鹏振果然接了筷子,夹了一片鲍鱼吃了。因对厨子道:"还添两样菜,我也就在这里吃。"厨子道:"三爷的饭,已经送到里院子里去了。"鹏振放下筷子,偏着头问厨子道:"你是老板还是伙计?"厨子知道要碰钉子,不敢做声。

鹏振道:"我不是白吃你的,叫你开来,你就开来。里面开了饭,我不愿吃,给你们省下,还不好吗?人家说,开饭店不怕大肚汉,我看你这样子,倒有些不同。"燕西笑道:"嘿!同他说上这些做什么?你要什么菜,叫金荣去说罢。"金荣道:"三爷要吃什么?"

鹏振道:"不管什么都成,只要快就好,你不瞧我在这里等着吃吗?"金荣放好碗碟,笑着去了。

不一会儿,他竟捧着托盘,托了一碗烧蹄膀,一盘烧鸭来,另外又是一大盘鸡心馒头。鹏振笑道:"你倒很知道我的脾气。不过这一次猜错了,我是看见清爽的菜,就想吃清爽的东西。"金荣道:"要不,拿了换去。"说话时,鹏振早撅着一个馒头蘸着蹄膀的浓汁,吃了一口。因用馒头指着燕西道:"很好,你不吃一个?"燕西道:"罢了,我怕这油腻。"于是用筷子夹了一片烧鸭,在口里咀嚼着。笑道:"这烧鸭很好,是咱们厨子自己弄的吗?"金荣道:"还热着呢,自然是家里做的。"燕西道:"你对他说,明天给我烧一只大的,切得好好的,葱片儿甜酱,都预备好了。另外给烙四十张薄饼。"

鹏振道:"你又打算请谁?一只大鸭,还添四十张饼,这不是一两个人吃得完的。"燕西道:"不是请客,我送人。"鹏振道:"巴巴的送人一只鸭子,那算什么意思?"燕西道:"原是极熟的人,不要紧的。"鹏振道:"极熟的人是谁呢?"燕西见他手上拿了半片馒头,只伸手在桌子上蘸着,眼睛可望着人出神。燕西笑道:"这有什么注意的价值,尽管思索做什么?你瞧,把桌上的油汁都蘸干了。"鹏振笑着把馒头扔了,说道:"我猜着了,反正不是送男友。没有哪个男朋友,有这种资格,可以受你的礼。"燕西道:"管他是不是,这是极小的事,别问了。"

鹏振觉得这事心里很明白,燕西不说,也是公开的秘密,就不必多谈了。吃过饭,谈了一阵子,走回院子去,只见秀珠和玉芬,站在院子里闲谈。因道:"密斯白,刚才不是找梅丽去了吗?"秀珠道:"我在那里闲谈了许久,玉芬姐找我吃饭来了。我们等好久不见你来,后来听说,和七爷在外面吃了,所以我们就没有再等。"

鹏振笑道："我看见老七那边开的菜不错，所以我就顺便在那里吃了。密斯白，我报告你一个消息，明天你有烤鸭吃。"秀珠笑道："谁请我吃烤鸭？我猜不到。大概是三爷请我罢？"玉芬道："他呀！没有那样大方。他不求人，是一毛不拔的。"鹏振笑道："凭你这样一说，我这人还算人吗？这可不是我夸口，在两个钟头以前，遇到密斯白，我曾许了请她，这不会是假话罢？我总不能当面撒谎。"

玉芬道："请人吃一只烤鸭子，也是极小的事，值得这样夸嘴。"鹏振道："你又猜错了。这并不是我请密斯白，另外有人请她。这个人也就无须我说了。"玉芬笑道："老七也是小孩子脾气，无事端端送人一只烤鸭子吃做什么？"鹏振道："我也是这样说。因为我在那里，厨子另外送一碟烤鸭来。老七尝了一块，说是不错，他就想起来，要送密斯白鸭子吃了。"玉芬对秀珠笑道："嘿！老七待你真是不错，无论有什么，也不会忘了你。"秀珠听了这话，心里虽痛快，脸上究竟有些不好意思。便道："这是三爷开玩笑的，你也信以为真吗？"鹏振道："又不是什么重礼，我撒谎做什么？你不信，就可以问问老七去。"玉芬笑道："我没有听见说先问人送礼不送礼的。你以为秀珠妹妹没有吃过烤鸭子，等着要吃吗？"这一说，大家又都笑了。

秀珠倒信以为实，只当燕西真要送她的烤鸭，当晚很高兴的回家。次日上午，就等着烤鸭吃，一直到一点钟，烤鸭还没送到。秀珠心想，早上本来赶不及，一定是晚上送来，这且出去玩，到了那时，再回来吃晚饭。但是到了吃晚饭的时候，依然不见烤鸭。她心里就很疑惑不是鹏振撒谎，就是燕西把这事忘了。燕西本来是有头无尾的人，倒也算了，不去惦记这件事。

中秋这一天，秀珠到金家来玩，正在走廊上走的时候，前面似乎有个像厨子的人，和听差的说话。他道："前天给七爷送烤鸭出去的那一套家伙,还没有拿回来。劳驾,大哥给我们取了回来罢,我们又不知道在什么地方,日子一久,也许就丢了。"秀珠听了这话,分明燕西叫厨子烤了鸭,不过没有送给自己罢了。当时心里就感到一阵不舒服。因借着原故,走到燕西书房里去。恰好燕西在家,自然周旋一阵。

秀珠道:"这几天身子倦得很,不愿出门。可是在家里又怪闷的,你有什么好没有?借两本给我看看。"燕西笑道:"你也有借书看的日子,这是难得的,有有有!"于是在书橱里找了几部白话言情,一齐交给秀珠。秀珠将书叠好,夹在胁下,就有要走的样子。燕西笑道:"真是用功起来吗?坐也不坐一会儿,就要走。"秀珠道:"倒不是我用功,我怕在这里打搅了你。"燕西笑道:"打搅我什么?我不做事,又不读书。"秀珠笑道:"你留我在这里坐,可是我馋得很,你得给些东西我吃。"燕西道:"那不是容易事,你要吃什么?我马上叫人买去。"秀珠微微一笑说道:"我要吃烤鸭。"

燕西突然听了这话,脸上一红,但是依然佯作不知。也笑道:"好端端的,怎么要吃烤鸭呢?"秀珠道:"好端端的不能吃,为什么你倒好端端的送人?"燕西道:"我送了谁的烤鸭?"秀珠道:"你能说我这是冤枉你的话吗?"燕西道:"你真是有耳报神。是我前天叫厨子烤了一只鸭子,送给诗社里几个朋友,你怎样知道?"秀珠将嘴一撇道:"你别信口开河了,哪个作诗的朋友你那样看得起?还送烤鸭给他吃。"燕西笑道:"据你说,是送给谁吃了呢?"秀珠道:"你做的事,我哪里会知道?但是论起你向昔为人,是不会对男朋友这样客气的。"燕西笑道:"就算是送给女朋友,但是你指不出人来,也不能加我的什么罪。"

秀珠把头一摆,摆得耳朵上坠的两只长丝悬的玉环,摇摇荡荡,只打着衣领。秀珠还没有开口,燕西道:"怪不得现在又时兴长环子,果然能增加女子一种美态。"秀珠将身子一扭,说道:"今天不是节下,我要说出好话来了。"说毕,她已走去。燕西心想,这一只烤鸭,只有老三知道。但是我也没有告诉他送谁,秀珠怎样会知道?老三这个人真是多事,这话何必告诉她?但是这一天,燕西正急于赴刘家的席,晚上好乐一乐,秀珠虽然不大快活,这时候也来不及过问了。

第三十四回

纨绔聚豪家灭灯醉月　艳姬伴夜宴和索当歌

刚到下午六点钟,厨子被燕西催促不过,就在饭厅上,摆下席面。凤举因为要在父母面前敷衍敷衍,所以一到了时候也就来了。鹤荪今天早约好了几个人,在戏园里包了一个厢,吃完饭,就要听戏去了。凤举呢,另外有个小公馆,正心挂念着那位新夫人一个人过节,未免孤寂。今天家宴这样早,正合心意。所以在宴会之时,大家都没有什么提议,只随便说笑而已。

梅丽道:"七哥,你带我听戏去罢?"燕西道:"今天晚上,十家有九家是《嫦娥奔月》那种戏,像那种戏你还没有看腻吗?"梅丽道:"那末,咱们瞧电影去。"燕西道:"不成罢?时候来不及了。"梅丽道:"现在不过七点多钟,怎样来不及?"燕西指着凤举道:"你找大哥去罢,他下午就说了,今晚上要去瞧电影呢。"凤举笑道:"你信口胡说!我什么时候说了今晚上瞧电影?"金太太道:"你们就请她瞧一回电影,也不算什么。我看你们这样三推四阻的。"刘守华就笑说道:"我来请请客罢。要去的,可以随便加入。"凤举见刘守华解了围,如遇了大赦一般,非常欢喜。

席散之后,大家就偷偷的走开,鹏振早溜到燕西屋子里等候。燕西来了,笑道:"我们走罢,现在已经八点多了。"鹏振道:"路又不多,我们走去罢,省得打草惊蛇。"燕西道:"那自然,最好我先去,你后来,别一块儿走。"鹏振笑道:"你这是做贼心虚,难道还不许我们一块儿走路吗?"于是两人戴了帽子一声不响,就走出大门来。

这个请客的刘老二,是金铨手下一个亲信的人,名叫宝善。原来是一个寒士,经金铨一手提拔,现在也有七八万的家产。他就在金家住宅乌衣巷外赁了一幢房子住。现在税务署当了一个闲差,每日只到衙一二小时,其余便在家里闲坐。另外和金铨办点小信札。他因常在金宅来往,和一班哥儿们混得极熟,感情也极好。哥儿们有什么不公开的聚会,都假座刘家办理。这刘家的房子,是很精巧的,他又用了几个好听差的,两个好厨子,伺候宾客,容易让人满意。这次花玉仙请客,原是他的主使,当然在他家里。所请的客,除了鹏振的弟兄二人外,还有玉芬的兄弟王幼春,凤举的好友赵孟元、李瘦鹤,燕西的同学孔学尼、孟继祖。

鹏振一进大门,大家哗然大笑一阵。王幼春先笑道:"我猜你们还有一个钟头才能来呢。不料这就来了,真是难得。"原来王幼春是鹏振的小舅子,但是在外面游玩,颇能合作,他在玉芬面前,不但保守秘密,而且极端说鹏振的好话,所以鹏振在外面捧戏子或者逛胡同,对幼春是丝毫不隐瞒的。况且同游的人,彼此消息相通,也无可隐瞒。鹏振笑道:"今天我们是特别的讲交情,设法把家里这一餐饭提前了两个钟头。玉仙呢?"

刘宝善道:"她因为肚子痛,临时请假,打算请一个人作代表。"鹏振笑道:"就凭你?"刘宝善道:"别忙,我的话,还没有说完呢。

她的意思,是想王金玉来和她当代表,偏是金玉也推说身体不大舒服,不肯来。据我看,她两人都没有什么大病,另外有层原故不能来。"鹏振道:"有什么原故?"刘宝善道:"玉仙不是肚子痛吗?我想不是痛,那是要添小孩了。"鹏振见他说这句话,只眏眼睛,嗓子又特别提高,已然会意。因道:"金玉不来,也是在家里要添小孩吗?"刘宝善道:"大概是罢?你们猜猜,这两个小孩要出了世,应该姓什么?"孟继祖道:"姓什么?自然姓金啦。"

这一句话刚说完,右边一列绣屏一动,早有两个长衣翩翩的妙龄女郎钻了出来,一个正是花玉仙,一个正是王金玉。花玉仙指着孟继祖道:"该罚多少?"孟继祖笑道:"为什么要罚我哩?"花玉仙道:"你都说的是些什么话,还不该罚吗?"孟继祖道:"就算我说错了,可是这话,也不是我一个说的。"花玉仙回转身来,对刘宝善扬着眼皮,鼓着小腮帮子,说道:"哼!刘二爷也得罚。"刘宝善偏着头,对花玉仙脸上望着,笑道:"花老板,真要罚我吗?可别让我说出好的来。"花玉仙道:"你尽管挑好的说,怕什么?"刘宝善笑道:"得了得了!这话还不是一说就了,只管提他干什么?"花玉仙拉着他的衣袖,不住的将脚跳着,说道:"你说你说,非说不成!"鹏振皱眉道:"得了,大家斯斯文文的谈一会子罢,别闹得太厉害了。"花玉仙道:"是谁先闹起来呢?这会子,倒来说我!"鹏振牵着她的手,拉着到一张沙发椅上坐下,又用手拍一拍这一边,对王金玉笑道:"你也坐下。"王金玉和鹏振一点头,笑道:"千千岁,谢坐。"也随身挨着鹏振坐下。

王幼春在椅子上跳了起来,说道:"这是什么话?都陪着他一个人。金玉,咱们俩要好要好,成不成?"王金玉笑道:"要好就要好,要什么紧?"说着话,马上就坐到王幼春一处来。孔学尼摇摇头道："好处尽在你哥儿们身上，别人就没有分了？"花玉仙道："我们统共两个人，你们这个要沾一点香味，那个也要沾一点香味，那怎么办？把我俩割开来罢。这话可又说回来了，我是和三爷感情好一点，我得多陪着他一点。"说时，眼睛斜视着鹏振，笑道："三爷，你说怎么样？"鹏振笑道："敞开来说了，这里有好几个寡汉条子，你越逗他们，他们越着急。"孟继祖道："着急什么？三哥没来的时候，我们先就要好了一会子了。"说时，一抬肩膀，舌头又一伸。

花玉仙又跳了起来，要抓孟继祖，孟继祖一闪，闪在孔学尼身后。孔学尼是个近视眼，一只手按着眼镜，一只手连连摇道："使不得，使不得。"孔学尼越说使不得，孟继祖蹲着身子，藏在他身后，两只手按着孔学尼两只胳膊，越是左闪右躲。弄得孔学尼像不倒翁般，恨不得要倒下去，急了，口里只说哎呀。燕西走上前，将花玉仙扯到一边，笑道："我来解个围。"花玉仙笑道："别拉拉扯扯的。"燕西笑道："你也要讲什么男女授受不亲吗？"花玉仙笑道："我倒是不在乎。咱们太要好了，在座许多人，又要说闲话的。"

刘宝善道："大家别闹，让我来想个调和法子。老赵熟人很多，能不能再请两位来？大家凑一个热闹。"赵孟元道："熟人是有，可是今天晚上，大家都有戏，不容易把人家请来。"王金玉对赵孟元道："有是有人，可是没有什么交情，不知道人家来不来？"赵孟元道："没有交情要什么紧？这一次认识了，下次就是交情。别的我不说，若是打八圈牌，你赵大爷能负这个责任。"金玉道："赵大爷不许愿则已，若是许愿，漂过你们没有？"花玉仙从中对赵孟元伸出一个大拇指，笑道："不含糊！"赵孟元道："既知道不含糊，就把你们介绍的两位人说出来罢。"王金玉道："一个黄四如，一个是白莲花，都是唱衫子的。"燕西笑道："反正是小姑娘，唱胡子的唱黑头的,也不要紧。"花玉仙道:"要不,我把刘金魁也叫来,她的黑头唱得不错。"鹏振摇头笑道:"呵哟!罢了!她那副尊容,又大又粗,又是黑麻子。"花玉仙道:"七爷不是说,只要是小姑娘,唱黑头的也欢迎吗?"

燕西笑道:"别再耽误了,要请客赶早去请。若是还延迟时刻,我们要等到半夜吃饭了。"王金玉道:"用不着再去请,让花大姐打一个电话去,她就来了。"王幼春笑道:"嘿!好响亮的名字,这'花大姐'三个字,多么好听啦。花大姐,你快打电话罢。"这花玉仙认识几个字,也会看《红楼梦》。听了王幼春这样说,是学《红楼梦》叫袭人的口吻,是有意讨便宜。便道:"王二爷是最调皮的人,说什么话也不肯放松人一步,我总算怕了你就是了。"王幼春笑道:"我又不吃人,你怕我做什么?"花玉仙道:"你不吃人,你比吃人还狠呢。"燕西道:"别说了,你们二人闹着唱上《梅龙镇》了,有完没有?再要闹下去,就天亮回家了。"

花玉仙道:"就是这样说,我去打电话。电话在白莲花家里,黄四如是她们街坊,一叫就来了。可是有一层,她们若是肯来,要借哪一位的汽车用一用。"这句话刚说完,鹏振和王幼春、李瘦鹤、孔学尼、刘宝善五个人同声答应一句有。赵孟元道:"我们没有汽车的人,答应不上这个'有'字,多么寒碜!孟三爷,我们发一个狠心,也也去买一辆破货来装装面子罢。"燕西道:"要汽车,有许多人答应算什么?必得……"花玉仙早用个指头,塞住耳朵,自打电话去了。打了电话回来,果然两位客都算答应来。还是刘宝善算半个主人翁,把自己的汽车去接。

果然很快,不到三十分钟,就把白莲花、黄四如接到。花玉仙就给她两人一一介绍。黄四如的脸子,虽不算十分的漂亮,但是她在台上唱起戏来，声音非常清脆。而且唱玩笑戏的时候，传神阿堵，却是妩媚动人。她虽然不认得在座的人，在座却都认识得她。花玉仙一介绍之下，她就对燕西笑道："我们好像在什么地方会过。"燕西笑道："当然会过，而且会过多次，不过一个在台上一个在台下罢了。"王幼春笑道："了不得，你们一个在台上一个在台下都会认识起来，你们彼此注意的程度，也就可观了。"鹏振笑道："幼春说话，实在不客气。大家还是初次见面的朋友，你怎样就开起玩笑？"黄四如笑道："不要紧，我向来就在台上和人开玩笑的。"王幼春道："好！老黄是真开通。这种人，和我就很对劲。"

黄四如在这里随便说笑，那个白莲花，却是携着花玉仙的手，默默坐在一边。她也不过一十七八岁的光景，穿一件宝蓝印度绸的夹旗袍，沿身滚白色丝辫。她不像别个坤伶，并没有戴那种阔边的博士帽。她也没有剪发，挽了一个辫子蝴蝶髻，耳朵上坠着两片翡翠秋叶环子，很有楚楚依人的样子。燕西看着，就说道："白老板，怎么没有搭班？"花玉仙笑道："七爷，你说错了，我这大妹子，虽叫白莲花，她可是姓李。"燕西笑道："哎呀！我失言了。"白莲花抿嘴一笑道："没关系，姓什么都成。"说这话时，听差来报告，要不要就开席？李瘦鹤笑道："我是没吃饭来的，喉咙里恨不得伸出手来，还等吗？"大家笑了一声，就到客厅外西边走廊下，一个小客厅里来。

这个时候，正中放了圆桌，杯筷和冷荤，均已摆好。大家虚让了一会儿，究竟让鹏振坐在上面，刘宝善对花玉仙道："你也坐上去。"花玉仙笑道："刘二爷，怎么啦？你是连谁下的请客帖子都忘了？"她这句话一提，倒让刘宝善无什么话可说。燕西却不做声，在左边坐下，上手是黄四如，下手却是白莲花。刘宝善故意笑道："七哥怎样不上坐？"燕西笑道："上面两个位子就让我兄弟俩坐吗？

没有这个道理罢？"其余的人，却也没有留意什么，因此大家就坐下。

鹏振坐在上面，正望着院子里，只见一轮金盘皓月，正由院子里槐树顶上，簇拥上来，月亮下边，微微的拖着几片稀薄的金色云彩，越映得月色光华灿烂。鹏振一看电灯机钮，就在身后墙上。走出去，把走廊上的电灯先灭了。复回座又来把屋子里电灯也灭了。在座的人，先是觉得眼前一黑，回头又觉一阵清光，显在眼前，大家才明白鹏振的意思，是要赏月。孔学尼用筷子敲了桌子，说了一声有趣。刘宝善道："有趣是有趣，这样黑蒙蒙的，厨子上菜，也没有法儿上。"燕西道："有这大的月亮照着，还不成吗？无论如何，不会把菜塞进鼻子去，你只晓得上京华饭店去跳舞，那就是趣事。"刘宝善笑过："七哥，你别说那个话，论起上饭店喝洋酒看洋婆子跳舞，我不会比你多罢？"李瘦鹤道："你们开雄辩会罢。我饿了，可是等不及了。"说时，拿起筷子，已吃将起来。

这一开端，大家把谈锋压下去了。好在这月亮实在是大，所以大家在月亮下倒也吃喝如常，不嫌黑暗，吃过几碗菜之后，大家酒兴上来，鹏振道："今天晚上咱们得尽量的乐一乐。"因是执着花玉仙的手道："你先来一段，好不好？"花玉仙笑道："我们自然要献丑的，我早就想好了，咱们共是四个人，回头咱们共来一段《五花洞》。"一言方毕，好声巴掌声，震天也似的响了一阵，孟继祖让大家叫完了好，还独自叫了几句好。

王金玉道："怎么算上我一个啦？我是唱小生的，怎么唱起衫子来？"燕西道："今天咱们是大家找个乐儿，谁也不能拿乔。要拿乔可就不够朋友了。"王金玉笑道："并不是拿乔，这个《五花洞》是大家比嗓子的玩意儿，论起这个，我真比不上人。"鹏振道："这么办罢，你和玉仙一对儿。你唱到中间要歇伙儿，有玉仙唱着，也就带过去了。"花玉仙道:"你信她胡说!她正打算改唱衫子呢,怎么嗓子不好?"

刘宝善趁他们说话,把鼓板胡琴,全搬出来了。因将胡琴隔了桌子,向鹏振这边一伸,笑道:"三爷劳你驾。"左手夹着檀板一闪手,啪的打了一下,笑道:"这个就交给我了,准没有错。"孟继祖道:"有四胡子没有?我也别闲着,凑上一个。"刘宝善道:"有!我那里还有一把月琴,让老李也凑上一个。咱们来个男女合演,大杂和菜!"李瘦鹤笑道:"你自己拿鼓板,你不怕闹出笑话来吗?"花玉仙笑道:"大家凑付罢,这又不是台上,大家闹着玩,认什么真呢?"

鹏振将座位挪了一挪,调了调弦子,于是先拉了一个小过门,笑道:"胡琴很好。"花玉仙道:"不是胡琴很很好,是拉胡琴的拉得好罢?"依着燕西马上就要唱起来。王幼春道:"你哥儿俩,吃饱了喝足了来着,就不问别人了。这儿男男女女一桌子,大概都还没有吃呢。"因回头对站在一边的听差道:"上菜罢,吃完了,你们也落个听。这样的好义务戏,你们能碰着几回?"听差听说,也笑起来。于是重新亮起电灯,忙着上菜。吃到上了甜菜,大家就打着拉着唱将起来。

花玉仙、黄四如去真金莲,白莲花、王金玉去假金莲。这白莲花格外要好,唱得字正腔圆。燕西先是两头叫好,后来就按下真金莲,专叫假金莲的好。戏唱完了,听差的打上手巾把,送上茶来,送到白莲花的茶,燕西一笑,接着递了过去。大家随便吃了一些东西,花玉仙四人,又唱了一段。白莲花大卖力,唱了一大段《祭江》。那反二黄的调子,本来就清怨动人,白莲花更唱得抑扬婉转,十分好听。燕西让她唱完了,鼓着掌道:"好极了,好极了!"

孔学尼取下近视眼镜,将手绢擦了一擦,然后戴上,望着白莲花笑了一笑道:"李老板,你可知道这六个字大有讲究?好不算奇,好极了也不算奇,好极了之上再好极了,那才算奇呢。"白莲花笑道:"我想七爷也是随便说着玩罢了,不能还有那些讲究。"王幼春笑道:"李老板,你知道我是老几?"白莲花摇摇头道:"我说不上。"王幼春笑道:"真邪门儿,燕西老七,你偏知道。七爷长七爷短,好像是很熟的朋友似的。怎么到我就说不上?"白莲花笑道:"呦!这可让你挑上眼了,大家都叫老七,我也跟着叫七爷。我可没听见人家叫你什么,我知道怎样叫法呢?"王幼春笑道:"你说的是,反正不能没有理。"燕西笑道:"老二今天在家里多喝了两盅罢?老和人抬杠子,是怎么一回事?"王幼春笑道:"老实说一句,我瞧你们交情那样好,偏是我不成,我是有一点吃飞醋。"

燕西站起来,拉着黄四如的手,把她拉到王幼春面前,黄四如把手绢捂住嘴,笑得身子只向后仰,说道:"这是干什么?"燕西道:"老二,这位黄老板,是我最佩服不过的一个人,我现在特别介绍你和她为朋友,你看好不好?再不能说我不讲交情了罢?"王幼春心里可在骂道:"老七挺不是东西,把一个幽娴贞静的白莲花,自己留着。就把黄四如这骚货,介绍给我。"可是碍着面子,又不能当面拒绝。笑道:"我早认识了,何须乎要你这一道手续?"黄四如笑道:"可不是!七爷是成心开玩笑呢。"燕西道:"不,普通认识那没有什么,必得特别介绍一下子,让二位格外熟识些。来!拉一拉手。"于是左手牵着黄四如的手,右手牵着王幼春的手,将他二人的手,合在一处。笑道:"以后是好朋友了,别为了要豆子吃打吵子。"

在座的人看见这样子,乐得凑趣,都对他二人叫好。王幼春对黄四如笑道:"你看见没有?他们瞎起哄,拿我们开胃。"黄四如随身就在王幼春面前一张椅子上坐下,笑道:"咱们正正堂堂交朋友,怕什么？越是害臊，人家越是起哄了。"刘宝善伸了一个大拇指道："不错，到底是黄老板大方。"大家一起哄，王幼春倒真像和黄四如发生了什么关系似的，老在一处坐着。

燕西和白莲花二人，却是不同，大家下了席，他们却在一张沙发椅上，从从容容的细谈。燕西道："刚才有一句话，我们还没有说完。我不是问你为什么没有搭班子吗？"白莲花道："在北京唱戏，没有人捧，是站不住脚的。"说时，用手去摸发髻，瞟了燕西一眼。燕西笑道："不过我的力量有限，你若能出台的话，我愿助你一臂之力。"白莲花在衣底下将手握着燕西的手，眼珠斜视着，微笑道："这话是真的吗？"燕西被她一握一笑，心都荡漾起来了。笑道："怎么不是真话！我凭什么把话来冤你呢？"白莲花道："大概在第二个礼拜，我就要出台，不知道七爷是怎样帮我的忙？"燕西道："登广告，定包厢，扎电灯牌坊，都可以，你爱怎样罢？"白莲花微笑道："我爱怎样办呢？依我的意思，巴不得全都办到。"燕西道："全都办到也可以，你得请请我。"

他们二人说话，在座人的眼光都射在他二人身上。白莲花因就接着说道："在座的人我全请，可就是怕不赏面子，不肯到呢。"刘宝善笑道："是外江来的人究竟不错。你看李老板，真是眉动眼睛空，见话说话，说出来的话，自然全场都照应到了。"白莲花笑道："这是什么话？我不懂。"刘宝善笑道："反正不是说你坏话，你懂不懂，没有关系。"燕西道："我们规规矩矩说一句，这位李老板出台，你得帮一点忙。"刘宝善笑道："那还成什么问题呢？有你金七爷出面子，这一点小事，还怕办不了吗？"燕西道："牡丹花儿虽好，也要绿叶儿扶持，我一人就是出面子，也得诸位帮忙。譬如我包一个厢，我一人可以坐着，我若包两个厢呢？还能分开身子来坐吗？"

刘宝善笑道："只要有七爷花钱，这还愁什么？要多少人帮忙，我相信都有。"白莲花笑道："不敢说请哪位帮忙，大家赏面子罢。"孔学尼点头道："不说别的什么，就凭你这几句话，我们就得去，何况我们和七爷又是好兄好弟呢？"刘宝善笑道："你听着，这事可不成问题了，你就预备请我们罢，我们张着嘴等。"

大家说笑一阵，时已夜深，燕西拉着白莲花回到院子中间来看月亮。只见月轮已在槐树梢西边，青天隐隐，一点云彩也没有。月轮之外，加上一道月晕，犹如一个五彩绸子扎的大圈圈一样，月亮本来就很亮，被这五彩月晕一衬托，只觉光耀夺目。连叫了几声好。大家一听，也都拥到了院子里看。燕西道："可惜这院子太小，又没有水，不然，这月色比月亮还要好看。"孟继祖笑道："七哥的书，大有进步了，这样吐属不凡，和以前大不相同了。"燕西笑道："这就叫士别三日，刮目相看了。"刘宝善道："仿佛听见说，七爷现在交了一个很有学问的女朋友，大概现在学问进步，都是由那位女先生教的了？"

燕西听了只是微笑，但是心里倒想起了一件事。今天晚上，清秋一个人在家里看月亮，是异常冷静，无论如何，今天晚上，我应该去看她一下才好。不过到了这时，夜已深了，就是去找她，她也睡了。明天晚上的月亮，一定还不错，明天再去找她罢。但是今天晚上并没有打一个照面去，恐怕是要见怪的。想到这里，不觉无精打采。心里一不高兴，敷衍了白莲花几句，便对鹏振道："我们都出来了，似乎要先让个人回家才好，我先回去罢。"鹏振也觉得兄弟们全在外边，有些不妥，也赞成他这话。他就借了这个机会，先回家去了。

第三十五回

佳节动襟怀补游郊外　秋光扑眉宇更入山中

闹了半夜，身子实在疲倦了，回家一餐饱睡，睡到次日十二点，方才醒过来。胡乱吃了一餐早饭，便到落花胡同来，站在冷家院子里就先嚷道："还有月饼没有？赶着吃月饼的来了。"冷太太笑着迎了出来说道："有有，昨天我们就等你来吃月饼，等了半晚也不见来，我猜大概是听戏去了。"燕西道："可不是听戏去了，而且还是我做东呢。"一边说着，一边走进房来。

清秋一只手掀了门帘子，一只手抚着头发笑道："早哇！"燕西笑道："现在虽然有一点多钟，但是我刚刚起床不多大一会儿。"清秋道："昨天晚上，大概是乐了一晚上，所以今天早上起不来。"燕西道："本来听戏回来，就不早了，回来之后，接上家里人又拉着赏月，直到两三点钟才睡。"清秋道："昨天晚上的月亮，实在不错，真让我看了舍不得睡。"燕西笑道："据我猜，今天晚上的月亮，也不会错。"清秋笑道："我只听说八月十五赏月，没有听说八月十六赏月的。今晚的月亮，纵然不错，也过了时候，有什么意味？"燕西道："反正只要月色好就是了，管它是哪一天呢？"

说话时，冷太太进屋子料理果品去了。

清秋笑道："你极力说今天晚上的月色好，那是什么意思？"燕西笑道："你还问什么？你早知道了，还不是我要请你赏月。"清秋道："昨天你不请我赏月，今天却来赏这一轮残月，我不干。"燕西道："昨天白天，我来和你拜节的，你又出去了，晚上想来呢，偏是又走不开。今天晚上我请你公园里月亮下走，你去不去？"正说这话，冷太太恰好出来了。清秋不好怎样答复，冷太太也就没有做声。韩妈忙着，早摆下好几碟子果品。清秋笑道："这是俗套，要说请，那就俗上加俗。听你便，你爱吃什么，就吃什么罢。"燕西笑道："我是不客气，但是主不请，客不饮。"说着，端起茶杯，呷了一口茶。清秋笑道："你还说主不请，客不饮吗？话没说完，先就饮上了。"燕西一想，也笑起来。

冷太太捧了一管水烟袋在旁边一张椅上，斜着坐了，她见燕西笑容满面的在那里吃糖炒胡桃仁。清秋站着在小屏风下，也含着微微的笑容。冷太太慢抽着水烟，眼看这一对少年，真是一双璧人，让他们婚姻成就，也是平生心愿。本来呢，上次他们五小姐来了，这婚事就有进行的机会，偏是清秋舅父一到天津去了，这边衙门里倒教他在那里办事，老不能回来，这婚事也就无人好出面来提了。

燕西见冷太太满面笑容，只对自己看着，倒不好意思起来。因笑道："我就喜欢吃花生仁胡桃仁这些东西，伯母看我吃得太多吗？"冷太太笑道："这是我们家里炒的，有的是，你吃罢。"燕西笑着对清秋道："很好吃。再送我一点，让我带回去吃罢。"清秋听说，转身就要进房去拿。燕西道："不忙，我今天不回家了，就在隔壁住着。因为我有一个朋友，打算搬家，要接住这房子。我赶紧收拾东西，腾出房子来，我今天要把这些小件古董先收拾起来，明后天就要来搬笨重家具了。"

清秋听了这话,心里倒觉得有一桩什么心事似的。因问道:"是真的吗?上半年,你们如火如荼,弄得非常热闹。现不到几个月就这样冰消瓦解,真是虎头蛇尾。"燕西道:"我不是早说了吗?家父早就要我搬回去。我只敷衍故事,一面在家里铺张,一面仍旧保存这里的屋子。我也听了金荣的话,把厨子听差全都撤销了。这里只用两个人看守房子。不料这样一来,更不方便,要一杯茶水,都极费事。所以我想有朋友来接着住也很好。他家里人口并不多,可以腾出一部分屋子来。我们一些朋友,若是还愿意把诗社办下去,依旧可以不搬家,费用一层那就省得多了。"清秋微笑道:"像金七爷这样贵家公子,还省几个小钱吗?"燕西笑道:"这是骂我的话了。我是只会花钱,并不挣钱的人,若是再要不约束一点,自己未免有些不好意思。"

冷太太听到这里,就插嘴说话了。笑道:"像府上这样的人家,还在乎金先生挣钱哪?而且你还是求学的时代,现在也谈不到此。"燕西道:"挣钱不挣钱,倒不要紧。可是太浪费了,怕将来用惯了,不能收束,也是不好。"冷太太口里喷着烟,点了一点头道:"这话很对,不惜钱,也惜福。"清秋笑道:"哎哟,这哪里又用得着你老人家搬出阴骘文来呢?七爷也不过是几句客气话罢了。"

冷太太对燕西笑道:"上了年岁的人说话,总有些迷信的,不要见笑。你那边既然没有厨子,不必客气,下午就在我这里便饭。"燕西道:"可以可以,但是伯母务必只要弄些家常菜,不要太多了。"冷太太笑道:"家常菜也是没有什么可吃,就是特别办一些菜,把府上的菜一比,也简直不成东西。所以这一层倒不用得你先声明。我这并不是客气话,实在是这样的。"燕西道:"若论起花钱来呢,舍下是厨子弄的,当然不同些。但是天天开那些大鱼大肉,吃得人怪腻的。他们做的，是他们的做法，和家常菜不同，而且里面加上许多佐料，许多味之素，把菜的原味，都失掉了。"冷太太笑道："要吃别的什么，怕办不到，若是要吃小菜，这很不难，我可以多多的办上几样。"燕西道："那样才好。"冷太太说时，便去分付韩观久买小菜。

燕西笑着对清秋道："这样一来，又要劳你的驾了。"清秋笑道："你就猜准了是我做菜吗？"燕西笑道："我想一定是这样。"清秋道："算你猜着了，你把什么谢我哩？"燕西道："坐汽车逛西山，好不好？"清秋道："你怎么老提这一件事？"燕西道："你不是常说要到郊外去吸新鲜空气吗？我已经预算好了，就是明天去罢。"清秋笑道："你真是一个忙人。逛一趟西山，都得预算日子。"燕西道："不是忙。既到西山去，就应该痛痛快快的玩一日。什么事都要摆脱它，然后才不心挂两头，你说是不是？这两天天气很好，明天又是星期。你也没有事，这也算是难过到一个日子。"清秋道："你不用转弯抹角说上许多，干脆，你就是要我和你一路出城就是了。"燕西笑道："那末，你是去定了？我在哪里等你呢？"清秋道："不要那样鬼鬼祟祟的。干脆，就和我母亲说明，说是一路逛山。"燕西道："那不好罢？一来我不好意思说，二来我又怕碰钉子。"清秋道："你不必说，你明天将汽车开到你门口，大大方方的等我就是了。"燕西道："好极了。从来我没有看见你这样痛快答应我的什么事。"一会儿冷太太来了，大家说了一阵闲话，燕西就到那边监督着人收拾零件陈设。

他看了看，凡是家里不知道的东西，他都不要，并拢在一处，用藤箩提着，一箩一箩的送到冷家来。大凡富贵人家的东西，在一般平常的妇女看来，都觉可爱。燕西那边的陈设，冷太太心爱的就多，现在送来很不少，冷太太自是欢喜。到了晚上，燕西就在这边吃饭。果然依着燕西的话，弄了不少家常小菜。燕西见冷太太越发解放了，心里很是欢喜，吃过饭之后，又在冷太太家里闲谈了一会儿，一看冷太太并没有丝毫不快的样子，这也就是很可高兴的一件事。因此，大家越谈越入港，一直到十二点钟才去睡觉。

到了次日，清秋和她母亲说，说要借燕西的汽车，去逛半天西山。同车去的，是两个同班的女同学。冷太太道："是哪几个人？"清秋道："不很到我们家里来，你不认得。"冷太太道："玩玩不要紧，不过要早些回来，若是回来晚了，就会关在城外的。"清秋道："何至于玩到那样，在三四点钟，我就要回来。"冷太太听她说如此，就不加以追究了。

到了十一点钟，燕西那边派人来对韩妈说，汽车已经预备好了。清秋听说，就向这边来，走到大门口，大小汽车夫都已上车。燕西坐在车里，见她来了，又点头，又招呼，连连笑道："上来上来。"燕西将车门打开，让清秋上车。清秋一坐下，喇叭呜的一声，车子就开走了。

燕西问道："伯母现在真开放了，男女的界限，看得很淡了。"清秋抿嘴笑道："那也除非是你这样，对于别的人是办不到的。但是公开的说和你出来玩，我还怕碰钉子，我只是说借你的车子用一用。"燕西笑道："这话有些勉强，你又没有什么大不了的事，借我的车子上哪儿去呢？"清秋道："这也无非是掩耳盗铃，她又何尝不知道我们是一路出去玩呢？"燕西道："老伯母倒是一个慈祥恺悌的人，和我的母亲差不多。我的母亲，人真和善，将来你就可证明这话了。"清秋听他说到这里，就默然不语，只是向车窗子外面看去。燕西笑着拉了她的手道："你怎不言语？"清秋皱眉道："你不要提这儿个罢,你一提这儿,我满肚子都是心事。"燕西道:"有什么心事?"清秋对前面车夫座上努了一努嘴,没有做声。燕西会意,也就不说什么。

车子出了西直门,只见远远近近,那些庄稼地已经将高粱麦子都割去,一片平原,其中夹些半青半黄的树木,空气非常清爽。汽车走得很快,风由当面吹来,人闻到鼻子里去,精神很是爽快。清秋笑道:"好些日子没到城外来,突然出城,非常有趣。"燕西道:"我老早就要你出城来玩,你总不肯来,现在你也说痛快了。以后我想若是没事,我们就坐车子到西山来谈谈,岂不痛快?"清秋道:"一逛西山就是一天,老是来逛,我不要上学了吗?"燕西道:"我们就择定礼拜日来得了。每个礼拜来一次,你看好不好?"清秋笑道:"你做事就是这样躐等。第一次来逛,还在路上,这又谈到以后的事了。"燕西道:"我并不是躐等。我是想到哪里,就是说到哪里。"清秋道:"惟其如此,你说到哪里,也就忘到哪里了。你说是不是?"燕西笑道:"你这话有根据吗?"

这时候,车子已经到了玉泉山。清秋目视窗外山顶上的一列古屋,几层小塔,越来越迎上前来,正出了神,燕西问她的话,她却没有留神。燕西又以为是自己的话或者逼得太紧了,她说不出所以然。因此,也就不愿向下再说。

车子到了八大处,停在山脚下一片空场上。燕西走下车,清秋下来,就一把挽着。这里便是西山旅馆的门外。那门外露台下,许多茶座都坐满了人,有一大半却是外国人。虽然其中还有一二处空座,清秋嫌是外国人当中,不愿坐下。只管上前走。走过这里,有一片空地,有两个空座,正在那个小花圃后面,望着上碧摩崖的山脉迎面而去。清秋笑道:"就是这里好。"燕西道:"你总是这样,要到这人不到的地方。坐在这里,要个茶水,要个点心,也不方便。"清秋随身向一张藤椅上一坐,笑道:"你是来看山的呢?还是来喝茶吃点心的呢?要为吃点心而来,我就不说了。若是说看山,总以这儿的地方算好罢?"燕西道:"我是无可无不可。你既然说这里好,我就在这里坐下,这也就算很肯听话的了。"说时,躺在藤椅上两脚一伸,说道:"好空气,舒服!"

清秋笑道:"这是阔人说的话。你看山脚下那些抬轿的,三百六十天,天天在这里坐着,也不见得他说一句舒服。他们是不在乎空气好不好,若是能到你们厨房里去,闻着一阵肉香,恐怕他们才说是舒服呢。那些地方是你们所不肯到的地方罢?"燕西笑道:"你很反对资产阶级呢。这样说,我找个小事混混,我们一块儿去过清苦的平民日子,好不好?"清秋抿嘴一笑,什么也不说。手捏着一块花绸手绢子,托着左腮,对着山色出神。

燕西也顺着她的眼光看去,只见山上的高低松树,绿色格外苍老了。树中所夹杂的各种果树,叶子都有一半焦黄,风吹着树叶,沙沙的响起来。那风吹过去,刮着那些黄叶,飘飘泊泊,一阵一阵,四处飞舞。山上的草,这个日子,都长得有二三尺长。草丛里长的那小树,刚刚过草顶,越是黄得多。就是那些草,也就东倒西歪,黄绿相间。阳光射着,便觉得一带山色,黄的成分比绿的成分居多。

燕西笑道:"秋天景致真也是极有风趣。可是今年的秋色,比去年的秋色,来得更快,那是怎么一回事?"清秋先还是一面出神,一面听他说话,后来不觉噗哧一笑。燕西道:"你笑什么?"清秋笑道:"你是刚才在老师面前学了手艺去,马上就要在老师面前卖弄。"燕西道:"这是什么话?"清秋道:"上次我不和你说了吗?秋风先瘦异乡人。你说今年秋天来得更快,分明是在这句诗上套下来的。"

燕西笑道:"奇不得人家说我有了个新老师,学问进步多了,所以现在说话,很是文雅。难道我从前在老师面前没有领教以前,连话都不会说吗?"清秋怕他误会了,连忙笑道:"你发什么急呢?那句诗,也不是我作的。不但你没有套他的话,就是套他的话,也是学古人的话,与我什么相干?我不过捉着一个空子,说一句笑话罢了,你怎么左一句老师,右一句老师叫起来?让人家听了,什么意思?"

这西山饭店里的茶房,是认得燕西的,便不用燕西分付,早是沏了一壶红茶,盛了两碟点心,一路送来了,放在桌上。清秋见红茶来了,就斟了一杯,送到燕西面前,微微笑道:"别生气,请喝茶。"燕西见她这种情形,大有赔罪的意味,心里更是不安,笑道:"这是什么意思?我是笑话,你倒认真吗?"清秋道:"什么认真?我给你斟上一杯茶,无非是客气,难道还有什么恶意?"燕西站起来,不做声,也给清秋斟上一杯茶,笑道:"来而不往非礼也!"清秋不便拒绝,只好站起来笑道:"谢谢。"燕西不往下追究,清秋更是不愿意追究。因此,两人对了笑一笑,把这事就揭了过去了。

清秋望着山上的黄叶,笑道:"你看这样深的秋色,像图画一般,有多么好!我要是一个画家,一定要把它画将下来。"燕西道:"现在我两人都不是画家,那怎么办呢?"清秋道:"可以作……"到这里,忽然想起刚才一桩公案,连忙把这句话缩了转去。燕西说话,向来是不留意的。因就笑道:"要我作诗吗?那简直是让我受罪。"清秋笑道:"你这几个月,诗才大有进步,怎么说作诗是受罪?"燕西笑道:"我又不敢班门弄斧,你怎么知道我的诗才大有进步了?"清秋道:"我听到我舅舅说起你的诗,总是夸奖得了不得。我是想请教,又没有机会。"燕西笑道:"今天在这儿,就是考我的机会吗?"清秋道:"你不要说这样的俏皮话,成不成?"燕西道:"不是俏皮话,我是真心话。无论如何,我的学问,不能如你。这一点,我还没有自知之明吗？而且我还存了一个心事，我们早早结合，以后我就可以跟着你补习补习一点国文。"

清秋竖起一个食指，耙着脸道："一个男子汉，说出这种话，岂不害臊？"燕西笑道："在你面前说软话，也不算害臊。我不说，我的学问就会高似你吗？"清秋道："人家男子汉，以不能胜过妇女为耻，你倒甘心退让。"燕西道："这也不是自我作古。人家不是早已说过，拜倒石榴裙下吗？我也是拜倒石榴裙下一份子了。"清秋随手掏了块饼干，一只手撑了头，一只手送到嘴里，慢慢咀嚼。眼睛还是看著满山的黄叶。

这个时候，西风停止了，那深草里的虫声，却是叽叽喳喳的又起又落。听了让人心里起了一种异样的感触。他们坐的这前面，正是一株洋槐树。天气冷了，这树就枯黄了不少的树叶。忽然之间，有一阵稀微的西风，把树上的枯黄叶子，吹落了一两片，在半空中只管打回旋，一直吹落到他们吃茶的桌上来。

清秋用手捉了一片叶子，举到眼面前一看，笑道："秋气真是深了，树叶黄到这种样子，若是再过十天半月，树叶一落空，就更显得凄凉惨淡了。人生的光景，也是这样容易过。"燕西笑道："惟其如此，所以我说少年人应该及时行乐。但是你对于我这话，总不大同意，以为行乐是人生堕落的行为。"清秋笑道："你所说的行乐，是和别人不同的。我们所认为行乐，看花赏月，游山玩水，这都是行乐。你所说的行乐，是越热闹越好，嫖赌吃喝穿，门门都到。这里说是行乐，岂不让天下人群趋于下流一途？"燕西道："然而我所说的行乐，并不是吃喝嫖赌穿，你为什么说我也是堕落呢？"清秋低了头，半天不做声。

燕西道："我觉你是中了旧书的毒，有些地方，你简直是自己拘束自己，自寻苦恼。"清秋笑道："你这是无理取闹了。为这个事，怎样能牵扯到读旧书上去？"燕西道："我觉得你那样遵守周公孔子之礼，我有些不同意。对于一般社交上，你要那样，我还赞成。但是对我，也是这君子人也似的，倒有些酸溜溜。"清秋默然了一晌，慢慢的说道："并不是我酸溜溜。你想，日子正长，我们何必……"说到这里，便停顿了。燕西笑道："随便怎样，你是说不出一个理由来。走罢，我们在这山路上散散步罢。有话走着说，那更是有趣。"燕西也不问清秋是否同意，拿了她的花伞，向上撑开，笑道："走！走！"清秋牵着衣襟，站了起来，笑道："其实，坐坐也就行了，何必走？我有些怕累。"燕西举了伞，给清秋挡住阳光，左手搀住她一只胳膊，笑道："怕累？我搀着你得了。"于是二人并肩在一把花伞之下，穿过那小花圃，慢慢的走着，行上山脚的一条小路。

这时候，虽然遍地秋风，满林黄叶，但是山里长的那野花，黄的紫的，开着那一球一球的小朵儿，也幽媚动人。草里的小蚱蜢儿、小黄蝴蝶儿，迎着风势，在日光里乱飞。仿佛之中，这草丛里有一种清芬之气。清秋道："你闻闻，这种香味，有多么好？在城里盖园子，无论盖得怎么好，这样天然的景象，是没有法子可以得到的。你府上什么都有，怎样不在西山盖一所别墅？"燕西道："怎样没有？不过现在送给人了。"清秋道："为什么盖屋子，倒让给别人？"燕西笑道："我要说出来，你又要骂资产阶级了。"清秋笑道："你倒好像是我骂怕了，一讨论什么问题，总要先封我一句门。"燕西笑道："不是你骂怕了，我是很以出于资产阶级自愧。"清秋道："不要说这个题外的问题，你还是说何以把别墅送了人罢。"

燕西道："就在这山里头，我们原盖了一所别墅，屋子虽不多，也有二十多间，一个院子还带一个花圃。在这山上，不算小了。可是这样一来，花费就大了，要用两个厨子，两个听差，一个花儿匠。屋子里东西，而且时常损坏，总要添补。"清秋道："那也是自然之理，算什么耗费？"燕西道："你不知道，从前没有盖别墅的时候，你也说要上山来住些时候，我也说要上山来住些时候，后来真有别墅了，大家各住了两天，都觉得闷得慌，不再来了。就是偶然到西山来一次，也只到山脚下西山饭店为止，就不愿意再上山了。因此，那座别墅放在山头上，就让几个底下人，在那里大享其福。一个月虽然不过百十块钱，三年下来简直就可惊，一过三年，都是这样。后来家母想起来了，说我们这事，未免太傻，不如把几个底下人叫他回城，把门锁起来。但是这又有问题，没有人管理，花木是要死干净，就是屋子，也容易损坏，不到一年，这屋子就要倒了。于是就有人说，把这屋子卖了。不过卖屋子是和体面有关系的事，若是人家误会了，说是金家要卖产业了，岂不是笑话。所以非常为难，留是留不得，卖又卖不了。后来有一个美国人，和家父交情很好，家父乐得做个人情，把那别墅让给他住了。"

清秋道："这美国人，倒是子产之鱼，得其所哉了。但是他也不能天天住在这山上罢？"燕西道："他倒是很有准的，每逢星期六上山，逢星期一下山。他倒也不肯白住，每年总送一点东西给我们。就是房子坏了，也归他修补。"清秋道："这样说来，这屋子不也像租界一般，暂时归美国人管。论起产业，还是你金府上的。"燕西说："那是自然。"清秋道："若是要收回来呢，费事不费事？"燕西道："总不至于费事罢？"清秋道："若是如此，我就主张收回来。"燕西笑道："为什么收回来？你愿住在山上吗？"清秋默然不做声，只是向前走去。

燕西笑道："今天是礼拜，美国人一定在山上的，我们去拜访他，引你看一看房子，你看好不好？"清秋将手表一看，不过是一点钟，问道:"路远不远?下山不会晚吗?"燕西道:"山下有的是轿子,我们坐轿子去得了。"清秋见路边松树底下有一块圆石头,随身就坐在石头上,因点着指头算了一算,笑道:"一来一去,至少也得三个钟头,下得山来,就是四点钟了。"燕西道:"就是四点钟回家,来得及呀。"说着,他也挨身在石头上坐下。

这个地方,是一条小路,并没有人来往,只有风吹着树叶子的声音,像下猛雨一样,沙沙的一阵一阵过去。脚下的草被风吹着,也像水上的浪纹,一层一层的向下风倒着。清秋看着,未免出了神。燕西见她一只手撑在石头上,用手一摸,却是冰凉。便用手握住,笑道:"不要发愣了,坐轿子上山去罢。"清秋回头一笑。燕西道:"天气还不十分凉,我走得十分发热,你怎样手是冰凉的?"清秋道:"人家扶了石头,让石头冰着的,并不是身上发凉。"

燕西握住她的手,见她的胳膊又白嫩,戴上一只细锁链翡翠片的软金镯的,别有风致。便笑道:"这金镯你倒戴得很合适。你从前就不喜欢什么金的玉的,我很反对。我以为这些金玉的东西,在俗人身上,增长俗气;在美人身上,就会添出不少的美丽来。人生在世,无论是男是女,谁不爱好?你瞧,那万牲园的孔雀,看见人穿了绸缎,它还要开屏呢。你从前反对美丽的办法,我觉不对。"清秋道:"提到这一副金镯,我是谢谢你。但我在母亲面前还不敢说是真的,不过说是假的罢了。所以我为这个,我非和你出门我是不戴的。我虽不是俗人,你恭维我的'美人'两个字,我也不敢拜领。不过蒙你的盛情,送了我,是希望我戴的。你愿意这样办,我就这样办。"

燕西笑道:"不敢当,不敢当!你这话的意思,就是士为知己者死……"清秋道:"这有什么不能说的?你不是说我女为悦己者容吗?其实,这也不算侮辱女性,就算是侮辱女性,我看很平等。

天下也不知多少男子，为悦己者容哩。你是交际很广的了，你去见女朋友的时候，不刮脸，不理发，不穿得很好的去吗？这犹小焉者也，今古男子，为了女子牺牲性命财产的，多着呢。我以为那个'士'字，改一个'男'字，比较的妥当些。"燕西笑道："这一改，我倒没有什么不同意。就是你说我交际很广，我不能服你这句话。"清秋笑道："你所认识的女朋友，有小姐、有女学生、有戏子，还有交际明星，岂不是交际很广？"燕西道："这是哪里来的谣言？全没有这回事。"清秋笑道："管他有没有，大家心里明白就是了。"

燕西道："不要说了，我们上山去逛罢。"说毕，跑下山来，对茶房招了一招手。茶房过来，燕西道："你给我雇两乘小轿，到山上金家花园。"茶房道："是来回的吗？"燕西听了，踌躇了一会子，说道："就雇来回的罢，回头再说得了。"茶房雇轿子，是有好处的，连忙雇就了抬到山脚下。清秋因一人坐在那里，也就一步一步的向山下走来。一看那轿子，先不由笑起来。原来是两根轿杠，抬着一把小藤椅。椅子上有几根小竹竿，撑着一个小蓝布棚儿。椅子底下，吊下一块小木板，绳子拴在轿杠上，看那样子，就是踏脚的。

清秋笑道："就是这样子的吗？坐上去，要掉下来的。"轿夫都说道："很是稳当的，一点儿也不要紧。小姐，你坐上去，试试看，准没有错。"燕西听他这样说，先就坐上轿子去，对轿夫道："你抬起来试试。"两个轿夫听说，果然抬着轿子颠了一颠，燕西两只脚踏着板子，伸了一伸。对清秋招了招手道："你坐上罢。很稳当的，而且很舒服。"清秋用手指点着燕西笑道："摔下来，你得保我的险。"燕西道："坐上罢，我保你的险，准没有错。"清秋因为他已坐上，也只好坐了上去。两乘轿子沿着山边小径，一路上去。这一去，在他俩爱情史上，却占了重要之一页，与平常人游山，却是不同的哩。

第三十六回

山馆留宾归途行不得　月窗寻梦旅舍夜如何

他们坐着轿子上山，约摸有半里之遥，到了一个山坡前。坡的三面，绿树丛生，枝叶交加，遮得如绿墙一般，一点也不漏缝。靠山径的这面，有两三尺来宽没有树木，山径就由这里直钻进去。到了里面，轿子便歇在一片草地上。这山坡是坐西北，斜向东南，正傍着一个小山峰。燕西分付轿子就在这里等，扶着清秋上了几层石阶，穿过一道小柏枝短篱，一拐向东，有一片小花圃。如凤尾草、鸡冠花、红桂、紫薇之类，都开得很好。花圃下临悬崖，围着很高的栏干。有一座青松架，还有一个小茅亭。正面是一个洋月台门，两扇绿油油的铁纱门，向外关着。月台是半边八字亭子，一列四根石柱，上面牵着密密层层的爬山虎绿藤。月台门下，有一副石桌凳，桌上摆着几盆早菊、秋海棠之类，非常雅致。花圃向下一望，近是山冈，远是一片平原。平原中烟雾沉沉里有几个高楼和高塔的影子，那就是北京城了。

清秋一见大喜，连说好地方。燕西道："自然是好地方，当年我们在这里盖房子的时候，就费了一番心血，去找地点。既然找得，当然地点不坏了。"正说着话,一只小哈巴狗,由树脚下钻了出来,一枝箭似的带喊带跑,窜了过来。清秋两只手一扬,哎唷了一声,连忙藏在燕西身后。燕西顿着脚,正要喝着那狗,上面的绿纱门就开了,出来一个短装人,把狗喝住。燕西笑道:"一说起男女问题来,你总不承认女子是个弱者。不说别的,你仅仅遇到一只小哈巴狗儿,还要我做保护者,何况其它呢?"

他俩正在说笑话,那个短衣人已经走上前来,给燕西请了一个安,笑道:"呵!是七爷来了。你好?"燕西一看,是从前看园子的小李,因点了点头道:"你倒接了下手,还在这里干吗?"小李道:"你是不管闲事,一点不知道。这儿麻先生说,没有熟人不成,给咱们总理去信,要借两个人用用,总理就着我和老王来了。老王干了半年下山去了,现在就剩我一个人。"他说这话时,眼睛可就瞟着清秋。见她和燕西并肩而立,满脸的笑容,料定了这是少奶奶。便对燕西笑道:"你大喜的日子,我一点也不知道。"说着,走上前一步,又给清秋请了一个安。清秋也只好点了点头,明知道他是误会了,又不好否认。而且他虽误会,也不过是一部分误会,不是全部误会,似乎也不必否认。小李道:"麻先生和太太都在这儿,我给你去回一声儿。"燕西道:"你不要多说话,你就说,我们来逛山,顺道来看房子的。"小李答应去了,燕西便和清秋在茅亭里坐着。

不多一会儿的工夫,那位美国人麻克兰和他的太太,一块儿出来,一直迎上这边的茅亭。燕西走上前,两个人笑着握了手。麻克兰操着很熟的京调道:"欢迎欢迎。"于是彼此介绍麻太太、清秋大家见面。麻氏夫妇在前引导,将他们俩引到屋子里去。清秋一进门,见迎面一层台阶上,是半中半西三面环抱的屋子,墙上都爬满了藤萝。那台阶两边的石壁,长满了青苔,绿茸茸的,直有半寸来厚。

清秋轻轻的说道:"别说林泉之乐了,就是这种藤箩青苔,都也显得干净清幽,这种地方我实在是爱它。"燕西点首微笑。走上台阶,这里是个小院子,三方都有走廊环抱着,沿着栏干下石头缝里,栽些虎耳草,大叶秋海棠,也幽媚动人。到了这里,不是直上了,却由走廊之旁,开个海棠叶石门。门里斜着有一道石廊,由这石廊转去,另是一个院子。靠院子北,有一座小楼房,麻氏夫妇,便请他们在楼下客厅里坐。

清秋一进门,倒出于意料以外,里面一样舶来品也没有,全是紫檀木器、中国的古董字画。麻克兰虽是常到燕西家里去,但是他只和金铨有交情。他怎样一个大家庭,家庭里有些什么人,当然无从知晓。就是燕西兄弟,他也不过偶然会过一二面,谁是老大,谁是老二,他也分不清楚。他因为小李报告,说是金总理的少爷和少奶奶来了,他就认为是世交朋友,出来欢迎。一来这屋子是金家的,人家还是主人,当然更对他客气。二来外国人是尊重女权的,对女子不得薄待。若是美丽一点的女子,无论老少,更要殷勤些。麻克兰和他夫人一商量,就对燕西说,要请他在山上吃便饭,以表示欢迎。那麻太太虽是中国话不大流利,但是慢慢的说,也还可以。和清秋一谈,见她是个受了教育的好少女,也很欢喜,非留她吃饭不可。

燕西本就觉得人家盛情难却,可是怕清秋不同意。现在偷眼看清秋的样子,被麻太太纠缠着,也像不好言辞。因就笑着说道:"那是很愿意的,可是怕时间耽误多了,赶不进城。"麻克兰笑道:"不要紧的,我这儿有好几副床铺,是让逛山的朋友来住的。金先生赶不进城,就在山上住了,我们明天一路下山。若是嫌不好,山下还有旅馆,可以住下。"燕西笑道:"不必不必!麻先生若留我们吃饭,就早一点,我也用不着客气了。"麻克兰点头笑道:"那倒可以,我就分付他们去办。"清秋听到麻克兰那样说,心里就是一阵乱跳,脸上也不由得微微的起了一层红晕。不住的偷看燕西的脸色,看他说些什么。后来见燕西不肯答应,也觉他是个解人。心里想着,最好是不吃饭。

因为麻克兰说了,分付厨子就办,那倒也罢了。但山上办东西,无论预备得怎样齐备,究竟不及城里那样便当。麻克兰又是加倍客气,按着中国人的习惯,先叫他们预备茶。原来他们除了早茶吃点心而外,平常是不大喝茶的,厨房里简直也不预备开水。这会子临时叫进茶,又要预备饼干点心,又要预备开水,这已经耽搁了半点钟。麻克兰为让来宾赏观风景起见,将他们请到平台上来坐。石凳上铺了毡毯,然后坐下,茶壶点心,却由听差一齐搬到石桌上来。这里近观远瞰,是人前环翠,脚下生云,这个日子,又是天高气清,真是驰目骋怀。

这位麻克兰先生,在中国多年,现时还在大学院里当一个教务长,他和中国少年男女,是接近的日子极多,稍微时髦一点少年人的脾气,他完全知道。所以这一和清秋、燕西说话,谈得很入港。每每说一句似懂不懂的中国话,就会引得人发笑。谈话的时间是最容易混过去的,不知不觉,又过去了一个多钟头。那个时候,太阳偏到西边,山顶上这半边山光全是阴暗的。沿山一带,那些苍松翠柏,发出一种幽暗之色,另有一种景象。山下一带平原,阳光斜照着地下的尘土,向上蒸腾,平地一层却是雾气腾腾的。

燕西看见,对清秋道:"这斜阳暮景,实在要到这种高山向平原望去,才看得出来。我觉得这种景致,多看几回,也可以让人胸襟开阔。"清秋轻轻说着笑道:"这是心理作用罢?这时候你看到了山野风景,你就觉得山野风景好。若到了城里酒绿灯红的场中,又觉得那里快乐逍遥,把这里清凉景况忘记了。"那麻克兰先生倒也略懂她所说的几句话，微笑道："风景的确是和人的心境互相感应的。我在这山上，每在夜里，那月亮下面，照着山的影子，很是仿佛，四围都是风吹着树声，好像另外是个世界。我的心里，不能不另有一种印象。金先生你不能不在山上看一看月色？"他说话的时候，声音极是迟慢，说一句，半晌才接上一句，一面说，一面手上带比着势子，好像说得极是沉着。

燕西笑道："果然如此，倒是非在山上赏鉴一回不可，哪一天月亮好的时候，我一定来试试看。"麻克兰道："刚过去中秋两天，今夜的月亮，就好。何不今天就在这里住下？"清秋逼得不能不说了，红着脸笑道："我们明天一早就要上课呢，回去就来不及了。"燕西道："是的，而且我们出城，没有对家父说的，是不敢隔夜回家的。"麻克兰知道中国人的规矩，凡是上等人家，都要讲个礼节。礼节之中，尤其是这一个"孝"字。燕西一提到要禀明父亲，知道就是不可勉强的事情。笑道："好罢！若是金先生下次要来，请你先通知我一声，我是礼拜六必然上山的。要来的话，我们就可以一同坐车子出城来。"燕西笑道："那怕今年年内没有这个机会了。现在天气很凉，再过去一个月，北风一吹，山上也许就要下雪。"麻克兰笑道："那何至于。但是在这要晚的天色里，风景也就不坏，我们可以在这山后小亭里去看看，那里很好。"清秋道："不去罢？天色不早了。"但是她说的时候，燕西已站起身来了，也没法儿拦阻他。于是麻克兰陪着燕西去逛山，清秋和麻太太依旧坐在这里谈话。

不料燕西这一去，又耽误不少的时间。直待燕西回来，清秋就对燕西说："已经四点多钟了，我们要赶快下山才好，不然就会关在城外面的。"燕西见清秋脸上很着急的样子，便对麻克兰笑道："饭，我们不敢奉扰了，回头会关在城外的，我们这就告辞。"麻太太拉着清秋的手,先就不肯。麻克兰笑道:"不要紧,我分付他们这就开饭,绝不会耽误时间的。"于是就叫听差赶快预备,将燕西引到后层饭厅里来。清秋因为人家的饭已经预备了,若是拒绝不去,未免太不合情理。况且那位麻太太又是十二分客气,拉着手有说有笑,自己就不好意思说不去。他们这饭厅,正在先谈话的那客厅后面,地方高了一层,阳光充足些,又仿佛时间还早。麻克兰夫妇坐了主席,请他们二人坐下。因为是特别客气,菜上得很多,许久许久,咖啡才送来。吃完了,又不能立刻就走,所以大家又闲谈了一些话,然后向主人翁告辞下山。

轿夫知道他们是主人翁留住了,大家都在草地上躺着睡觉,舒服极了。燕西出来了,他们整理着东西,让他二人上轿。这轿子下山,非同平常人行路,格外要仔细,所以走得还是非常的慢。清秋抬头一看,只见天上的云彩,有一大半映成绛色。那归巢的乌鸦,三三两两,背着阳光,从头上飞了过去。远望小树林子里,冒出一缕青青的炊烟,大概是乡下人家,已经在做晚饭了。

清秋因为一味的焦急,手表忘了上发条,早已停了,恰好那饭厅上,又没有挂钟,不知道是什么时候。现在一见种种风景,都含着很浓厚的暮色,这就快晚了。燕西的轿子在后,因回头对燕西道:"怎样办?快晚了,能回去吗?"燕西道:"秋天了,天黑得早。西直门七点钟才关城门,要黑得不见人影,才会关起来呢。现在不过五点钟罢?有四十分钟,尽可以赶到西直门,绝不会关在城外的。"清秋道:"你准能保不关城门吗?"燕西道:"怎么不能保?我晚上进城,也不止一回,准没有错。"清秋听到他如此说,心里又放宽了些。

轿子到了西山旅馆前,开发轿钱茶钱已毕,再来看山下停车场上,一辆汽车也没有，自己那汽车，不知道已开到哪里去了。燕西顿脚道："时候已经不早了，他们还要捣乱，今天别想回去了。"清秋道："你叫了他们走开的吗？"燕西发急道："这叫怪话了，我们两人，始终谁也没离开谁，怎么我会分付他呢？"清秋道："也许他们见我们上山去，他以为不下山了，所以把车子开回家去了。"燕西沉吟着道："也许是这样的。但是他们太混蛋，我又没说上山不下来，为什么着急要走呢？这一定是他们在家里晚上有什么聚会，所以赶了回家去。"清秋道："你不要说闲话了，想个什么法子进城罢。"燕西道："有什么法子想呢？除非是这儿有车，搭人家的车进城。现在这儿一辆车也没有，就是搭车也没有法子办。"说时，他们在空场里不住的徘徊。清秋一言不发，只是生闷气。

这个时候，天色也越发晚了，一轮红日，早已落向山后，眼前一片平原，已是暮色苍茫，遥望是分不清田园屋宇。清秋道："你还干着急什么？现在除非是坐飞机进城了。"燕西不徘徊了，停住脚噗哧一笑道："我看你生气生到什么时候？现在也说话了。"清秋道："就是你天天说要逛西山，要出城，这可闹得好！"燕西道："这也不能怪我。一来是那位麻先生留客留得太厉害，二来是汽车夫捣乱。"这饭店里的茶房，见他两人在这儿徘徊，便走到燕西面前，笑道："七爷，你和少奶奶是不能进城了，开一个房间罢？"燕西望着清秋道："你看怎么样？清秋道："不，我看还是上山去的好。"燕西道："也好，加上麻先生麻太太，可以谈得热闹些。"茶房道："不成了罢？轿夫都走开了，找他们不到。况且天黑了，这山上的路也不好走。"燕西笑道："房间我知道你们有的是，不知道晚上可有什么吃的没有？"茶房道："中餐西餐都可以预备。"

燕西一面说话，一面就走了进来，清秋也只好跟着。一道上了楼，茶房就打开一扇房门，让他们进去。清秋一看，有一张铜床，另外两张桌子，几张沙发椅。临桌子两扇窗门洞开，正对着一列平山。窗子里，正吹来几阵悠悠的晚风，吹得人精神为之一爽。茶房道："我先给你沏一壶茶来，好吗？"燕西道："好罢，你沏一壶茶来，不要红茶，就是龙井罢。我们在这儿赏月，慢慢的品茶。"说这话时，茶房已是走了，燕西却对着清秋说。清秋坐在一张软榻上，离着燕西很远。斜着身子躺下，一点也不做声。

燕西道："我们今天晚晌，会在西山赏月，这也是想不到的事。"清秋道："我就在这屋里，你找一间屋子罢。"她是躺着的，燕西看不见她的脸色，因就走近前来。问道："那为什么？"清秋自觉得脸像火烧一般，极不好受，侧过脸去，望着墙上挂的风景画片。半晌，才说道："我就是这样办。"燕西道："这饭店里的茶房，都指望……那更不好了。我今天晚上，就睡在这软榻上，你看如何？"清秋道："那为什么？你还舍不得那几个钱，多开一间房子吗？"燕西道："倒不是为了这个。这是一个山野地方，很冷静的。开了窗子，外边就是一片山，若是有什么响动，你一个人住上这一大间房，你不怕吗？"

这一句话说出来，清秋一伸头，只见一座黑巍巍的山影，正对着窗户。山上一些高高低低的树木，被风一吹，都晃动起来。这个时候，天已十分黑了，月亮又没有上来，屋子里电灯下一望外边，更是仿佛有些阴暗。清秋笑道："把窗户关起来罢，说着人怪怕的。"这时，茶房送了茶进来，听说关上窗户，走上前，就给他们把窗户关上。回头就问燕西还要吃什么？燕西道："你们这里的中餐，那是罢了。我们又是刚吃饭的，吃不下什么，省事点，你就给我们来几碟子点心得了。"

茶房答应去了，燕西笑对清秋道："你就这样胆小，连有人在这里，开了窗户都怕。"清秋道："你不说，我倒是不怕，你一说，我可有些胆怯怯的了。"燕西道："这不过是对着一座山，又不是鬼窝。"清秋一听说，便皱眉道："嗐！人家正怕这个，你还要说。"燕西笑道："越说你胆子越小了。现在关了窗户，连说都不许说。若是在乡下住家的人，一年怕到头，这都不用活着了。一会儿工夫，月亮就要出来了，我们不但要打开窗户瞧，我们还要走到外面月亮地下，踏一踏月色，才不辜负今天晚上的月亮。这种机会，是难得的，你说这话，未免太煞风景了。"清秋不服气道："你以为我当真怕吗？回头我们就一块儿出去，你看我怕不怕？"燕西道："那就好极了，回头我们一块儿出去步月罢。"

说话时，茶房将点心送来了。燕西笑道："别躺着，坐起来吃点心罢。"说着，便来拉清秋的手。清秋笑着站起来说道："吃点心，倒罢了，你分付茶房，叫个电话回去。叫你那边的听差，和我说话，让他向我家里送个信，省得我母亲念着。"燕西道："念什么？这样大人，还会跑了不成？"清秋道："总要送个信才好。"燕西道："那可别说是在西山。"清秋笑道："谁也不会比你傻，这还用得着要你分付吗？"燕西道："那就好极了。"于是按着电铃，叫了茶房进来，让他叫电话。这里叫北京城里的电话，又是极费事，正等了半个钟头，不曾叫通。清秋先是等不过，只在屋里走来走去。行坐不安。燕西笑道："少安毋躁。反正叫通了就是了。"清秋皱了眉，一顿脚道："不知道怎么着，今天什么也不如意，这电话我不叫了。反正叫通了，明天回去，也是少不了要受说的。"说毕，伸脚向软榻上一躺，正在这时，茶房上楼来报告，电话已经叫通了，请清秋去说话。燕西道："电话不要了。"清秋向上一跳，连说道："谁说的？"于是就跟着茶房一路去打电话。约去了二十分钟之久，清秋才回房来，看她那样子，脸上有点笑容，不是以前那样愁眉不展的。燕西道："去得久呀。"清秋道："你刚才为什么不让我去打电话？若是这电话不打，那更糟了。"燕西道："我何尝不叫你去打电话，是你自己发牢骚说不打了。"清秋道："不是发牢骚，实在今天的事，都嫌别扭。可是刚才这电话，打得倒算痛快。"说到这里，自己先忍不住笑了。燕西道："什么好事情，这样痛快？能说给我听听吗？"

清秋自坐在桌子边斟了一杯茶，只管呷着带吃饼干，却不住的微笑。燕西道："你笑什么？不能说给我听的事吗？"清秋道："我们什么事不能对人说？不过这件事太巧，我想着好笑罢了。"燕西道："究竟什么好事？你说出来，大家痛快痛快。"清秋道："刚才是韩妈接的电话，她说有两个同学的，请我去看电影。票买好了，在电影场等着我呢。我就说不回家了，直接就去。若是太晚，我就住在同学家里，不回家了。有这个机会，倒钻出两个给我说谎的人来了。我在母亲面前，向来是有一句说一句的。为了你，撒一次谎，又撒一次谎，我总算对得住你罢？"说着，用手向燕西指点着，抿嘴微笑。

燕西道："照骨肉的情分说起来，当然是母女为重。但是往后一想，恐怕我们的关系密切一点。"清秋摇头道："哼！不是凭这一句话，我就能和你一路到西山来吗？我看你今天的事，是有些成心。"说时，将饼干撅成一小块，隔了桌子，抛着打燕西的面孔。燕西道："这可实在冤枉。但就让你说我是成心，那也不要紧，就是告到官去，我也没有罪。"清秋扬眉一笑道："怎么没有罪？……"

说到这里，燕西已站起身来，把两扇窗户打开，猛然见一轮明月已经挂在窗外树梢。燕西道:"这月亮太好了,不可辜负它。"说时,回头一看,那电灯的门子,正在身边,顺手一摸,就把电门关上。屋里先是一阵黑暗,接上又是一线幽光一闪。清秋道:"这山头月和街头月,的确是两样,你看它是多么清洁?"说这话时,燕西伏在窗户上,清秋也过来伏在窗户上,两个人并肩看月。

清秋道:"你不是说到外面去踏月色吗?走!我们就去。"燕西笑道:"这样说,你是不怕了。黑漆漆的,我扶着你罢?"燕西刚一搀着她的手,便笑道:"你的衣服太少了,手是冰凉的。这野外有凉风吹着,又是正在下露水的天气,出去踏月,仔细受凉,还是在屋子里坐着谈谈罢。"清秋正望着一轮明月出神,没有做声。燕西道:"你想什么?"清秋道:"我想这月球悬在空中,里面也有山也有水,当然和地球一样。可是据许多天文家说,上面是没有生物的,若是真没生物,那里的土地,岂不是光秃秃的?中国文人常说月亮里面,是清凉世界,那真是清凉世界了。我想从前月亮和地球一样,是花花世界,后来死了,什么东西都没有。由此就想到地球,将来也会有这一日。那个时候,你在哪里?我在哪里?这旅馆又在哪里?眼前一切的……"

燕西在衣袋里,取出手绢,给她一个猛不提防,将她的嘴掩上。说道:"那是几千万年后的事,用得着我们白操心吗?我不那样想。"清秋将手绢夺了,向燕西西装袋里一塞。笑道:"你怎么想?你说。"燕西道:"我是向好处想,我想唐明皇他不愧是个多情种子。"清秋道:"胡扯!怎样谈上唐明皇了?"燕西道:"我还没有说出来呢,你怎样就知道我胡扯?"清秋道:"你就说罢,我看你说些什么?"燕西道:"唐明皇他在八月十五,曾做一个梦,梦到了广寒宫,见了许多神女,还偷了一套跳舞回来!清秋笑道:"那个时候,没有跳舞。我告诉你罢,那叫霓裳羽衣之曲。"燕西笑道:"不错,是它。我只觉得这舞名很香艳,一时记不起来。"清秋道:"天上真有这个曲子吗?这是一派鬼话。不过唐明皇,自己新编了这个曲子,要让梨园子弟学得起劲,所以说是仙曲罢了。"燕西道:"无论鬼话不鬼话,他听说嫦娥是个美人,他就梦到月宫。就算是假话,也可见他钦慕的程度了。"

清秋道:"怎样把荒唐梦话,来附会言情?这完全不对。唉!可是这话又说回来了,多情自古空余恨,好梦由来最易醒。就不是荒唐,一梦又有几时?"燕西道:"咳!得了得了,你常说别人无病而呻,你这不是无病而呻吗?"燕西说时,手又伸到衣袋里掏出手绢。清秋在月光底下,看得明白,便按着他的手道:"你又打算胡闹。"燕西道:"你不许发牢骚,我就不蒙你的嘴。"清秋道:"你引得我发牢骚,怎样又怪我呢?"燕西笑道:"我们好好的谈一谈罢。"说毕,顺手又扭了电灯,清秋笑着,偏过脸就走开去。依旧在那张软榻上躺下。

燕西道:"这地方怎能睡?仔细凉了。"清秋闭了眼睛,不做声。燕西道:"怎么不言语?仔细凉了。"清秋道:"我睡着了。"燕西道:"睡着了,你还会讲话?"清秋道:"我是说梦话呢。"燕西笑道:"你真睡着了吗?我来胳肢你了,你可别躲。"清秋听了笑着向上一跳,说道:"不许闹。要这样闹,我可要恼了。"燕西也就哈哈大笑。真个是闺房之乐,甚于画眉,这种快乐,也不是言语可以形容的了。

这西山的电灯,虽不是城里去的,然而他们那里自设有磨电厂,倒彻夜通亮。屋子里的电灯,罩着两个带穗子的细纱花罩,别有一种光彩。窗子的玻璃门虽然关上,两扇百叶木门,就没有带拢。隔着了窗子,看那外面,树颠秋月,只在薄薄的秋云里猛钻,如冰梭织絮一般。依着纱灯之边,有两只珊瑚色玻璃瓶,各插了一束晚香玉和玉簪花。到了这晚上,透出一种很浓厚的幽香。

这时,清秋想到黄之隽的《翠楼吟》,什么"月魄荒唐,花灵仿佛,相携最无人处",倒有些像这秋夜眠花,山楼看月的情形了。秋夜虽不像冬夜那样长,却也不像夏夜那样短。这月光之下,照着许多人家,人家的痴儿爱女,到了这时,都也拥着温暖的枕被,去寻他的好梦。人心各异,梦境自然也不一样。可惜这梦,只有做梦的人,自己知道。若是那天上月亮里,真有一个嫦娥,她睁开一双慧眼,看月光下这些男的女的老的少的俊的丑的,大家都在做梦,那梦里所现的贪嗔痴顽,光怪陆离,一些梦中人颠三倒四,都像登场傀儡一般,嫦娥虽然可笑他们,恐怕还是要可怜他们呢。

第三十七回

兄弟各多情丛生韵事　友朋何独妒忽绝游踪

这晚人间天上,一宿情形,按下不表。却说次日清晨,清秋便醒了。这房间的窗户,偏向东南,一轮初出的红日,拥上山头,窗户正照得通亮耀目。她就对墙上挂的大镜,用小牙梳,把一头蓬松的乌丝理了一理,一个人正对了镜子出神。燕西在床上一翻身,睁眼看见清秋在理晨妆。便笑道:"你为什么起来得这样早?"清秋道:"我是非在自己的床子,就睡不着觉。"燕西道:"反正是今天进城,忙什么?难道还会像昨天一样不成?又关在城外。"清秋微笑道:"这倒是你一句实话,别反着说了。"

清秋说话时,正弯着胳膊,绕到脖子后去理发。燕西看见她这雪藕似的胳膊,便笑道:"清秋,我想起一首诗来了。念给你听听,好不好?"清秋笑道:"我很愿意领教。"燕西一面起床,这里一面念道:

一弯藕臂玉无瑕,略晕微红映浅纱。
不耐并头窗下看,昨宵新退守宫纱。

清秋红了脸,说道:"呸!这是哪里的下流作品?轻薄之极!大概是你胡诌的。"燕西笑道:"你这是抬举我了。我的诗,是六月天学的,有些臭味。别人可以瞒过,你还什么不知道吗?"清秋道:"既然如此,你是哪里找来的这样一首诗?"燕西道:"我只记得是什么杂志上看到的,因为很是香艳,就把它记下来了。"清秋道:"据我舅舅说,你的诗有些进步了,这诗大概是你诌的。我非罚你不可。"燕西道:"要罚我吗?怎样的罚法呢?"清秋笑道:"不罚你别的什么,依然罚你作一首诗。"燕西道:"这个处分不轻。别的什么我都可以对付。作诗我实在不行。作了不好,罚上加罚,那怎么办呢?"清秋道:"到了那个时候再说。但是作得好,也许有些奖励。"燕西笑道:"命令难违,我就拼命的作一首罢。"

他说这话之后,洗脸喝茶,闹了半天,口里总是不住的哼着诗。后来笑道:"有了,我念给你听罢:昨宵好梦不荒唐,风月真堪老此乡……"清秋手上正拿着手绢,便将手绢对着燕西连拂了几拂。口里连说道:"嘿!嘿!不要往下念了。反正狗口里长不出象牙来。下面你不念,我也知道了。"燕西道:"要我作是你,不要我作也是你。你又不出个题目,糊里糊涂的,叫我何从说起?"清秋笑道:"这样说,你倒是有理。本来要罚你,但是因为你这诗作得典则一点,的确有些进步,我就将功折罪,饶恕了你罢。"燕西道:"念两句诗,你就将功折罪,若是四句全念出来,岂不是大大的要赏一下吗?"清秋笑道:"赏是要赏你,不过赏你二十六板就是了。"

两个人说笑着,茶房进来说:"汽车已开回来了。于是燕西开发了旅馆费,和清秋坐车进城。燕西在路上,对于汽车夫并没有加以申斥,也没有另说别的什么话。

进城之后,先送清秋回去,然后自己才回家。一进门,只见凤举板着面孔，从二门出来。燕西倒吓了一跳，以为老大是发他的气。凤举见了燕西，便问道："我要坐车，你回来得正好。"燕西道："你坐去罢，车子还没有开进来呢。"他因凤举也没有说什么，自回上房。刚刚走不了几步，凤举又追来道："老七！老七！我有话分付你。"燕西听说，便回身站住了。凤举道："你到里面不要说碰到我，也不要说我坐车子出去了。"燕西道："这有什么不能公开的？何必瞒人？"凤举道："我自然有我的原故在内，你就不必多问了。"燕西一想道：一定又是这一趟出去，今晚上不回来的，不愿人家跟踪去追寻。自己也就默然不语。

凤举去了，燕西走到上房混了一阵，然后才回自己屋子里去，正向沙发上一躺，要补睡一个中觉。忽见鹏振推门而入，说道："你昨晚上又到哪里鬼混去了？找了你半天，也找不着人。"燕西道："我去看电影去了，回来的时候，我找你也找不着哩。"鹏振笑道："你有什么不知道的？还不是那个老地方。你回来的时候打个电话，不就找着我了吗？"燕西道："我又没有什么了不得的事，我找你做什么呢？"鹏振道："你没有什么了不得的事吗？中秋晚上，你当着大家的面，大吹大擂的，说要给人家捧场，怎么现在就抛到脑后去了？人家痴汉等丫头，可是天天在那里指望着呢。"燕西道："不就是白莲花的事吗？她登台还有几天呢。"鹏振道："有几天，总得先预备着呀。你是在高兴头上说了一句，能算不能算，自己也没有准儿，那白莲花可是当着一道圣旨，全盼望着呢。"燕西道："这倒奇了，三哥比她本人还着急些。"鹏振道："这不干我的事，我管得着吗？不过白莲花为了这事，天天打电话到老刘那里去麻烦，看那样子是很着急，你总得先安慰她一句才对。不然，人家要急坏了。"燕西道："既然如此，晚上我们在老刘家里聚会得了。"鹏振道："你说了可要去。不然,我先告诉了人家,你又不到,我倒对人家撒谎似的。"燕西道:"今天晚上,我哪里也不去,一定到。"鹏振看那样子不假,自走了。

燕西掩上门刚要睡,门又一推。燕西道:"咳!人家正要睡觉,这门就不断的有人开。"抬头一看,却是鹤荪。燕西还没有开口,鹤荪先说道:"老七,昨晚上你打牌去了吗?怎么这时候要睡觉?"燕西道:"昨晚上我看电影去了。"鹤荪道:"看电影看得一晚上都不回来吗?"燕西道:"我这怎样没回来?我是十二点多钟来的。"鹤荪道:"你当面撒谎。我昨天晚上,就睡在这里的,我睡到十点才醒。你不但昨晚没回来,今天早上你也没有回来罢?"燕西道:"二哥又和二嫂吵上了,所以又到外面来睡。二嫂不知道这一层原故,倒要说我从中生是非了。"鹤荪道:"哪个说吵了?上次吵着,一直闹得父亲知道,骂了我一顿,我只好递降表,现在要吵也只好忍耐呀。昨天是你二嫂来了客,把我驱逐出境的。"燕西道:"来了谁?"鹤荪道:"是家里的客,不是外来的客。"燕西道:"哦!是了。听说老大昨晚上回来,和大嫂又生气,大概二嫂把大嫂拉过去了。"

鹤荪道:"倒不是二嫂拉,是大嫂自己去的,你还不知道呢?有个大问题,还没有闹开,若是一闹开,这戏就有得唱了。"燕西道:"什么大问题?我倒想不起来。"鹤荪道:"难道你一点都没听见吗?老大这一向子不回来,我从前以为他不过住在饭店里,谁知道他倒大吹大擂,现在居然在外面赁房子住了。"燕西道:"也不算意外,外面大家早就传说他和晚香赎身,赎身之后,家里固然是不能来,老住在饭店里又不是个办法,你想他不赁房子,将应该怎样办?"鹤荪道:"你倒说得好,就让大嫂不说话,你想父亲知道了,岂能轻易放过?玩是不要紧的,居然把人弄回来,而且还另住,这未免找麻烦。"燕西道："他事已做了，只好大家瞒到底，难道叫把人退回去不成？"鹤荪道："退回去固然是不可能的，但是这事，知道的人一天比一天多，要瞒到底万万不能够。有一天，这事突然说破了，我看老大有些不得下台。"燕西笑道："他比我们法子多，不要替他发愁，他有法子办这事，他自然有胆量担当下来，我们只要和他守秘密，不说出来就是了。"鹤荪道："这事关系极大，我们当然不能乱说，可是你一高兴起来，就不顾利害，什么也说得出来的，正是你自己小心一点罢。"

燕西道："你就为这事来告诉我的吗？"鹤荪道："那倒不是，我昨天在这儿睡觉，丢下了一个日记本子在你这枕头底下，你看见没有？"说时，将枕头一掀，只见一个日记本子，一个手巾包，又是一张软套的相片，只在这一掀之间，就是一阵香气。燕西拿起来看时，鹤荪早已抢了过去，向身上一揣。燕西道："这要抢什么？我看见了也不会对哪个说的。"鹤荪道："我并不是不让你看，但是……"说到这里，自己就笑起来了。燕西道："你不是也说不出理由吗？何妨给我看看呢。"鹤荪笑道："这不是我自己得来的，是我抢得一个朋友的。这相片好是实在好极了。"说时，将相片递给燕西。

燕西看时，是赤着上身，光着两腿的一个女子。她身上只围了一个小抹胸，乳峰兀自隐隐突起，除了这抹胸，挡住小小一块肌肤而外，其余完全是露在外面了。下身只穿一条兜肚裤子，只比大腿缝长出一点点。她人是侧睡在一张软榻上，两只白腿，高高的架起，两只手挽到脖子后面，捧了自己的头。燕西笑道："这不算什么，不过是一张模特儿而已。"鹤荪道："若是一张模特儿，那就不值什么，比这更公开的，整打的也买得着，何必这样看得重？这是人家小姐自己拍的一张小照呢。你看看那相片后面,写着什么?"

燕西在软套中抽出相片来,看那反面,用钢笔写的"浴后"两个大字。又有"鹤荪先生惠存,情云摄赠"两行小字。燕西道:"情云是谁?我没听见说交际场中有情云小姐。"鹤荪道:"这名字自然是随便写的,在这种相片子上,她还能用真名字吗?"燕西道:"那也真叫掩耳盗铃。既然相都照在上边,认得她脸子的朋友,自然认识她,写个假名字,就掩饰得了吗?"鹤荪笑道:"这是各人的意见不同,掩饰不掩饰,我就不知道。你和密斯邱很好,她就是密斯邱的好友。你问问密斯邱,有这个人没有?"燕西笑道:"我管得着这事吗?何必去问。"鹤荪笑道:"你不去问,也就算了。你若去问,包可以问得出许多趣事出来。"燕西道:"那还有两样东西呢?能给我看看吗?"

鹤荪又正要交给他看,只听梅丽在外面说道:"你们看见二爷没有?"鹤荪赶快将东西向身上一揣,便推了门出来,问是什么事?梅丽用手指点着鹤荪道:"你又找麻烦。二嫂说:她的支票簿子,少了一页,猜着一定是你学她的笔迹,盖了她的章图,支款用了。但不知你支了多少?"鹤荪笑道:"这家伙真是厉害!怎么她支票簿子的页数,都常常算的?"梅丽道:"谁像你这样,花钱不用手数呢,你借支了多少?赶快还她罢。她要打电话到银行里去查帐呢。一查出来是你支了,这多么寒碜。"鹤荪笑道:"可不少,是一千二百块钱。"

梅丽伸了舌头道:"你怎么下这样的毒手?支一二百也罢了,你倒支出一千开外去!"鹤荪道:"也是我气不过。前一向子,我向她通融几块钱零花,一星期就还,她老是不肯。有一天她去了,钥匙忘了带去。在小坎肩袋里,我就打开箱子,拿了支票簿,兼上图章,大大的偷她一笔。料她做梦也想不到的。等到银行结帐来了,我给她糊弄过去，两三个月之后，她又坐了月子，这事一定安稳渡过，我白用她一千二百块钱。不料她支票簿的页数，都记着的。这钱我还留着一半没花光呢，退还她就是了。"梅丽道："你倒说得轻松，退还一半就是了。你去看看去，二嫂现在气得什么样儿。"鹤荪笑道："我不要见她了。你替我传一个信去，就说钱是我拿了的，后天就奉还，可是一层，你别说我拿了许多。"梅丽笑着去了。鹤荪也不敢进去，溜出门看戏去了。

燕西睡了一场午觉，醒来之后，又在后面浴室里洗了一个澡，再走回房去，太阳还照在东边墙上，也不过四点多钟。一个人坐着很无聊，拿了一本小说看，看不到三页，觉得没有意思。时候还早，还是出去走走罢，于是换了衣服走将出来。刚到月亮门下，只见侍候翠姨的那个苏州胡妈，靠了门，和金荣在那里说笑。

金荣道："你现在北京的话是进步了，你不记得德禄哥说，要喝你的冬瓜汤，你都答应了吗？"胡妈笑骂道："你们没有一个好人，老占别人的便宜。我要告诉七爷，叫你吃不了兜着走。"燕西听到这里，便向后退一步，将身子一闪，闪到葡萄架后面，听他向下说些什么。

金荣道："别人不能占你的便宜，那倒罢了。我们的交情不错，为什么我也不能占你的便宜？再说，我吃不了兜着走，我们就要分离了，你忍心吗？"胡妈呸了一声道："你别瞎嚼蛆，信口胡说。人家听见了，什么意思？你们这样胡说，以后我不和你们讲话了。"金荣道："咱们一块儿同事，说句交情不错，那也不要紧，这样一句谈话，也值得发急吗？"胡奶道："你一张嘴，实在会说，算我说不过你就是了。"金荣道："我屋子里还有一件汗衫，劳你驾，带着和我洗一洗，成不成？"胡妈道："我不和你洗，洗了你又对他们说，倒闹得难为情。"

金荣道："我哪里那样不知好歹，你给我做事，我一个字也没有提过呢。"

燕西在葡萄架后听见，倒是有趣。觉得爱情这样东西，不分哪层阶级，都是需要，也都是自己能发挥的。金荣这小子向来就调皮。胡妈又是苏州人，生长在莫愁乡里，这一对男女到了一处，当然有些意思。金家本来相当的解放，燕西对于男女爱情这件事，更是不愿过问的。所以金荣和胡妈在那里说情话，他不但不管，反怕把人家的话打断，扫人家的兴趣。因此，藏在葡萄架后面，总不做声。不料这个时候，梅丽又从后面出来。老远的叫道："七哥！七哥！你藏在葡萄架后面做什么？又想吓谁吗？"胡妈听了这话，向后一退，一回头看到葡萄架后面，果有一个人影子。臊得低了头，一句声也不做，就由旁边墙根子下走了。燕西实在不想做这无情的事，故意戳破人家的纸灯笼。现在胡妈躲开，倒好像自己有意给人开玩笑似的，也是老大过意不去。

梅丽一直追上前来。问道："你为什么躲着呢？"燕西道："我哪里是躲着，我寻寻这葡萄架藤上，还有葡萄没有？仔细一看，他们摘去了。"梅丽道："中秋前摘干净了。有还留到现在吗？可是六姐院里还有几串，据说是秀珠姐姐留下定钱的，要养到九月半后，再摘。"燕西道："那不见得是真话，恐怕是六姐冤你的呢。"谈着话，走出了葡萄架，过了月亮门，见金荣捧了一盘粟米，在走廊栏干的柱子上，给鹦哥上食料。他见燕西就像没有知道一般，只管偏了头做事。燕西道："这个时候，不迟不早，喂什么食料？车子都开出去了，你去给我雇一辆车罢。"金荣放下盘子，便笑着问："雇到哪里？"这一问倒问出问题来了，连燕西自己，也没有决定是上哪里去好。站定了，将脚尖子在地上点着，半晌不言语。

金荣笑道："你自己没有决定上哪儿，叫我雇车上哪儿呢？"燕西道："忙什么？等我想。"于是背着手昂着头出了一会神儿，笑道："你看上哪儿去好？"金荣道："上落花胡同罢？"燕西道："我上午从那儿回来的。"金荣道："上白家去，好吗？"燕西道："也不好，我不要找谁。"金荣道："都不好，我想还是上公园去溜踏一趟，回头在公园里遇到哪个朋友就和哪个朋友去玩儿，就更显得有趣。"燕西道："若是遇不着朋友，应该怎么办呢？"金荣笑道："不会没有朋友的，除非是没有女朋友，男朋友还会少吗？"燕西笑道："你这东西，又给我开玩笑。就雇车上公园罢。"金荣不多说，笑着雇车去了。燕西也不等他，就跟出来了。

他们这大门口，本来时常停有许多漂亮的人力车，专门做金家人出门的生意。并不说车钱，告诉地名，坐上去就走。到了那里，高兴给多少就是多少。有时身上没带着零钱，车夫也不就要，回头再到公馆号房里来取。燕西坐上车去，车夫就拉着飞跑。到了公园门口，燕西知道乌二小姐照例是爱到咖啡馆里闲坐的。既然来了，不愿单独的一个人在这里溜踏，且去先找她谈一谈话，因此，一直向咖啡馆来。到了那里，果然见乌二小姐和一位穿西装的女子，相对坐在一张桌上喝茶。乌二小姐一见燕西，早站了起来，用手对他连招了几招。笑道："七爷今天哪有这种闲工夫到公园里来走走？"燕西笑道："特意来拜访二小姐来了，你看我袖内的阴阳八卦准是不准？"

说这话时，看那个西装女子，穿一件米色的单绸衣，露出大半身人体美。虽然是清秀的脸儿，却并不瘠瘦，由脸上经过脖子，敷上一层薄粉，正是堆酥凝雪。脸上也不知是透出来的羞色，也不知道是抹了胭脂，眼圈儿下，正有两个小红晕儿。她见人一笑，露出一带整齐细白的牙齿。乌二小姐早给她介绍了,原来是曾美云小姐。她毫不踌躇的和燕西握了一握手。乌二小姐让燕西和她相依坐着,笑道:"你二位不必我介绍,也应当认识认识。"曾美云听了这话,耸着肩膀,微微一笑。燕西却不懂这一层原故,问道:"二小姐这话,一定有原故的,请你告诉我这个理由。"乌二小姐望了曾美云一眼,然后笑道:"她和你们二爷,感情非常之好。"

燕西心想,怪呀!他那样阿弥陀佛的人,会结交如此美丽的一位女友,结交之后,还能够守住秘密,一点也不让人知道。便道:"常听见家兄说的,曾小姐非常好。今日一见,果然话不虚传了。"乌二小姐笑道:"这又不是台上,怎样七爷唱起戏来了?"燕西道:"我正说的是真话,像曾小姐这样的人,能够背后所说胜似当面的人吗?"曾美云笑道:"七爷真会说话,比令兄好得多了。"乌二小姐道:"他们二爷,是个老实人。"曾美云一撇嘴道:"这话别让老实人听见了。前些时,他和李老五常常在一处鬼混,闹了不少的笑话。今天七爷是初次见面,我不便说,过两天,我再告诉你罢。"

燕西道:"李老五是谁?我也不曾听说过。"乌二小姐笑道:"七爷许久不和一班跳舞的朋友来往,连鼎鼎大名的李五小姐都不知道,真可怪了。"燕西道:"她是小圆脸儿,肌肉很丰的一个人吗?"乌二小姐道:"对了,难道你认得她?"燕西道:"并不是我认得她,恰好今天二家兄拿了一张美女的相片给我看,他很得意,我想,必是跳舞场上的朋友。现在你二位一说,我联想到她,就猜上一猜,不料果然不错。"曾美云笑道:"既然七爷连相片子都看到了,你可以告诉密斯乌。"说着,将手上的手绢,捂着嘴嫣然一笑。

乌二小姐道:"什么相片?你们说得这样藏头露尾的。"燕西道:"也并不怎样奇怪,不过是一张表现人体美的相片子罢了。"曾美云道:

"有多大一张？"燕西道："是六寸的。"曾美云摇头微笑道："不对不对！她另外一打三寸的小照片，全是你们二爷自己摄的美术相片。你要看到那个，才是有趣的呢。"乌二小姐笑道："不用提了，这个内容，我一猜就明白。李老五人是漂亮，也就解放得厉害。我们都说是文明分子，比起人家来，恐怕还差得远哩。"燕西道："文明不文明，似乎也不在这个上面去讲究。"谈到这里，茶房已经给燕西送了一杯咖啡来。燕西见曾美云先伸手有要接的样子，后又缩了转去，于是接了茶房的咖啡杯。双手托了杯下的碟子，送到她面前。

曾美云道："七爷要的，怎样送到我这里来？"燕西道："我就是给密斯曾要的。因为我看见你面前那杯咖啡已经喝完了，所以给你再要一杯。"曾美云道："你自己呢？"燕西道："我要的蔻蔻。"于是对茶房望了一眼道："我先说的你没有听见吗？"茶房会意，笑着去了。曾美云心里也明白，燕西是怕自己接不着咖啡，有些难为情，所以把这杯咖啡让了过来。心想，这个人对于女子的面子，真是肯敷衍，只得笑着接了过来。谈着话，就比先见面的时候熟了许多似的。

坐了一小时之久，曾美云因问道："怎样是一个人出来？还有少奶奶呢？"乌二小姐眼皮一撩，对着曾小姐笑道："人家还没结婚呢。"曾美云道："是哪一家小姐？现时在北京吗？"乌二小姐笑道："是哪一家的小姐……"这话说时，眼光可就望着燕西微笑。燕西笑道："你要说只管说，没有什么可守秘密的。"乌二小姐将手一指道："说的人来了，你瞧。"燕西看时，却是白秀珠和她嫂嫂二人携着手并肩走来。她们走过走廊，就直向这边栏干外来，乌二小姐就站起来连喊白小姐。秀珠见了乌二小姐，点了点头，只脸上带了一点笑容，并没有说别的话。曾美云因为乌二小姐未曾介绍，当然不能招呼。燕西坐着没动,却也只对秀珠姑嫂笑了一笑。这个时间很短,只一会工夫,就过去了。

但是秀珠一个人,又不住的回转头来望,脸上似乎带有一种冷笑的态度。燕西看见,心里倒未免添上一种不快。因此,和乌曾二人敷衍了几句,说道:"我忘了有一句话要和秀珠说,请你二位坐一会儿,我就来。"乌二小姐道:"你有公事就请便罢,我们不敢强留。"燕西明知话中有刺,倒也不去理会,带着笑容,点头而别。顺着路追到秀珠身后来。白太太一回头,便笑道:"七爷来了。"秀珠听了,头也不回,像没有听见一样,依然向前走。

燕西跟上来,并排而走。便问道:"今天怎样有工夫来?"秀珠转着眼珠看一眼,什么话也不说。燕西笑道:"同在桌子上那位,你认识吗?那是曾美云小姐。"秀珠冷笑道:"我哪里配认识人家?人家人又漂亮,架子又大。我们呢,只好看人家的颜色罢了。"燕西笑道:"你这话,又是说我呢。我也是由乌二小姐介绍,刚才认识的。"秀珠道:"这话可说得奇怪。你老早认得她的也好,刚才认识她的也好,与我什么相干?我又没问你,你说上这些做什么?"在从前,燕西碰了这个大钉子,一定是忍受的。但是从那一回在自家提刀动剑闹了一回之后,对秀珠就不肯让步。现在因为是在公园里散步,只脸色板着,还没有说什么。

白太太一看这样,怕他两人就会在公园里闹起来,便从中凑趣道:"七爷,我们好久没有要你请客了,今天晚上应该请我们听戏去罢?"燕西勉强笑道:"白太太总也不让我请客。今天初次要我请客,我一定要答应的。"白太太道:"倒不是那样说,我们听戏一点也不懂。若是和七爷在一处,可以请七爷讲给我们听,那就便利得多了。"燕西道:"我没有留心,今天晚上哪一家戏好。白太太愿意听哪一家呢?"白太太道:"我全是外行,你问哪一家,我实在是说不上。我们舍妹,她倒可以算得是个半吊子,你就问她罢。"秀珠也知道嫂嫂的意思,是借这个机会给他二人来调和。便不做声,让燕西开口来问。

燕西却不问秀珠,自道:"白太太既然可以随便,等我回家去了,让听差打电话去包厢。包得了厢,我再打电话到府上来。白太太看这种办法妥当不妥当?"白太太因问秀珠道:"大妹,你说哪一家好?"秀珠见燕西不理她,更是有气,将身一扭,说道:"谁要看戏?嫂嫂要看戏,只管去看戏,问我做什么?我们又没有订什么合同,非在一处逛不可。你要上戏馆子,我要逛公园,各干各的,谁也不要睬谁。"燕西冷笑道:"白小姐这话对极了。各干各的,谁也不要睬谁。"秀珠道:"七爷,你别多心,我是和我家嫂说话呢。可不是说你的女朋友,也不是说你。"白太太道:"哎呀!你一对小孩子,哪有这样欢喜闹别扭?"秀珠道:"并不是闹别扭,我说的话都是实话。我以为我们太有些不客气,哪里有强迫人家请客的道理!"

燕西跟着她们一旁走路,却是默然,白太太越给他们拉拢,他们越借着小事情斗嘴。白太太在这里很不得趣,也不便老向下说。在柏树林里走了一个圈儿,白太太就要找茶座喝茶。秀珠道:"不喝茶了,回去罢。还有个朋友约着下午六点,到家里去会我呢。"白太太道:"是哪个人要会你?"秀珠道:"你怎样不知道?就是头回到我们家里去的那个人。他穿了一身哗叽西装,你不是说又年青又漂亮吗?"白太太一时倒愣住了,想了一想道:"是哪一个穿西装的?"燕西听说,将脚偏到一边去,只是暗笑。白太太一见,心里恍然大悟,是她故意来气燕西的。笑道:"你是信口开河,哪里有这样一个人?七爷已经答应请我们听戏,我们不要辜负人家的好意。"秀珠正色道:"不是说笑,我正有一个朋友要去会我。"说毕,将脚提快两步,就一个人先走向前去了。

燕西只当没有知道这件事似的,便对白太太道:"反正我们看晚戏,不用忙,九点钟去,那正赶得上好戏。白太太若是有事,只管回府去,我回头再打电话来奉请。"白太太道:"只有我一个人,我就不愿意听戏了,过两天再说罢。"赶上前一步和秀珠一路去了。

张 恨 水

（1895—1967）

著名小说家，20世纪家喻户晓的文学大师，当之无愧的头号畅销作家。

生于江西，长于安徽。29岁凭借长篇小说《春明外史》名动京城；32岁发表《金粉世家》，引发街巷热议；35岁时，《啼笑因缘》横空出世，声望达至顶峰。老舍、张爱玲和鲁迅的妈妈，都是他的忠实读者。1967年，逝于北京。

张恨水一生创作了一百二十多部小说和大量的散文、诗词、游记等。时至今日，他的作品仍受到无数年轻人的喜爱，被誉为"永不过时的爱情经典"。

经典代表作：《金粉世家》、《啼笑因缘》、《春明外史》等。